Außerdem von Chuck Wendig erhältlich:

WANDERERS: Die Schlafwandler
Chuck Wendig – ISBN 978-3-8332-4102-4

WANDERERS: Die weiße Maske
Chuck Wendig – ISBN 978-3-8332-4103-1

Nähere Infos und weitere Bände unter:
www.paninibooks.de

CHUCK WENDIG

DAS

GRUBEN

BUCH

Ins Deutsche übertragen
von Michaela Link

Bibliografische Information der Deutschen Nationalbibliothek
Die Deutsche Nationalbibliothek verzeichnet diese Publikation in
der Deutschen Nationalbibliografie; detaillierte bibliografische
Daten sind im Internet über http://dnb.d-nb.de abrufbar.

Titel der Englischen Originalausgabe: »*The Book of Accidents*« by Chuck Wendig,
published in the United States by Del Rey, an imprint of Random House,
a division of Penguin Random House LLC, New York.

Deutsche Ausgabe 2022 Panini Verlags GmbH, Schlossstr. 76, 70176 Stuttgart.
Alle Rechte vorbehalten.

Geschäftsführer: Hermann Paul
Head of Editorial: Jo Löffler
Head of Marketing: Holger Wiest (E-Mail: marketing@panini.de)
Presse & PR: Steffen Volkmer

Übersetzung: Michaela Link
Lektorat: Peter Thannisch
Umschlaggestaltung: tab indivisuell, Stuttgart
Buch-Design von Fritz Metsch
Satz und E-Book: Greiner & Reichel, Köln
Druck: GGP Media GmbH, Pößneck
Gedruckt in Deutschland

YDWEND001

1. Auflage, September 2022,
ISBN 978-3-8332-4277-9

Auch als E-Book erhältlich:
ISBN 978-3-7367-9829-8

Findet uns im Netz:
www.paninicomics.de

PaniniComicsDE

Teufel auch,
dieses Buch ist für mich selbst.

Ein Vater, sagte Steven und hatte gegen Hoffnungs-
losigkeit zu kämpfen, ist ein notwendiges Übel.

James Joyce, *Ulysses*

Mögen die Mächte des Bösen sich auf dem Weg zu deinem Haus verirren.

George Carlin

Prolog 1
Reite den Blitz

Edmund Walker Reese war ein Zahlenmensch. Kein Steuerberater oder Mathematiker, sondern vielmehr ein Mann von schlichten Interessen, und hier und jetzt, im Hinrichtungsraum des Staatsgefängnisses, saß er angeschnallt auf einem elektrischen Stuhl und ging die Zahlen durch.

Drei Wärter hatten ihn hierhergebracht.

Sie waren an sieben anderen Gefangenen im Todestrakt vorbeigekommen, jeder in einer eigenen Zelle.

Es würde auch ein Henker da sein: ein anonymer Mann, der den Schalter umlegte, der Mann, der Edmund Reese' Leben beendete.

Es war zehn Uhr abends an einem Dienstag. Dem zweiten Dienstag im März 1990.

(Daten waren schließlich auch Zahlen.) Doch es gab Details, die er noch nicht kannte, und so fragte Edmund den älteren Wärter, der ihm gerade den Gefängnisoverall an der Wade aufschlitzte, um Platz für die Elektroden zu schaffen. (Das Bein war am Morgen bereits rasiert worden, unmittelbar bevor Edmund Walker Reese – Eddie für seine Freunde, von denen es keine gab – seine letzte Mahlzeit zu sich genommen hatte, eine einfache Schale gut bekömmlicher Hühnernudelsuppe.)

Die Koteletten des älteren Wärters, eines Mannes namens Carl Graves, waren so grau und flaumig, dass sie Nebelfetzen ähnelten, die sich ihm an die Kinnbacken hefteten. (Sein Haupthaar war allerdings dunkel, noch nicht erfasst vom Alter und seiner Farbe beraubt.) Er war in den Vierzigern, vielleicht Anfang fünfzig, das ließ sich schwer erkennen. Etwas Säuerliches lag in seinem Atem: billiger Whisky, dachte Walker. Carl war niemals betrunken, nicht wirklich, aber er trank ständig. (Rauchte auch, wobei jetzt der Whisky den Rauchgeruch zu übertönen schien.) Der Alkohol war der Grund, warum Graves immer zwischen Erschöpfung und Ärger zu schwanken schien. Aber der Whisky machte ihn auch ehrlich, und das war der Grund, warum Edmund ihn mochte. Jedenfalls soweit er irgendjemanden mögen konnte.

Reese tadelte den Wärter, der das Bein seines Overalls aufschlitzte: »Seien Sie vorsichtig bei meinem linken Bein. Da habe ich eine Verletzung.«

»Ist das die Stelle, an der das Mädchen Sie erwischt hat?«, fragte Graves.

Aber Reese antwortete nicht. Stattdessen sagte er: »Erzählen Sie mir mehr. Mehr Zahlen. Wie viel Volt kriegt der Stuhl?«

Der Wärter schniefte, stand auf und sagte: »Zweitausend.«

»Kennen Sie die Maße des Stuhls? Gewicht? Breite? Und so weiter.«

»Weiß ich nicht, interessiert mich nicht.«

»Gibt es ein Publikum? Wie viele Leute?«

Graves schaute zu dem Fenster, dem Edmund zugewandt saß – ein Fenster, dessen Stahlrollläden heruntergelassen worden waren. »Sie haben heute ein großes Publikum, Eddie.« Graves benutzte seinen Spitznamen, obwohl sie keine Freunde waren, ganz und gar nicht, aber Edmund protestierte nicht dagegen. »Anscheinend wollen die Leute wirklich sehen, wie Sie brutzeln.« Grausamkeit blitzte in Carl Graves' Augen auf wie ein angezündetes Streichholz. Edmund erkannte diese Grausamkeit, und sie gefiel ihm.

»Ja, ja«, erwiderte Edmund, außerstande, seinen Ärger zu verbergen. Seine Haut juckte. Sein Kiefer verkrampfte sich. »Aber *wie viele?* Die Zahl, bitte.«

»Hinter dem Fenster zwölf. Sechs Privatpersonen, eingeladen auf Geheiß des Gefängnisdirektors und des Gouverneurs, außerdem sechs Journalisten.«

»Ist das alles?«

»Es sind noch mehr Leute, die über die Videoüberwachung zusehen.« Carl Graves zeigte auf die Kamera in der Ecke, eine Kamera, deren wachsames Auge den Stuhl genau und, ohne zu blinzeln, beobachtete, als hätte sie Angst zu versäumen, was kommen würde. »Noch mal dreißig.«

Reese addierte die Zahlen. »Zweiundvierzig. Eine gute Zahl.«

»Ach ja? Wenn Sie es sagen.« Graves trat beiseite, und der andere Wärter, ein großer Fleischklops mit Bürstenschnitt, stand mit einem Ächzen auf und machte sich daran, die Elektroden an Edmunds geschorenem Kopf anzubringen. Carl schniefte. »Wissen Sie, Sie sind etwas Besonderes.«

Ich bin *etwas Besonderes,* dachte Edmund. Er wusste, dass es die Wahrheit war, oder hatte es einmal gewusst. Jetzt war er sich da nicht mehr so sicher. Einst hatte er eine Mission gehabt. Ihm waren Leben und Licht und eine Aufgabe geschenkt worden. Eine heilige Aufgabe, hatte man ihm gesagt. Gesegnet, geweiht, *heilig* und *unheilig* in gleichem Maße, und doch, wenn das der Wahrheit entsprach, warum war er dann hier? Gefangen wie eine Fliege in einer sich langsam schließenden Hand. Zu Fall gebracht bei Nummer fünf. Erst Nummer fünf! Auf ihn *wartete noch Arbeit.*

»Inwiefern etwas Besonderes?«, fragte er, weil er es hören wollte.

»Dieser Stuhl, Old Smokey – die meisten elektrischen Stühle haben Namen, und viele von ihnen heißen Old Sparky, aber der hier in Pennsylvania heißt Old Smokey –, nun, er hat sich seit 1962 im Lager befunden. Der letzte Wichser, der auf diesem Ding gegrillt worden ist, war Elmo Smith, Vergewaltiger und Mörder. Seitdem ist er nicht mehr benutzt worden. Es gab neun zum Tode Verurteilte seit Elmo, aber bei allen ist dem Gnadengesuch entsprochen worden. Und dann sind Sie aufgetaucht, Eddie. Die Glückszahl zehn.«

Zahlen blitzten durch Edmund Reese' Kopf und vollführten einen komplexen Squaredance. Noch einmal, nichts Mathematisches. Aber er suchte nach etwas. Mustern. Wahrheit. Einer heiligen Botschaft.

»Die Zahl zehn ist keine klassische Glückszahl«, erklärte Edmund und verzog die Lippen zu einer Grimasse. »Welche Zahl bin ich?«

»Die Zehn. Das habe ich Ihnen doch gesagt.«

»Nein, ich meine, wie viele waren vor mir? Wie viele sind gestorben? Auf diesem Stuhl?«

Graves schaute zu dem großen rothaarigen Wärter, weil er sich von ihm eine Antwort erhoffte. Big Ginger lieferte: »Vor ihm sind dreihundertfünfzig auf dem heißen Stuhl gegrillt worden.«

»Das macht Sie zu Nummer dreihunderteinundfünfzig«, sagte Graves.

Edmund dachte über diese Zahl nach: *351.*

Was bedeutete das? Es musste etwas bedeuten. Denn wenn es nichts bedeutete, wenn sich das alles zu der Gesamtsumme eines Eimers voll Pisse und Scheiße addierte, würde ihn das umbringen. Es würde ihn auf eine Weise umbringen, wie dieser Stuhl es nicht vermochte. Ihn auf eine schlimmere Weise umbringen als diese Mädchen …

Nein, tadelte er sich. *Das waren keine Mädchen. Sie waren nur Dinge. Jedes eine Zahl. Jedes ein Zweck. Jedes ein Opfer. Nummer eins mit Zöpfen. Nummer zwei mit lackierten Nägeln. Nummer drei mit dem Muttermal direkt unter dem linken Auge, Nummer vier mit diesem Kratzer am Ellbogen und Nummer fünf …*

Zorn durchströmte ihn, und Edmund verkrampfte sich in dem Stuhl, als würde er bereits von Stromschlägen getroffen.

»Beruhigen Sie sich, Eddie«, sagte Graves. Dann beugte sich der ältere Wärter vor, und wieder schimmerte in seinen Augen dieses Aufblitzen von Gemeinheit. »Sie denken an sie, nicht wahr? An die, die entkommen ist.«

Einen Moment lang hatte Edmund das Gefühl, wahrhaftig *gesehen* zu werden. Vielleicht verdiente sich Graves das Recht, seinen Spitznamen zu benutzen. »Woher haben Sie das gewusst?«

»Oh. Ich kann es erkennen. Ich bin schon seit einer ganzen Weile als Wärter hier im Todestrakt beschäftigt und war vorher lange Zeit im Normalvollzug. Habe mit achtzehn angefangen. Zuerst hält man alles zurück. Hält es in Schach. Aber es ist wie eine Gezeitenströmung, die einen Strand hinaufspült und immer ein wenig von deinem Sand wegnimmt, Tag für Tag. Schon bald wirst du darin eintauchen. Es geht einem unter die Haut. Also muss man es anerkennen. Das Böse, meine ich. Sie wissen, wie es tickt. Wie es ist. Was es *will*.« Graves leckte sich die Lippen. »Sie wissen schon, Ihr Jagdgebiet. Wo Sie diese Mädchen hingebracht haben …«

Diese Dinger.

»Es war in der Nähe meines Hauses. Hat meiner Frau Angst gemacht. Hat meinem Kind Angst gemacht.«

»Hinter denen war ich nicht her.«

»Nein, wahrscheinlich nicht. Nur hinter Mädchen. Junge Mädchen. Vier tot. Und was die Fünfte betrifft, tja, sie hatte Glück, nicht wahr?«

»Nummer fünf ist *davongekommen*«, erwiderte Edmund bekümmert.

»Und als sie davongekommen ist, hat man Sie geschnappt.«

»Ich hätte nicht geschnappt werden sollen.«

Ein gemeines Grinsen glitt über Graves' Züge. »Und doch sitzen Sie hier.« Mit diesen Worten schlug der Wärter ihm auf die Knie. »Eins sollten Sie wissen, Eddie, dass der Kreis sich immer schließt. Sie kriegen, was Sie geben.«

»Sie geben also, was Sie kriegen.«

»Wenn Sie es sagen.«

Sie zogen alle Gürtel stramm, überprüften noch ein weiteres Mal die Elektroden und informierten ihn darüber, was geschehen würde. Sie fragten ihn ein letztes Mal, ob er die Anwesenheit eines Priesters wünsche, aber er hatte diese Möglichkeit bereits abgelehnt und bettelte auch jetzt nicht darum. Denn wie er ihnen gesagt hatte: *Ich habe einen Schirmherrn in diesem Leben, und der Teufel ist nicht hier.* Man hatte ihm beinahe scherzhaft erklärt, dass sich im Nebenraum der Gefängnisseelsorger befinde, jederzeit erreichbar vom Büro des Gouverneurs, nur für den Fall, dass es so was wie eine (und an dieser Stelle stieß Graves einen Laut zwischen Schnauben und Lachen aus) »Begnadigung auf die letzte Minute« geben würde. Sie erklärten ihm, dass seine Überreste auf einem Armenfriedhof beigesetzt werden würden, denn Edmund Reese hatte in dieser Welt keine Familie mehr.

Und mit diesen Worten öffneten sie die Stahljalousien.

Edmund sah die Zeugen und das Publikum, das sich versammelt hatte, um ihn sterben zu sehen. Sie saßen halb entsetzt, halb erpicht darauf da, hin- und hergerissen zwischen Furcht und Begierde wie ein Stück Eisen zwischen gleichstarken Magneten. Der Henker stellte die Spannung und die Stromstärke ein, und trat dann an die Schalttafel, um den Schalter umzulegen – bei dem handelte es sich nicht um einen merkwürdigen, frankensteinmäßigen Hebel an der Wand, den man auf dramatische Weise herunterziehen konnte, sondern vielmehr um einen einfachen weißen Schalter, so klein, dass man ihn mit dem Daumen umlegen konnte.

Dann bewegte sich der Daumen, und …

Edmund Reese spürte, wie die Welt um ihn herum aufleuchtete, groß und grell. Alles wurde von einer weißen Welle verschluckt. Es fühlte sich plötzlich an, als würde er fallen – und dann das Gegenteil, als würden ihn unsichtbare Hände emportragen, so wie sich eine Kuh fühlen musste, wenn sie von einem Tornado erfasst wurde. Und das Nächste, was er mitbekam, war, dass er nicht mehr auf dem Stuhl saß, nicht mehr in dieser Welt war, nicht tot, nicht …

Er war irgendetwas irgendwo anders.

Prolog 2
Der Junge ist gefunden

Mike O' Hara, der Jäger, war kein schicker, feiner Mann, aber er träumte von Fasan unter Glas. Es war ein Familienrezept, weitergereicht von seiner Großmutter an seinen Vater und jetzt an ihn und seine Brüder, Petey und Paul. Aber die beiden scherten sich nicht um Fasan unter Glas oder die Jagd, wie ihr Dad es getan hatte, daher jagte Mike allein. Wieder einmal. Ausgerechnet heute: am Geburtstag seines Vaters. Zumindest hätte er Geburtstag gehabt. *Ruhe in Frieden, alter Herr.*

Mike war kein besonders guter Jäger, und Fasane waren in dieser Gegend heutzutage nur schwer zu finden. Also wanderte er immer weiter und weiter, auf der Suche nach einem hübschen Hahn, den er aus den Feldern oder Gebüschen an Wegrändern aufschrecken konnte. Nicht einmal einen Jagdhund hatte er dabei und musste alles alleine machen. Deshalb ging er langsam und methodisch vor, wie sein Vater es ihn gelehrt hatte.

Währenddessen gingen seine Gedanken auf Wanderschaft. Er dachte an seinen Dad, gestorben an einem Schlaganfall – ein Blutgerinnsel war wie eine Kugel in sein Gehirn geschossen. Er dachte an Peteys Schulden und an Pauls Leberprobleme vom Trinken. Er erinnerte sich daran, dass er als Kind in einem alten Steinbruch nicht weit von hier entfernt geschwommen war. Und während seine Gedanken umherwanderten, taten seine Füße das Gleiche, achteten nicht groß darauf, wo er war oder wo er hinging – bis er zu einer Reihe sterbender Eschen kam, die mickrigen Bäume angenagt und halb dahingerafft von Eschenbastkäfern, sodass einst üppig belaubte Zweige aussahen wie sauber abgenagte Knochen. Dahinter entdeckte er das zerfallende weiße Firmenschild des Bergwerks Ramble Rocks. Überwuchert von Weinranken und Giftefeu – die Natur eroberte sich ihr Reich zurück.

Mike ging weiter. Das Gestrüpp knisterte unter seinen Füßen, während er voranschlich. Er wünschte sich zutiefst, einen Vogel zu erbeuten, und sei es nur zu Ehren seines Vaters. Es fühlte sich richtig an.

Schritt für Schritt ging er gedankenverloren weiter.

Da schoss etwas aus dem trockenen Dickicht empor.

Ein Flattern erfüllte die Luft, und etwas Dunkles bewegte sich von Ost nach West. Mike sah den verräterischen roten Fleck um das Auge, den weißen Ring um den Hals. Er stolperte einen Schritt zurück, legte an und zielte. Er drückte den Abzug ...

Scheiße, die Sicherung, begriff er.

Ein schnelles Klicken, und er schwang die Waffe in den Flugbogen des Vogels und ...

Peng.

Der Vogel zuckte im Flug und trudelte durch die Luft, bevor er mit dem Schnabel voraus in das trockene Feldgras stürzte.

Ich habe es geschafft!

Fasan unter Glas.

Mit klingelnden Ohren und dem schwefligen Gestank von verschossenem Pulver in der Nase blinzelte Mike gegen den Nebel des Gewehrrauchs an und ...

Er sah eine kleine Person vor sich stehen.

»Heiliger Strohsack!«, blaffte er blinzelnd. Vor ihm stand ein mit Blut bedeckter Junge. Sein erster Gedanke war: *Ich habe auf ein Kind geschossen.* Aber das ergab keinen Sinn, oder? Er schnappte nach Luft und sah, dass das Blut an dem Jungen nicht frisch war. Vertrocknet. Verkrustet. Es bedeckte die Hälfte seines Gesichtes, ein Auge total verschorft.

Der Junge trug ein schlichtes weißes T-Shirt, von dem die Hälfte fast schwarz von altem Blut war. Seine Lippen waren so rissig, dass sie wie gesalzen aussahen. Seine Haut sah aus, als hätte er Gelbsucht.

»Hallo«, sagte Mike, der nicht wusste, was er sonst sagen sollte.

»Hey«, antwortete der Junge. Seine Stimme brach. Er lächelte leicht, als sei er aus irgendeinem Grund sehr zufrieden mit sich selbst.

»Geht es dir gut?«

Eine dumme Frage, das wusste er – diesem Jungen ging es nicht gut. Aber vielleicht würde es ihm helfen, würde ihn zum Reden bringen, wenn er nicht darauf gestoßen wurde, dass er so ziemlich am Arsch war. Seine eigene Tochter war genauso – Missy neigte zu Unfällen, und einmal hatte sie sich an einem gläsernen Couchtisch eine so schlimme Platzwunde am Kopf zugezogen, dass sie mit drei Stichen genäht werden musste. Der Trick war, man durfte sich ihr gegenüber niemals anmerken lassen, dass man aufgeregt war. Man musste so tun, als sei es nicht weiter schlimm, dann dachte sie auch, es sei nicht weiter schlimm. Sie weinte nie, weil man ihr niemals zeigte, wie schlimm es tatsächlich aussah, obwohl ihr Gesicht in diesem Fall eine Maske aus Blut gewesen war.

Bei dem Jungen hier war es genauso. Eine Maske aus Blut.

Du darfst ihn nur nicht erschrecken. Vielleicht weiß er es nicht.

Mike fragte noch einmal. »Geht es dir gut, Junge?«

»Ich bin draußen.«

Diese drei Worte machten Mike das Herz schwer, obwohl er nicht hätte sagen können, warum. Er würde es nie herausbekommen.

»Draußen? Von wo?«

»Aus dem Bergwerk.«

Mike blinzelte. Dann begriff er. Er *kannte* diesen Jungen. Oder zumindest wusste er, woher er stammte. Er hatte seinen Namen vergessen, aber er wohnte hier in der Gegend. Er war verschwunden, und zwar schon vor drei, vier Monaten. Nein, noch früher. Bevor die Schule zu Ende gewesen war. Anfang Mai. Zu der Zeit waren die Plakate aufgetaucht, er hatte telefonisch eine Meldung über ein vermisstes Kind erhalten. Die Leute hatten darüber geredet, aber es verschwanden ständig Kinder, und es wurde auch darüber geredet, dass dieser Junge ein beschissenes Familienleben hatte und deshalb vielleicht einfach davongelaufen war.

Das brachte Mike auf eine Idee. Vielleicht war er wirklich davongelaufen. Vielleicht hatte er sich dort unten in dem alten Kohlebergwerk verirrt.

Aber wie zur Hölle hatte er die ganze Zeit überlebt? Das war nicht möglich.

Mike legte das Gewehr vorsichtig auf den Boden. Dann hielt er beide Hände hoch. »Ich heiße Mike. Erinnerst du dich an deinen Namen?«

»Vielleicht.«

»Okay.« Er trat einen Schritt vor. »Du wirst schon seit einer Weile vermisst, hm?«

Der Blick des Jungen aus seinem einen gesunden Auge schweifte zum Horizont. Oder vielleicht darüber hinaus. Als sei er auf einen Punkt jenseits von Zeit und Raum fixiert.

»Also, wir machen jetzt Folgendes«, erklärte Mike. »Ich komme zu dir, okay? Ich helfe dir von dieser Brache weg. Mein Pick-up steht ungefähr eine Viertelmeile von hier entfernt, nicht weit, ein kurzer Spaziergang. Dann bringe ich dich in ein Krankenhaus.«

Der Junge sagte nichts. Er schien die Frage nicht einmal zu hören. Also trat Mike vorsichtig näher an ihn heran. Schritt für Schritt. Kurz dachte er bei sich: *Scheiße, ich wünschte, ich könnte diesen Fasanenhahn holen, den ich geschossen habe.*

Fasan unter Glas …

Näher, immer näher wagte er sich heran.

Er neigte sich nach vorn und streckte die Hand nach dem Jungen aus. »Okay. Komm her. Ich bringe dich irgendwohin, wo du sicher bist, Kleiner, entspann dich einfach …«

Die Hand des Jungen zuckte.

Es war etwas darin. Er drehte die Hand, drehte das Handgelenk, und das war der Moment, in dem Mike den Pickel sah. Er war vorher nicht da gewesen. Konnte nicht da gewesen sein. Hatte der Junge ihn hinter dem Rücken versteckt? Hatte er ihn aus dem Bergwerk mitgebracht? Jedenfalls sah er aus wie der Pickel eines Bergmannes. Eigentlich war er viel zu schwer für den Jungen. Aber er umfasste ihn ziemlich fest, wenn auch mit weißen Knöcheln.

»Was hast du da?«, fragte Mike.

Der Junge bewegte sich sehr schnell.

Mike spürte einen harten Druck an seiner Schläfe. Er versuchte aufzuschreien, versuchte zurückzuweichen, aber er schaffte weder das eine noch das andere. Er spürte Feuchtigkeit an seinem Kinn entlangtröpfeln. Sein Kopf fühlte sich schwer an, und er sackte nach unten und nach links.

Mann, es ist höllisch heiß hier draußen, dachte er, *so verdammt feucht für Oktober,* dann wurden seine Beine schwach und er stürzte auf sein Steißbein. Gebüsch knisterte unter ihm.

Während er verblutete, stand der Junge vor ihm. Ragte über ihm auf wie ein kleiner König. Den Pickel hielt er nicht mehr in der Hand.

Fasan unter Glas. Mike rief sich ins Gedächtnis, dass er auf dem Heimweg eine Flasche Brandy kaufen sollte. *Das wird bestimmt köstlich schmecken,* dachte er und schmatzte, während Blut seinen Mund füllte und der Junge vor ihm stand. Dann riss ihn die Dunkelheit des Sterbens mit sich.

Erster Teil

EIN EIN-DOLLAR-DEAL
MIT DEM STERBENDEN

Das Unglück im Bergwerk Darr in Van Meter, im Bezirk Rostraver, Westmoreland County, Pennsylvania, in der Nähe von Smithton, brachte am 19. Dezember 1907 zweihundertneununddreißig Männern und Jungen den Tod. Es zählt zu den schlimmsten Kohlebergwerkkatastrophen in der Geschichte Pennsylvanias.

Eine Untersuchung, die nach dem Unglück angestellt wurde, ergab, dass die Explosion von offenen Laternen verursacht worden war, die Bergarbeiter in einen Bereich mitgenommen hatten, den der Brandschutz am Tag zuvor abgesperrt hatte. Der Besitzer des Bergwerks, die Pittsburgh Cole Company, wurde nicht für das Unglück verantwortlich gemacht.

Wikipedia-Eintrag,
Unglück im Bergwerk Darr

Kapitel 1
Tinnitus

Oliver

Der Junge, fünfzehn, kniete auf dem Boden, das Kinn an die Brust gezogen, die Unterarme auf die Ohren gepresst und die Finger in das wirre Haar des Hinterkopfs gekrallt. In seinen Ohren klingelte es gellend – nicht das Läuten einer Glocke, sondern ein schrilles Sirren wie das eines Zahnarztbohrers. Neben ihm: gelbe Schließfächer. Auf der anderen Seite: ein Springbrunnen. Darüber: eine leuchtende, fluoreszierende Kaskade. Irgendwo vor ihm fielen zwei Schüsse, *peng, peng.* Bei jedem tat sein Herz einen Satz. Irgendwo hinter ihm murmelten und raschelten Schüler, die auf der Suche nach Sicherheit von Klassenzimmer zu Klassenzimmer gingen. Oliver stellte sich vor, dass sie tot waren. Er stellte sich vor, dass seine Lehrer tot waren. Blut auf Linoleum. Hirnmasse auf Tafeln. Er stellte sich die weinenden Eltern in den Nachrichten vor und die Selbstmorde von Überlebenden, die Gedanken und Gebete gefühlloser Politiker – er konnte den Schmerz sehen wie ein kleines Kräuseln, das zu einer Welle wurde, auf andere Wellen traf und sich in einen Tsunami verwandelte, der brüllend über den Menschen hineinbrach, bis alle darunter ertrunken waren.

Eine Hand fasste ihn an der Schulter und schüttelte ihn. Ein Wort, gesprochen wie durch ein Fischglas – sein Name. Jemand sagte seinen Namen.»Olly. Oliver. Olly!« Er rappelte sich vorsichtig auf, zuerst in die Hocke, dann in den Stand. Angesprochen hatte ihn Mr Partlow, sein Biolehrer.»Hey. Hey, die Alarm-Übung ist fast vorbei, Oliver. Ist mit dir alles in Ordnung? Komm schon, Kind, ich bringe dich …«

Aber dann ließ der Lehrer ihn los und trat einen halben Schritt zurück. Mr Partlow starrte auf den Boden – nein, nicht auf den Boden. Auf Oliver. Oliver warf ebenfalls einen Blick nach unten. Sein Schritt war nass. Feuchtigkeit lief an seinen Hosenbeinen hinunter. Er sah einige Schüler vor sich, die sich versammelten und lachten. Landon Gray, der im Klassenraum hinter ihm saß, sah betroffen aus. Amanda McInerney – die bei allen Aktivitäten dabei war, im Chor und im Schülerrat – machte ein angewidertes Gesicht und kicherte.

Mr Partlow brachte ihn weg. Oliver wischte sich Tränen vom Gesicht, Tränen, von denen er nicht einmal wusste, dass er sie vergossen hatte.

Kapitel 2
Der Rechtsanwalt

Über Nate

Am selben Tag saß Nate in Langhorne in einer Anwaltskanzlei. Der Rechtsanwalt ihm gegenüber war dick und blässlich wie ein Engerling oder wie das Innere einer zerschnittenen Kartoffel. Im Bürofenster brummte und ratterte eine Klimaanlage, sodass der Mann die Stimme heben musste, um sich Gehör zu verschaffen.

»Danke, dass Sie hergekommen sind«, sagte Mr Rickert, der Rechtsanwalt.

»Mhm.« Nate versuchte, seine Hände daran zu hindern, sich zu Fäusten zu ballen. Versuchte es und scheiterte.

»Ihr Vater ist krank«, fuhr der Anwalt fort.

»Gut«, antwortete Nate ohne jedes Zögern.

Rickert beugte sich vor.

»Es ist Krebs. Darmkrebs.«

»Schön.«

»Er wird bald tot sein. Sehr bald. Er befindet sich in einem Hospiz.«

Nate zuckte die Achseln. »Okay.«

»Okay«, wiederholte der Anwalt, und Nate konnte nicht erkennen, ob seine Reaktion den Mann überraschte – oder ob er mit so etwas gerechnet hatte. »Mr Graves ...«

»Ich weiß, Sie erwarten, dass mich all das total fertigmacht, aber das tut es nicht. Nicht die Spur. Mein Vater war – oder ist, schätze ich – nichts als ein gewaltiger Haufen Müll. Ich habe keine Liebe für ihn übrig, nur Hass und Verachtung für dieses Monster, das sich als Mensch tarnt, und um die Wahrheit zu sagen, ich habe die letzten zwanzig Jahre lang ständig von diesem Tag geträumt, vielleicht schon länger. Ich habe mir vorgestellt, wie es kommen würde. Ich habe zu jedem Gott gebetet, der zuhören wollte, meinem Vater, diesem Stück Scheiße, einen schmerzhaften und elenden Tod zu bescheren, nichts Zügiges, keinen schnellen Sprint zum Ende, sondern eher ein langsamer Stolpermarathon, ein … ein unbeholfener Lauf, bei dem er die Wände mit dem Blut seiner Lungen bespritzt, bei dem er in seinen eigenen Körperflüssigkeiten ertrinkt, bei dem er einen *Beutel* an der Seite tragen muss für seine eigene Sch…, seine eigene Schweinerei, einen Beutel, der ihm zerreißt oder jedes Mal aus den Nähten platzt, wenn er sich bewegt, um seinen zerrütteten, sterbenden Körper in eine halbwegs bequeme Position zu bringen. Wissen Sie was? Ich habe *gehofft,* dass er Krebs bekommen würde. Und zwar einen kriechenden, stetigen Krebs, keinen schnellen wie den der Bauchspeicheldrüse. Etwas, das ihn von innen heraus zerstört, so sicher, wie er unsere Familie zerstört hat. Ein Geschwür für ein Geschwür, wie du mir, so ich dir. Ich habe vermutet, dass es Lungenkrebs sein würde, so wie er geraucht hat. Oder Leberkrebs, so wie er getrunken hat. Aber Darmkrebs? Mit Darmkrebs bin ich einverstanden. Er war … Er hat immer Scheiße gebaut, daher ist es ein passendes Ende für diesen halb menschlichen Sack verkeimter Exkremente.«

Der Rechtsanwalt blinzelte. Stille hing zwischen ihnen. Rickert schürzte die Lippen. »Sind Sie fertig mit Ihrem Monolog?«

»Fahren Sie zur Hölle!« Nate hielt inne und bedauerte seinen Zornesausbruch diesem Mann gegenüber, der das wahrscheinlich nicht verdiente. »Ja, ich bin fertig.«

»Ihre Ansprache überrascht mich nicht. Ihr Vater hat prophezeit, dass Sie so reden würden.« Er lachte ein wenig, ein schrilles Kichern, und er gestikulierte mit beiden Händen, sodass es aussah, als seien seine Finger kleine Motten, die sich in die Luft erhoben. »Nun, nicht genau *das.* Aber im Großen und Ganzen.«

»Gut, worum geht es? Warum bin ich hier?«

»Ihr Vater möchte Ihnen, bevor er dahinscheidet, einen Handel vorschlagen.«

»Kein Interesse, was immer es ist.«

»Es ist ein für Sie günstiger Handel. Wollen Sie das Angebot nicht hören?«

»Nein.« Nate stand auf und trat den Stuhl hinter sich weg. Der Stuhl scharrte lauter und aggressiver über den Boden, als er beabsichtigt hatte, aber es war, wie es war, und er würde sich nicht entschuldigen.

Er wandte sich zum Gehen.

»Es geht um das Haus«, sagte der Anwalt.

Nates Hand hielt auf dem Türknauf inne.

»Das Haus.«

»Genau. Das Haus Ihrer Kindheit.«

»Wunderbar. Er kann es mir in seinem Testament hinterlassen.«

»Es steht nicht im Testament. Stattdessen wird er Ihnen das Haus verkaufen. Das Haus mitsamt den fünf Hektar Land, auf dem es steht.«

Nate zuckte die Achseln. »Tut mir leid. Das kann ich mir nicht leisten.« Das Haus – wie der Anwalt bemerkt hatte, Nates Elternhaus – befand sich in einem Gebiet, das im Lauf der Jahrzehnte zu einer kostspieligen Wohngegend geworden war. Feine-Pinkel-Siedlung. Früher war es einfach Bauernland und Sumpf gewesen, aber heutzutage waren die Preise hoch, die Steuern auch, und reiche Leute aus Philly oder New York waren hergezogen. Gentrifizierung gab es nicht nur in den Innenstädten. »Dann sagen Sie ihm, er soll es verkaufen. Er kann das Geld für einen wirklich tollen Sarg ausgeben.«

»Vermutlich können Sie sich den Preis von einem einzigen Dollar leisten.«

Nate sah den Anwalt mit schmalen Augen an. Er fuhr sich mit einer Hand durch seinen Bart und zuckte zusammen. »Ein Dollar.«

»Ein Dollar, genau.«

»Wenn ich das richtig verstehe, tut er das, damit ich nicht … was, irgendwelche Steuern zahlen muss? Ich gebe ihm einen Dollar, und der Verkauf geht problemlos über die Bühne.«

»Das ist das Prinzip.«

Nate nickte. »Das Prinzip. Aha. Ich bin Polizist auf einer städtischen Wache. Ich habe nicht allzu viel zu tun mit Wirtschaftskriminalität, bei mir handelt es sich meistens um Verbrechen von einfachen Leuten, aber ich erkenne einen Schwindel, wenn ich einen rieche. Mein Vater könnte mir das Haus einfach schenken und fertig. Oder ich könnte es erben, wie es üblich ist – und ich wäre, was die Steuern betrifft, erst dran, wenn ich es verkaufe und mehr Geld damit erziele als den Marktwert des Hauses. Aber das hier, und korrigieren Sie mich, wenn ich mich irre, bedeutet, dass ich, wenn ich das Haus für einen Dollar kaufe und es für irgendeine Summe verkaufe, die diesen einen Dollar übersteigt, mit einer Spekulationssteuer belegt werde. Sehe ich das richtig?«

Ein unglückliches Lächeln erschien zwischen den rundlichen Wangen des Anwalts. »Das ist wahrscheinlich korrekt. Das Finanzamt verlangt im Allgemeinen sein Pfund Fleisch.«

»Ich kaufe das Haus nicht. Ich kaufe überhaupt nichts, was der alte Mann verkauft. Ich würde von ihm nicht einmal einen Becher Wasser kaufen, wenn ich kurz vor dem Verdursten wäre. Ich weiß nicht, was für ein Spiel er spielt, nur dass er mich mit einem Haus belasten will, das ich nicht will. Sagen Sie ihm bitte, er soll sich sein Angebot in sein verfaulendes, krebszerfressenes Hinterteil schieben.«

»Diese Nachricht kann ich weiterleiten.« Der Anwalt stand auf und hielt ihm eine Hand hin. Nate betrachtete sie, als hätte der Mann gerade in sie hineingeschnäuzt, nicht in ein Papiertaschentuch. »Das Angebot wird auf dem Tisch bleiben, bis Carl stirbt.«

Nate ging zur Tür hinaus, ohne ein weiteres Wort zu verlieren.

Kapitel 3
Der Karton hat Augen

Maddie Graves

Sie hatte kurz geschnittenes Haar in einem silbrigen Ton – gefärbt, weil sie es cool fand. (Und es war cool.) Sie war hochgewachsen und schlank, Arme und Beine stramm wie Brückentragseile. Das kam von ihrer Arbeit: Maddie, oder Mads, war Bildhauerin. Meistens arbeitete sie mit Dingen, die sie fand. Was genau das war, was jetzt vor ihr lag: Ein Pappkarton, dieser von Amazon, mit einem Präzisionsmesser auseinandergeschnitten und in Form eines kleinen Mannes mit Kartonkörper und -kopf wieder zusammengefügt. Die Pappkartongliedmaßen des Kartonmannes waren mithilfe von Draht, den sie aus einem alten Maschendrahtzaun geklaut hatte, am Torso befestigt. Sie hatte ihn mit einer Drahtbiegezange zusammengedreht.

In eine Hand des Mannes hatte sie das Präzisionsmesser gesteckt.

Als sei er ein kleines Monster. Eine bedrohliche Mörderpuppe, bereit, mit seiner Klinge zu stechen-stechen-stechen.

Sie starrte ihn an.

Und starrte.

Und *starrte* noch ein Weilchen länger.

»Scheiße«, sagte sie.

Hinter ihr arbeiteten andere Künstler pflichtbewusst an Projekten – an Tischen, Staffeleien, Laptops –, ein summender Bienenstock gemeinschaftlichen künstlerischen Schaffens. Eine Frau aus der Gruppe, eine Freundin namens Dafne (Punk-Oma, höllisch tough, fünfundfünfzig Jahre alt, in den Ohrläppchen Acrylregenbogen-Dehnstecker von zweieinhalb Zentimetern Durchmesser, Hundeknochen-Nasenpiercing, T-Shirt mit einer Mystery-Podcast-Werbung darauf, unten ausgefranst, beschlagene Bauarbeiterstiefel, die mit Farbe besprenkelt waren, sodass sie wie vollgekotzt aussahen, trat breitbeinig von hinten an Maddie heran, die Hände in die Hüften gestemmt.

»Was gibt's?«, fragte Dafne.

»Ich, ahhh …«, begann Maddie und brach dann ab.

»Für meine Begriffe sieht die Figur ein bisschen banal aus, falls das deine Sorge ist. Als Kapitalismuskritik ist sie ein wenig simpel – hm, okay, Amazon ist dieser Online-Versand mit Riesenkisten, und er zerstört die Welt, aber irgendwie ist er auch eine naheliegende Zielscheibe. Hinzu kommt, ja, nein, ich finde, du kannst weitergehen als nur bis zu einem kleinen Messer in seiner Hand, stimmt's?« Dafne senkte die Stimme zu einem Murmeln. »Ich meine, *ich* kaufe immer noch hin und wieder bei Amazon, keine Ahnung.«

»Nein. Nein!«, widersprach Maddie und runzelte die Stirn. »Das ist es nicht – das ist nicht das Problem. Es ist … es ist umfassender. Irgendetwas stimmt da nicht. Etwas ist unheimlich damit.«

»Unheimlich ist besser als heimelig.«

»Ich will nur, ähm.« Sie schluckte. »Es ist nicht nur unheimlich. Es ist Wahnsinn.«

»Wahnsinn ist meine Spezialität. Ich nehme Lithium. Was meinst du genau?«

Maddie lachte leise. »Okay. Zum Beispiel die Augen?«

Sie zeigte mit einer Zange auf die Augen des Kartonmannes – die ebenfalls aus Draht waren, zusammengerollt wie kleine metallene Tausendfüßler und sanft in die Pappe geschraubt.

»Ja.«

»Die habe ich nicht gemacht.«

»Was hast du nicht gemacht?«

»Die Augen.«

»Du hast die Augen nicht gemacht?«

»Scheiße, genau das sage ich doch die ganze Zeit – ich habe sie da nicht reingeschraubt oder erinnere mich nicht daran, sie da reingeschraubt zu haben. Ist doch unheimlich, oder?«

Dafne zuckte die Achseln und stieß ein erheitertes Ächzen aus. »Süße, ich erinnere mich nicht daran, was ich zum Frühstück gegessen habe, geschweige denn an das Zeug, das ich male, während ich es male. Ich verfalle in einen Bob-Ross-Dämmerzustand. Es ist wie in seiner Fernsehsendung, dieser ASMR-Kram, dieser Hypno-Halluzinogen-Scheiß. Mein Gehirn schaltet sich aus, meine Arme fangen an, mit dem Pinsel zu tanzen, als sei er ihr Partner, und los geht's.«

Maddie biss sich auf die Unterlippe, beinahe so sehr, dass Blut floss.

»*Bei mir* ist das aber nicht so«, verdeutlichte sie. »Ich habe, du weißt schon, ich habe die Kontrolle. Das weiß ich. Jede Bewegung, jeder Arbeitsgang dient einem Zweck. Und ich schwöre, dass ich diese Augen da nicht reingemacht habe.« *Und ich schwöre, sie sehen mich an.* Es war nicht nur das. Da waren noch andere Dinge, die ihr zu schaffen machten. Nämlich wie die Augen sie *anzusehen* schienen. Und, da war sie sich ebenfalls sicher, dass in die Hand des Kartonmannes keine Klinge gehörte – sondern vielmehr eine Schere. Irgendetwas daran fühlte sich seltsam vertraut an. Als hätte sie das schon einmal gesehen. Als hätte sie ihn schon einmal *gemacht*. Sie schüttelte den Kopf. Das war verrückt. Durch und durch Kuckucksnest-verrückt. »Ich verstehe deine Ansicht über den Kapitalis…«

»Diesen Müll von Gesellschaft …«

Maddies Telefon klingelte und unterbrach sie.

»Mensch, wer ruft denn heutzutage noch an?«, fragte Dafne und schaute geringschätzig auf das Gerät in Maddies Hand.

Auf dem Telefon stand: *RUSTIN SCHOOL*.

»Ollys Schule«, sagte Maddie unheilverkündend. »Die rufen an.«

Sie nahm den Anruf entgegen, und ihr mütterlicher Instinkt sagte ihr sofort, dass irgendetwas schiefgelaufen war.

Kapitel 4

Das Gespräch

Oliver hörte durch die Wände ihrer Stadtwohnung, wie seine Eltern sich unterhielten. Es war Mitternacht, und sie dachten wahrscheinlich, er schliefe. Er war schließlich erschöpft. Aber seine Gedanken rasten trotzdem. Sein Herz ebenfalls.

Dad: *Ich weiß nicht so recht, Mads. Er ist einfach – er ist einfach – er ist einfach – keine Ahnung.*

Mom: *Dr. Nahid hat gesagt, er sei emphatischempathisch.*

Dad: *Mir gefällt dieses Wort nicht. Klingt so sehr wie* erbärmlich, *und er ist nicht erbärmlich ...*

Mom: *Niemand sagt, er sei erbärmlich, Nate. Es ist nur ein Wort. Bleib einfach bei* emphatischempathisch, *egal wie es klingt. Er hat ein wirklich intensives Mitgefühl mit anderen, okay? Der Schmerz anderer Menschen entzündet sein Gehirn wie eine Glühbirne.*

Oliver fragte sich: War er erbärmlich?

Jedenfalls fühlte er sich so. Er befand sich in diesem schlaksigen Zwischenstadium, in dem sich bei einem Teenager alles neu zusammenfügte – die Gliedmaßen ein wenig zu lang, eine Nase, die er dafür hasste, dass sie zu groß und zu spitz war, ein Kinn, das er dafür hasste, dass es zu weich war. Im Gegensatz zu dem platinblonden Haar seiner Mutter oder den zotteligen sandsteinfarbenen Locken seines Vaters war sein eigenes Haar dunkel wie ein Krähenflügel. Er hatte keine feste Freundin. Er mochte Mädchen – mochte auch Jungen, obwohl er das niemals jemandem erzählt hatte. Er hatte noch nie Sex gehabt. War sich nicht sicher, ob er jemals welchen haben würde: Die Vorstellung davon war für ihn eher Furcht einflößend als aufregend. Er hatte jedoch ein Auge auf Lara Sharp geworfen, weil sie ein Nerd war und total extrovertiert, und er mochte es, dass sie sich einen Scheiß gefallen ließ, von niemandem. Lara erinnerte ihn an seine Mom. Ihm war klar, wie unheimlich das war, dass er mit jemandem zusammen sein wollte, der ihn an seine Mom erinnerte, aber er empfand es nicht so – er mochte seine Eltern. Sehr. Sie waren gut zu ihm, und er bildete sich ein, dass er gut *für sie* war.

Was auch immer. Es spielte sowieso keine Rolle. Es war ohnehin nicht so, als würde Lara Sharp mit ihm zusammen sein wollen. Nicht nach dem heutigen Tag.

Ich weiß nicht, Mads. Der arme Junge – er, er hat sich in die Hose gemacht ...

Nate, diese Alarm-Übungen sind scheiß beängstigend. Sie feuern echte Waffen ab ...

Platzpatronen, es sind Platzpatronen.

Na und? Dann sind es eben Platzpatronen! Sie werden benutzt, damit sie sich wie echte Schüsse anhören – du bist ein Cop. Kinder sind keine Cops. Es ist traumatisch. Es ist ein echtes beschissenes Trauma, und kein Wunder, dass er so was nicht verkraftet. Ich würde mir wahrscheinlich ebenfalls in die Hose pinkeln.

So viele Schüsse höre ich nun auch nicht, Mads – ich weiß, du denkst, es sei ein gefährlicher Job, Cop zu sein, aber meistens ist es das nicht. Außerdem ist es ja nicht nur das. Bei jedem Obdachlosen auf der Straße will der Junge seinen Namen wissen, wie er dorthin gelangt ist, will ihm Geld geben ...

Das ist etwas Nettes, Nate.

Ich weiß. Das ist es. Und ich bin froh, dass Menschen ihm wichtig sind. Aber sie sind ihm nicht nur wichtig. *Ihr Schicksal lässt ihn die Fassung verlieren. Es ist schwer genug, allein auf der Welt zu sein, aber er hat keine Rüstung. Der Schmerz eines jeden Menschen ist sein eigener Schmerz ...*

An dieser Stelle waren ihre Stimmen für einen Moment gedämpft. Entweder redeten sie leise oder gingen im Raum umher. Er hörte seine Mutter sagen: *... mit Dr. Nahid geredet ...*

Nahid. Seine Therapeutin. Er ging jetzt seit ungefähr einem halben Jahr zu ihr. Oliver mochte sie. Sie sah streng aus – scharfkantig, wie eine Schublade voller Messer, die man öffnete und auskippte – aber ihm gegenüber war sie weich, sanft und immer gelassen. Er hatte nie das Gefühl, dass sie von oben herab mit ihm sprach oder so, und schon gar nicht, dass sie ihn verurteilte. Doch Dad hatte recht. Oliver hatte keine Rüstung. Er spürte den Schmerz von Menschen – er konnte ihn buchstäblich sehen, ihn *fühlen*, wie einen dunklen, pulsierenden Stern. Manchmal war der Schmerz klein und scharf, dann wieder wie ein Geysir des Leids, das aus einer Person heraussprudelte. Ihre Furcht, ihre Sorge, ihre Traumata. Die Menschen teilten sie mit ihm. Und er konnte es nicht abstellen.

Seine Mom fuhr fort: *Also, ich weiß, das ist wahrscheinlich der beschissenste, superschlechteste Tag, um darüber zu reden, aber da dein Vater im Sterben liegt und er uns das Haus angeboten hat …*

Moment mal, Olivers Großvater lag im Sterben? Er kannte ihn nicht. War ihm nie begegnet. Er glaubte auch nicht, dass seine Mom ihm je begegnet war, und sein Dad redete selten über seinen eigenen Vater – aber er lag im Sterben?

Mads, das kann nicht dein Ernst sein.

Okay, ich weiß. Es ist verrückt. Aber lass mich ausreden …

Ich will weder darüber nachdenken noch darüber reden. Nein. Nein!

Es liegt in Bucks County. Toller Schulbezirk. Gute Jobs, saubere Luft, außerdem steht das alte Haus deiner Eltern auf einem fünf Hektar großen Grundstück.

Das macht nur Mühe.

Es wäre außerdem großartig für meine Arbeit, Nate. Ich könnte eine Werkstatt einrichten und hätte allen Platz, den ich brauche. Außerdem hast du immer gesagt, du würdest Leute bei der Jagd- und Naturschutzverwaltung kennen. Das wäre ein netterer Job, als in den Straßen dieser beschissenen Stadt eine beschissene Arbeit zu tun. Du sagst immer wieder, dass sich die Cops verändert hätten. Sie sind bösartiger geworden. Schlechter. Außerdem hat Nahid gesagt, die Natur würde ihm guttun, es würde ihm guttun, aus der Stadt rauszukommen …

Mein Gott, Mads. Ich bitte dich. Das ist verrückt.

Schätzchen, Babe. Nate. *Ich weiß, das ist hart für dich. Dein Vater war …*

Ist. Er lebt noch, und er ist der schlimmste Mensch, den du dir vorstellen kannst, Maddie. Ein Narzisst, ein Soziopath, ein gewalttätiger Hurensoh…

Ja, natürlich, aber …

Und du hast ihn nie kennengelernt. Du weißt es nicht. Nicht wirklich.

Aber er wird bald tot sein. Verstehst du denn nicht? Er wird kalt sein und in der beschissenen Erde liegen, und dieses Haus kann uns gehören, und wenn du vielleicht eine einzige gute Sache von ihm bekommen kannst – eine Möglichkeit, aus der Stadt zu entkommen, eine Linderung des Drucks auf deinen Sohn, eine neue Arbeitsstelle für mich (deine geliebte Ehefrau), warum ergreifst du die Chance dann nicht? Vielleicht, nur vielleicht, ist das ja die Art deines Vaters …

Sprich es nicht einmal aus. Ich weiß, du siehst liebend gern die positive Seite der Dinge und die gute Seite von Menschen, aber nein. Dieser Mann hatte keine gute Seite. Es war nur düster.

Du könntest irgendwann mal darüber reden.

Und es noch einmal durchleben? Oder dich dazu zwingen, es zu ertragen? Nein, danke. Vertrau mir einfach, wenn ich dir sage, dass es keine gute Seite gab. Der Skorpion sticht immer den Frosch.

Okay. Okay. Aber das muss doch nicht so sein.

Gott, Mads! Genau das sagt der Frosch jedes Mal!

Er stirbt. Welchen Schaden kann er anrichten?

Ich weiß es nicht, Mads. Olly wird nicht umziehen wollen. Er mag seine Schule …

Und das stimmte. Oliver mochte seine Schule wirklich. Die Rustin School war eine kleine, private Einrichtung der Quäker hier in der Stadt, aber würde er es nach dem heutigen Tag überhaupt aushalten, dortzubleiben? Er wollte nicht wieder dorthin. Wollte sein Gesicht nicht zeigen. Also strampelte er die Decke weg, riss seine Tür auf und ging auf nackten Füßen in die Küche. Er fand seine Eltern vor, wie sie beide an gegenüberliegenden Arbeitsplatten lehnten und einander argwöhnisch betrachteten. Bevor sie ihn auch nur bemerkten, sagte er: »Ich hab euch reden hören. Ihr vergesst, dass diese Wohnung klein ist und dünne Wände hat.«

Sie drehten sich beide um, um ihn panisch anzusehen. Dann einander.

Schmerz erblühte dunkel in seinem Vater. Entströmte seiner Leibesmitte wie eine wachsende Gestalt. Er pulsierte dort und wurde nicht weniger. Für gewöhnlich wurde der Schmerz zurückgehalten, beinahe wie durch eine unsichtbare Mauer, aber heute Abend schien es, als wäre er aus seinem Gefängnis ausgebrochen, eine blutige, verdammte schwarze Bestie, die ihrem Käfig entfloh.

Auch der Schmerz seiner Mutter war präsent – aber er schien gezähmt zu sein. Oder zumindest *unterdrückt*.

Olivers Erfahrung nach war der Schmerz eines jeden Menschen unterschiedlich; bei einigen war es ein kompakter Ball, bei anderen ein chaotisches Feuer. Der Schmerz des einen Menschen konnte eine Gezeitenwelle sein, während der Schmerz eines anderen aussah wie Gift in Adern oder wie eine sich ausbreitende Prellung oder Schatten auf Wasser. Oliver verstand es nicht, hatte keine Ahnung, was es bedeutete oder warum er den Fluch dieser Fähigkeit überhaupt ertragen musste, aber er konnte Schmerz sehen, seit er denken konnte.

Er hasste es. Doch manchmal war es auch nützlich.

»Hey, Kumpel«, hob Mom zu sprechen an, aber Oliver unterbrach sie.

»Ich will umziehen. Ich habe euch reden hören, und ich will umziehen.«

»Wirklich?«, fragte sein Vater.

Olly nickte. »Ja. Die Stadt ist … hart.« Das war sie. Der Lärm. Die Lichter. Das ununterbrochene Summen. Aber schlimmer als das waren die Menschen. Es waren gute Menschen. Aber dieser Schmerz, den er sehen konnte – er war *überall*. So viel Schmerz, der drohte, ihn zu zermalmen. Wie es bei der Schießübung heute passiert war. Der Schmerz flutete jeden Tag über ihn hinweg wie eine Welle. Und es wurde schlimmer. Es musste weniger werden. Vielleicht würde ein Umzug das ermöglichen. Vielleicht.

Nate zwang sich zu einem Lächeln und sagte dann: »Okay, Kleiner. Okay.«

Also war es beschlossen.

Die Familie Graves würde umziehen.

Kapitel 5
Die eine Bedingung

Das Haus

Es war ein steinernes Bauernhaus im Kolonialstil, das Mauerwerk stammte aus dem späten achtzehnten Jahrhundert. Ein hoher Bau mit schmalen Giebeln, der einen langen Schatten warf, wenn die Sonne dahinter aufging. Seine Tür war rot, das Schutzdach darüber blaugrün. Aber die Farbe von beidem war längst verblichen und löste sich in leprösen Streifen ab. Die Wegplatten waren rissig und zerbrochen, und Unkraut machte die Lücken noch breiter. Spinnweben, einige alte, einige neue, hingen in den Fenstern. Das Schieferdach befand sich in einem wirklich schlimmen Zustand, viele der Ziegel waren zerbrochen und zersplittert. Blauregen rankte sich um die Stromkabel, und Kletterpflanzen – Giftsumach und Wilder Wein – streckten sich vom Boden aus nach oben, wie Finger, die versuchten, das Haus zu packen und es in die Erde zu ziehen. Die Natur wollte dieses Haus zurückhaben.

Genauso, wie die Bäume das Haus überragten, schien das Bauwerk Nate zu überragen. Er erlebte einen Moment des Schwindels, in dem es sich so anfühlte, als klappe die rote Haustür weit auf und würde zum Maul des Hauses, das sich zu ihm vorbeugte. Das ihn verschlang und herunterschluckte. Dies war ein Gebäude mit stinkendem Atem und bösen Träumen.

Während Nate das Haus seiner Kindheit betrachtete, das er seit Jahrzehnten nicht mehr besucht hatte, hörte er einen Motor und das Knirschen von Splitt unter Reifen.

Der Rechtsanwalt, Rickert, fuhr in einem jahrzehntealten BMW die lange Einfahrt mit dem rissigen Asphalt hinauf – eine willkommene Störung. Er parkte den BMW neben dem kleinen Honda, von dem Nate vermutete, dass er der Krankenschwester aus dem Hospiz gehörte.

Rickert sprang aus seinem Wagen und kam herbeigeschlendert, einen braunen Papierumschlag mit einem Bindfadenverschluss in den Händen.

»Mr Graves«, sagte er.

»Rickert«, erwiderte Nate.

»Ihre Bedingung ist erfüllt worden.«

»Er ist jetzt da drin?«

Rickert nickte ungerührt. *Er hat Dad auch nicht gemocht,* begriff Nate. Was passend war; sein Vater hasste Anwälte ebenso sehr, wie er alles hasste.

Nate wühlte in seiner Tasche und holte einen abgegriffenen, zerknitterten Dollarschein heraus. So einen, wie ihn ein Imbissautomat ausspucken würde.

Der Anwalt nahm den Geldschein entgegen. Dann reichte er Nate den Umschlag. Nate spähte hinein und sah einen Stapel Papiere – Papiere, die er bereits vor einigen Tagen unterzeichnet hatte – nachdem Oliver ihnen mitgeteilt hatte, er wolle umziehen –, und außerdem die Grundbucheintragung und einen Schlüsselbund.

Genau in dem Moment wurde die Tür des Hauses geöffnet, und die Krankenschwester aus dem Hospiz – eine breitschultrige Frau mit gütigen Augen, einem Schopf braunen Haars und traurigem Ausdruck auf dem Gesicht – kam heraus. »Nathan Graves?«, fragte sie.

Nate nickte, korrigierte sie aber scharf: »Nate. Niemals Nathan.«

»Hallo Nate, ich bin Mary Bassett«, stellte sie sich vor, griff nach seiner Hand und hielt sie fest. »Ich bin die Krankenschwester aus dem Hospiz. Mein herzliches Beileid zu Ihrem Verlust.«

»Es muss Ihnen nicht leidtun. Ich bin hier, um mich an dem Geschehenen zu ergötzen, nicht um zu trauern.«

Ein Aufblitzen in ihren Augen verriet ihm, dass sie verstand. Es brachte ihn auf die Frage, durch welche Hölle sie mit dem alten Mann in der letzten Woche seines Lebens hatte gehen müssen.

Die Trümmer, die diese Dampfwalze von altem Widerling hinter sich zurückgelassen hat …

»Ist er da drin?«, fragte Nate.

»Ja. Im großen Schlafzimmer im ersten Stock.«

»Dann würde ich ihn gern sehen.«

Das war nämlich Nates Bedingung gewesen: Er hatte Rickert vor drei Tagen am Telefon mitgeteilt, dass er das Ein-Dollar-Angebot annehmen würde, wenn ihm eine kleine, private »Besichtigung« des Hauses erlaubt wurde, nachdem sein Vater gestorben war, aber bevor jemand dessen Leiche weggebracht hatte.

Sein Vater hatte dieser Bedingung zugestimmt.

Und jetzt war Nate hier. Betrachtete den Leichnam seines Vaters.

Nate hatte in seiner Zeit als Cop in Philly eine Handvoll Leichen gesehen – einmal hatte eine Hitzewelle eine ältere Dame dahingerafft und sie als ein fettiges, geschwollenes Etwas zurückgelassen, aufgequollen und voller Blasen. Ein andermal hatte ein harter Winter einem Obdachlosen das Leben genommen, und er war an einer Müllkippe festgefroren. All die Todesfälle, die er gesehen hatte, waren unnatürlich gewesen – Überdosen und Autounfälle und, das Schlimmste vom Schlimmsten, drei Leichen, die man aus einem niedergebrannten Nachtklub gezogen hatte. Was für diese Todesfälle galt, galt auch hier: Ein Leichnam hatte keine Seele. Etwas Entscheidendes war verschwunden. Ein fehlendes Teil hatte die Menschen von etwas Lebendigem in eine wächserne Puppe verwandelt.

Die Haut des alten Mannes lag lose über den krummen Knochen, runzelig und teigig wie die Seiten einer Bibel, die feucht geworden war. Die Augen waren glasig, der Mund dünn, jede Lippe ein kränklicher Erdwurm, der sich gegen den anderen drückte.

Das hier war nicht sein Vater. Nicht mehr. Es war nur eine Puppe.

Nate hatte *erwartet*, dass er, wenn er seinen Vater wiedersah, Entrüstung empfinden würde, die den Zorn aufsprühen ließ wie Magma – ein Aufwallen von Lava in seiner Kehle, rot glühend, das sich nicht bezähmen lassen würde, nicht bezähmen lassen konnte.

Er hatte *gehofft*, dass er Glück empfinden würde, wie ein Junge, dem man sagte, das Ungeheuer im Kleiderschrank sei verschwunden, dass tatsächlich *alle* Monster enthauptet worden seien, dass alles von jetzt an wie eine Karussellfahrt oder wie Luftballons sein würde.

Er hatte *befürchtet*, dass er traurig sein würde – dass es, wenn er seinen Vater ein letztes Mal sah, etwas öffnen würde, das er versteckt gehalten hatte, ein Reservoir von Kummer darüber, den alten Mann so zu sehen. Traurig, dass er keine Kindheit hatte, wie er sie sich vorgestellt hatte. Traurig bei der Frage, was seinen Vater zu dem Mann gemacht hatte, zu dem er geworden war.

Stattdessen fühlte er sich einfach nur leer. Eine Tafel, von der man alle Kreide abgewischt hatte, sodass nur glänzende, feuchte Schwärze zurückblieb.

Eines fühlte er jedoch durchaus: Er fühlte sich, als sei er ein Störenfried in diesem Raum. Sein Vater hatte ihn nie hier hereingelassen. Der Raum war tabu gewesen. Einmal hatte Nate sich hineingeschlichen und herumgestöbert und gedacht, er würde nicht erwischt werden, aber irgendwie hatte der Vater es gewusst. Er hatte es immer gewusst. Als ob die *Moleküle im Raum* durcheinandergebracht worden waren.

(Das war nicht gut gelaufen für Nate. Er hatte wochenlang blaue Flecken gehabt.)

Ihm wurde ein wenig übel davon, hier drin zu sein. Als würde er abermals erwischt werden. Es gab jedoch keinen Grund, diesem Gefühl nachzugeben. Er rannte nicht weg, obwohl er es gern getan hätte.

Der Raum hatte sich verändert. Er war unordentlicher, das Paradies eines Menschen, der Dinge hortete: stapelweise Waffenzeitschriften auf der Ankleidekommode, Haufen schmutziger Kleider, einige nicht mehr funktionierende Mausefallen in der Ecke (keine Mäuse), ineinandergestellte schmutzige Teller auf einem Nachttisch neben einer billig nachgemachten Rolex und einem uralten Wecker, so einem mit zwei Metallglocken am oberen Rand. Es hatte nicht so ausgesehen, als Nate hier gelebt hatte – seine Mom hatte dafür gesorgt, dass immer alles tipptopp gewesen war. Diese Moleküle im Raum zu arrangieren, war ihre Aufgabe gewesen, und dafür zu sorgen, dass sie arrangiert *blieben*, alles zur Freude des alten Hurensohns.

Nate erwartete auch, dass die Waffen seines Vaters noch immer hier sein würden: eine .45 ACP in der Sockenschublade, eine Repetierflinte unter dem Bett, eine Deringer mit zwei Schüssen in einem Schuhkarton im Kleiderschrank. Und wenn sie hier waren, waren sie geladen. Sein Dad war paranoid gewesen. Hatte gesagt, eines Tages würde jemand herkommen und seinen Scheiß stehlen – er bildete sich eine Menge rassistischer Ängste ein, als würden massenweise Schwarze oder Mexikaner im dunklen Wald draußen einfach Schlange stehen, um ihm seine Armbanduhren zu stehlen, allesamt billig nachgemacht. *Ein König muss seine Burg verteidigen,* hatte Dad immer gesagt. Aber er war kein König. Und dies war keine Burg.

Aber da war eine Sache, die Nate dann doch überraschte.

Sein Vater hatte sich nicht selbst ins Jenseits katapultiert.

Das war immer sein großes Ding gewesen. *Wenn ich jemals krank werde, richtig krank, werde ich mir eine Pistole unters Kinn halten. Ich gehe zu meinen eigenen Bedingungen.* Das hatte er seinem Sohn erzählt, als Nate ... wie alt? Als er zwölf gewesen war? Wer sagt so etwas zu einem Zwölfjährigen?

»Feigling«, murmelte Nate und erwartete keine Antwort.

Aber sein Vater antwortete trotzdem.

Der Leichnam seines Dads versteifte sich auf dem Bett, als sei das Leben plötzlich in seine Knochen zurückgeschossen. Der Rücken der Leiche wölbte sich, die Augen wurden aufgerissen, und der Mund öffnete sich weit, noch weiter, knackend dabei, und das Gesicht verzog sich zu einer Grimasse puren Elends. Sein Dad keuchte wie Wind, der durch ein zerbrochenes Fenster pfiff, dann kam ein verrücktes Aufblitzen von Licht ...

»Gott«, sagte Nate und wich von dem Bett zurück.

Und dann sah er seinen Dad, *eine andere Version seines Vaters,* in der Ecke des Raums stehen. Unmöglich, aber so war es: Ein Vater lag auf dem Bett und einer stand in der Ecke des Raums Wache. Der in der Ecke trug schlammverkrustete Jeans und ein dreckiges weißes T-Shirt, außerdem hielt er in seiner linken Hand, seiner falschen Hand, eine klobige Armeepistole. Er starrte Nate direkt an – starrte ihn an oder starrte *durch ihn hindurch,* das konnte Nate nicht erkennen, während sich der tatsächliche Leichnam seines Vaters die ganze Zeit über auf dem Bett ausstreckte und immer steifer und steifer wurde, und das schrille Einsaugen von Atem länger und länger wurde, als möglich schien.

»Nathan?«, fragte die Version seines Vaters in der Ecke, seine Stimme so heiser, dass sie summte, summte wie ein Wespenschwarm hinter einer Wand.

Die Tür zum Schlafzimmer wurde aufgerissen, und die Krankenschwester kam hereingeeilt. Der Leichnam auf dem Bett erschlaffte und sackte in sich zusammen. Nate blinzelte – die Materialisierung in der Ecke, der zweite Carl Graves, war verschwunden.

»Was ist passiert?«, fragte die Schwester.

»Ich …«

Aber Nate konnte nicht weiterreden. Er marschierte an ihr vorbei, die schmale Treppe hinunter, durch das vermoderte Haus und die Tür nach draußen.

Vor Rickerts Augen erbrach er sich in das von Unkraut überwucherte Blumenbeet.

»Man nennt es Schnappatmung«, erklärte Mary Bassett. Nate saß auf der Stoßstange seines alten Jeep Cherokee. Er hatte den sauren Geschmack von Erbrochenem im Mund, und sein Herz hämmerte noch immer wie ein Trommelschlegel gegen sein Brustbein.

Die Krankenschwester stand da, die Hände vor dem Bauch gefaltet. »Manchmal befällt jemanden, wenn das Leben entwichen ist, ein Myoklonus – ein Zucken oder ein Krampf –, und es kommt vielleicht zu einem Aufkeuchen. Es ist … ein schreckliches Geräusch. Ich habe es zum ersten Mal an der Uni gehört, als ich es mit meinem ersten Leichnam zu tun hatte, und es ist mir nie gelungen, es zu vergessen.«

Rickert stand in der Nähe und beobachtete das Gespräch mit entspannter Neugier.

Nate zog die Nase hoch. »Dad ist tot seit wann? Wie lange?«

»Seit einer Stunde.«

»Kann eine Schnappatmung passieren, so lange nachdem …« Er entschied sich, die Beschönigung der Schwester zu benutzen. »… das Leben entwichen ist?«

Sie zuckte die Achseln. »Meiner Erfahrung nach nicht, aber die Biologie ist ziemlich seltsam.«

»Da war noch etwas«, sagte Nate. »Ich habe ihn, Dad, in der Ecke stehen sehen. Ihn, aber nicht ihn. Wie einen Wiedergänger.«

Mary machte ein trauriges, mitfühlendes Gesicht. »Es ist nicht ungewöhnlich, so etwas zu sehen. Es ist ein Augenblick von erheblichem Stress. Wenn es Ihnen hilft zu denken, Sie hätten seinen Geist gesehen, ist das in Ordnung. Wenn Sie sich lieber vorstellen möchten, es sei eine Halluzination gewesen, ist das auch in Ordnung.« Sie versuchte zu lächeln. »Es gibt da keine falschen Antworten.«

»Okay.« Nate nickte. *Nur eine Halluzination,* dachte er. »Danke.«

Sie drehte sich zu dem Anwalt um. »Ich habe alle Medikamente ins Klo geworfen und weggespült und auch den Totenschein vorbereitet. Wenn Sie wollen, kann ich jetzt den Bestatter anrufen.«

»Bitte«, sagte Rickert.

Sie murmelte eine weitere kleine Entschuldigung und danach einen Abschied für Nate, dann war Mary Bassett verschwunden.

»Werden Sie zu der Beerdigung kommen?«, fragte Rickert.

»Das hier war für mich die Beerdigung.«

»In Ordnung. Ich werde mich um alle rechtlichen Angelegenheiten kümmern. Für die Immobilie gibt es keinen Testamentsvollstrecker, falls Sie sich das fragen.«

»Das habe ich mich nicht gefragt.«

Rickert stand da, lautlos wie die Bäume an diesem heißen, windstillen Tag im August. Schließlich sagte er: »Was werden Sie mit dem Haus machen? Es gewinnbringend verkaufen? Es dürfte Ihnen schon einiges Geld einbringen.«

»Ich habe eine Firma für Haushaltsauflösungen bestellt. In ein paar Tagen wird das Haus ausgeräumt und alles verkauft, was nicht niet- und nagelfest ist. Eine Woche später ...« Er konnte nicht glauben, dass er die nächsten Worte aussprach. »Wird meine Familie einziehen.«

»Das überrascht mich.«

»Nicht so sehr, wie es mich überrascht, Mr Rickert. Nicht so sehr wie mich.«

Zwischenspiel
Die Ankunft

Tiere gingen nicht gern in den Tunnel.

Sie verabredeten das nicht untereinander, nicht direkt. Sie haben keine artübergreifende Sprache, obwohl sie mit Artgenossen durchaus kommunizierten – zirpend, schnalzend und zwitschernd, blökend und grunzend. Aber nie brauchte ein Tier einem anderen zu sagen: *Geh da nicht rein.* Sie wussten es. Es summte in ihrem Fell und ihren Federn. Ihr Blut sang die Warnung.

Der Tunnel war, wie sie wussten, nicht einfach nur ein Tunnel. Er war ein Ort, der nach Angst roch – eine dunkle Kuhle, eine dünne Stelle, eine Membran, durch die Dunkelheit, wahre Dunkelheit, hindurchkommen konnte, und sie konnten es spüren, und sie konnten es riechen. Außerdem wussten sie, dass es nicht nur der Tunnel war, sondern das ganze Umland – doch der Tunnel war das Zentrum. Und auch wenn sie nicht das ganze Gebiet drum herum meiden konnten, waren sie doch überaus weise und machten einen großen Bogen um den Tunnel selbst.

Aber heute ging eine Person durch den Tunnel – ein Mensch, einer von diesen schlaksigen, gummiartigen, größtenteils unbehaarten Affen. Die Person lief. Ein Mann der Spezies. Menschen gingen oft durch den Tunnel. Menschen waren, wie sich herausstellte, sehr dumm. Rannten, obwohl nichts sie jagte.

Aber die Dummheit der Menschen war manchmal das Glück der Tiere. Der Mann, der unter dem niedrigen, steinernen Bogen hindurch in die lange Dunkelheit ging, trug etwas bei sich, wie Menschen es oft taten:

Nahrung.

Nüsse und Samen und getrocknete Früchte. Er lief träge, kaute und schmatzte.

44

Knirsch, knirsch.

Schmatz, schmatz.

Und dann ließ er, wie Menschen es ebenfalls oft taten, Bröckchen von dem, was er aß, fallen. Menschen waren verschwenderische Kreaturen. Unendlich gleichgültig gegenüber der Welt um sie herum, warfen sie Dinge mit achtloser Beiläufigkeit weg. Essen und Müll und Schätze in gleichem Maße.

Das Eichhörnchen wusste, dass es nicht in den Tunnel schlüpfen durfte. Das war eben so.

Aber es war auch so, dass der Herbst kam.

Und mit dem Herbst die Kälte.

Und wenn die Kälte schlimmer wurde, würde es Winter sein – die Welt würde sich in ein Ödland aus Schnee und Eis und Wind verwandeln. Eichhörnchen überlebten im Winter aufgrund des einzigartigen Triebs, Nahrung anzusammeln und zu verstecken. Wenn sie etwas Essbares sahen, waren sie darauf programmiert, es sich trotz aller Widrigkeiten zu holen und es dann an einen geheimen Ort in den Bäumen zu bringen und unter Felsen und in Erdlöcher, gegraben von hektischen kleinen Pfoten.

Dort, *gleich dort,* in dem Tunnel, da gab es Futter.

Wunderbares, begehrenswertes Futter.

Also tat das Eichhörnchen, was Eichhörnchen tun, selbst wenn ein Wagen auf sie zufuhr – das Eichhörnchen folgte dem Futter.

Es huschte in den Tunnel und hinein in die Dunkelheit. Zuerst bewegte es sich langsam, dann mit hektischer Schnelligkeit. Vor ihm waren die verstreuten Samen, Nüsse und Früchte. Nur noch drei Meter. Zweieinhalb. Zwei. Das Eichhörnchen konnte sie praktisch schon schmecken.

Aber die Dunkelheit des Tunnels schien trostloser zu werden. Und schwärzer. Das Eichhörnchen blieb stehen. Sein Fell stellte sich plötzlich auf – eine Warnung. Ein schriller Laut drang in den schmalen Gehörgang des Tieres. Schatten zitterten und drückten sich dann heran, als würde etwas Schweres auf das Eichhörnchen herabfallen.

Und doch war das Eichhörnchen dem Futter nah, *so nah.*

Also huschte das Eichhörnchen weiter. Ignorierte das übelkeiterregende Gefühl in seinem Magen, von dem es hoffte, dass es einfach nur Hunger war.

Näher jetzt. Noch näher.

Es streckte eine Pfote nach der ersten Nuss aus. Es führte die Nuss an den Mund, bereit, sie sich in die Wangentaschen zu stopfen …

Und dann wurde das Schrillen in seinen Ohren unerträglich, wie eine scharfe Nadel, die man ihm ins Hirn gestoßen hatte. Das Eichhörnchen zuckte, rollte sich auf den Rücken, wedelte mit dem Schwanz und kratzte mit den Pfoten über den Boden, während es sich wieder und wieder und wieder umdrehte. Das Tier gab aus tiefster Kehle einen Laut von sich: ein verzweifeltes Quieken, das sich in einen schrillen Schrei verwandelte.

Schon bald hörte es auf zu zappeln. Es konnte sich nur flach auf den Bauch pressen und seinen Kopf auf den harten Boden legen. Hoffen, das Geräusch zu stoppen, das schrill in seinen Ohren kreischte. Sein Kopf zitterte. Zwillingsströme von Blut spritzten ihm aus den Nasenlöchern, und blutiger Schaum strömte an seinen Zähnen vorbei. Sein Bauch schwoll an und platzte dann auf wie ein zerbrochenes Ei, und all seine Innereien quollen mit solcher Wucht heraus, dass sich der Körper des Tieres auf einemn kleinen Hügel seiner eigenen Eingeweide erhob.

Es blieb lange genug am Leben, um zu sehen, wie sich die Luft um es herum verzerrte und sich die Schatten fest wie ein Knoten zusammenzogen. Elektrische Funken tanzten die Tunnelwände hinauf, und dann brach aus dieser Dunkelheit ein unirdischer Lichtblitz.

Und dort, hineingebrannt in die Welt wie ein auf der Netzhaut zurückgebliebenes Bild, war ein Mensch. Ebenfalls ein männliches Exemplar der Spezies, wenn auch ein anderes als der, der nur Minuten zuvor so lässig hindurchgelaufen war. Dieser Mann hatte ein von Narbengewebe zerfetztes Gesicht, als hätte er mit einer furchtbaren Bestie gerungen, mit irgendeinem Dämon. Und als sei er selbst ein Dämon, glühte das eine seltsam gefärbte Auge des jungen männlichen Menschen – ein Auge, das sich in diesen gezackten Schlitz von einer Narbe schmiegte – und schien die Farbe zu wechseln, wie Licht, das in einem Prisma gebrochen wurde.

Dann stieg der männliche Mensch über das Eichhörnchen und ging davon.

Dunkelheit und Tod kamen über das Tier. Die Kreatur erlosch in einem Sturzbach von Flüssigkeiten, einem plötzlichen Aufreißen ihres Fells und einem Zischen von Gasen. Das Eichhörnchen starb, aber das war nicht sein Ende. Nicht wirklich. Denn bald schlüpfte es zwischen Ritzen, durch Dunkelheit und hinein in Nebel.

Zweiter Teil

DER EINZUG

Die Wahrheit ist simpel, so simpel, dass ein Kind sie verstehen kann. Mein Vater war ein kalter Mann, ein Mathematiker, der mich nicht liebte und dem ich meinerseits keine Liebe entgegenbrachte, aber eines, was er mir erzählt hatte, ergab grundsätzlich einen Sinn: Er sagte, die wahrste Sprache des Universums seien nicht unsere Worte oder unsere Körpersprache oder überhaupt irgendetwas, das von uns kam. Vielmehr, so sagte er, waren es Zahlen, es war Mathematik. Alles war Teil einer Gleichung, und wenn man diese Gleichungen verstand, wenn man die wahren Zahlen kannte, wusste man alles. Es gab nichts, das man nicht entschlüsseln konnte, wenn man die richtige Gleichung aufstellte. Für alles gab es eine Variable, die die Gleichung vollenden würde. Und jetzt habe ich diese Zahl. Es ist die Zahl der Welt, die Zahl von Engeln, die Zahl von Dämonen. Es ist das Zeitalter Abrahams, als Gott erschien, das Zeitalter des Johannes von Patmos, es ist die Zahl des Freimaurerordens der goldenen Centurie, der Zahlenschlüssel des Amens, des Goldenen Jahrhunderts, der Zahl des Zerfalls. Ich hatte einen Traum, in dem das Monster des Tunnels zu mir kam und mir diese Zahl auf den Kopf schrieben. Und so bin ich dort hingegangen, zu den Felsen, zu dem Tunnel, und von dort wurde ich ausgeschickt. Mein Vater hatte recht. Alle Dinge sind Zahlen. Wahre Zahlen. Wahre Sprache. Er hatte acht Knöpfe an seiner Jacke, als ich ihn getötet habe.

Aus dem Tagebuch 37 des Serienmörders
Edmund Walker Reese

Kapitel 6
Ich sehe eine rote Tür

Alle drei starrten auf die rote Tür.

»Wollen wir das wirklich?«, fragte Nate.

Maddie lachte, der Laut fast verloren im Gezwitscher und Gezirpe der Zikaden. »Ein wenig spät für diese Frage. Wir haben das Ding gekauft.«

»Ja. Für einen Dollar. Und für zehn Riesen an Steuern pro Jahr. Und dem, was wir wahrscheinlich für Reparaturen und Modernisierungen im Laufe des nächsten Jahres bezahlen werden, im Laufe der nächsten beiden Jahre, der nächsten zehn ...« Er fuhr sich mit einer Hand über den Bart, und dieser raschelte, als striche er mit dem Daumen über eine alte Stiefelbürste. Er hätte sich rasiert, wäre er noch in der Stadt gewesen – aber hier draußen fühlte sich die ungezähmte Wildheit des Bartes nur allzu passend an.

Sie beugte sich dicht zu ihm und legte ihm eine Hand auf die Schulter. »Danke, dass du das tust, Nate. Ich denke, es wird gut werden.«

»Das denke ich auch«, pflichtete er ihr bei, aber es war eine Lüge.

»Dieses Haus ist ziemlich cool«, warf Olly ein. Es *war* schön, ein Lächeln auf seinem Gesicht zu sehen. Schon jetzt wirkte sein Sohn mehr wie ... nun, *wie er selbst* war vielleicht nicht fair ausgedrückt, aber genauso nahm Nate es wahr. Oliver wirkte leichter und freier. Der Junge fügte hinzu: »Und der Garten ist ziemlich wild. Das meiste zugewuchert.« Oliver schlug sich an den Hals. »Au.«

»Eine Mücke hat dich gefunden«, sagte Nate. Er ließ eine wahrhaft grässliche Dracula-Parodie folgen. »Sssie wollen dein Bluuut ssssaugen.«

»Igitt.«

»Zumindest sind es keine Zecken.«

»Zecken?«, fragte Maddie erschrocken. »Was soll das heißen, Zecken?«

»Wir befinden uns jetzt im Zeckenterritorium. Aber das ist kein Problem. Die Beutelratten fressen die Zecken. Und Fledermäuse fressen die Mücken.«

»Zecken, Beutelratten, Fledermäuse und Mücken.« Sie schüttelte den Kopf. »Verdammt, sag den Männern vom Umzugsunternehmen, sie sollen umkehren, und lass uns diese gaaaanze Shitshow niederbrennen.«

Nate lachte und Oliver auch. Sie waren an Maddie gewöhnt, auch wenn sie ihre einzigartige *Leidenschaft* für vulgäre Ausdrücke nicht ganz teilten.

»Landleben«, kommentierte Nate und küsste sie auf die Wange.

»Also, das ist jetzt unsere neue Haustür«, stellte Olly fest.

»Zwei Angeln und ein Knauf«, sagte Maddie und machte ein merkwürdiges Gesicht. »Das ist alles, was man braucht, um eine Tür zu bauen.«

Nate zuckte die Achseln. »Dann lasst uns die Tür öffnen und unser Leben hier beginnen.«

(Diese Wendung: *Zwei Angeln und ein Knauf. Das ist alles, was man braucht, um eine Tür zu bauen.* Sie kam aus ihrem Mund, aber Maddie hatte keine Ahnung, warum. Oder woher sie kam. Hatte sie sie schon einmal gehört? So musste es sein.)

Es wurde immer schwerer, in der Stadt zu arbeiten, mit der ganzen Gentrifizierung, die im Gange war – warum ein Ladenlokal an einen Künstler vermieten, wenn man es an eine scheiß trendige Café-Kette vermieten konnte oder an jemanden, der stylische, ausgefallene, maßgeschneiderte Augenklappen an einäugige Hipster verkaufte? Hier draußen besaßen sie ein eigenes Grundstück und eine einfach gebaute Scheune, die sie zu ihrer Werkstatt umbauen würde. Und schon jetzt schwirrte ihr der Kopf von Listen – *muss einen Heizungsbauer anrufen, um einen zweiten Kreislauf anzuschließen, und einen Elektriker, der die Stromverteilung erneuert, und die Kabelfirma für den Internetanschluss und Trudy Breen, um herauszufinden, ob sie irgendwann im Frühling eine Ausstellung in einer Galerie arrangieren kann ...* Und dann dachte sie auch daran, eine Einkaufsliste für Lebensmittel zu erstellen, denn sie hatten nichts zu essen, und außerdem musste sie dafür sorgen, dass alle ihre neue Adresse bekamen, und ...

Auch *das* war typisch Maddie. Listen innerhalb von Listen, Pläne für neue Listen, Listen, um neue Pläne zu schmieden. Menschen erwarteten von Künstlern, dass sie sich in allen Dingen vage ausdrückten, dass sie nachtaktive Hurensöhne waren, und einige waren das tatsächlich – aber diese Künstler mussten entweder a) verhungern oder b) ohnehin schon reich sein, und Maddie wollte nicht verhungernd. Und es stand verdammt sicher fest, dass sie nicht reich war, was also bedeutete, dass sie ihren Scheiß auf die Reihe kriegen musste, vielen herzlichen Dank.

(Ein weiterer Charakterzug von Maddie: ein Mundwerk, das unflätiger war als eine Schlange, die sich in einem Krug mit billigem Tequila selbst ertränkte. Männer durften so reden, und Frauen durften das oft nicht, was Maddie als persönliche Herausforderung betrachtete. Scheiß drauf, wenn die Leute dachten, Frauen könnten nicht unanständig sein. In ihren jüngeren Jahren hatte Mads gern gesagt: *Befiehl mir zu lächeln, und ich zeige dir die Zähne.*)

Im Augenblick kriegte sie ihren Scheiß auf die Reihe. Es lief so, wie es laufen sollte. Schon jetzt gingen die Möbelpacker im Haus ein und aus, stapelten Kisten übereinander, platzierten Möbel. Nate überwachte das Ganze. Oliver schaute sich sein Zimmer an.

Das gab ihr einen Moment Zeit. Einen Moment ganz für sich allein.

Also verließ sie die Küche und ging durch die Hintertür auf die wacklige Veranda und von dort aus in den Wald. Maddie fand einen überwucherten Pfad und folgte ihm zu der Scheune. Sie musste nicht weit gehen, bis sie sie fand – eine Scheune im wahrsten und ursprünglichsten Sinne: konstruiert aus recycelten umfunktionierten Telefonmasten, die man tief im Boden vergraben hatte, sechs auf jeder Seite, mit einem rostigen Blechdach. Die Masten waren noch nicht verfault, aber der Rost hatte schon lange Nuten und Löcher in das Dach gekaut. Die Mumie eines alten Wespennestes hing neben unzähligen Spinnweben von den Dachsparren herab. Die Scheune hatte keine Wände, und im dreckigen, staubigen Boden gab es Ritzen, Löcher und kistenförmige Abdrücke von Dingen, die schon lange nicht mehr benutzt worden waren. Die Firma für Haushaltsauflösungen hatte sie abtransportiert – das Unternehmen, das sie dafür angeheuert hatten, ihnen den ganzen Müll abzunehmen, den Nates verstorbener Vater hinterlassen hatte.

Dieser Raum gehörte ihr und nur ihr.

Sie nahm sich eine Minute Zeit, um mit dieser kleinen Eingebung dazusitzen.

Es fühlte sich an, als hätte sie Raum, um sich auszubreiten und zu atmen, Raum, um zu *erschaffen* und zu *erschaffen* und *noch ein wenig mehr zu erschaffen*. Aber …

Dann stürzte erneut die Realität auf sie ein. *Ich muss erst mal Wände hochziehen lassen. Ich muss auch Strom haben, Lampen anschaffen, eine Heizung einbauen lassen, meine ganze Ausrüstung herbringen, wie das Schweißgerät und den Werkzeugschrank und die Armaturen und und und,* und das zusätzlich zu all den anderen Pflichten, die ein frisch bezogenes Haus mit sich brachte. Normalerweise befreiten Listen sie, aber plötzlich fühlten sich ihre Listen an wie Wackersteine, die sich auf ihrer Brust auftürmten.

Aber wenn sie diese Wackersteine von sich werfen könnte …

Ich brauche die Scheune nicht, um etwas zu erschaffen.

Nate und Oliver brauchen keine ausgepackten Kisten.

Wir brauchen keine Lebensmittel – Scheiße, wir können uns etwas kommen lassen.

Und daraufhin fühlte sich der Wald überall um sie herum mit einer machtvollen Welle lebendig an – ja, buchstäblich erfüllt von Leben, Eichhörnchen und Blauhähern und Spinnen, ach du liebe Güte – aber auch mit den Möglichkeiten, die er offerierte. Das hier war ein alter Wald, und viele der Bäume lagen herum wie gefallene Soldaten. Wenn sie nur aus einem etwas herausschnitzen könnte …

Das ließe sich mit einer Kettensäge machen.

Sie hatte keine Kettensäge.

»Verdammt, ich brauche eine Kettensäge«, sagte sie zu dem Wald.

Werkzeuge waren wichtig. Genauso, wie man nicht mir nichts dir nichts nach Mordor ging, machte man nicht mit beschissenen, unzulänglichen Werkzeugen Skulpturen.

Man benötigte einen richtigen Glasschleifer, einen guten Keilriemen, um etwas aus Ton zu drehen, eine gute Vorrichtung, um Kunstharz ohne Luftbläschen zu gießen.

Und Maddie wollte die richtige – die *beste* – Kettensäge, um Holz zu bearbeiten. Obwohl sie noch nie mit einer Kettensäge herumgefummelt hatte, um Skulpturen zu machen, hatte es sie danach verlangt zu lernen, daher wusste sie, was sie brauchte: eine Kettensäge zum Schnitzen.

Eine gewöhnliche Kettensäge war gut, um Bäume abzuschlachten. Aber sie war kein Schlachter. Nein, Maddie brauchte eine Säge mit kurzer Klinge, ein Gerät, das es ihr ermöglichen würde, größere Schnitte zu machen, mit dem sie aber auch das Holz ausmeißeln konnte, um kleine Rillen und Dellen, Furchen und Kerben zu erzeugen, alles in dem Bemühen um Detailliertheit. Ein leichtes Gerät mit wenig Vibration. Sie hatte einen Freund, der auf Stihl schwor, aber wo zur Hölle sollte sie so eine Maschine herkriegen? Sie kannte sich in dieser Gegend nicht aus.

Vielleicht Nate.

Also ging sie los, um Nate zu suchen.

Sie fand ihn im oberen Stockwerk, wo er hasserfüllt auf die Tür zu ihrem Schlafzimmer starrte. Sie legte ihm eine Hand auf die Schulter – und er reagierte, als hätte sie ihn soeben mit einer Betäubungspistole getroffen.

»Gott!«, rief er erschrocken.

»Nein, kein Gott, nur die kleine alte Maddie«, sagte sie mit einem Augenzwinkern. Er lachte nicht, und sie warf ihm einen fragenden Blick zu. »Oh, es ist der ernste Nate. Verstehe, verstehe.«

Er schüttelte den Kopf und zwang sich zu einem Lächeln. »Bei mir ist alles klar. Was liegt an?«

»Ich brauche eine Kettensäge.«

»Eine was?«

»Eine Kettensäge zum Schnitzen.«

»Eine Kettensäge nimmt man zum Zersägen, nicht zum Schnitzen.«

»Komm mir nicht mit dieser Männererklärung, Junge. Du magst hier der Cop sein, aber vergiss nicht, wenn etwas geschraubt oder genagelt werden muss, dann bleibt es an mir hängen.« Sie grinste. »Oh Mann. Macht dich diese Renovierung auch so heiß? Was wir in unserem neuen Schlafzimmer alles so treiben können. Nageln. Abspritzen. Ein Rohr verlegen.« Sie zwinkerte ihm frech zu und strich mit einer Hand über seinen Arm, um seine muskulöse Schulter zu ertasten.

Er riss den Arm scharf zurück, als hätte er sich verbrannt.

»*Oooooder* nicht.«

Er zuckte zusammen. »Es ist nicht unser Schlafzimmer.«

»Es *ist* unser Schlafzimmer. Deins und meins.« Enttäuschung verfinsterte ihre Miene. Aber plötzlich verstand sie. Sie durchschaute Nates Unsinn. Er wusste nicht, dass es Unsinn war, und er machte auch nicht ernst damit. Aber ihr Mann hatte lange versucht, sich hinter dunklen Vorhängen zu verstecken, und sie war die Einzige, die diese Vorhänge mühelos teilen konnte, um zu sehen, was wirklich dahintersteckte. »Oh, kapiert. Du hast immer noch das Gefühl, es sei *ihr* Zimmer.«

»In meiner Kindheit hat Dad sich sehr klar ausgedrückt. Man ging nicht in *sein* Schlafzimmer. Nicht *ihr* Schlafzimmer. Nicht *Moms* Schlafzimmer. Er hat es als sein Schlafzimmer bezeichnet. Also bin ich nie hineingegangen. Es fühlt sich an wie …« Er schien Mühe zu haben, das richtige Wort zu finden. »Ein unbefugtes Eindringen. Er hat dort gelebt und ist dort gestorben. Es ist nicht unser Zimmer.« Er hatte ihr erzählt, dass Carl Graves tot in diesem Zimmer gelegen hatte. Und auch dass er plötzlich aufgewacht war. Ein letztes Keuchen, bevor er ging. Sie hatte versucht, mitfühlend zu sein und zu verstehen, wie das für ihn gewesen sein musste. (Schließlich hatte sie ihren eigenen Vater sterben sehen.) Aber es war auch wichtig für sie, dass er, nun ja – seinen Scheiß auf die Reihe kriegte, denn hier ging es um mehr als nur um ihn.

»Gott, Nate. Du kommst wirklich nicht damit klar. Mit nichts von alldem.«

»Ich werde zurechtkommen.«

»Wirst du nicht!«, widersprach sie laut, zu laut. Sie wiederholte die Worte, diesmal leiser. »Wirst du nicht. Gott, wir hätten nicht hierherziehen sollen. Hätten dieses Haus nicht nehmen sollen.« Sie spürte, wie sie in einen hektischen Krisenmodus verfiel. »Wir können es immer noch verkaufen. Die Möbelpacker haben noch nicht so viel von unseren Sachen abgeladen, und ehrlich, wir haben ohnehin nicht genug Möbel, um dieses Haus zu füllen. Wir sagen den Männern einfach, dass sie unseren Scheiß in einen dieser, wie sagt man noch gleich, einen dieser Lagerräume bringen sollen? Wir können die Sachen einlagern, bis wir ein Haus finden …«

Aber Nate schüttelte den Kopf. »Nein. Ich weiß, worauf du hinauswillst. Lass es. Hör mal, ich werde das überwinden. Wir behalten das Haus. Wir haben die Stadt verlassen. Es ist sicherer hier draußen. Olly gefällt es; Gott, er hat sich jetzt schon verändert, man kann es spüren. Es ist ruhiger, einer der besten Bezirke im Staat und die Schule ist erste Sahne. Du brauchst den Platz, den Raum für deine Arbeit. Mann, ich fange am *Montag* mit einem neuen Job an. Olly fängt schon bald mit der Schule an.« Er wirkte entschlossen. »Wir ziehen das durch.«

Sie musterte ihn. Versuchte, diese dunklen Vorhänge erneut zu bewegen, um festzustellen, ob er das, was er sagte, ehrlich meinte.

Dann legte Maddie ihm beruhigend eine Hand auf die Schulter – und stieß ihm gleichzeitig anklagend einen Finger ins Brustbein. Heftig.

»Na schön. Reiß dich einfach zusammen. Und krieg deinen Scheiß auf die Reihe. Das hier muss unbedingt klappen. Du bist doch sonst nicht so, und wir zählen auf dich. Du bist ein Fels in der Brandung. Also sei ein Fels. Okay?«

Die Körpersprache war klar – sie würde ihn unterstützen, ja, aber sie würde sich andererseits seinen Scheiß nicht gefallen lassen.

Er nickte.

»Hey. Ich versteh schon. Das ist hart.«

»Es ist in Ordnung.«

»Es ist noch härter *zuzugeben,* dass es hart ist.«

»Es … ist hart. Alles.«

Sie lächelte. »Na bitte. Siehst du? Fühlt sich das nicht schon ein wenig besser an?«

»Fühlt es sich. Ungefähr so viel …« Er hob Daumen und Zeigefinger, weniger Millimeter getrennt voneinander. »Ein winzig klitzekleines bisschen.«

»Ich liebe dich. Wir werden mit allem zurechtkommen.«

»Ich liebe dich auch.«

»Ich sag dir was«, fuhr sie fort und wandte sich ab, um wieder die Treppe hinunterzugehen. Du und ich, wir werden fürs Erste das hintere Schlafzimmer nehmen.«

»Wo wird Olly …«

»Schlafen? Ich habe ihm bereits gesagt, dass er sich den Dachboden nehmen kann.«

»Der Dachboden, Mads, ich weiß nicht. Er ist alt und schmutzig und heiß …«

»Witzig, so beschreibe ich dich immer.«

»Haha.«

»Psst. Es wird gut für ihn sein. Er ist fünfzehn. Er könnte den Raum gut gebrauchen, das Abgetrennte. Das dort oben kann seine Welt sein, nicht unsere.« Sie senkte die Stimme. »Außerdem, ehrlich, der Bursche verbraucht jetzt schon zwei Paar Sportsocken pro Tag. Wir müssen vielleicht Kleenex-Aktien kaufen … oder wenigstens eine Mitgliedschaft in einem Großhandel erwerben, um mit dem Mehrverbrauch fertig zu werden.«

Nate machte ein angewidertes Gesicht, erpicht darauf, das Thema zu wechseln. »Ich hoffe, dass es ihm hier draußen gut geht.«

»Es wird ihm großartig gehen. Er wirkt jetzt schon ruhiger …«

Oben schrie ihr Sohn.

Oliver stieg die beengte Treppe hinauf – und als er oben war, betätigte er den Lichtschalter, und *kli-klick,* es wurde Licht. Der Dachboden zog sich über die ganze Länge des Hauses; das ergab zwei wirklich große Räume. Das Dach war ein Giebeldach, daher konnte er in der Mitte unter dem First bequem aufrecht gehen; links und rechts reichte die Dachschräge bis zum Boden, sodass dort an Stehen nicht

58

mehr zu denken war. Doch die Möbelpacker hatten bereits einige seiner Sachen heraufgebracht und sein Bett in eine der Ecken geschoben, an die Schrägneigung des Daches. Das gefiel Oliver. Es fühlte sich irgendwie sicher an. Versteck dich im Winkel, weit weg von der Welt.

Trotz des modrigen Holzgeruchs und des Staubes und der Hitze – Gott, es war ein Backofen hier oben – gefiel es Oliver irgendwie. Der Dachboden war geräumiger als sein Zimmer in der Stadt, so viel stand fest. Er hatte das Gefühl, dass er hier *atmen* konnte.

Er trat einen Schritt näher an das Bett heran und …

»Oh, *Scheiße*«, sagte er und stolperte schnell zurück. Als er sah, was auf dem Boden war, schrie er nach seinen Eltern.

Das einzige Licht auf dem Dachboden stammte von einer einzelnen nackten Glühbirne, daher hielt sein Vater eine Lampe von unten in der Hand, als er heraufkam. Er steckte sie in die Steckdose und benutzte sie wie eine Taschenlampe, richtete das Licht auf den Boden und beleuchtete, was da war.

»Seht ihr das?«, fragte Oliver.

»Was zur Hölle ist das?«, fragte seine Mom zimperlich.

»Ich habe nicht den leisesten Schimmer«, sagte sein Dad.

»Sie wussten natürlich, *was* sie sich da ansahen.

Sie wussten nur nicht, was es zu bedeuten hatte.

Eine große tote Maus lag im Staub auf dem Holzboden. Der Kadaver war vertrocknet, reduziert auf ledrige Haut, drapiert über Streichholzknochen wie eine Decke. Das war jedoch nicht der Hammer …

Ameisen marschierten rund um den Leichnam der Maus, in einem perfekten Kreis, Reihen um Reihen von ihnen, in einer irrsinnigen Karussellfahrt um den Kadaver des Nagetiers herum. Ein endloser Wirbel von Insekten, die nirgendwo hingingen, aber außerstande waren innezuhalten. Es erinnerte an etwas, das sie an der Quäker-Schule machten – den Tanz um den Maibaum. Kinder und Lehrer hielten mit einer zentralen Stange verbundene Bänder in den Händen, umkreisten die Stange und schlangen die Bänder darum.

»Das ist *seltsam*«, murmelte Oliver.

»Beutelratten, Zecken, Mücken, Fledermäuse und jetzt ein schauriger Ameisenzirkus? Ich erneuere meinen Vorschlag, das Haus niederzubrennen«, stellte seine Mom fest, aber auch sie schien verzückt zu sein von dem Ameisenkreisel.

»Soll ich sie töten?«, fragte Dad.

Mom zuckte die Achseln. »Vielleicht beten sie die Maus an.« Sie hob die Stimme zu einem schrillen, insektenhaften Heulen: »*Sei mir gegrüßt, König Knabberer, Ehre sei dem toten Nagetierkönig!*«

»Ich bin mir sicher, es ist etwas … Normales«, sagte Dad. Er klang nicht sicher.

Doch Oliver hatte bereits sein Handy hervorgeholt und googelte *Ameisen in einem Kreis*. Binnen einer halben Sekunde wurden ihm etliche YouTube-Videos vorgeschlagen. »Man nennt es eine *Ameisenmühle* … oder, mal sehen, einen *Ameisenwirbel*. Sieht aus wie ein natürliches Phänomen – sie verheddern sich irgendwie in ihrer eigenen Pheromonspur, und es ist wie ein Gleis, das sie nicht verlassen können, daher schlingen sie sich einfach rund und rund und rund darum herum, bis sie …« Er las weiter, und während er das tat, runzelte er die Stirn. »… sterben. Es ist Ameisenselbstmord.«

»Und ob es Selbstmord ist«, sagte sein Dad und riss die tote Maus mit seinem Taschentuch hoch. Dann richtete er sich auf und trat einige Male zu. Er hielt die Lampe erneut dorthin, wo die Ameisen jetzt zerquetscht im Kreis lagen. Einige krochen immer noch über den Boden, und er drückte seinen Fuß ein letztes Mal darauf, drehte die Ferse hin und her wie ein Raucher, der eine Zigarette austrat.

»Wir brauchen sie nicht zu töten«, meldete Oliver sich zu Wort. Ihm stockte der Atem. Er wusste, dass er sich nicht ausgerechnet um Ameisen scheren sollte – sie hatten keinen Verstand und keine Gefühle, und er war sich nicht einmal sicher, ob sie Schmerz empfanden – aber trotzdem, und dass sein Vater sie zertrat, fühlte sich so brutal an. So *endgültig*.

Oliver würgte einen Kloß dummer Gefühle herunter. »Wenn die Maus weg ist, werden sie vielleicht …«

»Olly, ich kann nicht jede Ameise retten. Wie du gesagt hast, sie haben sich in einer Art … Todesspirale befunden.«

»Aber …«

Sein Dad legte ihm eine Hand auf die Schulter. »Hör mal, Alterchen …« Alterchen, einer von Olivers Spitznamen, neben Olly, Kleiner, Kumpel. »Die Möbelpacker sind fast fertig. Sie werden dir gleich den Rest deiner Möbel hochbringen, dann kannst du anfangen, Kartons auszupacken. Okay? Kommst du klar?«

»Ich komme klar«, bestätigte Oliver. Er wollte nicht verraten, wie sehr ihn die Ameisengeschichte erschüttert hatte. Also zwang er sich zu einem Lächeln und hoffte, dass sie es nicht bemerkten. Obwohl er vor seinem inneren Auge diese Ameisen immer noch sehen konnte, wie sie sich drehten und drehten und drehten, wie ein verrücktes, zerbrochenes Rad.

Kapitel 7
Die Eigenschaft der Seele

»Ich will noch etwas länger über die Ameisen reden«, sagte Dr. Parveena Nahid auf dem Bildschirm seines Laptops. Das war ihre erste offizielle Videositzung über FaceTime seit seinem Umzug. Sein Dad war nicht allzu glücklich darüber, den vollen Preis zahlen zu müssen nur für einen Videoanruf, aber andererseits hatte er auch keine Lust, Oliver in die Stadt zu fahren. »Es hat dir zu schaffen gemacht.«

»Ich – ja. Aber es ist, hm, eine Woche her?«, antwortete er und versuchte, geringschätzig zu klingen, als sei es ihm egal. Der Laptop stand auf seinem Schreibtisch, und Oliver saß auf dem Stuhl. Er stützte das Kinn in seine Hände, die Ellbogen auf dem Holz.

»Macht es dir immer noch zu schaffen?«

»Vielleicht. Keine Ahnung.« Er seufzte. *Sei einfach ehrlich.* »Ein wenig.«

»Warum?«

»Ich weiß es nicht.« Er lachte, aber es war kein witziges Lachen. »Ich weiß, dass Ameisen nicht wie kleine Leute sind oder so, ich denke, sie haben keine … weiß nicht. Schmerzen oder Gefühle oder was auch immer. Aber zuzusehen, wie Dad sie zertreten hat?« Seine Hände waren feucht von Schweiß, und er versuchte, sie sich an seiner Jeans abzuwischen.

»Wie hast du dich dabei gefühlt?«

»Nicht so toll.«

»Bist du vertraut mit Jainismus?«

Er schüttelte den Kopf.

Sie fuhr fort: »Jain Dharma, eine alte, indische Religion. Ein bisschen Buddhismus, ein bisschen Hinduismus. Unter den Jains gibt es ein Prinzip namens *ahimsa*, Gewaltlosigkeit gegenüber allem Lebenden. Mahavira, einer der frühesten Lehrer des Jainismus, hat dazu etwas geschrieben, das mich an dich denken lässt: Keine andere Eigenschaft der Seele wirkt durchdringender als die Gewaltlosigkeit, und keine andere Tugend des Geistes übertrifft die Ehrfurcht vor dem Leben. Vielleicht ist es das, was du empfindest. Eine Ehrfurcht vor dem Leben.«

»Ja, aber das kann auch ziemlich merkwürdig werden. Wenn ich es nicht ertragen kann, dass jemand ein paar Ameisen zertritt …« Seine Worte verloren sich.

»Sind das deine Worte? *Ich kann es nicht ertragen.* Oder hat dir das jemand anders eingeredet?«

Er zuckte mit den Achseln. »Denn«, fuhr sie fort, »es kommt ziemlich oft vor, dass Menschen uns etwas sagen – eine Kritik oder, schlimmer noch, eine Beleidigung –, und es dringt in unseren Kopf ein und …« An dieser Stelle bewegte sie die Hände, als wolle sie einen Schmetterling nachahmen, der bald in diese, bald in jene Richtung flatterte. Bei der Bewegung wirbelten einige Pixel durcheinander, das Bild fror ein und normalisierte sich dann wieder. »Der Gedanke hüpft wie ein Echo hin und her, hin und her, und es dauert nicht lange, und wir beginnen das Echo in unserer eigenen Stimme zu hören, nicht in der Stimme unseres Kritikers. Wir nehmen die Beleidigung als unsere eigene an und vergessen, dass sie von außen gekommen ist.«

»Sie meinen, das kommt von meinem Dad.«

»Tue ich das?«

»Es stimmt. Aber es ist nicht wie …« Er war plötzlich verlegen. »Ich meine, er hat vielleicht nicht unrecht, okay? Vielleicht könnte ich eine etwas härtere Schale gebrauchen.« Was war es noch, das sein Dad gesagt hatte? Eine *Rüstung.* »Ich brauche eine Rüstung. Wenn ich nicht damit zurechtkomme, dass ein paar Ameisen zerquetscht werden, wird die Welt über mich hinwegrollen wie ein … Felsbrocken. Also hat er vielleicht recht. Ich meine, ich liebe Dad, und er liebt mich, und wir verstehen uns ziemlich gut. Er ist nicht gewalttätig …«

Sie hob beide Hände, als wolle sie ihn bremsen. »Ich habe nichts Derartiges angedeutet, Oliver.«

»Nein, nein, ich weiß.«

»Warum hast du das gesagt? Warum bist du darauf gekommen? Auf Gewalt, meine ich.«

»Ich denke, sein Dad ist ihm gegenüber gewalttätig gewesen.«

»Willst du darüber reden?«

Oliver zuckte die Achseln. »Da gibt es nicht viel zu reden. Dad redet nicht wirklich darüber. Ich weiß nur, dass ich meinen Großvater nicht kennenlernen durfte, und dann ist er gestorben, und jetzt leben wir in seinem Haus.«

»Wie ist das denn so? Das Leben in diesem Haus?«

Er dachte lange darüber nach. »Es ist seltsam. Und irgendwie einsam. Es ist auch schön, verstehen Sie mich nicht falsch, es ist, hm, ich mag das Leben im Wald und so. Manchmal gehe ich einfach spazieren, und es ist ruhig und friedlich. Aber vielleicht zu ruhig. Mom ist damit beschäftigt, das Haus herzurichten und die Scheune dahinter. Dad ist … Sie wissen schon, Dad eben, er muss arbeiten und so.«

»Hast du in der Schule schon Freunde gefunden?«

»Nein«, antwortete er mit einem gewissen Zögern. Er wollte das nicht zugeben. »Aber ich bin ja auch erst eine Woche da.«

Dr. Nahids Lächeln wurde breiter. »Das ist okay. Doch Freunde sind gut. Jeder braucht Freunde, daher, lieber Oliver, werden *wir* dir ein paar Freunde verschaffen.«

Kapitel 8
Wild und Fisch

Nate betrachtete sich im Spiegel, in dem beigen Hemd und den waldgrünen Hosen. Das Outfit eines Rangers war Welten entfernt von dem Uniformblau eines Cops. Es brachte ihn auf die Frage, wen genau er da vor sich sah.

Er fühlte sich so haltlos hier draußen im Nichts. Es kam alles zusammen: der Abschied vom Dienst, der Wegzug aus der Stadt, das Verlassen ihrer langjährigen Wohnung, die Rückkehr in das Haus seiner Kindheit, das sich anfühlte, als würde es zwei Toten gehören. Zumindest schien es Oliver besser zu gehen. Nicht dass Nate eine große Chance gehabt hätte, ihm wirklich nahezukommen. Ging es ihm *tatsächlich* besser? Scheiße, er wusste es nicht.

Er schaute auf das Waschbecken hinab. Auf der Ecke lag ein Holster aus braunem Stoff – abgenutzt, nicht neu. Eine Glock 19 steckte in dem Holster.

Nate gürtete es um seine Taille und verließ das Badezimmer.

Die Dienststelle war auf den ersten Blick nichts Besonderes. Ein Hauptraum und ein kleinerer Konferenzraum, eine Toilette an der Seite für alle. Zwei Schreibtische standen exakt in der Mitte einander gegenüber. Wände mit Holzvertäfelung. Boden mit abgelatschtem beigefarbenem Teppich.

Sein Partner, Axel Figueroa – »Fig« –, saß an dem anderen Schreibtisch. Fig war ein untersetztes Arschloch mit Stiernacken und dicken Armen und Oberschenkeln, aber er war auch eher klein, was ihm das Aussehen eines Baumstumpfs verlieh. Sein Kopf war fast kahl geschoren, und seine Haut war braun wie ein Ledergürtel. Er hatte einen winzigen verdammten Schnurrbart.

»Sie haben dir also endlich das Outfit geschickt«, bemerkte Fig.

»Ja, ich finde, ich mache eine gute Figur darin«, entgegnete Nate und vollführte eine halbherzige Model-Drehung. »In Ordnung so?«

Fig brummte etwas vor sich hin und runzelte die Stirn.

Nate sprach weiter: »Ich schätze, du hast mich am Hals.«

Ein weiteres Brummen. Fig wandte sich wieder irgendwelchen Papieren zu.

Ich gewinne Freunde, wo immer ich hingehe, dachte Nate. Es war während der ganzen letzten Wochen so gewesen – die meisten ihrer Gespräche waren kurz, abgehackt, geschäftsmäßig.

Nate seufzte und ging zur Anschlagtafel, die all die erwarteten Informationen aufwies: eine Tabelle, die die Jagd- und Fischsaisons anzeigte und Termine für Sicherheitskurse für Jäger, außerdem Warnungen wegen der Ausbreitung von Schädlingen. Größtenteils Insekten. Er sah eine Warnung für etwas, das Laternenträgerzikade genannt wurde, einen rot geflügelten Baumsauger, der echten Hunger auf Obstbäume und Weintrauben hatte.

»Langweilst du dich?«, fragte Fig.

»Oh. Ich lese nur etwas.«

»Es muss Papierkram erledigt werden. Genehmigungen und dergleichen.«

»Natürlich«, sagte Nate, wobei er die Resignation in seiner Stimme hörte. Er ging durch den Raum und setzte sich an den Schreibtisch. Fig beobachtete ihn.

»Du kommst von der Polizei in Philly, stimmt's?«

»Stimmt.«

»Ich wette, da war es nie langweilig.«

Der Tonfall des Mannes war nicht freundlich. Fig versuchte, Nate zu irgendetwas anzustacheln. Was genau das war, wusste er nicht. Aber er sah keine andere Möglichkeit, als mitzuspielen. »Jeder Job hat seine Höhen und Tiefen, aber manchmal haben wir einige Dinge gesehen und mussten uns mit einigen rauen Angelegenheiten beschäftigen, sicher.«

»Und ich wette, du hattest die notwendige Ausbildung, um mit all dem fertigzuwerden.«

»Natürlich.«

»Nun, irgendetwas muss einen echten Sog ausgeübt haben, um dich hierher in die tiefste Provinz zu locken, Nate. Die meisten Leute, die Wildhüter werden – ›Naturschützer‹ –, müssen zuerst als Kadett nach Harrisburg gehen und dann die ganzen Kurse an der Leffler School absolvieren. Es ist ein einjähriger Lehrgang. Assistenzzeit und all das. Man muss Kurse über Naturmanagement belegen, Verwaltung, Sicherheitstraining und so weiter.«

Nate fühlte sich plötzlich ein wenig unbehaglich. Der Blick des Mannes heftete ihn an die Wand wie ein billiges Filmposter. »Ich nehme an, du hast diesen Lehrgang durchlaufen«, entgegnete Nate.

»Allerdings.« Fig beugte sich vor. »Aber du nicht.«

»Ist das ein Problem?«

Fig lehnte sich zurück und verschränkte die Arme vor der Brust. »Nein. Du hast deine Zeit in den Gräben absolviert. Vielleicht nicht in diesen Gräben, aber was auch immer. Bill Dingel draußen in Harrisburg hat gesagt, du kannst das spielend, also kannst du das spielend.«

In Nates Augen sah es immer noch aus wie ein Problem. »Hör mal, ich bin nicht hier, um in dein Müsli zu pinkeln. Ich bin kein Egotyp; ich denke nicht, dass mir meine Arbeit als Cop in den Straßen von Philly irgendeine Art von Sonderwissen oder Dispens gibt. Ich bin hier in der Gegend aufgewachsen und habe gejagt und geangelt, aber ich behaupte nicht, mich mit diesem Job auszukennen. Du kennst dich damit aus. Du übernimmst die Führung. Wenn du willst, dass ich Papierkram erledige, werde ich Papierkram erledigen. Wenn du willst, dass ich dasitze und an die Wand starre, werde ich an die Wand starren. Ich werde Hirschhaufen für Proben einsammeln oder Müll aus den Gräben fischen. Du bist der Boss, Boss.«

»Und doch bin ich nicht der Boss, hm? Unsere Stellenbeschreibungen sind die gleichen, Nate. Jobbezeichnung, die gleiche. Gehalt? Das gleiche.« Er lachte, aber es war kein glücklicher Laut. »Verflixt, du bekommst wahrscheinlich mehr bezahlt.«

»Warum sollte das der Fall sein?«

»Zwing mich nicht, es auszusprechen.«

»Was auszusprechen?«

Wieder beugte sich Fig vor, die Hände flach auf den Schreibtisch gelegt. Er hob an, etwas zu sagen, wandte sich ab und musste dann aber gedacht haben: *Scheiß drauf,* denn er blickte ihn fest an und sprach die Worte: »Du bist weiß.«

»Na und?«

»Wirklich? Das ist deine Antwort. *Na und.*«

»Es ist keine Antwort – es ist eine Frage.«

Fig nickte auf eine Weise, die frustriert, entnervt und geringschätzig war. »Vergiss es.«

»Ich will es nicht vergessen. Ich will darüber reden.«

»Nein, du willst *nicht* darüber reden. Scheiße, *ich* will nicht darüber reden. Ich würde viel lieber in einer Welt leben, in der ich nicht darüber reden muss, darüber nachdenken muss, es *erleben* muss. Aber ich wünschte auch, ich könnte jeden Tag Eis essen und dass mein Körper nach frischer Wäsche riecht. Wir sollten das hinter uns lassen.«

Nate konnte erkennen, dass es ihm ernst damit war, und er hob beide Hände zum Zeichen der Kapitulation. »Okay. Alles klar.«

»Weißt du was?«, sagte Fig mit einem Schniefen. »Ich langweile mich auch.« Mit einem metallischen Klirren schnappte er sich seine Schlüssel vom Schreibtisch. »Du willst etwas tun? Ich habe etwas. Du hast jetzt deine Uniform, daher können wir richtig loslegen. Lass uns zu einer Patrouille aufbrechen.«

»Weshalb patrouillieren wir denn?«

»Keine Ahnung, Nate, Fisch-und-Wild-Probleme.«

»Vielleicht ein Heilbutt, der ein Auto fährt? Ein Hirsch, der einen illegalen Glücksspielring betreibt?«

»Großartig, du bist ein witziger Typ.« So wie er das sagte, fand Fig das überhaupt nicht großartig. Er zeigte mit einer Fingerpistole auf die Tür. »Geh einfach raus und steig in den Jeep. Ich geh kurz pinkeln. Wir treffen uns draußen.«

Kapitel 9

Das Klackern von Würfeln

Oliver hatte das Gefühl zu ertrinken.

Seine alte Schule war klein gewesen. Eine Klasse pro Jahrgang. Aber hier, an der Upper Bucks High – UBH – waren es drei Jahrgänge mit drei Klassen pro Jahrgang. Die Gesamtzahl an Kids: tausendfünfhundert.

Und Oliver kannte keinen Einzigen näher.

Natürlich hatte er einige kennengelernt. Es war fast Oktober. Er kannte die *Namen* seiner Klassenkameraden und war mit einigen zusammengebracht worden, um Übungen im Chemielabor zu machen oder ein Gedicht von Emily Dickinson vorzulesen oder was auch immer. Aber das war es dann schon. Er war ein Niemand unter Jemanden. Sie alle kannten einander. Diese Leute hatten bereits alle *ihre* Leute. Er hatte niemanden. Schlimmer noch, wenn er auf dem Gang stand, erinnerte ihn das manchmal an diese letzten Tage in Rustin, als sie die Alarm-Übung gehabt hatten – wie er schluchzend wie ein dummes kleines Baby im Flur zusammengebrochen war. Wie er sich in die Hose gemacht hatte. Vielleicht hatten sie diese Geschichte gehört. Vielleicht wussten all diese Kids bereits über ihn Bescheid.

Panik stieg in ihm auf.

Aber dann hörte er im Geiste Dr. Nahids Stimme: *Wir werden dir ein paar Freunde verschaffen.* Sie hatte gesagt, für ihn sei es wie die Begegnung mit einer Schlange im Wald: »*Sie* hat mehr Angst vor *dir* als *du* vor *ihr.*« Die Therapeutin hatte erklärt, dass es sich verunsichernd und isolierend anfühlte, »der Neue« zu sein, aber die Wahrheit war, dass der Neue einen geheimnisvollen Nimbus hatte. Doch das bedeutete, dass er den ersten Schritt tun musste: Er musste an jemanden herantreten, sich vorstellen und sehen, was passierte.

Sie hatte gesagt: *Such dir jemanden aus, jemanden, von dem du denkst, du würdest ihn vielleicht mögen. Es ist in Ordnung, wenn ihr am Ende dann doch keine Freunde werdet.*

Er wusste genau, wen er sich aussuchen würde.

Lunchzeit.

Er wurde angerempelt, während Kinder sich vorbeidrängten und in die Cafeteria strömten. Ihre Stimmen formten ein dumpfes, plapperndes Getöse.

Wieder dieses Gefühl, in einer Menschenmenge zu sein, aber auch allein. Wieder der sanfte, schwarze Ozean von Teenagerschmerz.

Er stand mit seinem Tablett in der Hand da. Einer Mahlzeit, die er wahrscheinlich nicht essen würde, weil sein Magen zu verkrampft war.

Und dort, vor ihm, war der Tisch.

Der D&D-Tisch.

Sie spielten jeden Tag beim Essen.

Zwei Jungen, zwei Mädchen. Figurenlisten neben Lunchtabletts. Ein paar Würfel.

Neben einem der Jungen stand ein freier Stuhl.

Olly fand sich dahinter wieder.

»Kann ich …« Gott, hatte seine Stimme gerade gequiekt? Er räusperte sich. »Hey, ähm, was dagegen, wenn ich mich setze?«

Alle vier drehten sich zu ihm um.

Unheilvolle Blicke.

Der Junge direkt neben ihm, ein kugelrundes Pummelchen in grauem T-Shirt und grauer Jogginghose, nickte. »Wir sind mitten in einem Spiel.«

»Ja, nein, ich weiß, deshalb wollte ich mich hier hinsetzen. Um zuzusehen.«

Die vier sahen einander an. Eins der Mädchen, eine Asiatin mit einem Nyan-Cat-T-Shirt und kurz geschorenem Haar, beäugte ihn, als sei er ein kostbares Mysterium. Sie steckte sich eine Kartoffelkrokette in den Mund. »Spielst du?«, fragte sie kauend.

»Ja.« Dann sah er mit fragender Miene wieder den Stuhl an. Abermals schauten die vier einander an, und der Junge am Ende, ein untersetzter Schwarzer mit schläfrigen Augen und einer Krause, nickte.

»Na klar, setz dich«, sagte er.

Er war der KM, vermutete Oliver. Der Kerkermeister, der Typ, der das Spiel leitete und die Geschichte erzählte. Alles, was er vor sich hatte, war eine alte, abgeschabte Aktenmappe mit einem Stapel Papieren darin. Keine eigene Figurenliste.

Oliver setzte sich.

»Ich bin Olly«, stellte er sich vor.

Und dann war es, als würde eine halsstarrige Seifenblase *plopp* machen. Die anderen stellten sich ebenfalls vor ...

Pummelchen war Steven Rubel.

Nyan-Cat war Hina Hirota.

Der KM war Caleb Wright.

Und das letzte Mitglied des Quartetts war Chesapeake Lockwood, auch bekannt als Chessy. Ein blondes Mädchen mit Locken, die Zähne umschlossen von einer Klammer.

Chessy beugte sich vor und fragte ihn beinahe verschwörerisch: »Welche Figur spielst du?«

Olly antwortete: »Beim letzten Spiel war ich ein Drachenblütiger Warlock ...«

»Puh«, murmelte Steven.

»Warum, was gibt es daran auszusetzen?«, fragte Olly.

»Es ist – es ist einfach so offensichtlich.«

»Sagt der Junge, der einen Tiefling Rogue, dessen Hintergrundgeschichte die eines *Waisenkindes auf der Suche nach Rache* ist«, warf Hina ein.

»Halt die Klaaappe«, gab Steven zurück. Von ihnen allen war der Schmerz in ihm am dunkelsten: Er wand sich wie ein Rabe mit einem gebrochenen Flügel.

Caleb schüttelte den Kopf. »Nein, Mann. Ein Drachenblütiger Warlock ist eine zulässige Kombination. Ich meine, Devil's Sight und Darkness, ihr wisst schon. Das ist in Ordnung.«

»Caleb mag das Technische«, bemerkte Hina und leckte sich Krokettenfett von den Fingern. »Mir ist die Story wichtig. Meine Figur ist eine Gnomenbardin namens Esmeralda Sprinkelfinger, und sie spielt das Valachord.«

»Das Valachord ist aus *Star Wars*«, erklärte Steven. »Nicht dass sie das gewusst hätte, bevor sie angefangen hat zu spie…«

Eine Krokette prallte von seinem Kopf ab. Hina zischte: »Stell mich nicht dar wie blöd, du verdammte Schildkröte.«

»Ja, Mann«, schaltete sich Caleb ein. »Nicht cool. Übrigens«, fügte er anstelle eines Protestes hinzu, »ich bin der verdammte KM, okay? Mir ist die Story wichtig. Ich habe Arduinia *erfunden*. Sei nicht gemein zu mir deswegen.«

Hina zuckte mit den Achseln und sprach weiter. »Also! Esmeralda ist die Tochter einer berühmten Gnomenschöpferin – ihr Vater ist unbekannt und existiert *vielleicht* überhaupt nicht; ich nehme an, ihre Herkunft, hm, könnte magisch sein. Was auch immer. Der Punkt ist, ihre Legende ist mir egal, mir ist nur wichtig, dass sie und ihre Drachenkatze Stinky krasse Abenteuer erleben und auf der hohen See von Arduinia wahre Liebe finden …«

Sie alle lachten.

Und einfach so kehrten sie blitzschnell in ihr Spiel zurück. Nahmen sich Blätter vor, würfelten, ergriffen die Initiative. Monströse, vampirische Meeresbewohner belagerten das gestohlene Piratenboot der Figuren. Oliver war sich nicht sicher, aber … vielleicht, nur vielleicht …

… hatte er seine Leute gefunden. Dr. Nahid hatte recht, heilige Scheiße.

Es fühlte sich ziemlich gut an.

Das heißt, zumindest bis ein Schatten über den Tisch fiel. Ein hochgewachsener, breitschultriger Junge in einem Ron-Jon-Surf-Shop-Shirt trat hinter Steven und legte seine Hände mit den dicken Knöcheln auf die Rückenlehne des Stuhls, dann ließ er sie auf Stevens Schultern gleiten und umfasste sie so fest, dass es dem anderen Jungen wehtat.

Oliver kannte ihn, oder zumindest wusste er von ihm: Graham Lyons. Er war in der Baseballmannschaft – und hier war Baseball ziemlich angesagt. Viel mehr als Football oder Leichtathletik.

Alle schauten zu Graham auf, als Steven – erfolglos – versuchte, sich aus seinem Griff herauszuwinden. Und Graham war nicht allein: Hinter ihm folgte ein muskelbepackter, italienisch aussehender Kompagnon – das Haar raspelkurz, die Brauen wie mit Permanent-Textmarker gezogene Linien auf seine zu gebräunte Stirn gequetscht, die massigen Arme wie zwei Schiffskanonen verschränkt, die in entgegengesetzte Richtungen zeigten. Graham Lyons trug Schmerz in sich, eine tiefe Grube in seiner Leibesmitte. Und der andere Bursche, der Schwachkopf? Schmerz lief durch ihn hindurch: ein ganzes kreisendes System von Zorn, Elend und Kummer.

»Seht euch diese widerwärtigen Trolle an«, sagte Mr Muskel. Der Schmerz in dem Schwachkopf reagierte, als würde eine elektrische Ladung hindurchschießen.

Graham Lyons warf ein: »Was treibt ihr Nerds da?«

»Komm schon, Mann«, sagte Caleb. »Wir spielen ein Spiel, verpisst euch.«

»Verpisst euch? Verpisst euch.« Graham heuchelte Gekränktheit und Verletztheit. »Wow, das tut mir aber weh, Caleb. Wir waren doch mal Freunde.«

»Ja, in, hm, der fünften Klasse. Dann hast du dich in ein Arschloch verwandelt.«

»Ich schwöre, jetzt verletzt du wirklich meine Gefühle.«

Dann meldete sich Steven zu Wort, murmelnd, aber laut genug: »Du *hast* keine Gefühle, die verletzt werden könnten, *Graham* ...«

Es war wie ein umgelegter Schalter. Der Muskelbepackte eilte herbei und hielt sein Gesicht so nah vor das von Steven, dass nur ein Haar zwischen ihre beiden Nasen gepasst hätte. Die Dunkelheit in ihm brandete auf. »Scheiße, was hast du gesagt? Kleiner Fotzenknecht. Du fetter, verfickter Schwuchtelarsch ...«

Graham legte beschwichtigend eine Hand auf die Schulter von Mr Muskel. »Hey, es ist in Ordnung, Alex. Wie Caleb gesagt hat, sie spielen nur ein Spiel. Was für ein Spiel ist es? D&D? Das ist totaler Nerd-Scheiß, nicht wahr?«

Zu seiner eigenen Überraschung ergriff Olly das Wort.

»Jetzt ist es cool.«

Sie alle sahen ihn panisch an. Die Furcht in ihnen schimmerte geradezu. Wie Lichtblitze durch kränklichen Nebel.

Als wollten sie sagen: *O nein.*

Als wollten sie sagen: *Du hättest schweigen sollen.*

»Was hast du gesagt?«, fragte Graham scharf.

»Ich habe gesagt, dass es jetzt cool ist. D&D ist nicht einfach … nerdig. Es ist … hm, Promis spielen es. Es ist ziemlich angesagt in L. A… Viele Schauspieler und Schriftsteller …«

»Das hier ist nicht L. A… Du bist neu, stimmt's? Ist das die Stadt, aus der du kommst, L. A.?«

»Lass ihn in Ruhe, Graham«, sprang Chessy ein.

»Halt die Klappe, Chessy. Du solltest ohnehin nicht mit diesen kleinen Scheißern rumhängen. Lass den Neuen antworten.«

»Ich komme aus Philly«, sagte Oliver.

»Ooh. Harter Bursche aus Philly.« Graham sprach mit einer schlechten Imitation des Akzents von Philly weiter: »Fullelphia, Wooder ice, Go Iggles.«

»Ich bin nicht tough, und ich spreche keinen Slang. Ich habe nur …«

»Hmhm. Was auch immer. Zeig mal her, was das ist …«

Dann beugte sich Graham über Olivers Schulter, um nach Hinas Figurenliste zu greifen – »Hey!«, rief sie – aber es war zu spät. Er hatte die Liste.

Und als er sie an sich zog, stach er mit dem Ellbogen direkt in Olivers Auge. *Plopp.* Oliver sah eine Supernova hinter der Dunkelheit seines Lids. Er schrie auf und stieß seinen Stuhl rückwärts …

Aber er traf auf Widerstand. Nicht nur auf Grahams Mitte, sondern – Oliver konnte noch etwas spüren. Ein sanftes Erzittern, als etwas *knirsch* machte. Plötzlich schrie Graham und taumelte gegen den Esstisch hinter ihm. Er schüttelte seine Hand aus und zischte einen Strom von Kraftausdrücken, als hätte er sich gerade einen Finger in der Tür geklemmt. »Fuck. Fuck. *Fuck.* Scheiße. Mein verfickter Finger. Dieser Mistkerl hat meinen *Finger* verfickt.«

Das brachte das Fass zum Überlaufen.

Plötzlich herrschte Chaos – Alex warf sich auf Oliver, zerrte ihn von seinem Stuhl und schmetterte ihn gegen den Esstisch. Würfel sprangen klickernd über die Platte. Alex hob eine Faust, eine *große* verdammte Faust, die in Olivers Gesicht zu krachen drohte wie ein Meteor, aber irgendjemand packte den Schwachkopf und zerrte ihn zurück – es war Caleb. Eine Pfeife ertönte. Schritte und Gebrüll. Alex zerrte Oliver vom Tisch weg, und irgendjemandes Sneaker traf ihn in seiner Leibesmitte, sodass alle Luft aus seiner Lunge wich. Während er darum rang, sich nicht zu übergeben, umschwärmten Lehrer den Tisch, und was begonnen hatte, endete jetzt.

Zumindest dachte er das.

Kapitel 10
Kettensägeneule

Maddie kaufte sich eine verdammte Kettensäge. Es war eine Stihl 192 Schnitzsäge.

Richtig leicht. Griff hinten. Eine kurze schwarze Klinge. Vibrationshemmung, sobald sie ansprang. Und außerdem, hoppla, oh Scheiße, kostete sie vierhundert Dollar.

Die Mittel waren knapp – okay, sie hatten nur einen Dollar für das Haus bezahlt, aber durch die Umzugskosten und die neuen Möbel und … Oh, richtig, ihre erste Steuerzahlung würde in einer Woche fällig sein –, aber das hier war für die Kunst. Das war ihre *Arbeit*. Und sie wusste, dass das, was sie dafür brauchte, diese Säge war.

Die Säge sang zu ihr wie ein Engel mit Metallzähnen.

Sie sang der Säge eine Antwort. »Ich liebe dich, kleine Kettensäge«, sagte sie ihr in einem Singsang und gab ihr einen kleinen Kuss, bevor sie sie in ihren Subaru packte und sie nach Hause brachte. Wo sie etwas zu *fressen* bekommen würde.

Und oh, *wie sie fraß*.

Maddie fand einen Baumstamm, einen, der nicht verfault war, einen, der aussah, als sei er gerade erst im Frühling oder Sommer gefallen. Mit der Säge schnitt sie ein Stück heraus – *vvvt, vvvt*, wie eine Scheibe von einem Hotdog – und rollte sie weg vom Stamm. Dann schnitt sie den Stumpf des Baums zu etwas, das einer ebenen Arbeitsfläche ähnelte, und mit einem kräftigen Ruck schulterte sie das herausgesägte Stück und stellte es darauf. (Was sich plötzlich brutal anfühlte – als überreiche man einer Leiche ihre eigene abgetrennte Hand. »Hey, kannst du das mal einen Moment halten?«)

Nachdem sie das Stammstück aufgerichtet hatte, jagte sie die Säge noch einmal hoch. Ihr Summen kitzelte die Innenseite von Maddies Armknochen.

Und dann schnitzte sie.

Sie näherte sich der Sache nicht mit irgendwelchen Erwartungen an das, was sie erschaffen wollte. Manchmal erwuchs die Arbeit aus Absicht – dem Verlangen, etwas Spezielles zu machen. Aber genauso oft war das, was Maddie schuf, nicht nach ihrem eigenen Entwurf, stattdessen war es eher wie Archäologie: Es war mehr ein *Bloßlegen,* als bestünde die Arbeit des Künstlers einfach darin zu finden, was das Material zu verstecken versuchte. Und dann zerrte man es ans Tageslicht, damit alle es sehen konnten.

In diesem Fall schnitt sie einen gefangenen Geist frei.

Denn genauso fühlte es sich an. Als würde sie etwas *befreien.* Was es war, wusste sie nicht. Es *scherte* sie nicht. Sie machte einfach immer weiter und weiter, ein Schnitt hier, ein Schnitt da, eine Drehung der Säge, eine Kerbe, eine Delle – und es ging immer schneller und schneller, ihre Hände fühlten sich taub an, ihr Geist rotierte, die Klinge versprühte Späne, die ihre Sicherheitsbrille trafen, während etwas sich herauszukristallisieren begann …

Zwei spitze Ohren …

Dunkle, tief liegende Augen unter einer rachsüchtigen, gerunzelten Stirn …

Klauen, Krallen, die einen Sockel umklammerten …

Flügel, ein Schnabel, eine *Eule,* das war es, was das hier verkörperte, es war eine Eule, die Maddie in dem Holz gefunden hatte – Späne und Staub flogen durch die Luft, die Säge knurrte, machte ihre Schnitte, markierte die Federn, formte Flügel, und immer schneller und schneller *befreite* sie die Eule …

Dann verlor sie sich darin. Das Blut in ihren Ohren rauschte wie eine Flut, die brandete und stieg.

Kapitel 11

Kreise, ein Klemmer und der seltsame Geruch von frittiertem Teig

In Figs Jeep herrschte ein krasses Chaos. Papiere und Fast-Food-Behälter. Ein Werkzeugkasten auf der hinteren Sitzbank. Einige Kaffeebecher hier und da. Und Limoflaschen – Moment mal, keine Limo. Kombucha.

»Du trinkst Kombucha?«, fragte Nate ein wenig überrascht.

»Ja.«

»Maddie, meine Frau, trinkt manchmal auch welches. Es sieht immer aus wie eine Flasche Wischwasser, in dem verfaulter Krautsalat treibt.«

»Das ist der Pilz. Also Hefen, Bakterien.«

»Und das trinkst du?«

»Ja.«

»Schmeckt es gut?«

»Es ist in Ordnung, mach dir darüber keine Gedanken«, blaffte Fig. Der Jeep holperte eine gewundene Nebenstraße hinab. Alte Farmen tüpfelten die Hügellandschaft. Vor ihnen lag die Dark Hollow Lane, wo die alte, überdachte Dark-Hollow-Brücke war – Fig bog mit dem Wagen auf diese schmale, einspurige Straße ein. Schließlich seufzte er und sagte: »Ehrlich, Kombucha schmeckt wie elektronische Scheiße.«

»Das ist eine blumige Beschreibung.«

»Ich weiß nicht, wie ich den Geschmack sonst beschreiben soll. Es hat so ein heftiges Essigaroma. Es ist verkorkst. Und der Pilz …« Er schnitt eine Grimasse, als hätte er gerade das Arschloch einer Katze abgeleckt. »Gott im Himmel.«

»Und warum zur Hölle trinkst du es?«

»Wegen meiner Frau, Zoe. Sie zwingt mich dazu. Will, dass ich gesund lebe.«

»Eins muss ich dir sagen, dieser Jeep sieht nicht danach aus, als lebtest du allzu gesund.«

»Sei kein voreingenommener Mistkerl. Meistens ist meine Karre mein Büro, also nimmt man mit dem vorlieb, was man hat.« Er deutete auf das Handschuhfach. »Ich habe Proteinriegel, Nussmischungen und andere Sachen darin. Und eine Flasche Himbeer-Kombucha, wenn du willst.«

»Ich glaube, ich würde lieber Teichwasser trinken. Hast du mir nicht gerade erst gesagt, er schmecke wie Scheiße?«

»Elektronische Scheiße.« Fig zuckte die Achseln. »He, es spendet mir Energie.«

»Ich werde bei Kaffee bleiben, danke.«

Der Jeep rollte über die alte rote, überdachte Brücke, deren Farbe in langen Streifen abblätterte. Das Innere war ein Paradies für Spinnen – die oberen Dachtraufen der Brücke waren bedeckt mit endlosen Fäden und Schleifen von Netzen. Die unebenen Bohlen der Brücke wummerten unter den Reifen, und die Federung des Jeeps kam mit dem Geholper nicht besonders gut klar – Nates Zähne klapperten aufeinander.

Sie kamen auf der gegenüberliegenden Seite der Brücke heraus und bogen nach Norden ab, in die Lenape Road, die sie am Ramble Rocks Park vorbeiführte, und zu dem alten Eisenbahntunnel. Der Felstunnel war seit den 1940er-Jahren nicht mehr benutzt worden, und die Schienen, die einst hindurchgeführt hatten, hatte man längst herausgerissen. Jetzt war der Tunnel ein Teil des Parks: ein beleuchteter Joggingweg, der mitten hineingeschnitten worden war. Doch das lag noch nicht allzu lange zurück, denn der Tunnel war viele Jahre lang dunkel gewesen, und der Weg hindurch überwuchert. Was nur den Geschichten, die sich alle darüber erzählten, besonderen Nachdruck verlieh.

Nate erinnerte sich an diese Geschichten, die besagten, es spuke im Tunnel. In den Dreißigern habe ein Schaffner jemanden seinen Namen rufen hören und deshalb aus dem Fenster geschaut. Ohne zu ahnen, dass sich ein Stein in der Tunnelwand gelockert hatte. Ein großer Steinblock, der immer noch da war, immer noch am falschen Platz. Der Schaffner hatte gerade in dem Moment hinausgeschaut, in dem sein Waggon daran vorbeifuhr. Sein Gesicht war auf den Stein geknallt – und er war enthauptet worden. Der Kopf war runtergefallen, der Zug weitergerollt.

Der Tunnel war zu einem Ort von Mutproben geworden: Jugendliche sagten, dass man, wenn man um Mitternacht durch den Tunnel gehe, vielleicht eine Zugpfeife hören würde, und wenn man nicht mit größter Geschwindigkeit die halbe Meile durch die Dunkelheit lief, würde der Schaffner in seinem Geisterzug vorbeifahren und …

Hackihack, hackedi-hack …

Und dann wurde einem ebenfalls der Kopf abgehackt.

Aber wie sonst auch waren es nicht die Spukgeschichten, die Nate unter die Haut gingen. Es waren die Geschichten aus dem echten Leben, denn diese waren im Allgemeinen viel schlimmer als die erfundenen. Die Spukgeschichten waren eine Flucht vor der Wahrheit.

Und die Wahrheit war diese: Ältere hatten noch einen anderen Namen für den Tunnel – sie nannten ihn den *Mördertunnel*.

Diesen Namen verdankte der Tunnel einem Serienmörder namens Edmund Walker Reese. Als Nate noch ein Kind gewesen war, hatte Reese in diesem Park vier Mädchen getötet. Hatte sie an Bäume genagelt (mit, so war es überliefert, jeweils neunundneunzig Nägeln), und dann hatte er ihnen mit einer Spitzhacke den Rest gegeben. Alle sagten, er habe diese Mädchen in dem Tunnel getötet, was nicht zutreffend war – anscheinend hatte er eins der Mädchen, das erste, erwischt, als es auf dem Heimweg eine Abkürzung durch den Tunnel genommen hatte. Aber Geschichten hatten so ihre eigene Art, ihre Zähne in Menschen zu schlagen, ob sie nun wahr waren oder nicht, und so hieß es mittlerweile immer, dass er all diese Mädchen genau dort in diesem Tunnel getötet hatte.

Und so war er zum *Mördertunnel* geworden.

Man hatte Edmund Reese geschnappt, als das fünfte Mädchen aus seiner Gefangenschaft entkommen war. Er war dafür auf dem elektrischen Stuhl hingerichtet worden, aber die Geschichten hatten seinen Tod überdauert.

Und Menschen machten sich diese Geschichten zunutze. Nate erinnerte sich an einen ganz besonderen Scheißkerl, Dave Jakobi, der gesagt hatte, er würde Susan Polaski, sein Homecoming-Date, in den Mördertunnel zerren, weil sie es »nicht mit ihm treiben« wolle. Nate hatte den Scheißkerl das in der Schule zu ihr sagen gehört. Noch heute hatte er die Stimme von Jakobi im Ohr, wie ein Schweinchenquieken. Also hatte er eine Faust gehoben und dem Hurensohn einen kräftigen Hieb auf seine Schweinchennase verpasst. Das Blut war herausgespritzt, als hätte der arme Drecksack ein paar Ketchup-Päckchen dort dringehabt.

(Er erinnerte sich auch daran, dass Susan dem Kerl einen ordentlichen Tritt in die Eier gegeben hatte, als er auf dem Boden lag, was besonders befriedigend gewesen war.)

Nate hatte deswegen tief in der Scheiße gesessen. Aber es war die Sache wert gewesen.

»Du wohnst hier in der Gegend, nicht wahr?«, fragte Fig und schnitt Nates Gedankengang ab, während er sich gerade das befriedigende Knirschen von Dave Jakobis Nase unter seinen Knöcheln noch einmal ins Gedächtnis gerufen hatte. Fig musste sich seine Personalakte angesehen haben.

»Das stimmt. Auf der anderen Seite von Ramble Rocks.«

»Das sind nur ein paar Minuten die Straße runter. Du hast in deiner Jugend auf der anderen Seite des Parks gewohnt?«

»Ja.« *Und jetzt wohne ich wieder dort,* dachte er grimmig.

»Du warst dort, als …«

»Als die Reese-Morde passiert sind, jupp.«

»Das ist abgefahren. Du hast gehört, was sie über ihn gesagt haben.« Fig warf Nate einen Blick zu. Einen wissenden Blick, als wolle er sagen: *Ja, du weißt schon.*

»Du meinst, wegen seiner Hinrichtung.«

»Ich bin nicht mal hier in der Gegend aufgewachsen, und selbst ich habe diese Geschichte gehört.«

Die Geschichte ging folgendermaßen: Edmund Walker Reese hatte auf dem elektrischen Stuhl gesessen, die letzte Person, die im Staat Pennsylvania auf diese Weise hingerichtet worden war, bevor man zu tödlichen Injektionen übergegangen war. Der Schalter war umgelegt worden. Er hatte aufgeleuchtet wie die Protonenpakete der Ghostbusters, aber dann … Puff. War er weg gewesen. Auf dem Stuhl, auf dem er zuvor gesessen hatte, waren nur Brandmale zurückgeblieben und der Geruch nach …

»Funnel Cake«, sagte Fig und lachte. »Frittierter Teig.« Er klopfte mit den Fingern aufs Lenkrad. »Was für ein seltsames Detail.«

»Lass mich derjenige sein, der die Geschichte ruiniert«, antwortete Nate. »Mein Vater war Gefängniswärter im Staatsgefängnis, wo Reese im Todestrakt gesessen hat. Und ich versichere dir, er ist auf diesem Stuhl gestorben.«

»Hat dein Vater das gesagt?«

»Ja.« *Sobald ich genug Arsch in der Hose hatte, ihn danach zu fragen,* dachte Nate. Das war ein weiterer Tag gewesen, der in seiner Erinnerung hervorstach. Es war ein oder zwei Jahre, nachdem sie Edmund Reese gegrillt hatten. Er hatte seinen Vater in seinem Zimmer mit Angelködern und Fliegen hantieren sehen – nicht, dass er tatsächlich jemals angeln gegangen war, aber er hatte oft darüber geredet. Die Geschichte, dass Reese nicht auf dem elektrischen Stuhl gestorben, sondern verschwunden sei, machte in der Schule die Runde, und sobald Nate sie gehört hatte, hatte er gewusst, dass er seinen Vater danach fragen musste. Also hatte er allen Mut zusammengenommen – man störte Carl Graves nicht, wenn er beschäftigt war, und anscheinend war er immer beschäftigt (selbst wenn »beschäftigt« einfach nur bedeutete, Whisky der Marke Crown Royal Canadian zu trinken). Aber Nate verspürte das brennende Bedürfnis zu erfahren, was wirklich geschehen war, nur damit er seinen Mitschülern erzählen konnte, wie dumm diese Geschichte war. Also fragte er. Und dann drehte Carl sich zu ihm um, die Augen schmal, eine heruntergebrannte Zigarette in einer Hand und einen Angelköder umfasst mit der anderen.

Nate war mit der Frage herausgeplatzt, aber Carl schien darüber nachzugrübeln. Alles, was der alte Mann sagte, war: »Diese Geschichte ist Unsinn. Reese ist auf diesem Stuhl gestorben. Und du solltest es besser wissen.«

Daraufhin hatte Nate sich eine Sekunde gut gefühlt, weil er richtiglag. »Ich *habe* es besser gewusst«, hatte er geantwortet, nicht um

Widerworte zu geben oder klugscheißerisch zu sein, sondern weil er stolz gewesen war und sich gewünscht hatte, dass sein Vater ebenfalls stolz auf ihn war. Er wollte gerade hinzufügen: *Ich habe den anderen Kindern gesagt, es sei nur eine Geschichte,* aber dann war sein Kopf nach hinten geschossen, weil sein Vater ihn geohrfeigt hatte. Es hatte sich angefühlt, als hätte er ihn mit einem Wörterbuch geschlagen, *klatsch.* Er hatte Blut von seiner aufgeplatzten Lippe geschmeckt.

Sein Vater, dessen Atem faulig roch, hatte gezischt: »Was du weißt, würde nicht einmal einen Babyschuh füllen. Was in diesem Gefängnis vor sich geht, was ich sehe, was ich *tun* muss …?«

»Dad, ich …«, begann Nate, während seine Augen sich mit Tränen füllten.

Der alte Herr hob erneut die Hand, aber statt zuzuschlagen, sagte er Nate, er solle verschwinden. Was er tat. Er zog den Schwanz ein und verfrachtete seinen Arsch nicht nur aus dem Raum, sondern gleich aus dem Haus. Er rannte davon, blinzelte gegen die Tränen an und versuchte, sich nicht einzugestehen, dass in seiner Kehle ein abscheulicher Kloß aus Scham, Frustration und Traurigkeit steckte. Er war zwölf Jahre alt.

Doch nichts von alldem erzählte er Fig. Er wiederholte nur, nein, ist nicht passiert.

»Also ist es viel Wind um nichts«, fasste Fig zusammen.

»Genau.«

»Gut zu wissen«, antwortete Fig. »Trotzdem, ein ganz schöner Reinfall, weißt du? Als sei ein wenig Magie aus der Welt verschwunden.«

»Die Welt ist nicht magisch, Fig. Und du solltest einen gewissen Trost darin finden, dass sie Reese schön knusprig gebraten haben für das, was er ihnen angetan hat, diesen …«

Er wollte gerade *Mädchen* sagen, aber genau in dem Moment, als es um die Kurve und auf die Butchers Road ging, trat Fig mit aller Macht auf die Bremse, und Nate musste sich an dem staubigen Armaturenbrett abstützen.

»Fig, was zur Hölle …«

Doch er brauchte nicht lange, um herauszufinden, warum Fig angehalten hatte.

Mitten auf der Straße stand ein taumelnder Weißwedelhirsch. Ein männliches Tier. Nate konnte sofort sehen, dass es nicht gesund war. Von einem ausladenden Geweih – einem Sechsender – hingen klebrige rote Hautfetzen; das war jedoch, wie er wusste, nicht vollkommen ungewöhnlich. Es handelte sich dabei lediglich um den Bast, der sich vom Geweih ablöste. Auch wenn es ein wenig spät in der Saison dafür war, rieb ein Hirsch Anfang September sein Geweih an Bäumen, um den weichen Bast abzukratzen. Nein, das Tier sah deshalb ungesund aus, weil es vereiterte Augen hatte und weil sein Kopf zur Seite gesackt war und Sabber auf seiner langen Schnauze und seinem dicken Hals glänzte. Außerdem war das Tier dünn; Nate konnte unter seiner Haut die Umrisse der Rippen erkennen.

Der Hirsch stolperte in einem unbeholfenen Kreis umher. Von einer Straßenseite zur nächsten umkreiste er einen unsichtbaren Punkt, und Nate hatte Mühe, trotz der Hitze des Tages ein Frösteln zu unterdrücken – denn seine Gedanken wanderten natürlich zu diesen Ameisen in Ollys Raum zurück. Wie sie eine tote Maus umkreisten.

Er wusste, dass das eine nichts mit dem anderen zu tun hatte.

(Und doch.)

Langsam stieg Fig aus dem Truck. Nate folgte seinem Beispiel, unsicher, ob es hier irgendein Protokoll gab, dessen er sich nicht bewusst war. Schon hatte der andere Beamte sein Holster geöffnet.

Der Bock schien sie überhaupt nicht wahrzunehmen. Er sabberte weiter, und ihm quoll Schaum aus dem Maul, während er auf seiner unerklärlichen Umlaufbahn einherwankte.

»Wir müssen vorsichtig sein. Irgendetwas stimmt mit diesem Hirsch nicht«, mahnte Nate.

Fig nickte. Mit sanfter Stimme – sanfter als das, woran Nate sich gewöhnt hatte – sagte er: »Wahrscheinlich chronische Auszehrungskrankheit.« Nate warf ihm einen fragenden *Was-soll-das-denn*-Blick zu. »Man nennt sie Zombie-Hirsche. Es sind nicht wirklich Zombies, weißt du. Aber krank im Kopf. Eine Prionenkrankheit wie Rinderwahn.«

»Und was ist der Plan?«

Ganz behutsam zog Fig seine Glock. »Das hier ist der Plan.«

Nate nickte und öffnete sein Holster, zog seine Pistole aber nicht sofort. »Der Hirsch bewegt sich sehr langsam. Du solltest in der Lage sein, einen sauberen Schuss abzufeuern.«

»Die Krankheit befällt den Kopf, daher werde ich auf die Lunge zielen. Das sollte ihm den Atem rauben und ihn in die Knie zwingen.«

Fig zielte, und Nate konnte bereits sehen, dass der andere Mann nicht allzu oft schoss. Er hatte einen Daumen-über-Daumen-Griff, was für Anfänger besser war, aber er selbst hatte das Gefühl, dass man auf diese Weise weniger Kontrolle über eine Waffe hatte als mit geraden Daumen. Figs Hände zitterten sogar ein wenig, während er einige Male flach Atem in seine Lunge sog.

»Du schaffst das schon«, murmelte Nate. »Geh es langsam an. Nimm dir Zeit. Hier, da kommt er.«

Und tatsächlich, der Hirsch stolperte an den Straßenrand und schickte sich an, den gleichen Weg zurückzugehen. Ihre Anwesenheit hatte er immer noch nicht wahrgenommen.

»Er zeigt dir seine Flanke – ziel jetzt und …«

Peng.

Die Pistole ruckte in Figs Hand. Der Hirsch taumelte einen kleinen Schritt zur Seite und blieb stehen, während an seiner Seite ein Loch erblühte. Blut sickerte heraus und verdunkelte sein Fell. Nates Ohren klingelten von dem Schuss.

Der Hirsch drehte den Kopf in Figs Richtung.

Das Tier röhrte, genau wie jeder Hirsch, der einen warnenden Laut ausstieß, aber dies war ein Gurgeln, das Stränge schaumigen roten Schnodders aus seiner Nase spritzen ließ.

»Ich glaube nicht, dass er diesen Schuss gespürt hat«, sagte Nate mit ein wenig mehr Eile. »Schieß noch einmal, Fig.«

Fig drückte ab …

Aber die Waffe feuerte nicht. Stattdessen klemmte der Abzug – und jetzt begriff Nate, dass er überhaupt keine Patronenhülse von dem ersten Schuss hatte herausspringen sehen. Er hatte auch kein Klimpern gehört, mit dem sie zu Boden gefallen wäre.

Die Waffe klemmte.

Scheiße.

Der Hirsch senkte den Kopf. Erneut sprühte ihm Blut aus den Nüstern. Er stampfte mit einem schwarzen Huf auf den Asphalt.

»Nate«, sagte Fig mit Panik in der Stimme. Er trat einen Schritt zurück, auf den Wagen zu. Er versuchte, den Schlitten zurückzuziehen – genau das Falsche –, und die Waffe verklemmte sich nur noch mehr. Er versuchte abermals zu schießen, doch die Waffe reagierte nicht.

Der Bock preschte vor und würde nicht mehr als drei Sprünge brauchen, bevor er Fig an den Jeep nagelte …

Peng.

Ein Schuss aus Nates Glock durchfuhr das Auge des Tieres und kam aus dem anderen wieder heraus. Roter Nebel hing eine Sekunde lang in der Luft, während der Hirsch auf den Boden prallte, ein Stück vorwärtsrutschte und unter sich einen dunkelroten Streifen zurückließ, ehe sich eine Lache ausbreitete, als er stilllag. Fig presste sich mit dem Rücken an den Kühler des Jeeps, halb in der Schwebe, als sei er bereit, sich auf die Motorhaube zu ziehen, um sich vor dem Hirsch in Sicherheit zu bringen.

»Mann, Scheiße«, murmelte er.

Nate ließ die Glock sinken und schob sie zurück in das Holster. »Du hattest einen Klemmer. Das kann bei Glocks nicht passieren. Du kriegst es nicht wieder hin, wenn du den Schlitten zurückziehst. Entschuldige, dass ich nicht schneller war.«

»Schneller. Scheiße, Nate, ich wäre um ein Haar auf diese Karre gespießt worden wie eine Postkarte an ein schwarzes Brett. Die Tatsache, dass ich, wenn ich das nächste Mal ein Getränk zu mir nehme, mich nicht in einen Sprinkler verwandeln werde, verrät mir, dass du dich mehr als schnell genug bewegt hast, also, danke.«

Nate ging zu seinem Partner hinüber, und die beiden Männer schauten auf das Tier hinab. Seine Zunge hing lasch aus seinem Maul.

Und dann bewegte sich seine Schnauze.

»Scheiße!«, rief Fig und trat einen halben Schritt rückwärts.

Die Schnauze kräuselte sich, wölbte sich …

Eins der Nasenlöcher des Hirschs schwoll an, und etwas Feuchtes und Glänzendes erschien – eine fette Made, fast so groß wie Nates kleiner Finger. Sie gebar sich selbst aus der Nase des Tieres und klatschte auf den Boden. Aber sie hatte auch noch Freunde. Eine Made nach der anderen zwängte sich aus der Nase des Hirschs und folgte den anderen, während sie sich in einer einzigen Reihe über den Asphalt schlängelten. »Dasselfliegen, denke ich.« Fig verzog angewidert das Gesicht. »Larven davon.«

»Das ist ekelhaft«, entgegnete Nate. »Vielleicht war es das, was den Hirsch in den Wahnsinn getrieben hat? Ich könnte mir vorstellen, dass mich viele Würmer in meinem Kopf auch verrückt machen würden.«

»Nein, sie wandern nicht ins Gehirn.«

Und bei diesen Worten zwängte sich die letzte Made mühsam aus dem schwarzen, feuchten Nasenloch und schloss sich der Reihe ihrer madigen Spießgesellen an.

Die beiden Männer schauten zu, wie die Insektenlarven sich in ihrer Reihe Zentimeter um Zentimeter der Straßenmitte näherten. Die erste schlug einen Bogen – und aus einer geraden Linie wurde ein kreisförmiger Pfad. Die anderen folgten ihrem Beispiel. *Wie die Ameisen,* dachte Nate entsetzt. *Wie der Hirsch.* Fig schien es nicht zu bemerken. Er stieg in den Jeep und griff nach dem Telefon.

In der Zwischenzeit starrte Nate die Tiere nur an, bis sein eigenes Telefon klingelte.

Es war Ollys Schule.

Kapitel 12
Dämmerzustand

Die Dunkelheit hob sich wie ein Vorhang, als Maddie die Augen aufriss.

Sie rappelte sich taumelnd auf und hörte rings um sich aus dem Wald Zikaden, Baumgrillen und zankende Katzenvögel. Die Kettensäge lag neben ihr auf dem Boden. Sie befühlte sie. Der Motor war kalt.

Wie lange war ich bewusstlos?

Sie drehte sich zu der Skulptur um, zu der Eule, die sie geschnitzt hatte, und ...

Sie war nicht da.

Weg. *Puff.* Als hätte sie nie existiert.

Die Anzeichen ihrer Bemühungen waren überall: herausgesägte Holzecken, dazu ein ganzer Haufen Späne, Splitter und Sägemehl. Überall um sie herum, wie ein schützender Kreis. Sie hatte es sich nicht eingebildet. Hatte es nicht erfunden. Maddie hatte hier *irgendetwas* erschaffen. Ihr hektischer Geist versuchte, die Einzelheiten wiederzufinden, versuchte, durch die Dunkelheit hindurchzuspähen, um Erinnerungen fassbar zu machen – aber keine einzige tauchte aus dem Schatten und dem Nebel auf, bis auf diese eine, und diese eine war nicht einmal eine echte Erinnerung, sondern nur die Andeutung einer Erinnerung:

Dies ist nicht das erste Mal, dass so etwas passiert, oder?

Sie wusste, dass das stimmte. Wusste es tief in ihrem Herzen. Aber sie hatte keine Erinnerung an andere Blackouts – es war nur diese verrückte Gewissheit, dass, nein, dies nicht das erste Mal war, dass sie bei der Erschaffung von etwas das Bewusstsein verloren hatte.

Fuck, Fuck, Fuck.

Sie hatte einen eigenartigen Geschmack im Mund. Wie nach dem Verzehr von zu viel Ananas – ein verrücktes, scharfes Brennen, etwas Süßsaures, aber auch so etwas wie Metall. Diesen Eisen-Blut-geschmack. Irgendwo hörte sie ein Geräusch. Ein fernes Summen. Nicht wie die Kettensäge, sondern wie hinter einer Wand gefangene Wespen …

Mein Handy, begriff sie. Es war ihr Handy, das auf einem Stein in der Nähe vibrierte.

Sie stand benommen auf und grapschte danach. Schon jetzt erspähte sie eine ganze Reihe verpasster Textnachrichten und Anrufe. Anrufe von der Schule. Anrufe und Textnachrichten von Nate. Die letzte von Nate: *Olly war an einer Schlägerei beteiligt, wo zur Hölle steckst du?*

Scheiße, was ist passiert?

Wo zum Teufel war ich?

Und das Seltsamste von allem, wo war ihre Eulenskulptur geblieben?

Kapitel 13

Schildkröte in Gefahr

Oliver saß vor dem Büro der Direktorin. Eine Betonwand hinter ihm. Und Caleb Wright saß neben ihm.

»Du solltest da etwas draufmachen«, riet Caleb ihm.

Oliver zuckte zusammen. Er berührte den empfindlichen Ring aus Schmerz um das Auge und seine Höhle herum. »Ja.« Er hielt inne. »Übrigens, danke fürs Eingreifen.«

»Mann, scheiß auf diese Typen. Ein Haufen reicher, mieser Arschlöcher.«

»Mir fällt auf, dass sie nicht zusammen mit uns hier sitzen.«

»Ja, schon komisch, wie das funktioniert.«

Sie saßen ein Weilchen dort. Es war die Sportlehrerin gewesen, die die Rauferei beendet hatte – Mrs Nocross, eine kräftige, muskulöse Frau, und ehe Olly wusste, wie ihm geschah, wurden sie alle wie die Schafe zum Büro des Direktors getrieben. Die beiden zuvor erwähnten miesen Schläger, Graham Lyons und Alex Amati, gingen zuerst hinein. Als sie wieder herauskamen, grinsten sie höhnisch und warfen Oliver und Caleb einen scharfen Seitenblick zu – so scharf, dass er eine Arterie hätte auftrennen können. Oliver sah, dass Grahams linke Hand an ihm herabhing, zur Faust geballt – als versuche er, so zu tun, als sei alles normal, und dass sie nicht schmerzte, aber die Finger sahen nicht richtig aus. Als seien sie in die falsche Richtung gebogen worden und … so geblieben.

Oliver fühlte sich mies. Trotz allem fühlte er sich mies. (*Mein Standardgefühl*, dachte er dumpf.) Er hätte ihnen beinahe nachgerufen, dass es ihm leidtue, aber er konnte sich nicht zu der Entschuldigung durchringen. Und dann waren sie fort.

In der Zwischenzeit teilte man Caleb und Oliver mit, die Schule habe ihre Eltern verständigt. *Wunderbar.*

»Ich kenne Graham Lyons«, begann Oliver. »Wer ist der andere?«

»Alex Amati. Reicher Mistkerl. Beides Baseballspieler. In Central Bucks spielt man Football, aber hier in Upper Bucks können wir da nicht mithalten, daher spielen wir Baseball, und die zwei da sind absolute Stars der Mannschaft ... waaaas sie anscheinend zu verdammten Adeligen macht.«

»Oh.«

»Nicht besonders toll, sie zum Feind zu haben.«

»Kann ich mir vorstellen.«

»Macht einen spitzenmäßigen Eindruck.« Caleb lachte.

Oliver lachte ebenfalls. Es war witzig. Ein klein wenig.

»Hey, Mann«, fuhr Caleb fort, »wenn du jemals eine Gruppe zum Spielen suchst, hast du eine. Wir treffen uns im Allgemeinen samstags. Aber wir zocken nicht nur D&D, das ist nur unser Mittagessensspiel. Manchmal spielen wir auch *Star Wars* oder machen irgendwelche Indie-Rollenspiele. Und wir spielen auch Brettspiele – Evolution, Verrat im Haus auf dem Hügel, Zug um Zug. Und wenn wir zu alldem keine Lust haben, sagen wir *scheiß drauf* und spielen Magic.«

»Danke. Das wäre große Klasse. Ich spiele all diese Spiele.«

»In dieser beschissenen Schule und auf dieser ganzen beschissenen Welt ist das Beste, was ich dir sagen kann: Wir alle brauchen Freunde.«

Ich habe einen Freund, dachte Oliver wieder und wieder und legte sich mächtig ins Zeug, sich seine Aufregung nicht anmerken zu lassen, damit er nicht irgendwie auf geradezu tragische Weise uncool wirkte. Aber der Triumph, den er empfand, war unleugbar. Er konnte es nicht erwarten, Dr. Nahid davon zu erzählen.

Irgendwie nickte er einfach, als Caleb einen Faust-an-Faust-Stoß anbot, und er verletzte sich nicht, als er ihn erwiderte.

»Olly.«

Er drehte sich um und sah ...

Seinen Vater.

Sein Dad betrachtete ihn. Wirkte *sauer.* Er verströmte förmlich das Rot eines Tuchs, das man benutzen würde, um einen Stier anzulocken.

»Ist das dein Pop?«, fragte Caleb mit leiser Stimme.

»Jaaaa.«

»Scheiße, Junge. Du bist tot.«

Die beiden saßen vor dem Schreibtisch von Direktorin Myers, einer untersetzten Frau mit wirrem Haar, dessen Farbe sich am besten als »Garfield« beschreiben ließ.

Dad saß stumm wie ein Friedhof da.

Mist.

Er ist sauer auf mich.

»Ihr Sohn war heute in eine Prügelei verwickelt und hat zwei der besten Schüler der Schule provoziert ...« Sie korrigierte sich plötzlich. »Nun, *einen* der besten Schüler der Schule und zwei unserer besten Baseballspieler.« Oliver erriet, dass Alex nicht der beste Schüler war; auch wenn er verstand, dass Menschen nicht immer das waren, was sie zu sein schienen, Alex machte allerdings den Eindruck, als wäre er dumm wie Brot. Graham wirkte schlauer. Sie fuhr fort: »Das ist kein guter erster Eindruck, Oliver Graves. Es ist dein erster Monat in einer neuen Schule, und schon gerätst du in eine Prügelei? Haben wir das öfter von dir zu erwarten?«

»Ich bin nicht in eine Prügelei geraten«, protestierte Oliver und drehte sich zu seinem Vater um. »Wirklich nicht. Dad, ich schwöre dir, ich zettele keine Prügeleien an. Ich habe einen Tisch mit Schülern gefunden, die Spiele gespielt haben, daher bin ich zu ihnen gegangen, und sie schienen cool zu sein, aber dann sind diese beiden Jungen aufgetaucht und haben uns mit allen möglichen Namen beschimpft – Fotzenknecht und Schwuchtelarsch und ...«

»*Sprache*«, tadelte Direktorin Myers ihn.

»Tut mir leid. Aber genau das haben sie gesagt ...«

»Mir bleibt keine andere Wahl, als dich deswegen zu suspendieren.«

»Was?!«

»Die Regeln wären dir klar, wenn du sie gelesen hättest. Wir heißen Gewalt nicht gut und haben eine Null-Toleranz-Politik in Bezug auf ...«

Whamm.

Dads Faust krachte auf den Schreibtisch und ließ die Fotorahmen und den Bleistiftkrug erbeben. Seine Brust wogte. Er stieß einen Finger in Richtung der Direktorin.

»Sie werden nichts dergleichen tun«, stellte er fest.

»Wie bitte?«, fragte sie schockiert.

»Sie haben schon verstanden. Mein Sohn wird nicht suspendiert. Er wird morgen wieder hier sein, putzmunter und pünktlich, bereit für die Schule, bereit zu lernen. Sonst …«

»Sonst …?« Sie beugte sich sichtlich verblüfft vor. Stammelnd fügte sie hinzu: »Ich weiß nicht, woher Sie kommen, dass Sie denken, Sie könnten mir drohen …«

»Ich war früher Cop. Ich kenne das System. Ich weiß, wie das läuft. Und ich war auch ein Kind und erinnere mich, dass es schon damals genauso schwachsinnig war. Schläger legen sich mit irgendeinem armen Kind an, und dann ergeht es dem Opfer dieser Raufbolde genauso übel wie den Schlägern selbst – meistens ergeht es ihm sogar noch schlechter. Wir werden das hier als einen sehr üblen Tag für alle Beteiligten werten und dann weiterziehen. Denn ich kenne Rechtsanwälte. Ich kenne die besten miesesten Anwälte. Solche, die jeden hässlichen, schleimigen Trick kennen, den es nur gibt. Hölle, einige von ihnen schulden mir immer noch Gefälligkeiten. Wollen Sie, dass diese Anwälte Ihnen das Fell über die Ohren ziehen? Dann stellen Sie mich auf die Probe. Stellen Sie meinen Sohn auf die Probe. Wenn Sie ihn suspendieren oder nachsitzen lassen, wenn Sie etwas Geringeres als ein Lächeln für ihn haben, werden Sie sehen, was passiert.«

Direktorin Myers' Mund formte eine grimmige Linie. »Na schön«, entschied sie schließlich. »Wir können das als schlechten Tag verbuchen.«

Oliver hätte am liebsten einen Freudenschrei ausgestoßen.

»Danke«, murmelte er.

»Hmm-hmm«, war die Antwort der Direktorin.

»Ich werde meinen Sohn jetzt nach Hause bringen. Ihm einen Beutel Erbsen oder so etwas für dieses blaue Auge verschaffen. Ich wünsche Ihnen noch einen sehr schönen Tag, Direktorin Myers.«

»Ja. Ja. Auf Wiedersehen.«

Sie saßen zu zweit auf einer Parkbank vor einem Eiscafé und aßen zwei Hörnchen. Krokant für seinen Dad und für Oliver Regenbogen-Sorbet. Oliver hielt das Hörnchen in einer Hand und drückte mit der anderen ein Eispäckchen – pflichtschuldigst herbeigeschafft von einer Angestellten des Cafés – auf sein geschwollenes Auge.

Sie hatten nicht viel gesprochen, seit sie das Schulgebäude verlassen hatten.

Und sie sprachen auch jetzt nicht viel.

»Das Eis ist gut«, bemerkte Dad.

»Das merke ich, du hast es dir irgendwie …« Oliver deutete mit einer kreiselnden Bewegung auf seinen Bart.

»Hey, der Bart ist ein Aromaretter. Ich werde dieses Eis den ganzen Tag genießen.« Er zwinkerte ihm zu.

»Es ist ziemlich heiß.«

»Ja.«

»Wahrscheinlich der Klimawandel.«

Sein Dad zuckte die Achseln. »Vermutlich.« Dann schien er zu einer Entscheidung zu kommen, etwas festzulegen, als er herausplatzte: »Na schön, Alterchen, es gibt drei Kategorien von Menschen auf dieser Welt.«

»Ähm, okay.«

»Hör mir einfach zu. Also, sagen wir, du findest eine Schildkröte, die gerade die Straße überquert. Eine Sorte Mensch wird einfach daran vorbeifahren. Der Betreffende wird nicht versuchen, sie zu überfahren, aber er wird sich auch keine Mühe mit ihr machen. Dann gibt es eine andere Kategorie Mensch, die anhalten und aussteigen wird, um dem kleinen Panzertier über die Straße zu helfen. Vielleicht wird der Betreffende die Schildkröte hochheben, vielleicht einfach den Verkehr umleiten. Dann gibt es den dritten Typ Mensch. Den Typ, der diese Schildkröte sieht, draufhält und das verdammte Ding überfährt. Sie zerquetscht wie einen Erdnussbutterbecher. Nur um das Knacken des Panzers zu hören.

Also, die meisten Menschen gehören zur ersten Sorte. Sie reißen sich kein Bein aus, um etwas Gutes oder Böses zu tun. Und einige Menschen – wie ein paar von den Cops, mit denen ich gearbeitet habe –, die fallen definitiv in die dritte Rubrik. Vielleicht würden sie sogar eine Extrarunde drehen, nur um nach Schildkröten Ausschau zu halten, die sie überfahren können. Und du …«

»Ich falle in die zweite Kategorie.« Es war keine Prahlerei. Oliver wusste gar nicht so genau, ob das gut war oder nicht.

»Das ist richtig, Kleiner. Das stimmt. Deshalb bin ich eben für dich eingetreten. Weil ich die Kategorie von Mistkerl kenne, aus der dich einer in Schwierigkeiten gebracht hat. Graham Lyons fällt in die dritte Kategorie. Ich kannte zufällig seinen Vater. Rick. Ein Schläger, genau wie sein Sohn.«

»Ich habe einen Freund gefunden«, wechselte Oliver das Thema.

»Gut. Ich vielleicht auch.« Dann checkte sein Dad sein Handy. »Verflixt. Ich habe keine Ahnung, warum deine Mutter ihre Textnachrichten nicht liest. Iss auf. Wir sollten lieber nach Hause fahren.«

Kapitel 14
Dieses nagende Gefühl

Es war wieder einmal Schlafenszeit. Das Haus gab sein Knarren und Knistern von sich, seine arthritischen Beschwerden, sein kleines Stöhnen von Zeit und Müdigkeit und vielleicht dem Schmerz einer tief sitzenden Erinnerung.

Maddie war unruhig. Sie kam in ihr Buch nicht rein. Bücher waren gewöhnlich eine Methode für sie, ihr eigenes Gehirn runterzufahren und sich für eine Weile das eines anderen auszuleihen. Sie hatte auch noch andere Techniken: Yoga, Meditation, Backserien – und natürlich *ihre Arbeit.*

Doch jetzt war ihre Arbeit kein Hort des Trostes und der Unterstützung: Sie war eine weitere Last, eine, die mehr Fragen als Antworten aufwarf. Also wählte sie ein Buch.

Heute Abend entschied sie sich für *Robbing the Bees* von Holley Bishop, ein Sachbuch über Imkerei. Als sie es das letzte Mal in der Hand gehalten hatte, hatte sie nur einen Absatz darüber gelesen, wie eine neue Königin in einem Bienenstock geboren wird. Diese neue Königin veranstaltet eine Hinrichtungsorgie und ermordet ihre noch ungeborenen königlichen Konkurrentinnen, bevor sie die alte Königin umbringt – ihre eigene Mutter.

Aber jetzt las sie, ohne dass etwas hängen blieb. Sie begann wieder und wieder mit einem Absatz, immer fest davon überzeugt, ihn wirklich gelesen zu haben, und jedes Mal war sie außerstande, auch nur zu begreifen, was gemeint war.

Immer wieder kehrten ihre Gedanken zu den Ereignissen des Tages zurück. Insbesondere zu diesem einen, beunruhigenden Punkt: Sie hatte einen Blackout gehabt. Mit einer *laufenden Kettensäge in der Hand.* Und dann, als sie erwacht war, war ihre Schöpfung verschwunden. Die einzige Möglichkeit war, dass jemand sie gestohlen hatte. So musste es gewesen sein. Hatte jemand sie bewusstlos geschlagen? Aber wieso? Sie *erinnerte sich* an den Moment, in dem sie bewusstlos geworden war – oder zumindest erinnerte sie sich, was sie als Letztes getan hatte, nämlich das Aussägen von Federn, die Formung der Flügel und dann …

Hatte sie Flügelrauschen gehört?

Verdammt, Maddie. Denk nach.

»Wollen wir darüber reden?«, fragte Nate plötzlich.

»Worüber?«

»Worüber? Was meinst du damit, worüber?« Er richtete sich mit einem Ächzen auf. »Wo bist du heute gewesen? Die Schule hat dich angerufen und dich nicht erreicht. Schließlich haben sie mich angerufen. Und als ich dir eine Textnachricht geschickt habe …«

»Ich war im Wald. Ich hatte die Kettensäge laufen. Ich konnte nichts hören«, erklärte sie. Das war eine Lüge. Zumindest zum Teil. Aber was sollte sie sagen? *Tut mir leid, Schatz, ich bin in einen verdammten Dämmerzustand verfallen, und die Skulptur, an der ich gearbeitet habe, ist zum Leben erwacht und davongeflogen.* Es machte ihr schwer zu schaffen, dass sie nicht nur das Bewusstsein verloren hatte, sondern ihr auch etwas entgangen war – die Anrufe, die Nachrichten. Sie war nicht präsent gewesen. Es war, als verirre man sich in einem Traum oder einem Koma. Schlimmer noch war dieses beharrliche Gefühl, dass genau das schon früher passiert war. »Es ist alles gut. Du hast die Sache geregelt wie ein Champion.«

»Olly war an einer Schlägerei beteiligt, Mads.«

»Oliver war *nicht* an einer Schlägerei beteiligt. Er hat den Ärger eines Highschool-Mistkerls erregt, und dann ist erwartungsgemäß Mist dabei herausgekommen. Ihm werden noch viele solche Mistkerle begegnen.«

Bei diesen Worten stieß Nate ein Brummen aus. Ein Weilchen saß er still da, dann sagte er: »Ich musste heute einen Hirsch erschießen.«

»Oh. Tut mir leid.« Sie versuchte, sich vorzustellen, wie das war, konnte es aber nicht. »Was ist passiert?«

Er erzählte ihr die Geschichte – ein kranker Hirsch, der im Kreis gelaufen und auf Fig zugesprungen war. Er hatte ihn erschossen. Er erzählte ihr auch, dass das Tier voller Maden gewesen war, und fügte hinzu: »Die Würmer, vermutlich Larven der Dasselfliege, haben das tote Tier verlassen und sind genau wie diese Ameisen im Kreis gelaufen. Genau wie der Hirsch. Das ist seltsam, nicht wahr?«

»Das ist bestimmt normal«, beharrte sie mit verkrampftem Kinn, obwohl ihr Gehirn wieder und wieder schrie: *Es ist nicht normal, es ist nicht normal, da stimmt etwas nicht, da ist etwas total schiefgegangen.*

»Ich hoffe, Olly kommt klar. In der Schule. *Im Leben …*«

»Nate«, unterbrach Maddie ihn und versuchte (erfolglos), sich nicht zu ereifern. »Können wir jetzt einfach schlafen? Normalerweise bist du vor dem Zubettgehen nicht so redselig, und ich will einfach nur runterkommen. Ich muss morgen Trudy in der Galerie anrufen, ich muss weiter an der Scheune arbeiten, und ich muss einfach mal meinen Geist *beruhigen.* Okay?«

Er nickte und rollte sich auf die andere Seite.

Maddie griff nach ihrem Buch. Versuchte zu lesen, aber es gelang nicht. Die Worte verschwammen und verrutschten. Sanft schloss sie das Buch und legte es auf ihre Brust. Stattdessen lauschte sie auf die Geräusche draußen. Sie hörte das Getöse und Gewusel Philadelphias nicht, den Lärm von Menschen und Autos und Linienflugzeugen über ihnen, sie hörte nicht einmal das Scheppern von Mülltonnen. (Und Sirenen. So viele Sirenen.) Alles, was sie hörte, war ein nächtlicher Insektenchor. All das Gezirpe und Geflatter und Gesumme dort draußen in der tiefen Dunkelheit des Waldes. Irgendwie fühlte es sich hier lauter an als dort. Sowohl in ihrem Kopf als auch draußen.

Nate wusste, dass es ein Traum war, noch während er ihn träumte.

Er stand inmitten der schwarzen Felsen des Ramble-Rocks-Parks, die wie abgebrochene Zähne aussahen. Nebel glitt zwischen den Steinen hindurch wie beleidigte Geister. Die Luft war kalt, aber Nate trug nur ein weißes, ärmelloses Shirt und zerlumpte Boxershorts – ein Shirt, das er im wahren Leben nicht einmal besaß, was ein Signal war, dass das hier nicht real sein konnte. In diesem Traum stand sein Sohn Oliver vor ihm.

Die Wangen des Jungen waren feucht. Als hätte er geweint.

Nates Faust pochte.

Die Lippe des Jungen war aufgeplatzt. Blut verband seine Unterlippe mit seinem Kinn wie ein leuchtend roter Faden.

Das hier passiert nicht wirklich, dachte Nate. *Wach einfach auf.*

Aber es ging immer weiter. Nate bewegte seine verletzte Hand, und an seinen Sohn gewandt sagte er: »Was hast du getan?« Nein. Es war nicht richtig. Nicht *er* sagte es zu seinem Sohn. Er *hörte* es sich vielmehr sagen. *Fühlte*, wie sich sein Mund bewegte, nahm die Vibration der Worte in seiner Brust wahr. Es war nichts, das er freiwillig tat.

Es war etwas, das er *bezeugte.*

»Entschuldige«, stammelte Oliver.

»Entschuldigungen sind für Weicheier«, antwortete Nate. Und dort, in seiner Stimme, war das Brummen einer anderen Stimme: der seines eigenen Vaters. *Nein, nein, nein.* »Du hast alles vermasselt. Nicht wahr? Hast alles so richtig kaputt gemacht.«

»Ich – ich habe das nicht absichtlich getan …«

»*Ich, ich habe das nicht absichtlich getan*«, hörte Nate sich die Worte seines Sohnes in einem Singsang nachäffen. Er verspottete seinen eigenen Sohn. Er wollte sich selbst die Kehle zudrücken, wollte sich einen Schlag auf seinen eigenen dummen Mund verpassen. *Halt die Klappe, halt die Klappe, halt die Klappe.* Aber trotzdem redete er weiter, selbst als er noch einen Schritt näher an seinen Sohn herantrat. »Hör dir doch mal selber zu. Feige wie deine Mutter. Du hast es vermasselt. Dazu musst du stehen. Du bist ein Apfel, der von einem durch und durch guten Baum gefallen ist, aber du hast im Gras gelegen und bist verfault. Habe ich nicht recht? *Habe ich nicht recht?*«

»Dad, bitte …«

»Halt die Klappe. Du hast das in Gang gebracht. Dafür gesorgt, dass das alles passiert.« Er sog zischend Luft zwischen seinen Zähnen hindurch. »Als sei die Welt nicht schon schlimm genug, Oliver. Du musstest es einfach übertreiben, nicht wahr? Dich in der Schule prügeln. Dich anfreunden mit diesem … diesem Haufen Freaks, du musstest deinen eigenen Kopf haben.« Er spürte, wie die Worte seinen

Mund verließen, und er setzte Himmel und Hölle in Bewegung, um sie zu unterdrücken – und selbst während er das tat, schmeckte er die Whisky-Ausdünstungen in seinem Atem. Obendrein beschissener Billig-Whisky mit einem holzigen, säuerlichen Pissearoma.

»Ich werde es nicht wieder tun …«

Er griff nach seinem Sohn …

Oliver versuchte, seine Hand wegzuschlagen …

Und dann, *whamm.*

Nate spürte die Vibration, wie sie von seiner Faust zu seinem Ellbogen und seiner Schulter schoss. Der Kopf seines Sohnes wurde von dem Schlag nach hinten geschleudert. *Wupp.* Der Junge machte einen Schritt zurück und sah seinen Vater dann mit einem ruinierten Auge an. Olivers linkes Auge war aufgeplatzt wie eine grüne Traube, aus der Gelee sickerte. Nate hörte sich aufschreien.

Der Junge trat einige Schritte rückwärts und stieß gegen den Felsen hinter ihm, der Sekunden zuvor noch nicht dort gewesen war. Oder? Nate erinnerte sich nicht. Der Fels war lang und flach wie ein Tisch, und mit seinem Sockel sah er so aus wie der Amboss einer Schmiede.

Ein Schuss erscholl – das Krachen eines Gewehrs, das die Luft durchschnitt wie eine Axt ein Brett spaltete –, und Olivers Kopf wurde erneut zurückgerissen, und jetzt war in der Mitte seiner Stirn ein Brandloch von einer Zigarre, aus dem Blut sickerte, und der Faule-Eier-Gestank von Schießpulver schwängerte die Luft …

Oliver fiel rückwärts gegen den Felstisch …

Er landete flach auf der Platte, und das Blut aus der Mitte seines Kopfes fand die Rillen in dem tischförmigen Felsen. Es floss durch diese steinernen Furchen zu den Rändern, wo es in Disteln und Gras tropfte, und während das geschah, wurde der Himmel dunkel, und ein klumpiger roter Regen setzte ein, immer ein spritzender Tropfen nach dem anderen …

Plitsch, plitsch, platsch, plitsch …

Nate schrak keuchend aus dem Schlaf hoch.

Zeit verstrich. Die Nacht vertiefte sich. Er war glitschig von Schweiß. Der Traum haftete ihm an wie ein übler Geruch. *Nur ein*

Traum, dachte er. *Olly geht es gut. Es war nur ein Traum.* Das Haus, sagte er sich, hatte ihn aus dem Gleichgewicht gebracht.

Nate versuchte, wieder einzuschlafen. Er rollte sich auf die rechte Seite. Dann auf die linke Seite.

Dann auf den Rücken.

Er seufzte und starrte an die dunkle Decke.

Maddie schnarchte leise, ein sanftes Sägen von Holz.

Er konzentrierte sich auf ihren ruhigen Atem. Und da hatte er gedacht, sie würde diejenige sein, die das Leben auf dem Land nicht vertrug. Aber vielleicht war er es ja. Denn so sahen all seine Nächte aus, seit sie in dieses Haus gezogen waren. Irgendwann schlief er drei oder vier Stunden. Böse Träume nähten seine Nacht zusammen. Und dann kam irgendwann der Morgen.

Während er nicht schlief, lag er da und hatte das Gefühl, das Haus sei irgendwie *wach* und erregt. Es ging ihm nicht nur darum, dass das Haus ihn beunruhigte – es fühlte sich ebenfalls beunruhigt *an.*

Nate schaute in die Dunkelheit. Er erwartete halb, seinen Vater dort zu sehen, wie er ihn aus der Ecke heraus anstarrte. Oder schlimmer noch, vom Fußende des Bettes. *Die Pistole in der falschen Hand,* dachte er. Was für eine seltsame Vision das war. Stressbedingte Halluzination. Eine andere Schlussfolgerung blieb nicht.

Aber es war niemand dort.

Er richtete sich mit einem Stöhnen auf und schlüpfte aus dem Bett, seine Füße nackt auf dem unebenen Holzboden. Ihr Zimmer war dasselbe, in dem er als Junge geschlafen hatte – seine Erinnerung griff, und er brauchte nicht einmal über den Schnitt des Hauses nachzudenken. Er verließ den Raum und ging durch den Flur, während die Dielenbretter quietschten und jammerten.

Nate schaute nach Olly, stahl sich die Treppe zum Dachboden hinauf und spähte bei seinem Jungen ins Zimmer …

Er ist nicht da. Er ist nicht im Bett. Er ist weg.

Aber dann gewöhnten sich seine Augen an die Dunkelheit, und er sah Ollys aufgeschossene, in die Decke verheddert Gestalt. Den Kopf halb unter einem Kissen, die Glieder von sich gestreckt.

Nate stieß einen erleichterten Seufzer aus, dann ging er die Treppe hinunter und in die Küche, wo er sich ein Glas Leitungswasser einschenkte. Das Wasser schmeckte seltsam – bitter und mit einem starken mineralischen Aroma. Er nahm sich vor, es testen zu lassen.

Dann drang ein Geräusch an seine Ohren – mitten in der Stille der Nacht, in der Dunkelheit des Hauses. Fern und leise, aber beharrlich.

Tick.

Tick.

Tack.

Was zur Hölle war das? Es klang nicht wie die normalen Geräusche eines Hauses, das zur Ruhe kam, aber es rief irgendeine Erinnerung wach. Er kam nur noch nicht recht dahinter, welche.

Er hörte genauer hin. Nichts. Achselzuckend stellte er das Glas beiseite und ...

Tack.

Tick.

Sein Mund wurde trocken, und seine Handflächen schwitzten. Eine absurde Reaktion auf kleine, leise Geräusche – hier war nichts, worüber er sich Sorgen zu machen brauchte, es war kein Einbrecher, der hereinkam. Eine kleine Stimme pflanzte erneut das Bild seines Vaters in seinen Kopf, tot, aber plötzlich wach im Bett, und er keuchte auf, als eine andere Version von ihm in der Ecke stand, die Pistole in der Hand. Das *Tick-tick-tack* kam davon, wie er sie entsicherte, sicherte, entsicherte ...

Das war es nicht. *Das*, befand Nate, passierte gar nicht wirklich. Es war nur ein Streich des Auges, ein irritierender Moment, herbeigeführt durch die Überraschung, als sein Vater ... wie nannte man es noch gleich?

Schnappatmung.

Wieder hörte er das Geräusch – *tick, tack, tick* – irgendwo im vorderen Teil des Hauses, daher machte er sich nicht die Mühe, leise zu sein, und marschierte hinaus aus der Küche, vorbei an der Kellertür, vorbei am Esszimmer auf der linken Seite, am Wohnzimmer auf der rechten, und ...

Da.

Die Antwort.

Eine Handvoll Glühwürmchen hatte sich an dem quadratischen Fenster in der Haustür versammelt. Er beobachtete, wie eins sich löste, bevor es an das Glas zurückflog.

Tick, tack, tick.

Der Käfer klopfte leicht gegen die Scheibe, als er sich wieder niederließ.

Einige weitere Glühwürmchen gesellten sich zu ihm und scharten sich zusammen – und jedes leuchtete in einem ätherischen Grün. Geisterlichter, die vor der Schwärze zappelten.

Nate war überrascht. Er erinnerte sich nicht daran, dass Glühwürmchen im Herbst noch zu sehen waren. Der Sommer war gerade zu Ende gegangen. Aber draußen war es immer noch heiß. Vielleicht hatte sich ihre Saison verändert – der Klimawandel vermurkste alles, nicht wahr? Die Jahreszeiten waren nicht mehr wirklich die Jahreszeiten.

Er trat näher, bis er direkt vor der Tür stand. Aus so geringer Entfernung beleuchtete das Licht der Glühwürmchen die Insekten selbst – ihre kleinen, länglichen Körper, die bald in diese, bald in jene Richtung krabbelten.

Nate legte einen Finger auf seine Seite des Glases. Er hatte keine Ahnung, warum er es tat, aber irgendetwas zwang ihn dazu. Während er eine Fingerkuppe gegen das Fenster gedrückt hielt, beobachtete er, wie sie sich aufreihten …

Nein.

Und sich langsam in einem Karussell aus glühenden Insekten darum herum drehten. Rund und rund drehten sie sich. Einige erhoben sich flüchtig in die Luft, als versuchten sie, dem Wirbel ihrer Brüder zu entfliehen – aber dann kehrten sie sofort in die Reihe zurück und kreisten um die Spitze von Nates Finger, den er gegen die andere Seite der Tür drückte.

Ameisen und ein Hirsch und Maden.

Und jetzt Glühwürmchen.

Irgendetwas stimmt hier nicht.

Er riss den Finger zurück, und das schien den Zwang zu brechen. Die Spirale löste sich auf, und die Glühwürmchen stoben auseinander. Nate beobachtete, wie sie davonflogen, wie sie in die Dunkelheit drifteten, und ihr grünes Sternenlicht flackerte über dem Gras. Der Mond, der durch die Bäume schien, warf lange Arme aus Licht über das Grundstück – und die Bäume streckten dazu Beine aus Schatten aus. Sein Blick wanderte über den Wald ...

Und blieb an einem Baum hängen. Einem seltsamen Baum, an den er sich nicht erinnerte. Klein. Im Garten, näher beim Haus, als er hätte sein sollen.

Der Baum bewegte sich.

Nate blinzelte, um sicherzugehen, dass das, was er sah, wirklich das war ...

Es war überhaupt kein Baum.

Eine Gestalt stand am Rand des Gartens. Unter den Bäumen.

Nate konnte nicht viel erkennen, aber das Mondlicht beleuchtete die allzu vertraute Gestalt. Er blinzelte und wusste, dass sein Verstand ihm wieder etwas vorgaukelte. Ihn machte nur der Schlafmangel kirre. Vielleicht war es auch ein weiterer Traum. Er starrte auf das Bild, davon überzeugt, dass die Silhouette sich langsam auflösen und als Baum erweisen würde, aber dann ...

Der Kopf der Gestalt bewegte sich.

Neigte sich wie der eines Tieres, das nicht verstand.

Ein Tier. *Nur ein Hirsch,* dachte Nate, aber sein Magen krampfte sich zusammen wie eine sich schließende Faust, und noch während er sich wieder und wieder sagte, *nur ein Hirsch, nur ein Hirsch,* eilte er wieder die Treppe hinauf, so leise er konnte. *Nur ein Hirsch, das muss es sein,* dachte er, als er wieder in ihr Schlafzimmer schlüpfte und den kleinen Safe unter dem Bett hervorholte. Er drückte einen Finger auf das Schlosspad und hörte, wie die Schlossmechanismen klickten.

Nur ein Hirsch. Aber nur für den Fall des Falles.

Er schnappte sich die Pistole aus dem Safe – eine alte Browning Hi-Power 9mm – und stieß das Magazin in die Unterseite des Griffes, bevor er auf den Fußballen erneut die Treppe hinablief.

Die Pistole in der Hand, zog Nate langsam die Haustür auf.

Er trat hinaus auf die rissigen steinernen Stufen.

Die Gestalt war immer noch da.

Als warte sie auf ihn.

Nur ein Hirsch. Nur ein Hirsch.

Er sah zum Rand des Gartens hinüber und wartete darauf, dass ein Geweih oder der Rest des Tieres auftauchten – vier Beine, nicht zwei, vielleicht das Zucken eines Schwanzes –, aber es geschah nichts dergleichen. Er schluckte trocken und rief: »Hey!«

Ein Moment verstrich.

Dann drehte die Gestalt sich um und rannte davon.

Nates Herz pochte schnell, außer sich, und drängte ihn, sich zu bewegen, zu bewegen, zu bewegen – also sprang er über den von Blättern übersäten Rasen und entsicherte die Pistole. Er sah den Schatten durch die Bäume huschen, tiefer hinein in den Wald, und er folgte ihm auf nackten Sohlen. Nate sprang einen Erdwall hinunter und rannte durch ein Gewirr von trockenen Dornen. Seine Augen gewöhnten sich an die Lichtverhältnisse, während er über den mondbeschienenen Waldboden hastete und der Gestalt nachjagte, die in langen Schritten vor ihm herlief. Zweige schlugen Nate ins Gesicht. Er stolperte um ein Haar über einen mit Laub bedeckten Graben zwischen einigen Bäumen – einer Stelle, an der einst ein Holzstamm gelegen hatte, der aber jetzt zu Mulch verrottet war. Schmerz durchzuckte seinen Knöchel und schoss seine Wade hinauf, aber er lief weiter.

Ihm kam der Gedanke: *Wir nähern uns dem Park.*

Nähern uns Ramble Rocks.

Nähern uns dem Schauplatz meines Traums.

Plötzlich durchbrach er eine Baumlinie und gelangte auf weiches Gras.

Vor ihm stand in einem Strahl Mondlicht der Mann. Als sei er dort gefangen, festgehalten von dem Speer aus Licht. Die Gestalt war groß wie eine Vogelscheuche und dünn wie ein Häftling. Ein langer, räudiger Bart, der aussah wie ein Rattennest, reichte ihm bis auf seine nackte Brust. Ein Bierbauch hing über dem Saum seiner zerschlissenen Jeans, und Nate sah auch Wunden auf der Haut des Mannes – Wunden wie kleine Bissmale, wie Striemen.

Schlitternd kam Nate zum Stehen, hob die Waffe und richtete sie auf ihn.

»Sie da! Wer sind Sie? Sie haben vor meinem Haus gestanden …«

Das war der Moment, in dem er das Gesicht des Fremden sah.

Es *krabbelte.*

Etwas bewegte sich darüber hinweg, schwarze Punkte, die im Licht zappelten. Glänzten und zuckten. Zuck, zuck.

Er hörte Flügel surren …

Fliegen, begriff er. Vielleicht Pferdebremsen oder Dasselfliegen. Dann erhellten sie sich in einen unheimlichen Schein: *Glühwürmchen.*

»Wer. Sind. Sie.«

Der Mund des Mannes öffnete sich weit, zu weit, und knöcherne Zähne und eine bleiche, bleckende Zunge wurden sichtbar. Dann öffnete der Mund sich weiter – und plötzlich knackte er laut, als sei etwas darin zerbrochen, wobei die Haut nicht riss. Das Kinn hing jetzt lose in dem Gestrüpp des Barts wie eine zerbrochene Verandaschaukel. Der Mann begann zu heulen, ein langes, trauriges Wehklagen – und dann leuchtete die ganze Welt auf, Lichter erhellten die Dunkelheit, und ein lautloser Donnerschlag krachte in Nates Brust. Das Licht durchfuhr den Fremden und löschte ihn aus.

Kapitel 15
Der Schriftsteller

Nate schnappte nach Luft. Er blinzelte und beschirmte sich mit dem Unterarm gegen das plötzliche Licht.

Die Gestalt, der hochgewachsene Mann mit dem räudigen Bart, war verschwunden.

Nate hörte sich keuchen. Wie ein Hund, der Schmerzen hatte. Seine eigenen Atemstöße waren alles, erfüllten die Welt, dehnten die Leere aus.

Dann erscholl eine Stimme. »Hallöchen, Sie da. Alles in Ordnung mit Ihnen?« Aus der Richtung, von wo diese Stimme kam, tauchte ein Schatten auf – eine weitere Person, ein Mann, obwohl dieser nicht so war wie der dürre Fremde, sondern in jeder Hinsicht eher durchschnittlich wirkte: durchschnittliche Größe, durchschnittliches Gewicht, alles durchschnittlich. Der Tonfall hatte beinahe eine onkelhafte Leutseligkeit – ein freundlicher Mensch, den man noch nicht kennengelernt hat.

»Ich …« Nate schaute seinen Arm entlang auf die Pistole in seiner Hand und nahm sie herunter, nachdem ihm bewusst geworden war, dass er damit in die Richtung des Schattens gezielt hatte. »Es geht mir gut, danke.«

Der Mann kam näher. Er war älter. Ende fünfzig, Anfang sechzig. Es war immer noch schwer, seine Gesichtszüge zu erkennen, wegen des grellen Lichts hinter ihm – das nicht vom Mond kam, sondern vielmehr von Flutlichtern, die, wie Nate sehen konnte, an einem Haus angebracht waren. Die Erkenntnis traf ihn:

Er stand vor dem Haus seines Nachbarn, nicht wahr? *Oh, oh.*

Der andere Mann musste zu einer ähnlichen Schlussfolgerung gelangt sein, was die Frage betraf, wer da auf seinem Rasen stand. Er sagte: »Sie sind der Typ von nebenan, habe ich recht? Ich glaube, wir sind Nachbarn.«

»Ich …« Nate erschauerte und errötete vor Verlegenheit. »Das stimmt.«

Verlegenheit wich Sorge. Er wollte nicht seinen Job verlieren, und ein Streifzug auf den Rasen seines Nachbarn kurz nach Mitternacht mit einer geladenen 9 mm war … *keine* gute Methode, um die lokale Behörde davon zu überzeugen, dass er bei klarem Verstand war.

Aber der Mann wedelte mit einem Arm und sagte: »Wollen Sie reinkommen? Ich bin eine ziemliche Nachteule. Es würde mich freuen, Ihnen einen Drink anzubieten, wenn Sie mögen.«

»Ich möchte Ihnen keine Mühe machen.«

Der Mann lachte. »Ich würde sagen, über dieses Stadium sind wir bereits weit hinaus, mein Freund.«

»Ja, da haben Sie wohl recht. Klar. Aber nur für einen Drink.«

»Schön, schön.« Der Mann klatschte in die Hände. »Kommen Sie herein.«

Bei dem Haus handelte es sich um ein Nurdachhaus, mit einer Terrasse dahinter, und vorn ragte ein Balkon über den Garten. Insgesamt war es luftig und offen – zu offen, denn es schuf eine Leere, die beinahe Verlassenheit andeutete. Wo immer Nate hinschaute war Holz – Holzboden, hölzerne Balken, Holzküchenmöbel, Bäume draußen. Das Ganze schwankte irgendwo zwischen modernem Minimalismus und hölzerner Skihütte. Das einzig wirklich Bemerkenswerte waren zwei hohe Bücherregale an der dem Eingang gegenüberliegenden Wand, und zwar keine nur zu Dekozwecken, nein. Da waren abgegriffene, chaotisch hineingeschobene Bücher, die in jeden Winkel gestopft worden waren, oft benutzt, oft gelesen. *Geliebt.*

Der Mann schnappte sich einen Hocker von etwas, das wie eine Frühstückstheke aussah, knallte ihn für Nate hin, damit er Platz nehmen konnte, und ging dann auf die andere Seite des Blocks.

»Was wollen Sie? Oh, Hölle, mein Name ist übrigens Jed. Jed Homackie. Suchen Sie sich Ihr Gift aus, wie man so schön sagt – ich hab Wein und Bier, Cidre und Met und natürlich einen ganzen Schrank voll mit harten Sachen. Wenn Sie Whisky mögen, können wir eine Tour über die schottischen Inseln machen …«

»Oh, klar, das klingt gut. Ich bin übrigens Nate Graves.«

»Graves, hm. Sind Sie der Sohn von Carl?«

Er zögerte. »Ja.«

»Mein herzliches Beileid«, sagte der Nachbar. Dann fügte er in leisem, verschlagenen Tonfall hinzu: »Ihr Vater konnte, wenn ich das sagen darf, ein echter Biss in den Arsch sein.«

Nate spürte, wie unvermittelt schallendes Gelächter aus ihm herausbrach. »Sie werden feststellen, dass wir Ihnen in diesem Punkt absolut recht geben, Mr Homackie.«

»Jed. Kommen Sie, nennen Sie mich Jed.«

Nate konnte jetzt einen guten Blick auf Jed Homackie werfen – seine Onkelhaftigkeit erstreckte sich auf sein Aussehen: Tatsächlich schien er irgendjemandes oder vielleicht sogar *jedermanns* Onkel zu ein. Er hatte ein breites Lächeln und so dicke Augenbrauen, dass sie aussahen wie exotische Raupen, aber auch dunkle Augen, die den Eindruck erweckten, als würden sie alles genau studieren – würden die Welt mit dem Kalkül eines Schachmeisters mustern.

Er knallte die Flasche zwischen sie beide:

Balvenie, zwölf Jahre.

Dann zwei Gläser, *klirr, klirr.* Jed goss in jedes zwei Finger.

Nate schaute verlegen auf die Pistole in seiner Hand hinab. »Ahh.«

Jed hob die Hände, als wolle er kapitulieren. »Nicht schießen.« Dann kicherte er und winkte ab. »Legen Sie das Ding einfach auf die Theke.«

Nate ließ die Kammer rotieren, dann zog er das Magazin heraus und legte das alles neben sich. Die einzige Patrone setzte er auf ihr flaches Ende, sodass sie aufrecht stand, ein kleiner goldener Wächter.

Mit einem Zwinkern und einem Nicken hob Jed das Glas. »Es gibt viele Trinksprüche und viele Arten, Cheers zu sagen«, begann er, »aber mein Lieblingstrinkspruch ist dieser: *nie mój cyrk, nie moje małpy.*«

Nate warf ihm einen fragenden Blick zu. Jed übersetzte den Trinkspruch mit einem pseudopolnischen Akzent: »Nicht mein Zirkus, nicht meine Affen.«

Sie ließen die Gläser aneinanderklirren und tranken.

Ein warmes Karamellaroma erfüllte Nate wie die Hitze eines frisch aus dem Ofen kommenden Apfelkuchens. »Der ist etwas Besonderes«, bemerkte er.

»Es ist ein Speyside. Wirklich nett. *Wirklich* nett. Wie Butter auf Pfannkuchen.«

»Nun, danke, dass Sie mich daran teilhaben lassen, Jed.«

»Ist mir ein Vergnügen, Nate.«

Sie saßen ein Weilchen da. Schließlich sagte Nate:

»Wegen der Pistole …«

»Bah. Sie brauchen nichts zu erklären, wenn Sie nicht wollen. Ich bin ein Mann, der seine Privatsphäre schätzt.«

»Ich denke, Sie haben ein Recht darauf, es zu wissen. Ehrlich, ich habe daran gedacht, deswegen einfach zu lügen und Ihnen zu erzählen, da sei ein … Schwarzbär gewesen oder etwas in der Art.«

Jed nickte und schmatzte, nachdem er einen weiteren Schluck Whisky genommen hatte. »Es gibt Bären hier – zumindest alle Jubeljahre mal. Auch Kojoten.«

»Das stimmt. Aber die Wahrheit ist … ich dachte, ich hätte jemanden gesehen.«

»Erzählen Sie.«

»Auf meinem Rasen. Eine … Gestalt, einen Mann. Er hat einfach nur dort gestanden.«

Jed beugte sich vor, fast verschwörerisch. »Hm. Das ist tatsächlich beunruhigend.«

»Also habe ich mir meine Pistole geschnappt und bin ihm hinterher.«

»Vernünftig. Verdammt, ich hätte genau das Gleiche getan – ähm, wenn ich kein gefühlsduseliger Liberaler wäre. Nicht dass ich ein Problem mit vernünftigem Waffenbesitz hätte, Freund, nicht im Mindesten! Ich denke nur, dass ich das nicht könnte. Zielen. Abdrücken. Allein der Gedanke verwandelt mein Blut in Wasser. Ich bin ein friedliebender Mensch, großgezogen als Quäker, auch wenn ich mittlerweile kein praktizierender mehr bin.«

Nate seufzte. »Ich bin kein Liberaler, nicht wirklich, aber acht von zehn Malen wähle ich die Demokraten. Und das Letzte, was ich will, ist eine Waffe. Aber ich musste lernen, sie zu benutzen – ich war in der Stadt bei der Truppe.«

»Sie meinen, als Polizeibeamter?«

»Genau.«

Jeds Lächeln wurde noch breiter, dann schenkte er sich selbst einen weiteren Whisky ein und fügte auch zu Nates Glas einen kräftigen Spritzer hinzu. »Dann lassen Sie mich Ihnen für Ihre Dienste danken. Blau macht den Unterschied, und so weiter.«

»Das weiß ich zu schätzen, aber wie sich herausstellt, haben die Leute auf der Straße von uns blau Uniformierten erheblich mehr zu befürchten als wir von ihnen.« Er spürte, dass er sich ein wenig entspannte. Das Joch des Stresses abschüttelte. Irgendetwas an Jed war umgänglich, liebenswert – als sei der Mann ein glücklicher Schwamm, der all die bösen Schwingungen einfach aufsaugte und bei dem man alles rauslassen konnte. »Wie gut haben Sie meinen Vater gekannt?«

»Nicht besonders gut. Wir hatten ›Begegnungen‹, wie das unter Nachbarn so ist. Wir hatten jeder unser Grundstück, wie Sie wissen, daher gab es nicht viel Anlass, wirklich miteinander zu reden, aber ab und zu hat er sich beschwert – ich habe einen Räucherofen, und ich räuchere Fleisch, und das hat ihn geärgert. Manchmal benutze ich die Boxen, die ich hinten habe, um Musik laufen zu lassen – nichts Verrücktes, nicht als würde ich, Sie wissen schon, Heavy Metal spielen oder lauten Rap oder so, aber das hat ihn ebenfalls auf die Palme gebracht.« Jed beugte sich vor und schielte auf seine eigene Nase, als sei er im Begriff, ein Staatsgeheimnis zu verraten. »Ich hatte das Gefühl, dass er kein sehr *glücklicher* Mensch war.«

»*Unglücklich* wäre eine Untertreibung. Ich würde eher *elend* sagen. Für gewöhnlich gefolgt von *Arschloch*.«

»Noch einmal, es tut mir trotz allem leid, dass Sie ihn verloren haben.«

»Mir nicht. Ich bin froh, dass er weg ist.«

Jeds ernste Miene löste sich – sein Stirnrunzeln machte einem frechen Grinsen Platz. »Ich habe genauso empfunden, was meinen eigenen Vater betrifft. Ein echter Hurensohn. Bösartiger als eine getretene Mokassinschlange.« Er stieß ein Brummen aus und starrte einen

Moment lang ins Leere. »Wenden wir uns besseren Dingen zu. Besseren *Menschen*.«

»Darauf trinke ich«, antwortete Nate.

Wieder ließen sie ihre Gläser gegeneinanderklirren.

»Sehen Sie …«, begann Nate, aber die Worte erstarben in seinem Mund.

»Sehe ich was?«

»Es ist dumm.«

»Nein, nein, bitte. Sprechen Sie weiter.«

»Sehen Sie jemals jemanden hier draußen? Menschen, meine ich. Im Wald.«

»Menschen im Wald, oh, klar, klar. Für gewöhnlich in der Jagdsaison. Einmal ist so ein Depp durch den Wald gestolpert. Es hatte geschneit, und er trug alle möglichen Schneetarnsachen – er hat genauso ausgesehen wie eine Staffage aus *Eisstation Zebra!* Außerdem bewaffnet bis an die Zähne, er hatte eins von diesen … wie nennt man die noch gleich, diesen Militärgewehren.«

»Ein Sturmgewehr. Wie eine AR-15 oder dergleichen.«

»Genau, so eins, das immer benutzt wird, um am Arbeitsplatz oder in der Schule Amok zu laufen. Wie dem auch sei, er kommt durch die Bäume und tritt auf den Rasen, als sei ihm das alles völlig egal. Ich bin rausgegangen, um ihn anzubrüllen. Ich habe keine Pistole, daher habe ich ein Küchenmesser und einen Topf mitgenommen und habe mit dem Messer wie ein Irrer auf den Topf geschlagen – ich habe festgestellt, dass Leute, wenn sie denken, man sei verrückter als eine Klohäuscheneule, eher auf der Hut sind vor einem –, und er hat die Hände gehoben und seine Waffe runterhängen lassen, hat gesagt, er habe nicht gewusst, dass das hier Privatbesitz ist. Ich habe ihm geantwortet, nun, was hat mich verraten? War es der Briefkasten? Die frisch geräumte Einfahrt? Das große *Haus*? Oder ich, wie ich mit einem Messer und einem Topf rumgewedelt habe? Er hat eine Entschuldigung gestammelt und gesagt, er … habe einen Hirschbock angeschossen, ihn aber nur gestreift, und er habe gedacht, der Bock sei durch meinen Garten gelaufen – nicht dass er gewusst habe, dass es ein Garten ist.« Er kicherte leise. »Aber das ist nicht der Typ Mensch, den Sie meinen.«

»Ah. Nein. Eher weniger – wobei, ich bin jetzt Ranger, also, wenn Ihnen so etwas jemals wieder zustoßen sollte, rufen Sie mich an.« Er seufzte. »Es ist nur … der Mann, den ich gesehen habe, war von hochaufgeschossener, schlaksiger Gestalt. Bärtig. Er sieht aus wie ein, ich weiß nicht recht, ein Obdachloser? Vielleicht ist er krank. Vielleicht haben mir einfach nur meine Augen einen Streich gespielt. Vielleicht bin ich derjenige, der verrückt ist.«

»Mag sein, Kaninchen. Mag sein. Aber …« Jed wackelte mit einem Finger, nicht tadelnd, sondern in einer Geste, als wolle er sagen: *Also, pass auf.* »Es sind seltsame Zeiten, und wir leben in einem merkwürdigen Gebiet. Hier ist es immer noch ländlich, aber wir sind der Schnellstraße so nah, dass alle möglichen Typen hier aufkreuzen. Und in der Gegend herrscht eine Opiat-Epidemie, wobei im Westen noch Meth hinzukommt, hinter Kutztown und im Gebiet von Pennsyltucky. Hier laufen gewöhnlich mehr Sonderlinge und Freaks als woanders rum und …« Er senkte die Stimme. »Wir leben in der Nähe von Ramble Rocks.«

Nate schauderte unwillkürlich.

»Ramble Rocks.«

»Der Park, natürlich.«

»Was hat das mit irgendetwas zu tun?«

»Nun.« Jed lehnte sich wieder zurück, als sei er der Papst vor einer Predigt. »Neben den Geschichten über die Felsen selbst haben Sie sicher die Geschichten über den Tunnel gehört.«

»Ja.«

»Ob Sie dergleichen glauben oder nicht, es gibt Leute, die durchaus daran glauben. Teufelsanbeter und so weiter.«

»Ich denke, Satanismus ist ein Schreck, den ich besser in meiner Kindheit belasse.« Als Nate ein kleiner Junge war, machte jedermann die Satanisten für alles verantwortlich, angefangen von Entführungen bis hin zu sexueller Belästigung. Menschen kamen dafür ins Gefängnis, dass sie Satan anbeteten, und das ohne einen Hauch von Beweisen. Oft wurden sie später – *Jahre* später – rehabilitiert. Es war nicht ein einziger Fall nachgewiesen worden, aber Hysterie war eine höllische Droge.

»Seien Sie nicht so schnell damit bei der Hand, die Sache abzutun. Manchmal findet man in diesem Tunnel tote Tiere. Die vielleicht geopfert worden sind.«

»Oder einfach überfahren von irgendeinem Deppen mit seinem Allradauto.«

»Na schön. Dann vielleicht Geister.«

Nate lachte, bis er sah, dass Jed es ernst meinte. »Geister.«

»Sie glauben nicht daran?«

»An Geister? Früher schon – als ich zehn Jahre alt war.«

»Nate, ich bitte Sie. Wir leben in einem Gebiet, das berühmt ist für seine Geistererscheinungen. Der Unabhängigkeitskrieg und nicht weit südlich von hier der Bürgerkrieg haben eine große Zahl brutaler, bedauerlicher Todesfälle verursacht. Ganz zu schweigen von den alltäglicheren, kleineren Todesfällen – den Fällen, die durch menschliche Hand verursacht wurden, Morden aus Eifersucht und Selbstmorden in großer Trauer und mysteriösen Unfällen.«

»Sie hören sich so an, als hätten Sie ziemlich großes Interesse daran.«

Jeds Augen leuchteten auf. »Am Unheimlichen und Fantastischen? Ja. Ein *professionelles* Interesse.«

»Sie sind doch nicht so eine Art Geisterjäger, oder?«

Jed schnippte mit den Fingern, zwinkerte Nate zu und torkelte dann zum Bücherregal. Auf halbem Weg dorthin winkte er Nate heran. »Kommen Sie, kommen Sie, ich mache diesen Ausflug nicht allein.«

»Oh.« Nate sprang von dem Hocker und war überrascht über das schwache Wackeln im Inneren seines Schädels. Sein Gehirn wippte zuerst in die eine Richtung, dann in die andere. *Der Whisky,* dachte er. Er fand sein Gleichgewicht wieder und ging auf Jed zu.

Jed wirkte wie die Gastgeberin einer Spieleshow.

In der Mitte des Bücherregals befand sich ein ganzes Brett voller Bücher, die aussahen wie Taschenbuchausgaben von True-Crime-Romanen – wie Maddie sie ab und zu las. Nur dass es sich hier weniger um *True Crime* handelte als mehr um Sachbücher über Spukgeschichte. Bücher wie *Der Spuk des Sibley-Herrenhauses, Der Geisterzug (und andere Beförderungsmittel von Geistern)* und *Verges-*

sene Legenden von LBI – Wahre Geschichten über Mysterien auf Long Beach Island.

Der Name des Autors auf dem Buchrücken jeder dieser Bände lautete: *JOHN EDWARD HOMACKIE.*

»John Edward«, sagte Nate. Dann begriff er. »Jed.«

»Und der Sieger ist …«

»Sie haben all diese Bücher geschrieben?«

»Ganz allein. Damit habe ich mir meine Brötchen verdient, sozusagen.« Er machte eine ausladende Geste, als wolle er auf sein Zuhause und die vielen Dinge darin deuten. »Nun, davor habe ich unter einem Pseudonym eine Menge Schundromane geschrieben und war auch als Sportjournalist tätig, aber sobald ich meine Nische mit dem Schreiben von diesem Kram gefunden hatte, sind die Verkäufe durch die Decke gegangen. Einige sind Bestseller, aber die Tantiemen für jedes einzelne dieser Bücher bilden eine hübsche, lange Spur.« Er wirkte traurig und einen Augenblick sogar beinahe verloren. »Ich habe seit einer Weile nichts Neues mehr geschrieben.«

»Warum nicht?«

»Das Leben kommt mir in die Quere«, sagte er, immer noch lächelnd, aber in seinen Worten lag eine gewisse Steifheit. Als halte er etwas zurück.

Nate kam zu dem Schluss, dass es nicht an ihm war nachzuhaken. Sein Blick schweifte über die Bücher, und eins erregte seine Aufmerksamkeit: *Opfer in Ramble Rocks: Die satanischen Morde des Edmund Walker Reese.* Das Gesicht des Mörders grinste in hoch kontrastiertem Schwarz-Weiß vom Cover. Kleine Augen und ein schmaler, hungriger Mund, eingefangen in einem ungleichmäßigen Zaun dunkler Gesichtsbehaarung.

Daraufhin hob er den Blick. »Satanische Morde?«

Jed heuchelte ein wenig Verschämtheit. »Nun. Sie wissen ja, wie das ist, Nate. Je reißerischer man es machen kann, umso mehr Leute kaufen es.« Eine Maske der Ernsthaftigkeit senkte sich über sein Gesicht. »Doch es steckt durchaus ein Körnchen Wahrheit darin. Auf den Wänden seines Hauses standen alle möglichen Zahlen und Gleichungen geschrieben, wobei es schwer war, einen überzeugenden Zusammenhang herzustellen und mehr als nur das unsinnige Geschwafel eines gestörten Geistes darin zu entdecken. Mehr vom selben in seinen Tagebüchern, von denen es eine ganze Menge gab – mehr als fünfzig Bücher, alle vollgekritzelt mit seinem Gefasel. Einige Wärter aus dem Todestrakt haben gesagt, er habe von ›dem Dämon‹ gesprochen, einer Kreatur, der er gehorchte und die ›ihn retten würde‹. Und dann ist da die Tatsache, dass Walker an dem Tag, an dem er getötet werden sollte, verschwunden ist. Nicht nur an dem Tag – in dem *Moment,* als der Schalter für diesen Stuhl umgelegt wurde, hat er sich in Luft aufgelöst. Tja, er hat den Blitz wohl grandios geritten.«

»Mein Vater war dort Gefängniswärter. Er hat gesagt, diese Geschichte sei Unsinn.«

»Oh, ich weiß.« Jeds Augen funkelten. »Ich habe ihn einmal betrunken gemacht. Ihren Vater.«

»Ich würde aus schmerzlicher Erfahrung behaupten, er war bereits betrunken, als er hier angekommen ist.«

Dann glitt etwas über Jeds Züge. Eine Kälte. Etwas Stählernes, etwas Hartes. Wie ein Schatten von einer Wolke huschte es über sein Gesicht und war wieder fort. »Ihr Vater hat mir gesagt, es sei die Wahrheit gewesen. Dass sie keinen Leichnam hatten. Dass sie Walker in den Raum gebracht und auf den Stuhl gesetzt hätten, und sobald sie den Saft durch ihn hindurch haben fließen lassen …« Jed schnippte mit den Fingern beider Hände. »Weg.«

»Das hat er gesagt?«

»Das hat er gesagt.«

Nate verdaute diese neue Information. »Er hat gern Geschichten erzählt.« Das war eine Lüge. Sein Vater hatte nicht zu Ausschmückungen oder Fantastereien geneigt. In dieser Hinsicht war er verschlossener als eine Zwangsjacke gewesen.

»Vielleicht ist er dieser Bursche, den Sie draußen im Wald gesehen haben.«

»Mein Vater?«

»Edmund Reese.«

»Na klar, Jed.« Nate setzte ein falsches Grinsen auf und nickte schwach.

»Ah, ich albere nur rum. Wahrscheinlich steckt gar nichts dahinter.«

Es steckt definitiv etwas dahinter, dachte Nate. Er wusste nur noch nicht, was. »Wie dem auch sei, ich habe genug von Ihrer Zeit beansprucht – und zu viel von Ihrem sehr guten Scotch. Es ist schon spät. Ich sollte wieder nach Hause gehen, falls meine Frau sich fragt, wo ich geblieben bin.«

»Frau, sagen Sie.«

»Frau und Sohn, jepp. Teenager. Glücklicherweise noch nicht im Führerscheinalter.«

»Das ist schön, das ist sehr schön.« Da war er wieder, dieser entrückte Blick, diese Anspannung, die an seinen Worten zerrte, als würde ein Arzt eine Wunde vernähen. Glänzten seine Augen ein wenig? Nate war ein recht guter Menschenkenner …

Wurde Jed plötzlich von Trauer übermannt?

Nate beschloss, diesen Bären ein wenig zu piksen.

»Haben Sie Familie, Jed?«

»Ohh. Ja, klar habe ich eine.« Er ging zurück zum Bücherregal und nahm etwas heraus, das mit der Oberseite nach unten gelegen hatte. Ein Fotorahmen, begriff Nate.

Er stellte den Rahmen auf, und das Bild darin zeigte Jed – jünger, vielleicht als er in Nates Alter gewesen war, in den Vierzigern –, wie er mit Menschen dastand, die aussahen wie eine Ehefrau und eine halbwüchsige Tochter. Die Tochter sah vor allem ihm ähnlich – die gleichen warmen, aber wilden Augen, das gleiche eigentümliche Lächeln. Sie hatte die Stupsnase ihrer Mutter.

»Das sind, ahhh, das sind meine Frau Mitzi und meine Tochter Zelda.«

Nate riskierte einen schnellen Blick in die Runde – mehr ein Reflex als irgendetwas sonst – und bemerkte noch einmal, wie spärlich dieser Raum eingerichtet war. Er wirkte nicht besonders *bewohnt.* Jedenfalls nicht wie das Zuhause einer Familie.

Nate hatte nicht die Absicht, danach zu fragen, aber Jed musste gespürt haben, was ihm durch den Kopf ging, daher bedachte er ihn mit einem verlegenen Lächeln und sagte: »Die beiden sind weg. Falls es das ist, worüber Sie nachgedacht haben. Meine Frau hat mich vor einigen Jahren verlassen, und Zelda ist mit ihr gegangen.«

»Das tut mir leid. Scheidung?«

Jed zögerte. Er zuckte die Achseln und lächelte ein trauriges Lächeln. »Ich fürchte, ja. Ich war kein guter Mann, Nate. Ganz und gar kein guter Mann.«

»Mir scheinen Sie ganz in Ordnung zu sein.«

Jed streckte eine Hand aus. Nate ergriff sie und schüttelte sie kräftig.

»War schön, Sie kennenzulernen, Nate Graves.«

»Ganz meinerseits, Jed.«

Dann wandte er sich zum Gehen – doch als er schon halb durch die Tür war, auf dem Weg zurück in die Dunkelheit, blieb er noch einmal stehen. Eine leise Stimme in ihm sagte ihm, nein, tu das nicht, sprich dieses Angebot nicht aus, aber es ließ sich nicht leugnen: Er fing gute Schwingungen von diesem Mann auf. Er *mochte* Jed einfach. Mochte ihn ganz wahnsinnig.

Also kam das Angebot heraus:

»Halloween steht vor der Tür«, sagte Nate, »und unser Sohn ist zu alt, um loszuziehen, Sie wissen schon, sich zu verkleiden und Leute um Süßigkeiten anzubetteln, daher feiern wir in diesem Jahr zu Hause. Die Idee meiner Frau – ich wäre zufrieden, keine weitere Menschenseele zu sehen – aber na ja, Sie wissen schon, vielleicht hat sie recht. Es ist gut, Leute einzuladen, da wir neu in der Gegend sind. Also, es fängt um sieben an und …«

Das Lächeln, das über Jeds Gesicht glitt, war so breit und so tief, dass es aussah, als würde sein Kopf sich öffnen wie der von Pac-Man.

»Wahrhaftig, ich würde schrecklich gern kommen«, sagte Jed. Dann stieß er ein grelles Lachen aus. »Was für ein seltsamer Abend! Ein Mann taucht halb nackt und mit einer Pistole auf meinem Rasen auf – ohh, vergessen Sie die übrigens nicht –, und es endet mit einer Einladung zu einer Halloween-Party. Ich sage immer, Nate, man soll auf seine Darmflora vertrauen.« Er pikste sich mit einem Finger in den Bauch, bevor er ihm zuzwinkerte und hinzufügte: »Das bedeutet, man soll auf sein Bauchgefühl hören. Auf seine *Instinkte* hören.«

»Dem stimme ich voll und ganz zu, und danke«, sagte Nate und ging zu der Theke zurück, wo er – mit nicht geringer Verlegenheit – nach seiner Pistole griff. Sie verabschiedeten sich voneinander.

Und Nate ging wieder hinaus in die Dunkelheit.

Auf dem Rückweg durch den Wald, durch die Kühle der Bäume, fand Nate den Weg mühelos – sobald seine Augen sich an die Dunkelheit gewöhnt hatten, konnte er zwischen den Bäumen die dunkle Silhouette seines Hauses sehen, und er ging langsam, aber sicher darauf zu.

Und auf dem Weg dorthin sah er etwas oben in einem Baum …

Es war eine gewaltige Eule, größer als jede andere, die er je gesehen hatte. Ein Virginia-Uhu, nach den Federbüscheln auf den Ohren des Tieres zu urteilen. Zuerst schien er fast mit dem Baum zu verschmelzen, als sei er ein Teil davon. Dann erhob sich der Uhu mit dem Geräusch von knarrendem, knisterndem Holz in die Lüfte. Wahrscheinlich war es einfach das Geräusch des Astes, dachte Nate, als der Raubvogel in der Dunkelheit verschwand.

Kapitel 16

Der Zerbrechliche

Oktober.
Olly stand vor seinem Schließfach, legte sein Biobuch ab und nahm die Geometriesachen heraus. Hinter ihm im Flur wimmelte es von Schülern. Sie rempelten ihn an, wie gewöhnlich.

Ein düsteres Gefühl überkam ihn – nichts Tiefgehendes, sondern eine äußerliche Welle von Emotionen. Die Welle schwoll an und begrub ihn unter sich genau in dem Moment, als etwas – nein, jemand – ihn heftig mitten in den Rücken stieß. Er prallte gegen die offene Tür des Schließfaches, und jemand versuchte im Vorbeigehen, sie über ihm zuzudrücken. Es passierte sehr schnell, und das schallende Gelächter verebbte bereits, als er herumwirbelte.

Er sah zwei vertraute Jungen in der Menge eintauchen. Graham Lyons und Alex Amati. Dunkelheit pulsierte in ihnen. Zorn und Schmerz.

Lyons hatte noch immer zwei Finger in einer Schiene. Dick verbunden.

»Alles okay?«, fragte Caleb, der auf ihn zukam.

Olly blinzelte gegen Tränen an. »Ja – ich komme klar.«

»Es war bloß Blödsinn, Mann. Mach dir nichts draus.«

»Ja – ich – ja.« Er musste sich einen Moment Zeit nehmen, um sich nicht von seinen Gefühlen niederdrücken zu lassen. Er fühlte sich plötzlich jämmerlich zerbrechlich. Er wollte sich nicht so fühlen. Es war nicht so schlimm wie an jenem Tag an seiner alten Schule. Er fühlte sich nicht ganz so allein. (Und zumindest hatte er sich nicht in die Hose gepinkelt.) Aber irgendwie fühlte er sich trotzdem *komisch*. Es war nicht gerade förderlich, dass jemand wie Graham Lyons ihn hasste. Die Leute *liebten* Graham Lyons. Wenn also Graham ihn hasste, hassten ihn vielleicht auch alle anderen.

Aber Caleb offenbar nicht. Und das war nicht nichts.

»Scheiß auf diesen Typen«, sagte Caleb. »Ich bin froh, dass er sich diesen Finger verletzt hat.«

»Wie sehr eigentlich?«

»Ganz ordentlich. Ich weiß nicht, ob er gebrochen ist, aber die Sehne ist vermurkst, daher mussten sie operieren und, ich weiß nicht, die Sehne oder irgendeinen Scheiß entfernen. Das bedeutet, dass er wahrscheinlich am Baseballtraining im Herbst nicht teilnehmen kann, und wenn er am *Herbst*training nicht teilnimmt, bedeutet das, dass sie ihn im Frühling vielleicht nicht spielen lassen. Andererseits …« Caleb zuckte die Achseln. »Wer weiß. Für Leute wie ihn scheinen Regeln nicht zu gelten.«

»Warum ist er so ein Arschloch?«

»Keine Ahnung. Sein Dad ist ebenfalls ein großes, furzendes Arschloch, also fällt das Arschloch vielleicht nicht allzu weit vom Arschlochstamm.«

»Iih.«

»Haha, ja. Hey, nach der Schule muss ich noch was machen – auf meine blöde kleine Cousine Reg aufpassen. Aber nur eine Stunde. Ich setz dich ab, und vielleicht kannst du eine Stunde später mit dem Fahrrad zu mir rüberkommen? Wir spielen eine Runde Fortnite oder machen Verkleidungsspiele oder was auch immer.«

»Ich kann Fortnite nicht.« Die Waffen bei dem Spiel machten ihm zu schaffen. »Aber ich könnte rüberkommen und dir beim Babysitten helfen.«

»Ich habe deswegen meine Tante gefragt, aber sie ist paranoid, wenn es darum geht, ›fremde Teenager‹ in Cousine Regs Nähe zu lassen.« Er senkte die Stimme. »Vor allem weiße Kids. Ihr weißen Jungs seid alle Schul-Amokläufer und so'n Scheiß.«

Oliver wusste, dass es ein Witz war, und er simulierte so etwas wie ein Lachen, aber es hatte ihn aus der Bahn geworfen. Beängstigende Bilder spulten sich in ihm ab – *es könnte genau jetzt einen Amokläufer hier geben, der gerade durch die Eingangstür der Schule kommt, eine Waffe unter der Jacke, und er wird gleich anfangen zu schießen, und wir werden schreien, und Blut wird an die Wände spritzen und Hirn-*

masse auf die Tafel und –, und dann wanderten seine Gedanken zu Kinderschändern und Massenmördern und korrupten Cops und, und, und …

»Bist du noch da, Mann?«, fragte Caleb.

»Oh. Ja.« Olly schluckte einen dicken Kloß in seiner Kehle herunter. Er spürte, dass der Puls in seinem Hals flatterte wie ein gefangener Käfer. »Nein, ja, ich komm rüber, das wird toll. In Ordnung, ich, ähm, ich muss in den Unterricht.«

»Ich auch, Mann. Viel Spaß in Geometrie, sag niemals nie.«

Oliver fuhr mit seinem Fahrrad die Church View Lane entlang. Caleb wohnte, wie sich herausgestellt hatte, ungefähr fünf Meilen von Olly entfernt – Calebs Familie nördlich des Ramble Rocks Parks, Olivers Familie südlich davon –, daher war es eine mühelose Fahrt von einem Haus zum anderen. Die beiden hatten eine Menge Zeit miteinander verbracht. Manchmal mit der Spielegruppe, zu der Steven, Chessie und Hina zählten, aber oft waren sie nur zu zweit gewesen. Dann fühlte er sich weniger allein. Weniger zerbrechlich.

Es ging auf sechs Uhr zu. Die Sonne versank zwischen den Bäumen und warf ihre Strahlen schräg über die Straße, und in dem Licht fingen sich Staubflöckchen und Flugsamen. Außerdem war es warm – obwohl es im Oktober eigentlich ziemlich frisch sein sollte. Und gleichzeitig drückend und feucht, die Luft zum Schneiden dick, sodass es sich für Olly anfühlte, als würde er durch Hafermehl radeln.

Ab und zu fuhr ein Wagen vorbei. Auf dieser Nebenstraße herrschte nicht viel Verkehr, aber doch genug, dass er aufpassen musste.

Er blinzelte sich Schweiß aus den Augen, als er Ramble Rocks zu seiner Linken passierte. Die ganze Zeit über sah er die schiefergrauen und blauschwarzen Felsbrocken, die dem Park seinen Namen gegeben hatten. Die Bäume machten Feldern von genau diesen Felsbrocken Platz, die sich aneinanderreihten, einige riesig, andere kleiner, wieder andere gewölbt und manche flach, wie vor Urzeiten ein Publikum versteinerter Kreaturen.

Er hörte ein Auto kommen – ein tieferes Dröhnen, wie ein Truck. Also verlangsamte er sein Tempo und fuhr weiter an den Straßenrand heran, während es näher kam. Um es dem Fahrer hinter ihm leichter zu machen, an ihm vorbeizufahren.

Er dachte an den Vormittag zurück: Er fühlte sich so verdammt *beschissen*. Er machte sich Sorgen. Die! Ganze! Zeit! Der Schmerz anderer fühlte sich für ihn *erdrückend* an. Dieser Kummer sorgte dafür, dass er keine Luft bekam – als sei der Schmerz der anderen sein Schmerz und würde ihn erfüllen und gleichzeitig niederdrücken.

(Jetzt spürte er die Vibrationen des herannahenden Trucks hinter sich in *seinem* Steißbein, seinen Ellbogen, seinen Zähnen. Das Röhren des Dieselmotors wurde lauter.)

Und Dr. Nahid wollte, dass er dachte, oh, er sei einfach wirklich mitfühlend, und vielleicht war das gut so, denn, wie sie es ausdrückte: »Es gibt nicht einmal ansatzweise genug Mitgefühl für alle, Oliver.« Aber er *wollte* das nicht. Er wollte nicht so für andere empfinden, wie er empfand. Nicht einmal für Leute wie Graham Lyons, überlegte er. *Was hatte ihn so gemacht?* Vielleicht war es schwer, unter dem Druck zu stehen, ein großer Baseballstar zu sein. Vielleicht hatte er keinen besonderen akademischen Background, auf den er sich stützen konnte, daher bekam er entweder ein Sportstipendium oder gar nichts – und vielleicht war sein Vater wirklich ein Arschloch, und vielleicht war Grahams Ego wie ein großer, aufgeblähter Ballon: außen riesengroß, aber unterm Strich hohl. Und Oliver fühlte sich schuldig, *aufrichtig schuldig,* weil er Grahams Finger verletzt hatte und …

Der Truck, der röhrte wie ein Erdbeben, schoss neben Oliver. Er erspähte ein Aufblitzen von roter Farbe, und ein Schatten senkte sich herab – etwas peitschte auf ihn zu, etwas, von dem er erst später begreifen sollte, dass es eine Hand war. Diese Hand traf ihn – mit einem harten Schlag am Ellbogen – *klatsch!* Bevor er wusste, wie ihm geschah, verriss er den Lenker seines Fahrrads nach rechts und nahm Kurs in den Graben.

Er schrie auf, als er die Kontrolle verlor …

Das Vorderrad verbog sich …

Er hatte das Gefühl, als würde die Welt über seinen Kopf hinaufsteigen.

Und dann landete er hart im Graben. Trübes, schlammiges Wasser spritzte auf. Drang ihm in den Mund. Er blinzelte es sich aus den Augen und würgte, und während er unbeholfen versuchte aufzustehen, spürte Oliver Schmerz hinter seinem Schulterblatt wie das Drehen eines Schraubenziehers. Irgendwie schaffte er es aufzustehen, tropfnass.

Sein verbogenes Fahrrad lag im Graben. Das Vorderrad war zusammengeknickt wie eine Pizza, die keiner mehr wollte. Und die Kette war auch abgesprungen.

»Scheiße«, murmelte er und schmeckte den mineralischen Geschmack von schlammigem Wasser. Er spuckte es aus. Es war schwer, nicht zu würgen. Er wischte sich das Kinn ab.

Dann drehte er sich um und sah, dass der rote Pick-up ungefähr fünfzig Meter vor ihm parkte. Der Motor lief im Leerlauf, *tucktucktuck.* Er erspähte einen Sticker mit der amerikanischen Fahne auf dem Rückfenster und einen von Calvin, wie er pinkelte.

Er stand da. Seine Brust hob und senkte sich.

Er überlegte: *Wer hat das getan?* War es ein Unfall?

Oder war es Absicht gewesen?

Renne ich weg?

Der Truck lief im Leerlauf.

(Tucktucktuck.)

Die Beifahrertür wurde geöffnet. Dann die Fahrertür.

Alex Amati kam hinter dem Lenkrad hervor. Und Graham Lyons stieg auf der Beifahrerseite aus. Der Schmerz in beiden Jungen war düster – und er schien sich zwischen ihnen hin und her zu bewegen, eine Art flüssige Dunkelheit, die sich von einem zum anderen bewegte und wieder zurück. Oliver konnte sich nicht erinnern, je so etwas gesehen zu haben.

Er wusste nicht, was er tun sollte. Er war sauer, dass sie ihm das angetan hatten – jetzt wusste er, dass es kein Unfall gewesen war. Aber er hatte auch Angst. Oliver war nicht gerade mutig. Er hatte niemals Mut beweisen müssen.

Renn einfach weg, sagte er sich. Zieh den Schwanz ein und zisch ab.

Aber sein Fahrrad ... Dad würde ihn umbringen, wenn er es einfach liegen ließ.

Er blieb, wo er war, und kletterte aus dem Graben.

»Ihr hättet mich fast getötet«, rief er. Seine Stimme brach in der Mitte, als sei er in der Pubertät. Verlegenheit erblühte auf seinen Wangen, als die beiden anderen näher kamen. »Ich hätte verletzt werden können.«

Ich bin vielleicht verletzt.

Alex hatte ein grausames Grinsen im Gesicht. Graham dagegen sah umso ernster aus.

»Verletzt?«, fragte Graham mit weit ausgebreiteten Armen, als verlange er, dass Oliver die Welt betrachtete und die Herrschaft der Lyons über sie. Er hob seine kaputte Pfote. »*Du* hast *mich* verletzt, Dreckskerl. Ich bin nicht mehr in der Herbstliga dabei. *Sie haben mich auf die Bank gesetzt.*« Die letzten sieben Worte sagte er mit so schlecht verhohlener Trauer und solchem Zorn, dass er Oliver abermals leidtat – und dann verfluchte er sich dafür, dass er so empfand. Es verursachte ein Gefühl von Schwäche, Dummheit und Leichtgläubigkeit. Und trotzdem sagte Oliver:

»Es tut mir leid. Okay! Es tut mir leid.« Er hob bittend beide Hände. »Du – aber du bist an *unseren* Tisch gekommen und ...«

»Wir sind gekommen, um dir in den Arsch zu treten, du Idiot«, entgegnete Alex. Er ballte die Fäuste und schwang sie wie zwei Vorschlaghämmer. Der Zorn in Alex war jetzt tief: ein pulsierendes Herz aus Feuer und schwarzem Blut.

Und das war der Moment, in dem Oliver wusste:

Er musste *wegrennen*.

Er wirbelte herum und preschte los. Aber schon jetzt verspürte er einen neuen Stich des Schmerzes, wie eine gerissene Gitarrensaite in seinem linken Schienbein – vielleicht Schmerz von dem Sturz, Schmerz, der ihn gerade eingeholt hatte. Er schrie auf, lief aber weiter, *lauf, lauf, lauf ...*

Selbst als er schwere Schritte auf dem Asphalt hinter sich stampfen hörte.

Renn, renn, verdammt, renn!

Aber er war zu langsam. Etwas krachte von der Seite in ihn hinein: Alex' Arm, der seinen Hals traf wie ein Baseballschläger. Er stieß ein

Gurgeln aus und fiel, nicht vorwärts, sondern nach links, und er taumelte abermals in den nassen Graben, begleitet von kläffendem Gelächter und Applaus. Doch nicht einmal das währte lange. Während Oliver im Graben zappelte und versuchte, zurückzukriechen und aufzustehen, warf sich Alex auf ihn herab wie ein gefällter Baum – *wumm.*

Eine Faust hämmerte in seine Nieren, einmal, zweimal, dreimal. *Peng, peng, peng.* Schmerz flutete von dieser einen Stelle in seinen ganzen Körper und ließ seine Glieder erschlaffen. Er knirschte mit den Zähnen und holte unbeholfen aus, und zu seiner Überraschung traf er. Alex grunzte und stieß ein nasales Jaulen aus, bevor er seinen Angriff verdoppelte.

Oliver spürte eine grobe Hand, die ihn am Hinterkopf packte – die ein Büschel seiner Haare erfasste –, bevor sein Gesicht nach vorn geschmettert wurde. In den Matsch und das Wasser.

Alles war ein verwaschenes Graubraun. Oliver hielt den Atem an, während sein Kopf tiefer in das brackige Wasser gedrückt wurde, dann in den öligen Schlamm. Er versuchte, sich zu befreien, versuchte, sich hochzustemmen, Halt zu finden, aber er fand keinen. Sein Puls pochte in seinem Hals und seinen Schläfen wie Zimbeln. Angst schoss ihm durch die Adern. Er spürte Schatten, die ihn umkreisten, die näher kamen wie ein Rudel Wölfe, und Panik begleitete übelkeiterregende Benommenheit …

Dann begriff er:

Sie werden mich töten.

Ich werde sterben.

Kapitel 17

Sich selbst retten

Wub-Wub.

Wub-Wub.

Dieses Geräusch, das in der Dunkelheit pulsierte. Oliver presste die Lippen aufeinander, und hörte seinen eigenen Herzschlag in den Ohren tönen, *wub-wub, wub-wub*. Selbst während ihn Hände aus Schatten in die Tiefe zu ziehen drohten. Und dann ein anderes Geräusch wie Stimmen hinter einem halben Dutzend Mauern, unter einer Decke, hinter einem Gummivorhang, *womp-womp, tomb-tomb*, während sein Herz hämmerte.

Wub-wub.

Wub-wub.

Die Hand, die seinen Kopf festhielt, verschwand plötzlich. Mit ihr verschwand der Druck. Er war frei.

Oliver riss den Kopf aus dem ekligen Schlamm. Er sog gierig und keuchend Luft ein. Er stützte sich auf die Arme, stemmte sich hoch und füllte seine Lunge mit gewaltigen Atemzügen, während er sich noch einmal allergrößte Mühe gab, nicht zu kotzen, und noch größere Mühe, nicht zu weinen. Er drehte sich um, kroch im Krebsgang aus dem Graben – und die Stimmen, die einst hinter der Wand aus Matsch gewesen waren, waren jetzt laut und klar. Graham und Alex redeten. Nein. Sie *stritten*.

»… Ihn fast getötet«, sagte Graham und gestikulierte, als wolle er hinzufügen: *Was für eine Scheiße.*

»Fuck, na und?«, zischte Alex.

»Fuck, na und? Du Blödmann! Wir wollten ihn nur ein bisschen rumschubsen, nicht in einen Sarg bringen. Du denkst, es sei ätzend für mich, für die Saison auf der Bank sitzen zu müssen? Wie wär's mit Gefängnis, du verdammter Scheißkerl?«

Alex stand mit offenem Mund da. Als verarbeite er das alles – langsam, zu langsam, als sei sein Mund mit einem schlechten WiFi-Signal mit seinem Gehirn verbunden. »Mann, sei still, es tut mir leid, aber …« Er sah abwechselnd sauer und verwirrt und bedauernd aus. *Alex Amati,* begriff Oliver vage, *ist ein Idiot.*

Dann schweifte Grahams Blick zu Oliver, nein, an ihm vorbei.

Zu irgendetwas.

Nein, irgend*jemandem.*

»Wer ist das?«, fragte Graham leise.

Alex drehte sich um, wollte nachsehen.

Und dann, bevor Oliver sich versah, zuckte Alex zusammen, keuchte, und eine kleine Blüte aus Blut entfaltete sich auf seiner Stirn.

Kapitel 18
Jake

Alex Amati schrie auf und schlug sich an den Kopf, als wolle er eine Biene erschlagen. Als er die Hand herunternahm, war sie rot verschmiert.

Graham sprang auf ihn zu und sagte: »Fuck, Mann ...«. Dann erklang ein kleines, pneumatisches *Plopp*, und Graham jaulte auf und riss seinen Kopf seitlich auf die Schulter herab. Er presste sich eine Hand aufs Ohr und taumelte rückwärts. Erst jetzt kroch Oliver aus dem Graben und sah genau, was vor sich ging ...

Ein Bursche, ein junger Typ, nur ein paar Jahre älter als er, kam gemächlich die Straße entlanggeschlendert. Schwarzes T-Shirt mit einem elektrischen Stuhl darauf. Zerlumpte, aufgeschlitzte Jeans. Verfilzter, widerspenstiger Mopp von Haaren. Und über sein Gesicht zog sich die Mutter aller Narben. Sein linkes Auge, das in einem Nest von Narbengewebe lag, hatte eine andere Farbe als das rechte: Es schien gar keine einzige Farbe zu haben, sondern zu schillern, je nachdem, wie man es betrachtete. Von Blau über Grün bis hin zu Ocker und wieder zurück.

Aber all das trat schnell in den Hintergrund, als Oliver sah, was der fremde Typ in der Hand hielt:

Eine lange, klobige Pistole.

Das Blut rauschte in Olivers Ohren. Tatsächlich. Es passierte direkt vor seinen Augen: ein junger Mann mit einer Waffe. Es passierte nicht in der Schule oder in einem Supermarkt oder auf einem Konzert, sondern genau hier, auf der Straße. Er versuchte, sich an etwas zu erinnern, an *irgendetwas* aus den Alarm-Übungen – wohin er gehen sollte, was er tun sollte –, aber all das verlor sich in dem Matsch und Modder in seinem eigenen Kopf.

Der einäugige Junge drückte abermals ab.

Es erklang kein *Peng*.

Es klang wie *Piff*.

Nicht nur einmal. Sondern wieder und wieder, während er abdrückte.

Was zur ...?

Graham und Alex sahen einander an, als würden sie von Wespen gestochen – sie ruderten mit den Armen, schrien auf und schlugen auf sich selbst ein. Kleine rote Blutstropfen erblühten und kullerten an ihrer Haut hinab – an ihren Armen und Schlüsselbeinen, und sie sickerten sogar blutig durch Alex' weißes T-Shirt. Graham hielt sich auch immer noch sein Ohr.

Bezwungen ergriffen die beiden die Flucht und rannten zu dem Truck. Der Angreifer schoss weiter – jetzt nicht auf die beiden Jungen, sondern auf den Truck. Etwas prallte von der Heckklappe ab. *Kling, kling.* Dann wirbelten die Hinterreifen auf dem Schotter, drehten durch, bis sie griffen – und dann machte der Pick-up einen Satz nach vorn und schoss in wilder Flucht die Straße hinunter.

Oliver stand auf. Tropfnass. Sein Nacken und sein Kopf pochten.

Der andere Typ stand da, lang und schlaksig wie ein Mantel auf einem Mantelständer. Er hob das Kinn zu einer Was-geht-ab-Begrüßung.

Oliver hatte keine Ahnung, was er sagen sollte. Danke? Bitte, schieß nicht auf mich? Was zur Hölle stimmt nicht mit dir? Das war große Klasse?

»Hey, Mann«, sagte der andere.

»Hey«, antwortete Oliver kleinlaut und verwirrt. Noch immer tropfend machte er sich daran, das schlammige Wasser aus seinen Hemdsärmeln zu wringen.

»Dein Fahrrad ist ziemlich im Arsch«, bemerkte der Typ.

»Ja.«

Der Typ schenkte ihm ein listiges Grinsen. Das eine seltsame Auge richtete sich auf Oliver wie ein Laserstrahl. Es schien jeder Definition auszuweichen – war es blau? Grün? War es haselnussfarben, und was war überhaupt haselnussfarben?

»Ist schon gut«, sagte der Typ. »Ich kann prima damit sehen.« Er lachte. »Mit *diesem* Auge habe ich sogar eine größere Sehkraft als mit dem anderen.«

»Oh«, murmelte Oliver.

Und das war der Moment, in dem ihm noch etwas auffiel:

Dieser Neuankömmling …

Er war ein unbeschriebenes Blatt. Ohne den Schmerz, der bei allen anderen so ersichtlich war. Kein Kummer, keine Furcht, keine Sorge. Nichts von dieser Dunkelheit, die brodelte, ausblutete oder pulsierte wie ein schwarzes Loch.

Oliver war noch nie jemandem, *noch niemandem* begegnet, der ohne Schmerz war.

»Du könntest Danke sagen«, schlug der Junge vor.

»Du hast auf sie geschossen.«

Der Junge hielt die Waffe hoch. Es sah wie etwas aus dem Zweiten Weltkrieg oder aus der Spielreihe *Call of Duty* aus oder so. Wirklich klobig und altmodisch. »Was, damit? Entspann dich, das ist nur eine Luftpistole. Den beiden passiert schon nichts.«

»Oh.« Oliver blinzelte. »Danke.« *Denke ich.*

»Dieser eine Hurensohn war kurz davor, dich zu ertränken.«

Endlich erwachte Oliver aus seiner Benommenheit. Die Erinnerung daran stürmte wieder auf ihn ein, und er zitterte unkontrolliert, als sei er gerade aus einem zugefrorenen See aufgetaucht. Trotz der Hitze des Tages war ihm plötzlich kalt, und ihm wurde schwindelig …

Und er war verdammt *sauer*.

»Ja. Alex Amati.« Oliver bibberte. »Was für ein Mistkerl.«

Der Typ steckte sich die Pistole in den Taillenbund seiner Jeans und zog sein T-Shirt darüber. »Warum sind diese Burschen überhaupt so versessen darauf, dir den Arsch zu versohlen? Ich meine, abgesehen von der üblichen Antwort, dass Schläger eben zuschlagen, wo sie können. Das hier schien mir etwas ziemlich Persönliches zu sein.«

Oliver war nicht danach zumute, die ganze Geschichte zu erklären – also sagte er stattdessen nur: »Weil sie solche Typen sind, die sich ein Bein ausreißen würden, um eine Schildkröte zu überfahren.«

»Und das bist du? Eine Schildkröte?«

»Ich – nein, keine Ahnung. Ich meine nur, sie sind verdammte Arschlöcher.«

»Verdammte Arschlöcher, wahrhaftig.« Der junge Mann trat vor und hob eine Faust, damit Oliver mit seiner dagegenschlagen konnte. »Ich bin übrigens Jake.«

»Oliver. Olly.« Ihre Fäuste trafen aufeinander.

»Hey, ich war gerade auf dem Weg in den Park und wollte, weiß nicht. Vielleicht etwas Gras rauchen. Obwohl ich auch Pillen habe – ich habe Vicodin, Oxy, Xanax …«

»Was? Nein. Nein, ich, ähm …« Er fühlte sich superuncool, weil er das sagte, aber er fügte trotzdem hinzu: »Ich nehme, ähm, nichts von alldem. Ich meine, ich habe schon mal was getrunken. Einiges.« Das war keine Lüge, nicht wirklich. Einmal, als sie bei einem Spiel der Phillies gewesen waren, hatten seine Eltern ihm einen Shirley Temple bestellt, aber irgendein dämlicher Barkeeper hatte Alkohol hineingetan. Wahrscheinlich Wodka. Oliver war bei dem Spiel betrunken gewesen – mit sechs. Anscheinend war es höchst amüsant, einen Sechsjährigen zu sehen, der sturzbesoffen war. Jede Menge ausgestreckte Zeigefinger und dramatische Gesten. Seine Mutter sagte, er habe sich benommen wie ein kleiner, griesgrämiger Hafenarbeiter, der nach einem langen Arbeitstag unten an den Docks vernuschelt über seinen Job jammerte.

»Cool, cool«, sagte Jake. »Wohnst du hier in der Gegend?«

»Hm – ja, ein paar Meilen in diese Richtung.«

»Schön. Ich wohne in der anderen Richtung. Kennst du Emerald Acres? Den Wohnwagenpark?«

»Klar«, log Oliver. Er wusste nicht, warum er deshalb log. Es war, als lache man über einen Scherz, den man nicht verstand – wie es die Leute eben machten.

»Na ja, ich lebe dort bei meiner Tante.«

»Oh, cool.«

Jake lachte. »Es ist nicht cool. Es ist scheiße. Unser einziger Nachbar ist ein Speed-Junkie, und der andere ist ein eingefleischter Nazi, was … tja, als beschissenes Extra quasi.«

Oliver verzog das Gesicht, lachte aber auch, denn das war wirklich ein beschissenes Extra.

»Er verkleidet sich, wie diese Leute das machen – als ein verdammter Fuchs oder Wolf oder so. Aber eben mit der Nazi-Armbinde und dem ganzen Scheiß. Ich bin mir ziemlich sicher, dass er auch Orgien feiert. Jede Woche taucht ein Haufen solcher Hinterwäldler auf, und sie bringen das Mobilheim zum Schaukeln. *Fick mich, Schutzstaffel* und so Zeug.«

Und jetzt lachte Oliver wirklich, und es fühlte sich wirklich gut an, einfach ... alles rauszulassen. Es machte nicht ungeschehen, was passiert war, aber es fühlte sich an, als hätte es ihn wiederaufgerichtet, ihn abgeklopft und ihn wieder auf die Füße gestellt. Es war wie Wind und Sonne, die den Nebel vom Ufer wegdrängten.

»Das ist verrückt«, sagte Olly, dessen Gelächter langsam verebbte.

»Das ist eine verkorkste Welt, Mann.« Jake feixte.

»Ja.«

»Hey, du wirkst ziemlich cool.«

»Oh. Ähm. Danke.«

»Ich bin neu hier ...«

»Was? Ich bin auch neu!« Er hörte den Eifer in seiner Stimme – und kam sich vor wie ein dummer Welpe, daher dämpfte er das Ganze, indem er in seinen Tonfall ein wenig *Wen-interessiert-das-schon* einfließen ließ. »Ich meine, klasse, ja.«

»Wir sollten mal zusammen was unternehmen.«

»Ja.« Oliver wusste nicht so recht. Dieser Typ war ganz anders als er; sie hatten nichts gemeinsam. Ganz bestimmt würde Oliver nicht im Park Pillen einwerfen, und er würde auch nicht mit einer Luftpistole herumlaufen. Trotzdem, er mochte Jake. *Und* er hatte seinen Arsch vor Amati und Lyons gerettet, was keine Kleinigkeit war. »Das würde mir gefallen. Ich glaube nicht, dass ich dich schon mal in der Schule gesehen habe ...«

Jake lachte. »Ich bin achtzehn. Ich hab mein Abi gemacht und gesehen, dass ich von da wegkam. Nie wieder Schule.«

»Toll.«

»Toll, solange es einem nichts ausmacht, dass einen niemand einstellen will, weil es keine Jobs gibt.«

»Oh.«

»Wie ich schon sagte, was für eine Welt.« Er schnaubte. »Was auch immer. Hey, gib meine Nummer in dein Handy ein.«

»Gute Idee, okay.« Oliver angelte sein Handy aus seiner Tasche und …

Der Bildschirm zeigte einen Defekt an. Er war verpixelt, und die Farben verschwammen.

Klar, denn *es war gerade mit ihm im Graben gewesen.*

»Scheiße!«, sagte er. »Nein, nein, nein, komm schon.« Zuerst das Fahrrad und jetzt sein Handy? Er war tot. Doppelt tot. Er versuchte, auf den Bildschirm zu klopfen, aber der Defekt wurde nur noch deutlicher, als hätte ein Videospiel einen Virus.

»Komm, zeig mal her.« Jake nahm Oliver das Handy ab, drückte auf die Tasten am Rand, auf, ab und dann beides gleichzeitig – und nach fünf Sekunden war das Telefon total dunkel.

»Hey …«

»Moment, Moment.« Er startete das Handy neu und …

Bingo. Es sah so gut wie neu aus.

»Was hast du gemacht?«

»Wenn dieses Zeug richtig kaputtgeht, muss man es manchmal resetten. Man muss es ausschalten und neu starten.«

Oliver stieß einen entnervten Seufzer der Erleichterung aus. Dieser Tag war eine einzige beschissene Achterbahn gewesen. »Danke.«

»Wenn du nach Hause kommst, leg das Handy nicht in Reis, wie man es immer geraten bekommt. Das ist Schwachsinn. Besorg dir Entfeuchter – das ist ein Zeug, in das du es reinlegst zum Austrocknen. Pack die Entfeuchterkugeln und das Handy in einen verschließbaren Plastikbeutel und lass es vierundzwanzig Stunden ruhen. Danach ist es dann so gut wie neu.«

»Danke.« Oliver lächelte. »Ich bin froh, dass ich dir begegnet bin.«

Was für ein Mysterium diese neue Person war.

Er war ein Fragezeichen, kein Punkt.

Wie unglaublich war das denn?

»Freut mich auch, dass ich dich kennengelernt habe, Olly.« Jake grinste und tippte seine Nummer in das Handy. »Ich denke, aus uns werden gute Freunde, aus dir und mir. Vielleicht sogar beste Freunde, wer weiß? Und jetzt schaffen wir dein Fahrrad nach Hause.«

Kapitel 19
Ferngesteuert

»Es liegt daran, dass du nicht arbeitest«, sagte Trudy Breen ihr. Sie saßen zu zweit auf der Terrasse des Watercolors, eines kleinen vegetarischen Restaurants – Breens Vorschlag. (Maddie wusste, dass eine vegetarische Ernährung die ethische Entscheidung für die Welt war. Sie wusste auch, wie gut ein Hamburger schmeckte. Es war ein pausenloser Krieg.) Trudy – *Gertrude* für alle, die sie nicht kannten – besaß ungefähr eine halbe Autostunde südlich eine Galerie, direkt am Delaware River, in New Hope. »Das ist dein Problem.«

»Ich arbeite«, wandte Maddie ein.

»Hmm-hmm.« Trudy beugte sich vor und starrte durch eine Brille mit comichaft großen Käferaugengläsern. Ihr Mund formte eine schmale Linie, und von ihren Lippen erstreckten sich scharfe Falten nach oben und unten, wie die Knitterfalten in der Manschette eines Muffins – die verräterischen Zeichen einer ehemaligen Raucherin. Auch ihre kehlige Stimme war ein Relikt dieser alten Angewohnheit. »Maddie, du hast mir gerade erzählt, dass du seit eurem Einzug an nichts mehr gearbeitet hast.«

Seit der Sache mit der Eule ...

»Und ich habe dir *außerdem* gesagt, ich sei damit beschäftigt, die Werkstatt einzurichten. Wenn ich arbeiten soll, brauche ich einen Platz dafür.« Sie lachte, wenn auch ein wenig freudlos. »Das war für mich irgendwie der ganze Sinn des Umzugs.«

»Ich dachte, es sei darum gegangen, deinen Sohn und deinen Mann aus der Stadt wegzubringen.«

»Na ja ...«

»Vielleicht geht es gar nicht wirklich um dich. Vielleicht geht es nie um dich.«

»Trudy«, warnte Maddie sie.

»Ist deine Kunst überhaupt deine eigene?«

Bei diesen Worten durchlief Maddie ein Schauder. Sie konnte nicht dagegen an. In ihrem Kopf hörte sie – und *spürte* – dieses Rauschen von Flügeln, vorbei an ihrem Kopf.

Sorge lag ihr wie ein Stein im Magen. Jetzt fragte sie sich: War es gut, dass sie hier herausgezogen waren? Nate benahm sich irgendwie seltsam. Er war zu den merkwürdigsten Stunden auf und schaute aus den Fenstern. Erst heute Morgen hatte sie gesehen, dass der Pistolentresor geöffnet worden war – glücklicherweise hatte Nate ihn wieder abgeschlossen. Sie hatte ihn danach gefragt, und er hatte gesagt, es sei nicht der Rede wert gewesen. Aber am Morgen waren seine nackten Füße schlammverkrustet gewesen. Und sie hatte erdige Fußabdrücke im Erdgeschoss gefunden, nachdem er zur Arbeit gegangen war und Oliver in die Schule.

Und Oliver …

Er war noch nervöser als bei ihrem Einzug. Sie sagte sich, das sei normal; er musste sich erst an eine neue Schule und eine neue Routine gewöhnen, außerdem war er mit fünfzehn genau in dem Alter, in dem man launisch bis zum Gehtnichtmehr war, himmelhoch jauchzend in einem Moment, zu Tode betrübt im nächsten … trotzdem, es war verstörend. Er war immer offen zu ihnen gewesen und auch verschmust – nie wich er einer Umarmung aus, die man ihm anbot, nie versäumte er es, um eine zu bitten, wenn er sie brauchte. Aber jetzt war es, als hätte sich eine Tür zwischen ihnen geschlossen. Sie konnten durch sie hindurch immer noch miteinander reden, aber es war nicht mehr dasselbe.

»Vergiss das alles«, sagte Trudy plötzlich. »Du musst arbeiten, das ist hier das Problem.«

»Ich weiß, und ich werde arbeiten.«

»Wirklich?«

»Ja! Ja, ich werde arbeiten.«

»Deshalb hast du mich zum Mittagessen eingeladen.«

»Warum nicht?«

Trudy senkte den Kopf und schob ihre Monsterbrille so weit auf ihrer Hakennase nach unten, dass sie vernünftig über die Gläser hinwegschauen konnte.

»Mads, ich bin wie ein Pferdeflüsterer für Künstler. Und du weißt das. Ich bin ein Sherpa, ein spiritueller Führer, und du brauchst mich, um deine Blockaden zu lösen. Was immer es ist, es ist nicht nur: *Oh, ich habe zu viel zu tun*. So bist du nicht. Irgendetwas ist los.« Trudys Augen waren wie zwei Schrauben, die sich tief und tiefer in sie hineinbohrten. Sie nickte knapp, als hätte sie das Rätsel schon gelöst. »Na bitte. Da ist es. Du hast Angst.«

»Angst? Was? Wovor?«

Trudy verengte die Augen zu argwöhnischen Schlitzen. »Vor der Kunst.«

Äußerlich lachte Maddie spöttisch.

Innerlich dachte sie: *Woher zur Hölle weiß sie das?*

Denn es war die Wahrheit. Maddie hatte sich wieder und wieder ihrer Arbeit genähert und sich gesagt: *Ich werde nur zehn Minuten lang arbeiten, vielleicht dreißig, gerade genug, einen Vorgeschmack zu bekommen, um irgendetwas in die Hände zu kriegen, um mit dem Material eine Veränderung zu bewirken, irgendeine wie auch immer geartete Veränderung*. Aber sie war jedes Mal abgesoffen wie ein Motor im Winter. Es hatte sich fast so angefühlt, als könnte sie nicht atmen. Als würde sich das Blut heiß hinter ihren Ohren sammeln. Es war absurd. Es war *wahnsinnig*.

Jedes Mal hatte sie die Beherrschung verloren. Es war dunkel geworden. Die Eule, die sie gemacht hatte, *weg*. Und dann wieder dieser schleichende Verdacht, dass schon davor etwas passiert war.

Angst vor der Kunst. Oder Angst vor dem Künstler?

»Irgendetwas daran ängstigt dich«, wiederholte Trudy und gestikulierte mit ihrer linken Hand, ließ sie aussehen wie einen verirrten Schmetterling. »Ich kann nicht sagen, warum. Ich bin keine Hellseherin. Vielleicht hast du etwas anderes angezapft als den Schmerz aller anderen. Vielleicht hast du etwas in dir gefunden.« Sie stieß ein Summen aus, bevor sie sich vorbeugte und fast verschwörerisch hinzufügte: »Ich kenne übrigens eine Hellseherin, falls du mit ihr reden möchtest. Nette Dame. Ich meine, *bekloppt*, aber überraschend nett.«

»Du bist seltsam. Und du irrst dich.« Dann fügte Maddie hinzu:

»Und *nein,* ich brauche mich nicht mit deiner hellseherischen Freundin zu unterhalten. Gott.«

»Na schön. Dann musst du wieder richtig eintauchen.«

»Mm. Isolationstank. Das Zweitbeste nach LSD.«

»Ahh, ha, ja, nein, ich werde nicht …«

Trudy konnte ihren Gedanken nicht zu Ende bringen, weil die Kellnerin sie unterbrach und fragte, ob sie wüssten, was sie wollten. »Entschuldigung«, sagte Mads zu ihr, »ich kann nicht – ich weiß nicht, ich habe noch nicht auf die Speisekarte gesehen. Können Sie mir noch eine Minute geben?« Die Kellnerin nickte und schritt davon. Maddie schaute in die Speisekarte, sah Worte, las sie aber nicht. Mit einigem Zögern fragte sie Trudy: »Warst du je selbst Künstlerin?«

»Psst.« Trudy wedelte mit der Hand. »Bei den Göttern, *nein.* Ich erkenne Kunst, wenn ich welche sehe, aber ich mache sie nicht. Manche Menschen sind Macher, andere sind Vampire – ich bin Letzteres. Wir werden fett von *euren* Ideen und *eurer* Fantasie. Ich bin nur ein *wunderschöner* Bandwurm, Darling …«

»Aber du kennst eine Menge Künstler.«

»Selbstverständlich.«

»Hatte jemals einer …« Wie sollte sie das überhaupt formulieren? »Hatte jemals einer Episoden?«

»Episoden.«

»Ich meine, so etwas wie einen Nervenzusammenbruch.«

Trudy stieß ein scharfes, überlautes Lachen aus. »Nervenzusammenbrüche? Künstler? Das ist so, als würde man einen Mann fragen, ob er sich jemals in der Öffentlichkeit gekratzt hätte. Unter kreativen Typen ist das derart verbreitet, dass es praktisch wie Schokolade und Erdnussbutter ist, Schätzchen.« Sie senkte die Stimme. »Zwei großartige Leckereien natürlich. Aber du. Du scheinst nie welche zu haben. Du bist immer so bodenständig, was mich zu der Überlegung bringt, dass es, wenn du den Boden unter den Füßen verlierst, ziemlich spektakulär werden wird.«

»Flirte nicht mit mir.«

Trudy war lesbisch und konnte tatsächlich flirten, was das Zeug hielt.

»Ich flirte nicht. Du bist Brot, und ich stehe auf Low Carb. Ich meine nur – jemand, der so angespannt ist, würde wahrscheinlich platzen, wenn er zu stark unter Druck gerät. Hast du Lust, mir zu erzählen, was passiert ist?«

»Nein, es ist nichts …«

»Es ist etwas, bitte, lass den Unsinn. Erzähl es mir.«

»Ich … habe etwas gemacht.«

»Etwas. Was für ein Etwas?«

»Eine Eule.«

»Eine Eule?« Trudy verzog das Gesicht. »Banal.«

»Nein, ich meine – ja, aber es hat sich richtig angefühlt, und dann …«

»Und dann was?«

»Ich habe mir eine Kettensäge gekauft und eine Eule geschnitzt – und dann habe ich irgendwann dabei einfach …« Sie flüsterte, obwohl sonst niemand hier draußen auf der Terrasse bei ihnen war. »*Ich hatte einen verdammten Blackout.*«

»Einen Blackout, hm – eine Pille zu viel und puff?«

»Nein. Keine Pillen. Ich war wie weggetreten. Wie ferngesteuert. Ich habe das Bewusstsein verloren, aber *ich habe trotzdem weiter an der Eule gearbeitet.*«

»Mit einer laufenden Kettensäge.«

»Mit einer laufenden Kettensäge, ja.«

Trudys Augen wurden groß. »Oh, Schätzchen, du kannst von Glück sagen, dass du nicht deine verdammte Hand verloren hast. Kettensägen dürsten nach Blut. Ich habe einen Mann für den Baumschnitt – jetzt, da du im Wald lebst, brauchst du so einen –, er ist Botaniker, verstehst du, und sein Name ist Pete. Er hatte einen Assistenten, einen kleinen Kerl, komischer Schnurrbart, dachte, er könnte mit einer Kettensäge umgehen und – Mann, peng, das Ding hat sich in einer alten Eiche verklemmt und ist zurückgesprungen wie ein erschrockenes Pferd, hat ihn genau hier erwischt.« Sie tippte sich auf die Mitte der Stirn. »Hat seine Nase verfehlt, ist aber direkt auf den Knochen gegangen. Blut überall. Wie etwas aus einem Horrorfilm, kann ich dir sagen. Schauderhafte Sache, diese Kettensägen.«

»Daran habe ich überhaupt nicht gedacht.« Sie versäumte es, den letzten Teil der Geschichte zu erwähnen: *Und als ich aufgewacht bin, war das Ding, das ich erschaffen hatte, verschwunden.*

Trudy zuckte die Achseln.

»Also«, fragte Maddie, »was zur Hölle soll ich tun?«

»Was du tun sollst? Du tust, was du tun musst.«

»Zum Arzt gehen«, sagte Maddie, die die Antwort vorhersah.

»Was?«, blaffte Trudy. »Nein. Schätzchen, du bist putzmunter, sieh dich nur an. Das Problem ist nicht dein Körper. Es ist dein Geist.«

»Also eine Therapie.«

»Nein, nein, nein. Kunst ist Therapie. Geh wieder an die Arbeit, Maddie. *Geh wieder an die Arbeit.*«

Kapitel 20
Der Mörder wird entlarvt

Also machte Maddie das.

Sie kämpfte die Angst nieder und machte sich an die Arbeit.

Vor ihr stand eine wackelige, halb verfaulte Holzkiste. Ihr Inhalt? Müll. Schrottplatzmüll, die reinste Form von Müll. Metallstücke und Autoteile und so weiter: der Rahmen und die Glühbirne eines alten Bremslichts, eine verrostete Kaffeekanne voller Muttern und Bolzen und Schrauben, der Griff einer Waschmaschinentür und Ähnliches mehr. Sie hatte die Kiste auf dem Heimweg nach dem Mittagessen mit Trudy gekauft. War auf einen alten Schrottplatz gefahren, hatte einige Stunden dort herumgewühlt und eine Kiste mit dem ausgesuchten Müll gekauft, und jetzt war sie wieder hier, in ihrer Werkstatt, bereit, etwas zu machen.

Sie zog sich den Schweißerhelm übers Gesicht. Als sich der fahle Schatten des Visiers über sie senkte, verspürte sie einen plötzlichen Schwindelanfall. Die Welt entglitt ihr beinahe, wirbelte nach links, aber sie stellte sich breitbeinig hin und presste wie eine Frau, die ein Kind gebar, und dann …

Es hörte auf.

Und sie arbeitete. Funken regneten um sie herum und hinterließen Leuchtstreifen in der Luft. Dann nahm sie den Helm wieder ab und hämmerte auf das Metall. Und verbog Drähte mit Zangen. Und sie benutzte das Löteisen, *tzzt, tzzt.* Maddie wusste nicht einmal, was sie da machte – sie schaltete einfach ihr Hirn aus und ließ ihre Hände arbeiten und umherwandern.

Es dauerte lange, zu lange, bis sie begriff, dass sie ein Gesicht erschuf.

Nicht nur eine Maske, sondern vielmehr …

Einen ganzen verdammten Kopf. Komplett mit Hals, Schultern und einem einzigen ausgestreckten Arm – einem Arm aus Stahlbeton, mit Arterien aus isoliertem Draht und Haut, geformt aus zerbrochenen Teilen eines Armaturenbretts. Sie wusste nicht, warum ihre Arbeit sie an diesen Punkt geführt hatte; sie ließ die Arbeit einen Fluss sein, der sie in seiner Strömung mit sich zog, ungeachtet der Stromschnellen vor ihr.

Maddie trat von ihrem Werk zurück. Ein schneller Blick auf den kleinen LED-Wecker auf der Werkbank zeigte ihr, dass ihre Familie bald nach Hause kommen würde.

Ich sollte das Abendessen machen, dachte sie.

Sie schaute noch ein letztes Mal auf das, was sie angefertigt hatte. Es war noch unvollendet, das wusste sie, obwohl manchmal ein unvollendetes Ding trotzdem vollendet war. Sie sah einen Kopf, einen Hals, einen ausgestreckten Arm – und natürlich ein Gesicht. Es war, als schaue sie auf eins dieser Magic-Eye-Gemälde, wo visueller Lärm und statisches Flimmern sich plötzlich miteinander vermischten, verschwammen, dem wahren Bild (einem Delfin, einem Einhorn, was auch immer) erlaubten aufzutauchen ...

Dieses Gesicht ist mir vertraut.

Maddie kannte es.

Eine Woge der Übelkeit erschütterte sie wie ein sturmgepeitschtes Meer.

Und dann blinzelte das Gesicht aus Plastik und Metall. Es drehte sich zu ihr um, und sein Hals knackte und prasselte dabei, und als sein toter Blick auf sie fiel, streckte sich der Arm ihrer Schöpfung nach ihrer Kehle aus.

Maddie schrie.

Kapitel 21

Der Mann, der im Schraubstock zusammensackte

Maddie zuckte zurück, als die Hand nach ihr grapschte. Die Hand verfehlte ihre Kehle, bekam aber den Kragen ihrer Bluse zu fassen und zerrte sie mit einem Ruck zu sich. Ihre Schöpfung war in einem dicken, flachen Schraubstock an der Werkbank befestigt – selbst als Maddie versuchte, sich aus dem Griff des Dings zu befreien, konnte sie es nicht. Sie packte seinen Arm, quetschte und drehte ihn, doch er gab immer noch nicht nach. In der Zwischenzeit rasten ihr Gedanken durch den Kopf, und mit jedem einzelnen kam ein scharfer Stich der Panik:

Ich kenne diese Person.

Ich habe sie schon einmal gesehen.

Ich kenne ihren Namen.

Was zum Teufel passiert hier?

Das ist nicht real.

Das kann *nicht real sein.*

Der Kopf reckte sich nach ihr, auf einem Hals, der lang war, zu lang, länger, als sie ihn gemacht hatte – ein rotes Hecklichtauge musterte sie mit irrer, wilder Eindringlichkeit. Die Metalllippen verzerrten sich zu einem elenden Hohngrinsen, und das ganze Gesicht zog sich in einem grob behauenen Krampf zusammen, seine Armaturenhaut aus Plastik zersplitterte wie die Oberseite einer flambierten Crème brûlée – *kkkktt* –, das Gesicht zeigte einen Ausdruck rohknochigen Zorns.

»*Klei-nes Mmmmädchen*«, zischte das Ding in einem gebrochenen Stottern. »*Ich kenne dddddich! Du hast meine Num-mer ffffünf gest-tt-tt-ohlen, du M-M-Miststück ...*«

Sie streckte den Arm aus und griff nach dem Rand ihrer Werkbank ...

Und ihre Finger packten wie Spinnenbeine, die ihre Beute eroberten, den Griff eines Bouchardierhammers – eines Hammers, dessen Ende mit pyramidenförmigen Spitzen übersät war, um Stein, Holz oder Beton zu masern.

Sie ließ den Hammer auf den Kopf krachen.

Das Hecklichtauge zersplitterte. Rote Plastikscherben fielen klappernd zu Boden.

»*Wo bin-bin-bin ich? W-Was ist das für eine Welt? WEL-CHESSS SPIEL WIRD HIER GE-SPIELTTT.*«

Wieder ließ sie das Werkzeug heruntersausen, *whack, whack, whomp,* und unter dem Angriff durchlief ein harter Ruck den Kopf. Metall verbog sich. Der Mund fiel herunter. Die gekrümmten Metallfinger – gefertigt aus Schraubenzieherspitzen und Spulen von geflochtenem Draht – erschlafften, und sie entwand dem toten Griff ihres Werks ihre jetzt zerrissene Bluse.

Das Ding war tot. Der Kopf war nach vorn gesackt wie bei einem deaktivierten Roboter.

Aber es war nicht fair, es ein *Ding* zu nennen, oder? Nein, war es nicht. Es war jemand. Ein Gesicht, das sie kannte, von dem sie aber nicht wusste, dass sie es kannte. Es ergab keinen *Sinn,* dass sie es kannte.

»Edmund Reese«, sagte sie, und halb erwartete sie, halb *befürchtete* sie, dass der Name diese Schöpfung erneut ins Leben rufen würde. Aber ihr Werk zuckte nicht einmal.

Maddie hatte keine Ahnung, was gerade passiert war. Nur dass das jetzt das zweite Mal war – zwei von zwei –, dass sie etwas gemacht und die Kontrolle über das verloren hatte, was sie gemacht hatte.

Schlimmer war, dass die Kunst *dieses* Mal versucht hatte, die Künstlerin zu *töten.*

Kapitel 22

Brutparasiten

Der Tag fühlte sich lang an. Arbeit war im wahrsten Sinne des Wortes Arbeit, ein sich Hindurchschleppen durch den Morast von Papierkram. Aber trotzdem war Nate ein ganz klein wenig stolz darauf, dass er sich endlich in dem Job einlebte. Nicht einmal Fig behandelte Nate noch so, als hätte er sich seinen Schreibtisch erschlichen. Er sagte sogar: »Du bist also doch kein Kuhstärling.«

»Kuhstärling?«, wiederholte Nate, der dem anderen Mann nicht folgen konnte.

»Ja. Kuhstärling. Das sind Brutparasiten.« Er meinte, dass der Kuhstärling seine eigenen Eier in das Nest eines anderen Vogels legte und die Besitzer dieses Nestes dazu zwang, das Kuhstärling-Küken selbst großzuziehen. Aber es war nicht nur einfach eine erzwungene Adoption; bevor der Kuhstärling seine eigenen Eier in das Nest legte, pickte er oft an den anderen Eiern herum, bis sie kaputtgingen ... oder er rollte sie einfach aus dem Nest, um Platz für seine eigene Brut zu schaffen.

»So einer soll ich gewesen sein?«

»Na, du weißt schon. Jemand hat dich in ein Nest geworfen, in das du nicht hineingehörst ... ich sag ja nichts, aber ich sag ja bloß.«

»Und jetzt gehöre ich hinein?«

»Vielleicht.« Fig lachte. »*Vielleicht.*«

»Du bist wirklich zu süß.«

»Süß wie Erdbeeren, vergiss das nicht.«

»Hey, lass mich dir eine Frage stellen: Wenn du ein Kuhstärling-Ei in einem Nest findest, nimmst du es heraus? Oder lässt du es drin?«

Fig schaute nachdenklich und konsterniert auf ein Fahrtenbuch. »In diesem Punkt ist das Gesetz ziemlich klar. Wie die Wissenschaft auch. Es ist ein Naturphänomen, die Art, wie der Kuhstärling sein

Ding macht, daher soll man es einfach lassen, wie es ist.« Aber jetzt wurden seine Augen schmal, als er hinzufügte: »Wie dem auch sei, der Kuhstärling schlägt die Ressourcen anderer aus dem Feld. Und er ist nicht vom Aussterben bedroht. Wenn es mein Nest wäre, wäre ich sauer. Also, du fragst mich, mich persönlich, nicht das Gesetz der großen Nationengemeinschaft von Pennsylvania, und ich sage, zerschmettere das verdammte Ei.«

»Soll mir recht sein. Danke, dass du mit mir über diese ethische Zwangslage nachdenkst.«

»Ja, ja. Geh nach Hause, Nate.«

Sie verabschiedeten sich, und Nate machte sich auf den Weg. Es fühlte sich gut an, dass er und Fig sich aneinander herantasteten – vor allem, da der andere Mann zu ihrer Halloween-Fete kommen würde. Trotzdem, dieses kuschelige Gefühl verblasste in der Rückschau, je näher er seinem Haus kam. Nate konnte nicht umhin, eine wachsende Erregung zu verspüren. Wie das Kratzen eines Zahnarzthakens in einem Loch machte es ihm Sorgen.

Er nahm ein Gefühl wahr – ein seltsames, fremdartiges Gefühl des nicht Dazugehörens, der Ungewissheit und der Panik.

Irgendetwas stimmte nicht.

War aus dem Gleichgewicht. Eine Schieflage. Daneben.

Er konnte nicht sagen, was es war. Wie der Vogel, der wusste, dass eins seiner Eier falsch war, spürte er einfach, dass sich etwas verändert hatte. Als sei es zerbrochen oder aus dem Gelenk gerutscht. Schiefgegangen. *Sauer geworden.* Es war ein missliches Gefühl, und es steckte kein echtes *Etwas* dahinter. Er konnte nicht mit dem Finger auf eine bestimmte Sache zeigen – okay, na schön, in der Jagd- und Naturschutzverwaltung zu sein, bedeutete, dass sie eine Menge Nachrichten über den Klimawandel erhielten, und das waren schlechte Neuigkeiten. Und Nordkorea rasselte wieder mit dem Schwert seiner Atomraketen. Dann hatte man da die russischen Hacker, Massenschießereien, Grippeepidemien und so weiter und so weiter. Wenn man die Nachrichten einschaltete, bekam man einen Feuerwehrschlauch statt eines Springbrunnens, und der schoss einem pure Abwässer ins Gesicht, in der Erwartung, dass man eine Menge davon in sich aufsaugte, bevor man das ganze Zeug wieder auskotzte. Das war der Grund, warum sie Olly von den Nachrichten fernhalten mussten, von *jedweden* Nachrichten – wenn sie liefen, fiel der Junge hinein, als seien sie ein Loch. Noch dazu ein bodenloses Loch, in das er einfach hineinfiel und hineinfiel und hineinfiel.

Aber er sagte sich auch, dass die Welt schon immer so gewesen war. Die Nachrichten waren niemals gut gewesen. In seiner Kindheit hatte man einen nuklearen Winter befürchtet und sauren Regen und satanische Kidnapper. Und selbst damit hatten sie es besser gehabt als die Generationen vor seiner eigenen: Vietnam, beide Weltkriege, die Spanische Grippe. Gott, es hatte Perioden in der amerikanischen Geschichte gegeben wie die, in der sie Japaner in Lager gesperrt hatten; in der vor dem Zweiten Weltkrieg Nazis hier in den Vereinigten Staaten emporgekommen waren; in der Frauen nicht wählen durften; in der schwarz sein bedeutete, dass man nicht nur nichts besitzen durfte, sondern selbst Besitz war, wie Vieh oder Möbelstücke. Lange davor hatte man Pompeji gehabt und die Schwarze Pest und die Kreuzzüge. Und immer weiter hinab in der Spirale.

Die Dinge waren jetzt besser. Die ganze *Welt* war besser. Sie musste es sein.

Jedenfalls war er besser als das, was vor ihm gewesen war. Sein eigener Vater war – wie sollte er es überhaupt beschreiben? Wahrscheinlich bipolar. Definitiv Alkoholiker. Hatte Nate regelmäßig verprügelt. Hatte Nates Mutter weniger oft verprügelt, aber wenn es geschehen war, dann erheblich schlimmer.

Aber Nate war nicht so. Alles, was auf ihn einstürzte, hielt er in sich fest. Er betrachtete sich oft als einen Deich. All diese Scheiße, der ganze Missbrauch und die Geschichte und was immer dank Natur oder Erziehung in ihm war, formte ein dunkles, aufgewühltes, trübes Meer. Und er hielt das alles zurück. Hielt es in Schach, eine große emotionale Mauer, ein Deich, der sicherstellte, dass niemals jemand aus seiner Familie ertrank.

Er war gut, sagte er sich. Die Welt war *in Ordnung*. Beides war jetzt besser als das, was vorher gewesen war.

Und doch.

Und doch.

Warum fühlte es sich trotzdem so an, als sei etwas zerbrochen? Als sei irgendwo tief in der Maschinerie ein Zahnrad verrutscht, und sie würden es erst erkennen, wenn es viel, viel zu spät war? War die Welt zerbrochen? Oder war er es?

Als Nate in der Einfahrt ausstieg und seine Thermobox fürs Mittagessen und sein Sweatshirt mitnahm – es war heute unnötig gewesen angesichts der seltenen Oktoberhitze –, stolzierte seine Frau an ihm vorbei. Der Kragen ihrer Bluse war zerrissen.

»Hey, Mads«, begrüßte er sie, »alles okay?«

Aber sie ging weiter, offensichtlich erschöpft, und sie sah ihn kaum. »Alles bestens, ja, bestens. Ich muss nur mit dem Abendessen anfangen.«

»Ist etwas passiert?«, fragte er und zockelte hinter ihr her.

»Ein Unfall in der Werkstatt.« Bevor er nachhaken konnte, rief sie über ihre Schulter: »Nicht weiter schlimm, mach dir darüber keine Gedanken.«

Dann hörte er ein Geräusch hinter sich – ein Kratzen und ein Klappern. Als er sich umdrehte, sah er seinen Sohn die Einfahrt heraufkommen, sein Fahrrad schob er neben sich her. Das Vorderrad sah höllisch verbogen aus.

Er war nicht allein.

Ein anderer Junge war bei ihm. Ein wenig größer und schlaksiger, wie ein Kojote in Menschengestalt. Die bemerkenswerteste Eigenheit war ein seltsames Auge, gefangen in einem Gewirr von Narbengewebe.

Nate ließ seine Sachen fallen und eilte Oliver entgegen.

»Was ist passiert?«, fragte Nate. »Das Fahrrad – deine Kleider …«

»Es geht mir gut«, blaffte Oliver. »Ich weiß, du wirst mir die Hölle heißmachen, weil ich keinen Helm getragen habe, und ja, ich werde beim nächsten Mal auf jeden Fall einen aufsetzen, und ich *weiß*, dass ich vorsichtiger sein muss …«

»Hey, *hey*«, unterbrach Nate ihn. Er streckte eine Hand aus und berührte seinen Sohn an der Schulter. Sie hielten beide inne. »Ich bin nur froh, dass es dir gut geht.«

Oliver blinzelte. Er schien sich ein wenig zu entspannen.

»Danke, Dad. Das ist Jake. Jake … hat mir geholfen.«

»Hallo, Jake«, sagte Nate zu dem anderen Jungen. Doch es war nicht ganz richtig, ihn als Jungen zu bezeichnen – er war locker zwei oder mehr Jahre älter als Olly. Was aber wirklich mysteriös war: Ihm kam der Bursche irgendwie verdammt bekannt vor. Nate war sich sicher, dass er ihm schon einmal begegnet war. Oder vielleicht hatte er ihn irgendwo in der Stadt gesehen? Vielleicht kannte er seine Eltern noch aus seiner Kindheit. Es ließ ihm keine Ruhe.

»Was geht ab?«, sagte Jake. Der Kerl musterte Nate von Kopf bis Fuß. Er biss die Zähne zusammen, als sei er wütend. »Es war übrigens nicht die Schuld Ihres Sohnes. Zwei Jungen haben ihn von der Straße abgedrängt und dann …«

»Und dann sind sie weitergefahren«, schaltete Olly sich hastig ein. »Ein Pick-up. Sie haben nicht angehalten. Und nein, ich habe mir das Kennzeichen nicht gemerkt oder so. Ich bin im Graben gelandet.«

»In Ordnung. Okay. Mach dir keine Sorgen wegen des Fahrrads. Stell es einfach in die Garage, ich werfe am Wochenende einen Blick darauf.«

»Geht klar.«

Die beiden Jungen schoben sich an ihm vorbei, zurück die Einfahrt hinauf. Jake warf ihm einen letzten düsteren Blick zu, bevor er sich abwandte.

»Hey«, rief Nate den beiden nach. »Jake kann zum Abendessen bleiben, wenn er möchte.«

Olly reckte einen Daumen hoch, und sie gingen weiter.

Und während sie das taten, fing Nate im oberen Dachbodenfenster eine Bewegung auf. Er sah eine Gestalt dort stehen, und er wusste ohne Frage, dass es sein eigener Vater war, eine Pistole in der Hand. Als Nate blinzelte, war der alte Mann verschwunden und das Fenster wieder leer.

Kapitel 23
Abendessen mit Jake

»Und, woher kommst du, Jake?«, fragte Nate.

Der zerlumpte junge Mann schaute mit einem Soßenbart von den chinesischen Eiernudeln auf. Er schlürfte sie unappetitlich aus der Schale und lächelte ein seltsames Lächeln. »Keine Ahnung. Von überall.«

»Armee-Familie?«

»Nein, bloß eine beschissene.«

An der Tür zwischen Wohnzimmer und Küche ging Maddie auf und ab. Sie telefonierte mit jemandem – Trudy, dachte Nate. Er versuchte, ihr ein Zeichen zu geben: *Hey, warum setzt du dich nicht hin und schenkst deinem Sohn und seinem neuen Freund ein wenig Aufmerksamkeit,* aber sie schien ganz vertieft in das Gespräch zu sein. Sogar erregt.

»Warum ist sie beschissen?«, fragte Oliver.

»Wer weiß.« Jake zuckte die Achseln und klopfte mit einem Gabelzinken an seine Zähne. Dann stocherte er in einem Klumpen Fertighühnchen herum, dessen Kruste viel zu dunkel war. Nate hatte gehofft, dass Maddie etwas gekocht hätte, aber seit ihrem Umzug war es noch immer chaotisch. Er wünschte irgendwie, dass auch das Chaos behoben worden wäre. Es war aber nicht so, als wäre er oft zu Hause gewesen, um viel zu helfen, mit der Arbeit und allem. »Wenn du wissen willst, *wie* beschissen sie war, tja, das ist eine ganze andere Frage.«

»Olly«, schaltete Nate sich ein. »Jake braucht solche Fragen nicht zu beantworten ...«

»Ist schon gut, er kann fragen. Sie brauchen die Worte Ihres Sohnes nicht zu überwachen, lassen Sie ihn fragen, was er fragen will, und wenn es mir nicht gefällt, werde ich derjenige sein, der ihm das mitteilt.« Jakes Mund formte eine harte Linie, aber seine Augen – in seinen Augen war ein Lächeln. Als mache es ihm Spaß, Nate Widerworte zu geben.

Nate sagte sich, dass er es auf sich beruhen lassen sollte, dass dies Ollys neuer Freund sei. Außerdem hatte Jake dem Jungen geholfen, ein kaputtes Fahrrad meilenweit zu schieben. Das bedeutete also, dass er im Zweifel zu seinen Gunsten entscheiden musste. (Fürs Erste.)

»In Ordnung«, sagte Nate und zwang sich zu einem Lächeln.

»Nein, im Ernst«, ergriff Olly das Wort, »es ist okay, wenn du keine Fragen beantworten willst …«

»Einmal hat mein *Vater*«, begann Jake ohne einen Wimpernschlag, während er seinen Blick auf Nate richtete, »mich mit Handschellen an die Heizung gefesselt, während er auf meine Mutter eingeprügelt hat. Manchmal lief es andersherum – er zwang sie, sich auf einen Stuhl zu setzen, oder er hielt sie fest, während er mich windelweich prügelte. Und wenn jemand versucht hat, ihm zu widersprechen, hat er demjenigen das Leben zur Hölle gemacht. Er hat Nahrungsmittel versteckt oder die Badezimmertür abgeschlossen, damit man nicht zur Toilette gehen konnte. Oder er hat dir deine Kissen und Decken zerfetzt, damit du auf einer arschkalten, nackten Matratze schlafen musstest. Er hat mir wehgetan, um sie zu bestrafen, und ihr wehgetan, um mich zu bestrafen. Das war nur einer der spaßigen Teile meines wunderbaren Lebens.«

»Ich kann verstehen, warum du bei deiner Tante wohnst«, erwiderte Olly. Nate konnte den Glanz von Tränen in seinen Augen sehen, die überzuquellen drohten. Olly konnte es kaum verbergen. Seine Hand zitterte auf dem Tisch wie eine nervöse Spinne.

»He, ist schon gut«, sagte Jake und tätschelte Olivers Schulter. »Ist nicht deine Schuld. Du hast es nicht gewusst.« Wieder warf er einen giftigen Seitenblick auf Nate. *Warum ist er sauer auf mich*, überlegte Nate. Dann kapierte er es: *Er vertraut mir nicht, vertraut niemandes Eltern.* Das ergab Sinn.

Plötzlich stand Oliver auf. Er streckte seine zitternde Hand aus und schenkte ihnen ein kleines Lächeln. »Ich muss mal aufs Klo.«

Er eilte davon.

Im Hintergrund suchte Nate nach Maddie – die die Küche verlassen hatte und jetzt irgendwo sonst im Haus war. Er konnte noch immer das Raunen eines Gesprächs durch die Decke hören und das Knarren der Dielenbretter unter ihren Füßen. *Maddie, verdammt noch mal, bitte, komm herunter, damit ich nicht allein bin mit diesem ...*

»Er ist ein guter Junge, hm?«, fragte Jake. Die Frage fühlte sich auf eine Weise, die Nate noch nicht verstehen konnte – aber bald verstehen würde – anzüglich an.

»Der Beste. Er – ihm geht alles unter die Haut. Emotional, meine ich. Ich glaube, seine Therapeutin bezeichnet es als ›empathisch‹, keine Ahnung. Es ist hart für ihn, sich auch nur die Nachrichten anzusehen. Was immer an schlechten Nachrichten des Tages gebracht wird ... Es ist eine Last. Zermürbt ihn. An seiner letzten Schule haben sie Amok-Alarmübungen gemacht, und die letzte hatte eine wirklich schlimme Wirkung auf ihn.« Nate zuckte zusammen. Er sollte diesem jungen Mann nichts von alldem erzählen. Es war Olivers Entscheidung, darüber zu reden. Schuldgefühle stiegen in ihm auf. Er versuchte, das Thema zu wechseln. »Tja, ich denke, deine Geschichte hat ihn aus der Fassung gebracht ...«

»Er macht eine Therapie?«

»Natürlich, ja. Natürlich ist er in Behandlung.« Nate spürte, dass er überkompensierte, als habe er irgendwo tief im Innern das Gefühl, er müsse rechtfertigen, dass sein Sohn zur Therapie ging. Oder schlimmer noch, dass er der Therapie selbst misstraute. Tat er das? War er solch ein Elternteil? Er unterstützte die Therapie zwar, aber bezweifelte er im hintersten Winkel seines Gehirns nicht doch, dass sein Sohn überhaupt eine Therapie brauchte?

»Das ist seltsam.«

»Ich finde nicht, dass eine Therapie seltsam ist, Jake.«

»Nicht, dass es Therapien gibt, nur dass – Ihr Sohn scheint mir ziemlich zerbrechlich zu sein, und in der Folge muss er zu einer Therapeutin gehen.« Jake hielt inne und leckte einen Tropfen brauner Sojasoße von seiner Gabel. »Was machen Sie mit ihm?«

»Wie bitte?«

»Schlagen Sie ihn? Ein Arschtritt hier, einer da? Oder ist es so, dass Sie *das* nicht tun würden, aber Sie *sagen* gemeine Sachen. Vielleicht dissen Sie ihn und beschneiden sein Selbstwertgefühl und seine Identität wie ein Messer, das einen Stock zu Zahnstochern kleinhackt?«

»In diesem Fall bist du auf dem Holzweg.«

»Fassen Sie ihn an? Vielleicht verbergen Sie etwas …«

Nate schlug mit einer Faust auf den Tisch. Der ganze Raum erbebte. Er verabscheute es, dass Jake es schaffte, ihm unter die Haut zu gehen. Er versuchte, sich ein Beispiel an seinem Sohn zu nehmen und ein wenig empathischer zu sein. Zum Beispiel, warum stellte Jake ihm diese Fragen? Nur, um ihn zu reizen? Vielleicht. Aber vielleicht hatte es auch einen anderen Grund.

»Dein Vater hat dich geschlagen, deshalb glaubst du, alle Eltern seien gleich«, antwortete Nate. Er stützte die Ellbogen auf den Tisch, legte die Hände zusammen und beugte sich darüber. (In dem Bemühen, eine ruhige Fassade darzubieten, einen Teil seines Zentrums zurückzugewinnen.) »Das verstehe ich. Du hast keine Ahnung, wie sehr ich persönlich das verstehe. Und es tut mir leid, dass dir all das zugestoßen ist. Aber ich bin nicht so. Wir würden niemals so sein.«

Genau in dem Moment erklangen Schritte auf der Treppe, und Oliver kam in den Raum zurück. Maddie streckte den Kopf hinter Nate durch die Tür. »Alles in Ordnung?«, fragte sie. Oliver wiederholte die Frage.

»Alles ist cool«, sagte Jake, hob den Arm und rieb ihn. Er machte ein gespieltes schmerzliches Gesicht. »Ich habe mir den Ellbogen am Tisch gestoßen.«

Nate nickte ihm schwach zu. Jake erwiderte die Geste nicht.

Später begleitete die ganze Familie Graves Jake zur Tür. Dem jungen Mann schien das ein wenig peinlich zu sein, aber Nate hatte nicht die Absicht, einen Rückzieher zu machen. Irgendetwas an diesem Burschen war seltsam.

Und noch einmal, er kam ihm so verdammt bekannt vor.

»Deine Eltern …«, begann Nate.

»*Dad*«, tadelte Oliver ihn.

»Nein, ich meine nur, es geht nicht um die beiden, aber du kommst mir bekannt vor. Bist du ursprünglich hier aufgewachsen? Sind deine Eltern hier aufgewachsen?«

Jake zuckte die Achseln. »Nein. Wir kommen aus dem Hinterland. Tut mir leid.«

»Dann ist es wohl einfach ein Trugschluss. Ich wünsche dir noch einen schönen Abend, Jake. Sollen wir dich wirklich nicht nach Hause fahren oder so?«

»Nein, nein, schon gut.« Wieder zuckte er die Achseln. Er bedankte sich bei ihnen weder für das Abendessen noch sonst irgendetwas – er sagte nur Tschüss zu Olly und dass er ihn anrufen würde. Und dann war er weg.

»Dad, ich kann nicht *glauben*, dass du ihn nach seinen Eltern gefragt hast. Schon wieder!«, explodierte Oliver. »Dir gefällt es auch nicht, wenn Leute über *deinen* Dad sprechen.«

Oliver stieß ein frustriertes Knurren aus und stürmte davon. Nate rief ihm nach – »Hey!« –, aber Maddie legte ihm sanft eine Hand auf die Brust.

»Lass ihn gehen, das wird schon wieder«, sagte sie.

Er blies die Wangen auf und ließ die Luft mit einem Ploppen entweichen. »Was für ein Abendessen.«

»Da habe ich wohl etwas verpasst?«

»Und ob du etwas verpasst hast.« Er wirbelte zu ihr herum. »Wie es aussieht, hat sein neuer Freund ein hartes Leben gehabt. Seine Eltern haben ihn geschlagen und …« Er sah, dass ihr Gesicht so heftig zuckte, als hätte sie gerade eine Batterie abgeleckt. »Hey, tolle Idee übrigens, die ganze Zeit zu telefonieren. Weißt du, ich hätte dich hier unten gebrauchen können. Es ist … seltsam geworden, Maddie. Wirklich seltsam.«

»Ich bin nicht dafür da, alles in Ordnung zu bringen, was ihr zwei euch einbrockt«, fauchte Maddie plötzlich. Er prallte sprachlos zurück.

»Ich … ich habe nicht gemeint, dass du etwas in Ordnung bringen solltest … und Moment mal, was meinst du damit, alles, was wir uns einbrocken?«

»Ich meine nur – ich weiß nicht, was ich meine. Ich bin müde.«

»Nein, ich denke, du weißt genau, was du meinst.«

Sie zögerte. »Ich will nur sagen, dass ich manchmal das Gefühl habe, ich müsste für euch beide sorgen, als wärt ihr meine Kleinkinder und nicht zwei angeblich verantwortungsbewusste Menschen. Ich habe mit Trudy telefoniert und über die Arbeit geredet. Ich arbeite nämlich, erinnerst du dich? Ich kann nicht immer da sein, um für euch zwei den Babysitter zu spielen.«

»Mads, das ist nicht fair.«

»Es ist absolut fair, und das weißt du. Ich will nicht immer die Scheiße aller anderen in Ordnung bringen müssen. Vielleicht könnt ihr euch ja ab und zu mal selbst retten?«

Seine Nackenhaare stellten sich auf. Er war entrüstet – nicht, weil er wusste, dass sie im Unrecht war, sondern weil er nicht rundweg von der Hand weisen konnte, dass sie recht hatte. Aber statt das zu akzeptieren, ging er sie an. »Wunderbar. Der Junge ist sauer auf mich, und jetzt bist du es auch.«

Er spürte, wie billig das von ihm war. Es war ein Schlag unter die Gürtellinie – statt ihre Beschwerde zur Kenntnis zu nehmen, jammerte er einfach herum. Aber Herumjammern fühlte sich besser an.

»Ich bin nicht sauer. Er ist nicht sauer. Das wird schon wieder.«

Er rieb sich die Augen so heftig, dass er Sterne sah. Nate beschloss, das Thema zu wechseln. »Mir gefällt dieser Bursche nicht, dieser Jake.«

»Nate. Verbuch das einfach unter überbehütender Dad. Schieb das beiseite. Mir schien Jake ganz in Ordnung zu sein.«

»Du warst nicht hier unten.«

»Und doch hat mein *Spider-Sinn* nicht gekribbelt.«

»Na schön, na schön.«

»Wie wär's, wenn du Olly sagst, dass er Jake zu der Halloween-Party einladen kann?«

»Er bringt schon Caleb und einige dieser anderen eigenartigen Jugendlichen mit. Sie scheinen nett zu sein. Kann er nicht einfach mit netten Kids rumhängen?«

»Stell dich nicht so an. Hast *du* immer mit den netten Kids rumgehangen?«

Nach einem gewissen Zögern brummte er: »Mein Freund Petey Porter hat mal ein Zimmer in Brand gesteckt, weil seine Eltern ihm nicht erlauben wollten, zu einem Slayer-Konzert zu gehen. Und meine erste feste Freundin hat in einem gestohlenen Wohnwagen Gras verkauft.«

»Also, dann wäre das ein klares Nein.«

Er seufzte. »Na schön. Ich werde es ihm sagen.« Dann schaute er seine Frau von Kopf bis Fuß an. Ihre Haltung war immer noch ... *angespannt*. Als müsse sie sich verteidigen. Gegen ihn? Gegen Olly? Vielleicht. Aber es steckte noch mehr dahinter. Etwas Tieferes. »Alles in Ordnung bei dir?«

»Alles bestens«, sagte sie mit verkrampftem Lächeln.

Das war eine Lüge. Er kannte seine Frau gut genug, um das zu wissen.

Aber er war auch schlau genug, diesen Bären nicht zu piksen. Irgendwann würde sie es ihm erzählen. Das tat sie immer. Oder nicht?

Kapitel 24

Der junge Mann,
der mit Büchern redet

Als er in der sich vertiefenden Dunkelheit nach Hause ging, drehte Jake sein Handgelenk und schnippte mit den Fingern, und mit dieser Geste erschien ein Buch in seiner Hand. Das Buch war zerfetzt und alt, mit einem Leineneinband und von der Zeit fleckigen Seiten, die flatterten, als es in seinem Griff erschien. Auf dem Cover dieses Buches stand ein Titel, mit Hand gestanzt, mit sprunghaften, trunkenen, schrägen Buchstaben:

GRUBENBUCH

Und darunter:

Ein Verzeichnis der Unfälle
in Ramble Rocks Nummer acht

Obwohl es dunkel war, blätterte er zu einer Seite irgendwo in der Mitte vor. Seine Hand strich über die vergilbten Seiten. Seiten, die Wasser und Wind getrotzt hatten und sogar Feuer, aber die Seiten blieben, wie sie waren. Sie waren nicht weich, sie waren nicht glatt, sondern vielmehr hart und rau. Steif wie die Haut eines toten Tieres, wenn auch nicht so starr oder so dick.

Er konnte nicht lesen, was da stand. Der Mond spendete kaum Licht, und das hinter einem Schleier trüber Wolken, sodass Jake kaum welches zum Lesen hatte. Doch er konnte die Buchstaben *fühlen*, denn die Textur der Handschrift hatte die Seiten eingedellt, und seine Finger strichen über diese weichen, in Tinte getauchten Gräben. Dann holte er tief Luft und …

Und sie begannen sich unter ihm zu bewegen. Wie Würmer, die zappelten, während sie Tunnel gruben.

Die Seiten verströmten ein sanftes Leuchten. Sie pochten unter seinen Fingern. Es tat sogar weh. Kein Brennen, sondern ein tiefer Schmerz, von seinen Fingerspitzen hinauf in die Knöchel, dann schraubte er sich zu seinem Ellbogen empor. Ein guter Schmerz, sagte er sich. Ein *notwendiger* Schmerz, damit er klar blieb und seiner Mission treu.

Das Buch erinnerte ihn auch daran, dass er nah war, so nah. Das hier war das neunundneunzigste, sagte es ihm, und mit nicht geringer Erregung verlangte es von ihm, diese Sache nicht zu vermasseln. Alles hing davon ab. Er hatte so viel getan, und wenn er jetzt versagte …

»Ich werde nicht versagen«, eröffnete er dem Buch. »Ich habe den Jungen kennengelernt. Er ist schwach.«

Aber die Familie ist stark, erwiderte das Buch mit einigem Ärger.

»Diese Familie ist überhaupt nicht stark. Irgendwas ist immer.« Jake musste zugeben, dass es ihn hatte stutzen lassen, dass diese Familie – *dieser* Nate, *diese* Maddie – so zusammenhielten. Aber Oliver war in Wirklichkeit so dünn wie Seidenpapier. Vielleicht war die Familie stark, aber dieser Junge war weich – sanft wie ein Schmetterling. Er musste ihn nur einfangen. Und ihn dann zerquetschen.

Kapitel 25
Wir alle treiben hier unten

Folgendes erklärte die nette junge Frau mit dem leeren Blick und dem Geruch nach billigem, an Süßigkeiten erinnerndem Parfum Maddie:

Tay (der Name der Frau, vielleicht eine Kurzform für Taylor) sagte, der Tank sei versiegelt und lichtlos, und im Innern warteten dreißig Zentimeter Wasser, auf Körpertemperatur erwärmt und mit Epsom-Salzen versetzt.

Die junge Frau legte dar, dass Erstbenutzern nicht gestattet sei, sich mehr als sechzig Minuten in dem Tank aufzuhalten, aber sollte Maddie wiederkommen, sei die Verweildauer im Allgemeinen neunzig Minuten.

»Sie werden den Tank nackt besteigen, aber totale Privatsphäre genießen. Vielleicht werden Sie ein Gefühl von Schwerelosigkeit wahrnehmen, aber erstmalige Benutzer lösen sich nicht immer los.«

»Gut. Ich will mich nicht … loslösen. Ich will mich einfach nur entspannen.«

»Natürlich.« Die Frau fügte mit leiserer Stimme hinzu: »Es gibt eine Kontaminierungsgebühr von tausend Dollar.«

»Kontaminierungsgebühr?«

»Ja«, flüsterte die Frau, und ihre Stimme wurde noch leiser. »Bei jeder versehentlichen Freisetzung irgendeiner Körperflüssigkeit oder Feststoffen wird diese Gebühr fällig.«

»Was ist, wenn es mit Absicht geschieht?«

»Ich. Ähm.« Die Wangen der jungen Frau verdunkelten sich, und sie hatte Mühe, Worte zu finden.

»Entspannen Sie sich, Schätzchen. Ich werde nicht in den Tank reinscheißen. Weder absichtlich noch versehentlich.«

»Oh. Ha. Klar.« Sie räusperte sich. »Sie haben gesagt, Sie hätten einen Geschenkgutschein?«

Maddie hielt ihr die ausgedruckte E-Mail hin, die Trudy ihr just an diesem Morgen geschickt hatte. »Ta-da.«

»Großartig. Dann müssen Sie nur noch unsere Verzichtserklärung unterschreiben.«

»Ich kann es gar nicht erwarten.«

Ich befinde mich in einem verdammten Sarg, dachte Maddie.

Nein, korrigierte sie sich im Geiste. *Ich befinde mich in einem nassen Sarg. Einem wässrigen Grab. Dies ist ein Ort für tote Menschen.*

Vielleicht tote Piraten, dachte sie einige Sekunden später.

Von außen sah das Ding nicht aus wie ein Sarg. Es sah aus wie ein großer, futuristischer Samenklecks, entworfen von Apple. Unter ihm glühte ein kostbarer Aquamarin, aber im Tank selbst war es, nachdem er geschlossen worden war, so schwarz wie im Mund des Teufels und so still wie der Tod.

Mit anderen Worten: ein Sarg. So erwartete sie, nach dem Tod ihre Ewigkeit zu verbringen. Nur dass sie gegenwärtig ganz und gar nicht tot war, sondern sehr lebendig und voller Hass auf Trudy, die sie hierhergelotst hatte. Am vergangenen Abend hatte sie der Galeristin am Telefon erzählt … na ja, sie hatte ihr nicht direkt erzählt, was passiert war, nur dass sie »Schwierigkeiten« habe, neue Dinge zu erschaffen *(das letzte Ding, das ich erschaffen habe, hat versucht, mich zu töten,* hatte sie gedacht, aber nicht ausgesprochen). Und Trudy hatte geantwortet: »Schätzchen, eins kann ich dir sagen: Du brauchst ein Bad in einem Isolationstank. Es ist fabelhaft. Eröffnet dir eine ganze wunderbare Welt der Alpha- und Thetawellen, wie es keine verfickte Meditation vermag. LSD ohne die Chemikalien. Ich werde dir eine Stunde in einem Floating-Schwebebad schenken, das ich gern besuche. Es ist unten in New Hope, nicht weit von der Galerie entfernt. Das wird dein Potenzial aufschließen.«

Aber was Maddie suchte, war kein Aufschließen ihres Potenzials oder ihrer Kreativität oder ihrer Kunst. Ihre Kunst hatte versucht, sie zu *ermorden.* Und die Kunst hatte ein Gesicht, das Maddie kannte, ein Gesicht, von dem sie nicht wusste, *woher* sie es kannte.

Es war das Gesicht von Edmund Walker Reese.

Dem Ramble-Rocks-Killer.

Was sie aufschließen wollte, war die Antwort auf die Frage: *Warum* hatte sie ihn erkannt? Sie war sich sicher, dass sie irgendwann sein Foto gesehen hatte: Sie war nicht hier in der Gegend aufgewachsen, sondern in Philadelphia, aber sie erinnerte sich an die Nachrichten von damals. All dieses Gerede über einen Serienmörder oben in Bucks County, der Mädchen tötete – Mädchen, die kaum älter gewesen waren als sie damals. Präpubertäre Mädchen. Aber sie hätte ihn bei einer Gegenüberstellung nicht identifizieren können.

Und doch hatte irgendetwas in ihr tief ins Gedächtnis hineingegriffen und *dieses* Gesicht hervorgezogen, *diesen* Mann, und es auf eine Skulptur gesetzt.

Eine Skulptur, die prompt gesprochen und versucht hatte, Maddie zu erwürgen.

Also, *das* war ihr Ziel hier in diesem salzigen Sarg. Sie brauchte Antworten, und sie hoffte, dass dieses Erlebnis ihr diese verschaffen würde.

Aber bisher ...

Sie schwebte.

Schwebe, schwebe, schwebedi, schwebe, schwebe. In der feuchten Dunkelheit, in der dunklen Feuchtigkeit. Ihre Gedanken schweiften nutzlos durch das Labyrinth der Angst, dem Umzug in ein neues Haus geschuldet und außerdem diese besonderen Drehungen und Windungen und Sackgassen umfassend, die einzigartig für ihr eigenes einzigartig verkorkstes Hirn waren. Es war ein Wirrwarr von Checklisten und Eventualitäten, eine wertlose, hastig hingekritzelte Aufstellung von Kartons, die sie noch nicht ausgepackt hatten, und den neuen Möbeln, die sie brauchten (denn obwohl das Bauernhaus klein war, war es doch größer als das, was sie in der Stadt gehabt hatten), und, puh, war sie wirklich für ihre Familie da gewesen, und Scheiße, war es ein Fehler gewesen, mitten in den Wald zu ziehen, und, oh, hey, übrigens, *du hast eine Eule verloren, und eine Skulptur hat versucht, dir die Luft abzuquetschen.*

»Scheiße!«, rief sie in den Salzwassersarg hinein. Sie schlug nach dem Wasser, und es schlug furchtlos zurück.

Tiefe Atemzüge, ermahnte sie sich selbst.

Ein, aus. Ein, aus. Meditatives Atmen. Diese ganze bescheuerte Sache, bei der man sich einen Ballon vorstellte, der aufgeblasen wurde, aufgeblasen, aufgeblasen, um dann langsam in sich zusammenzufallen, zusammen, zusammen, zusammen. *Piks nicht in den Ballon*, dachte sie. *Piks nicht in den Ballon.* Gott, sie hätte fast in den Ballon gepikst. Ein imaginärer Ballon, und sie hätte fast hineingepikst. Scheiße. Sie versuchte, einen klaren Kopf zu bekommen, und ihn einfach neu zu formatieren: eine leere schwarze Leinwand, in die sie etwas Rohes einfließen ließ, etwas Generatives. Ein kreativer Ort. Vielleicht hatte Trudy recht. Vielleicht konnte das hier etwas in *dieser* Richtung für sie aufschließen – wenn es ihr nicht half, ihr Gedächtnis anzuzapfen, würde es vielleicht helfen, sie zu inspirieren.

Sie stellte sich eine Gestalt vor. Keine spezifische Gestalt, nur eine sich verändernde, sich verlagernde Gestalt mitten in der Leere. »Echte« Künstler verspotteten Leute wie Bob Ross für seine simple Nass-in-Nass-Malerei, aber sie hatte dort immer Inspiration gefunden – so wie er einfach dem Weg zu folgen schien, den entlang die Kunst ihn führte, und genau das tat sie hier nun auch, im Geiste. Sie ließ die Gestalt einfach sein, was sie sein wollte. Eine glückliche kleine Wolke, ein glücklicher kleiner Baum, ein …

Ein glücklicher kleiner Türknauf.

Echt jetzt? Ein *Türknauf*?

Genau. Dort, in der Dunkelheit ihres Geistes – oder waren ihre Augen offen? – ein Türknauf. Golden. Dann silbern. Dann aus Holz gemacht. Sein Material veränderte sich, und sein Schloss ebenso, angefangen von einem primitiven Bürotürknauf zu einem kunstlosen Knauf, der einfach ein Stein an der Wand war, zu einer prächtigen schwarzen Zinnplatte mit einem Kristallknauf. Es war ein Türknauf, den sie erschuf, den sie mit ihrem Willen heraufbeschwor. Ein Türknauf, von dem sie *wusste*, dass er zu einer Tür im Jenseits gehörte, zu einem Portal. Und ihr war klar, dass ihre Gewissheit in diesem Punkt höllisch seltsam war, aber sie war auch *verdammt interessant*, daher griff Maddie danach – und hier wusste sie nicht, ob sie mit ihrer *realen* Hand danach griff oder nur mit der Hand in ihrem Kopf –, um den Knauf zu packen, um ihn sanft halb umzudrehen …

Sie spürte das Klicken einer sich öffnenden Tür. Aber sie öffnete sich nicht vor ihr. Sie öffnete sich überall um sie herum. Sie öffnete sich unter ihr. Dann fiel sie, fiel hinab durch dunkles Wasser, dann durch offenen Raum. Sie schrie auf und ...

»Oh, oh, *nein,* bitte, sagen Sie mir, dass Sie sich da drin nicht übergeben haben.«

Maddie befand sich halb in dem Salzwasser, halb draußen. Ihre untere Hälfte steckte drin, und ihre Knie waren noch immer unter der Oberfläche. Sie hatte die Arme ausgestreckt und stützte sich auf dem Rand des Tanks ab, während Wasser von ihrem Haar und ihrem Kinn tropfte. Ihr kam der Gedanke: *Ich bin nackt wie ein Baby.* Aber Maddie war nicht der Typ Frau, der sich schämte, daher blieb sie, wie sie war, mit allem, was sie hatte.

Die junge Frau, Tay-Vielleicht-Taylor, hielt die Hände von sich weg wie eine Comic-Hausfrau, die in ihrer Küche eine Maus entdeckt hatte.

»Ich habe nicht ...« Maddie gurgelte fast, bevor sie hustete: »Ich habe da nicht reingekotzt.« Zumindest *glaubte* sie es nicht. »Was ist denn passiert?«

»Sie haben angefangen zu schreien.«

»Habe ich das?« *Habe ich.*

»Ja, Sie haben geschrien. Worte.«

»Was – was für Worte?«

»Ähm. Sie haben gesagt: *Ich erinnere mich, ich erinnere mich.* Ich meine, laut. Wirklich laut.«

»Ich erinnere mich?«

»Ja.«

»Ich erinnere mich.«

»Ja, habe ich ja gesagt, ja.«

Und dann geschah es. Sie erinnerte sich.

Edmund Walker Reese. Der an einer Tür stand. Ein Geräusch hinter sich hörte. Aufschaute, um festzustellen, was für ein Geräusch das war, und ...

Etwas. Vielleicht nicht alles. Aber etwas.

Kapitel 26
Zusehen macht es nicht ungeschehen

Nate streckte den Kopf durch die Luke, die zu Olivers Schlafzimmer auf dem Dachboden führte. Der Junge hatte es tatsächlich zu seinem eigenen Zimmer gemacht – Bücherregale und Filmposter und ein Schreibtisch, auf dem das Chaos künstlerisch und gewollt wirkte und nicht wie der wüste Haufen, der sich auf Nates Schreibtisch bei der Arbeit türmte –, und er bereute, je gedacht zu haben, es sei keine gute Idee, dem Jungen seinen eigenen Raum zu geben. In der Ecke lag Ollys Gitarrenkoffer wie ein Sarg, sein mumifizierter Bewohner lange aus der Welt der Lebenden geschieden.

»Du solltest wieder spielen«, schlug Nate vor.

»Hä?«, fragte Oliver und schaute von seinem Bett auf. An seiner Brust lehnte ein iPad. Er zog sich ein Paar Kopfhörer aus den Ohren.

»Gitarre. Ich habe gesagt, du solltest wieder spielen.«

»Oh. Weiß nicht. Es ist wirklich nicht mehr mein Ding.«

»Du könntest sie verkaufen. Es ist eine schöne Gitarre.«

Oliver schaute stirnrunzelnd über sein iPad. »Ich *will* sie nicht verkaufen.«

Nate, der beide Hände hob zum Zeichen der Kapitulation, antwortete: »Okay, ich dachte nur, du möchtest vielleicht etwas Geld zum Ausgeben haben. Es ist deine Gitarre. Wenn sie dir als Dekoration in der Ecke gefällt, meinetwegen.«

Der Junge erwiderte nichts. Saß nur da und kochte still vor sich hin. Aber schließlich lenkte Olly ein. »Willst du noch irgendetwas?«

»Nur Gute Nacht sagen.«

»Dann tu es endlich.«

Oliver war immer noch sauer. Einen Tag später immer noch sauer. Ah, Hölle.

»In Ordnung. Gute Nacht, Kleiner.«

»Mhm.«

Oliver umklammerte das iPad so fest, dass seine Knöchel weiß hervortraten. Hektisch ließ er den Blick über den Bildschirm fliegen. Sein Gesicht zuckte, als ob tiefer Schmerz es verkrampfte.

»Was ist los?«, fragte Nate.

»Ich hab mir nur YouTube angeschaut.«

»Was siehst du dir denn auf YouTube an?«

»Nichts. Nur – so etwas wie einen Streaming-Dienst für Spiele. Spohn-Zone. Es gibt zum Beispiel *Cuphead*.«

Spohn-Zone war einer der populärsten Streaming-Dienste für Spiele. *Cuphead* war … was für eine Sorte von Spiel doch gleich …? Olly spielte nicht wirklich viele Spiele außerhalb dessen, was er auf seinem iPad hatte, aber er beobachtete haarklein andere Menschen beim Spielen. Nate witzelte immer, dass sein Dad vor dreißig Jahren ständig Dinge gesagt habe wie: *Als ich in deinem Alter war, musste ich durch Schnee und hügelaufwärts zu Fuß zur Schule gehen und mich unterwegs gegen Bärenangriffe verteidigen!* Heutzutage hieß es: *Als ich in deinem Alter war, mussten wir unsere eigenen verdammten Videospiele spielen! Und es hat uns gefallen!*

Aber hier stimmte etwas nicht. Olly wirkte zu angespannt, zu aufgeregt. Nate verabscheute, was er gleich tun würde, aber er durchquerte den Raum, legte eine Hand auf das iPad und drehte es um – ungeachtet des Protests, den Oliver einlegte. »Hey!«

Auf dem Bildschirm liefen Live-Nachrichten. CNN.

Erdbeben. 7,0 auf der Richterskala. Peru.

»Olly.«

»Ich weiß.«

»*Olly.*«

»Ich weiß! Okay, ich weiß, dass ich mir die Nachrichten nicht ansehen soll.« Ollys Ohren waren rot. Das iPad zitterte in seiner Hand. »Dort leiden Menschen. Ich habe ein Mädchen gesehen, das über und über mit Staub bedeckt war und, und, und Blut, und sie hat nur nach ihren Eltern geschrien. Unter eingestürzten Gebäuden sind Menschen eingesperrt, die einfach nur *schreien,* und du kannst dir vorstellen, wie

Furcht einflößend es wäre, wenn du dort drin bist, und wenn niemand dich findet. Dad, was ist, wenn …«

»Okay. Ich weiß. Ich weiß.«

Behutsam legte Nate die Hand auf den Bildschirm des iPads und nahm es seinem Sohn weg. Er zwang ihn nicht dazu, und Oliver ließ es los.

»Diese Menschen.«

»Alterchen. Das Zusehen macht es nicht ungeschehen. Du kannst im Moment und in der Situation nicht helfen. Du brauchst kein Schwamm zu sein, der das alles aufsaugt.«

Er war sich sicher, dass ihm das einen Tadel einbringen würde – aber alle Streitlust schien aus Olly gewichen zu sein, als sei der Junge erleichtert, gesagt zu bekommen, dass er nicht Zeuge zu sein brauche, wenn etwas passierte.

»Vielleicht können wir morgen früh ein paar Dollar für eine Wohltätigkeitsorganisation zusammenkratzen? Save the Children oder Unicef, aber nicht das Rote Kreuz.«

»In Ordnung, Olly. In Ordnung.«

Nate küsste seinen Sohn auf die Stirn und stieg die knarrende Dachbodentreppe wieder hinunter. Als er sich umdrehte, um durch den Flur zu gehen, hörte er etwas – das gedämpfte Sirren von Gitarrensaiten über ihm.

Oliver spielte wieder.

Ein kleiner, aber entscheidender Sieg, befand Nate.

Er ging in sein und Maddies Schlafzimmer, und dort fand er seine Frau, die vor einem kleinen Koffer stand und Kleider hineinpackte. Und einfach so zersprang jedes siegreiche Gefühl, als platzte eine Seifenblase.

»Maddie«, sagte er mit leiser Stimme.

Er wusste, was das war.

Er verstand es nicht, aber er wusste, was es war.

Eine Ehefrau. Die ihren Koffer packte. Sie verließ ihn.

»Ich verlasse dich nicht«, erklärte sie. »Ich sehe den Ausdruck auf deinem Gesicht, und das trifft nicht zu, du kannst also deine entgleisten Züge wieder entspannen.«

»In Ordnung«, erklärte er sich bereit und versuchte, die Sache langsam angehen zu lassen. »Aber du packst tatsächlich einen Koffer. Aus heiterem Himmel. Ich meine, wir haben uns nicht gestritten ...«

»Wie gesagt, ich verlasse dich nicht. Außerdem ist der Koffer nur ein kleiner, wie dir auffallen wird. Wenn ich dich verlassen würde, würde ich den großen Hurensohn aus dem begehbaren Schrank holen und *alles* hineinstopfen.« Sie hielt inne, um ihm einen harten Blick zuzuwerfen. »Und all *dein* Scheiß wäre auf dem Rasen. Mit Urin getränkt.«

»Freut mich, dass das nicht passiert ist. Aus allen möglichen Gründen.«

»Dito. Ich glaube ohnehin nicht, dass ich so viel Zornpisse in meinem Körper habe.« Sie hielt inne. »Morgen früh fahre ich irgendwohin.«

»Du weißt, unsere Halloween- ... Party oder was immer es ist, findet an diesem Wochenende statt. In drei Tagen, Mads.« Sie antwortete nichts. Also fragte er stattdessen: »In Ordnung. Hat dieses *Irgendwo* einen Namen oder vielleicht zumindest einen Längen- und Breitengrad?«

Sie hielt einen Moment inne, und ihre Arme waren steif. Ihre Hände spannten sich um die Außenseite des Koffers – als hätte sie Angst hineinzufallen.

»Ich brauche nur einen Tag.«

»Das war keine Antwort. Wohin fährst du, Maddie?« Sie zögerte immer noch. »Ich muss wissen, wie ich dich erreichen kann. Oder wo du bist.«

»Ich werde mein Handy dabeihaben.«

»Maddie ...«

»Ich kann es dir nicht erzählen. Ich kann nicht darüber reden. Ich kann nicht ...« Sie schluckte hörbar und kniff die Augen fest zusammen. Ihre Nasenflügel bebten. Als versuche sie angestrengt, sich zu zentrieren. »Ich weiß nicht einmal, worum es geht, aber bitte, lass mich einfach gewähren.« Sie erinnerte ihn an eine unausgesprochene Schuld: »Ich habe einiges mit dir durchgestanden. Unter anderem dein seltsames Benehmen in letzter Zeit. Jetzt bist du an der Reihe, zu mir zu halten. Mir zu vertrauen.«

Er wollte protestieren.

Er wollte sagen: *Das ist nicht fair.*

Aber es war fair.

Einhundert Prozent.

Also tat er, was zu tun war. Er nickte und lächelte und sagte: »Was immer du brauchst.« Und er meinte es ernst, so sehr es ihn quälte, die Worte auszusprechen. Sie sagte ihm, er sei ein guter Ehemann, und dann erklärte sie, sie würde am nächsten Morgen, nachdem sich Oliver zur Schule aufgemacht hatte, wegfahren. Übermorgen würde sie zurück sein.

Und damit hatte es sich.

Kapitel 27
Ein Tag ohne Maddie

An dem Morgen, an dem Maddie wegfuhr, schien Oliver ihre plötzliche Flucht zu beunruhigen, und beide Eltern überschlugen sich förmlich, um ihn zu beschwichtigen – was, wie sie begriffen, seine Sorgen nur verschlimmerte, denn alle geschiedenen Eltern bliesen ins selbe Horn, vollführten den gleichen Tanz, vernebelten den Zustand, nicht wahr? *Oh, es wird alles gut, wir brauchen nur eine kleine Pause, hier, du bekommst ein Pony, achte nicht auf den Mann hinter dem Vorhang, das ist nur der Mann, der jetzt der neue, äh, Yogalehrer deiner Mutter ist, Kind, ich wünsche dir einen wunderschönen Schultag, mein Süßer.*

Oliver ging zur Schule, und dann brach auch Maddie auf.

Und trat die Reise nach wer wusste wohin an.

Ohne ihn.

Das war es, was Nate umbrachte.

Sie waren ein Team gewesen. Bis jetzt. Bis sie in dieses Haus gezogen waren.

Es war absurd, dem Haus die Schuld zu geben. Er sollte die Schuld lieber seinem eigenen verfluchten Ich geben, wirklich – er hatte nicht schlafen können und war launisch und geradezu *seltsam* gewesen. Vielleicht hatte er sie vertrieben. Vielleicht brauchte sie nur eine einzige kostbare Nacht ohne ihn. Das hätte sie ihm sagen können. Plötzlich durchzuckte ihn ein Stich des Ärgers. *Sie hätte es ihm sagen können.* Er hätte es verstanden.

Oder?

Plötzlich war er sich da nicht mehr so sicher.

Aber es wäre besser gewesen, als was immer das hier war. Dass sie sich einfach davonmachte, praktisch ohne jedwede Information.

Er hatte das Gefühl, im Kreis herumzuwirbeln. Ärgerlich und traurig und verwirrt, und er wusste nicht einmal, ob er das verdiente. Olly war sauer auf ihn. Maddie war weg. Und er saß hier, an *diesem Ort*. Wohin er sich auch wandte, es fühlte sich immer noch an wie das Haus seiner Eltern, als gehöre es jemand anderem.

Sei ein Mann, ein Schutzdeich, sagte er sich. *Verdammt, reiß dich endlich am Riemen.*

Er ertüchtigte seinen Deich. Ging zur Arbeit. Fig bekam mit, dass etwas nicht stimmte, aber Nate ließ nicht raus, was es war. Dann fuhr er nach Hause. Oliver schickte Nate eine Textnachricht, in der er schrieb, dass er noch mit seinen Freunden rumhängen wolle, und sie würden Pizza essen gehen, wenn das okay sei. Nate schrieb, das sei es.

Zu Hause saß Nate allein am Küchentisch. Sein Magen erinnerte ihn daran, dass er nichts zu Mittag gegessen hatte, auf diese übertrieben hungrige Weise, in die sich ein klein wenig Übelkeit mischte. Das flaue Gefühl trieb ihn zum Kühlschrank, wo er herumstöberte, bis er sich für ein Abendessen entschied, dessen Zubereitung nur die Fähigkeiten eines Höhlenmenschen brauchte: Aufgeschnittener Schinken und Käse in Scheiben. Er warf zuerst eine Scheibe Schinken auf das Schneidbrett, dann Käse, dann wieder Schinken. Wie ein Sandwich, aber verdammt noch mal ohne Brot. Er machte sich ein solches Sandwich zurecht, dann noch eins, dann ein drittes. Arme-Leute-Delikatesse.

Als er mit dem letzten fertig war, drang ein Gestank an seine Nase. Zigarettenrauch.

Der Magen wollte sich ihm umdrehen. Er musste sich anstrengen, dass ihm Schinken und Käse nicht wieder hochkamen. Er versuchte, den Geruch zu vertreiben und konzentrierte sich darauf, dass er sich auflöste. Und das tat er auch, allerdings nur um dann durch eine unheilige Heerschar neuer Gerüche ersetzt zu werden – noch dazu *vertrauter* Gerüche.

Der Gestank von Schweiß.

Das berauschende Aroma von Waffenöl.

Der säuerliche Geruch eines alten, sterbenden Mannes – die Fäulnis seiner Haut, die Salzränder in seinen Kleidern, das Gespenst von Pisse und Scheiße und Kotze, die alle die verräterischen Spuren von Krebs in jedem ruinösen Molekül trugen.

Nate schloss die Augen, während sein Herz in seiner Brust trommelte wie die Hufschläge eines wilden Pferdes. Ein Wasserfall von Blut rauschte in seinen Ohren, durch seine Handgelenke und seinen Hals. Dann waren die seltsamen Gerüche verschwunden, die Gerüche seines Vaters, sowohl im Leben wie im Sterben.

Als das passiert war, dachte er: *Ich brauche einen Drink.* Aber er wollte nicht allein trinken.

Jed stand in seiner eigenen Tür, unterzog Nate einer einzigen gründlichen Musterung und erklärte mit einem aufgesetzten Lächeln: »Wenn Sie nichts gegen ein wenig brutale Ehrlichkeit einzuwenden haben, Nate, Sie sehen aus, als seien Sie durch den Verdauungstrakt eines zornigen Elefanten gepresst worden.« Er senkte die Stimme zum Tonfall eines Komödianten. »Und der Elefant hat einen akuten Anfall von Reizdarmsyndrom.«

»Tja.« Er gestikulierte, um festzustellen, ob er hereinkommen durfte. »Was dagegen, wenn ich …?«

»Oh, natürlich, natürlich. Kommen Sie rein, Mann.«

Und erneut fand sich Nate in Jeds spärlich ausgestatteter Hütte wieder. Wieder mit einem Glas von etwas nach Whisky Duftendem in der Hand. Es ging so schnell, dass er kaum gesehen hatte, wie der Mann den Whisky einschenkte.

»Scotch?«, fragte Nate.

»Single Malt, ja, aber ein amerikanischer. Genauer gesagt Colorado Single Malt. Stranahan's Whisky. Schneeflocke nennen sie diesen hier – den gibt es nur an einem einzigen Tag im Jahr, jeden Dezember, unmittelbar vor der langen, wahren Dunkelheit des Winters. Ich hatte mal einen Kumpel, einen Makler, draußen im Westen, im Grand Junction, der mir eine Flasche verschafft hat.«

Nate nahm einen Schluck. Der Whisky haute ihn fast um – nicht weil er stark war (das war er durchaus), sondern weil auf Nates Gaumen die Aromen geradezu explodierten.

Jed musste gesehen haben, wie das Gesicht seines Gastes aufleuchtete. Er wackelte auf eine anzügliche Weise mit dem Kopf, Marke schmutziger alter Mann. »Das ist doch etwas, oder?«

»Ja.«

»Aber ich nehme an, die Frucht meiner in Whisky getränkten Bemühungen ist nicht der Grund, warum Sie hier sind, obwohl Sie immer gern mitmachen dürfen. Was geht Ihnen im Kopf herum, Nachbar?«

»Das ist das Problem. Ich habe keine Ahnung, was mir im Kopf herumgeht.«

»Hm«, machte Jed, als würde er das tatsächlich verstehen. Er zog sich einen Hocker heran und setzte sich neben Nate. »Sprechen Sie weiter.«

»Ich glaube, ich verliere den Verstand, Jed.«

»Der Verstand ist weniger gefährdet, als wir denken, Nate. Ich glaube oft, dass es unsere *Angst* davor ist, ihn zu verlieren, die gefährlicher ist als der tatsächliche Verlust, wenn Sie meiner Logik folgen können. Die Angst vor einer Sache ist sehr oft schlimmer als die Sache, die wir fürchten, seien es Terrorismus oder Immigranten oder was auch immer.«

Nate schüttelte den Kopf. »Nein, das hier ist wirklich bedrohlich. Ich …«

»Sie sehen Dinge.«

»Woher wissen Sie das?«

Jed grinste wie die Katze, die den Kanarienvogel erwischt hatte. »Weil ich den Ausdruck auf Ihrem Gesicht sehe, mein lieber Nate, und ich *erkenne* ihn. Es ist, als würde ich in einen Spiegel schauen, aber einen Spiegel aus meiner Vergangenheit. Wie diese Stelle bei Shakespeare lautet: *Es gibt mehr Dinge zwischen Himmel und Erde, Horatio, als wir mit unserem Verstand erkennen können.*«

»Ich glaube nicht an Geister, Jed.«

»Das spielt keine Rolle, denn sie glauben an Sie.«

Ein Frösteln überlief Nate bei diesen Worten.

»Ich sehe meinen Vater, Jed. Meinen toten Vater.«

Dann leerte er seinen Whisky mit einem einzigen Schluck.

»Braver Junge«, lobte Jed ihn und leerte auch sein eigenes Glas. Er schenkte eine weitere Runde ein und fügte hinzu: »Jetzt können wir ein richtiges Gespräch führen.«

Stunden später war Nate betrunkener als ein Singvogel von vergorenen Beeren.

Jed hatte sich dicht zu ihm vorgebeugt, beinahe zu dicht, als er sagte: »Die Sache ist die, Nate, wir wohnen gegenüber von …«

»Ramble Rocks«, beendete Nate den Satz des anderen Mannes, und seine Worte kamen genuschelt heraus. *Rambah Rahhcks.* Sein Mund fühlte sich klebrig an. Schmeckte nach Karamell und Lagerfeuer.

»Es ist ein *dünnwandiger* Ort. Die Lenape wussten es. Die ersten Quäker wussten es ebenfalls. *Dünnwandig* bedeutet, dass die Barriere zwischen den Welten dort nicht so ist wie an anderen Orten. Jahrelang sind dort seltsame Dinge gesehen worden. Ein früher Bericht der Quäker spricht davon, *Fremde im Wald* gesehen zu haben. Andere haben *sich selbst* gesehen – Versionen ihrer selbst wie Doppelgänger. Es gibt jede Menge Geistersichtungen dort draußen zwischen den Felsen. Das ist der Grund, warum ein Serienmörder wie Edmund Reese diese Mädchen dort umgebracht hat. Er hat gesagt, es sei ein besonderer Ort.«

»Du bist betrunken«, sagte Nate.

»*Du* bist betrunken«, gab Jed zurück. »*J'accuse!*«

Anscheinend waren sie beide betrunken.

»Also, was willst du mir erzählen, Jed? Der komische bärtige Typ, den ich gesehen habe, oder mein Vater, die habe ich wegen Ramble Rocks gesehen? Ich habe in meiner Kindheit Geschichten gehört, aber … nichts von dieser Scheiße ist real. Ich verliere einfach den Verstand, das ist alles.«

»Das denke ich nicht, mein Sohn.«

»Was dann? Was mache ich jetzt? Einen Exorzisten engagieren? Einen vermaledeiten Schamanen?«

Darauf antwortete Jed todernst: »Nein. Du gibst einfach acht auf dich. Sei vorsichtig damit, was du siehst. Vorsichtig damit, wem du vertraust. Vielleicht ist irgendetwas oder irgendjemand dort draußen, der dir Streiche spielt.«

»Vielleicht spielst *du* mir Streiche«, entgegnete Nate augenzwinkernd.

Jed leckte sich die Lippen und lehnte sich zurück. »Nate, ich finde, du solltest wieder nach Hause gehen. Ruh dich etwas aus.«

»Ja.« Er räusperte sich von dem Brennen in seinem Hals frei. »Wahrscheinlich hast du recht, Jed. Man sieht sich. Danke für den Drink und die verrückten Geschichten.«

»Die Geschichten mögen verrückt sein, Nate, aber du bist es nicht. Vergiss das nicht.«

»Mhm.« Mit diesem Brummen stolperte Nate in den Wald hinaus. Fand seinen Weg nach Hause durch die Bäume und versuchte, nicht über Stöcke und Unterholz zu stolpern – wäre peinlich, auf diese Weise auf dem Hintern zu landen. Jed hatte einen schlechten Einfluss auf ihn. Sobald er zu Hause war, stellte er fest, dass Oliver noch nicht heimgekommen war – daher legte er sich kurz auf die Couch und sagte sich, dass er einfach seinen Augen ein wenig Ruhe gönnen würde. Als er sie das nächste Mal öffnete, gleißte Sonnenlicht unter den unteren Säumen der Vorhänge.

Kapitel 28
Im Wald

»Alles klar bei dir, Mann?«, fragte Jake. Er reichte Olly die Flasche. Es war Whisky – irgendein Whisky, von dem er noch nie gehört hatte. Jack Kenny American Single Malt. »Du wirkst unruhig.«

Die beiden saßen draußen auf einem umgefallenen Baumstamm. Sie waren an der halb fertigen Scheune von Ollys Mutter vorbeigegangen, und dort hatte Jake beschlossen, dass er rauchen wollte. Der Oktoberabend war für die Jahreszeit ungewöhnlich warm. Einige Fliegen schwirrten um sie herum, aufgeregt darüber, dass die Wärme ihnen das Privileg gewährte, nun ja, noch nicht zu sterben. »Mir geht es gut«, sagte Olly und nahm einen Zug aus der Flasche. Der Whisky war wie eine Karamelllötlampe in seinem Mund und seiner Kehle. »Mein Dad würde mich verdammt noch mal umbringen, wenn er wüsste, dass ich hier draußen sitze und Alkohol trinke.«

Jake lachte. »Dein Dad schläft *genau in diesem Moment* seinen Rausch aus. Er wäre ein mächtiger Heuchler, wenn er dir deswegen die Hölle heißmachen würde.«

»Er war mal Cop, weißt du.«

»Ein Detective?«

»Nein, ein – ich glaube, ein Sergeant oder so.«

»Dann brauchst du dir keine Sorgen zu machen. Er ist nicht Sherlock Holmes, Junge.« Jake riss Olly die Flasche aus der Hand, drückte sie an die Lippen und saugte daran. »Also, du bist ziemlich zerbrechlich, hm?«

Oliver schämte sich plötzlich und schaute in den dunkel werdenden Wald. Jake hob beide Hände – die Flasche baumelte noch immer in einer davon, und Whisky schwappte darin herum – und fügte hinzu: »Das meine ich nicht respektlos. Ich meine nur, aller möglicher Scheiß geht dir echt unter die Haut.«

»Ja.« Oliver wollte eigentlich nicht darüber reden, aber gleichzeitig wollte er *eigentlich doch darüber reden.* »Es geht schon. Ich habe eine Therapeutin.«

»Scheiß auf Therapeuten, Mann.«

»Was?«

»Ich habe eine Therapie gemacht. Die sagen einem nicht die Wahrheit.«

»Aber ich mag meine Therapeutin.«

Jake lachte spöttisch. »Ich habe nicht gesagt, dass du deine Therapeutin nicht *mögen* solltest. Ich sage nur, dass diese Leute Lügner sind. Sie wissen nicht, dass sie Lügner sind. Sie sind es einfach. Sie haben sie verinnerlicht. Diese Lüge.«

»Und was für eine Lüge ist das?«

»Dass du kaputt bist und dass du derjenige bist, der das in Ordnung bringen muss.«

»Ich verstehe nicht, was du meinst.«

Jake beugte sich vor und gab Oliver die Flasche zurück. »Ich meine Folgendes: Du bist verkorkst? Das ist normal. Es liegt daran, dass du in bestimmter Hinsicht reizempfindlicher bist als die meisten Menschen. Du bist wie eine Antenne, und du empfängst immer die Frequenz. Andere Leute sind nur Klumpen von Nichts, Mann. Sie empfangen keinen Fliegendreck. Aber du? Du bist ständig auf Empfang.«

»Auf Empfang?«, fragte Oliver, nahm die Flasche entgegen, zögerte aber, bevor er daraus trank. »Das klingt wie Verschwörungsgerede.«

»Nein, das ist es nicht – es ist keine buchstäbliche Übertragung, Oliver. Du siehst einfach, was andere Menschen nicht sehen. Nämlich dass die Welt kaputt ist.«

»Nein, ich weiß nicht …«

»Wirklich? Hast du dich in letzter Zeit mal umgesehen?«

»Ja. Es ist verkorkst da draußen. Aber …« Die Worte erstarben in seinem Mund.

Jake sprach genau seinen nächsten Gedanken aus: »Aber was?«

»Ich weiß es nicht.«

»Doch, du weißt es. Aber macht nichts. Sieh dir die Schießereien in Schulen an.«

Bei diesen Worten verkrampfte Oliver sich. Er spürte, wie sich sein Puls beschleunigte. Seine Hand begann zu zittern. Sein Mund wurde trocken, während seine Handflächen zu schwitzen begannen.

Jake sprach weiter, richtete eine Fingerpistole auf seinen Kopf und ließ seinen Schädel zur Seite rucken: »Peng. Kinder werden umgenietet. Jüngere Kinder. Ältere Kinder. Und wer tut was? Tut irgendjemand irgendetwas? Nein. Gedanken und Gebete, stimmt's?« Einen Moment lang schien sein Auge in einem Mondsilberstrahl zu leuchten – Oliver war sich sicher, dass er sich das nur einbildete, denn als er wieder hinschaute, hatte es aufgehört. »Ich sag ja nur, niemand tut irgendetwas. Und die Schießereien gehen weiter. Einkaufszentren, Kinos, Kirchen, Synagogen, verdammt, überall. Wenn der Kompass nicht gerade auf einen Haufen tote Grundschulkinder zeigt. Es ist kaputt. Irreparabel, weil es zu ungeheuerlich ist und auch zu komplex, ich weiß nicht. Zu *viel*. Und du spürst das. In deinen Eingeweiden. In deinem Kopf. In deinem …« Und an diesem Punkt streckte Jake die Hand aus und stieß mit einem Finger hart an Olivers Brust, sodass er zusammenzuckte. »In deinem verdammten *Herzen*, Junge. Du bist nicht verrückt. Du bist auf der ganzen verdammten Welt der Mensch, dessen Verstand am klarsten ist. So klar wie meiner, denn ich kapiere es ebenfalls.«

Oliver war sich nicht sicher. War die Welt kaputt? Konnte er das überhaupt erkennen? Das fühlte sich nicht richtig an. Er konnte nicht über große, weit verzweigte Systeme nachdenken. Nur über die Menschen, die in ihnen gefangen waren. Die in der Falle saßen und zerkaut und zerquetscht wurden.

»Wie meinst du das, du verstehst es ebenfalls?«, hakte Oliver nach.

»Ich war früher so wie du. Ständig außer mir. Hatte Angst wie ein permanent pissender Chihuahua.«

Jetzt, *jetzt* führte Oliver die Flasche an die Lippen. Kein kleiner Schluck diesmal; er ließ eine ganze Menge Whisky in sich hineinlaufen. Der Alkohol entzündete ihn wie eine Stadt bei Nacht. Er beugte sich vor und fragte:

»Und? Wie hast du aufgehört, so zu sein?«

»Oh Mann, wir haben nicht annähernd genug Zeit, um diese Frage zu beantworten, aber wir werden noch dazu kommen. Für den Moment solltest du einfach Folgendes wissen: Zuerst und vor allem musste ich aufhören, mit Therapien rumzudoktern. Ich habe nicht mehr auf Fremde gehört. Und ich habe angefangen, auf mich selbst zu hören. Und auf die Worte guter Freunde. Freunde, die mir den Rücken gestärkt haben. Freunde, die *es mir nachfühlen* konnten.«

Oliver nickte. Denn *das* verstand er.

Kapitel 29

Uuund wir sind wieder da

Der Morgen verging mehr schubweise, als unterliege er nur teilweise dem Lauf der Zeit. Nate saß am Tisch und hielt mit beiden Händen ein Glas Wasser umfasst. Ein Ibuprofen-Quartett schien ihm immer noch in der Kehle festzustecken. Olly machte sich Frühstück: Haferbrei. Den Nate absolut nicht wollte, denn im Moment würde eine Portion Haferbrei dazu führen, dass er sich fühlte wie ein Hund, der seine eigene Kotze aus seinem Napf fraß statt vom Boden. Er wollte jedoch einen Kaffee, und Olly war so nett, ihm einen zu machen.

Und dann öffnete sich einfach so die Haustür, und Maddie kam hereingehüpft.

Sobald sie in die Küche trat, sprang Olly von seinem Stuhl auf und nahm sie mit einer Monsterumarmung in Empfang. Einer, die lange währte. Sie küsste ihn auf den Kopf. Er sah wieder aus wie ein kleines Kind. Ihr Sohn war immer großzügig mit Zuneigung gewesen: Er gab jede Menge und verlangte auch jede Menge davon. Was nett war und niemals unwillkommen, auch wenn Nate sich manchmal fragte, ob es nicht ein Anzeichen für Bedürftigkeit war. So oder so, es war sehr schön, diese Zuneigung wiederzusehen.

Nate schaute auf seine Armbanduhr und bat Oliver, mit seinem Haferbrei nach oben zu gehen und sich für die Schule fertig zu machen, denn sie würden bald aufbrechen müssen. Oliver schob sich an Nate vorbei und warf seinem Vater einen zweifelnden Blick zu.

Einen Moment lang füllte eisige Distanz den Raum zwischen Nate und Maddie. Der Rollkoffer stand neben ihr.

»Du siehst aus wie Scheiße auf Schmirgelpapier«, bemerkte sie.

Er stieß ein bellendes Lachen aus. »Ich habe mit Jed ein Gläschen getrunken.«

»Ich schätze, ich muss diesen Jed mal kennenlernen.«

»Er kommt zu unserer Party.«

Schweigen verbreiterte die Kluft zwischen ihnen. Aber dann trat Maddie ohne Vorbehalte auf ihn zu. Sie schmiegte sich an seine Brust und küsste ihn auf die Wange.

»Es tut mir leid, dass ich wegmusste«, sagte sie.

»Ist schon gut«, antwortete er, und es war ihm ernst damit. »Ich habe dich vermisst.«

»Ich dich auch. Jetzt bin ich ja wieder da.«

»Wirst du mir erzählen, wo du hingefahren bist?«

Sie antwortete nicht. Das Ausbleiben einer Reaktion fraß an ihm. *Wo bist du gewesen, Maddie?*

»Wir werden zurechtkommen. Es ist alles okay«, sagte sie schließlich, mehr nicht.

»Okay.«

Aber die Tatsache, dass sie es überhaupt aussprechen musste, weckte in ihm die Befürchtung, dass es eine Lüge war.

Zwischenspiel

Das Kohlebergwerk Ramble Rocks

Der Junge, zwölf Jahre alt, rannte durch Gras mit violetten Samenständen. Er konnte nicht sehr gut sehen, denn er hatte geweint – so heftig geweint, dass seine Nasenlöcher schmerzten, weil er sich wieder und wieder den Schnodder mit den Ärmeln abgewischt hatte, bis die Haut wund geworden war. Auch ansonsten tat ihm alles weh, als sei sein Körper wie eine alte Limodose zusammengequetscht worden. Das hier war nicht das erste Mal, dass er sich so fühlte. Es war, auch das wusste er, genauso wenig das letzte Mal. Es würde immer weiter und weiter so gehen, bis in alle Ewigkeit. Nicht wahr?

Obwohl, warum lief er dann weg? Er lief und lief, lief, was sich anfühlte wie etliche Meilen, Dutzende, *Hunderte* von Meilen (obwohl es gar nicht so weit war), und das Weglaufen fühlte sich an wie der Griff nach der Freiheit. Als bestünde eine Chance weiterzugehen. Er sagte sich, dass er nicht umzukehren brauchte, dass er nicht wieder nach Hause gehen musste.

Aber was ist mit Mom, dachte er.

Du kannst sie nicht alleinlassen.

Nicht mit ihm.

Ein neuer Schmerz ereilte ihn: Ein hartes Seitenstechen. Ein Krampf, der sich anfühlte, als würde jemand eine seiner Rippen mit einer Zange herausreißen.

Also verlangsamte der Junge seine Schritte und blieb dann stehen.

Vor ihm ragte eine Silhouette auf.

Er hatte die Silhouette schon früher gesehen, aber nie aus solcher Nähe. Das Bergwerk Ramble Rocks. Die verblichenen weißen Holzbalken, die das Tor umrahmten, waren mit Efeu und wildem Wein umrankt. Der Wein war dem Herbst vorangeeilt und hatte schon angefangen, die Farbe zu wechseln. Das Bergwerk war längst geschlossen; es war jetzt ein toter Ort, nur ein Loch in der Welt, eine Leere.

Hinter dem Tor waren die Bäume größtenteils tot, nur einige mickrige Blätter an Knochenfingerästen. Das frühabendliche Licht, das durch diese Bäume fiel, erschien ihm seltsam – schwach und dünn, wie der Schein einer Lampe durch ein altes, verdrecktes Bettlaken.

Der Junge stand da, und seine Brust hob und senkte sich. Er legte sich eine Hand an die Rippen, um das Seitenstechen zu lindern.

Er blinzelte, und einen Moment lang schien sich der Eingang der Zeche zu … verändern. Ein Blinzeln, und er wurde zu einem hungrigen, klaffenden Mund. Einem schwarzen Maul, aus dem eine Bahngleiszunge ragte. Ein Blinzeln, und es war wieder das, was es war: der Eingang zur Mine, auf dessen oberem Rand eine verblasste *8* geschrieben stand, deren schwarze Farbe bereits abblätterte.

Er dachte unwillkürlich: *Ich kann da reingehen. Ich kann da leben.* Eine schwache Brise wehte in seine Richtung, strich um ihn, als käme sie aus dem Bergwerk. Als atme sie. Und dieser Atem trug ein Flüstern in sich:

Komm zu mir.

Er schnappte nach Luft und zwang das Flüstern aus seinem Kopf. Aber es erklang wieder und wieder, *komm zu mir, komm zu mir,* dann in einem Lied wie ein Heulen durch gebrochenes Fensterglas: *koooooomm zu miiiiir.* Der Junge kauerte sich zusammen, damit die Stimme wegging. Aber sie verhallte nicht und würde nicht vergehen, begriff er. Der Junge wusste, dass er weg musste von diesem Ort.

Also drehte er sich um und rannte in die andere Richtung, nicht ganz auf sein zHZuhause zu – dafür war er noch nicht bereit, nein, noch nicht –, aber weg von dem Bergwerk.

Und dann flog etwas vor ihm auf, aus dem Gras mit den violetten Samenständen – eine dunkle Gestalt, heraufbeschworen von den Bewegungen der Füße des Jungen, und es stieg in die Lüfte, *flatter, flatter,* und selbst als er in die andere Richtung schoss und noch schneller rannte, wusste er, dass es ein Vogel war, bloß ein dummer, dummer Vogel. Irgendein Fasan vielleicht oder eine Taube. Es spielte nicht einmal eine Rolle. Aber er hatte Angst, und so rannte er noch schneller, und seine Bohnenstangenbeine trugen ihn fest und schnell voran – bis er einen Schritt auf Boden tat, der nicht mehr fest war. Der Boden war weich und nass. Das Bein des Jungen sank hinein, und er fiel nach vorn und schrie auf. Er versuchte mit beiden Händen, seinen Sturz zu bremsen, aber vor ihm war der Boden ebenfalls weich.

Schwarzer Schleim glänzte unter einem Teppich aus Blättern und Stöcken. Der schwarze Morast leckte am Kinn des Jungen, und er begriff, was es war: Kohleschlick. Nass wie Treibsand. Sein Herz verkrampfte sich ängstlich. Er versuchte, die Hand auszustrecken und festen Boden zu finden, aber der Matsch hielt ihn nur umso fester im Griff, je verzweifelter er versuchte, sich herauszuziehen. Und er schien nur tiefer zu versinken, wenn er versuchte, hinauszukriechen. Er sagte zu sich selbst:»Bitte, nein«, dann schrie er, aber als er das tat, klebte sich der Schlick auf seine Lippen und tropfte über seinen Mund wie ein Klumpen kriechender Schnecken, und das Ding zuckte, als er hineinbrüllte.

Als Nächstes versuchte der Junge, sich umzudrehen – er war ja von festem Boden *gekommen,* er musste ihn nur wiederfinden. Aber es war, als bohre man eine Schraube tiefer hinein, und er sank nur weiter nach unten. Jetzt steckten beide Beine im Schlamm und dazu der größte Teil seiner Arme. Seine Ellbogen waren in der Matsche, aber seine Hände ragten immer noch heraus, obwohl sie sich nicht weiter retten konnten. Seine Finger kratzten fruchtlos an dem Dreck, noch während der Morast ihn herabzog.

Er begann zu weinen. Denn er begriff, dass es so für ihn enden würde. Und er überlegte, ob es so nicht vielleicht sogar das Beste war. Vielleicht war das, wovor er davonlief, noch schlimmer. Vielleicht war es dies, worauf er zulief. Aber dann, als der Schlick sich schäumend über seinen Mund schloss und ihn bedeckte, sich gegen seine Nasenlöcher presste und seinen Atem erstickte, schoss Panik durch ihn hindurch, und er dachte: *Nein, nein, nein, das ist nicht besser, ich will hier nicht sterben, ich will nicht sterben,* aber er konnte nicht atmen, und er wusste, dass es eine schreckliche Art zu sterben sein würde, in diesem Schlick zu ersticken – wenigstens würde sich das Ertrinken im Wasser kühl anfühlen, irgendwie friedlich, aber das hier hielt ihn fest wie eine sich schließende Faust.

Plötzlich stellte er sich vor, dass er seine Mutter nie wiedersehen würde. Dass sein Vater derjenige war, der ihn hinunterdrückte, der ihn hier festhielt, der ihn unter den morastigen Kohleschlick stieß. Dass das hier nur ein Teil des endlosen Kreislaufs war – oder vielleicht einer, der gleich und jetzt enden würde.

Er verschwand unter der Oberfläche.

Der Schlick zog ihn in die wahre Dunkelheit hinab. Selbst unter der blubbernden, schwarzen Haut des Schlicks konnte man seinen Schrei noch hören.

Natürlich nur, bis man ihn nicht mehr hören konnte.

Dritter Teil

ZU WENIG HAUT
FÜR ZU VIEL SCHÄDEL

6. Juni 1907, Alfred Kaschak, Tod durch Gasvergiftung

8. Juni 1907, Anatol Sekelsky, Beine zwischen Loren zerquetscht

8. Juni 1907, zehn Mann tot durch Explosion & Streckenbruch auf Bruchlinie in 112 Fuß Entfernung vom Abbaustoß Cold Spring [Randall Aherne, Mickey Hart, Stacker Wiznewski, Jerry Munroe etc.]

10. Juni 1907, Stefan Schwarzhugel, verletzt durch Tritt eines störrischen Maultiers

13. Juni 1907. Nach Aussage eines Kumpels schlug Liam O'Neill Rodolf Kasternak mit dem Griff einer Spitzhacke nieder, während dieser mit einem Steinbohrer Sprengstofflöcher bohrte.

O'Neill vermisst

14. Juni 1907, Liam O'Neill tot aufgefunden nahe Flöz Pipersville, Stollen sieben, mit einem Steinbohrer in der Stirn und gebrochenem Brustbein. Etwas hatte sein Bein weggefressen, und in den Stein über ihm gemeißelt stand KA REISKIA SAPNUOTI PSAULIO PABAIGA

Grubenbuch der Kohlenzeche Ramble Rocks,
Seite 42 von 176

Kapitel 30
Halloween

In Maddies Gedanken jagte eine Sorge die andere. Sorgen um Kunst, Morde, ihre Familie, ihren Platz in alldem. Selbst Tage nach ihrem Aufenthalt in dem Isolationstank und ihrer Fahrt zum State College war sie in nur noch schlechterer Verfassung als zuvor. Sie hatte das Gefühl: *Ich weiß nicht mehr, wer ich bin, und ich habe Angst vor dem, wozu ich fähig bin.* Aber das alles musste in eine Schublade gestopft werden, die Schublade musste zugeschoben und verdammt noch mal verschlossen werden, denn genau in diesem Moment klingelte es an der Tür, *ding-dong, ding-dong,* denn jetzt kam ihre Halloween-Party richtig in Gang.

Maddie setzte mühsam ein Lächeln auf, als sie die Tür öffnete ...

Und dort standen *zwei* Personen, nicht eine.

Die eine erkannte sie: Trudy Breen. Die andere Person war ein Mann ungefähr in Trudys Alter. Mit weißem Haar, buschigen Augenbrauen und einem Gesichtsausdruck, der gleichzeitig irgendwie schelmisch und tröstlich wirkte. Er trug über einem lavendelfarbenen Oberhemd einen dunklen Strickpullover, akzentuiert durch ein paar nagelneue Nike-Sneakers an den Füßen. Sneakers, die natürlich zu ihm passten, denn er war ein überaus gepflegter Typ.

Ein kalter Wind wehte herein. Erst gestern war das Thermometer bis weit über dreißig Grad geklettert, und heute waren es vielleicht noch zwölf oder dreizehn, und das Quecksilber fiel weiter in hohem Tempo.

»Trudy«, hieß Maddie ihre Freundin willkommen. Und an den Mann gewandt sagte sie: »Und Sie müssen Jed sein.«

Er nickte, und sie bat die beiden genau in dem Moment ins Haus, als ein leichter Nieselregen einsetzte.

»Nate hat gesagt, Sie seien wunderschön, aber Ihren scharfen Intellekt hat er nicht erwähnt. In der Tat, ich bin Ihr Nachbar.« Eine solche

Bemerkung konnte man als doppelzüngig deuten, aber Maddie spürte, dass er es ehrlich meinte, daher machte sie einfach mit, als er eine Umarmung andeutete und ihr einen Kuss auf die Wange hauchte. Jedem anderen hätte sie vielleicht einen ordentlichen Stoß versetzt. Aber irgendetwas an ihm ließ sie ihren Abwehrreflex zurückhalten, als sei er ein alter Freund oder ein Mitglied der Familie, das sie einfach seit ziemlich vielen Jahren nicht gesehen hatte.

Mit seiner freien Hand hielt er Maddie eine volle Flasche hin.

»Oh, danke«, sagte Maddie. Es war Cognac.

Trudy sprang ein, um die Flasche zu begutachten, und sagte: »Dein Nachbar trinkt gute Sachen.« Sie tippte mit einem langen Kunstnagel gegen die Flasche. *Klirr, klirr.*

»Nun«, sagte Jed mit einer Mischung aus Bescheidenheit und Verlegenheit, »ich kann es einfach nicht ertragen, wenn jemand minderwertige Erwachsenengetränke trinkt; es würde mich schmerzen und mit Scham erfüllen. Das, meine Liebe, ist De Luze XO, ein Champagner-Cognac – er hat Preise gewonnen. Für mich ist es faszinierend«, fuhr er fort, »dass Alkohol das Produkt von Zerstörung ist. Wie so viele der besten Dinge! Es ist hervorragender Traubensaft, der vergoren und zu etwas Erhabenem geworden ist. Mit der Kunst ist es das Gleiche, und ich weiß, dass Sie Künstlerin sind – eine leere Leinwand ist weiß, bevor irgendjemand sie anrührt, weiß und rein und vollkommen, wie ein Garten unter einem Teppich frisch gefallenen Schnees. Aber wenn Sie hinausgehen und es erleben wollen – vielleicht um ein oder zwei Schneemänner zu bauen –, müssen Sie es ruinieren, nicht wahr? Sie müssen es verdrecken. So geht das mit allen Dingen, glaube ich.«

Maddie versuchte eine lockere Nachahmung von Jeds Tonfall: »Nate hat gesagt, Sie seien wunderschön, aber Ihren scharfen Intellekt hat er nicht erwähnt.«

Jeds Augen leuchteten auf. »Oh, ich mag Sie jetzt schon.« Dann brüllte er vor Lachen.

Draußen stimmte der Wind mit seinem eigenen Lachen ein.

»Also, wer ist dieser Typ noch mal?«, fragte Caleb.

Caleb und Hina hingen mit Oliver in der Garage rum. Sie saßen da, aßen Süßigkeiten, tranken Limo und spielten Magic. Chessie hatte es nicht einrichten können, und Steven hatte nur die Augen verdreht bei dem Gedanken an eine Halloween-Party in Olivers Haus.

»Ich habe es dir doch schon erklärt«, sagte Oliver, »ich hatte neulich einen Crash mit meinem Fahrrad, und er hat mir geholfen, es nach Hause zu schaffen. Er ist neu in der Gegend.«

Er hatte ihnen noch nicht erzählt, dass Graham und Alex ihn von der Straße abgedrängt hatten. Und dass Alex versucht hatte, ihn zu ertränken. *Und* wie Jake aufgetaucht war, wie aus dem Nichts, mit einer Luftpistole in der Hand. Er wusste nicht recht, warum er es ihnen nicht erzählt hatte.

»Weißt du mit Bestimmtheit, dass er kommen wird?«, fragte Hina. Sie war die Einzige von ihnen, die ein Kostüm trug: Sie war als Link gekommen, aus *Legend of Zelda,* aber konkret aus *Breath of the Wild* – ihre blaue Tunika, die einen fast römischen Stil hatte, passte zu der Aura nach Anime und griechischem Mythos ihres Schildes, ihres Bogens und ihres Meisterschwerts. Sie hatte all das selbst angefertigt. Sie beteiligte sich oft an Kostümspielen bei Comic-Cons, und sie stellte ihre Outfits komplett selbst her. Nähen, 3D-Druck, Styropor-Sachen.

»Weil dein Mann sich verspätet«, sagte Caleb.

»Er ist nicht …« Oliver schüttelte den Kopf. »Er ist nicht mein Mann.«

»Ja, war nur so eine Redensart, Olly. Entspann dich.«

Und dann kam ein *Klopf-klopf-Klopfen* von der Garagentür.

Sie alle sahen einander an.

»Vielleicht ist er das ja«, sagte Hina.

»Er weiß aber schon, dass es eine Haustür gibt, oder?«, fragte Caleb und zog eine Braue hoch. Oliver zuckte die Achseln, eilte durch den Raum und drückte den Knopf, der die Garagentür anhob. Sie öffnete sich knarrend, und als das geschah …

Jake stand davor. Tote Blätter wirbelten in einem kleinen Zyklon um ihn herum, während es gleichzeitig heftig zu regnen begann. Er grinste unter seiner schwarzen Kapuze. »Was geht ab, Olly.«

Sobald Jake in der Garage war, stellte Olly alle einander vor. Hina war superfreundlich, aber Caleb hatte für ihn nicht mehr als ein oberflächliches Nicken übrig.

»Weißt du nicht, dass es eine Haustür gibt, Mann?«, fragte Caleb.

»Caleb, komm schon …«, schaltete Olly sich ein.

Aber Jake winkte ab. »Nein, ist schon in Ordnung. Ich dachte mir einfach, dass ihr hier sein würdet, daher bin ich gleich hergekommen. Ich will nichts mit Erwachsenen und dem ganzen Scheiß zu tun haben. Sie können es nicht lassen, einem zwanzig Fragen zu stellen, und mir ist nicht danach zumute, mein Bein in dieser speziellen Bärenfalle fangen zu lassen.«

»Was, magst du keine Fragen?«, hakte Caleb nach.

»Nicht so gern wie du anscheinend«, sagte Jake entrüstet.

Hina wirbelte zwischen ihnen herum. »Hey. Achte gar nicht auf Caleb. Er hat sich heute Abend als Unhöflicher Hurensohn-Mann verkleidet, der schlimmste Marvel-Superheld.«

»Ich bin wie Spiderman«, sagte Caleb, »aber statt Netze zu schwingen, werfe ich einfach Schatten.«

Und das gab den Ausschlag. Was immer an Eiswand sich zwischen ihnen aufzubauen schien, zersplitterte und zerbrach in einer einzigen guten Runde Gelächter. Olly war plötzlich erleichtert. Es war ihm furchtbar unangenehm, wenn sich Leute nicht verstanden.

Nate hatte seine Frau beobachtet. Seit sie weggefahren war, war sie auf der Hut gewesen. Nervös auf eine Weise, die er nicht verstand. Er gab ihr, was immer sie an Raum brauchte, aber irgendetwas stimmte da nicht. Als würden sich alle Dinge um ihn herum irgendwie seltsam anfühlen. Immer auf eine Weise, die er nicht richtig *fassen* konnte.

Maddie, die in Gegenwart von Fig und dessen Frau Zoe angespannt gewirkt hatte, schien mit Jed ganz locker umzugehen. Und Nate hatte den Verdacht, dass er den Grund dafür kannte: Jed war Schriftsteller. Eine Art Künstler-Kollege – außerdem stellte sich heraus, dass Maddie nicht nur einige seiner Bücher gelesen hatte, sondern auch ein großer Fan von ihm war.

Während die anderen zuhörten, sagte sie ihm gerade: »Ich könnte niemals Schriftsteller sein. Ich denke, da muss man zu viel in seinem eigenen Kopf leben. Für mich geht es bei Kunst darum, aus dem eigenen Kopf *rauszukommen*. Sie ist wie eine Tür zu einem anderen Ort.«

»Nun«, erwiderte Jed mit einem kleinen Lachen. »Sicher, schreiben kann manchmal bedeuten, dass man sich zu lange in seinem eigenen Schädel aufhält, sozusagen, aber wenn es einen wirklich mitreißt, ist es eine Welle, die einen aufs Meer hinausträgt. Ich weiß, das mit der Muse ist …« Und beim nächsten Wort senkte er die Stimme, als weihe er sie in ein obszönes Geheimnis ein. »*Pferdescheiße,* und ich weiß, dass wir die volle Kontrolle darüber haben, was auf der Seite passiert, aber manchmal …« Er sog Luft durch die Zähne. »Manchmal fühlt es sich an, als sei da *irgendeine* Magie im Gange, nicht nur solche mit Kaninchen und Hüten. Hexerei! Waschechte Hexerei. Man öffnet sich ihr, und dann erobert man sie. Vielleicht ist es aber auch die Hexerei, die einen selbst erobert.«

Daraufhin sah Nate Maddie nicken. Aber ihr ganzes Gehabe veränderte sich noch einmal – sie verschränkte in einer Verteidigungshaltung die Arme vor der Brust. Hatte Jed sie gerade verärgert? Er konnte sich nicht vorstellen inwiefern. Aber sie schürzte die Lippen und machte »*Mm, mmm*«, als heuchele sie Zustimmung.

»Sind wir einfach nur Gefäße für die Kunst?«, fragte sie. »Türen?«

Jed schien darüber nachzugrübeln. »Könnte sein, könnte sein. Aber wie ich gerade gesagt habe, ich denke, dass wir die Kontrolle darüber haben. Ich glaube nicht, dass die Kunst uns beherrscht. Die Frage ist, betrachten Sie es wirklich als *die Kunst* oder als *Ihre Kunst?* Das verdiente eine Antwort. Oder zumindest einen Versuch, diese Antwort zu finden.«

»Das bedeutet, dass wir uns fragen müssen, ob wir es für andere Menschen tun? Oder nur für uns selbst?«

Er lächelte beinahe boshaft. »Wir geben vor, es für andere zu tun, aber ich denke, wir erschaffen Kunst für uns selbst. Die Selbstsüchtigen, die sich als Selbstlose ausgeben.«

Sorge verdüsterte Maddies Gesicht wie ein Schatten.

Trudy warf plötzlich und schroff ein: »Also, Sie schreiben Geisterbücher.«

»Ah. Haha. Nein, nicht wirklich«, entgegnete Jed. »Geister gehören aber dazu. Ich sage gern, dass ich über Orte schreibe, wo es spukt, und über Spukgegenstände, aber dabei geht es nicht immer – nicht einmal häufig – ausschließlich um Geister und Gespenster. Eigentlich ist Folklore mein Ding, und dieses Fleckchen unseres Landes ist, das muss ich sagen, geradezu *blutüberströmt* davon. Die Kannibalen-Albinos von Buckingham Hill oder die Geisterlichter der Hansell Road oder die Devil's Church of Ghost Mountain.«

»Na dann, erzählen Sie uns eine Geschichte«, schlug Fig vor. Es kam nicht unbedingt feindselig rüber, aber Nate konnte einen Anflug von Angriffslust wahrnehmen – einen Hauch von Zweifel.

»Fig«, griff Nate mahnend ein. »Komm schon.«

Aber Jeds Miene, seine Augen – Hölle, sein ganzes Gehabe – leuchteten auf wie Frankensteins Monster, das auf dem Tisch des verrückten Doktors zum Leben erwachte. »Ich kann Ihnen etwas über die Felsen von Ramble Rocks erzählen. Und warum es in den Geschichten heißt, sie würden sich *bewegen*.«

Alle tauschten neugierige Blicke. Jed grinste und wackelte mit den Augenbrauen – der Gesichtsausdruck eines Anglers, der gerade einen großen Fisch am Haken hatte.

Was Nate betraf, er spannte die Muskeln an. Das schon wieder?

»Lassen Sie hören«, forderte Zoe ihn auf.

»Die Leute nennen sie die Ramble Rocks«, begann Jed, »weil es bewiesen worden ist, dass sie sich bewegen. In sechs Fällen im Laufe der schriftlich festgehaltenen Lokalgeschichte haben sich die Felsen tatsächlich bewegt. Verlagert. Jeder einzelne Felsen im *Felsenmeer* hat sich ein klein wenig bewegt. Manchmal weniger als zwei oder drei Zentimeter, manchmal bis zu acht oder zehn Zentimeter. Wenn das geschieht, hinterlassen sie in der Erde sanfte Spuren, als würden sie *langsam wandern* wie gletschermäßig langsame Schildkröten. Aber das hier sind keine Schildkröten, nein – es sind Felsen, subvulkanische Felsen. Basalt und Diabas.«

»Dafür muss es einen wissenschaftlichen Grund geben«, wandte Fig ein.

Jed schnippte mit den Fingern. »Die wissenschaftliche Theorie ist folgende: Die Felsen bewegen sich aufgrund von Erdbeben und Schallfrequenzen. Angeblich senden die Felsen selbst, wenn man mit einem Hammer darauf schlägt, einen klingenden Ton. Eine Frequenz. Kaum wahrnehmbar für das menschliche Ohr. Schallwellen haben im Zusammenspiel beträchtliche Macht – man braucht nur daran zu denken, wie unterschiedliche Töne ein Häufchen Sand zu fast mystischen Mustern vibrieren lassen, um das in Aktion zu erleben. Also, wenn es dort eine geringfügige tektonische Bewegung entlang einer Verwerfungslinie durch den Park gibt, dann müsste die wiederum die Felsen zum Klingen bringen, ein solches Brummen, dass sie sich tatsächlich bewegen. Wie ein Telefon, das auf Vibration eingestellt ist, über ein Nachtschränkchen rutscht und auf den Teppich fällt. *Wwwt, wwwt, plumps.* Und natürlich befindet sich tatsächlich eine Verwerfungslinie unter Ramble Rocks – die Aquetong-Lahaska-Verwerfung. Fängt an in Central Bucks und verläuft bis hier herauf.«

»Seht ihr?«, fragte Fig und schaute in die Runde.

Jed grinste breit. »Aber es gibt noch andere Theorien.«

»Ooooh«, sagte Zoe.

»Erzählen Sie uns davon«, forderte Trudy ihn trocken auf. Sie heuchelte Desinteresse, aber man konnte mühelos erkennen, dass auch sie ein Fisch an Jeds Angelschnur war.

Nate beugte sich zu Maddie vor, die nur mit halbem Ohr zuzuhören schien. Leise fragte er sie: »Ist mit dir alles okay?«

Sie nickte und antwortete halb geistesabwesend: »Natürlich.«

Jed sprach weiter.

»Die Lenape, die dieses Territorium einst für sich beanspruchten – also, bevor wir es ihnen wieder weggenommen haben –, hatten ihre Geschichten. Die meisten stimmten darin überein, dass die Felsen sich als Folge irgendeiner Art von Geist oder Gott bewegten – vielleicht für den Gauner Kupahweese. Oder vielleicht war es ein Akt, den schelmische kleine Wemategunis sich erlaubt haben – diese Waldgeister waren dafür bekannt, dass sie Dinge hin und her bewegt haben, manchmal ein verlegtes Werkzeug, manchmal eine Landmarke, sodass es schwer wurde, seinen Weg nach Hause zu finden. Andere Mitglieder des Stammes glaubten, die Verantwortung trage eine Gestalt aus Dunkelheit und Tod. Mahtantu war der Name dieser Gestalt« – und an dieser Stelle warf Jed Nate einen Blick zu –, »und sie sagten, er schlafe unter dem Trümmerfeld, und wenn er sich in seinen gepeinigten Träumen umdrehe, bewegten die Felsbrocken sich.

Einige behaupteten, der Teufel selbst sei dort vom Himmel gefallen, und er habe die Steinbrocken von Zeit zu Zeit verschoben, um frühe Siedler in der Gegend zu verwirren. Und dann ist da immer noch die modernere Variante der Geschichte, die das alles auf eine Verschwörung der Regierung zurückführt, auf Magnetfelder oder Außerirdische – oder auf die Tatsache, dass Ufo-Sichtungen hier erheblich häufiger vorkommen als in den meisten anderen Landesteilen.«

Fig wischte das alles mit einer Handbewegung weg. »Ich bitte Sie. Außerirdische und der Teufel und unheimliche Geister. Das ist witzig, klar, aber es ist trotzdem alles erfunden.«

»Axel Figueroa«, meldete Zoe sich zu Wort und benutzte seinen vollen Namen wie einen Knüppel. »Du bist unhöflich.«

»Er hat natürlich recht«, bemerkte Jed. »Das war alles erfunden. Aber wissen Sie, was nicht erfunden ist? Geschichte. Die Geschichte dieser Gegend wird Ihnen vielleicht ein wenig zu denken geben.«

Und damit hatte er sie. Und machte sich daran, sie an Land zu ziehen.

»Die Lenape haben diese Gegend an die Familie Penn verkauft (ja, die Familie von William Penn, Penn wie in *Penn*sylvania) als Teil des Walking Purchase, eines Vertrags aus dem Jahr 1737, und Dokumente zeigen, dass die Familie Penn im Jahr 1850 ihrerseits das Land an einen Mann namens Tiberius Goode verkauft hat, wobei keine anderen Dokumente jemals die Existenz dieses Mr Goode bestätigt haben. Bekannt war nur, dass dieser angebliche Gönner sich in einem Punkt sehr klar ausgedrückt hat: Er hatte eine Verfügung hinterlassen, nach der das Land niemals genutzt werden sollte, noch durften die Felsbrocken abgebaut oder zu irgendeinem anderen Zweck benutzt werden – sie sollten vollkommen unberührt bleiben. Später hat ein Mann namens Benjamin Caine Smithert – ein angeblicher ›Freund‹ des mysteriösen Tiberus Goode – eine Zone von fünfzig Hektar um das drei Hektar große Geröllfeld gelegt.

Ungefähr zur selben Zeit sind zwei Bankräuber – die Gebrüder Doal, Leviticus und Lemuel – nach Ramble Rocks gekommen, nachdem sie eine Bank ausgeraubt hatten. Sie planten, ihre Beute in einer der Höhlen in der Gegend zu verstecken. Doch da gab es ein Problem: Ramble Rocks verfügte über keinerlei Höhlen. Die beiden standen unter dem irrigen Eindruck, dass es in der Gegend nur so wimmelte von Höhlen, aber das war nicht so. (Es wurde darüber spekuliert, dass sie das mit einem Gebiet verwechselt hatten, das als Wolf Rocks bekannt war und sich ungefähr zwanzig Meilen weiter südlich befand, auf dem Mount-Buckingham.) Als sie keine Höhlen fanden, wollten sie die Gegend verlassen – hatten aber keine Ahnung, wie sie herausfinden sollten. Auch wenn drei Hektar keine besonders große Fläche sind, lassen die Tagebücher des einen Bruders, Leviticus, darauf schließen, dass sie tagelang dort herumirrten und nicht in der Lage waren zu entkommen. Sie haben ihre Beute verloren. Und schließlich haben sie einander verloren. Ihre Leichen sind nur drei Meter voneinander entfernt entdeckt worden, obwohl Leviticus' Tagebuch darüber berichtet, dass sie sich am Ende ihres Lebens getrennt hatten und einander nicht wiederfinden konnten.

Dann gibt es da die Geschichten über den Eisenbahntunnel – und was dort geschehen ist. Ein Schaffner hat *buchstäblich* den Kopf verloren. Der Massenmörder Edmund Walker Reese hat sein erstes Opfer in diesem Tunnel geschnappt – und andere Mädchen aus der Umgebung. Er hat sogar eine von ihnen auf den Steinbrocken im Felsenmeer getötet. Er war fasziniert von diesen Felsen, hatte detaillierte Lagepläne und Zeichnungen. Er sagte, er habe *neunundneunzig ›spezielle‹ Felsen* gezählt und habe das Gefühl, diese Zahl sei irgendwie … heilig oder etwas Besonderes in einer numerologischen Weise. Das Steinbrockenfeld hat er als einen ›Ort der Opferung‹ bezeichnet. Was natürlich die lokalen Legenden um das Gebiet nur vertiefte und verdüsterte. Die teuflische Panik spann Geschichten über andere Akte von ritualisierten Menschenopfern, obwohl keines von ihnen je entdeckt wurde.«

»Oh, Mann«, sagte Fig.

Was Nate betraf, der hörte immer noch zu – aber er hatte aufgehört, Jed so viel Beachtung zu zollen. Stattdessen beobachtete er seine Frau.

Als Jed um die Biegung der letzten Etappe seiner Geschichte wanderte – seine Bemerkungen über Reese –, sah Nate Maddie sichtlich zusammenzucken. Sie umfasste die Arbeitsplatte hinter sich, als würde ihr gleich der Boden unter den Füßen weggezogen werden.

Genau in dem Moment frischte der Wind draußen kräftig auf. Und mit ihm kam ein prasselnder Regen. Das ganze Haus knarrte und ächzte unter dem plötzlichen Ansturm. Ein Frösteln schien durch den Raum zu laufen; sie alle spürten es und reagierten darauf.

In der Zwischenzeit setzte Jed eine selbstzufriedene Miene auf, als sei dieses Aufbranden von schlechtem Wetter Teil des Plans. Spezialeffekte vielleicht. Quietschvergnügt erklärte er: »Ich wage zu behaupten, dass wir die Geister von Ramble Rocks verärgert haben.«

»Ich sage, wir haben die Erde verärgert«, widersprach Zoe. »Es ist der Klimawandel.«

»Zo«, sagte Fig. »Nicht schon wieder.«

»Oh, Götter«, murmelte Trudy, »lasst uns bitte über etwas reden, das weniger horrormäßig ist.«

Genau in dem Moment: *Peng!*

Der laute Knall kam aus dem vorderen Bereich des Hauses.

Sie alle erstarrten und rissen die Augen auf.

»Vielleicht ein Ast …«, hob Maddie zu sprechen an.

»Oder Geister«, fügte Jed hinzu und grinste mit wölfischer Niederträchtigkeit.

Es wurde kalt im Raum.

»Es ist nur die Haustür«, erklärte Nate. »Spürt ihr den Temperaturabfall hier drin? Der Wind muss sie aufgedrückt haben. Vielleicht war sie nicht richtig geschlossen. Ich kümmere mich darum.« Auf dem Weg dorthin kam er an seiner Frau vorbei und fragte sie: »Geht es dir gut?«

»Bestens«, antwortete sie steif.

Ich wünschte, du würdest mir erzählen, was dir zu schaffen macht, dachte er. Aber dann fiel ihm sein eigener emotionaler Deich wieder ein – und vielleicht hatte Maddie ja genau so einen.

Er gab ihr ein schnelles, oberflächliches Küsschen auf die Wange, dann verließ er den Raum, um die Tür zu schließen.

Kapitel 31
Von Geistern und Magie

Das Garagentor klapperte und schepperte in seinen Führungen, während der Wind sich dagegenstemmte, als brenne er darauf, sich Zutritt zu verschaffen. Auch im Haus machte etwas *peng*, und Oliver und die anderen sahen einander an. Sie zuckten die Achseln und taten die Sache dann mit einem Lachen ab, aber ein winziger Blitz von durch Halloween geprägter Furcht durchlief sie wie ein geteilter elektrischer Funken.

Es wurde kalt in der Garage. Sie war viel jünger als der Rest des Hauses und hatte Lüftungsschlitze, die Abgase in den Weltraum bliesen, aber sie war billig gebaut. Die Wände fühlten sich im Kampf gegen den anschwellenden Sturm papierdünn an.

»Wir könnten hineingehen«, schlug Olly vor.

»Auf keinen Fall«, protestierte Jake, der die Hände tief in seine Jeanstaschen geschoben hatte. »Ist schon gut. Es ist nur das Wetter.«

»Ich bin seiner Meinung«, sagte Hina und himmelte Jake an.

Caleb drehte schwungvoll einen Stuhl herum und setzte sich darauf. »Damit bin ich einverstanden. Lasst uns spielen. Jake, bist du dabei? Wir können von vorn anfangen – wir sind in unserer ersten Runde nicht weit gekommen, daher können wir irgendetwas anderes machen.«

Aber Jake wirkte lediglich verwirrt. Oliver lächelte und sagte: »Willst du *Magic* spielen? Ich kann dir eins meiner Kartendecks geben, da du vermutlich kein eigenes dabeihast. Ich habe ein cooles blauschwarzes Deck – Piraten und Meuchelmörder. Als Strategie erfordert es blitzartiges Auftauchen und Zuschlagen und dann ebenso rasches Verschwinden, und …«

»Ich weiß nicht, wovon zum Teufel du redest. Was ist *Magic*?«

»*Magic*«, antwortete Caleb. »Du weißt schon. *Magic: The Gathering*. MTG. Ein Kartenspiel.«

»Wie Zaubertricks.«

»Nein, was? Nicht wie Zaubertricks, Mann. Der Mann hier behauptet, er kennt *Magic* nicht, na schön, okay. Ja, komm her und setz dich, Jake, das ist cool. Wir werden es dir beibringen. Es wird Spaß machen. Du tust praktisch so, als wärst du ein Zauberer, und du holst diese Kreaturen hervor, und dann kämpfst du mit ihnen und so Sachen. Es ist wie, keine Ahnung, wenn Pokémon und *D&D* zusammen teleportiert werden, wie Goldblum und die Fliege.«

Jake zeigte eine säuerliche Miene. »Du redest immer noch totales Kauderwelsch.«

»Du weißt schon, *The Fly*. Jeff Goldblum?«

Immer noch nichts.

»Pokémon? *D&D*? Klingelt da was?«

»Na klar«, antwortete Jake, sah aber nicht so aus, als hätte er irgendetwas verstanden. Er winkte ab. »Ich bin einfach in diesen Dingen kein so riesiger Nerd.« Als alle ihm mürrische Blicke zuwarfen, verdrehte er die Augen. »Okay, macht euch deswegen nicht in die Hosen.« Dann beugte er sich vor und grinste so breit, dass sein Mund aussah wie ein Bumerang. »Hey, wollt ihr mal *echte* Magie sehen?«

Draußen grollte genau in dem Moment ein Donnerschlag, als Jake seine Knöchel knacken ließ.

Nate ging zur Haustür und stellte fest, dass sie tatsächlich weit offen stand. Der Wind hatte sie aufgedrückt und schlug sie hin und her. Draußen war aus dem Regen ein stetiger Guss geworden, und während Nate noch sein Gesicht mit der Hand vor dem kalten Wind beschirmte, grollte abermals Donner durch den Abend.

Da rollt ein Mordssturm heran, dachte er.

Er trat nach draußen, wo das Verandadach ihn größtenteils vor dem Regen schützte. Allerdings war das Dach in so übler Verfassung, dass bereits dicke Tropfen auf die Veranda fielen – und als er nach dem Türknauf greifen wollte …

Nate spürte, dass jemand hinter ihn trat. Er hörte das Knarren der

Dielenbretter, aber mehr noch verspürte er eine bedeutsame Präsenz. Sie sperrte den Lärm des Sturms aus wie eine plötzlich hochgezogene Mauer.

Er spürte Atem im Genick. Roch Zigarettenrauch und saures Bier und Waffenöl.

Ein Blitz erhellte die Halloween-Dunkelheit, und Nate sah jemanden im Vorgarten stehen – er erspähte den vertrauten grobknochigen Leib, den wilden Bart und den weit aufgerissenen Mund.

Und dann kehrte wieder Dunkelheit ein, und der Donner krachte.

Ein weiterer Atemzug streifte seinen Nacken. Nate wirbelte herum, vorsichtig, denn *was ist, wenn es mein Sohn ist,* aber es war nicht Olly, ganz und gar nicht. Nates Vater stand da, Nase an Nase mit ihm. Die Haut auf dem Gesicht des alten Mannes bewegte und kräuselte sich, während die Knochen seines Schädels zerbrachen, sich neu formten, knackten und knirschten. Der Mann zischte, ein schäumendes Geifern, und schlug Nate mit einer Pistole ins Gesicht. Nates Kopf flog zurück, und er schmeckte Blut, als seine Lippe aufplatzte. Dann taumelte er zurück und stürzte von der Veranda herab. Er landete auf seinem Arsch. Und die Erkenntnis traf ihn, dass sein Vater die Pistole in der linken Hand hielt …

Aber der alte Mann war immer Rechtshänder gewesen.

Alle warteten, während Jake sich die Ärmel seines Kapuzen-Sweatshirts hochschob, als wolle er demonstrieren, dass nichts darin steckte.

Er wirbelte auch ein wenig herum und hob die Hände, die Innenflächen nach außen gedreht.

Als er den Dreien wieder gegenübersaß, legte er die Fingerspitzen aneinander und sagte: »Abrakadabra, Alakazam, irgendetwas-irgendetwas … gottverdammtes Flimm-Flamm.«

Und dann hielt er in einer Flamenco-Pose die linke Hand an seinen Bauch, während er die rechte in die Luft hob …

Er schnippte mit den Fingern der erhobenen Hand.

Und eine Waffe erschien darin.

»Voi-fucking-là.« Er kicherte.

Blut und Regen strömten Nate in die Augen. Er lag flach auf dem Rücken, vor der Veranda, und bekam keine Luft mehr. Er rang darum, einen Atemzug tun zu können. Noch mehr Blut in seinem Mund. Er spuckte aus, dann versuchte er, sich aufzurichten, in der Gewissheit, dass der Geist seines Vaters wieder fort sein würde, verschwunden im Nichts, wie das so viele Male zuvor passiert war …

Aber Nate irrte sich.

Der alte Mann kam auf Nate zu. Langsam. Mit ungleichmäßigen Schritten. Als sei er ein Skelett aus dem Biologieraum, das von Kindern gelenkt wurde. Zuckungen und Krämpfe durchströmten Carl Graves' Körper: das Rucken einer Schulter, die Drehung seines Kopfes, das scharfe *Klack* seiner Zähne – dieses Geräusch, laut genug, um trotz Wind und Regen hörbar zu sein. Und während der ganzen Zeit schwang die Waffe in seiner linken Hand hin und her.

»*Alles verrottet*«, sagte der alte Mann. Ein Ausdruck, den Nate nur allzu gut kannte: Wann immer er Alkohol intus hatte, sagte er das, um seiner Enttäuschung über Nate Ausdruck zu verleihen oder über dessen Mutter oder über die ganze Welt. *Es ist alles verrottet. Du bist verrottet. Sie ist verrottet.* Dann packte er sie an der Kehle oder versetzte seinem Sohn einen Hieb in den Magen oder schmetterte einen von ihnen gegen die Wand. Genau das hatte er auch gesagt, bevor er ihren Hund getötet hatte, einen kleinen Rat Terrier, den Nate Cookie getauft hatte. Carl war einmal auf Nate losgegangen, und Cookie hatte ihm in die Hand gebissen. Er hatte die Hündin angezischt: *Du verrotteter, gottverdammter Hund,* und dann hatte er sie am Hals gepackt und ihren Kopf hart und ruckartig verdreht, als versuche er, ein halsstarriges Gurkenglas zu öffnen. Ein einziges Jaulen, und sie war erschlafft. Doch ihr Eingreifen hatte Nate an jenem Tag eine Tracht Prügel erspart.

Daher kannte er diesen Ausdruck gut.

Verrottet. Alles verrottet. Du bist verrottet, sie ist verrottet, verrottet, verrottet, verrottet.

Und mit diesen Erinnerungen kam Zorn. Er sprang auf und umfasste das Handgelenk des Waffenarms des alten Mannes. Es war real. Fleisch und Blut. Er verdrehte es. Spürte, wie es brach. Der alte Mann schrie auf und blinzelte gegen den Regen an …

Können Geister den Regen spüren? Kannst du einem den Arm brechen?

»Du Hurensohn«, zischte Nate.

»Bist du das, Nathan?«

Carls Stimme war flach und flehend. Blubbernd, als Regen über seine kränklich grauen Lippen spritzte. Und dann bewegten sich die Knochen unter seinem Gesicht abermals, und plötzlich war der alte Mann jünger, jung, so wie Nate ihn in Erinnerung gehabt hatte.

Nate zwang den gebrochenen Arm nach oben und hielt den Lauf der Waffe an den Schädel des alten Mannes.

»Ich werde dich jetzt töten, wie ich es mir so viele Male gewünscht habe«, knurrte Nate zähneknirschend.

»Verrottet. Verrottet. Ruiniert. Hier und jetzt. Du brauchst Antworten, Nathan. Du musst sehen.«

Der Lauf der Waffe drückte sich hart gegen die Wange seines Vaters. Nate quetschte seinen Finger in den Abzug, über den Finger des anderen Mannes – einen Finger, der sich nicht anfühlte wie ein Finger, sondern matschiger, weicher, wie ein gummiartiger Wurm.

Und dann, als er sich anschickte abzudrücken …

Sein Vater stieß einen Schrei aus, und sein ganzer Körper verkrampfte sich …

Die Luft blitzte grell auf. Nate hörte ein scharfes elektrisches Zischeln, dann füllte der Gestank von Ozon seine Nase und raubte ihm die Sicht.

Als Nächstes war der alte Mann wieder fort.

Und während der Lichtblitz verblasste, sah er Jed in der Tür stehen. Die Augen aufgerissen. Den Mund weit geöffnet.

Momente verstrichen zwischen ihnen. Sie starrten einander an.

»Du hast das gesehen«, sagte Nate. »Du hast meinen Vater ebenfalls gesehen. Nicht wahr? Jed?«

»Ich …«, murmelte Jed.

Was alles war, was Nate an Antwort brauchte.

Jake grinste und hob die Pistole.

Hina schrie auf. Caleb erhob sich so schnell, dass er fast über seinen eigenen Stuhl fiel – der Stuhl kippte um. Olly eilte herbei und trat vor seine Freunde hin, während Furcht in ihnen pulsierte, strahlend wie ein voller Mond.

»Leg die Waffe weg«, sagte Oliver und hörte das Beben in seiner eigenen Stimme.

Jake sah ihn ungläubig an, hielt die Waffe hoch und betrachtete sie, als halte er etwas Absurdes in den Händen: eine Gurke, eine Schneekugel, einen Gummischwanz. »Gott, seid ihr aber angespannt. Olly, das ist dieselbe Luftpistole, die du an dem Tag gesehen hast, als wir uns kennengelernt haben. An dem Tag, an dem ich deinen Arsch vor diesen Scheißkerlen gerettet habe.«

»Was?«, fragte Caleb. »Olly. Wovon redet er?«

»Er hat es euch nicht erzählt?«, fragte Jake.

Caleb wirbelte zu Jake herum. »Halt die Klappe, Alter. Hat es sich so angehört, als würde ich mit dir reden? Und steck diese Waffe weg. Luftpistole hin oder her, diese Scheiße sieht wie eine echte Armeepistole aus, Mann. Du kannst nicht wie ein Irrer damit rumfuchteln und sie auf Leute richten.«

»Und da dachte ich, ihr würdet alle ein wenig Magie zu schätzen wissen«, entgegnete Jake.

»Ich nicht«, stellte Hina fest. »Ich werde mit dieser Energie nicht fertig. Ob ich gehe?« Diese letzte Frage stellte sie, als sei sie sich noch nicht sicher. »Ja. Ich werde gehen.«

»Ich komme mit«, entschied Caleb.

»Es ist schon gut«, schaltete Olly sich ein und trat vor Caleb. »Er wird sich entschuldigen. Jake. Oder? Jake, entschuldige dich.«

Jake schüttelte entrüstet den Kopf. »Ich werde nicht sagen, dass es mir leidtut. Ich habe dir mit dieser Pistole den Arsch gerettet, Olly. Gib etwas Stahl in dein Rückgrat.«

Bitte, zwing mich nicht dazu, das zu tun, dachte Olly. Sein Puls pochte in seinem Hals, seinen Schläfen, seinen Handgelenken. Ihm war übel, und er schwitzte. Er konnte jetzt den Ärger und den Zorn in Hina und Caleb sehen. Er war real. Jake dagegen war ein unbeschriebenes Blatt. Oder schlimmer noch: ein leeres Loch. Aber trotzdem, er hatte Oliver tatsächlich gerettet. Und Oliver stand in seiner Schuld. Nicht wahr?

Caleb sagte leise zu ihm: »Erklär ihm, dass er gehen muss. *Sag ihm,* dass er seinen Arsch von hier wegbewegen soll.«

»Ich – ich kann nicht. Er hat mir wirklich geholfen und – vielleicht können wir alle miteinander reden. Oder die Sache einfach vergessen. Außerdem ist das Wetter …« Wie aufs Stichwort rüttelte der Wind kräftig am Garagentor, und es klapperte so heftig, dass er dachte, es risse die ganze Garage auseinander.

Der enttäuschte Ausdruck auf Calebs Gesicht war unübersehbar.

»Na schön, Alter. Man sieht sich.« Dann fügte er an Hina gewandt hinzu. »Komm, Hina. Lass uns abzischen. Ich werde dich nach Hause fahren, bevor die Sache mit dem Wetter ernst wird.«

»Bitte«, flehte Olly. »Leute.«

»Drück auf den Knopf, Mann«, verlangte Caleb.

Einen Moment lang dachte Oliver daran, ehrlich entrüstet zu sein – er wollte sich wie ein Baby benehmen, mit den Füßen aufstampfen und *nein* sagen und sich weigern, auf diesen Knopf zu drücken, aber wozu? Sie wollten gehen. Er machte ihnen keinen Vorwurf. Er würde auch wegwollen. Er hatte es vermasselt. Das ließ sich jetzt nicht mehr in Ordnung bringen.

Er drückte auf den Knopf. Das Garagentor hob sich. Caleb und Hina gingen hinaus.

»Ich hab doch bloß rumgealbert«, sagte Jake schließlich.

»Halt die Klappe«, antwortete Olly.

Genau in diesem Moment ging das Licht aus.

Kapitel 32
Niederschlag

Jed hat meinen Vater gesehen.

Nate wusste es. Er konnte es in dem entrückten Blick des Mannes erkennen. Nate schob seinen Nachbarn durch die Haustür und sagte: »Du hast ihn gesehen.«

»Ich – Nate …«

»Block nicht ab. Du hast gesagt, du hättest Dinge gesehen. Erzähl mir nicht, ich hätte nicht gesehen, was ich gesehen habe. Erzähl mir nicht, *du* hättest es nicht gesehen.«

»Ich habe es gesehen. Ich habe Carl gesehen.« Dann fokussierte er den Blick wieder und schaute Nate ins Gesicht. »Nate. Dein Mund. Du blutest.«

Genau in diesem Moment fiel der Strom aus. Ein Klicken, ein Knacken, dann Dunkelheit. Das gewohnte elektrische Summen des modernen Lebens verließ sie, und sie standen allein in der Schwärze mit den Geräuschen des Wetters – des Windes, der nicht mehr pfiff, sondern wie ein schwarzer, vorbeischießender Zug klang, dann Geräusche des prasselnden, brodelnden Regens, und danach kam eine Mischung aus Klappern und Zischen, als würde jemand Kies auf das Dach werfen und gegen die Hauswand.

»Ist das Hagel?«, erklang eine Stimme vom anderen Ende des Flurs. Fig.

»Hört sich so an«, bestätigte Jed und legte wieder ein wenig von diesem onkelhaften Charme in seine Stimme. Sie schwankte – Nate wusste, dass es eine falsche Kumpelhaftigkeit war.

»Lass uns darüber reden«, sagte Nate verstohlen zu seinem Nachbarn. »Später.«

Und dann verfiel Nate, dem immer noch halb schwindelig war und dessen Kopf nach wie vor pochte, in Sturmvorbereitungsmodus. Er tastete sich durch den Flur und näherte sich dem Quadrat aus Licht dort in der Dunkelheit: dem Licht von Figs Handy.

In der Küche fragte Maddie: »Was ist passiert?«

Nate sagte, es sei ... es sei alles in Ordnung, nur schlechtes Wetter. »Bei dem Unwetter ist vielleicht irgendwo ein Mast umgeknickt, oder ein Transformator ist vom Blitz getroffen worden. Mads, kannst du ein paar Kerzen oder Taschenlampen heraussuchen oder so?«

Maddie sagte, sie seien wahrscheinlich noch in irgendwelchen Kartons, sie wisse aber, in welchen. Sie machte sich auf den Weg, sie zu holen.

Nate kramte nach seinem eigenen Handy und schaltete die eingebaute Taschenlampe ein.

»Können wir irgendetwas tun?«, fragte Fig, der neben Zoe stand.

»Nein«, wehrte Nate ab und versuchte, nicht allzu erschüttert zu wirken. Sein toter Vater hatte ihn gerade beinahe umgebracht, während ein bärtiger Freak am Wald gestanden und zugeschaut hatte. Und Jed hatte *es passieren sehen,* oder zumindest schien es so. Und wenn das der Fall war ... dann bedeutete das, dass sich die Sache nicht in seinem Kopf abspielte. Es war real. Aber wie real?

Gedankenverloren betastete er seinen Kopf. Als er die Hand wegnahm, war sie feucht. Das Licht von Figs Handy traf ihn, und Zoe sagte: »Nate. Oh, mein Gott. Sie bluten ja.«

Wie real?

So real. Real wie Blut.

Geister waren nicht dafür bekannt, dass sie einem mit einer Waffe einen Schlag versetzten, oder?

»Mir geht es gut«, beteuerte Nate und tat so, als sei es nichts weiter. »Der Wind hat die Tür aufgerissen und mir an den Schädel geschlagen. Sind hier drin alle okay?« Sie nickten. Aber war *er* okay?

Nein, befand er. War er nicht.

Aber zumindest war er nicht verrückt.

Genau in dem Moment summte Nates Handy.

Figs tat das Gleiche.

»Oh, verdammt, Baby«, murmelte Zoe.

Nate verstand es nicht, bis er es doch tat. Ihre Handys summten mit einer Benachrichtigung, dass die Alarmanlage im Büro ausgefallen war. An Fig gewandt sagte er: »Es ist bestimmt nur wegen des Wetters.«

»Ja«, pflichtete Fig ihm bei, aber er konnte an seiner Stimme erkennen, was als Nächstes kommen würde. »Trotzdem, die Bestimmungen sehen vor, dass wir der Sache auf den Grund gehen. Wir sind dort zwar nicht in einem Polizeirevier, aber wir haben einige Waffen und Nachweise unter Verschluss und dürfen nicht zulassen, dass jemand sich das Unwetter zunutze macht. Das wird auf uns zurückfallen.«

»Na schön«, gab Nate klein bei. Job war Job. »Ich hole meine Jacke.«

Auf dem Weg zum Flurschrank begegnete er Maddie – rannte sie beinahe über den Haufen – und musste mit der Kiste mit Taschenlampen zwischen ihnen jonglieren. »Hey«, sagte er. »Entschuldige.«

Ihr Gesicht erschien im Licht der Taschenlampe vor Angst erstarrt. Sie versuchte, es sich nicht anmerken zu lassen, aber die Angst war so übermächtig, dass sie sie nicht verbergen konnte. *Ihr Deich bricht,* dachte er. Er drückte sie fest an sich. »Was ist los?«

»Nichts.« Sie bleckte die Zähne. »Alles. Etwas? Ich weiß es nicht. Wir müssen reden.«

»Ja. Das müssen wir wohl. Aber zuerst muss ich ins Büro. Die Alarmanlage ist ausgefallen und …«

»Nate, das Wetter ist schrecklich. Der Wind hört sich an wie eine Bestie.«

Da sie normalerweise nicht der Typ war, der sich übertriebene Sorgen machte, war es extrem beunruhigend für ihn, als sie hinzufügte: »Fahr nicht.«

»Ich muss. Aber mir wird schon nichts passieren. Fig kommt mit.«

Sie schloss die Augen und seufzte. »Okay.«

»Wir reden danach.«

»Pass auf dich auf.«

»Mach ich«, antwortete er, ohne gegen das Gefühl bohrender Sorge gewappnet zu sein. Dann küsste er sie auf die Wange und sagte ihr, sie solle Oliver von ihm Tschüss sagen. Und er wiederholte noch einmal, dass er zurechtkommen werde.

Denn was konnte schon schiefgehen?

Kapitel 33
Die Spirale

Angst hielt Oliver gefangen wie in einem Kreis auf ihn gerichteter Speerspitzen.

In einer Richtung: das Unwetter. Es war schlimm. Er wusste, dass es schlimm war. Der Sturm ließ das Haus erzittern. Hagel prasselte wie Schrot gegen die Wände. Das war kein normales Unwetter. Das Gespenst des Klimawandels erhob sich in seinem Kopf: ein riesiger, heißer Schatten, der die Erde verbrennen und die Meere zum Kochen bringen würde. Aber in diesem Fall galt die Angst, die in ihm wütete, nicht der Wirkung, die das auf ihn selbst haben würde, sondern auf alle, die er liebte. Auf Menschen, die er nicht einmal kannte. Auf *Vögel* und *Fische* und – einen Moment wirbelten seine Gedanken durcheinander, und er dachte an schreiende Menschen, während Waldbrände ihre Häuser in Asche verwandelten, oder an jemanden, der in einer Überschwemmung ertrank, an Flüchtlinge, die aus ihren Häusern vertrieben und in Lager gepfercht wurden …

Oder an seinen eigenen Vater. Der genau in diesem Moment draußen in dem Unwetter war. Vor einigen Minuten hatte seine Mom den Kopf in die Garage gestreckt und Olly mitgeteilt, dass sein Dad habe ins Büro fahren müssen, um nach dem Rechten zu sehen, aber hätte er *wirklich* fahren müssen? Oliver hatte sich immer Sorgen gemacht, dass sein Vater als Cop im Dienst getötet werden könnte. Diese Sorge sollte eigentlich der Vergangenheit angehören. Aber jetzt machte er sich Sorgen, dass sein Dad niemals mehr zurückkommen würde. Schon wieder. Eine absurde Furcht, aber sein Geist spielte damit: *Wir werden den Truck in Trümmern vorfinden, in einen Baum gekracht, Dads Leichnam in einem Graben, erfroren,* und dann stellte er sich vor, wie dieses Ereignis seine Mutter zerstören würde, stellte sich vor, dass ihr Schmerz Olivers eigenen Schmerz vervielfachen würde, und in seinem imaginären, vervielfachten Leid, das immer größer wurde und in die Ewigkeit hineinreichte, lebte Oliver jetzt.

Und dann, *und dann* war da die Tatsache, dass er sich nun wie ein gesellschaftlicher Außenseiter fühlte: Er hatte gerade zwei seiner einzigen Freunde in der Schule in die Wüste geschickt. War es die richtige Entscheidung gewesen, Jake zu verteidigen? Er hatte das Gefühl, Jake zu *kennen*, ihn sozusagen *tief im Innern* zu kennen, als hätten sie beide eine seltsame, beinahe urtümliche Verbindung. Aber Jakes Schmerzfreiheit war ein Mysterium für ihn. Er konnte Schmerz bei allen anderen sehen. Doch Jake zeigte ihm nichts. Das machte ihn zu einem faszinierenden Fragezeichen.

Warum hatte er Jake über die anderen gestellt?

Dumm, dumm, dumm.

Oliver saß reglos da, und die Taschenlampe bebte in seinen Fingern, sodass ihr Strahl schwankte.

»Hey, scheiß auf diese beiden«, sagte Jake.

»Lass das«, mahnte Oliver. Er richtete den Strahl direkt auf Jakes Augen. In dem Moment, bevor der Ältere das Gesicht mit einem Unterarm bedeckte, sah Oliver, wie dieses linke Auge sich bewegte und flimmerte – und es wechselte wie eine zu schnelle Diashow von einer Farbe zur nächsten. Dann sah Oliver die Whisky-Flasche in Jakes Hand. »Was zur Hölle?«, zischte er. »Wenn meine Eltern das sehen – Moment mal.« Er stand plötzlich auf. »Wo hast du die überhaupt her? Und wo ist die Pistole?« Oliver schaute sich um und ließ den Lichtstrahl mal in diese, mal in jene Richtung leuchten, und er konnte die Luftpistole nirgends entdecken.

»Sie ist weg. Ich habe sie weggeräumt.«

»Wohin weggeräumt?«

Jake sah ihn mit einem verschlagenen Grinsen an. »Dorthin, von wo ich die Flasche habe.«

»Hör auf, in Rätseln zu sprechen.«

»Es ist Magie, Olly. Echte Magie.«

»So etwas gibt es nicht.«

»Wollen wir wetten?«

»Und jetzt schneit es auch noch«, murmelte Fig. »Gott, was für ein Schlamassel.«

»Geschenk zu Halloween, schätze ich«, entgegnete Nate, während er den Pick-up vorsichtig die Straße entlangsteuerte. Langsame Fahrweise war vermutlich das Beste; Vorsicht konnte nicht schaden. Der Sturm konnte Bäume umgestürzt, Hagel und Schnee konnten zu unerwarteter Glätte geführt haben, und selbst wenn er hier draußen keine verirrten Kinder auf Beutezug nach Süßem oder Saurem erwartete, ließ sich sogar das nicht sicher ausschließen.

Fig schaute auf sein Handy und sagte: »Ich wollte eben Zoe anrufen und ihr von dem Schnee erzählen, aber … kein Netz.«

»Hm.« Nate stieß ein Ächzen aus. »Vielleicht sind ein paar Funktürme ausgefallen. Oder es liegt einfach … am Wetter.«

»Könnte sein.«

Sie schwiegen ein Weilchen, während Nate langsam weiterfuhr.

»Hast du immer noch Probleme mit dem Schlafen?«, fragte Fig irgendwann.

»Manchmal.«

»Das erklärt, warum du im Büro so ein Arschloch bist.«

Im Licht des Armaturenbretts bemerkte Nate Figs listiges Grinsen.

»Du bist ein Spaßvogel.«

»Die reinste Kicherfabrik. Nein, im Ernst, du könntest es mal mit Kamille versuchen oder, hm, vielleicht Melatonin, um dein Cortisol-Level auszugleichen. Vielleicht schaust du auch mal, ob du genug Kalium und Magnesium bekommst – wenn es zum Schlimmsten kommt, nimm CBD-Öl. Gras ist noch nicht legal, aber CBD-Öl kann man ohne Weiteres einnehmen.«

»Zuerst Kombucha und jetzt das hier. Du bist ja ein richtiggehender Doctor Oz.«

»Dieser Typ, dieser Schreiberling. Er ist nicht anders als Alex Jones oder Gwyneth Paltrow. Sie verkaufen alle denselben Scheiß. Nein, nein, heutzutage müssen Zo und ich auf richtige Ärzte hören.«

»Oh?« Nate bog in die Lenape-Straße ein und fuhr vorbei an der alten Holzbrücke. Ein Blitz zuckte auf, und Wind drückte so heftig gegen die Seite des Trucks, dass Nate dachte, sie würden in einem

Graben landen – er musste hart gegensteuern, um sich auf der verdammten Straße zu halten.

»Holprig hier draußen.«

»Ja.«

»Zo ist schwanger.«

Fig platzte einfach damit heraus.

»Was?« Nate blinzelte und schenkte dem anderen Mann zur Feier des Tages ein breites Lächeln. »Das ist ja wunderbar, Fig. Ich hatte keine Ahnung. Herzlichen Glückwunsch euch beiden.«

»Ja.«

»Du klingst nicht besonders glücklich.«

»Bin ich aber. Ich habe nur …« Fig hielt inne. Er gestikulierte, als versuche er, vorsichtig mit seinen Worten zu sein – oder als versuche er, sie aus dem Nichts heraufzubeschwören. »Denkst du jemals, es sei verantwortungslos, ein Kind in eine Welt zu setzen, so wie unsere jetzt ist? Ich meine, dieser verdammte Präsident und der Klimawandel und Gott, was sonst noch? Antibiotika verlieren ihre Wirkung, und es heißt, alle Käfer würden sterben und die Korallenriffe ebenfalls. Länder bauen ihre Atomwaffenarsenale auf, statt sie runterzufahren. Ich meine nur … Scheiße, ein zusätzliches Kind könnte eine Belastung für diese Welt sein, und diese Welt wird ganz sicher am Ende eine Belastung für unser Kind sein.«

Während Fig sprach, sah Nate durch den wirbelnden Vorhang aus Schnee und Eis die Einfahrt zum Büro vor sich. Er bog mit dem Truck auf den Parkplatz ein und ließ den Motor eine Minute lang im Leerlauf weiterlaufen, da die Heizung endlich genug Power hatte, um das Wageninnere ein wenig aufzuwärmen. »Ich mache mir Sorgen. Ich mache mir Sorgen um die Welt, die ich Oliver hinterlasse. Aber was mich meistens darüber hinwegtröstet: Ich denke, dass Olly ein Junge ist, der vielleicht helfen wird, das alles in Ordnung zu bringen. Vielleicht wird er erkennen, was falsch ist, und er wird ein Risiko eingehen und eine Veränderung bewirken – eine große Veränderung oder auch nur eine kleine –, die diese Welt besser macht statt schlechter. Das Beste, was ich tun kann, ist, ihn richtig großzuziehen und nicht …« Er wollte eigentlich sagen: *Nicht all die schlimmen Dinge weiterzugeben, die in mir sind,* aber als ein neuerlicher Blitz über den Himmel zuckte, sah er etwas neben dem Büro schimmern.

Fig sah es ebenfalls. »Das Fenster ist zersplittert«, bemerkte er.

»Sieht so aus«, antwortete Nate.

»Wir werden dieses Gespräch ein andermal fortsetzen, aber ernsthaft: Danke.«

»Gern geschehen, Partner. Schwingen wir die Ärsche aus dem Auto und machen uns an die Arbeit.«

»Folg mir«, sagte Jake. »Man kann die Garagentür nicht öffnen, weil der Strom ausgefallen ist, also – komm mit.« Mit diesen Worten verließ er die Garage und schlich sich in das dunkle Haus. Oliver zischte ihm zu, er solle stehen bleiben, aber Jake ging weiter, und so folgte Oliver ihm. Er hörte irgendwo in der Küche das Murmeln von Stimmen: Mom, Jed und Zoe, Figs Ehefrau. Oliver erkannte die leisen Töne eines besorgten Gesprächs, und schon das genügte, um ihm bittere Galle aufsteigen zu lassen – wenn die Erwachsenen sich Sorgen machten, sollte er das verdammt noch mal auch tun.

Aber er hatte keine Zeit, darüber nachzudenken, denn Jake war neben ihm, packte ihn und zog ihn weiter. Energisch. »Komm schon, komm schon.«

»Warte, au, ich …«

Sie waren bereits an der Haustür. Der Wind heulte dahinter. Jake machte Anstalten, die Tür zu öffnen, und Oliver befreite sich aus dessen Griff und trat zurück.

»He, da können wir nicht rausgehen. Es hagelt.«

»Ich höre keinen Hagel. Der ist vorbei.«

Und tatsächlich, Oliver spitzte die Ohren und lauschte auf Geräusche von draußen …

Und hörte keinen Hagel.

Jake öffnete die Tür, während Oliver abgelenkt war. Gemeinsam gingen sie hinaus auf die Veranda und sahen keinen Regen, keinen Hagel – sondern vielmehr Schnee. Weiße Flocken fielen wie schräge Streifen im Wind.

»Schnee«, sagte Olly.

»Gute Arbeit, Detective.«

»Halt die Klappe.«

»Komm weiter«, forderte Jake ihn auf und trat von der Veranda und hinaus in den Sturm. Jake musste sich dagegenstemmen, während sich sein Haar zu einem windgepeitschten Wirrwarr formte. »Ich will nicht, dass jemand sieht, was ich dir gleich zeigen werde.«

»Jake, ich weiß nicht so recht ...«

Und dann kam die Frage:

»Vertraust du mir?«

Sie hing in der Luft, diese Frage. Unberührt vom Wind, unberührt vom Schnee, eine Frage, die so laut war, dass sie den Sturm übertönte.

Vertraust du mir?

Tat er das? Vertraute Oliver Jake?

Jake war roh und ungeschliffen. Ein wenig punkig, ein wenig idiotisch. Aber er war auch angstfrei. Er schien ohne eine einzige Sorge, die ihn aufhielt, durch die Welt zu driften. Und das fand Oliver faszinierend, obwohl es wenig dazu beitrug, die Frage nach dem Vertrauen zu beantworten. Es war schwer abzustreiten, dass er den Älteren faszinierend fand, und das auf eine Weise, die er nicht beschreiben konnte. Nicht romantisch – er liebte ihn nicht, fühlte sich nicht zu ihm hingezogen, und allein der Gedanke fühlte sich seltsam an, als frage er sich, ob er sich zu einem Cousin oder Bruder hingezogen fühlte. Denn so empfand er für Jake: wie für einen Bruder. Er war mehr als ein Freund oder zumindest etwas anderes. Ein Bruder. Einer, der Oliver gerettet hatte, als Alex Amati ihn hatte töten wollen, und einer, der ihm die ungeschönte, wenn auch unerfreuliche Wahrheit über die Dinge sagte.

Und das beantwortete die Frage.

Oliver stieg von der Veranda und folgte Jake durch den Garten, durch das Unwetter und hinein in den Wald.

»Sieh dir das an«, sagte Fig und richtete seinen Lichtstrahl auf einen roten Fleck. Blut glänzte auf einem der Zacken des zerbrochenen Glases, das noch im Rahmen steckte. Das Blut hatte bereits begonnen, Eiskristalle zu bilden.

Nate schauderte. »Ich weiß nicht, was hier passiert ist, Fig.«

»Ich auch nicht, Partner.«

»Partner. Hör dir nur selber zu. Das ist süß.«

»Ich bin süß wie Pfirsiche, Nate.«

»Ich dachte, es wären Himbeeren.«

»Ich bin einfach süß, darum geht es verdammt noch mal.«

»In Ordnung.« Nate seufzte. »Ich schätze, wir können das Ganze nicht einfach vergessen und wieder nach Hause fahren? So tun, als hätten wir nichts gesehen, und ein Bier trinken gehen und Halloween-Süßigkeiten essen? Nur bis Gras über all das gewachsen ist?«

»Ich will nicht lügen, die Idee klingt ziemlich toll.«

»Aber wir müssen wohl unseren Job erledigen.«

»Das ist der Grund, warum wir solche Unsummen verdienen.«

Darüber lachten sie beide, denn, genau, Unsummen.

Gemeinsam gingen sie zur Tür, um das Büro in Augenschein zu nehmen.

Oliver pflügte sich immer der Nase nach durch den Wald und das Unwetter und staunte darüber, dass alles im Schnee einen unheimlichen Glanz anzunehmen schien. Der Wind und der Schnee tobten manchmal wie ein Sturm, dann wieder war alles still und die Luft mit nicht mehr angefüllt als sachte fallenden Flocken. Oliver erschauerte, als die Kälte seine Haut erreichte. Das Wetter spielte verrückt. Die Temperatur fiel immer weiter in die Tiefe. Auch Oliver hatte das Gefühl zu fallen.

Vor ihm war Jake bereits fast außer Sichtweite. »Jake!«, rief Oliver ihm nach. Er hörte Lachen vor sich. Der junge Mann war ein Schatten in dem schwachen Licht. In einen Moment da, im nächsten wieder weg. Oliver mühte sich aufzuholen und rannte zwischen den Bäumen hindurch, durch das brüchige Unterholz …

Aber er konnte ihn nicht sehen. Konnte nichts von Jake sehen.

»Jake!«, rief er abermals.

Etwas stürzte von der Seite auf ihn zu – eine schwarze, sich schnell bewegende Gestalt. Der Umhang des Sensenmannes breitete sich aus.

Oliver schrie auf …

Und Jake lachte. Es war bloß er, der sein Kapuzen-Sweatshirt hochgehoben und hinter sich ausgebreitet hatte wie ein Paar Fledermausflügel.

»Man kann dich so leicht erschrecken«, bemerkte Jake.

Oliver hatte Mühe, seinen Herzschlag unter Kontrolle zu halten, lehnte sich an einen Baum und zitterte in dem schneidend kalten Schneetreiben. »Du bist ein Mistkerl.«

»Vielleicht. Hier. Direkt vor uns ist eine kleine Lichtung.«

Sie machten zehn Schritte, und vor ihnen wurden die Bäume und das Unterholz spärlicher – zum Teil, weil ein Baum hier umgestürzt war, wahrscheinlich schon vor vielen Jahren, so wie es aussah. Er war auf einem Steinbrocken liegen geblieben, der aussah wie der Panzer einer großen Schildkröte, und sein Stamm war zerbrochen wie ein verfaulter Knochen. Schnee hatte sich bereits darauf gesammelt.

»Das wird genügen«, entschied Jake. »Bereit, etwas Magisches zu sehen?«

Oliver wusste nicht recht. Er hatte das schwindelerregende Gefühl, mit einer Achterbahn in die Tiefe zu stürzen. »Was willst du mir zeigen?«

»Alles«, antwortete Jake. »*Alles.*«

Im Büro war der Strom ausgefallen. (Trotzdem tat Nate das allzu Menschliche und doch so Nutzlose: Er knipste die Lichtschalter drei- oder viermal an und aus, nur um sicher zu sein.) Die ausgefallene Alarmanlage hatte eine Notbatterie und hatte daher trotzdem das Signal an sie geschickt. Fig schaltete die Anlage aus, indem er den Code eingab.

Anschließend ließen Nate und Fig die Strahlen ihrer Taschenlampen durch das Büro wandern. Es sah alles ziemlich normal aus.

Bis auf das zerbrochene Fenster natürlich.

Das war ein Rätsel.

Glassplitter sprenkelten den Teppich vorm Fenster. Da war noch ein klein wenig mehr Blut. Nates Taschenlampe beleuchtete eine schmale Spur davon.

Nate winkte Fig lautlos heran und deutete auf den Lichtstrahl. Er legte einen Finger auf die Lippen, und die Botschaft war klar: *Sei leise. Wir haben vielleicht Gesellschaft.*

Ein Tier, hoffte er.

Zaghaft bewegte er den Strahl über die Blutstropfen. Kein Fell. Nur das Blut. Die Spur schlängelte sich durch das Büro, mitten hindurch und um Figs Schreibtisch herum. Er tauschte einen Blick mit Fig, um sicherzustellen, dass sie beide das Gleiche sahen.

Taten sie.

Nate öffnete sein Holster. Fig folgte seinem Beispiel.

Er bedeutete Fig, auf der linken Seite herumzugehen, und tippte sich auf seine eigene Brust, zum Zeichen, dass er rechts herumgehen wollte. Sie trennten sich voneinander.

Langsam schlich Nate durch die Mitte des Büros und vermied es dabei, in das Blut zu treten. Er richtete den Strahl seiner Taschenlampe auf ein Bein des Schreibtisches, dann rief er: »Wir sind von der Jagd- und Naturschutzverwaltung. Ist da jemand?«

Stille.

Aber dann: eine Bewegung. Er glaubte, den Scheitel von jemandes Kopf zu sehen – glitschig und feucht. Und eine blasse Extremität, vielleicht ein Knie, das hinter dem Schreibtisch hervorlugte. Dann war beides wieder verschwunden, während die Person, wer immer es war, sich zu verstecken versuchte.

Er bekam weiche Knie. Irgendetwas stimmte hier nicht, und zwar nicht auf die Weise, die offensichtlich war: Ja, ein zerbrochenes Fenster und Blut auf dem Teppich waren beide Hinweise darauf, dass etwas nicht in Ordnung war. Aber wieder war da das Gefühl, dass etwas wirklich und wahrhaftig falsch war, falsch auf eine Weise, die über diesen Augenblick hinausging und hinein in etwas Tieferes. Das grundlegende Gewebe der Dinge war auf eine Weise beschädigt, die er nicht verstehen oder auch nur wahrnehmen konnte – er spürte es lediglich. Eine Kälte in seinen Knochen, ein subtiler Tinnitus in seinem Ohr. Dann überkam ihn Angst in einer eisigen Welle. Sie ließ ihn wie angewurzelt erstarren, und er hatte das Gefühl, als würde er sich gleich in die Hose machen. Als Nächstes quälte ihn eine Frage: *Ist das das, was Oliver ständig fühlt?*

Gefolgt von einer noch seltsameren Frage:

Weiß Oliver etwas, das wir Übrigen nicht wissen?

Jetzt begann Fig mit fester Stimme zu sprechen und zielte mit seiner Pistole in Richtung Schreibtisch.

»Wir können Sie dort sehen. Stehen Sie auf. Langsam. Wir sind bewaffnet.«

Ein Bibbern ertönte hinter dem Schreibtisch. Ein Murmeln, ein Wimmern.

Und dann stand jemand auf. Bleich. Ohne Kleider. Ein junges Mädchen, jünger als Oliver, aber nicht viel jünger, und sie hielt ihre zitternden, blutenden Arme über ihre Blöße. Ihre Beine bluteten ebenfalls – zerkratzt, wahrscheinlich, wo sie durch das zerbrochene Fenster hereingekommen war. Strähniges, blondes Haar umrahmte ihr Gesicht wie nasse Vorhänge, aber es konnte nicht verbergen, was auf – oder vielmehr *in* – ihrer Wange war:

Dort war eine Zahl eingeritzt. Verschorft, aber noch recht frisch stand da die Zahl *37*.

»Erzählen Sie mir etwas über Edmund Reese«, bat Maddie Jed in der Küche des Hauses. »Ich will wissen, wer er war.«

»Können wir nicht über etwas Nettes sprechen?«, flehte Zoe.

»Ich bin immer bereit, über nettere Dinge zu sprechen«, sagte Jed. »Aber ich fühle mich ehrlich gesagt auch zu dunkleren Geschichten hingezogen. Und ich bin wissbegierig, Maddie – warum das neuerliche Interesse? Nur weil ich ihn in der Geschichte über Ramble Rocks erwähnt habe?«

»Nein. Ich … Ich weiß nicht. Ich bin einfach nur neugierig.« Sie lächelte verlegen. »Zumindest reden wir nicht über das Wetter.«

Jed nickte. »In Ordnung, in Ordnung. Was wollen Sie wissen?«

»Er hat Mädchen getötet.«

»Ich habe das Gefühl, dass das eine Feststellung ist, keine Frage, aber es stimmt. Junge Mädchen. Mädchen, die noch nicht volljährig waren.«

»Und er … er hat ihnen Zahlen in die Haut geritzt?«

»Hat er. Er war ganz besessen von Zahlen und Numerologie. Auch von Dämonologie. Eschatologie. Jede Menge okkulte Angelegenheiten, aber Zahlen standen im Mittelpunkt. Er hatte eine besondere Schwäche für die Zahl 99, und einige der Wärter im Todestrakt haben gesagt, er habe geplant – so viel zum Thema übertriebener Ehrgeiz? –, neunundneunzig Mädchen zu töten. Und dass der Höhepunkt dieser Morde etwas aufschließen würde, nicht zwangsläufig eine Macht in ihm, aber irgendetwas, irgendein Ereignis, eine *eschatologische* Konsequenz – ›die Aufrechnung einer Gleichung‹, hat er gesagt.«

Zoe trat näher an eine der Kerzen heran, als tröste sie deren Licht und Wärme. »Sie haben ein Wort benutzt, das ich nicht kenne. Eschata… was?«

»Eschatologie. Das ist die Lehre der Endzeiten: die letzten Ereignisse der Menschheit. Sie wissen schon, ihre Apokalypsen, ihre Armageddons, die Götterdämmerungen und Verzückungen.«

»Das ist es, was Reese wollte? Das Ende der Welt?«

»Das lässt sich schwer mit Sicherheit beantworten. Er war nicht gerade redselig. Aber aufgrund seiner Gespräche mit den Wärtern und den Aufzeichnungen in seinen Notizbüchern sowie der Dinge, die er an die Wände seines Hauses gekritzelt hat, ist das keine unvernünftige Schlussfolgerung.«

»Warum?«

»Warum versuchen, den Weltuntergang herbeizuführen?«

»Ja.«

Jed zögerte nicht, als er sagte: »Vielleicht ist es eine Mischung aus Größenwahnsinn und posttraumatischer Belastungsstörung. Vielleicht war er ein Soziopath. Oder vielleicht, nur vielleicht, hat er es sich in den Kopf gesetzt, dass er etwas Gutes tat. Etwas Gerechtes. Einige der schlimmsten Dinge werden unter Vorspiegelung von Gerechtigkeit getan.«

»Glauben Sie das? Dass seine Mission gerecht war?«

»Oh, meine Liebe, nein. Natürlich nicht. Aber es ist auch nicht mein Job, darüber ein Urteil zu fällen. Mein Job ist es nur aufzuzeichnen, was ich vorfinde. Zu lehren und zu unterhalten.« Er zögerte ein wenig. »Etwas Wahrheit im Getöse des Sturms zu finden.«

Jake hielt ein Buch in der Hand: ein zerlumptes, in Stoff gebundenes Buch. Alt und vergilbt, der Einband in der Farbe von Schlick. Oliver brauchte einen Moment, um zu begreifen, dass der Wind die Seiten nicht umblätterte. Und der Schnee berührte sie ebenfalls nicht. Sie schienen sich auf eine Weise zu bewegen, die seinen Kenntnissen über die physikalische Realität trotzte. *Magie,* hatte Jake gesagt.

Er öffnete das Buch in der Mitte, und Oliver kam näher, kauerte sich daneben. Es war ein Kontorbuch, wie es aussah – im Querformat, mit einer Landschaft auf dem Buchdeckel, keinem Porträt. Außerdem war es definitiv alt – nicht auf alt getrimmt, sondern *alt*-alt. Jahrzehnte alt. Vielleicht sogar hundert Jahre alt.

Die aufgeschlagenen Seiten zeigten eine Liste von etwas, das nach Unfällen aussah. Bergbauunglücke. Ein verlorener Finger. Ein gebrochener Arm. Ein Steinschlag. Ein eingestürzter Tunnel.

Ein Todesfall.

Alle auf vergilbten Seiten in der Farbe von Zigarettenrauch geschrieben. Die Tinte selbst von einem pudrigen Jeansblau. Verblasst, als würde das Buch selbst versuchen, die Tragödien zu vergessen, die es verzeichnet hatte.

Oliver kam ein Gedanke: *Wie ist es möglich, dass ich das überhaupt sehen kann?* Es war Nacht. Sie befanden sich im Wald, mitten in einem Unwetter. Aber die Seiten, begriff er, leuchteten sanft. Ein unheimliches Licht erhob sich aus dem Buch, so wie Licht, das eine Pfütze reflektierte.

»Was ist das?«, fragte er.

»Das Grubenbuch«, erklärte Jake. Er lächelte Oliver an. Dieses eine seltsame Auge schien zu leuchten. Seine Stimme nahm ein leises, tiefes Timbre an – die Geräusche des Sturms waren jetzt verklungen. »Ein Kontorbuch über die Unfälle in einer Kohlengrube. Unfälle, die keine Unfälle waren. Denn Unfälle sind niemals einfach beliebig, Olly. Sie sind das Endergebnis irgendeines Zusammenbruchs. Von Dingen, die auseinanderfallen. Aber es ist nicht einfach nur ein Kontorbuch.«

»Wie meinst du das?«

»In Worten, die für dich verständlich sind: Betrachte es als ein … eine Art Zauberbuch. Mein Zauberbuch.«

Jake zeichnete mit den Fingern die Seite nach, und die Worte schienen sich zu bewegen und zu zappeln – wie Ameisen, nachdem man ihren Hügel eingetreten hat. Dann hob er die Finger von der Seite und bewegte sie spiralförmig, beginnend in der Mitte und von dort weiter nach außen. Und während er das tat …

Die Luft begann zu schimmern und sich zu verlagern. Schneeflocken trafen in den Raum, den die Finger umkreisten, und zischelten, ein kleines Husten von Dampf. *Tsssst.* Zuerst wirkte der Schimmer wie die Luft über einer heißen Straße, aber dann verzerrte die Luft sich noch mehr …

Bis es aussah, als öffne die Spirale die Welt, als öffne sie die Realität. Als öffne Doctor Strange ein Portal zu einem anderen Ort.

War es eine Tür? Oder war es ein Fenster?

Was immer es war, was dort wartete, war …

Nichts. Ein leerer Raum. Tief. Vielleicht endlos. Aber dann, nein – doch nicht leer. *Etwas* war dort drin. Etwas, das dunkler war als nichts. Und etwas, das dort auch leuchtete, jede Menge kleiner Punkte. Wie Sterne.

Oliver starrte in die Leere. Und die Leere erwiderte seinen Blick.

Das Mädchen stand da und zitterte.

»Nate«, sagte Fig. Weitere Worte kamen nicht heraus – es war nur eine Äußerung von Entsetzen und Schock und mit ihm die unausgesprochene Frage: *Siehst du, was ich sehe, und wenn ja, was zur Hölle geht hier vor?*

Draußen donnerte das Schneegewitter. Es erschütterte Nate bis ins Mark, aber das Mädchen schien es noch mehr zu erschüttern. Sie heulte auf, presste die Augen fest zu und kauerte sich verkrampft zusammen.

»Ist schon gut«, sagte Nate so sanft wie möglich. Er senkte vorsichtig seine Pistole und schob sie zurück in das Holster. Fig folgte seinem Beispiel. »Fig, hast du irgendwelche Decken hier drin?«

»Nebenan«, sagte Fig und eilte aus dem Raum. Ließ Nate mit dem blutenden Mädchen allein.

»Wie wär's, wenn du hinter dem Schreibtisch hervorkommen würdest?«, fragte Nate.

Das Mädchen blieb, wo es war.

»Kannst du sprechen?«

Sie nickte, das war alles.

»Wie heißt du?«

»Ich … erinnere mich nicht.«

Scheiße. Okay. »Woher kommst du? Hast du Eltern? Wohnst du in der Nähe?«

Keine Reaktion bis auf ein sanftes Kopfschütteln.

Nate ging ein wenig näher an sie heran. »Darf ich dir zumindest diesen Stuhl vom Tisch ziehen? Damit du dich setzen kannst und nicht auf dem Boden bleiben musst?«

In diesem Moment kam Fig mit der Decke herein. Er reichte sie Nate, der sich seinerseits ein klein wenig näher an sie heranschob. Das Mädchen zuckte zurück, und ein ängstlicher, animalischer Laut kam ihr aus der Kehle.

Was zur Hölle hat dieses Mädchen durchgemacht? Nate versuchte, seine Taktik zu ändern, und legte die Decke auf die Tischkante, bevor er einen Schritt zurücktrat. Und da war diese Zahl auf ihrer Wange …

Nate wusste, wer gern Zahlen in Mädchengesichter ritzte.

Aber Edmund Reese war tot. Also ein Nachahmungstäter.

Das Mädchen griff nach der Decke, zog sie langsam vom Schreibtisch und hüllte sich darin ein.

»Nate«, sagte Fig und zog ihn beiseite. »Wir sollten sie ins Krankenhaus bringen. Sie hat Verletzungen von diesem Fensterglas davongetragen – und ihr Gesicht. Gott. Irgendjemand hat ihr das angetan. Oder sie war es selbst. So oder so, sie muss medizinisch versorgt werden. Vielleicht braucht sie auch eine psychologische Betreuung. Ärzte, Cops – wir sind für solche Sachen nicht ausgebildet.«

Nate nickte. »Hör zu. Wir halten es für das Beste, dich ins Krankenhaus zu bringen. St. Agnes ist nicht weit von hier entfernt – nur zehn Minuten mit dem Auto.« Das war eine Lüge. Aufgrund des Wetters würde diese Fahrt dreimal so lange dauern, aber es erschien ihm leichter, sie zu einer kürzeren Fahrt zu überreden als zu einer längeren. Sie wirkte zerbrechlich wie ein Stapel Teetassen, die zersplittern würden, wenn man auch nur ein ganz klein wenig zu viel Druck ausübte. »Wir fahren hier weg …«

Sie riss den Kopf herum. Ihre Augen waren groß vor Panik. »Nein. Nein! *Er* ist dort draußen. Er wird mich finden. *Er wird mich finden.*« Sie kauerte sich wieder zusammen und zog die Decke ganz um sich herum.

»Bei uns bist du in Sicherheit«, schaltete Fig sich ein. Er warf Nate einen wilden Blick zu und formte mit den Lippen die Worte: *Scheiße, was machen wir jetzt?*

Nate schob sich vor sie. Sie zuckte zusammen, geriet aber nicht in Panik, ergriff nicht die Flucht. Er hob die Hände. »Pass auf, ich bin ein ehemaliger Cop aus Philadelphia. Und mein Partner und ich sind die hiesigen Beamten der Jagd- und Naturschutzverwaltung. Wir können dich vor dem Mann beschützen, der dir wehgetan hat.«

Ihr Kopf lugte wieder aus dem Deckenbündel hervor. Vor allem ihre Augen. Sie musterten ihn argwöhnisch, aber er fand, dass der Ausdruck darin ein wenig weicher geworden war. »Ich habe einen Sohn. Ungefähr in deinem Alter. Ich beschütze auch ihn. Das ist es, was ich tue. Ich beschütze Menschen. In Ordnung?«

Er ließ sie nicht aus den Augen.

Und sie ließ ihn nicht aus ihren.

Schließlich nickte sie.

»Okay.«

Das Mädchen stand auf.

Los geht's, dachte Nate.

Bei dem Gedanken an Edmund Walker Reese und seine Opfer machte Maddie sich vor allem Sorgen um ihren eigenen Sohn – bei dem Gedanken an Kinder, gleich welchen Geschlechts, Kinder in Gefahr, wurde ihr flau im Magen. Sie ging zur Garage hinaus, eine Taschenlampe in der Hand, um nach Oliver zu sehen.

»Olly?«, rief sie und ließ den Lichtstrahl mal hierhin, mal dorthin gleiten. »Junge. *Junge.*« Aber es war niemand da. Sie ging weiter in den Garten und schaute zwischen die Autos und dann auf die gegenüberliegende Seite.

Kein Oliver, kein Jake, kein Caleb, keine Hina.

Die Garage war geschlossen. Niemand hatte sie geöffnet. Stromausfall.

Scheiße.

Wieder im Haus rannte sie durch den Flur und rief den Namen ihres Sohnes. Panik war ihr auf den Fersen wie eine Meute schnappender Wölfe.

Jake verlangsamte seine Geste, aber der Innenraum der Spirale blieb offen. Es blieben die Ruhe und die endlose Leere. Ein Ort, so tief und so dunkel, dass er fast violett war, wie ein Bluterguss unter der Haut der Realität. Irgendwo jenseits von alldem konzentrierte Oliver sich auf diese glitzernden Lichter, die in der Dunkelheit funkelten. Wie Sterne, aber auch wieder nicht. Sie sahen nicht aus wie Augen, und doch hatte er das Gefühl, als würden sie ihn beobachten. Außerdem wirkten die Lichter prismatisch. Gebrochene Strahlen von einem zerstörten Leuchtturm – Speere aus zerrissenem Licht, pulsierend, flackernd, erlöschend, bevor sie wieder hell aufflammten. Die Stille dieses anderen Ortes strömte in ihn hinein. Eine Leere in ihm sprach zu der Leere dort, und selbst als dort etwas in dem dunklen Bluterguss waberte, fühlte er etwas in sich antworten.

Maddie eilte aus dem Haus, hinaus in den Sturm, und ein Windstoß traf sie so heftig, dass sie dachte, er würde sie gleich hochheben und in die Bäume schleudern. Überall um sie herum krachte Donner, während Schnee und Eisregen auf ihren Wangen brannten. Irgendwo im Wald, in der Dunkelheit, hörte sie das Krachen eines Astes, der von seinem Baum abbrach und durch die anderen Äste fiel, bis er auf den Boden knallte. Wieder und wieder rief sie Olivers Namen: »Olly! *Olly,* bist du hier draußen?«, und eine Reihe zunehmend wahnsinniger Möglichkeiten schoss ihr durch den Kopf: dass er sich im Wagen versteckt hatte, als Nate und Fig zur Jagd- und Naturschutzverwaltung gefahren waren, dass er in den Wald spaziert und jetzt unter einem umgestürzten Baum eingeklemmt war, dass Nate in Bezug auf Jake recht hatte und der Junge mit den seltsamen Augen ihren Sohn in den Tod geführt hatte, dass der Geist von Edmund Walker Reese im Moment irgendwo dort draußen war und beabsichtigte, eine Zahl in die Wange ihres Sohnes zu ritzen, bevor er ihn auf einem Felsen ausweidete ...

Sie schaute sich im Garten um, blickte in den Wald dahinter ...

Bitte, Olly, bitte ...

Ein Leuchten. Dort draußen im Wald.

Maddie kämpfte sich durch den Sturm und rannte darauf zu.

Draußen erwartete sie der heulende, schneidende Sturm. Nate führte das Mädchen so sanft er konnte durch die Tür der Jagd- und Naturschutzverwaltung. Sein Verstand bemühte sich darum, den schnellsten Weg zum Krankenhaus auszuknobeln, während er gleichzeitig beruhigende Laute und Worte von sich gab. Fig war auf der anderen Seite des Mädchens, und gemeinsam trotzten sie dem Wind und dem Schnee und gingen zu Nates Truck.

»Es wird alles wieder gut«, sagte Nate, ebenso für sich selbst und Fig wie für das Mädchen. »Es wird alles ...« *In Ordnung kommen,* wollte er sagen. Aber er spürte ein Ziehen in den Backenzähnen. Seine Augen wurden feucht, und er roch etwas Seltsames, wie einen Kabelbrand.

Vor ihm pulsierte ein Blitz und schoss nur gut drei Meter vor dem Pick-up in den Boden – die Welt schloss sich hinter einem Vorhang aus weißem Licht, und er sah, dass dieser Blitz anders war als jeder andere, den er je gesehen hatte. Er formte eine Säule aus Elektrizität, Peitschen blauer Hochspannungsblitze wirbelten darum herum, und in dem Raum stand eine Person. Oder einfach die Gestalt eines Menschen: ein Mann, dessen Silhouette vom Licht nachgezeichnet wurde. Ein Mann, der etwas in der Hand hielt. *Ein Messer,* dachte Nate.

Donner krachte und traf sie wie ein Überschallknall.

Dann war der Blitz erloschen, und die Person darin verschwunden.

»Nate«, murmelte Fig.

»Du hast es ebenfalls gesehen«, sagte Nate.

»Das war er«, stieß das Mädchen hervor. Sie versuchte jetzt zurückzuweichen und sich aus dem Griff der beiden Männer zu befreien, um wieder ins Büro zu rennen ...

Nate rief ihr etwas zu ...

Sie schrie und heulte vor Entsetzen ...

Ein neuerlicher Blitz riss den Himmel auf. Diesmal traf die Säule aus Licht und Elektrizität das Mädchen ...

Und sie traf auch Nate.

Die Leere flackerte. Ein Aufzucken von Statik wie bei einem alten, kaputten Fernseher kräuselte sich hindurch. Darin vermeinte Oliver ein Gesicht zu sehen. Etwas in diesem Raum, das ihn beobachtete. Ein weißer Mund und schwarze Augen. Dieses Etwas summte und murmelte und sang ein Lied, misstönend und seltsam. Der Klang seines Liedes hatte Gewicht, hatte *Volumen,* und es begann, die Leere mit Formen zu füllen – ein buchstäblicher Akt der Schöpfung, als würde Gott oder *ein* Gott (oder das Gegenteil eines solchen) Dinge mit nichts als seinen eigenen ernsten Äußerungen zum Leben erwecken.

Aber was es erweckte, war nichts Neues, sondern vielmehr etwas, was bereits existierte: Es zeigte Oliver einen Flur, keinen, den er genau erkannte, aber einen, den er an den Schließfächern und der grauen Schulglocke an der Wand identifizierte und an dem schwarzen Brett direkt darunter. Im Flur wimmelte es von Highschool-Kids wie ihm, Schülern, die von Kurs zu Kurs gingen, mit Taschen über ihren Schultern und Büchern in den Händen. Einige lachten, einige wirkten erregt, und alle trugen sie einen kleinen Kern dunklen Schmerzes irgendwo in sich – ein Mädchen mit einem *Star-Wars*-Rucksack lachte, ein Junge mit einem hochgeschlagenen Kragen, wie man ihn aus den Achtzigern kannte, zeigte einem Freund zwei Mittelfinger, ein Lehrer trat in den Flur hinaus und scheuchte die Kids mit einer müden Handbewegung weiter ...

Und dann: *Peng.* Wie ein Pistolenschuss in Olivers Ohr. Mit einem Mal war der Flur verlassen. Niemand blieb dort zurück ...

Zumindest niemand, der noch lebte.

Sieben Leichen lagen auf dem Boden. Blutlachen bildeten sich. Ein Schuss mitten in den Rücken eines Jungen. Ein Mädchen, zusammengesackt an dem Schließfach, zwei Löcher in der Brust, roter Sabber rann ihr aus dem Mund. Ein anderer Junge in einem *Captain-America*-T-Shirt lag mit dem Gesicht nach oben da; sein Kiefer war weg, der feuchte, dunkle Tunnel seiner Kehle entblößt, während Blut die Seiten seines Halses glitschig machte, genau wie den Boden um sein blaues T-Shirt, das sich weinrot färbte. Irgendwo in der Ferne weinte eine Person. Eine andere schrie.

Peng.

Die Szene in der Leere veränderte sich abermals. Jetzt saß ein junger Mann, nicht viel älter als Oliver, auf einem Stuhl, einer Reihe von Monitoren zugewandt. Er trug irgendeine Uniform. Armee, Marine, es war schwer zu erkennen; das Licht des Bildschirms war schummrig. Er trug Kopfhörer. In einer Hand hielt er einen Joystick; mit der anderen versuchte er unbeholfen, einen Kaugummistreifen auszupacken, dann steckte er ihn sich in den Mund. Er kaute und schmatzte wie ein Pferd darauf herum. Schmerz blitzte in seinen toten Augen auf, ein Schmerz, den nur Oliver sehen konnte, ein Schmerz wie ein Knäuel von Schlangen, die sich gemeinsam wanden und sich umschlängelten. Auf dem Bildschirm war eine Hochzeit zu sehen: die Braut in Weiß, mit Henna auf den Händen; der Bräutigam mit einer roten Kufiya; er brachte einen Trinkspruch aus und lachte; dann Tänze in Kreisen und Kreisen und Kreisen; die Hand des jungen Mannes umkrampfte den Joystick und drückte auf einen Auslöser; einige weitere Sekunden eheliche Glückseligkeit, bevor, *wusch*, ein Geräusch den Himmel spaltete, und dann löste sich alles im Feuer auf; der junge Mann an der Konsole warf einen weiteren Kaugummi ein; der Schmerz in ihm verringerte sich nicht, sondern wurde nur dunkler, während er anschwoll.

Peng.

Kinder knieten in Hundezwingern und stießen Finger durch die kleinen Lücken im Drahtgitter, und sie alle weinten, und Schnodder hing in hin und her schwingenden Fäden von ihren Nasen herab …

Peng.

Irgendjemand trat einem Mann, der auf einer riesigen Pappkartonpritsche schlief, mit einem harten Stiefel in die Rippen. Die Rippen knirschten wie Steine unter einer Schuhsohle …

Peng.

Grundschulkinder umkreisten einen anderen kleineren, schwächeren Jungen. Es war Winter. Die Erde schneebedeckt. Himmel von der

Farbe einer Bleistiftschraffur. Sie rieben ihm Eis auf den Kopf und in die Augen. Sie pressten ihm Steine auf die Stirn, so heftig, dass sie Abdrücke hinterließen, gedellte rote Abdrücke. Einer von ihnen hatte ein gefrorenes Stück Hundescheiße auf einer lang vergessenen Frisbeescheibe und bewegte es auf seinen Mund zu. Der Junge biss die Lippen zusammen, aber er weinte, und seine Nase war verstopft, und schon bald würde sein Mund sich öffnen, und diese grausamen Kinder würden ihre Chance bekommen …

Peng.

Ein Junge, dessen Hände an eine Heizung gefesselt waren, kniete auf dem Boden. Seine Lippen waren aufgeplatzt. Eine frische, leuchtend rote Wundlinie glänzte in der Mitte. *Das bin ich,* dachte Oliver. Das ergab keinen Sinn. Wie hätte es auch einen Sinn ergeben können? Es war er. Jünger, ja. Und doch ein wenig verändert – sein Haar war eher blond als braun und auch kürzer, wie ein Bürstenschnitt. Ein paar Sommersprossen auf seiner Wange, aber er dachte: *Der sieht wirklich, wirklich aus wie ich.* Als schaue er in einen Zerrspiegel. Dann trat jemand ins Bild hinein, und daraufhin zuckte Oliver zusammen und presste die Kiefer aufeinander. Eine Hand kam aus dem Nichts und stieß ihn mit einem *Klong* gegen die alte eiserne Heizung – und eine Stimme sagte: »Das bekommst du dafür, dass du versucht hast wegzulaufen.« Und Oliver dachte: *Ich kenne diese Stimme,* es war die Stimme seines Vaters – es war die Stimme von Nate Graves. Brummiger, rauer, kehliger, als hätte er Zigaretten geraucht oder an schlimmem Sodbrennen gelitten, aber er war es definitiv, und dieser Oliver, der reale Oliver, versuchte wegzuschauen, versuchte aufzuschreien, aber er stellte fest, dass seine Zunge geschwollen war, seine Kehle trocken, und er konnte sich weder losreißen noch einen Laut von sich geben und …

»Oliver.«

War das seine Stimme? Oder …

»*Oliver.*«

War es die Stimme von jemand anderem oder –

»Oliver!«

Er keuchte, blinzelte. Schnee wirbelte um ihn herum. Er wandte sich um. Jake war nicht mehr da. Dunkle Bäume erhoben sich über ihm. Sie schienen größer zu werden, wölbten sich über seinem Kopf, als drohten sie, ihn zu Boden zu schlagen und dort festzuhalten. Ihm war schwindelig. Oliver wirbelte in eine Richtung herum, während sein Gehirn und seine Eingeweide in die andere zu wirbeln schienen. Dann Schritte. Sie kamen schnell näher. Jemand rannte auf ihn zu …

Seine Mutter.

Mom.

Sie war diejenige, die seinen Namen rief.

Maddie fand ihn, umarmte ihn, und Oliver brach an ihrer Brust zusammen, würgend und weinend.

In dem Blitz schrie das Mädchen auf. Ihr Gesicht erschauerte und wusch sich aus, als würde das weiße Licht sie einen Zentimeter nach dem anderen verschlingen – Nate beugte sich vor und hielt ihre Hand fest umschlossen. Er rief nach Fig, aber niemand antwortete, und er konnte seinen Partner in dem grellen Licht nicht sehen. Alles, was er hatte, war die Hand des Mädchens in seiner eigenen, und er versuchte, sie näher an sich zu ziehen – er musste sie retten, vor was auch immer das war.

Aber er traf auf Widerstand. Etwas zog von der anderen Seite an ihr. Er sah das Gesicht des Mädchens – das jetzt fast völlig verschwunden war. Aber ihr Blick begegnete seinem. Ihre Augen waren groß vor Entsetzen. Ihre Stimme war ein lautes, gezischtes Flüstern: »*Helfen. Sie. Mir.*«

Eine Hand schloss sich um ihre Kehle. Sie würgte … »*Grrk!*«

Und ein zweites Gesicht erschien über ihrer Schulter. Das Gesicht eines Mannes. Nate erkannte es. Er erkannte es *sofort* – er hatte es erst vor kurzer Zeit gesehen.

Wo? Auf dem Einband von Jeds Buch: *Opfer in Ramble Rocks: Die satanischen Morde des Edmund Walker Reese.*

»Reese«, sagte Nathan, doch der Blitz verschluckte seine Stimme.

Der andere Mann brüllte, und etwas schoss in einem weiten, blinkenden Bogen auf ihn zu – Nate sah das Messer nur eine halbe Sekunde, bevor er spürte, wie es ihm das Gesicht zerschnitt. Die Welt um ihn herum färbte sich rot. Schmerz feuerte durch seinen Schädel wie eine

Reihe brennender Streichholzspitzen. Er schrie auf und spürte, dass sein Griff sich so weit lockerte, dass er das Mädchen verlor.

Der Mann zischte: »Sie gehört *mir*, du Schmeißfliege.«

Wieder stürzte sich der Fremde mit der Klinge auf ihn, aber etwas sauste herab – Nate konnte kaum sehen, was. Etwas Geflügeltes. Das Rauschen von Federn schob sich zwischen ihn und den Killer, während der Blitz sich mit einem Knistern auflöste.

Das Mädchen verschwand. Der Blitz war erloschen. Nate sackte zu Boden.

Kapitel 34
Die Linie dazwischen

Nachher.

Nate saß draußen. Der Sturm war weitergezogen. Der Wind war abgeflaut, und es hatte aufgehört zu schneien. Jetzt war der Wald still. Und weiß, als bestünde die Welt aus haufenweise fluffigen Marshmallow-Knochen.

Fig hatte etwas Schnee in einen Eimer gegeben und Nate angewiesen, ihn mit der Hand herauszuholen und sich auf die Verletzung an seinem Kopf zu pressen, während Fig sich auf die Suche nach ein wenig Mull machte. Nate befolgte den Vorschlag; der Schnee brannte in der Wunde wie Salz.

Jetzt tauchte Fig mit Mull, Kompressen und einem Knäuel Papierhandtüchern auf. »Trockne dich ab, dann werden wir dich damit verbinden.«

»Vielen Dank, Schwester Ratched.« Er zuckte zusammen, als er die Wunde abtrocknete. Als Fig das Tuch wegnahm, war es dunkel von Blut. »Wie sieht es aus?«

»Als hätte etwas versucht, dir die Oberseite deines Kopfes abzusäbeln. Du wirst dich nähen lassen müssen. Vielleicht wirst du ein wenig wie Frankenstein aussehen.«

»Frankenstein war der Arzt, nicht das Monster.«

Fig zuckte die Achseln. »Der Arzt *war* das Monster, Nate, und darum geht es auch gar nicht. Wollen wir darüber reden, was wir beide gesehen haben?«

Nate starrte ins Leere. »Weiß nicht, Fig. Weiß nicht.«

Erhitzt und panisch jetzt, sagte Fig wild gestikulierend: »*Ich* habe jedenfalls ein Mädchen gesehen, in deren Gesicht eine Zahl geritzt war. Und ich habe einen Mann im Blitz stehen sehen – einen Blitz, der dann von ihr gekommen ist und sie hat verschwinden lassen, als ob, als ob, *als ob sie niemals hier gewesen wäre.* Dann war sie weg, und du hast geblutet.«

»Ich kann nichts von alldem erklären.«

»Ich auch nicht, Partner. Ich auch nicht.« Fig wickelte den Mull unbeholfen und mit der ganzen Zartheit eines Pitbulls, der von Fliegenpilzen high war, um Nates Kopf. Nate zog den Kopf weg und übernahm die Aufgabe selbst. »Weißt du, du wirst ins Krankenhaus fahren müssen.«

»Ich weiß, ich weiß.«

»Ich werde nach Pappkarton suchen und das Fenster verkleben. Kommst du hier zurecht? Anschließend fahren wir nach St. Agnes.«

Nate nickte und benutzte ungeschickt Daumen und Zeigefinger, um Heftpflaster abzureißen und den Verband um seinen Kopf festzukleben. Frisches Blut sickerte hindurch. *Scheiße.* »Ja, ich komme klar, geh du nur.«

Fig kehrte ins Büro zurück.

Helfen. Sie. Mir.

Das letzte Flehen des Mädchens drang noch einmal in Nates Geist ein. Er setzte sich ein Weilchen auf die hintere Stoßstange des Trucks und ging diesen Moment im Kopf wieder und wieder durch. Ihr Gesicht. Ihr Flehen. Dann: Reese. Mit einem Messer. Wie war so etwas überhaupt möglich? Wie war *irgendetwas* von alldem möglich? Seine Stirn pochte, als sei sein Herz aus seiner Brust geklettert und habe sich direkt unter der Wunde niedergelassen.

Während er das Geschehene noch einmal durchging, glitt ein sanfter Schatten vor den Mond und driftete über Nate hinweg. Er zuckte zusammen, schaute auf …

Es war eine Eule.

Nein, dachte er. Nicht *eine* Eule.

Die Eule. Dieselbe, die er in jener ersten Nacht draußen vor Jeds Haus gesehen hatte.

Sie hockte in einem Strahl Mondlicht auf einem Ast und drehte den Kopf mit einem Ausdruck fragender Erheiterung oder Verwunderung zur Seite.

»Warst du das?«, fragte Nate sie. »Er wollte mich umbringen. Der

Mann im Blitz. Reese. Und dann weiß ich, dass ich gespürt habe, wie Flügel über mich gestrichen sind.«

Die Eule schrie, ein sanftes *Oo Oo*.

Und dann war sie wieder fort, erhob sich lautlos in die Luft.

Nur dass er sich diesmal sicher war, dass der Vogel, den er gerade gesehen hatte, überhaupt kein Vogel war, sondern vielmehr nur eine hölzerne Schnitzerei eines Vogels. Was, wie er wusste, ebenfalls nicht möglich war, aber spielte die Linie zwischen möglich und unmöglich überhaupt noch eine Rolle?

Kapitel 35
Bloß gefallen und genäht

Nate zog seinen Mantel an. Er war schon seit Stunden im Krankenhaus, aber endlich war seine Stirn genäht und ihm ein Rezept für Antibiotika ausgestellt worden. Sieben Stiche.

Maddie war nicht da. Sie sagte, Oliver hätte eine »Episode« gehabt und sie müsse bei ihm bleiben. Sagte auch, dass Jed so nett gewesen sei, noch ein Weilchen zu bleiben und zu helfen. Genau wie Zoe. Er versuchte natürlich zu fragen, was genau sie mit einer *Episode* meinte, aber sie wusste nicht so genau, was passiert war, nur dass er in den Wald gelaufen war und eine Art Zusammenbruch gehabt hatte. Sie sagte Nate, er solle sich keine Sorgen machen, aber genauso gut könnte man jemanden bitten, sich einen Mückenstich nicht zu kratzen – sobald man das hörte, war alles, was man fühlte, dieser verdammte Juckreiz.

Jetzt konnte er endlich nach Hause gehen.

Nur dass sein Abgang von einem Mann aufgehalten wurde, der an der Tür zu seinem Zimmer in der Notaufnahme stand.

Es war ein Cop. Ein kahlköpfiger Bursche, sah nach Blödmann aus. Fettwülste über den Augen und hinten in seinem Nacken wie ein Haufen Knackwürste.

Staatspolizist, wie es aussah. Niemand aus dem Ort. »Nate Graves?«, fragte der Mann.

»Mhm.«

»John Contrino, Jr., Deputy Chief, Staatspolizei.«

»Okay, wie geht's?« Nate hielt ihm eine Hand hin und der andere Mann schüttelte sie.

»Nicht allzu gut, Nate. Nicht. Allzu. Gut. Zum einen musste ich ausrücken. In einer üblen Nacht. Wir haben haufenweise Unfälle. Der Strom ist im halben County ausgefallen. In der anderen Hälfte kämpfen die Leute immer noch mit auf Häuser gestürzten Bäumen und überfluteten Kellern.«

»Ich wusste gar nicht, dass es Ihr Job ist, nasse Keller auszupumpen.«

Contrino hielt einen Moment inne und leckte sich die Lippen. »Der war gut, Nate. Wirklich gut.«

»Ich frage ja nur, was Sie hierherführt. Denn ich war gerade auf dem Heimweg.«

»Ich denke, Sie können einen Moment erübrigen, um die Geschichte Ihres Partners zu bestätigen – oder, wie ich hoffe, sie abzustreiten.«

»Die Geschichte meines Partners.«

Fig, was hast du getan?

»Genau, Axel Figueroa hat in meinem Büro angerufen und einen *Zwischenfall* gemeldet. Er sagte, Sie beide seien zu Ihrer Dienststelle der Jagd- und Naturschutzverwaltung gefahren, um nach einer Fehlfunktion der Alarmanlage zu sehen, aber statt einer Fehlfunktion hätten Sie dort ein Mädchen vorgefunden. Nackt und verletzt.« Als er das hörte, verkrampfte Nate sich am ganzen Körper. *Warum musstest du die Polizei anrufen, Fig?* Nate war die Polizei gewesen. Sie waren nicht dazu ausgerüstet, mit Berichten umzugehen, die keinen Sinn ergaben. Sie behandelten solche Geschichten größtenteils mit Herablassung und Spott – oder schlimmstenfalls verprügelten sie die Erzähler solcher Geschichten und erschossen sie vielleicht sogar, wenn sie nicht weiß waren.

»Was hat er gesagt, was dann passiert ist?«

»Er hat gesagt, das Mädchen sei weggelaufen.«

Puh. Zumindest hatte Fig nichts über *Blitze* gesagt und über *unheimliche Ex-Massenmörder, die sich in diesem Blitz versteckt hatten,* und das Mädchen sei danach dann verschwunden. Das hier brachte ihn in eine heikle Situation. Entweder er bestätigte Figs Geschichte, was ihn ebenfalls dumm dastehen lassen würde. Oder er stritt Figs Geschichte ab, wodurch Fig noch blöder dastand. Es konnte ihn vielleicht sogar seinen Job kosten.

Was keine Option war. Nate wusste eins mit Bestimmtheit: Man stand zu seinem Partner.

»Das ist zutreffend. Fig hat es genau richtig erzählt. Brauchen Sie deswegen eine offizielle Aussage von mir?«

»Nein, ich habe mich nur gefragt, warum Sie es nicht gemeldet haben. Ich meine, Sie waren früher mal Cop, ja? Sie wissen um die Wichtigkeit solcher Dinge, würde ich denken.« Er zog die Nase hoch. »Ist es dieser Zwischenfall, bei dem Sie sich die Schnittwunde auf ihrer Melone zugezogen haben?«

»Ach, das.« Er griff schnell nach einer Lüge. »Das Mädchen hat sich an mir vorbeigedrängelt. Ich bin auf einer vereisten Stelle ausgerutscht. Muss auf einen … Stein gefallen sein oder einen Ast oder so.«

»Mhm. Die Krankenschwester hat gesagt, Ihre Verletzung passe zu einer Klinge.«

Gottverdammte Cops, dachte Nate. Contrino machte nicht den Eindruck eines guten Kerls, aber zumindest schien er ein guter Cop zu sein. Tat gewissenhaft seine Pflicht.

»Tja, vielleicht bin ich auf ein abgebrochenes Stück Metall oder so etwas gefallen – es ist ziemlich wild zugegangen in diesem Unwetter«, erklärte Nate. »Und ich habe es nicht gemeldet, weil ich wusste, dass Fig sich darum kümmern würde, während ich mir meine, äh, ›Melone‹ habe nähen lassen.«

»Mhm. Okay. Okay.« Contrino zwang sich zu einem Lächeln. »Freut mich, Sie kennengelernt zu haben, Nate. Wir werden die Augen nach diesem Mädchen offen halten. Und Sie machen weiter …« Er wedelte geringschätzig mit einer Hand in Nates Richtung. »Was immer es ist, das diese Jagd- und Naturschutzverwaltung macht. Finden Sie eine Forelle, die verkehrswidrig die Straße überquert, oder irgendeinen anderen Scheiß.«

»Alles klar, Deputy Chief Contrino.«

Er sah dem anderen Mann nach. Und dann, und erst dann übermannte ihn die Müdigkeit. Sie zog ihn herab. Er fühlte sich wie gerädert. Er wollte nur noch nach Hause. Seine Frau sehen. Nach seinem Sohn schauen. Gott, was für ein Tag.

Kapitel 36
Geteiltes Leid ist halbes Leid

Es war drei Uhr morgens, als Nate sich seiner Frau gegenüber an den Esstisch setzte. Er stocherte in einem Stück aufgewärmter Pizza herum.

»Das war ein ziemlich verkorkster Abend«, bemerkte Maddie schließlich.

»Halloween ist seinem Ruf gerecht geworden, würde ich sagen.«

»Gott, da hast du nicht unrecht.«

»Ich bin nur froh, dass es unserem Alterchen gut geht.« Er beugte sich vor. »Es geht Olly doch gut, oder?«

Maddie warf ihm einen entnervten Blick zu. »Ich weiß es wirklich nicht, Nate. Ich meine, es geht ihm gut insofern, dass er nicht verletzt ist. Aber er hat Kopfschmerzen, und ich weiß nicht einmal, warum. Ich denke, er hat sich vielleicht Sorgen um dich gemacht.«

»Das tut mir leid.«

»Nicht deine Schuld. Job ist Job.« Sie beugte sich vor und griff nach seiner Hand, während sie den Verband um seinen Kopf beäugte. »Ich bin nur froh, dass mit dir alles in Ordnung ist. Als ich dich nicht erreichen konnte … verdammte Hölle.«

»Tut mir leid. Wir hatten keinen Handyempfang.«

Sie nickte. Ihr Lächeln fühlte sich irgendwie falsch an. Nicht direkt unaufrichtig, aber es verbarg Schmerz oder Furcht oder etwas anderes.

»Also …«, sagte sie.

»Also …«, antwortete er.

»Ich … wir …«

»Ja. Ja. Wir …«

»Wir müssen reden«, sagten sie wie aus einem Mund.

Und dann redeten sie.

Zwischenspiel
Wo Maddie hingegangen ist

Damals.

Das sogenannte Happy Valley umfasste das State College, Pennsylvania, aber auch mehrere seiner umliegenden Stadtbezirke, wie zum Beispiel Harris, Patton und Ferguson. Der Geschichte zufolge hatte die Gegend sich ihren vergnügten, fröhlichen Namen in der Weltwirtschaftskrise zugezogen, denn während der Rest des Landes in wirtschaftliche Dunkelheit gestürzt war, war die Wirtschaft dieser Gegend relativ stabil geblieben aufgrund des Vorhandenseins sowohl der Penn State University als auch der einheimischen Bauernhöfe, was bedeutete, dass alle in einer ziemlich isolierten Blase leben konnten, in der sie gut ernährt und gut ausgebildet wurden. Alle waren glücklich …

Daher: Happy Valley.

Maddie dagegen befand sich in einem Tal, aber verdammt, glücklich war sie ganz sicher nicht. Sie fühlte sich einsam. Verängstigt. Unsicher. Sie packte eine Reisetasche, dann ging sie … einfach davon. Sie war vier Stunden von zu Hause entfernt. Sie vermisste ihren Sohn und ihren Mann. Es brachte sie schier um, dass sie das hier vor ihnen verborgen hielt. Sie wusste, dass sie es Nate erzählen musste. Aber wie? Er würde kein Fitzelchen von alldem glauben.

Sie selbst glaubte es kaum. Ihre eigenen Erinnerungen fühlten sich an wie eine Lüge.

Es waren diese Momente, die sie hierhergeführt hatten, an eine Tür eines Stadthauses einige Häuserblocks von den Wohnheimen der Studentinnen entfernt. Es war Mittag. Sie klopfte an, wartete und klopfte abermals.

Die Tür wurde geöffnet, und endlich stand Sissy Kalbacher vor ihr. Sissy hatte blonde Löckchen und Cherubim-Wangen, das einzige Zeichen einer Pummeligkeit, die sie in der Jugend gehabt hatte und die mittlerweile verschwunden war. Sie sah straff und fit aus – eine Yoga-Mom und eine Kampfsportlerin in einem. Die Zeit war freundlich mit ihr umgegangen. Vielleicht war Sissy auch freundlich mit sich selbst umgegangen. Was alles in allem wahrscheinlich verdient war.

Sissy sah Maddie mit einem Schimmer von etwas an, das Wiedererkennen nahekam – was keinen Sinn ergeben würde. Sie waren sich nie begegnet.

»Sissy?«, fragte Maddie.

»Die bin ich, ja.«

»Ich bin Maddie Graves. Ich bin diejenige, die Ihnen die E-Mail geschickt hat.«

Sissy nickte. Erneut dieser Blick des Wiedererkennens. Sie musste Maddie online nachgeschlagen haben. Es war recht leicht, Fotos von ihr zu finden, größtenteils von Ausstellungen in Galerien im Laufe der vergangenen zehn Jahre. Über einige davon war in der Zeitung berichtet worden.

»Klar, natürlich.«

»Darf ich reinkommen?«

»Ja. Ja, bitte, kommen Sie doch herein«, sagte die Frau wachsam. Und dann, als Sissy sich umdrehte, sah Maddie es: den Hauch einer Narbe auf ihrer Wange.

Einer Narbe in der Form der Ziffer 5.

Das Haus war hell erleuchtet, und verdammt, fast alles war weiß oder grau oder silbern. Sehr modern. Ein harter Kontrast zu Nates und Maddies Bauernhaus. Einige Dinge darin erinnerten an die Wohnheime: rosa Kissen auf der weißen Ledercouch, eine Schale mit limonengrünem Weihnachtsschmuck (viel zu früh hervorgeholt, wenn man Maddie fragte), Abzeichen der Studentinnenverbindung Phi Mu gerahmt im Flur. Und auch Fotos von Kindern. Maddie zählte: drei. Alles Mädchen.

Schön für dich, dachte Maddie.

Sissy, die ein bequemes T-Shirt und Yogahosen trug, setzte sich Maddie gegenüber hin.

»Möchten Sie etwas zu trinken?«, bot Sissy an. »Ich habe Löwenzahntee. Er ist wirklich gut, schmeckt stark nach Vanille, wobei …« Sie tat so, als senke sie verschwörerisch die Stimme. »Man muss davon wirklich pinkeln, haha.«

»Oh, ja, nein, das hier wird nicht lange dauern.«

»Oh. Okay. Ich gestehe, ich wusste nicht – ich wusste nicht, ob ich Sie kennenlernen wollte. Angesichts des Gesprächsthemas. Ich rede nicht viel darüber. Darüber, was passiert ist.«

»Das verstehe ich. Können Sie sich überhaupt … daran erinnern?«

»In Fetzen, ja. Ich denke selten daran.«

»Das ist eine Gnade.« Daraufhin zuckte Sissy ein wenig zusammen, und Maddie versuchte, es zu überspielen: »Ich meine nur, nicht jedermanns Geist ist so gut in Selbstverteidigung. Mein Sohn ist wie ein Bär, der in einem Schneesturm sein Fell verloren hat. Jedes Lüftchen haut ihn um, verstehen Sie?«

»Es tut mir leid, das zu hören.«

»Nein – ich meine, nein, ich will kein Mitleid für mich oder mein Kind heischen. Ich vermassele das hier total. Lassen Sie es mich noch einmal versuchen: Ich wollte nur eine Frage stellen. Und ich weiß, das hätte ich per E-Mail tun können, aber ich musste Sie sehen. Ich musste Sie *kennenlernen*. Zum Teil, um festzustellen, dass es Ihnen gut geht, aber auch, um … ich weiß nicht. Ihr Gesicht zu beobachten, wenn Sie das beantworten, denn Sissy, ich muss Ihnen sagen, dass ich im Moment so einiges durchmache. Einiges, was ich nicht verstehe, und Hölle, ich hoffe wirklich, dass Sie mir helfen können, das zu enträtseln. Auch wenn Sie mir nur sagen, dass ich spinne. Ehrlich – ehrlich! –, das wäre das netteste Geschenk, das Sie mir machen könnten. Also, ich wollte nur wissen …« Sie schluckte einen dicken Kloß herunter, als sie zu der Frage kam. »Wie sind Sie Edmund Reese entkommen?«

Sissy starrte eine Weile auf ihren Schoß, bevor sie antwortete: »Ich weiß, ich habe Ihnen Löwenzahntee angeboten, aber trinken Sie harte Sachen? Denn ich verspüre plötzlich ein starkes Verlangen danach.«

Maddie nickte. »Das tue ich, wenn mir danach zumute ist.«

»Nun, mir ist danach zumute«, sagte Sissy und stand auf. »Ich bringe zwei Gläser mit.«

Die harten Sachen erwiesen sich als Bourbon. Dunkel wie kalter Nescafé – und mit dem gleichen kräftigen, reichhaltigen Duft.

»Parker, mein Mann, bevorzugt seltsamerweise mädchenhaftere Drinks – und ich meine, er ist sehr stolz, Frauengetränke mischen zu können. Aber echten Bourbon verträgt er nicht. Ich mag das Zeug. Habe es vielleicht ein wenig zu sehr gemocht, als ich jünger war, und dann …« An dieser Stelle folgte ein vage bedauernder Seufzer. »Dann sind mir die Geburten der Kinder in die Quere gekommen, da war ich brav, und, nun ja.« Sie nahm einen großen Schluck von dem Bourbon. »Ich zögere die Antwort auf Ihre Frage hinaus, das ist mir bewusst. Tja, ich sollte wohl einfach zur Sache kommen.«

»Bitte«, sagte Maddie mit einem mitfühlenden Lächeln.

Sissy begann mit ihrem Bericht: »Der Tag, an dem ich freigekommen bin. Ja.« Ihre Augen waren jetzt unfokussiert, und Maddie konnte erkennen, dass sie nichts hier in diesem Raum sah, sie sah etwas an einem anderen Ort. In ihrem eigenen Kopf. In ihren eigenen Erinnerungen. Ihre Augen schimmerten, vielleicht von aufsteigenden Tränen. »Das Monster, seinen Namen kann ich nicht aussprechen, daher nenne ich ihn einfach so, nicht den Mörder, nicht den Massenmörder, einfach so: das Monster. Das Monster hat mich mehrere Tage lang gefangen gehalten. Er hat gesagt, er müsse … den Weg bereiten. Ich wusste damals nicht, was das bedeuten sollte, und ich weiß es jetzt immer noch nicht – ich weiß nur, dass er die Morde, die er begangen hat, als Teil eines größeren kosmologischen Plans betrachtet hat, eines Opfers oder, oder irgendeines hehren Zieles. Keine Ahnung, ich weiß es wirklich nicht. Ich weiß nur, dass ich sterben sollte. Ich habe es auch damals gewusst. Nach dem ersten Tag, den ich als Gefangene in seinem Keller verbracht hatte, wusste ich es. Ich wusste es, weil er es mir zu verstehen gegeben hat. Er hat erklärt, ich müsse die Mahlzeit essen und das Wasser trinken, die er mir brachte, weil ich ihm nicht ›zu früh‹ wegsterben dürfe. Es müsse zum richtigen Zeitpunkt geschehen. Unter den richtigen ›Sternen‹. Nein, unter der richtigen ›Anzahl von Sternen‹.«

»Hatte er eine Schwäche für Zahlen?«

»Die hatte er. Ja. An dem Tag, an dem er mich aus dem Keller geholt hat, hat er …« Sie blinzelte einige Male, als versuche sie, sich an

239

die Details zu erinnern. »Er hat pausenlos über das Zählen geredet oder über die Anzahl von Dingen. Wie viele Schlüssel er an seinem Schlüsselring hatte. Wie viele Angeln und Türklinken in seinem Haus waren. An wie vielen Stellen die Farbe an der Kellertür abblätterte, dergleichen. Einiges davon ist mir im Gedächtnis geblieben, ist mir wirklich im Gedächtnis geblieben. Er sagte, traditionellerweise brauche ein Sarg nur zehn Nägel, um geschlossen zu werden. ›Zehn Nägel, um einen Sarg zu schließen‹, sagte er wieder und wieder, dann fügte er hinzu: ›Aber man braucht neunundneunzig, um die Welt zu töten.‹«

Man braucht neunundneunzig, um die Welt zu töten.

»War das der Zeitpunkt, an dem Sie geflohen sind?«

»Kurz darauf. Er hat mich nach oben gebracht und mir mit Klebeband die Hände gefesselt – auch den Mund verschlossen –, dann hat er mich zur Tür geführt. Es war Nacht. Er hat gesagt, er müsse eine Quote erfüllen, und ich sei Teil dieser Quote – Nummer fünf, hat er mich genannt. Er hat nie meinen Namen benutzt. Ich weiß nicht einmal, ob er ihn kannte. Nur das, Nummer fünf. Und er hat mich zur Haustür geführt. Es gab eine alte, heruntergekommene Fliegentür. Dreckig und mit Löchern im Gitter. Spinnweben haben diese Löcher ausgefüllt. Und vor ihr, bevor man die Tür erreichte, um nach draußen zu gehen, befand sich eine weitere Tür – diese zweite Tür hat, denke ich, in die Küche geführt.«

Während Sissy sprach, hatte Maddie das Gefühl, als könne sie den Ort vor ihrem inneren Auge sehen. Lebhaft und klar. *Es riecht nach Moder und Staub,* dachte sie.

»Er hat mich vor sich hergetrieben. Als würde er mich abführen, kleine Stöße und Schubser, um mich dazu zu bewegen weiterzugehen. Und ich habe immer wieder nach Stellen Ausschau gehalten, um wegzurennen. Also habe ich diese Tür gesehen und gedacht: Dort werde ich hinrennen.«

»Und haben Sie es getan?«

»Das war nicht nötig.«

Maddie erschauerte. »Warum nicht?«

»Weil ich, als ich nah herankam – und ich weiß, das klingt gaga, aber als ich auf die Tür zugegangen bin, habe ich etwas in der Küche stehen sehen. Es stand da auf diesem geschmacklosen orangefarbenen, schmutzigen Linoleumboden aus den 1970ern.«

»Da hat etwas gestanden? Was denn?« Obwohl Maddie befürchtete, es bereits zu wissen, musste sie danach fragen. Denn es *konnte* nicht wahr sein.

»Eine kleine ... Kreatur.«

Maddie lachte und unterdrückte den Laut schnell, als er herauskam. »Wie bitte?«

»Genau das ... war es. Diese kleine Kreatur. Aus Pappkarton.«

Maddies Lachen erstarb ihr in der Kehle. Ihr war schwindelig. »Pappkarton.«

»Ja, eine kleine Kreatur aus Karton. Aus Pappe ausgeschnitten und in Gestalt eines kleinen ... Mannes. Nicht höher als vielleicht sechzig Zentimeter. Kleine, krumme Beine. Kurze, angewinkelte Arme. Und ein Kartonkopf. In gewisser Weise zu groß für seinen Körper.«

Maddie schloss die Augen. »Und auf seinem Gesicht war ein Smiley. Als sei es gezeichnet worden mit einem ...«

»Textmarker«, ergänzte Sissy und nickte. »Wasserunlöslicher Textmarker.«

»Und der Mann hatte auch etwas in der Hand.« *Keine Schere, sondern ein ...*

»Ein Präzisionsmesser.«

»Dasselbe Präzisionsmesser, aus der die Kreatur gemacht worden war«, ergänzte Maddie.

»Okay. Gut, wenn Sie es sagen. Was ich weiß, ist, dass die Kreatur eine Hand, wenn man es so nennen kann, an ihren lächelnden Mund gehalten hat, als wolle sie *Scht* sagen. Und ich habe gehorcht. Ich habe geschwiegen, denn obwohl ich mir *sicher* war, dass ich den Verstand verlor, hielt ich es für besser, auf die Kreatur zu hören. Also habe ich genickt und bin weitergegangen. Genau wie Reese. Als dieses Monster mich zur Haustür geschoben hat, hat er an mir vorbeigegriffen, um die Tür zu öffnen – und das war der Moment, in dem er geschrien hat. Es war ein schrecklicher Schrei. Direkt in mein Ohr, und von allen Dingen, an die ich mich erinnere, erinnere ich mich am deutlichsten an dieses Geräusch, und ...« An dieser Stelle war ihr offensichtlich heiß –

ihre Wangen waren gerötet, als sei sie *sauer,* aber auch *triumphierend.*

»Und ich erinnere mich daran, weil es mich Glück empfinden lässt. Sein Schmerz hat mir *Glück* geschenkt.«

»Warum hatte er denn Schmerzen?«

»Vielleicht wissen Sie das bereits. Vielleicht auch nicht. Aber als er an dieser Tür vorbeigegangen ist, ist unser kleiner Freund, der Kartonmann, herausgekommen und hat dem Monster dieses Präzisionsmesser in die Wade gerammt. Hat es wirklich tief hineingebohrt. Dann ist der Kartonmann davongerannt, hopp, hopp, hopp, und das Monster ist hinter ihm hergehumpelt und hat geheult.«

»Und da sind Sie entkommen. Sie ... sind durch die Tür gegangen.«

»Ja. Aber nicht ohne Hilfe.«

Maddie beugte sich vor. »Was meinen Sie damit?«

»Das ist der Punkt, an dem die Sache ein wenig seltsam wird.«

»Die Sache ist bereits ziemlich seltsam, Sissy.«

»Ja. Nun. Warten Sie es ab. Denn ich erinnere mich daran, jemanden gesehen zu haben, ein Gesicht im Fenster. Es war ein fremder Mann mit einem langen, ausgezehrten Gesicht – langer Bart, große Augen. Und dann erinnere ich mich ... dass noch jemand anderer dort war. Ich erinnere mich an jemanden, der mir geholfen hat. Ein kleines Mädchen.«

»Ein kleines Mädchen? Was für ein kleines Mädchen? Eins seiner Opfer?«

»Nein. Jemand Neues.« Sissy trank den Rest ihres Bourbons auf einmal und schauderte dabei. »Ich bin mir ziemlich sicher, dass Sie es waren.«

Vierter Teil

DIE VIELEN ARTEN VON MAGIE

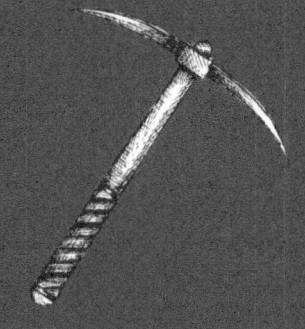

Wenn wir nun über die Geschichten reden, die sich um den Leuchtturm Eulenkopf drehen, müssen wir eine vielleicht noch ältere Frage mit einbeziehen: Was ist die Eule? Oder vielmehr, was bedeutet die
Eule? In der Symbologie bedeutet die Eule viele Dinge. Die Sioux haben
die Eule als Boten bevorzugt. Die Lakota haben sie sowohl als erbitter-
ten Beschützer sowie als eine Kreatur betrachtet, die eine übernatür-
liche Gabe hat – die Fähigkeit, Dinge zu sehen, die verborgen waren,
sogar durch Welten selbst hindurchzusehen. Die Griechen haben die
Eule natürlich als ein Symbol für eine Seherin betrachtet, noch mehr in
der Schlacht als in der Weisheit – wobei die Eule eins von Athenes Tieren war und man daran erkennt, dass sie ihnen auch als ein Idol mys-
tischer Weiblichkeit diente – dem weiblichen Geist wurde Gestalt ver-
liehen, still und machtvoll, weise und allumfassend. Sie beobachtet uns
aus den Bäumen. Einige sahen die Eule als etwas Böses, andere als etwas Gutes, wieder andere als einen unabhängigen Geist, losgelöst von
unseren Vorstellungen davon, was richtig, falsch, gut oder böse ist, eine
richtende Kreatur wie Ägyptens Schakal. Welche dieser Einschätzun-
gen ist wahr? Wer kann das sagen? Vielleicht sind sie alle wahr. Danke,
dass Sie diese Woche bei uns reingehört haben. Ich bin Elon Mankey,
und Sie haben *Fable* gehört, den Podcast für Folklore und Legenden.

Elon Mankey, *Fable*-Podcast, Episode 29
»Der Leuchtturm«, 13. März 2019

Kapitel 37
Und dann redeten sie

Sie kam aus ihr rausgesprudelt, die Geschichte. Maddie fixierte Nate mit dem eindringlichsten Blick, mit dem sie ihn je bedacht hatte – wie zwei Laserstrahlen, die dazu gedacht waren, Stahlbalken zu schmelzen –, und sie erzählte ihm, wie sie Sissy Kalbacher aufgesucht hatte, das fünfte von Edmund Walker Reese' entführten Mädchen, das Mädchen, das entkommen war. Sie berichtete ihm, was Sissy ihr erzählt hatte. Und jetzt erzählte sie ihm auch *ihre* Seite der Geschichte und wie sie in dem Isolationstank angefangen hatte, sich an Dinge zu erinnern.

»Ich habe zu der Zeit bei meinem Vater in der Stadt gelebt.« Ihr Vater, Denny, war Cop gewesen. Er war derjenige, der Nate dazu gebracht hatte, sich der Truppe anzuschließen. (Nate dachte: *Ruhe in Frieden, Denny.* Der arme Kerl war vor fünf Jahren an Prostatakrebs gestorben.) »Und weil Dad Cop war, hatte ich, was Verbrechen und solche Sachen anging, *große Ohren.* Ich wusste einfach etwas darüber. Ich wusste etwas über Autoknacker und den Rittenhouse-Vergewaltiger und die Gang-Aktivitäten vor Ort. Er hat versucht, diese Dinge von mir fernzuhalten, aber ich bitte dich. Ich war intellektuell neugierig. Und eine gehörige Nervensäge. Ich habe es gewusst. Ich habe das alles gewusst. Und ich habe über Edmund Reese Bescheid gewusst. Ich habe von den vier toten Mädchen gewusst und von dem fünften – dem Mädchen, das verschwunden war, das aber nicht als Leiche wiederaufgetaucht war.«

Nate saß still wie ein Stein da. In ihm wuchs das schleichende Grauen, dass ihre Geschichten sich überschneiden würden – aber jenseits des Grauens war auch eine irre, wilde Art von Erregung. Die schiere innere Spannung nach dem Motto: *Oh, wart nur ab, bis du hörst, was ich zu sagen habe,* würde ihn gleich verbrennen und zu einem Häufchen Asche machen.

Maddie, die noch nicht geblinzelt hatte, fuhr fort:

»Ich erinnere mich daran, dass ich von diesem Mädchen geträumt habe. Wie sie irgendwo dort draußen war, voller Angst und von der festen Überzeugung erfüllt, dass sie sterben würde. Du weißt ja, es war genau das Ding meines Dads, Menschen zu helfen. Vielleicht ein klein wenig auf Kosten seiner selbst. Vielleicht sogar auf Kosten seiner Familie. Keine Ahnung. Aber ich wollte so sein wie er. Also habe ich angefangen, etwas zu machen, als ich in dieser Nacht aufgewacht bin. Ich war schon damals eine kleine Künstlerin. Meine Zensuren waren grauenvoll, bis auf Kunst und Englisch. Und ich bin aufgestanden und durch unser dunkles Stadthaus geschlichen, und dabei habe ich mich bemüht, meinen Vater nicht zu wecken – der vor den Nachrichten im Fernsehsessel unten eingeschlafen war wie jeden Abend –, und ich habe mir eine Schere, Klebeband und Pappkartons geholt.«

»Und das war die Nacht, in der du den Kartonmann gemacht hast«, bemerkte Nate.

»Das war die Nacht, in der ich den kleinen Kartonmann gemacht habe. Und ich erinnere mich daran, dass ich bei seiner Herstellung jedes … Zeitgefühl verloren habe. Ich erinnere mich daran, die Materialien zusammengesammelt zu haben. Ich erinnere mich daran, mich hingesetzt zu haben, um anzufangen. Und dann – und das ist das Nächste, woran ich mich erinnere – war er bereits fertig. Ich erinnere mich daran, dass jemand bei mir war. Nicht mein Vater, sondern jemand anderer. Ich weiß nicht. Der Rest ist immer noch …« Und an dieser Stelle trat eine tiefe Falte der Frustration zwischen ihre Brauen, während sie mit dem rang, was immer in ihrem Kopf vor sich ging. »Schwer zugänglich. Aber Sissy meinte, der Kartonmann sei in Reese' Haus gewesen und dass er oder es oder was immer zum Teufel es war, sie gerettet habe, indem er ein Präzisionsmesser, mein Präzisionsmesser, in sein Bein gerammt habe.«

Nate hob die Hand. »Ich habe Fragen.«

»Schieß los, Big Poppa.«

»Das werde ich, wenn du mich nie wieder Big Poppa nennst.«

Sie zuckte die Achseln. Er fragte trotzdem.

»Ich will sichergehen, dass ich das verstehe – du sagst, der Kartonmann sei lebendig. Oder irgendwie belebt.«

»Korrekt.«

»Und du hast ihn gemacht?«

»Zum zweiten Mal ins Schwarze getroffen.«

»Und der Kartonmann war da. In Reese' Haus.«

»Dreierwette, Hattrick, richtig getippt.«

»Wie? Wie ist er dort gelandet?«

Maddie beugte sich vor, und jetzt war ihr Blick geradezu *manisch*.

»Ich weiß es nicht. Aber Sissy hat noch etwas gesagt. Sie hat gesagt …
sie habe einen bärtigen Freak durchs Fenster starren sehen. Und dann
habe sie *mich* gesehen. Und … ich habe ihr irgendwie geholfen.«

Ein bärtiger Freak.

Alle Härchen auf Nates Armen und Nacken stellten sich auf wie
Wächter. Er wusste nicht einmal, wo er anfangen sollte oder wie er seine Reaktion darauf ordnen konnte. »Also schön. Der bärtige Typ, auf
den werden wir später zurückkommen, und ehrlich, schon ganz bald,
Maddie, werde ich einige Dinge sagen, die das alles verdammt noch mal
erheblich merkwürdiger machen werden, okay? Aber du sagst, dass du
dort warst. In Reese' *Haus*, zusammen mit der kleinen Kalbacher.«

»Ich glaube, ja. Oder so etwas in der Art. Und hier ist der Kracher,
Nate: Ich habe mich in ihre Einfahrt gesetzt und mein Handy heraus-
geholt und die Nachrichten von damals aufgerufen. Sissy ist zu ihren
Eltern zurückgekehrt, und ein Cop hat sie dort hingefahren.«

»Okay. Und?«

»Es war ein Cop aus der Stadt, niemand aus dem Ort, keine Staatspolizei.«

Er blinzelte. »Ein Cop aus der Stadt?«

»Ich *glaube*, dass es mein Vater war«, berichtete sie weiter. »Ich …
habe eine Erinnerung daran. Sie ist scheiß verschwommen, aber ich
entsinne mich, dass er mich bei Mom-Moms Haus abgesetzt hat –
meine Großmutter wohnte einen Häuserblock entfernt –, und er hat
gesagt, er müsse ein kleines Mädchen nach Hause bringen. Das dürfte
Sissy gewesen sein, Nate. Zu uns nach Hause.«

»In Philly.«

»Ja. In Philly.«

»Gott, Maddie.«

»Und es war nicht das letzte Mal, dass etwas Derartiges passiert ist.« Sie zögerte. »Es ist wieder passiert.«

»Es ist wieder passiert? Was ist wieder passiert?«

»Ich habe Dinge gemacht. Und sie sind … lebendig geworden.« Sie erzählte ihm zuerst von dem Kartonmann, den sie unlängst gemacht hatte – ohne überhaupt wahrzunehmen, dass sie es getan hatte. Dann sprach sie über die Eule, die davongeflogen war, und dass sie anscheinend eine krasse Nachbildung von dem Killer gemacht habe, von Edmund Reese.

Nate nahm sich einen Moment Zeit. Nur um alles zu verarbeiten. Er brauchte diese Zeit, um es in sich aufzunehmen, um es zu verdauen. »Alles okay?«, fragte sie ihn.

Und dann erzählte er ihr alles, was *er* wusste.

Er erzählte ihr von all den Malen, da er seinen Vater gesehen hatte – und dass der alte Mann eine Waffe gehabt habe, sie aber in der falschen Hand gehalten habe. Er beschrieb den hochgewachsenen Mann im Wald, den mit dem Rattennest von Bart und den Wunden auf seiner Haut, von dem Mann, dessen Kiefer gebrochen war, als er geschrien hatte, und der einfach … verschwunden war. Ebenfalls in einem Blitz. Er redete darüber, dass er sich seine Kopfverletzung nicht durch den Sturz zugezogen habe, sondern weil da ein Mädchen gewesen sei, das in dem Blitz aufgetaucht war und das von demselben Blitz weggeholt worden sei – einem Blitz, der ein allzu vertrautes Gesicht zu tragen schien: das von Edmund Walker Reese.

Maddie schüttelte den Kopf und sackte in dem Stuhl nach hinten. Sie bedeckte das Gesicht halb mit ihrer Hand, als könne sie nicht glauben, was sie als Nächstes sagen würde. »Er ist es. Er ist die Verknüpfung von alldem. Alles überschneidet sich mit Reese. Es gibt weitere Opfer. Irgendwie. Weitere Opfer, von denen die Menschen nicht einmal wissen.«

Und dann sagte Nate: »Da ist noch etwas.«

»So wie du mich ansiehst«, entgegnete sie, »habe ich ein ganz mieses Gefühl bei dem Gedanken daran, was es sein könnte.«

»Ich weiß nicht, ob es etwas Schlechtes ist …«

»Okayyyy.«

»Die Eule, die du geschnitzt hast.«

»Aus einem Baumstamm.«

»Ich glaube, ich habe sie gesehen.«

Sie wirkte erstaunt, nicht erregt. »Wo?«

»Nun …« Er zögerte. »Zweimal inzwischen. Einmal auf einem Baum. Und dann … noch einmal nach dem Mädchen.«

Aus dem Staunen auf ihrem Gesicht wurde Sorge – die Farbe wich aus ihren Wangen. Sie dachte, er meine, er habe die Eule gesehen, als sei sie ein Gegenstand – etwas, das irgendjemand gestohlen hatte, einfach eine Sache, die herumlag. Aber so meinte er das überhaupt nicht. Sie sagte: »Ich weiß nicht, was das bedeutet. Und bist du dir sicher?«

»Es war keine gewöhnliche Eule. Sie sah aus wie *geschnitzt*.«

»Geschnitzt.«

»Wie aus Holz. Geschnitzt.«

»Tja. Scheiße.«

»Ja.«

Die beiden saßen eine Weile da, und jeder verdaute *all* das in tiefem Schweigen. Manchmal machte einer von ihnen den Eindruck, als habe er die Absicht, etwas zu sagen – eine gerunzelte Stirn, ein verkrampfter Kiefer, ein gewispertes, ungläubiges Zischen, das Worte ankündigte, die doch nicht kamen. Und dann verfielen sie wieder in Schweigen. Natürlich war es Maddie, die dieses Schweigen irgendwann brach:

»Tja«, sagte sie abrupt.

»Tja.«

»So wie ich es sehe, sind wir entweder verrückter als ein Wespennest vor dem Winter – und verrückt auf eine Weise, in der wir irgendwie dieselben Wahnvorstellungen teilen. Das ist die nette Option. Verrückt zu sein ist der leichte Ausweg, ehrlich, denn die Alternative …«

»Ist, dass dies alles real ist.«

»Scheiß real.«

»Ich halte es für real«, entschied Nate schließlich. Bis jetzt war er sich nicht sicher gewesen – ehrlich, er hatte mehr und mehr zu der Annahme geneigt, dass bei ihm hin und wieder irgendwas aushakte. Für real hielt er es auch wegen des Satzes, den er als Nächstes aussprach: »Ich glaube, Jed hat es ebenfalls gesehen.«

»Was gesehen?«

»Als ich draußen war – du weißt schon, als ich meine *erste* Kopfverletzung des Abends davongetragen habe – und ich meinen Vater wiedergesehen habe. Jed ist nach draußen gekommen. Ich glaube, er hat gesehen, wie ich mit dem alten Mann gerungen habe.«

»Das war ein verdammt merkwürdiger Sturm.«

»Ziemlich merkwürdig, ja. Der Klimawandel ist nichts gegen das, was immer das war.«

»Also hat Jed das vielleicht gesehen. Er hat dich nicht im Krankenhaus besucht?«

Nate schüttelte den Kopf.

»Dann musst du ihn besuchen«, sagte sie.

»Muss ich wohl. Das wird ein seltsames Gespräch.«

»Nicht seltsamer als das, das wir beide gerade geführt haben. Aber es wird in Ordnung sein. Er kennt sich aus mit dergleichen Dingen. *Und*«, fügte sie hinzu, »er ist ein Experte beim Thema Reese. Vielleicht kann er uns helfen, uns einen Reim auf all das zu machen. Ich weiß nicht. Aber ich weiß, dass ich dich liebe.« Bei diesen Worten standen sie beide auf und umarmten sich stürmisch. Es war, als sei eine gewaltige Barriere zwischen ihnen gefallen, als seien sie beide bis jetzt und ohne einander im Gefängnis gewesen. Sie flüsterte ihm ins Ohr: »Ich bin froh darüber, dass du mich nicht hasst. Ich bin froh darüber, dass du mich nicht verurteilst.«

»Ich würde dich niemals hassen. Wenn überhaupt, bin ich jetzt noch stolzer auf dich als früher.«

Sie küsste ihn auf die Wange. Dann auf die Lippen. Dann aufs Kinn. Und eh sie sich's versahen, rissen sie einander die Kleider vom Leib, und sie taten etwas, das Menschen sonst nur in Filmen taten – sie vögelten auf dem Esszimmertisch, er über ihr, dann drehten sie sich um und schürten eine Energie, die sie das letzte Mal vor Olivers Geburt heraufbeschworen hatten, eine Energie, die ein Bergdorf für den größten Teil des Jahres mit Strom hätte versorgen können, eine Energie, die sie beide daran erinnerte, dass ihre Liebe heftig und ewig war, lustglitschig und beherzt, so strahlend wie Sternenlicht, so laut wie Donner und schmutziger als eine Tankstellentoilette.

Kapitel 38
Postkoitaler Reality Check

Es kam ein Punkt, an dem sie ins Schlafzimmer umziehen mussten, weil ein Esstisch eine der am wenigsten komfortablen Stellen für Sex war. Vor allem solchem Sex, wie sie gerade hinter sich hatten; Maddie war eine lustvoll vulgäre Geliebte, und ihrer beider Energie passte zu dem Elan und der Vitalität ihrer obszönen Begierde. Schon jetzt wusste Maddie, dass sie blaue Flecken bekommen würde. Nate ebenfalls. Nageln war hier sowohl eine Metapher als auch eine Realität, gemessen daran, wie sie ein halbes Dutzend Mal gegen die Tischkante stießen.

Jetzt lagen sie mit ausgestreckten Gliedern quer auf dem Bett, ihre Leiber noch immer glitschig von Schweiß. Maddie genoss das Glühen.

»Das war umwerfend.«

Nate sagte nicht einmal Worte, um ihr recht zu geben – seine Zustimmung kam in Grunzlauten. Irgendwie ein *Nngh* und ein *Mmm.*

»Wie du das gemacht hast, mit dem Finger und dem Daumen …«

»Nn-hm.«

»Du bist ein begabter Mann, Nathan Graves.«

Endlich brachte er einige echte Worte zustande: »Ich schätze, eine Königin, wie du es bist, ist des Besten würdig, das ich zu geben habe.«

Sie stieß ein bellendes Lachen aus.

Für einen seltsamen Moment fühlte sie sich glücklich. Klar, sie war außerdem total verwirrt – wie ein Kinderkreisel, der auf die Tischkante zuwirbelte. Aber sie fühlte sich auch seltsam frei, nachdem sie ihm alles erzählt hatte und nachdem sie so wie gerade eben zusammengekommen waren. Aber die Realität drang in den Dunst ihrer körperlich-geistigen Glückseligkeit, und sie hielt es für das Beste, das Pflaster mit einem Ruck abzureißen, statt es vorsichtig abzuschälen, sodass man jedes Haar einzeln spürte, das dabei ausgerissen wurde.

»Wir müssen über Oliver reden«, stellte sie fest.

»Ich glaube nicht, dass er je zu erfahren braucht, was wir heute hier getan haben. Du findest, die Therapie sei jetzt schon teuer? Er würde für den größten Teil seines Lebens als Erwachsener in Therapie sein. Und Dr. Nahid ist zu nett für so einen Dreck.«

Sie lachte. »Nein, ich meine nicht, dass wir *mit* ihm reden sollen, ich meine, wir sollen über ihn reden …«

Behutsam streckte er eine Hand aus, berührte sie an der Schulter und sagte: »Ich weiß, was du meinst, Mads. Du meinst … alles andere. All das hier.«

»Erzählen wir es ihm?«

»Die Sache mit Reese? Der Eule? Dem Mädchen mit der Zahl auf der Wange?« Eine Zeit lang war alles, was Maddie hörte, leises Ein- und Ausatmen. Wenn das gegenwärtige Thema nicht so wichtig gewesen wäre, hätte sie dieses Geräusch so meditativ gefunden, dass es sie in den Schlaf gelullt hätte. Jetzt wartete sie auf seine Antwort, die er ihr gab, als er so weit war. »Nein, ich denke nicht, dass wir es ihm erzählen.«

»Ich stimme dir zu«, sagte sie.

»Das ist einfach so – das alles ist ziemlich verrückt. Er ist ein Junge. Er braucht diesen Kram nicht. Es ist nicht unsere Aufgabe, ihn vor der Realität zu beschützen, aber es ist auch nicht unsere Aufgabe, daraus einen Schläger zu formen und ihm damit auf den Kopf zu hauen. Und er hat jetzt Freunde. Caleb ist ein guter Junge. Jake – okay, Jake vertraue ich nicht wirklich, aber wir können nicht alle Aspekte des Lebens unseres Sohnes kontrollieren, und er hat durchaus einen klugen Kopf auf den Schultern. Ich will ihn einfach nicht aus dem Gleichgewicht bringen.«

Ein mulmiges Gefühl in Maddies Bauch ließ sie daran zweifeln, dass es die richtige Entscheidung war. Sie waren ein Team, sie drei. Und es hatte ihnen schon genug Probleme bereitet, Olly um Armeslänge von sich wegzuhalten. Gleichzeitig war das alles wirklich … superverkorkst. Maddie hatte nicht den leisesten Schimmer, wie sie das Thema bei ihm anschneiden sollten. *Hey, Schätzchen, wie war es heute in der Schule? Ich mache Chili zum Abendessen. Übrigens, meine Kunst-*

werke werden lebendig, und da ist außerdem ein angeblich toter Massen-
mörder, der irgendwie zurückgekommen ist – oh! Und darüber hinaus
hat dein Vater buchstäblich mit dem Geist deines Großvaters gekämpft.
Hast du Hausaufgaben auf?

Sie taten das Richtige.

Zum Teil, weil es das Einzige war, das sie tun konnten.

»Dann wäre das also geklärt«, entschied sie.

»Und wie geht es jetzt weiter?«, fragte er.

»Keine Ahnung. Wir brauchen Antworten. Geh du zu Jed. Ich werde definitiv kein einziges verdammtes Stück schnitzen oder bauen.
Vielleicht recherchiere ich ein wenig – schaue auf einen Sprung in
der Bibliothek vorbei und stelle fest, was ich über das alles herausfinden kann. Wenn es zum Schlimmsten kommt, rufen wir einen alten
und einen jungen Priester und stellen eine Exorzismus-Party auf die
Beine.«

»Wir könnten umziehen«, überlegte er laut. »Unsere Sachen packen
und verschwinden.«

»Nein«, widersprach sie. »Wir geben nicht auf. Wir geben nicht
nach. Das hier ist unser Zuhause. Also kämpfen wir darum, dass es
so bleibt.«

Kapitel 39
Zerbrochene Sterne

Als Oliver die Augen schloss, um einzuschlafen, sah er die Leere. Er sah all ihre zerbrochenen Sterne. Und er hörte die Geräusche von Pistolenschüssen oder brechenden Rippen oder etwas, das explodierte, während Menschen durcheinanderschrien. Er schreckte aus dem Schlaf hoch und musste es noch einmal ganz von vorn versuchen.

Und das passierte jetzt auch in der Schule. Wenn er zu lange brauchte, um zu blinzeln, konnte er den Schwindel fühlen, mit dem er in diese Leere stürzte. In Biologie war er ein wenig weggenickt, und da war es wieder gewesen – der Knall einer Pistole. Er war mit einem Keuchen aufgewacht, und es war so laut gewesen, dass alle es gehört hatten, was ihm einen strengen Verweis seines Lehrers eingebracht hatte.

Das, und das Gelächter der anderen Kinder. Das natürlich vor allem.

Anschließend war er im Flur und füllte seine Wasserflasche am Hahn, und er spürte jemanden hinter sich. Er roch den scharfen Duft von Männerschweiß. Als er sich umdrehte, wusste er, wen er sehen würde.

Graham sah übel aus. Einige Bartstoppeln schmückten seine Kinnlinie und verteilten sich die Wange hinauf. Seine Finger waren immer noch verbunden und geschient. Und in ihm war dieser verzerrte Kern aus Schmerz. Schwärzer als schwarz. Eine schwindsüchtige Schlange, die ihn auffraß und wuchs und seine Leerräume ausfüllte.

»Du siehst beschissen aus«, bemerkte Graham.

»Du auch«, entgegnete Oliver, und ihn durchzuckten die miteinander im Wettstreit liegenden Gefühle von: *Das hättest du nicht sagen sollen* und dann: *Heilige Scheiße, hast du das wirklich gerade gesagt?* Er schwankte zwischen zwei Gefühlen hin und her: Erstens, er hatte

Angst, dass Graham ihn schlagen würde, und zweitens, er verspürte einen Anflug von Macht.

Denn fick dich, Graham Lyons.

Graham wirkte betroffen. Als hätte ihn jemand geohrfeigt.

»Du kleiner Scheißhaufen. Du hast meinen Finger verletzt. Und du redest so mit mir?«

Graham kam näher.

Oliver ritt auf der Welle dieses Machtgefühls. Er wusste, dass es wahrscheinlich etwas Vorübergehendes war, und es würde ihn noch mehr in Schwierigkeiten bringen, aber just in diesem Moment hörte er im Hinterkopf die Worte seiner Mutter: *Scheiß drauf.*

»Und was willst du dagegen tun?«

Daraufhin packte Graham ihn am Arm …

»Yo«, erklang eine Stimme.

Caleb.

Er stand da, das Handy erhoben, als würde er filmen. »Lächele für die Kamera, Mann. Wenn du meinen Freund hier verprügeln willst, wenn du diese Show abziehen willst, tja, warum darf die Welt das dann nicht sehen?« Da blieben auch andere Schüler im Flur stehen und versammelten sich um Caleb herum, um zu beobachten, was passierte.

»Ich rede nur mit meinem Freund Oliver«, sagte Graham.

»Geh weiter«, sagte Caleb.

»Willst du das wirklich machen?«, fragte Graham.

»Willst *du* das wirklich machen? Du bist bereits aus dem Herbst-training rausgeflogen, Mann. Wenn du ein One-Way-Ticket willst, das dich für immer aus der Mannschaft katapultiert, dann mach nur weiter so.«

Daraufhin ließ Graham ihn los. Er grinste ein breites Grinsen, bevor er mit dem Strom der durch den Flur gehenden Schüler verschmolz.

Oliver stieß einen Atemzug aus.

»Caleb«, sagte er.

»Hey, Olly.«

»Du bist nicht sauer auf mich?«

Caleb zog eine Braue hoch. »Nein, Mann. Es ist alles gut. Du hast mich bei dir zu Hause spielen lassen. Aber dein Kumpel, Jake? Ich vertraue dieser Katze nicht.«

»Ich weiß selbst nicht, ob ich ihm vertrauen kann. Es tut mir leid, dass ich dir nichts von dieser Sache mit Alex und Graham erzählt habe. Aber … Jake hat mich wirklich vor ihnen gerettet. Ich dachte einfach, ich unterstelle ihm zunächst einmal nur Gutes.«

Caleb verdrehte die Augen. »Hör mal, Mann. Ich bin nicht dein Dad, ich bin nicht dein Boss, du steckst in diesem Leben drin, nicht ich. Also werde ich dir nicht vorschreiben, wie du dich verhalten sollst. Aber ich glaube, dass dieser Bursche zwielichtig ist, und wir beide haben keinen Draht zueinander. Aber du bist ein netterer Kerl als ich, wenn du ihm also diese Chance geben willst, nur zu, tu dir keinen Zwang an. Bitte mich nur nicht darum, mich dazuzugesellen.«

»Soll das heißen, dass wir beide nichts mehr miteinander unternehmen werden?«

»*Psch*, komm schon, Olly. So bin ich nicht. Menschen können mit anderen Menschen befreundet sein, mit denen ich nicht befreundet bin. Das nennt man *Leben*.«

»Denn ich muss mich weiter mit ihm treffen. Mit Jake. Ich habe das Gefühl, als sei ich noch nicht fertig mit ihm. Verstehst du das?«

»Nein. Aber das muss ich auch nicht.«

»Ich werde versuchen, nach der Schule rüberzugehen. Zu ihm nach Hause. Ich denke, er lebt in diesem Wohnwagenpark. Emerald Lakes.«

Caleb zuckte die Achseln. »Cool. Ich fahr dich hin.«

»Das brauchst du nicht.«

»Halt die Klappe, Mann, und lass es mich einfach tun. Vielleicht kaufst du mir später einen Five-Guys-Burger und wirfst mir ein paar Mäuse für Benzin zu.«

Oliver grinste. »Abgemacht.«

Die Schule befand sich im Osten der Stadt, und als sie an diesem Tag zu Ende war, schrieb Oliver seiner Mutter eine Nachricht und teilte ihr mit, er habe eine außerschulische Arbeit zu erledigen und dass er entweder mit jemandem mitfahren oder sie später anrufen würde. Sie schrieb zurück: *Okay. Küsschen.*

Danach fuhren er und Caleb zum Wohnwagenpark, wo Jake angeblich lebte.

Emerald Acres lag auf der Südseite der Quaker Bridge, Meilen entfernt vom Ramble-Rocks-Park. Caleb fuhr ein total heruntergekommenes Auto, einen tannengrünen Saturn mit zwei Türen, der so viele Dellen und Beulen hatte, dass er aussah wie eine zerknautschte Bierdose. Er hatte zweihundertsiebenundvierzigtausend Meilen auf dem Buckel und roch nach Essig – das, so erklärte Caleb, lag an den Mäusen, die es in den Wagen geschafft hatten, und daran, dass seine Mutter ihn gezwungen hatte, die ganze Mäusescheiße mit Essig zu säubern, statt mit Bleichmittel.

Der Saturn glitt in den Wohnwagenpark von Emerald Acres. Die gepflasterte Einfahrt und der Parkplatz waren übersät von Schlaglöchern, die sich gut und gern als vulkanische Krater beschreiben ließen – einige davon waren groß genug, um einen Kleinwagen darin zu verlieren. Die Wohnwagen selbst waren teilweise Camper, teilweise Mobilheime, ihre kärglichen Gärten schlampige, handtuchgroße Stücke voll x-beliebigem Kram: Vogeltränken, Kinderspielzeugen, Liegestühlen, eine Handvoll klappriger, alter Kohlegrills, aufgebockten Autos und von Zeit und Wetter gegeißelten Terrassenmöbeln. Ganz zu schweigen von dem gelegentlichen rosafarbenen Flamingo.

»Hier sieht es aus wie am Ende der Welt«, bemerkte Caleb. »Mann, und da dachte ich, *mein* Zuhause wäre beschissen.«

»Ja, es ist tatsächlich traurig.«

Plötzlich schämte Oliver sich dafür, dass er es traurig fand. Es gab ihm das Gefühl, auf eine Weise voreingenommen zu sein, die nicht richtig zu ihm passte – andererseits *war* es traurig, nicht wahr? Dass Menschen hier leben mussten? So leben mussten? Während zehn Minuten weiter nördlich andere Menschen in alten steinernen Kolonialhäusern und nagelneuen Villen lebten und Zugang zu etlichen Hektar gepflegten Parks hatten, statt drei Briefmarken großen Flächen von totem Gras? Armut war schmerzhaft, begriff er, und einen Moment lang fühlte sich die Offenbarung wie ein Faustschlag in der Magengrube an. Er musste einige Male tief durchatmen, um dem Gefühl nicht zu erliegen.

Sie kamen an einem Wohnwagen vorbei, vor dem jemand eine klapprige Veranda zusammengeschustert hatte. Davor stand eine dicke Frau in einem Kapuzen-Sweatshirt der Eagles und rauchte eine Pfeife.

»Raucht diese Schlampe eine Pfeife?«, fragte Caleb.

»Sieht so aus.« Es war auch keine Glaspfeife für Gras – sondern eine richtige Holzpfeife mit einem Schwanenhals. Sie zog daran und beobachtete den Saturn mit hasserfüllten Augen, als er vorbeifuhr.

»Sie muss denken, sie sei Sherlock Holmes. Sieh sie dir nur an.« Caleb senkte die Stimme. »Wohnwagenparks locken einige seltsame Vögel an, Mann.«

»Ja.«

Irgendwo weiter unten am Weg hörten sie das dumpfe Wummern eines bis an den Anschlag aufgedrehten Basses aus einem der Wohnwagen.

»Ja, was zur Hölle tun wir hier, Olly? Im Ernst. Willst du diesen Burschen wirklich wiederfinden?«

Oliver zuckte die Achseln. »Irgendwie schon, ja.« Er hatte Caleb nicht die ganze Geschichte erzählt. Er hatte *niemandem* alles erzählt, was er draußen im Wald gesehen hatte. »Ich will mich davon überzeugen, dass es ihm gut geht. Irgendwie ist er an diesem Abend von der Party abgehauen und …« *Und ich habe Fragen.*

»Mann, es ist schön und gut, dass dir der Bursche am Herzen liegt, aber es ist auch verdammt noch mal okay, ihn aus der Ferne zu mögen. Ich meine, so etwas wie: *Oh, ich kann diesen Burschen auch von hier aus mögen, wo es schön sicher und warm ist,* und besser noch, es ist auch okay, einige Menschen *nicht* zu mögen, denn fuck, lass ihn einfach. Man kann Leute einfach lassen. Du schuldest niemandem irgendetwas. Okay? Hör zu, ich habe einen älteren Bruder, und weißt du, warum ich nicht mit ihm rede? Weil er ein echter Scheißkerl ist. Er hat uns bestohlen und den Dienstwagen meines Dads zu Schrott gefahren, und einmal hat er meinem Dad sogar einen Fausthieb verpasst. Ich schulde ihm nichts, nur weil er mein Bruder ist. Ja, wir haben das gleiche Blut. Ja, wir sind ›verbunden‹.« Er zeichnete nachdrückliche Gänsefüßchen in die Luft und verwandelte diese Geste dann in eine nachdrückliche Bewegung, als wichse er. »Aber er hat sich meine Liebe und Aufmerksamkeit nicht verdient, also bekommt er sie auch nicht.«

»Das wusste ich nicht. Das von deinem Bruder.«

»Ja. James. Wie gesagt, ein echter Scheißkerl.« Caleb wiederholte flehend: »Wie dem auch sei. Komm schon. Was hältst du davon, dass wir diese Scheiße einfach aufgeben – du weißt ja nicht einmal, in welchem Wohnwagen Jake lebt –, und wir trommeln alle zusammen und spielen eine Runde verdammtes *D&D*.«

Weil, dachte Oliver, sprach es aber nicht aus, *draußen im Wald etwas Seltsames passiert ist, und ich es nicht verstehe.*

Das Buch. Die Leere. Diese *Visionen.*

Aber trotzdem, Caleb hatte nicht unrecht. Vielleicht war das alles viel zu verrückt, und er sollte Jake nicht allzu nah kommen. Was immer im Wald passiert war, vielleicht überließ man es am besten der Geschichte. Eines Tages würde er das posten, und alle würden sagen: *Donnerwetter, diese Geschichte ist aber verrückt,* und einige Leute würden behaupten, er lüge, und vielleicht würde er sich selbst einreden, dass er das alles tatsächlich erfunden hatte. Schon jetzt, nur Tage danach, war er sich nicht mehr sicher, ob es real gewesen war oder eine idiotische Wahnvorstellung, die sein Gehirn in dem Unwetter heraufbeschworen hatte.

Aber bevor er Caleb sagen konnte, es sei für ihn in Ordnung und sie würden *D&D* spielen gehen, fragte Caleb: »Kennst du diesen Kerl da nicht?«

Oliver folgte seinem Finger und sah auf der anderen Straßenseite ein vertrautes Gesicht. Aus einem der Mobilheime kam ein Mann und näherte sich einem schwarzen Lexus SUV.

»Euer Nachbar, stimmt's?«, hakte Caleb nach. »Er war auf der Party.«

»Ich glaube, ja.« Aber Oliver *wusste,* dass er es war. Wie hieß er noch gleich? Mom hatte seine Bücher. Ned. Nein. *Jed.* »Jed Homackie.«

Er sah ungepflegt aus. Auf die gleiche Weise, wie Graham Lyons ungepflegt aussah, vielleicht noch schlimmer. Wirres Haar, tagelang nicht rasiertes Gesicht. Mit Hängebacken und müdem Aussehen – die

Ringe unter seinen Augen waren so deutlich sichtbar, als seien sie Veilchen von einem Steinwurf.

»Was *er* hier wohl macht?«, murmelte Oliver.

»Yo, sieh mal.«

Als Jed in den SUV stieg und den Motor anließ, um loszufahren, öffnete jemand die Tür des schäbigen Mobilheims, um ihm nachzuschauen.

»Das ist dein Kumpel«, bemerkte Caleb.

»Er ist *nicht* mein …« Olly machte sich nicht einmal die Mühe, den Satz zu beenden. Denn Caleb hatte recht. Es war Jake. Hinter ihm der Türrahmen, eine Hand ausgestreckt, lehnte er an einem der schiefen Pfosten, die eine ausgeblichene halb kaputte Markise stützten. Jake beobachtete, wie Jeds Wagen davonfuhr.

»Klar ist er das. Du kannst ihn von hier aus sehen. Der Typ sieht aus, als hätte er mit einem Rasentrimmer gekämpft – und der Rasentrimmer hat gewonnen. Ich meine, manchmal versucht man, den Bären niederzuringen, manchmal ringt er dich nieder.«

»*Okay*, Caleb. Er hat ein vermurkstes Gesicht. Das ist nicht seine Schuld.« Leise fügte Oliver hinzu: »Ich finde, es lässt ihn irgendwie cool aussehen. Wie Zuko in *Avatar – Der Herr der Elemente*.«

»Zuko war verkommen, Alter.«

»Nein, Zuko war *böse*, aber dann ist er *geläutert* worden.«

»Okay, okay, was auch immer. Entschuldige. Ich sollte nicht spotten, es ist nur – was zum Teufel ist mit ihm passiert?«

»Keine Ahnung.« *Aber ich will es herausfinden.*

»Okay, Kleiner. Du willst mit ihm reden, und da ist er.«

»Das stimmt.« Es war wahr, er wollte mit ihm reden. Aber jetzt hatte er Angst. Zum Teil Angst davor, dass Caleb mitkommen und hören würde, was er Jake fragte – oder dass Jake es ihm nicht erzählen würde, *weil* Caleb dabei war. Er wollte es nicht vermasseln. Es fühlte sich wichtig an. Als stünde er auf den Zehenspitzen auf dem Gipfel eines Berges – eine einzige falsche Bewegung würde ihn wieder hinunterrollen lassen.

Erneut stieg das schwindelerregende Gefühl in ihm auf …

Aber wohin fiel er? *Hinein in diese Leere.*

»Ist alles klar bei dir?«, fragte Caleb.

Oliver riss sich mit einem scharfen Aufkeuchen zusammen. »Ja. Ähm. Ja.«

»Gut, denn dein Kumpel kommt hierher.«

»Was?« *Scheiße!*

Und tatsächlich, Jake kam auf sie zu. Er sah sie fragend an, als er sich näherte, und zog den Kopf so tief ein, dass er durch die Windschutzscheibe blicken und sehen konnte, wer im Auto saß. Als er sie endlich erkannte, grinste er und klopfte gegen das Glas.

Oliver ließ das Fenster summend heruntergleiten.

»Hey, Jake«, sagte Olly und verstellte seine Stimme so, als meine er: *Oh, ich hab dich gar nicht gesehen,* oder *ja, das ist total normal.* Wie dieses Meme von dem Cartoon-Hund in dem brennenden Haus. *Es ist in Ordnung.*

»Olly. Caleb.«

»Hey«, antwortete Caleb.

»Was macht ihr zwei hier?«

»Ich wollte nur, äh«, murmelte Olly und schluckte dann hörbar. »Ich dachte, ich schau mal bei dir rein. Um zu sehen, ob es dir gut geht.«

»Es geht mir hervorragend.« Jake zeigte seine Zähne – groß und weiß – in einem Haifischlächeln. »Caleb, wie geht es dir?«

»Ja, du kennst mich Mann. Ich bin ein Stehaufmännchen.«

»Ein Stehaufmännchen. Ja. Klar.« Jake sah Olly durchdringend an. »Willst du reinkommen?«

»Okay, klar.«

Olly und Caleb machten beide Anstalten auszusteigen, aber Jake griff ein. An Caleb gewandt sagte er:

»Hey, aber nicht du.«

»Was?«, fragte Caleb.

»Olly und ich sind uns verbunden. Und wir müssen über etwas Wichtiges reden. Und das schließt dich nicht mit ein.«

Olly warf Caleb einen flehenden Blick zu. »Entschuldige, ich …«

»Ich bin nicht dein verdammtes Taxi, Mann. Ich werde auf keinen Fall hier warten.«

»Ich weiß. Ich werde … ich werde schon irgendwie eine Mitfahrgelegenheit zurück nach Hause finden. Oder ich gehe zu Fuß …«

Caleb beugte sich über die Mitte des Wagens und sagte mit leiser Stimme: »Olly, Alter, geh nicht mit ihm. Genauso, wie du ihm da draußen im Wald nicht hättest hinterherdackeln sollen. *Folg ihm jetzt nicht.* Ich mag ihn nicht. Ich traue ihm nicht über den Weg. Ich glaube nicht, dass das zu irgendetwas Gutem führt.«

»Ich kann dich *hören*«, warf Jake ein, der immer noch vor dem Wagen stand.

»Ich *weiß*, dass du mich hören kannst, Alter, verdammt. Und es ist in Ordnung für mich. Jetzt tritt zurück.«

Olly legte Caleb beruhigend eine Hand auf die Schulter. »Ich komm schon klar.«

»Scheiße. Sag nicht, ich hätte dich nicht gewarnt, Olly.«

»Danke, Caleb.«

»Mhm.«

Olly schenkte seinem Freund ein beruhigendes Lächeln, obwohl es eine Lüge war. Er war alles andere als beruhigt, und Sorge nagte an ihm wie ein Ungeheuer an einem Knochen. Aber er stieg trotzdem aus dem Wagen und folgte Jake zum Haus. Caleb fuhr los, dass der Splitt unter den Reifen nur so wegspritzte. Dann war er fort.

Kapitel 40
Das Schloss des Zauberers

In dem Mobilheim sah es aus wie auf einer Müllkippe. Zerlumpter Teppichboden, bretterverkleidete Wände. Überreste von Pizzakartons und Fast-Food-Behälter, selbst auf der malvenfarbenen Couch, die aussah, als habe darauf ein Krieg stattgefunden. An der Wand hing ein Flachbildschirm-TV mit einem Spinnennetz von Sprüngen in einer Ecke, daran angeschlossen war eine Playstation der letzten Generation. Auf dem Couchtisch zwischen Sofa und Bildschirm stand eine geöffnete Schachtel für Angelzeug, allerdings enthielt sie weder Köder noch Haken noch Gummiwürmer. Sie war voller *Pillen*. Blauen, violetten und rosafarbenen in Dreiecks- und runden Formen sowie Kapseln. Wie Glücksbringer-Marshmallows, nur dass es Drogen waren.

Als sie eingetreten waren, sagte Jake: »He, tut mir leid, dass dein Freund nicht mit reinkommen konnte, aber ich nehme an, das ist eine Sache zwischen dir und mir. Aber was ist eigentlich *los* mit Caleb? Er ist äußerlich ein cooler Schwarzer, total … was auch immer, aber im Innern ist dieser Nerd … wie klebriges Nougat mit diesen blöden verdammten Karten und Spielen und dem ganzen Scheiß.«

»Caleb ist mein Freund. Was bist du, ein Rassist? Weil er poc ist, kann er nicht *D&D* spielen?«

»Nein. Ich meine – strukturell sind wir wahrscheinlich alle Rassisten, stimmt's? Du und ich, wir sind alle Teil eines Systems aus Privilegien und Unterdrückung …«

Puh, halt die Klappe. Eine Antwort, die sich wie heiße Luft anfühlte. »Was auch immer. Und ich spiele diese Spiele ebenfalls, weißt du«, sagte Oliver abwehrend.

Jake stutzte. Musterte ihn von Kopf bis Fuß. Saugte an einem Zahn, während er Oliver mit diesem einen umherirrenden Auge betrachtete.

»Ja. Das tust du. Das ist interessant.«

»Warum ist es interessant?«

»Das ist es einfach. Komm, setz dich.« Jake nahm ein paar übereinandergestapelte Pizzaschachteln vom Sofa und schleuderte sie wie Frisbeescheiben in eine Ecke.

Oliver betrachtete die Pillen. »Du wohnst hier nicht bei deiner Tante.«

Jake zuckte die Achseln. »Nein.«

»Ich sollte gehen.«

»Entspann dich, ich werde nicht versuchen, Druck auf dich auszuüben, damit du Pillen einwirfst.« Ein weiterer seltsamer, sezierender Blick von Jake. »Ich denke, dafür bist du zu brav.«

»Ja. Hm.« Entrüstet: »Das bin ich.«

»Das merke ich langsam. Also, setz dich. Du willst Antworten, nicht wahr?«

»Du bist mir davongelaufen. Hast mich allein im Sturm zurückgelassen.«

»Deine Mom war auf dem Weg. Ich konnte nicht zulassen, dass sie mich dort sieht. Willst du mehr wissen oder nicht?«

Widerstrebend setzte Oliver sich. Das Sofa ließ ihn so einsinken, dass er das Gefühl hatte, es sei ein weicher Mund, der ihn gleich verschlucken würde. Es verstärkte seine Angst – als könne er, wenn es sein müsste, nicht schnell aufspringen und von hier wegrennen. Es würde wie ein Sprint im Schlamm sein, wie der Versuch, einem Albtraum davonzulaufen.

Fallen und fallen in die Leere.

Er zwang die Erinnerung an dieses Gefühl aus seinen Gedanken.

»Warum war mein Nachbar hier?«, fragte Oliver. »Ich habe ihn hinausgehen sehen.«

»Jed. Ja. Er ist mein Vermieter.« Jakes Augen blitzten wie Mondlicht auf dunklem Wasser. »Aber das ist nicht das, worüber du reden willst. Nein. Du willst darüber reden, was im Wald passiert ist.«

Olivers Stimme brach beinahe, als er sagte: »Dieses Buch. Die Dinge, die es mir gezeigt hat. Es war … es war verrückt.«

»Übrigens, gern geschehen.«

»Warum sollte ich mich bei dir bedanken?«

Etwas, das wie Ärger aussah, blitzte über Jakes Gesicht. »Wirklich? Ich zeig dir etwas Privates, etwas, bei dem es sich um *buchstäbliche gottverdammte Magie* handelt, und du weißt nicht, warum du dankbar sein solltest?« Aber dann schien der Ärger zu verebben. Jake lächelte mit seinem Mund, wenn auch nicht mit dem Rest seines Gesichtes. »Ich bin ein Zauberer, Olly. Dieses Buch ist mein *Zauberbuch.*«

Oliver hätte beinahe gelacht, so blöd war das. »Ich weiß, das hast du gesagt, aber hey, was bedeutet das überhaupt?«

»Du hast es gesehen. Ich kann Magie wirken.«

»Magie. Wie in der Garage. Und im Wald.«

»Ja. Irgendwie schon.« Er holte das Grubenbuch unter dem Couchtisch hervor und schlug es auf. »Mit dem hier kann ich …« Er schnippte mit den Fingern, und ein gebogenes Jagdmesser erschien in seiner Hand. Das Buch erglühte in einem Licht mit dämmrigen Rändern. »Ich kann Dinge auftauchen lassen.«

Er wirbelte mit dem Messer herum.

Oliver drückte sich mit dem Rücken gegen das Sofa.

Er wird mich umbringen.

Es war, als spüre Jake diesen Gedanken, denn er sagte: »Oje, Mann, ich werde dich nicht umbringen, entspann dich.«

Wieder drehte er mit einer schwungvollen Gebärde das Handgelenk und …

Wusch. Das Messer verschwand.

Dann ein weiteres Fingerschnippen …

Jetzt war es die *Pistole,* die auftauchte. Die Luftpistole.

Jake faltete die Hände – mit der Pistole immer noch in einer von ihnen –, und die Waffe verschwand buchstäblich zwischen seinen Handflächen.

»*Magie*«, wiederholte Jake großspurig.

»Es ist nur ein magischer *Trick.* Keine echte Magie. Ich habe Magier auf Netflix seltsamere Scheiße tun sehen.«

»Was ist mit dem, was ich dir gezeigt habe?« Er streckte die Hand aus und spreizte die Finger, als wolle er die Erinnerung heraufbeschwören. »Oder war *das* auch nur ein magischer Trick?«

»Vielleicht war es tatsächlich nur das, keine Ahnung. Eine Halluzination.« Er deutete auf die Pillen. »Vielleicht hast du mich unter Drogen gesetzt.«

»Vielleicht habe ich dir auch etwas Wichtiges gezeigt. Habe dich einen Blick auf etwas werfen lassen, das mehr ist als nur unsere Welt, Junge.« Er zwinkerte ihm zu. »Hast du gewusst, dass ich nicht nur in andere Welten blicken kann? Ich kann auch zwischen ihnen hin und her reisen.«

»Reisen zwischen Welten.«

»Genau.«

»Was heißt das überhaupt? Ich meine, kannst du auf dem Mars herumspazieren oder so?«

Jake umfasste ein Knie wie ein Trainer, der seiner Mannschaft gleich irgendeine intime Wahrheit über das Spiel offenbaren würde, das ihnen bevorstand. »Nein, Oliver. So ist das nicht. Ich kann mich zwischen Welten bewegen, als würde ich in den Seiten eines Buches blättern. *Dieses* Buches. Aber nur in eine Richtung. Nur vorwärts auf die nächste, niemals zurück zur letzten Seite.«

»Und warum solltest du das tun?«

Jakes verrücktes Auge glänzte. »Das ist die wahre Frage, nicht wahr?«

»Na schön. Beweis es.«

»Ich soll es beweisen?«

»Ja.« Oliver plusterte sich auf und versuchte, tough auszusehen, obwohl er sich innerlich wie eine zitternde Seifenblase kurz vor dem Platzen fühlte. »Beweis es. Lass etwas auftauchen. Ich werde eine Sache nennen, und du kannst mit den Fingern schnippen und sie aus dem Nichts erscheinen lassen. Wie …« Er versuchte, sich etwas wirklich Merkwürdiges, wirklich Seltenes einfallen zu lassen. *Eine magische Karte,* dachte er. »Eine Schwarzer-Lotus-Karte aus dem Alpha-Deck von *Magic: The Gathering*. Wahrscheinlich die seltenste Karte. Ich denke, eine ist vor Kurzem für hundert Riesen oder so versteigert worden. Also: Zieh eins dieser Kaninchen aus deinem Hut.«

»So funktioniert das nicht.«

»Natürlich nicht. Wie bequem.«

Jake leckte sich die Lippen und krümmte die Finger zu Fäusten, bevor er sie wieder entspannte, als versuche er mit Macht, seine Frustration und seinen Ärger unter Kontrolle zu halten. »Ernsthaft, so funktioniert das nicht.«

»Dann erklär es mir.«

»Das werde ich, wenn du endlich deine verdammte Klappe hältst und zuhörst.«

»Was auch immer. Schön. Ich *höre*.«

»Es ist folgendermaßen. Ich kann eine Sache nehmen, und ich kann sie an einen … Ort bringen. Einen fernen Nirgendwo-Ort. Ich kann sie in die Zwischenwelt rufen, denn dort ist es – es ist wie die Stelle hinter einem Sofa oder darunter, wo man Sachen verstecken kann. Es ist für nichts anderes nützlich, *außer* um Sachen zu verstecken.«

»Also eine große Bag of Holding wie bei *D&D*.«

»Ich weiß nicht, was das ist.«

»Es ist eine Tasche zu dem Spiel …« Jetzt war es an Oliver, seine Frustration in Schach zu halten. »Du weißt nicht, was D&D ist. Es spielt keine Rolle, vergiss es.«

»Ich verstecke dort Dinge. Dinge, die ich vielleicht haben will. Dinge, die ich vielleicht brauchen werde.«

»Wie was zum Beispiel?«

»Wie das hier.«

Jake drehte sein Handgelenk. Seine Finger tanzten. Und etwas erschien in seiner Hand: ein Schokoriegel in einem glänzenden Einwickelpapier. Kühnes Violett und fast glühendes Grün.

Oliver kannte diesen Schokoriegel nicht.

Mit einer knappen Handbewegung warf Jake ihm den Riegel zu.

»Flix«, las Oliver vor, was auf der Verpackung geschrieben stand. Neben den Buchstaben, die an die 1950er-Jahre erinnerten und die man sonst höchstens an einer Imbissbude oder auf einer alten Jukebox zu sehen bekam, bemerkte er eine kleine Cartoon-Figur: Fast wie einer der Außerirdischen aus dem Film *Toy Story*. Kleine grüne Aliens mit Antennen und zig Augen. Hinzu kam ein Mund voller weißer, runder Zähne. Zähne wie weiße Kieselsteine. Darunter war ein Slogan gedruckt: *FLIXY SAGT, ES SEI NICHT VON DIESER WELT!* Oliver drehte den Riegel um und sah, dass er von einer Firma namens Perigee Inc. hergestellt worden war. »Von denen habe ich noch nie gehört. Sind die neu?«

»Nein.«

»Aus Kanada? Neuseeland?« Oliver sah sich YouTube-Videos an, wo wechselnde Internet-Promis seltsame Snacks von überall auf der Welt aßen: Ananasstücke, Hefebrotaufstriche und Hühnchen in Blätterteigrollen. Aber noch während er die Frage stellte, las er neben dem Perigee-Logo die Worte: *MADE IN THE USA.* »Moment mal, der ist hier produziert worden.«

»Hier. Aber auch nicht hier.«

»Ich verstehe nicht ...«

»Hergestellt in den USA. Klar. Aber er ist nicht in *diesen* USA hergestellt worden.«

»Ich kann dir nicht ...« *Folgen,* hatte er sagen wollen, aber dann konnte er ihm plötzlich doch folgen. Andere Welten. Paralleldimensionen. Quantenrealität. Nicht in *diesen* Vereinigten Staaten von Amerika, sondern in anderen. Aus einer anderen Dimension. Da war es wieder, dieses Gefühl zu fallen, hinunter, hinunter, hinunter. *In die Leere.*

»Probier mal.«

»Den Schokoriegel?«

»Ja.«

»Nein, ich ...« *Ich sollte keine Süßigkeiten aus einer anderen Dimension essen.* Das war definitiv der seltsamste, dümmste Gedanke, der ihm je durch den Kopf gegangen war, doch da war er, verweilte unausgesprochen, aber auch unsterblich in seinem Mund. *Eine andere Dimension.* Es war nicht möglich. Jake verarschte ihn einfach nur. Spielte ihm einen Streich. Sobald er es ihm abkaufte, würde Jake sich über ihn lustig machen. Diese Szene würde wahrscheinlich auf YouTube landen, oder? Ärger stieg in ihm auf. Er warf dem Älteren den Schokoriegel hin wie ein Wurfmesser. »Ich will ihn nicht. Wahrscheinlich giftig. Oder voller Ameisen oder etwas ähnlich Blödem.«

Oliver stand auf, während Jake den Schokoriegel herumwirbeln ließ wie den Trommelschläger eines Trommlers – und damit wurde der

Gegenstand erneut in die Nicht-Existenz zurückkatapultiert. »Das ist kein Gift. Aber na schön, dann iss ihn eben nicht. Trotzdem kannst du noch nicht gehen.«

»Oh doch. Ich gehe nach Hause.«

»Ich habe noch eine weitere Sache, die ich dir zeigen möchte.«

Geh einfach, dachte Oliver.

Warte nicht.

Frag nicht.

Geh einfach.

Aber …

Fragezeichen waren aus gutem Grund geformt wie ein Haken …

»Ach ja? Was denn?«

»Ich will dir zeigen, wer ich wirklich bin. Und wer du wirklich bist.«

Kapitel 41
Das Grubenbuch

Jake reichte Oliver das Buch. Es fühlte sich überraschend schwer in seinen Händen an. Außerdem entstieg ihm ein Geruch: ein erdiger, mineralischer Duft.

Noch einmal las er den Titel:

GRUBENBUCH
Verzeichnis der Unfälle in Ramble Rocks Nummer acht

»Ramble Rocks«, sagte Oliver. »Das ist der Park. Warum listet das Buch ... Parkunfälle auf?«

Aber Jake antwortete nicht. Er ließ Oliver einfach das Buch in die Hand nehmen und beobachtete ihn genau. Sogar eifrig, mit etwas wie verzweifeltem Interesse. Wie jemand, der ein Abendessen gekocht hat und auf die Entscheidung der Jury wartet: *Hat es Ihnen geschmeckt? Haben Sie eine Grimasse geschnitten oder einen zufriedenen Laut ausgestoßen?*

Oliver versuchte, sanft mit dem Buch umzugehen, denn es fühlte sich alt und so misshandelt an, dass es schien, als würde es in seinen Händen zu Staub zerfallen, wenn er eine Seite zu schnell umblätterte oder auch nur ein klein wenig daran riss. Die Seiten selbst waren von dem Grau des Todes, farblos wie eine nass geregnete Leiche. Aber sie fühlten sich trocken an, zu trocken, als würden sie, sobald Olivers Finger sie berührten, die Feuchtigkeit einsaugen – Seiten wie Vampire, hungrig darauf, ihn leer zu trinken, und im Geiste sah er sich kurz als eine ausgetrocknete Käferhülse, die mit dem Bauch nach oben auf dem Boden lag.

Die Seiten selbst enthielten genau das, was der Titel versprach: Größtenteils einfach handschriftliche (und manchmal mit Rechtschreibfehlern durchsetzte) Aufzeichnungen vieler Unfälle, großer wie kleiner, in etwas, bei dem es sich um ein Bergwerk zu handeln schien. Ein Kohlebergwerk.

Charlie Tompkins, Hand zwieschen zwei Felsen zerquetscht ...

... Gahseexplosion mit drei Toten: Eddie Uhl, Isaac Streznewski, Jonesy Steven-Graeme ...

... Fußknochen mit Stampfer zersplitert ...

... John Gold kriegte den Schlegel eines Kumpels an den Kopp ...

... Finger abgetrennt beim Schneiden von Zündschnur ...

... aufgespießtt von einem eisernen Kerzenhalter ...

Dann waren da die Seiten, die jene aufführten, die an verschiedenen Krankheiten gelitten hatten oder sogar daran gestorben waren: brandige Glieder und Männer, die schwarzen Schleim und blutige Brocken Lungengewebe aushusteten, außerdem Diskussionen darüber, wer unten in der Dunkelheit den Verstand verloren hatte. Olivers Augen wanderten über einen Satz – *Frederick sagte, wir würden hier unten beobachtet, und war sich dessen so sicher, dass er nicht mehr ohne Revolver in die Stollen ging* –, und er schaute von seiner Lektüre auf.

»Das sind Unfälle in einem Bergwerk. Ramble Rocks ist kein Kohlebergwerk.«

»Nicht in deiner Welt.«

Ein raues, kaltes Zittern durchlief Oliver. »Was?«

»In deiner Welt ist es ein Park. In anderen Welten ist es ein Freizeitpark oder ein Friedhof oder ein Steinbruch oder ein sanierungsbedürftiges Altlastengelände. In meiner Welt war es ein Kohlebergwerk.«

»Du ... behauptest, du kämst aus einer anderen Welt?«

»Einer Welt genau wie dieser hier, ja. Aber auch anders.«

»Ich verstehe nicht. Das ist verrückt.« Stirnrunzelnd betrachtete Oliver das Buch, das plötzlich eine Woge von Farben verströmte – ein kränkliches Aufblühen von Algengrün, durchzogen von Fäden aus schaumiger orangefarbener Galle. Oliver schnappte nach Luft und hielt das Buch um Armeslänge von sich weg. »Du behauptest, dass du nicht von hier kommst? Du kommst von einem anderen Ort.«

»Das stimmt.«

»Und das hier …« Oliver hielt das Buch hoch. »Ist mit dir gekommen.«

»Es ist nicht einfach mit mir gekommen. Es hat mir geholfen, hierherzugelangen. Hat mir geholfen, diesen anderen Welten zu entfliehen. Die Grenzen sind dünn geworden, und mein Zauberbuch hat mir den Weg hindurch gezeigt. Es hat mir geholfen, eine dünne Stelle zu finden. Eine Pforte.«

»Das hier ist nicht mal ein Zauberbuch. Es ist einfach ein Kontorbuch voller Tragödien. Ein Zauberspruch ist … ist … so etwas wie: *Mische Kröten in einem Kessel voller Witwentränen mit Salamanderaugen* oder so etwas. Dies hier ist einfach ein unheimliches historisches Artefakt.«

»Vielleicht ist das Tragische der Zauber. Oder vielleicht liegt Magie in der Wahrheit hinter der Tragödie. Man nennt es das Grubenbuch. Sind die darin aufgezeichneten Ereignisse Unfälle, Olly?«

»So scheint es.«

»Wann ist ein Unfall ein Unfall? Sagen wir, jemand verliert einen Finger oder einen Fuß dort unten in der Dunkelheit. Denk darüber nach. *Stell es dir vor.*«

»Es ist einfach ein …« *Unfall,* dachte er, aber dann drängte er daran vorbei. Er stellte sich jemanden dort unten in der Dunkelheit vor. Einen Kumpel. Mit Stirnlampe, die die Dunkelheit beleuchtete. Einer halb kaputten, verdreckten Stirnlampe. Der Ort schmutzig und schlecht beleuchtet. *Sie haben euch hier hinuntergeschickt. Um Kohle zu fördern. Sie bezahlen euch nichts, sie geben euch minderwertige Werkzeuge, sie lassen euch Stunden um Stunden unten im Nirgendwo des Bergwerks schuften, und was bekommt ihr dafür? Einen verlorenen Finger. Einen zerschmetterten Fuß. Vielleicht einen zerquetschten Kopf.* Er konnte den Schmerz der Männer spüren, ihre Qual, die von den Seiten aufstiegen wie Hitze von einem Ofen. Es bereitete ihm Übelkeit. »Es sind keine Unfälle. Nichts davon sind Unfälle. Diese Menschen haben dort unten in der Dunkelheit gelitten.«

»Jetzt sieh dir das Buch noch einmal an«, sagte Jake und hielt Oliver das Buch wieder hin. Doch er wollte es sich nicht ansehen. Er schüttelte beinahe mürrisch den Kopf – er fühlte sich wie ein Kind, das sich weigerte, seine Erbsen zu essen, was wiederum dazu führte, dass er sich klein vorkam und sich schämte.

Also hielt stattdessen Jake das Buch hoch und schlug eine x-beliebige Seite auf.

»Du musst es anstarren. Starr durch das Buch *hindurch.* Wie bei einem von diesen, wie nennt ihr die Dinger gleich noch? Magisches Auge? 3-D-Illusionen?« Jakes Grinsen bekam etwas Angespanntes. »Siehst du, da hast du's. Weitere Magie. Magische Karten, magisches Buch, magisches Auge.« Er zwinkerte ihm zu.

Oliver warf einen Blick auf das Buch. Er wollte nicht. Er dachte daran, einfach von hier zu verschwinden, zu machen, dass er von dieser ganzen Erfahrung wegkam. Aber er musste es wissen. Irgendetwas zwang ihn, die Sache zu Ende zu bringen.

Wieder sahen die Seiten aus wie zuvor: grau und abgegriffen, und dunkle Kohleschrift markierte die schauerlichen Unfälle von Grubenarbeitern in der Mine. Und dann, während Oliver sie anstarrte, *durch sie hindurchstarrte,* begannen diese dunklen Bleistiftkratzer sich zu bewegen, genau wie sie es in jener Nacht in dem vom Sturm geschüttelten Wald getan hatten. Es war, als würden sie ein ganz klein wenig herabfallen, nur einen Zentimeter weit, bevor sie zum Leben erwachten und zuckten und zappelten wie Ameisen. Dann *waren* sie Ameisen, davon war er überzeugt, und er spürte, dass seine Füße am Boden festklebten *(kann nicht weglaufen)* und sein Blick klebte an dem Buch fest *(kann nicht wegsehen).* Diese Ameisen krochen übereinander hinweg zu neuen Worten, neuen Sätzen, und die Insekten schienen in der Seite zu versinken wie Tintenkleckse, die von einem Papiertuch aufgesaugt wurden. Jetzt waren auf der Seite nur noch die Berichte über tote und verletzte Männer präsent, aber in einer Sprache, die Oliver nicht kannte, *nicht kennen konnte,* denn sie war nicht real, sie war etwas aus einem Fantasybuch, zum Beispiel aus einem von Lovecraft, oder eingeritzt in ein verbotenes Kerkergrab in D&D, ein verrücktes Geplapper von Buchstaben, die er kannte, und vielen, die er nicht kannte – Schnörkel aus Tinte, gepresst zu Schwänzen und Wirbeln und kunstvollen Knoten. In der Mitte seiner Stirn verspürte er einen jähen, intensiven Druck, als presse jemand dort einen Daumen immer fester und fester und fester in seine Haut, fast fest genug, um wie ein Zimmermannsnagel in seinen Schädelknochen gedrückt zu werden, leise anklopfend wie an eine Eierschale, *klopf, klopf, knack.*

Und dahinter?

Die Leere.

Sie rief nach ihm, sang ihm ein Lied der Einladung vor – ein Lied, gesungen in den Schreien sterbender Männer im Bergwerk, von Kindern, die tot in Schulfluren lagen, von obdachlosen Männern und Frauen, die mit einem gewisperten Flehen auf ihren Lippen zu einem Gott, der sie nicht erhören wird, an einem Stadttor erfrieren.

Er schrie auf und wandte den Blick ab.

»Intensiv, hm?«, fragte Jake.

»Ich weiß nicht, was das war«, stammelte Oliver. Er schaute auf den Couchtisch und sah – was genau sah er? Ob Jake ihm irgendwie die Pillen eingeflößt hatte? Vielleicht waren die Pillen zu Staub zermahlen und auf dem Sofa verteilt worden. Er fragte sich, ob das alles einfach eine Halluzination gewesen sein konnte.

»Es hat zu dir gesprochen. Es hat dir die Wahrheit gezeigt.«

»Welche Wahrheit?«

»Scheiße, die Welt ist kaputt, Mann. Alles fällt auseinander. Du hast es gespürt. Ich weiß, dass du es gespürt hast. Weißt du, was Entropie ist?«

»Natürlich weiß ich das.« Er hatte die Vorstellung von Entropie immer wunderbar gefunden. Die ganze Welt und all ihre Systeme drifteten ständig auf das Chaos zu. Ein Abstieg. Aber das Leben fand, wie Goldblum es in *Jurassic Park* sagte, einen Weg – und es reagierte, indem es mithilfe von Geburt und Wachstum gegen die Entropie ankämpfte. Selbst wenn etwas tatsächlich verweste – ein umgestürzter Baum beispielsweise –, könnte ein Tier darin Zuflucht finden oder ihn benutzen, um sich zu verstecken, oder Pilze wuchsen auf seiner Rinde, und dieser Baum würde irgendwann all seine Nährstoffe an die Erde zurückgeben, wo andere Bäume davon profitieren würden. Das schenkte ihm große Hoffnung. Entropie war beharrlich. Aber das galt auch für die Bemühungen der natürlichen Welt, ihr entgegenzuwirken.

»Kleiner. Entropie gewinnt. Schießereien in Schulen, Terrorismus, Serienmörder. Bigotterie und Missbrauch. Sexhandel, menschliche Sklaverei, Morde an Cops. Ist das vielleicht normal?«

»Ich weiß es nicht. Ich weiß es nicht!« Olivers Puls beschleunigte sich. *Reiß dich zusammen, Olly.* »So was ist nicht normal, aber mein Dad sagt immer, dass jede Generation ihre Herausforderungen hat, angefangen von Hitler über Nixon bis hin zu Sandstürmen und der Weltwirtschaftskrise und …«

»Dein Dad *war* ein Cop, habe ich recht? Als würde er irgendetwas über irgendetwas wissen. Warum musst du eine Therapie machen? Ich wette, es ist seine Schuld. Ich wette, sein Vater hat ihn windelweich geprügelt, und jetzt prügelt er dich windelweich oder befummelt dich oder steckt dich in ein Kleid oder …«

»Halt die Klappe«, wütete Oliver. Er stieß Jake hart von sich. »Scheiße, du weißt gar nichts. Ich weiß nicht genau, wie schlimm die Kindheit und Jugend meines Vaters waren, aber ich weiß, dass *sein* Vater ihn regelmäßig verprügelt hat. Mein Großvater war ein Trinker, ein Tyrann, eine *Schlange*. Und nichts davon hat sich auf meinen Vater übertragen. Nicht das Geringste. Missbrauch erzeugt keinen Missbrauch.« Er zwängte sich an Jake vorbei und rief über seine Schulter: »Und wenn ich ein Kleid anziehen will, *werde ich ein Kleid anziehen.*«

»Olly. Hör zu. Du musst verstehen, dass das, was hier passiert, auch in den anderen Welten passiert ist, aus denen ich komme. Dort sind jetzt alle tot. Es sind gefallene Welten, in sich zusammengefallen – dort hat die Entropie gewonnen. Ich bin jetzt hier wie ein … ein Prophet. Ein Prophet, auf den bisher niemand gehört hat. Diese Welt, deine Welt, wird den Weg der anderen gehen. Sie kollabiert, und sie wird bald fallen. Aber ich denke, wir können das in Ordnung bringen, du und ich. Ich denke, wir können die Welt retten. Wir können die Entropie aufhalten …«

»Man kann Entropie nicht *aufhalten.*«

»Aber was wäre, wenn man es doch könnte?«

»Das ist verrückt. *Du* bist verrückt.«

Und mit diesen Worten stürmte Oliver zur Tür hinaus.

Kapitel 42

Ein Spiegel, der langsam Risse bekommt

Das Buch zitterte auf dem Couchtisch, und die Seiten flatterten wie in einer Brise. Das Buch brüllte in Jakes Geist.

Du hast ihn VERLOREN.

»Er ist nicht *verloren* gegangen«, schäumte Jake wütend und ging im Mobilheim auf und ab.

Dieser Junge ist widerspenstig. Du nennst ihn schwach? Vielleicht ist er der Starke.

»Nein. Nein! Ich habe ihm die Chance gegeben. Die Chance, sich auf die richtige Seite der Dinge zu stellen. Den Weg nach vorn zu sehen. Sie bekommen *alle* die Chance. Verstehst du? Das ist der Deal. *Sie alle bekommen die Chance.*« Das ist die Prozedur, rief er sich ins Gedächtnis. »Er braucht nur einen kleinen Schubs.«

Er braucht mehr als einen kleinen Schubs. Bedränge ihn. Zerre an ihm. Zwinge ihn.

Aber Jake wollte nichts davon hören. Die Prozedur war die Prozedur. Der Weg war der Weg. Er brauchte etwas. Einen Hebel. Eine Verletzbarkeit.

Eine Schwachstelle.

Mein Dad sagt immer, dass jede Generation ihre Herausforderungen hat, angefangen von Hitler über Nixon bis hin zu Sandstürmen und der Weltwirtschaftskrise.

Optimismus. Hoffnung. Ein Weg nach vorn. Alles Schwächen. Und sie alle kamen von demselben Ort – einer Quelle des Glaubens an eine bessere Welt.

»Seine Schwachstelle – es ist der Vater, nicht wahr? Es ist der verdammte *Nate*.«

Ein scharfer Tadel von Seiten des Buches: *Nein! Der Vater ist ein unterstützender Einfluss, Junge. Eine Quelle der Stärke, keine Verletzbar-*

keit. Du hättest ihm sagen sollen, wer du wirklich bist. Du hättest ihm dein wahres Ich zeigen sollen.

»Er würde mir niemals glauben. Und du irrst dich. Die Quelle seiner Stärke *ist* seine Verletzbarkeit.« Jake kicherte. »Weißt du, für einen Dämon bist du verdammt nutzlo...«

Seine Kehle schnürte sich zusammen. Sein normales Auge trat aus seiner Höhle, und das andere, das mit den vielen Farben, drohte, wie ein Weinkorken aus seinem Schädel zu springen.

ENTSCHULDIGE DICH.

»D-Du b-brauchst mich.«

Ich habe Reese nicht gebraucht, und ich brauche dich nicht, Junge. Ich kann geduldig sein. Ich kann einen anderen Weg finden. Ich habe alle Zeit der Welt. Aber deine Zeit kann jetzt enden.

»Bi-*Bitte.*«

Tu, was getan werden muss.

Die unsichtbare Hand lockerte ihren Griff. Das Buch auf dem Tisch schloss sich flatternd. Jake schnappte nach Luft und gab einen Laut irgendwo zwischen einem erstickten Aufschrei und einem gebellten Lachen von sich. *Stärker als Verletzbarkeit.*

Ein Plan formte sich. Er musste einen Anruf machen.

Kapitel 43

Experte für sehr, sehr unheimliche Dinge

Früh am Morgen betrat Nate das Büro und fand Fig an seinem Schreibtisch vor, wo er mit blutunterlaufenen Augen auf einen Computerbildschirm starrte.

»Morgen«, sagte Nate.

Fig schaute blinzelnd auf. Er rieb sich das Gesicht. »Ja. Das ist es wohl.«

»Du siehst aus wie … na ja, wie ich.«

»Ich habe mir anscheinend deinen Schlaflosigkeitsbazillus eingefangen.«

»Ich glaube nicht, dass das der Grund für deine Schlaflosigkeit ist, Fig.«

Fig stieß einen kehligen Laut aus: ein frustriertes Brummen. »Ohne Scheiß. Weißt du, ich finde einfach nichts über irgendein verschwundenes Mädchen, auf das diese Beschreibung passt. Und dann das Unwetter – dieses Unwetter war nicht normal, Nate. War nicht natürlich. Es war etwas sehr, sehr Unheimliches.«

»Nun, mit alledem könntest du recht haben. Die gute Nachricht ist, wir haben einen Experten für so etwas.«

»Jed Homackie?«

»Jed Homackie.«

Nach seiner Schicht ging Nate direkt zu Jed. Getrieben von diesem Achterbahngefühl – dem Rausch und Brüllen und *Klacker-di-klack* von etwas Bedrohlichem, das ein schlechtes Ende nehmen müsste. Er wurde von diesem Gefühl so sicher getrieben, wie er von seinem Vater verfolgt worden war, von dem Mann im Wald, von dem Brennen auf seiner Stirn, wo der Wahnsinnige ihn mit seinem Messer getroffen hatte.

Er klopfte an die Tür.

Nichts.

Noch einmal. Noch einmal nichts.

Er sah hinter sich und stellte fest, dass Jeds Auto in der Einfahrt parkte – ein Lexus SUV. Die Haustür hatte kein Fenster, sonst hätte er hindurchgeschaut. Er hob abermals die Hand, um zu klopfen …

Das Knirschen eines Schlosses kam ihm zuvor.

Die Tür ging auf, und ein ausgezehrter Jed kam zum Vorschein. Wie ein Mann, der einen Spießrutenlauf durch schlaflose Nächte hinter sich hatte. Vielleicht auch einige Angriffe von Berglöwen.

»Nate, Nate, komm doch rein«, begrüßte Jed ihn. Seine Stimme war rau und heiser, als hätte er Scherben geschluckt. Er strich schnell eine Strähne von seinem langsam weiß werdenden Haar zurück und schenkte Nate ein verlegenes, nervöses Lächeln, bevor er in sein eigenes Haus verschwand.

Nate trottete hinter ihm her. »Jed, du wirkst ein wenig angespannt. Geht es dir gut?«

Es ging ihm nicht gut.

Das Haus, das bei Nates letztem Besuch so makellos gewesen war, war nun das Gegenteil. Essensbehälter lagen geöffnet und halb geleert überall herum – ein Tentakelmonster aus eingetrockneten Nudeln kroch aus einem der Behälter vom Chinesen über die Arbeitsplatte. Ein Hocker war umgefallen. Bücher waren aus den Regalen geholt und im Raum verstreut worden. Eine halb aufgerollte Papiertücherrolle lag mitten auf dem Boden, durchtränkt von einer weinroten Flüssigkeit – als hätte der Mann dort etwas verschüttet, und statt ein oder zwei Papiertücher zu benutzen, hatte er einfach die ganze Rolle wie eine Dampfwalze daraufgeschleudert. Nate rechnete halb damit, dass Jed sagen würde, es sei jemand eingebrochen und habe einen Haufen Zeug geklaut – aber dann sah Nate inmitten des Mülls noch etwas anderes: willkürlich im Raum verstreut wie Türme aufragende Schnapsflaschen. Whisky, Gin, Brandy.

Alle leer.

»Es geht mir jetzt wieder gut«, sagte Jed wie zur Erklärung. »Ich hatte ein … paar raue Tage, Nate, ein paar wirklich schwere Tage …«

Seine Augen waren so groß wie die eines Verschwörungstheoretikers, der eine Radiosendung moderierte: »Was ich da gesehen habe, in jener Nacht, mit dir zusammen? Es hat mich herausgefordert, Nate. Hat meinen Glauben an alle Dinge zwischen Himmel und Erde herausgefordert sozusagen. Es hat mich bis ins *Mark* erschüttert.«

»Aber warum? Du … du pfuschst mit dergleichen Dingen herum. Deine Bücher, deine Geschichten, was du gesehen hast.«

Ein leises Kichern gluckerte aus Jed heraus. »Nate, ich habe noch nie wirklich etwas gesehen. Nicht so wie das hier. Ein Gefühl hier und da, aber nichts wirklich Reales.«

Also hat Jed nur Geschichten erzählt, dachte Nate. Vielleicht waren Schriftsteller so – sie waren lediglich unterhaltsame Lügner.

»Tja, diesmal hast du etwas Reales gesehen, nicht wahr?«

Eine Art glücklicher Wahnsinn glänzte in Jeds Augen. »Ja. Das stimmt.«

»Du, ahhh.« Nate zeigte auf die Flaschen. »Du hast die Schnapsläden ganz allein über Wasser gehalten, wie ich sehe.«

»Nun. Nate. Wenn wir ehrlich sind, habe ich früher mit dem alten *Dämon* gekämpft. Dem Dämon des Alkohols.«

»Dafür braucht man sich nicht zu schämen.«

Darauf hatte Jed keine Erwiderung. Er sah nur auf seine Füße hinab. Das Heben und Senken seiner Schultern, als er dastand und einfach *atmete,* verriet Nate, dass der Kampf des Mannes mit diesem Dämon, wie er es ausgedrückt hatte, lang und dunkel gewesen war.

Und angesichts der Situation nicht zur Gänze gewonnen.

»Soll ich dir beim Aufräumen helfen?«, erbot Nate sich.

»Nein, nein, schlag dir diesen Gedanken aus deinem närrischen Kopf, Nate. Ich bin ein erwachsener Mann, ich kann meine Schweinereien selbst aufräumen.« Er wirbelte herum, und wieder wurde dieser Schimmer in seinen Augen sichtbar. »Im Suff habe ich einige Nachforschungen angestellt.«

»Nachforschungen.«

»Na klar. Darüber, was ich gesehen habe, mit deinem Vater – er war kein Geist, nicht direkt. Er war in der Lage, dich zu berühren, dir *weh-*

zutun, und, ahh ...« Jetzt blinzelte Jed, als er Nate ansah. »Er hat dir auf die Lippe geschlagen, nicht wahr?«

»Ja.«

»Woher sind dann diese Stiche gekommen?«

Klar, natürlich. Er weiß es nicht.

Also dachte Nate sich, zum Teufel damit. Er erzählte ihm alles darüber, was in jener Nacht passiert war. Von dem Mädchen, der Zahl auf ihrer Wange, dem Mann im Blitz, dem Messer. Mit jedem Wort wurden Jeds Augen größer.

»Es ist alles real. Alles«, sagte Jed atemlos.

»Wovon sprichst du? Raus mit der Sprache, Jed, ich habe keine Zeit für Spielchen.«

Jed nickte. »Ich ... ich arrangiere mich langsam mit der Realität, dass hier etwas im Gange ist, das weit über bloßen *Spuk* hinausgeht. Und zwar etwas Größeres, Seltsameres. Ich habe metaphorisch von einem Dämon gesprochen, aber hier handelt es sich vielleicht um einen echten. Ich habe die Vorstellung, bei Geistern und dem Übernatürlichen hätten wir es mit den Kategorien von *Gut* und *Böse* zu tun, stets abgelehnt. So wie ich auch die Auffassung scheue, dass Menschen ausschließlich gut oder ausschließlich böse sind – wir sind eine Mischung, wir alle, eine Cocktail-Erdnussmischung von Nettigkeit und Bosheit, alles zusammengebunden zu einem Bündel von unentschuldbarer Trägheit und Ignoranz, durchsetzt von unerwarteten Augenblicken ehrlichen Heldentums. Aber vielleicht, nur vielleicht – gibt es doch etwas durch und durch Böses. Etwas, das *durchgebrochen* ist.«

»Keine Spielchen, Jed, keine Fantastereien, komm einfach zur Sache.«

»Was du gesehen hast – deinen Vater, diesen ausgezehrten Burschen mit dem zotteligen Bart und Edmund Reese? Sie sind Eindringlinge. Störenfriede. Eine Art invasiver Spezies. *Invasoren,* wenn du mir den Luxus einer solchen Poesie zugestehst. Und du und ich, wir können uns ein paar Antworten besorgen. Wenn du dazu bereit bist.«

Nate nickte. »Ich brauche Antworten.«

»Lass uns danach suchen. Zusammen.«

»Je eher desto besser.«

»Ich nehme an, ich weiß, wo wir als Erstes nachsehen können.« Jed grinste.

»Du wirst den Ramble-Rocks-Park vorschlagen, nicht wahr?«

»Allerdings, mein Junge. Allerdings.«

Kapitel 44
Nate und Maddie

Vor achtzehn Jahren:
Vamp Records, South Street, Philadelphia. Hatte früher Rekordzahlen bei den Vinylscheiben eingefahren, aber jetzt verkaufte der Laden nur noch CDs. Die Hälfte davon neu, alle hineingeschoben in diese riesigen Plastikdinger, die einen speziellen Schlüssel und einen uralten ägyptischen Segen erforderten, um sie zu öffnen. Maddie arbeitete gern hier. Es war nicht die Musik – ja, sicher, Musik war toll, sowieso –, sondern das *Einräumen,* oh, wow, Küsschen vom Chef, fuck, klar. Das haptische Erlebnis, Alben und CDs zu arrangieren, war Maddies Porno. Aber heute hatte sie Thekenaffendienst, und den hasste sie, aber das war ihr erster Job nach dem College, und sie wollte ihn nicht gleich vermasseln.

Ein Typ kam an die Theke, die Haare eine Spur zu lang, einen Schnurrbart über der Oberlippe und bis ganz hinunter zum Kinn wie ein umgestülptes Hufeisen, und er sagte: »Hast du die neue CD von Radiohead?« Er meinte *Kid A,* und sie sagte: »Weißt du nicht, wie das Alphabet geht?« Sollte heißen: *Alle CDs sind alphabetisch geordnet, du Armleuchter.* Und er verdrehte die Augen und sagte: »Ja, ich finde sie nur nicht.«

Sie ging auf die andere Seite der Theke hinüber, und tatsächlich, die CD war weg, daher sagte sie ihm, sie könne sie eigens für ihn bestellen. Er sagte, spar dir die Mühe – sie sei für seine Freundin, aber dann fügte er hinzu: »Ich sollte ihr überhaupt nichts kaufen, sie kauft mir nie etwas. Sie ist irgendwie ätzend.« Worauf Maddie antwortete: »Du solltest nicht so schlecht über sie reden. Sei kein verdammtes Arschloch. Du magst sie nicht? Schick sie in die Wüste.« Und das schien ihm unter die Haut zu gehen. »Vielleicht könntest du mir dabei helfen, kein Arschloch zu sein«, entgegnete er. Aber sie antwortete: »Das ist nicht mein Job.« Trotzdem lächelte sie. Er erwiderte ihr Lächeln. Damit fing es an.

Vor siebzehn Jahren:

Irgendwie umkreisten sie einander eine Weile, aber als sie sich schließlich zu einem Date verabredeten, war es, als würden zwei Meteore auf dem Weg zur Erde aufeinandertreffen. Das erste Mal hatten sie auf der Motorhaube ihres Autos Sex, eines weißen Chevrolet Camaro, Baujahr 1997, der an einem ungewöhnlich warmen Tag Ende Oktober auf einem Kornfeld stand. Sie waren von einem Konzert in Philly im Theatre of Living Arts gekommen – Sleater Kinney. Sie hatte über den Laden Eintrittskarten besorgt. Ihr Liebesspiel war unbeholfentapsig und kunstlos, aber sie waren beide aufgepeitscht von der Musik und der Menschenmenge im Club, und was ihnen an sexueller Eleganz mangelte, machten sie mit schierer, junger, blöder animalischer Leidenschaft wett – ganz zu schweigen davon, dass sie beide das Erlebnis zum Schreien komisch fanden und gemeinsam beschlossen, dass Menschen, die beim Sex nicht lachen konnten, freudlose Klötze seien, die sich, wie sie es ausdrückte, mit einer »banalen Missionarsstellung von einer Existenz« abgefunden hätten. Er sagte, er wisse nicht, was das bedeute, aber es gefalle ihm.

Vor sechzehn Jahren:

Sie heirateten in einer Feuerwache in Bensalem, Pennsylvania, im südlichen Teil von Bucks County. Keiner von ihnen war fromm, daher ließen sie sich von einem Richter aus dem Ort trauen, einem Freund von Maddies Vater. Es war keine große Hochzeit, und es war keine kleine Hochzeit – es war eine »genau richtige« Hochzeit. Anschließend führten Denny (Maddies Vater) und Nate ein langes, vertrauliches Gespräch über Nates Zukunft, und bei der Gelegenheit sagte ihr Dad, Nate solle nach Philly ziehen und zur Polizei gehen. Nate sagte, er würde darüber nachdenken. In dieser Nacht vollzogen er und Maddie ihre Ehegelübde, verhüteten nicht, und einen Monat später war der Schwangerschaftspipitest positiv. Oliver, der sich das erste Mal als winzig kleines Pluszeichen manifestierte.

Vor dreizehn Jahren:

Gemeinsam und kollektiv beschlossen Nate und Maddie, dass sie ihn emotional mit einem Mann betrogen hatte, den sie aus dem Kunstkollektiv in Fishtown kannte, wo sie als Bildhauerin tätig gewesen war. Der Mann hieß Bryce, und sie und Bryce hatten einander zu einer Zeit gefunden, als alles einfach grässlich verdammt schwierig für sie gewesen war: Olly war zwei Jahre alt, und nicht nur zwei, sondern eine *stürmische* zwei, ein kluges kleines Höllenbaby, dem keine Tischkante begegnete, die sein weicher Kleinkindschädel nicht mochte, und um das alles noch weiter zu erschweren, hatte Nate zusätzliche Schichten auf dem Revier übernommen, um einige Defizite im Budget auszugleichen. Bryce und sie hatten sich niemals geküsst und definitiv niemals miteinander geschlafen, aber sie hatten immer mehr Zeit miteinander verbracht, umarmten sich und rieben einander den Rücken, und eines Tages wusste sie einfach, dass sie es Nate sagen *musste*. Sie beichtete.

Nate fing Feuer wie ein Weihnachtsbaum, der sich an einer defekten Lichterkette entzündet hatte. Er wütete schnell, ballte die Hand zur Faust und schlug ein Loch in die Trockenwand von Maddies Wohnung. Sie sagte ihm, sein Verhalten grenze an Gewalt, und er erklärte ihr, dass er nicht wütend auf sie sei, sondern wütend auf sich selbst und verlegen, und er wolle sich selbst schlagen, wolle seine Hand verletzen, nicht Maddie. Sie sagte, so oder so, wenn er das jemals wieder täte, würde sie Oliver nehmen und am nächsten Morgen in Kalifornien sein, und er könne sich ins Meer stürzen. Sie reparierte die Wand. Er tat es nie wieder.

Vor zehn Jahren:

Carl, Nates Vater, stand vor ihrer Tür. Nate wusste nicht, wie der alte Mann dort hingefunden hatte. Vielleicht hatte er online nach ihnen gesucht oder jemanden im Revier überlistet. Sie fanden es niemals heraus. Er stand vor der Tür, sturzbetrunken wie ein Stinktier in einem Eimer mit seiner eigenen Pisse (wie Maddies eigener Vater zu sagen pflegte). Maddie hatte Nates alten Herrn nie kennengelernt und würde ihn auch jetzt nicht kennenlernen – Nate sagte, er würde die Sache klären. Dann holte er sein Holster hervor, steckte seine Dienstpistole hinein und ging zur Tür. Maddie, damals ungläubig, fragte ihn, ob all das wirklich nötig sei. Daraufhin sagte Nate nur: »Ja.« Und dann ging er hinaus. Sie hörte die beiden brüllen. Größtenteils Nate. Dann weinte jemand: Carl, der alte Mann. Eine Flasche zerbrach. Nate kam herein und schlug die Tür hinter sich zu. Sie sah, dass er die Pistole aus dem Holster genommen hatte und in der Hand hielt. Oliver war glücklicherweise oben und bekam nichts davon mit. Sie fragte ihn, ob alles in Ordnung sei, und er bejahte, sie solle sich keine Sorgen machen, sie würden nie wieder von dem Alten hören.

Vor fünf Jahren:

Oliver, zehn Jahre alt, hatte sich angewöhnt, Obdachlosen, die er auf der Straße sah, Geld oder Lebensmittel zu geben – und in Philadelphia fand sich eine beträchtliche Anzahl solcher Obdachloser. Ein halbes Dutzend auf dem Weg zur Schule, dasselbe halbe Dutzend auf dem Rückweg, plus all die anderen, wann immer sie irgendwo hingingen. Die meisten der Obdachlosen waren nett, einige von ihnen schienen überhaupt nicht *richtig da* zu sein, und eine kleine Anzahl waren Menschen, die auf irgendeine Weise gebrochen waren – zum Beispiel ein Mann, der routinemäßig seine Hosen auszog und entweder kackte oder masturbierte (wenn auch niemals beides zusammen) und der oft in seinen eigenen Hinterlassenschaften umkippte. Oliver gab ihm niemals Geld, versuchte aber immer, etwas Essbares dazulassen – eine ungeöffnete Tüte mit Oreos oder Kartoffelchips aus der Schule.

Eines Tages sah Oliver jemand Neues, einen obdachlosen Weißen in einem schweißdurchtränkten weißen T-Shirt und Jogginghosen, unrasiert, fettige Haare. Oliver wollte ihm kein Geld geben oder auch nur in seine Nähe gehen, und als Maddie nach dem Grund fragte, sagte er: »Keine Ahnung. Er ist zu zornig. Zornig, wie ich es noch nie bei jemandem erlebt habe.« Maddie verstand nicht – der Mann saß einfach nur da und starrte auf seinen eigenen Schoß hinab. Aber später in derselben Nacht kam Nate nach Hause und berichtete, es hätte eine Messerattacke gegeben – jemand hatte versucht, einem Obdachlosen Geld zuzustecken, was ihm siebenunddreißig Messerstiche eingetragen hatte, bevor ein Polizist aufgetaucht war und den Obdachlosen erschossen hatte. Es war derselbe Mann gewesen. In jener Nacht erzählte Maddie Nate: »Oliver ist etwas Besonderes, weißt du das?« Nate sagte, er wisse es. Und sie sagte: »Nein, etwas *wirklich* Besonderes.« Sie kamen nie richtig dahinter, wie oder warum. Es war, wie es war, und obwohl es dafür keine Beweise gab, nahmen sie es einfach immer für bare Münze, dass ihr Sohn nicht so war wie alle anderen. Maddie erzählte Oliver niemals etwas von dem Messerangriff.

Jetzt:
Wieder einmal legte Nate sein Holster um. Maddie warf ihm einen Blick zu.

»Bist du dir sicher, dass du die brauchst?«, fragte sie mit plötzlicher Sorge.

Aber sein Lächeln war ein aufrichtiges – und das tröstete sie ein wenig. »Nein«, antwortete er. »Ich nehme nicht an, dass ich sie brauche. Aber nach allem, was passiert ist, habe ich kein Interesse daran, unbewaffnet hinauszugehen.«

»In Ordnung.«

»Hast du etwas von Olly gehört?«

»Ja. Er ist immer noch mit Caleb unterwegs. Hat gesagt, er würde bald zurück sein.«

»Klingt gut.«

Nate zog seinen Mantel und auch ein Paar Handschuhe über. Die Kälte von der Nacht des Sturms war geblieben – es war eine tiefere, bitterere Kühle, als sie sie normalerweise zu dieser Jahreszeit kannten, Wochen vor Thanksgiving. Er steckte die Pistole in das Holster und ließ es zuschnappen.

Einen Moment lang stand sie einfach nur da und bewunderte ihn. Er sah gut aus. Schultern zurückgedrückt. Bart ein wenig zu lang, Haare ebenfalls, aber das verlieh ihm etwas Raubeiniges – die Schönheit eines Baumes statt der des sauber gesägten Brettes. All diese Ecken und Kanten, die Textur und Topografie der Borke, der Astlöcher, der Linien unvollkommener Maserung. Roh, unbearbeitet und herrlich unregelmäßig. So war Nate. *Ihr* Nate.

»Wirst du zurechtkommen?«, fragte sie.

»Klar.«

»Du vertraust Jed, oder?«

»Na ja.« Nate lachte. »Ich weiß nicht, ob ich darauf vertraue, dass er in allem recht hat, aber ich vertraue darauf, dass er es denkt.« Einen Moment lang schien er in Gedanken verloren zu sein. »Ich mag ihn. Er hat viel Mist durchgemacht, glaube ich, obwohl ich nicht viel über das Ausmaß weiß. Ich denke, er hat einige seiner Dämonen bezwungen und andere nicht.«

»Wir durchleben alle irgendwelchen Mist«, entgegnete sie. Aber dann überlegte sie: War ihr Mist einfach der Mist anderer Leute? Trug sie die Last aller anderen? Vielleicht war sie einfach so. Und sie wusste nicht, ob das gut oder schlecht war oder was auch immer.

»So ist es wohl. Ich weiß bloß, dass er so etwas an sich hat.«

»Er ist verdammt sympathisch.«

»*So* verdammt sympathisch.« Nate wackelte mit den Augenbrauen. »Komm mir nicht auf irgendwelche Ideen. Mach Jed nicht attraktiver, als er ist, Mads. Ich weiß, er ist ein toller *Schriftsteller* und so …«

»Es ist okay, es ist Teil meines persönlichen Ehrenkodexes, niemals mit jemandem namens Jed zu vögeln. Oder mit irgendeinem Namen, der sich auf Jed reimt. Ned, Ed.«

»Ted.«

»O Gott.« Sie tat so, als schaudere sie. »*Ted.*«

»Dieser Bursche aus *Pulp Fiction?* Zed?«

»Definitiv nicht mit einem Zed. Obwohl …«

»Oh, oh, jetzt kommt es.«

»Red. Ich könnte mit einem Mann namens Red vögeln.«

Er grinste. »Du Arschloch.«

»*Du* bist das Arschloch.« Sie half ihm, den Reißverschluss seiner Jacke hochzuziehen, dann griff sie nach seinem Kragen, um ihn zu einem Kuss an sich zu ziehen. Einem festen, langen, seelentiefen Kuss. »Sei brav. Beschaff Antworten. Ich liebe dich.«

»Ich liebe dich auch.«

Nate ging durch die Tür hinaus, durch *diese* Tür. Zum letzten Mal.

Kapitel 45

Ramble Rocks

Das Felsenmeer von Ramble Rocks umfasste nicht den ganzen Park, sondern vor allem den Bereich in seiner Mitte. Nate sah, dass es hier Hunderte von Felsbrocken gab. Vielleicht Tausende. Einige grau wie Flintsteine. Andere waren von dem bläulichen Schwarz von Waffenstahl. Sie waren in seltsamen Winkeln und Kanten abgebrochen, wie ein Mund voller schlechter Zähne.

Während Nate das Steinfeld vor ihnen betrachtete, versuchte er, sich Reese hier vorzustellen. Wie er Mädchen im Tunnel packte oder im Wald oder vor der nahen Schule. Er brachte sie zuerst in sein Haus, wo er ihnen eine Zahl in die Wange schnitt. Danach ging er mit ihnen irgendwann hierher, in diesen Park.

Wo er sie auf einem Felsen ausweidete.

Seine Gedanken wanderten zu dem Mädchen, in dessen Wange die Siebenunddreißig eingeritzt worden war.

Wer war dieses Mädchen? Woher kam sie …

Und wo zur Hölle hatte sie *hingewollt*?

Lebte sie noch? Oder hatte Reese – wenn das überhaupt Reese war, eigentlich unmöglich – sie bereits getötet?

»Hier, geradeaus …« Jed ließ den Lichtstrahl über die Felsen wandern. »Wir sind am Waldrand. Wir werden gleich das Steinfeld betreten, wobei ich empfehlen würde, außen herumzugehen …«

»Wir würden schneller sein, wenn wir mitten hindurchgehen.«

»Das ist schwieriger. Scharfe Steine in der Dunkelheit, Nate.«

»Wir haben Taschenlampen. Das kriegen wir schon hin.«

Jed nickte. »Du bist der Mann von der Jagd- und Naturschutzverwaltung. Ich vertraue deinem Urteil.«

»Ich bin eher ein Stadtjunge als ein Naturmensch. Hier geht es mehr um Ratsamkeit und Ungeduld als um irgendetwas sonst. Aber ich muss dich fragen, Jed. Was zur Hölle machen wir hier? Wonach suchen wir?«

Der andere Mann zögerte. Er stotterte ein wenig, als er antwortete: »So ganz weiß ich das eigentlich nicht. Wie ich schon gesagt habe, dies ist ein durchlässiger Ort. Wenn wir irgendetwas sehen oder irgendetwas spüren, nun, dann in Ramble Rocks. Wir werden zum Tunnel gehen, würde ich sagen – es gibt immer seltsame Geschichten darüber, was Leute dort sehen. Aber dieser ganze Bereich, insbesondere das Felsenmeer, war Reese' Jagdgebiet *und* Schlachtfeld. Das Mädchen, das du gesehen hast – falls sie tot ist, ist sie hier gestorben. Und wenn Reese zurück ist …« Er seufzte. »Dann ist er ebenfalls hier.«

»Also gut«, entschied Nate. »Lass uns weitergehen.«

Und sie gingen in das wogende Felsenmeer.

Der Mond stand groß und strahlend über den abgebrochenen Zahnstümpfen von Felsen. Voll und vor Licht strotzend. Er beleuchtete ihnen den Weg.

Doch das machte es nicht leichter, durch die Felsbrocken zu gelangen.

Nate war als Junge hier gewesen, aber seither nicht mehr. Er hatte ganz vergessen, wie gerammelt voll dieser Bereich von all diesen harten, schrundigen Felsen war. Zwischen einigen gab es kaum Lücken, was bedeutete, dass man sich kaum hindurchschlängeln konnte, sondern darüber hinwegklettern musste.

Also machten sie das. Hinauf und hinüber. Füße fest auf schiefe Felsflächen stemmen, sich über ein Durcheinander von Geröll kämpfen.

Es war, wie Jed befürchtet hatte, überaus anstrengend.

»Tut mir leid«, entschuldigte sich Nate. »Wir hätten darum herumgehen sollen.«

Hinter ihm stieß Jed ein Brummen aus. »Jetzt sind wir mittendrin.«

»Stimmt. Ich denke, wir haben die Hälfte hinter uns und …«

Er trat auf einen Stein, der glitschig von Moos war. Sein Fuß rutschte ab, der Knöchel verdrehte sich, und er spürte, wie ein Knacken durch seine Ferse und hinauf durch seine Wade lief wie ein Blitzschlag.

Dann senkte sich der Mond zu einer Seite und Nate zur anderen, taumelte zwischen die Felsen, und seine Taschenlampe verschwand in der Dunkelheit. Noch während des Sturzes wusste er, dass er nicht weich landen würde – nicht hier draußen. Nicht mitten zwischen den Felsen.

Aber dann, bevor er aufschlug …

War sein Sturz zu Ende.

Schwebend verharrte er in einem Fünfundvierzig-Grad-Winkel.

Er hing mit Armen und Schultern in seiner Jacke – deren Kragen Jed fest gepackt hatte.

»Ich hab dich«, ächzte Jed. »Alles okay?«

»Du hast mich davor bewahrt, mich glatt aufs Gesicht zu legen«, antwortete Nate, aber als er versuchte, von dem Felsen herunterzuklettern, schoss ihm erneut ein scharfer Schmerz in die Ferse. Seine Achillessehne fühlte sich an, als würde sie in Flammen stehen. »Ah, Hölle.«

Behutsam setzte er sich hin und rieb sich den Fuß.

»Oh, oh«, murmelte Jed. »Das klingt nicht gut.«

Während sich Nate durch den Stiefel den Knöchel massierte, richtete Jed das Licht der Taschenlampe darauf. »Ich glaube, es ist nichts passiert. Zumindest ist nichts gebrochen. Gib mir einfach einen Moment Zeit.«

»Klar, natürlich, kein Problem.«

Dort in der Dunkelheit, unter dem Mond, ging Jed in der kleinen Lücke auf und ab, die sich ihm darbot. Hinauf über die Felsen, wieder zurück nach unten, wieder hinauf und noch einmal darum herum. Nate beobachtete ihn stirnrunzelnd.

»Du wirkst nervös«, bemerkte Nate.

»Nein, alles gut.«

»Nein, ist es nicht. Ich kann spüren, dass etwas nicht stimmt.«

Jed wirkte reizbar und kaute auf seiner Unterlippe, bis er schließlich zusammenklappte wie ein Strandstuhl. »Ich habe einfach Angst vor dem, was wir finden werden. Ich … ich hatte eine Theorie, Nate. Eine Vorstellung davon, wie Dinge funktionieren, und jetzt bin ich mir nicht mehr so sicher.«

»Das ist alles?«

»Das ist alles.«

Damit musste Nate sich begnügen. Er kannte seinen Nachbarn nicht gut genug, um zu erkennen, ob er log. Er mochte Jed, und der Mann schien eine Menge Wert auf diese *Theorie* zu legen, von der er gesprochen hatte. Es war einleuchtend, dass es ihn ein wenig aus dem Gleichgewicht brachte.

Aber, meldete sich eine kleine Stimme in Nate, *sollte er das nicht auch aufregend finden?* Nate befürchtete, dass er in den seltsamen, dunklen Geistestiefen seines Nachbarn weitere Grabarbeiten durchführen musste, aber jetzt war kein guter Zeitpunkt dafür.

»Lass uns einfach meine Taschenlampe holen«, bat Nate den anderen Mann und belastete seinen Fuß bei jedem Schritt nur sehr vorsichtig. Er zuckte zusammen und humpelte durch das Steinfeld und wünschte sich inbrünstig, sie wären darum herumgegangen, wie Jed vorgeschlagen hatte – oder besser noch, er wäre einfach zu Hause geblieben, in einem Sessel, eine Bierflasche in der Hand. Als er ein Stück vorangekommen war, sah er die Taschenlampe ungefähr drei Meter entfernt – das Licht war immer noch wunderbar hell, was bedeutete, dass die Taschenlampe nicht zerbrochen war, obwohl das Ding zwischen die Felsen gefallen war.

Sein Blick folgte diesem Lichtstrahl.

Und dann hielt Nate inne. Was das Licht beleuchtete, raubte ihm den Atem. Ein kleiner Laut entwich ihm, ein seltsames Seufzen des Entsetzens und der eingebildeten Trauer. Jed fragte, ob mit ihm alles in Ordnung sei.

»Ich kenne diesen Felsen«, sagte Nate mit leiser Stimme. »Ich habe ihn schon einmal gesehen.«

Kapitel 46
Der Felsaltar

Der Traum kam mit der Wucht einer Sturzflut zurückgeströmt: Er, wie er seinen Sohn schlug, der Pistolenschuss, der Junge, der auf den Felsen fiel.

Auf den Fels, der geformt war wie ein Tisch.

Es war der Fels, den er hier sah, jetzt, leibhaftig.

Dieser Traum, begriff er, spielte hier, im Felsenmeer von Ramble Rocks – obwohl in diesem Traum einiges anders gewesen war. In seinem Traum waren die Felsen rund, nicht gezackt. Aber dieser eine Stein, der wie ein Tisch geformt war. Er war derselbe hier wie in dem Traum. Nate hob die Taschenlampe auf und ließ den Strahl über die erhöhte Oberfläche des Steins wandern – er fand die glatten Rillen darin, die sich von der Mitte aus nach außen schlängelten. Rillen, die in seinem Traum Bäche des Blutes seines Sohnes mit sich getragen hatten.

Er musste sich irgendwo in seinem Unterbewusstsein erinnert haben, und der Traum hatte daraus gemacht, was Träume eben so machten – er hatte alte Erinnerungen aufgetupft wie ein Geschirrtuch, sie eingesogen und ausgewrungen. Bestimmt entstammte der Traum einer früheren Erinnerung. Oder etwa nicht?

War dies der Ort, an dem Edmund Reese die Mädchen getötet hatte?

Er hielt es für möglich. War das etwas, das er tief im Innern bereits gewusst hatte, und hatte sein Traum ihn deshalb hierhergeführt?

Oder ging es bei diesem Traum um etwas anderes? Ein Omen? Eine Warnung?

»Alles okay?«, fragte Jed.

»Klar«, bestätigte Nate. Jetzt war es an ihm zu lügen. Oh, zur Hölle damit. Er war es leid zu lügen. Also sagte er: »Weißt du, Jed, nein, es ist nichts okay. Alles fühlt sich an, als würde es ein wenig schieflaufen, und dieser … dieser Stein hier, der aussieht wie ein Felsaltar? Ich hatte vor einigen Wochen einen Traum davon. Einen Traum, in dem mein Sohn gestorben ist.«

Jed schwieg.

»Bestimmt steckt nichts dahinter«, fügte Nate schließlich hinzu.

»Ich weiß nicht, was nichts ist und was etwas ist«, entgegnete Jed, und seine Stimme hatte sich verändert. Er sagte es sehr leise und traurig und mit einer Heiserkeit in seinen Worten, als versuche er, etwas zurückzuhalten. Tränen vielleicht. Tränen, die aus einem tieferen Quell des Kummers hervorsickerten, den Nate nicht verstand oder nicht verstehen konnte. »Was ich weiß, Nate, ist, dass das Leben seltsam ist. Es ist voller Fehler und voller Dinge, die man bedauert, und unser Geist ist sehr gut darin, diese Dinge zu denkbar schlimmsten Zeiten an die Oberfläche zu spülen, den Zeiten, in denen wir am verletzbarsten sind. Wie in Träumen. Ich denke, es ist das Beste für uns herauszufinden, wie wir nach vorn schauen können. Wie wir die Irrtümer korrigieren können, die wir begangen haben, um uns selbst ein wenig Frieden zu verschaffen. Und jenen, denen wir vielleicht wehgetan haben. Oder zumindest hätte ich das gern.«

»Klingt richtig für mich.«

»Freut mich, dass du das so siehst. Es bedeutet, dass wir uns in Bewegung setzen sollten – natürlich nur, wenn du gehen kannst.«

»Kann ich.«

»Dann komm.«

Und sie gingen weiter.

Kapitel 47
Wahre Dunkelheit

Sie brauchten eine Weile, um durch das Steinfeld zu humpeln, aber sobald sie es hinter sich hatten, fanden sie einen Wanderweg – und dieser führte sie durch ein Wäldchen von Weißbirken zu einem befestigten Weg.

Vor ihnen öffnete sich der alte Eisenbahntunnel. Im silbernen Mondlicht sah er aus, als erstrecke er sich in die Unendlichkeit – ein Portal nicht nur zum anderen Ende des Parks, sondern irgendwo anders hin. Ein endloser Marsch durch die Dunkelheit ins Nirgendwo.

Ein schriller Schrei aus den Bäumen durchschnitt die Luft. Wie der Schrei einer Frau, aber etwas daran war auch unmenschlich, ein Heulen rohen Schmerzes. Der Laut war kurz und scharf, hineingebellt in die schwarze Nacht. Jed zuckte zusammen, und Nate spürte, wie sein eigener Blutdruck in die Höhe schoss.

Nate streckte eine Hand aus. »Ist schon gut«, beruhigte er den anderen Mann. »War wahrscheinlich nur ein Fuchs.«

»Dein Wort in Gottes Ohr.«

»Ja. Schreckliches Geräusch, ich weiß. Viele Tiere geben nachts furchtbare Laute von sich. Füchse, Kaninchen, Marder.«

»Das Majestätische der Natur«, murrte Jed mit gerunzelter Stirn.

Nate hätte beinahe aufgelacht. Es war ein Moment der Unbeschwertheit – dringend benötigt, bevor sie sich in die Dunkelheit des Tunnels stürzten. Denn nun ragte der Eingang vor ihnen auf. Eine Öffnung: bereit, sie beide im Ganzen zu verschlucken.

»Jona und der Wal«, bemerkte Jed, der offensichtlich das Gleiche dachte.

Nate starrte in die einzigartige Schwärze des Tunnels. Er rechnete halb und halb damit, einen Lichtschimmer zu sehen – einen Geisterzug, bemannt von dem kopflosen Schaffner.

Aber kein derartiges Licht durchdrang die Dunkelheit.

»Warum machen wir das eigentlich nicht tagsüber?«, fragte Nate.

»Die Nacht ist der Zeitpunkt, an dem der Schleier zwischen den Welten angeblich am dünnsten ist, Nate. Außerdem willst du bestimmt nicht, dass Leute zusehen, wie du im Tunnel herumspazierst und nach schwarzen Männern und wabernden Energien Ausschau hältst, oder? Wo du doch von der Jagd- und Naturschutzverwaltung bist und überhaupt.«

»Nein, da hast du wahrscheinlich recht.«

»Tja, so sieht's aus, Nate.« Jed wedelte plötzlich mit den Händen herum, als versuche er, einen Fahrer daran zu hindern, über eine eingestürzte Brücke zu fahren. »Wir sollten verschwinden. Jupp. Das war's. Wir sollten umdrehen, Nate, und nach Hause gehen. Ich – mir gefällt das hier nicht. Mir kommen Zweifel. Lass uns verschwinden.«

Er versuchte, Nate zurück auf den Weg zu ziehen.

»Hey, Moment mal. Nein, wir sind hier. Wir sind diesen ganzen weiten Weg gegangen.«

»Nate ...«

»Nein. Wenn du sagst, der Tunnel sei ein, ich weiß nicht, ein Ort von Bedeutung und etwas Übernatürliches – Gott, ich kann nicht glauben, dass ich diese Worte überhaupt ausspreche –, dann ist es unsere Aufgabe, dort hineinzugehen und festzustellen, was wir herausfinden können.«

Jed nickte mit einem traurigen Lächeln auf dem Gesicht. »Okay, Nate. Okay. Wenn du es sagst. Du sollst nur wissen, dass es mir leidtut.«

»Es tut dir leid. Was tut dir leid?«

Einen Moment lang schwieg Jed. Als denke er genau über seine nächsten Worte nach. »Es tut mir leid, dass all das passiert. Du bist hierhergekommen, zusammen mit deiner sehr netten Familie, und jetzt ... das hier. Es tut mir einfach leid, das ist alles.«

»Hey. Das ist nicht deine Schuld, Jed. Komm mit. Lass uns durch den Tunnel gehen.«

Die Dunkelheit fühlte sich total und wahr an – weniger wie ein offener Raum, in den kein Licht drang, sondern mehr wie ein richtiger Gegenstand mit Gewicht und Präsenz.

Es genügte nicht, einfach durch den Tunnel zu gehen, stattdessen fühlte es sich notwendig an vorzudringen, hinein in die Dunkelheit, denn Nate musste sich weiterzwingen, Schritt für Schritt auf dem Weg. Die Dunkelheit war so bedrückend, dass sie den Strahl seiner Taschenlampe zu verschlucken schien. Es erinnerte Nate auf gewisse Weise daran, wie er sich durch diesen Sturm gekämpft hatte – es fühlte sich an, als sei der Tunnel gegen ihn.

Mit jedem Schritt verstärkte sich seine Sorge. In seinem Kopf herrschte ein Durcheinander ängstlicher Gedanken, als hätte jemand einen Karton halb verhungerter Ratten dort freigelassen. *Kehr um,* dachte er. *Geh nach Hause. Jed hatte recht. Wir brauchen das nicht zu tun.*

Sein Magen krampfte sich zusammen und ließ ihn Säure schmecken.

Seine Haut fühlte sich heiß an, kalt, und sie kribbelte wie von tausend Nadeln gestochen.

Er meinte, nicht richtig atmen zu können, und dann dachte er über das Atmen nach, was das Atmen noch schwerer machte.

Ein Geruch strömte auf ihn ein: der ranzige, zerstörerische Gestank von etwas Totem. Er ließ den Lichtstrahl umherwandern und versuchte herauszufinden, was diesen Geruch verursachte.

Nichts.

Er ging weiter. Tiefer hinein.

Und die ganze Zeit über versuchte er, sich vorzustellen, was sie hier sehen würden. Was war das hier überhaupt? Irgendetwas stimmte nicht. So viel konnte er erkennen. Das hier war tatsächlich eine Schwachstelle; er konnte spüren, wie dünn sie war, als hätte die Realität hier die ganze Spannung und Reißfestigkeit eines billigen Papiertaschentuchs. Als könne er die Hand ausstrecken, die Haut abschälen und die Welt bluten sehen.

Auch der Boden fühlte sich, obwohl er asphaltiert war, seltsam … weich an. Beinahe wie ein Schwamm unter seinen Füßen.

»Jed?«, fragte er. »Spürst du das?«

Aber es kam keine Antwort.

»Kumpel«, sagte er noch einmal und schwang den Strahl der Taschenlampe hinter sich …

Nur um feststellen zu müssen, dass Jed nicht bei ihm war.

Aber am Eingang des Tunnels, eingerahmt vom Mondlicht, am Ende der Dunkelheit, stand eine Silhouette. Mit hängenden Schultern. Gesenktem Kinn.

Die Härchen in Nates Nacken stellten sich auf. Irgendetwas stimmte nicht.

»Jed«, rief er, nachdrücklicher diesmal. Er drehte sich ganz um und ging zurück in Richtung Eingang.

Die Gestalt am Eingang des Tunnels hob einen Arm …

Nate hörte das verräterische Klicken der Sicherung eines Revolvers. Es hallte durch den Tunnel, an den Felswänden entlang.

Kla-klick.

»Du musst bleiben, wo du bist, Nate«, krächzte Jed. Seine Stimme zitterte vor Angst oder vor Bedauern oder vielleicht von allem beiden. »Komm nicht näher. Sonst schieße ich. Das werde ich tun, ich schwöre es.«

»Jed, du musst die Pistole auf den Boden legen.«

»Kann nicht, Nate. Kann nicht.«

Nate hob beide Hände zum Zeichen seiner Kapitulation und schaltete die Taschenlampe aus. (Es war das Beste, sich nicht zur Zielscheibe zu machen.) »Willst du mir sagen, was los ist? Ich weiß, dass die Dinge in letzter Zeit ein wenig seltsam waren – aber ich bin hier, wenn du reden willst.« Nate meinte das ehrlich. Aber er legte sich gleichzeitig einen Plan zurecht. Seine eigene Waffe steckte in seinem Holster. Er war nicht schnell genug, um so eine Art von Wildwestduell zu gewinnen – *zieh, Partner*, sagte sein Gehirn, als versuche es, witzig zu sein –, aber vielleicht, wenn er durch den Tunnel huschte, geduckt? Jed würde ihn kaum mit seinem Blick verfolgen können. Vielleicht. *Vielleicht.* Aber Gott, es war ein Risiko. Vielleicht gab ihm das genug Zeit, seine eigene Pistole zu ziehen. Vielleicht kassierte er eine Kugel. Vielleicht würde er Jed treffen, bevor er selbst getroffen wurde.

»Ich wiederhole, es tut mir leid. Es tut mir leid, so leid, Nate«, sagte Jed.

»Es braucht dir nicht *leidzutun*«, antwortete Nate und versuchte, seinen Zorn zu unterdrücken. »Leg einfach diese verdammte Waffe auf den Boden.«

»Mitzi und Zelda brauchen mich.« Das waren die Namen von Jeds Ehefrau und Tochter, oder? Wovon redete er? »Sie brauchen mich, Nate, und … und ich will sie zurückhaben. Das ist die einzige Möglichkeit.«

Langsam senkte Nate die Hand auf sein Holster. Den Daumen ausgestreckt, bereit, die Lasche zu öffnen. Während er die Hand bewegte, redete er weiter, in der Hoffnung, Jed abzulenken. »Das ergibt keinen Sinn, Jed. Ich bin mir ziemlich sicher, dass du nicht eine *Waffe* auf jemanden zu richten brauchst, um die beiden zurückzubekommen. Auf diese Weise werden sie nicht zu dir zurückkommen.«

Ein kaltes, brutales Bellen von einem Lachen kam von Jed.

»Du hast ja keine Ahnung, Nate. Keine Ahnung. Meine Frau und mein Mädchen sind beide tot. Ich habe sie umgebracht. Nicht *so* – es war kein Mord, so einer bin ich nicht, trotz dessen, was du jetzt vielleicht von mir denkst. Aber sie waren eines Nachts mit mir im Auto. Und ich hatte … ich hatte eine ganze Menge Drinks intus, verstehst du, und … ich bin auf eine Straße eingebogen, die nicht da war, und ich …« Er stieß einen animalischen Laut aus – das Schnauben des Schmerzes eines Bären in seinem Kampf gegen eine Falle, die sich um seine Pfote geschlossen hatte. »Wir hatten einen Unfall. Ein Baum, ein – ein Ast ist durch die Windschutzscheibe gestoßen. Hat meine Frau auf der Stelle getötet. Hat ihr das Genick gebrochen. Dann ist der Ast eingeknickt, und wir sind eine Böschung hinuntergerollt, und meine Tochter … die Verletzungen, die sie sich zugezogen hat, haben sie ins Koma fallen lassen. Sie hat Wochen gebraucht, um zu sterben, Nate. *Wochen*.«

»Jed, das tut mir leid. Aber ich verstehe nicht, wie irgendetwas von alldem …«

»Und ich?«, fuhr Jed fort. »Ich habe mich wie ein Stück Müll unter dem Armaturenbrett des Wagens zusammengefaltet. Ich war so betrunken, dass ich nicht einmal realisierte, dass ich einen Unfall baute, bis es vorbei war. Ich habe sie umgebracht, Nate. Ich war das.«

»Du hast sie nicht umgebracht. Es war ein Unfall.« Um das Geräusch zu übertönen, räusperte Nate sich lautstark, während er mit dem Daumen das Holster öffnete und den kalten Stahl der Pistole ertastete, die tief darinsteckte. »Nichts, was du hier tun kannst, bringt sie zurück, Jed. Das weißt du.«

Ein weiteres Lachen. »*Au contraire, mon frère.* Das ist genau das, was das hier ist, Nate. Das ist mein Weg zurück. Das ist Teil des Neustarts.«

Neustart?

Der Mann hatte einen Realitätsverlust erlitten. Genau darum ging es hier. Er war übergeschnappt.

Nate spannte die Muskeln an, jeder einzelne bereit, seine Kraft zu entfesseln.

»Nate, du bist so schrecklich still …«

Beweg dich.

Er duckte sich tief und bewegte sich nach rechts. Seine Hand hob sich mit seiner Pistole darin, den Hahn zurückgezogen …

Etwas traf ihn von hinten und ließ ihn nach vorn stürzen. Er sah Sternchen und krachte mit der Stirn auf den Asphalt. Die Waffe flog ihm aus der Hand und schlitterte klirrend davon. Der Verband um seinen Kopf hing lose herab, und alles tat weh. Er schaute auf, und Blut sickerte an seinem Nasenrücken hinab – *meine verdammte Nase ist aufgeplatzt* –, und die Rückseite seines Schädels pochte von dem, was immer ihn getroffen hatte.

»Hnnh«, sagte er und versuchte erfolglos, Worte zu formen. Nate rollte herum.

Jemand stand über ihm. Nicht Jed, nein.

Jemand anderer.

Jemand, den er erkannte.

»Du«, brachte er heraus.

»Hey, *Nate*«, antwortete Jake. In der Dunkelheit schien sein linkes Auge beinahe in einem schillernden Licht zu erglühen. Er hielt einen hölzernen Baseballschläger in der Hand und wirbelte ihn bedrohlich herum. »Das alles tut mir leid. Ach, wem mach ich etwas vor? Es tut mir nicht leid. Nicht einmal ein ganz kleines bisschen, du Stück Scheiße.«

Er holte erneut mit dem Schläger aus ...

Nate hob einen Arm, um sein Gesicht zu schützen, und der Schläger traf ihn. Schmerz schoss durch ihn hindurch. Er schrie auf und versuchte wegzukriechen, aber Jake hielt ihn an der einer Ferse fest und zerrte ihn zurück. Nate trat dem jungen Mann in die Eingeweide, und Jake taumelte, was ihm ein wenig Raum verschaffte.

»Scheiße, was soll das?«, wütete Nate. »Was willst du von mir?«

»Ich will dich aus dem Weg haben. Es ist nötig. Auf mich wartet Arbeit.«

»Arbeit. Fick dich, Arbeit. Wer bist du? *Wer bist du?* Ich kenne dich«, fügte Nate hinzu und deutete mit dem Finger in die Dunkelheit, deutete auf dieses glänzende Auge, das jetzt in einem milchig weißen Licht leuchtete. Die Stimme. Irgendetwas daran war ihm so vertraut. »Wer zur Hölle bist du?«

Wieder glänzte dieses Auge. Die Zähne ebenfalls: weiß, leuchtend.

»Erkennst du mich nicht, *Dad?*«

Jake verkreuzte beide Arme, als wolle er sagen: *Sieh her.* Obwohl es hier in der Dunkelheit wenig zu sehen gab, außer Form und Schatten und dem Glühen dieses irren Auges.

»Du bist nicht mein Sohn«, sagte Nate, aber dann begriff er. Die Erkenntnis: *Das* ist der Grund, warum Jake mir bekannt vorgekommen ist. Er hatte ausgesehen wie Oliver. Eine schlaksige, ungenaue Kojoten-Version von Oliver – eine ausgehungerte Version, eine saure und widerwärtige Version, aber trotzdem eine Version von ihm. Älter. Durch die Mangel gedreht.

Aber trotzdem unleugbar Oliver.

»Ich bin eine Version von ihm. Und er ist eine Version von mir.«

»Er ist in keiner Weise so wie du. Er ist ein guter Junge.«

Jake schüttelte den Kopf. »Ich weiß. Genau das ist das Problem, Dad. Du bist der eine gute Vater neben neunundneunzig schlechten. Der eine, der es richtig gemacht hat, der einen guten Jungen in einer guten Familie großgezogen hat und ...« Jake brüllte vor Zorn und ließ den Schläger wieder und wieder auf den Boden krachen. »Und ich kann das nicht haben. Der Junge glaubt an dich. Du bist eine *Quelle* für ihn, und ich fürchte, dass er von dir trinken kann und trinken und trinken kann. Du gibst ihm Kraft. Und ich kann nicht ...«

Nate taumelte vorwärts und versuchte, nach dem Schläger zu greifen ...

Aber sein Arm fühlte sich schwer an. Zu schwer, schwerer als *möglich.*

Er konnte ihn kaum heben. Er ächzte, und Tränen stiegen ihm in die Augen, als er versuchte, den Arm zu bewegen – aber er machte nicht mit. Auch sein Bein wollte sich nicht bewegen, und Nate spannte die Muskeln an und zerrte an seinem eigenen Körper. Er saß fest. Der Boden war wieder weich geworden. Und jetzt zog er ihn in sich hinein. Wie schwerer, dicker Schlamm.

Das hier ergibt keinerlei Sinn.

Das hier ist ein Albtraum – das ist alles nur ein böser Traum.

»Die Grenze ist dünn hier, genau wie Jed sagt«, stellte Jake fest. »So dünn, dass ich dich auf die andere Seite hinüberstoßen kann. Dorthin, wo ich hergekommen bin. Zu dem, was ich zurückgelassen habe.«

Nate schrie nach Jed.

Jake sagte: »Ah, Jed wird dich nicht retten. Er spielt in meinem Team, Nate. Ich habe mächtige Verbündete. Menschen, die sehen können, was auf dem Spiel steht, die nichts zu verlieren haben. Und jetzt wird Olly jemanden verloren haben, der ihm sehr wichtig war. Und er wird bereit sein, alles zu tun, *absolut alles,* um dich zurückzuholen.«

Nate weinte, sein einer Arm war jetzt bis zum Ellbogen versunken. Seine Beine steckten bis zu den Knien drin. Und er sank immer weiter hinab, hinab, hinab. »Ich werde dich umbringen«, tobte er. »Ich werde dich finden, und ich werde dich umbringen. Du lässt meinen Sohn in Ruhe. Lass meine Familie in Ruhe ...«

»Kann ich nicht, *Dad.*« Während Nate versank, kniete Jake sich neben ihn. Er drehte auf eine angeberische Weise das Handgelenk, und der Baseballschläger in seiner Hand war plötzlich *verschwunden, puff,* als hätte er überhaupt nie existiert.

Der junge Mann streckte eine Hand aus und umfasste Nates Gesicht, während der nasse, hungrige Asphalt an seiner Brust emporkroch, zu seinen Schultern, und ihn wie ein gefräßiger Mann verschlang, der ein Stück zartes Fleisch vom Knochen saugte.

Jake, der in der Nähe kniete, sagte: »Ich würde dich umbringen, alter Mann, aber dann würden sie eine Leiche finden. Außerdem wirst du dich da, wo du hingehst, nicht lange halten. Genieße die gefallenen Welten, Nate. Genieße die Trümmer, die ich dir zurückgelassen habe.«

Zwischenspiel
Der Junge, der überlebte

Der Junge keuchte auf, als er erwachte.

Er öffnete die Augen in einer Dunkelheit, die so undurchdringlich war, dass es keinen Unterschied machte, ob er die Augen geschlossen oder geöffnet hatte.

Er rief. Nach jemandem. Nach irgendjemandem.

Natürlich nach wem auch immer, nur nicht seinem Vater. (Allein in der Dunkelheit zu sein war besser, als bei ihm zu sein, immer und ewig, Amen.)

Der Boden unter ihm war hart und trocken, obwohl seine Hände selbst sich ... feucht anfühlten. Klebrig, verschwitzt, sogar schmutzig, bedeckt mit von Meerwasser durchnässtem Sand. Er rieb die Knöchel aneinander, dazwischen fühlte es sich an wie Müsli in Milch. Dann kam die Erinnerung zurück: Er war in den Kohleschlick gefallen. Wie Treibsand hatte er ihn hinabgezogen. Hatte ihn gepackt wie ein Schraubstock und ihn von Licht und Luft abgetrennt.

Er war sich *so* sicher gewesen, dass er sterben würde ...

Aber nun war er hier. Er griff nach seinem Gesicht und stellte fest, dass seine Wangen verschmiert von Schlick waren – er rieb ihn sich von den Armen, aus dem Haar und schüttelte ihn aus den Kleidern.

Der Junge stand auf und ...

Das einzige Licht, das er sehen konnte, explodierte hinter seinen Augen, als sein Kopf auf Fels schlug. Er schrie auf und wich zurück, dann schlang er die Arme um sich, als ihm ein Rinnsal Blut von der Schädeldecke über die Stirn lief und hinab zur Nase.

Wieder weinte der Junge. Wie hätte er auch nicht weinen können.

Er wusste jetzt, wo er sein musste: tief in der Kohlenzeche, einem Ort, an dem Licht nicht hinscheinen wollte und nicht hinscheinen konnte. Ein Ort der Stollen. Einem pechschwarzen *Labyrinth*.

Wäre besser gewesen, wenn ich gestorben wäre, dachte er.

Aber dann, trotzig: *Nein.*

Er lebte! Er war vor dem Monstrum davongelaufen, war von der hungrigen Erde verschlungen worden, und er hatte *überlebt.* Das musste etwas bedeuten. Der Junge las gern, las Fantasy und Horror, und er wusste aus diesen Büchern, dass Figuren Schicksale hatten. Sie *erlitten* große und schreckliche Dinge. Dinge, die sie nicht töteten, die sie aber zeichneten und sie veränderten. Ein Held, ein Auserwählter überlebte, um das Schicksal zu bezwingen.

Um auf dem Weg Schurken zu töten.

Jetzt war der Schurke nicht mehr sein schrecklicher Vater, sondern vielmehr die gnadenlose Dunkelheit und das endlose Labyrinth. Aber er sagte sich, dass da nur die Furcht aus ihm sprach. Die Stollen des Bergwerks konnten sich nicht ewig hinziehen. Vielleicht war er der Oberfläche bereits ganz nah. Eigentlich *musste* er ihr nah sein, nicht wahr? Okay, er war in den Schlick hineingesunken, aber er war nicht so lange dort drin gewesen, um gänzlich zu ersticken. Was bedeutete, dass er nur, na, höchstens drei Meter unterhalb der Oberfläche war? Er konnte seinen Weg nach draußen finden. Er würde diesen Drachen töten. Er wusste es.

Er versuchte, sich zu erinnern: Wenn man ein Labyrinth erforschte, wie ging man das an? Es gab einen Trick, nicht wahr? *Folge der rechten Wand.* Man wählte die Wand auf der rechten Seite aus und folgte ihr immer weiter, und wenn man in Sackgassen geriet, hielt man sich wieder rechts und gelangte auf jeden Fall wieder heraus. Unterm Strich würde sich ein Labyrinth so quasi entwirren auf eine Linie – oder war es ein Kreis? –, man würde jedenfalls den Weg bis an den Ausgang finden.

Also beschloss der Junge, genau das zu tun. *Folge der rechten Wand.*

Wieder stand er auf und tastete sich mit einer Hand an der Wand entlang, während er mit der anderen die Decke des felsigen Tunnels des Bergwerks befingerte, damit er sich nicht noch einmal den Kopf daran stieß. Die Hände auf dem kalten, feuchten Stein begann er sich langsam zu bewegen, aber mit einem Ziel und Hoffnung im Herzen.

Er tat die ersten Schritte und …

Und trat auf etwas …

Alle Luft wich aus seiner Lunge, als dieses Etwas hart gegen ihn prallte. Es traf ihn in die Rippen, und Schmerz schoss durch seine Seite. Er fragte sich, ob eine gebrochen sein konnte. Er berührte sie, und neuer Schmerz blühte auf wie eine böse Blume.

Während er sich allergrößte Mühe gab, nicht wieder in Tränen auszubrechen, streckte er die Hand aus und tastete nach dem Ding, über das er gestolpert war – und dort entdeckte er etwas Langes und Kaltes und Unzerbrochenes. Er tastete sich weiter, aber es endete nicht – es hörte einfach nicht auf. Metall, dachte er, die Substanz, die sich davon löste, ließ auf Rost schließen …

Oh. *Oh.* Er streckte die Hand aus und fand einen weiteren metallenen Gegenstand, der parallel dazu verlief. Eine Strebe. *Zwei* Streben. Und zwischen ihnen Holzbohlen, von denen er Staub und Dreck abwischte. Gleise, wie Eisenbahngleise. Nur dass sie nicht für einen Zug da waren.

Sondern für die Loren in einem Bergwerk.

Loren! Neue Hoffnung flammte in ihm auf, als er dachte, das sei der Weg nach draußen, *das* sei der Weg in die Freiheit – und wieder stand er da, und wieder ging er durch die Dunkelheit und benutzte die Schienen als seinen Führer.

Oh, aber die Dunkelheit war ein schreckliches Ding. Sie war hungrig, und sie verschluckte Zeit wie ein gieriges Schwein, das Futter aus einem Trog fraß. Sie schlürfte jedes Gefühl auf, das der Junge von verstreichenden Stunden hatte oder wo er war. Kummer und Verzweiflung drohten, ihn herabzuziehen. Er hatte sich in der Dunkelheit verirrt, und er würde niemals den Weg hinausfinden.

Er fühlte sich losgelöst von der Welt, beinahe als treibe er durch den Weltraum. Es war schwerer, als es zu sein schien, den Schienen in der Dunkelheit zu folgen. Der Junge musste immer wieder Pausen einlegen und stehen bleiben, musste sich hinhocken – ein Tun, das ihm beträchtlichen Schmerz bescherte und ihm den Atem nahm –, um mit beiden Händen die Gleise zu ertasten.

Während er weiter durch die undurchdringliche Dunkelheit ging, kehrten seine Gedanken immer wieder zu der Frage zurück, warum er überhaupt weggelaufen war. Und wann immer das geschah, knirschte er mit den Zähnen und drohte zu verzweifeln und konzentrierte sich stattdessen auf den Schmerz in seiner Seite. Er ließ diesen Schmerz groß und hell erglühen, eine zur Supernova gewordenen Sonne, um die Schatten wegzuwaschen, die seine Erinnerung verdüsterten. *Nein,* sagte er zu dem Gespenst seines Vaters in seinem Hinterkopf, *ich werde nicht an dich denken. Ich werde überhaupt nicht an dich denken. Du bist für mich gestorben. Ich werde dich aus meinem Kopf wegbrennen.* Ein Hausbrand, der alle Fotos und Erbstücke darin zerstörte.

Aber die Konzentration auf dem Schmerz hatte auch Nachteile, und der Junge musste damit aufhören. Sie nahm ihm den Atem.

Er schnappte nach Luft und ließ sich auf die Knie nieder.

Wie lange er da hockte, wusste er nicht.

Es wehte kein Wind, und da war auch kein Geräusch bis auf das gelegentliche Tropfen von Wasser irgendwo weiter unten in den Stollen. Die Stille war allumfassend. Hüllte ihn ein wie ein schwarzer Mantel.

Aber dann, ein Geräusch.

Aus der Richtung, aus der er gekommen war, war er sich sicher, Schritte zu hören. Sie waren langsam, aber beharrlich, als taste sich noch jemand durch die Dunkelheit.

Dem Geräusch folgte schnell ein Gestank ...

Er hatte es bisher nicht einmal wahrgenommen, aber die Stollen verströmten einen starken mineralischen Geruch und den abgestandenen, modrigen Gestank von regloser Luft. Der Luft von Gräbern. Doch jetzt durchsetzte ein neues Aroma den mineralischen Geruch: Rasierwasser. Eins, das ihm vertraut war. Er erinnerte sich nicht daran, wie es hieß, aber man bekam es in einer weißen Flasche mit einem roten Boot darauf.

Es war das gleiche Rasierwasser, das sein Vater benutzte.

Old Sailor. Das war der Name des Rasierwassers.

Der ältere Mann würde sagen: *Mein Vater hat es benutzt, und ich benutze es, und jetzt wirst du es ebenfalls benutzen.* Er rieb gern ein klein wenig davon auf die Wangen des Jungen, eine Geste, die sich früher einmal angefühlt hatte wie ein schöner, geteilter Moment zwischen Vater und Sohn, aber während sich ihre Beziehung verdüsterte, tat dieser simple Akt das Gleiche. Sein Vater forderte es ein – ganz gleich, wo der Junge am Morgen war. Wenn sein Dad das Rasierwasser benutzte, musste der Junge seinen Segen von dem alten Herrn empfangen, tätschel-tätschel-tätschel. Schlimmer und grausamer noch, wenn der Junge einmal eine Schnittwunde an den Händen oder im Gesicht hatte – vom Spielen, wie es bei Jungen eben vorkam –, dann rief der ältere Mann ihn herbei und spritzte etwas von dem Rasierwasser auf die Verletzung. Es brannte höllisch, und sein Vater lachte dann. *Sei nicht so ein Waschlappen,* pflegte er zu sagen. *Außerdem besteht es größtenteils aus Alkohol. Antiseptisch.* Und der Geruch des Rasierwassers verdrängte beinahe, *beinahe* den Gestank von Alkohol aus dem Atem seines Vaters …

Eine Stimme erscholl von weiter hinten im Tunnel, gefolgt von einem Echo …

»Junge? Bist du hier unten?«

Sein Vater.

Sein Vater war *hier.*

Der ältere Mann lachte.

Der Junge stieß, ohne es zu wollen, ein leises Wimmern aus. Er stellte die Berechnungen an. Er wusste, dass er zu seinem Vater gehen konnte. Vielleicht würde der gemeine Mistkerl ihm helfen, und dann konnte er erneut weglaufen, statt noch länger hier in der Dunkelheit zu sein. Alles in ihm sang von Panik und Schmerz.

Ich werde nicht zurückgehen, beschloss er, und dann stand er auf und rannte in dieselbe Richtung, in die er zuvor gelaufen war, weg von seinem Vater, weg von seiner Stimme und seinem *Gestank* – und dann, *wumm.* Er krachte in etwas hinein. Er streckte die Hand aus und ertastete eine Wand vor sich. Nein, keine Wand – ein Haufen Steine. Die Gleise verschwanden darunter.

Ein Einbruch.

Eine zusammengebrochene Decke.

Sie schloss den Stollen ab.

»Nein, nein, Gott, nein«, heulte er, und seine Worte lösten sich auf wie Papier in einem nassen Mund. Er schluchzte, während er noch immer seine unmittelbare Umgebung abtastete und hoffte, dass es einen Weg hindurch gab, ein Schlupfloch oder einen kleinen Tunnel, den jemand durch die eingestürzten Steine gebohrt hatte, aber er konnte nichts finden. Und so lehnte er sich dagegen und weinte in den Stein hinein, weil er davon überzeugt war, dass sein Vater ihn finden, wegholen und wieder schlagen würde. Seine Mutter würde ebenfalls geschlagen werden, und sein Vater würde trinken und ihn beschimpfen und ihn in seinem Zimmer einschließen, zusammen mit den Ratten in den Wänden und in der Decke über ihm. Ratten, die er verjagen musste, indem er Murmeln und Bücher nach ihnen warf. Und während er weinte, hörte er etwas in der Nähe.

Das Kratzen von irgendetwas auf den Steinen …

Und dann kamen Hände aus der Dunkelheit, grapschten nach ihm und pressten ihn auf den Boden, und er schrie auf vor Zorn, vor Schmerz, vor Kummer, denn er wusste, dass er gefunden worden war, und obwohl er gerettet wurde, würde dies sein Ende sein.

Jemand sagte:

»Wer bist du? Bist du real? Bist du wirklich hier?«

Hände begrapschten ihn – befingerten sein Gesicht und tanzten über die Schnittwunde auf seinem Kopf, und er schrie auf. Die Hände verschwanden plötzlich wieder, genauso schnell, wie sie gekommen waren.

Aber der Junge wusste, dass er nicht mehr allein war.

Er konnte die Person in seiner Nähe *spüren*. Nur wenige Schritte entfernt. Ihr Atem ging in lauten, eifrigen Stößen.

Der Junge schniefte und stammelte trocken: »Wer-wer bist d-du?«

»Du bist real! Du bist wirklich, wirklich real, oh, mein Gott, Gott sei Dank. Ich bin gefunden worden. *Ich bin gefunden worden.*«

Es war eine Männerstimme, aber nicht die Stimme seines Vaters – nein, diese Stimme war jünger, jünger, aber auch ausgezehrt. Als gurgele er mit lockerem Geröll in einer trockenen Kehle.

»Ich … ich bin nicht … ich …«

Die Person kam näher. Der Junge sah es nicht, sondern hörte, wie er herbeigehuscht kam. »Ich bin seit … Gott weiß wie lange hier unten gefangen. Oh, Mann. Ich dachte nicht, dass ich je wieder einen anderen Menschen sehen würde.« Der Junge konnte hören, dass der Mann den Tränen nahe zu sein schien. Seine Stimme war rau und wurde zunehmend höher. »Ich dachte, ich würde hier unten sterben. Allein.«

Der Junge hatte keine Antwort.

Der Mann sprach weiter: »Aber jetzt können wir hier weg. Wir können einfach den Weg zurückgehen, über den du gekommen bist, und – und wir werden frei sein. Ich danke dir. Bist du ein Kind? Du hast dich angehört wie ein Kind.«

»J-ja.«

»Wie heißt du?«

»O… Oliver.«

»Hey, Oliver. Mein Name ist Eli, Eli Vassago.«

»Hey.«

Der Mann, Eli, beugte sich zu ihm. »Also, lass uns gehen.«

»Ich …«

»Was gibt es?«

»Ich dachte, das hier sei der Weg nach draußen.«

Eli lachte düster. »Das hier ist nicht der Weg nach draußen, Oliver. Der Stollen ist eingestürzt, nachdem ich hindurchgegangen war, und – ich meine, wir gehen einfach wieder zurück. Wir gehen zurück in die Richtung, aus der *du* gekommen bist, das sollte klappen, ich wüsste nicht, warum …«

»Ich bin hier heruntergefallen.«

Ein Stocken. »Du bist … gefallen?«

»Ich b-bin hier gelandet durch ein – ähm, eine Pfütze aus Schlick, K-Kohlenschlick.«

»Das ist nicht möglich. Das sind nur städtische Legenden – ich bin Forscher, ich habe noch nie von etwas Derartigem hier in Pennsylvania gehört. Indiana, okay, ja, Indiana – aber das ist Quatsch, Oliver.«

Das ist Quatsch.

Der Junge begann erneut zu weinen, denn es war einfach alles zu viel. Der Mann blieb in seiner Nähe, still jetzt, bis er schließlich die

Hand ausstreckte – woraufhin der Junge aufkeuchte und zusammenzuckte und zurücktrat.

Die Tränen kamen und gingen wie ein durchziehendes Unwetter,
und als das Unwetter sich verflüchtigt hatte, sagte der Mann mit grim-
miger Fröhlichkeit:»Ich denke, wir können das schaffen, Oliver. Ich
sage, wir gehen zurück in die Richtung, aus der du gekommen bist,
und wir finden unseren Weg hier heraus. Wir sind jetzt zu zweit. Zwei
große Geister wie unsere? Es gibt nichts, das wir nicht bewerkstelligen
können. Wie wäre es damit?«

Oliver schluckte hörbar. Er nickte, aber dann, als der Mann sagte:
»Was hältst du davon?«, erinnerte er sich daran, dass Eli sein Nicken
nicht *sehen* konnte. Also antwortete er mit kleinlauter Stimme (die
sein Vater seine »Kleine-Maus-Stimme« nannte):»Okay.«

Gemeinsam wanderten sie durch die Dunkelheit.

Eli redete viel. Was Oliver über den Mann erfuhr, war Folgendes:

Er war zweiunddreißig Jahre alt. Er war nicht verheiratet, obwohl er
immer mal wieder eine Beziehung mit einer Frau hatte, die Krankenschwester war und freiwillige Feuerwehrfrau. (»Sie ist viel zäher als ich,
das kann ich dir sagen«, erzählte er.) Er wohnte ungefähr eine Stunde
von hier entfernt und war in einem Vorort von Scranton aufgewachsen.

Derzeit arbeitete Eli für ein heimatkundliches Museum in einer
Stadt namens Jim Thorpe, Pennsylvania. Eli arbeitete als Kurator und
Archivar für dieses Kohlemuseum, von dem er sagte, es klinge viel
wichtiger, als es sei, und dass er das Museum im Grunde selber leite.
Er hatte einen Abschluss in Geschichte, das war seine Aufgabe im Museum, die Geschichte der Kohle und des Kohleabbaus zu verstehen,
insbesondere in dieser Region von Pennsylvania. Er hatte ein besonderes Interesse an *Unfällen* im Bergbau – Staub- und Gasexplosionen,
Schachteinstürzen oder geringeren Missgeschicken wie dem Verlust
eines Fingers oder gebrochenen Füßen unter den Rädern rollender Loren oder Verletzungen von schadhaften Werkzeugen und unsachge-
mäßer Verwendung. (Ein Mann, so erzählte er, hatte einmal mit einer
Spitzhacke mit morschem Griff gegen eine Wand geschlagen, die Hacke war zurückgeprallt, als der Griff abgebrochen war, und hatte den

Mann im Auge getroffen. Der Mann war nicht gestorben, hatte aber das Auge verloren, und drei Tage später hatte er seine Arbeit im Bergwerk wiederaufgenommen. »Schauerlich, hm?«, fragte Eli mit etwas, das ganz offensichtlich makaberes Entzücken war.)

Und es war »eine Laune des Schicksals«, fuhr Eli fort, dass er hierher gekommen sei, um eine bis dato nicht erforschte Mine zu untersuchen – Ramble Rocks Nummer acht – und selbst zum Gegenstand eines solchen Bergbauunfalls geworden war. »Ich war nicht genau dort, als die Decke eingestürzt ist«, erklärte er. »Ich bin den Gleisen im Stollen gefolgt, und als ich die Kurve umrundete, habe ich das Rumoren gespürt, wie ein kleines Erdbeben, und dann, *peng*. Es hat den Boden erzittern lassen. Staub in meinen Haaren und Augen. Und dann Dunkelheit. Totale Dunkelheit.«

Dunkelheit.

Sicher wusste der Mann, dass es zumindest teilweise dunkel gewesen war, als er seine Entdeckungszüge durch die Mine gemacht hatte, oder?

»Sie müssen irgendein Licht bei sich gehabt haben«, bemerkte Oliver plötzlich. »Eine Laterne, eine Taschenlampe – oder?«

»Oh.« Der Mann hielt kurz inne. »Das stimmt. Aber ich habe sie fallen lassen, als die Decke eingestürzt ist. Dabei ist die Glühbirne der Taschenlampe zerbrochen.«

»Wir sollten umkehren – feststellen, ob wir sie finden können. Sie reparieren.«

»Sie ist irreparabel, Oliver, vertrau mir. Wie dem auch sei …«

»Was ist mit Ihrem Handy?«

Eli ignorierte ihn. »Die Sache mit den Unfällen wie dem Einsturz einer Decke ist, dass sie so häufig das Resultat so vieler *kleiner Schwachstellen* sind. Es ist wie eine Kaskade fallender Dominosteine. Weißt du, was eine Kaskade ist? Alle Systeme sind komplex – der Aufbau von Erde und Fels ist ein verwobenes System von Molekülen und Kristallen. Wenn du diese Tunnel bohrst, *durchstößt* du die Erde, und du erschaffst all diese potenziellen Schwachstellen. Du sorgst für eine Schwächung. Und mit der Schwäche zerbrechen Dinge. Weißt du irgendetwas über Entropie, Oliver?«

»Nein«, antwortete Oliver verdrossen – weil er über nichts von alldem reden wollte. Es *interessierte* ihn nicht, was immer der Mann sagte; ihn interessierte nur, aus diesen Tunneln herauszukommen. Der Mann redete und redete über Entropie – wie alle Dinge ständig danach strebten zusammenzubrechen oder *was auch immer* – und Oliver konnte an nichts anderes denken als an die Frage, ob der Mann noch immer sein Handy bei sich hatte und ob die Stimme seines Vaters, die er hier unten gehört hatte, tatsächlich real gewesen war, und ob sie ihm irgendwo über den Weg laufen würden. Bestimmt war sein Vater irgendwie hier heruntergekommen. Konnten sie da nicht auch den Weg hinausfinden? Er dachte daran, nach ihm zu rufen, besann sich dann jedoch eines Besseren. Sie konnten allein einen Fluchtweg finden. Er brauchte seinen Dad nicht. Wollte ihn nicht. Also blieb Oliver stumm, während sie weitergingen, und suchte nach einem Ausgang.

Erneut spulte sich die Zeit ab. Die vorfindliche Realität schien in sich selbst einzustürzen und erfüllte Oliver manchmal mit erdrückender Klaustrophobie, dann wieder war die Mine einfach nur ein endloses Nirgendwo, ihre Dunkelheit tief, nahezu greifbar. Alles tat weh. Seine Rippen schmerzten, und seine Wunden waren verschorft, wobei sie manchmal wieder aufplatzten, während er ging. Sie fanden einen Toten in einer der Loren, nur ein Skelett, eingewickelt in fadenscheinige Kleidung. Ein Loch in seinem Kopf, wie von einem scharfen Gegenstand. Oliver weinte bei ihrer Entdeckung, und Eli kicherte nur, als sei es ein Scherz, aber Oliver fand es nicht witzig, überhaupt nicht witzig. Und es war auch nicht witzig, als sie gleich hinter der Lore feststellten, dass die Gleise dort endeten. Auch darüber lachte Eli. Er klopfte an die Felswand und sagte: »Klopf, klopf!« Aber als Oliver nur umso heftiger weinte und nicht mitspielen wollte, machte Eli seine Stimme nach und rezitierte aus einem Schattenspiel von Drew Colby. »*Wer ist da?* Colby. *Colby wer?* Colby.« Und dann brüllte er vor Lachen und ging in die Dunkelheit davon. Oliver wollte diesen Mann nicht mehr um sich haben, aber noch weniger wollte er allein sein. Also jagte er hinter ihm her. Denn welche Wahl hatte er schon?

Sie streiften durch die Stollen. In eine Richtung und dann in die nächste. Panik krachte wie Flutwellen über Oliver zusammen. Er dachte manchmal: *Wir haben vergessen, der rechten Wand zu folgen*, und dann fühlte er sich verloren und hoffnungslos. Und dann driftete die Panik wieder hinaus aufs Meer, und er fühlte sich wie eine ans Ufer gespülte Puppe. Eli wollte wieder reden, wollte ihn fragen, wer er sei, woher er komme, wie seine Familie sei, aber Oliver wollte nicht darüber sprechen. Hatte Angst, darüber zu sprechen. Also hielt Oliver den Mund. Sagte nichts. Ging weiter. Und weiter. Und weiter.

Oliver hatte Hunger, aber es gab nichts zu essen. Eli sagte, sie könnten das Wasser trinken, das die Wände befeuchtete, Wasser von der Erdoberfläche, und das taten sie dann auch. Das Wasser war bitter und schmeckte nach Kreide, und es war schwer, genug davon zu bekommen, um seinen Durst zu stillen, aber es half. Oliver war jedoch sehr müde. Seine Gliedmaßen waren schwer wie Steine, und er fragte, ob sie ein Weilchen Pause machen könnten. Eli antwortete ungeduldig: »Na schön, *na schön*«, und blieb mit einem Schnauben stehen, während Oliver sich an die Wand sinken ließ und sich zusammenrollte wie ein Häufchen alter Kleider. Als er einnickte, hörte er Elis Schritte sich entfernen, und er wollte aufwachen und dem Mann zubrüllen, er solle zurückkommen, aber die Erschöpfung zerrte ihn hinein in die langen, fernen Gefilde des Schlafs.

Oliver erwachte jäh und schrie auf. Sein Schrei hallte durch den Tunnel, hinein in die Dunkelheit.

Er wusste es sofort: *Ich bin allein.*

Er richtete sich auf. Sein Körper protestierte und piesackte ihn mit kleinen Schmerzen. Er ächzte. Versuchte noch einmal, nicht zu weinen.

»Eli?« Er versuchte es noch einmal. »*Eli!*«

Keine Schritte. Keine Reaktion. Kein gar Nichts.

Sein Magen krampfte sich zusammen vor Übelkeit und Hunger.

Und wie sehr er sich auch bemühte, es zu verhindern, er weinte wieder. Diesmal war es nicht das trotzige Schluchzen von zuvor. Das hier war leiser, sanfter, die Tränen kitzelten sein Gesicht wie die Beine kleiner Spinnen.

Ein scharfes Flüstern zischte in seinem Ohr: »*Oliver.*«

Er schrie auf und zuckte instinktiv zurück ...

Es war Elis Stimme. Aber wie? Er hatte ihn nicht näher kommen hören. Keine Geräusche, keine Bewegung, kein sich Verlagern der Stille, das die Rückkehr des Mannes angezeigt hätte – aber hier war er, an Olivers Ohr.

»Eli?«, fragte Oliver.

»Ich bin es. Ich habe ein paar Sachen gefunden.«

»Wo – wo sind Sie gewesen, wohin sind Sie gegangen? Wie haben Sie ...«

»Schau, schau, schau«, sagte Eli hastig. Und plötzlich ...

Licht.

Oliver zuckte bei dem plötzlichen grellen Schein unwillkürlich zusammen, obwohl das Licht nicht hell war, fühlte es sich trotzdem so an, als würde er in die Sonne starren. Er musste die Augen zu Schlitzen verengen, nur um mit dem Licht zurechtzukommen, und selbst dann schien das grelle Strahlen alles zu verzehren.

Aber langsam gewöhnten seine Augen sich an die Lichtverhältnisse. Und als es so weit war, sah er die Gestalt des Dings, die das Licht produzierte: eine kleine, altmodische Laterne. Wie ein winziger Teekessel, an dessen Seite die Fassung einer Taschenlampe befestigt war – und die Glühbirne in der Taschenlampe war überhaupt keine Glühbirne, sondern vielmehr eine ganz kleine Flamme. Die tanzte wie eine gefangene Elfe.

Als er das Ding lange genug betrachtet hatte, das das Licht spendete, sah er, *wer* es spendete. Zum ersten Mal sah er Eli Vassago.

Kleine, dunkle Augen ruhten in einem blassen Gesicht. Zu blass. *Knochenbleich.* Eine kleine Brille mit runden Gläsern prangte auf seiner Nase, die aussah wie ein gebogener Schnabel, und die Brille saß so weit unten, dass sie aussah, als wolle sie hinunterspringen und Selbstmord begehen. Elis Haar war dunkel, und um seinen Mund herum war etwas, das aussah wie die hastige Skizze von Gesichtsbehaarung – weich, schwarz, dünn. Er sah zerzaust und bleich aus, und er sagte:

»Tut mir leid, wie ich aussehe. Ich habe mir mein Gesicht von jemand anderem geborgt.« Dann lachte er, und Oliver verstand den Scherz nicht, verstand ihn überhaupt nicht. »Das ist eine Karbidlampe«, fuhr Eli fort, als wolle er den seltsamen Scherz so schnell wie möglich hinter sich lassen. »Wasser tropft in einem langsamen Tempo auf ein Kügelchen Kalziumkarbid, was Acetylengas freisetzt, was diesen Docht hier brennen lässt. Wenn ich raten müsste, würde ich schätzen, dass diese Lampe aus den 1950ern stammt.«

»Wieso funktioniert sie dann immer noch?«

Elis Augen funkelten. »Magie, vermute ich.«

»Ich glaube nicht an Magie.«

Aber darauf wusste Eli keine Antwort. Stattdessen drehte er sich zu Oliver um und schien ihn zu mustern. Anzustarren. Fast traurig. »Sieh dich nur an«, sagte Eli. »Armer kleiner Bursche. Du bist nur ein Kind. Wie alt bist du, Oliver? Mir kannst du's sagen.«

»Ich bin zwölf.«

»Zwölf.« Eli lächelte. »Ich erinnere mich daran, als ich zwölf war. Das war ein gutes Alter. Jetzt bin ich zweiunddreißig, weit davon entfernt, ein Kind zu sein. Es ist hart, ein Erwachsener zu sein. Aber ich schätze, noch härter ist es, ein Kind zu sein, nicht wahr?«

Oliver hätte am liebsten geschrien: *Ich will nicht darüber reden! Ich will einfach nur dieses Licht benutzen und diesen schrecklichen Ort verlassen!*

»Werden wir hier rauskommen?«, fragte Oliver. Er hörte die Ungeduld in seiner eigenen Stimme, wie ein halb verhungerter Hund, der an der Tür kratzte. »Können wir die Lampe benutzen? Um einen Weg hinauszufinden?«

Wie zuvor antwortete Eli nicht. Stattdessen leuchteten seine Augen auf, und er zog etwas hinten aus dem Hosenbund. Es hatte unter seinem Hemd gesteckt. »Oh! Sieh dir das an. Ich habe *noch etwas* gefunden.«

Er wedelte damit herum – für Oliver sah es aus wie ein altes Notizbuch. Wie die blauen Bücher, die die Lehrer in der Schule ihnen manchmal gaben, damit sie Aufsätze hineinschrieben. Aber viel älter: höllisch zerfleddert, zerrissen, voller Wasserflecken.

Er sah Buchstaben auf dem Einband, und Eli las sie laut vor:

»Ein Grubenbuch.«

»Na und? Es ist nur ein dummes Buch. *Ich will weg von hier.*«

»*Ssscht.* Hör zu. Es ist ein Kontorbuch. Ein Vorarbeiter aus dem Bergwerk hat jeden Unfall eingetragen, der sich hier unten abgespielt hat, sei er groß oder klein. Vermutlich um der Rechenschaftspflicht genüge zu tun – Rechenschaft ist wichtig, Oliver, sehr wichtig –, du würdest doch nicht ungerechtfertigt durchs Leben gehen wollen, oder?«

»Ich will einfach nur hier raus.« Oliver blinzelte gegen Tränen an.

»Ich weiß. Ich weiß. Wir werden von hier weggehen. Wir sind nah dran. Ich habe einen Weg gefunden. Ein Zeichen, das mir verraten hat, wie wir nach draußen gelangen können. Aber zuerst will ich mich weiter umsehen. Vielleicht finden wir noch andere Sachen, Oliver. Vielleicht werden wir hier unten einen *Schatz* finden.« Er kicherte ein seltsames Schuljungenkichern, das unpassend wirkte.

Jetzt konnte Oliver seine Frustration nicht länger unterdrücken. »Was?«, fragte er. »Wir können nicht hier unten bleiben. Wir werden *sterben.* Wenn Sie den Weg kennen, müssen Sie ihn mir verraten, bitte, Eli, bitte, gehen Sie einfach voran und bringen Sie mich hier *raus.*« Er griff nach den Händen des Mannes, um sie in einem Gebet geteilter Verzweiflung zu umfassen.

»Das mache ich, das mache ich, wir werden Richtung Ausgang gehen, versprochen. Bald.«

»Nein. *Jetzt.*«

»Ich muss diese Lampe jetzt ausschalten, Oliver.«

»Warten Sie, nein. Nehmen Sie das Licht. Lassen Sie es uns benutzen.«

»Ich will nicht, dass der Brennstoff ausgeht. Diese kleinen Kugeln halten nicht ewig, und die Götter allein wissen, wie viel Reserve wir bereits verbraucht haben. Wir werden die Lampe später wieder einschalten.«

Oliver griff danach, gierig, verzweifelt, aber Eli hielt sie bereits von ihm weg und blies die Flamme aus. *Wusch.* Das Licht war erloschen, und die Dunkelheit rauschte heran wie eine Gezeitenwelle, und alles, was von der Lampe übrig blieb, war ein geisterhafter Heiligenschein im Gedächtnis von Olivers Auge.

Es wurde beinahe zur Routine:

Eli wanderte davon. Manchmal mit der brennenden Lampe.

Oliver wartete darauf, dass der Mann mit was immer er in der Dunkelheit gefunden hatte zurückkam: einem Bergarbeiterhelm; leeren Sprenghülsen; einem Essensbehälter mit Metalldeckel, der geleert worden war; etwas, das aussah wie eine kleine Taschenuhr, von dem Eli jedoch sagte, es sei ein »Anemometer«, ein Gerät, das benutzt wurde, um Luftzüge und das Ausströmen von Gasen hier unten in den Stollen zu messen. (Und zu diesem letzten Punkt bemerkte Oliver: »Wir können es benutzen, um einen Weg hinauszufinden. Wir suchen einen Luftzug, und vielleicht wird der uns zu einem Ausgang führen.« Und Eli erwiderte: »Das ist so schlau – du bist wirklich ein kluger Junge, Oliver«, aber dann fügte er hinzu, das Anemometer sei kaputt, und dann verschwand er wieder, huschte in die Dunkelheit davon.)

Aber nach einer Weile begann Oliver, Eli zu folgen und zockelte hinter der brennenden Lampe her, wenn sie entzündet war, und bei anderen Gelegenheiten folgte er einfach den sich entfernenden Schritten. Er verlor den seltsamen Mann ein ums andere Mal, und er fand sich in der Dunkelheit der Stollen wieder, wo er umherirrte und Selbstgespräche führte, davon überzeugt, dass er sich verirrt und Eli zum letzten Mal gesehen hatte.

Er verlor Eli oft. Aber irgendwie fand Eli ihn immer wieder.

Er schlief abermals ein. Er schlief ein, wachte auf und überlegte, wie lange er schon hier unten war: Für ihn fühlte es sich an wie Wochen, aber das konnte nicht sein, oder? Er hatte nichts gegessen. Wochen ohne Nahrung, dann wäre er jetzt tot, oder? Also vielleicht Tage. Oder vielleicht war es auch nur ein einziger Tag. Er wusste es einfach nicht. Eli schien keine Uhr zu haben. Wann immer Oliver ihn nach einem Handy fragte, blaffte Eli: »Es funktioniert hier unten nicht.« Oder: »Der Akku ist leer, hör auf, danach zu fragen.«

Oliver wurde schwach. Und benommen. Selbst der Schmerz wurde verhaltener, weniger ein greller Schock der Verletzung, sondern eher ein verebbendes, fernes Gefühl. Als widerfahre das einer anderen Person, als lebe der Schmerz in einem anderen Körper.

Es kam ein Moment, in dem er ein Rascheln hörte. Auch nicht schnell, jedenfalls nicht zuerst: sondern ein sanftes *Tack Tack* auf dem Stein, wie eine Krabbe, die sich bewegte. Das Geräusch war irgendwo rechts von ihm, weiter hinten im Tunnel. Seine leisen Bewegungen wurden plötzlich schneller, ein Reigen von Ticklauten, als es sich ihm näherte – *tacka, tacka, tacka, tacka*. Oliver prallte zurück und spannte seinen ganzen Körper an, während er überlegte, welche grässliche Kreatur hier unten lebte, welches wahnsinnige Monster, ein blindes Geschöpf, das seinen Schweiß gerochen hatte, sein Blut oder die Pisse, die er in der Biegung des Tunnels auf seiner linken Seite zurückgelassen hatte.

Dann erwachte die Karbidlampe jäh erneut zum Leben.

Es war Eli.

Eli, der kein verrücktes Krabbenmonster war, sondern einfach dort in dem flackernden Lampenlicht auf dem Boden hockte. Er lächelte, und seine Zähne glänzten in der Farbe der Haut eines Gelbsüchtigen, eines Leberkranken.

»Ich habe darüber nachgedacht, was du zu mir gesagt hast«, begann Eli.

»Okay«, erwiderte Oliver leise, unsicher, was das bedeutete oder was er Eli überhaupt gesagt hatte, das es wert war, darüber nachzudenken.

»Du hasst deinen Vater wirklich.«

»W… was?«

»Deinen Vater. Um fair zu sein, es klingt, als sei er ein echtes Monster. Was er dir angetan hat. Dir und deiner Mutter. Versteh mich nicht falsch, Missbrauch ist niemals in Ordnung, Oliver – aber es ist ein großer Unterschied, ob man sein Kind hier und da beschimpft oder ihm eine Ohrfeige gibt oder einen Klaps auf den Hintern, oder ob man seiner Frau und seinem Sohn so etwas antut, wie er dir und deiner Mutter angetan hat. Wie damals, als du die Mikrowelle kaputt gemacht hast, weil du versehentlich einen Löffel in der Suppe gelassen hast? Er hat es nicht an dir ausgelassen, nein – er hat deine Mutter verletzt. Er hat sie verletzt, um dich zu verletzen. Hat ihr die Rippen gebrochen, nicht wahr? Genau wie deine weichen, kleinen, empfindlichen Rippen jetzt gebrochen sind.«

Oliver taumelte zurück. Hatte er Eli diese Dinge erzählt? Wann? Vielleicht als er geschlafen hatte, vielleicht redete er im Schlaf …

Eli sprach weiter. »Und wie lange hast du im Krankenhaus gelegen, als er dich die Treppe hinuntergestoßen hatte? Du warst, was, sieben Jahre alt damals? Sieben. Kannst du dir das vorstellen? Ein kleines Kind zu sein, und dein Dad … tritt dir einfach in den Bauch, und du stürzt rückwärts eine alte Holztreppe hinunter. All diese Prellungen, sicher, und einige Abschürfungen, aber bei dem Sturz hast du dir auch den Knöchel gebrochen, wie einen Besenstiel, knack. Weil er wütend auf deine Mutter war, deine *Hure* von einer Mutter – tut mir leid, seine Worte, nicht meine –, hat er dich für ihre Sünden zahlen lassen. Wiederum, *seine* Worte! Ich glaube nicht an Sünde, Oliver, ganz und gar nicht. Sünde, das ist nur ein Konzept, das wir uns ausgedacht haben. Ein … Verstoß gegen Gott oder Götter? Etwas, das unsere Beziehung zu dem verdammten Arsch und Mistkerl *Himmelsvater* gefährdet, der all diese Regeln erlässt, damit wir das Leben so leben, wie es *ihm* gefällt?«

»Ich … ich will nicht mehr darüber reden.«

»*Ich* will auch nicht darüber reden, Oliver, aber … Hier. Sind. Wir. Du und ich. Unten in der Dunkelheit, und wir reden miteinander wie zwei alte Freunde. Alte Freunde mit miesen Vätern.« Eli legte beide Hände schwer auf Olivers Knie und hielt ihn fest. »Das stimmt nämlich. Mein Vater war ebenfalls grauenvoll. Hat mich regelmäßig windelweich geprügelt. Weißt du, wie das kommt? Ich habe es herausgefunden. Ganz am Anfang, wenn du klein bist, gefällt dir das, was deinem Vater gefällt: Football oder Angeln oder Autos reparieren. Aber wenn du etwas älter wirst, fängst du an, eigenständig zu werden, verstehst du? Dir gefällt, was dir gefällt. Mir haben Bücher und Computer gefallen. Und *Geschichte.* Und er war kein Büchernarr, er doch nicht, dieser *beschissene* Neandertaler, o nein – Götter, einmal hat er mit einem meiner Bücher auf mich eingeprügelt, mit diesem Buch von Time Life mit dem Titel *Unser Universum.* Und ich denke nicht, dass es jemals grausamere Prügel gegeben hat – oh, nicht weil andere Schläge nicht schmerzhafter gewesen wären, nein, das waren sie, das waren sie *definitiv*, sondern weil es nicht nur mir wehgetan hat, es hat auch dem Buch wehgetan, die Bindung hat sich gelöst. Seiten überall. Er hat sie verbrannt. Kannst du das fassen? *Hat sie verbrannt.* Und er hat es getan, weil ich zu etwas herangewachsen war, das nicht war wie er, und wenn er dieses Etwas betrachtete, zu dem ich geworden war, hat es ihn *wütend* gemacht. Statt stolz darauf zu sein, hat es ihn mit Hass erfüllt. Es war, als ob … Ich bin entkommen. Ich habe mehr gelernt, als er jemals lernen würde, und bin dem entkommen, der er war, und *wow*, das hat er gehasst. Ich war jedoch ein besseres Monster als er, oho, daher habe ich getan, was ich tun musste, Junge, *ich habe getan, was ich tun musste.*«

Oliver wollte nicht fragen, aber gleichzeitig wollte er es doch. Neugier nagte an ihm wie ein hungriges Tier.

»W…was haben Sie denn getan?«

»Ich bin aus dem Haus ausgezogen, Oliver. Habe mir ein eigenes Leben aufgebaut.«

»Oh.«

Eli schnaubte, dann brach er in Gelächter aus. »Das war nur ein Witz. Verdammt, ich habe ihn *umgebracht*, Oliver. Ich habe ihm ein Steakmesser in den Bauch gestoßen, als er geschlafen hat, und als er hochgeschreckt ist, habe ich es von einer Seite zur anderen gerissen und ihn geöffnet wie ein Netz Fische. Seine Eingeweide sind herausgequollen, und er ist durch den Raum getaumelt, buchstäblich verheddert in seine eigenen beschissenen Gedärme, und dann ist er ausgerutscht – *hoppla* – und gegen die Kommode in der Ecke gestürzt. Die Ecke von dieser alten Kommode hat sich in seine Stirn gebohrt, und er ist nicht einmal ganz zu Boden gefallen, o nein! Er hat angelehnt an die Ecke dieser Kommode dagesessen, und dann hat er sich selbst eingeschissen und ist *gestorben*. Leute scheißen sich ein, wenn sie sterben, Oliver. Weil sie endlich Frieden haben. Sie können sich ausnahmsweise einmal in ihrem von den Göttern verdammten Leben entspannen.«

Und wieder lachte er. Diesmal war es ein lautes Lachen aus dem Bauch heraus.

»Bitte, lassen Sie mich in Ruhe«, wimmerte Oliver.

»Du hättest deinen alten Monstervater umbringen sollen«, sagte Eli mit glänzenden Zähnen und flackernden Augen. »Du hast immer noch eine Chance, wenn du jemals hier rauskommst. Aber das bleibt abzuwarten, nicht wahr?«

Dann blies er die Flamme aus und stürzte sie beide in Dunkelheit.

Oliver schrie:»Nein!« Aber es war zu spät.

Als Eli davoneilte, hörte Oliver erneut das Huschen einer Krabbe, ihre Krallen und Scheren, die über den harten Boden klackerten.

Eli kam manchmal zurück und brachte weiteren Müll mit, den er in den Gängen gefunden hatte. Bei den meisten Dingen handelte es sich einfach um undefinierbare Metallstücke: Nietnägel und Blechfetzen oder zersplitterte, halb verfaulte Bretter. Dann löschte er das Licht und huschte wieder davon. Bei seinem letzten Trip brachte er etwas Neues mit: eine Spitzhacke mit kurzem Griff. So eine, die man mit einer Hand hielt, um Steine wegzuhauen.

Ich habe solchen Hunger.

Oliver hatte das Gefühl, als würde sein Körper sich selbst verzehren. Als sei seine Mitte dieses schreckliche Ding aus dem Film *Die Rückkehr der Jedi-Ritter* – der feuchte Mund und die tastenden Tentakel in der Wüste, die in seinem Körper hockten und ihn langsam von innen heraus auffraßen.

Eli war in der Nähe. Er konnte ihn in der Dunkelheit spüren. Wie er umherstreifte. Oliver konnte sich nicht bewegen. Er war zu schwach. Er wollte sterben. Eli flüsterte, als sei er den Tränen nah: »Ich habe Fehler gemacht, Oliver. Ich habe uns hier unten gefangen. Alles wegen meiner *Neugier,* meines Verlangens, mehr zu wissen. Ein Fehler, ein Irrtum. Ein Experiment. Ein *Unfall.* Aber Unfälle sind niemals wirklich Unfälle, nicht wahr? Nein, nein, nein, nein, sind sie nicht.«

»Wir könnten gehen«, sagte Oliver, seine Worte heiser, hervorgestoßen durch seine raue, trockene Kehle. Die Worte klangen mehr wie Wind als wie ein menschlicher Laut.

Aber Eli sprach weiter.

»Ich, ich, ich habe das Gefühl, als sei ich schon einmal hier gewesen, als seien *wir* schon einmal hier gewesen, du und ich, an diesem Ort, in dieser tiefsten Dunkelheit. Eine Drehung des Zahnrads. Weißt du, Oliver, in der zyklischen Kosmologie gibt es ein Muster, die Wände der Zeitalter folgen aufeinander, eins nach dem nächsten nach dem nächsten. Auf der menschlichen Ebene gibt es, na ja, Wiedergeburt – du lebst dein Leben, du stirbst, du kommst zurück. Und auf diesem kosmischen Level ist es das Gleiche: Ein Zeitalter geht, das Rad dreht sich, und es bricht nach und nach alles zusammen. Die Maschine fällt verdammt noch mal auseinander, Oliver, sie schüttelt sich, bis sie in ihre Einzelteile zerfällt, dann darf man mit dem neuen Zeitalter anfangen. Das ist es. So bewegt man sich weiter. Aber du *kannst* dich nicht weiterbewegen, bevor du nicht den einen Zyklus beendet hast. Und ist das nicht wahr? Wenn du etwas wirklich reparieren willst, musst du es zuerst zerlegen, Oliver. Du kannst einen schadhaften Boden nicht reparieren. Du reißt ihn einfach heraus. Wenn ein Haus zu baufällig wird, verloren an Holzwürmer und Fäulnis, musst du die gute alte Abrissbirne hervorholen und an seiner Stelle etwas Besseres bauen.«

Mit leiser Stimme fragte Oliver: »Ist das der Grund, warum Sie Ihren Vater getötet haben?«

Darüber schien Eli nachzudenken.

Als entdecke er die Wahrheit dieser Worte, antwortete er fast wohlgelaunt: »Ich denke, das ist er, Oliver. Ich denke, das ist er.«

»Ich will weg von hier. Wenn das alles schon einmal passiert ist, dann können wir diesmal vielleicht das Richtige tun, und wir können fortgehen. Sie haben gesagt, Sie glaubten, den Weg zu kennen.«

Eli kicherte. »Ich kenne den Weg tatsächlich. Vielleicht kennst du ihn auch. Stellst du dir die Frage, Oliver: Wird der Tod dir erlauben, dem hier zu entkommen? Fängt alles von vorn an? Bekommst du eine zweite Chance? Wenn du stirbst, kommst du dann raus aus dem Bergwerk?«

Oliver dachte, sagte es aber nicht:

Nicht, wenn ich sterbe.

Aber vielleicht, wenn du *stirbst.*

Der Geruch von warmem, gegartem Fleisch drang in Olivers Nase und riss ihn aus dem Schlaf. Es war der Geruch eines Bratens – saftig und salzig, ein wenig fettig, wenn man die weichen Fasern mit den Fingern auseinanderzog.

Eli sagte: »Ich habe etwas zu essen gefunden.«

»Wie?«, fragte Oliver, weil es keinen Sinn ergab.

»Iss einfach. Ich werde es dir erklären.«

Und der Geruch war jetzt direkt vor ihm, und er setzte sich so aufrecht hin, wie er nur konnte, kämpfte sich vorbei an der Schwäche und dem Schmerz, und er konnte den Dampf *schmecken,* der unter seinem Kinn aufstieg. Eli drängte ihn, einen Bissen zu nehmen, also tat er es: Er beugte sich vor, den Mund geöffnet, und seine Zähne und seine Zunge fanden dieses gebratene Fleisch, und es überflutete seine Sinne mit purem Glück. Gierig aß er, griff mit den Händen danach, damit er es näher an seinen Mund ziehen konnte. Säfte tropften von seinem Kinn. Das Fleisch war weich und zart. Schmeckte mehr nach Schwein als nach Rind, trotz des Dufts, aber das war okay. Es füllte seinen Bauch und gab ihm Kraft und Hoffnung, und er drückte das Gesicht so tief in das Fleisch, dass es sich gegen seine Wangen quetschte, wie die liebenden, drängenden Hände einer alten Großmutter. *Was für ein braver Junge du bist,* würde sie sagen, *iss auf, komm, iss auf …*

Die Karbidlampe erwachte flackernd zum Leben.

Unter ihm auf seinem Schoß war Blut. So viel Blut. Es zog sich in Streifen über seine Unterarme. Es tropfte von seinem Kinn. Der Braten in seinem Schoß stammte von einem Bein, einem menschlichen Bein, die Haut war aufgenagt (*o nein,* ich *habe sie aufgenagt*) und entblößte das saftige Fleisch darunter. Blut sickerte heraus, nicht stoßweise, sondern es *quoll* heraus wie Wasser aus einem sanft zusammengedrückten Schwamm. Eli saß in der Nähe auf seinem Hintern, ein Bein ausgestreckt, während das andere bis ganz hinauf zur Hüfte fehlte. In der Hand hielt er eine kreisförmige Säge, deren Zähne alle krumm und verbogen waren, und er kicherte und sagte: »Ich habe eine Säge gefunden, Oliver, schau her. *Ich habe eine Säge gefunden.*«

Das Licht erlosch, als Oliver sich übergab.

Als er sich an die Wand presste, weg von seiner Kotze, verlor Oliver das Bewusstsein. Als er erwachte, war der metallische Geschmack von geronnenem Blut in seinem Mund verschwunden. Auch seine Haut war nicht mehr klebrig von Blut. Es fühlte sich alles wieder trocken an.

(Wobei sein Magen sich seltsam voll anfühlte.)

Ein Traum, dachte er, *alles nur ein Traum,* aber dann hörte er ein paar Meter entfernt ein leises Kichern. Es war Eli, der sagte: »Erzähl mir nicht, du hättest schon wieder Hunger, kleine Maus. Ein Bein wenigstens brauche ich.«

Aber dann ging er davon – und dabei hörte Oliver seine Schritte ganz deutlich, einen nach dem anderen, der Gang eines zweibeinigen Mannes, nicht das Humpeln eines Mannes, der sich ein Bein mit einer verrosteten Säge abgetrennt hatte.

Oliver wusste nicht, was los war. Er vermutete, dass sein Geist ihm Streiche spielte, aber trotzdem wusste er auch tief im Innern, dass irgendetwas mit Eli nicht stimmte. Er spielte mit Oliver. *Folterte ihn.* Und in dem Moment begriff Oliver, dass er an dieses Licht herankommen musste, dass er es dem Mann stehlen musste, und als Eli später zurückkkam, hatte Oliver bereits gefunden, was er brauchte: die Spitzhacke. Er war schwach, aber das Verlangen nach Leben und Flucht waren stärker, und er umklammerte den Griff, bis seine Knöchel blutleer waren. Während Eli herumwerkelte und leise vor sich hin summte, schlich Oliver sich näher an ihn heran und versuchte mit aller Macht, genau die Stelle zu finden, wo der Mann in der weit offenen Dunkelheit stand. Aber er konnte ihn nicht ausmachen. Er schien *hier* zu sein, und dann schien er *dort* zu sein – und Oliver wusste, dass er nur begrenzt Kraft hatte, bevor er das Bewusstsein verlor, bevor er zusammenbrach, bevor die Spitzhacke ihm aus den Händen glitt.

Eli murmelte: »Die Welt ist schlecht geworden, Oliver. Die Welt ist verrottet. Zerkaut von den Würmern, von jenen die essen, wie ein verdorbener Apfel, *mampf.* Besser, wir bleiben hier unten, als wieder dort hinaufzugehen, jawohl, Sir. Hier unten ist es sicher. Es bricht alles auseinander, aber das Rad dreht sich, und das Rad zerbricht und …«

Dort.

Er war direkt vor Oliver.

Den Kopf gesenkt.

Die Worte leise, ein Raunen.

Jetzt, Oliver. Jetzt!

Oliver ächzte, hob die Hacke hoch und schwang sie …

Tschuck. Es war, als stoße man ein Messer in einen fetten Kürbis. Die scharfe Spitze sank tief ein. Er spürte, wie der Schädel nachgab.

»Es beginnnnt erneuuut«, stöhnte Eli …

… bevor er zusammenbrach.

Oliver keuchte auf und ließ die Spitzhacke los. Sie fiel zusammen mit dem Körper, steckte immer noch im Schädel. Er prallte zurück vor dem, was er getan hatte. Auch wenn er nicht sehen konnte, was er verbrochen hatte, konnte er den öligen Gestank von Blut riechen, und jetzt, genau wie Eli versprochen hatte, das plötzliche Aufwallen von Scheißegestank. Dann verspürte er ein fremdartiges Gefühl, ein *irrsinniges* Gefühl, das in ihm aufstieg wie Kohlesäurebläschen: Er lachte. *Denn fick dich, Eli. Du bist ein völlig beklopptes Hosenscheißer-Monster.* Genau wie Olivers Vater, genau wie Elis eigener Dad – ein Monster unten in der Dunkelheit, das das Licht fernhielt und nur in quälenden, peinigenden Dosen verabreichte. Oliver lachte und kroch über den toten Mann hinweg. Versehentlich stieß er mit der Schulter gegen den Griff der Spitzhacke, und Elis Kinn scharrte über den harten Boden.

»Hoppla«, sagte Oliver und kicherte abermals.

Er tastete nach dem Schatz – tastete den rechten Arm ab, nichts, dann den linken, und der Schatz war immer noch nicht da. *Nein, nein, nein, wo ist das Licht?* Und jetzt wallte die Angst in ihm auf, dass er die Sache falsch angegangen war. Er hätte zuerst die Lampe nehmen sollen, jetzt konnte sie überall sein. Eli hatte sie vielleicht irgendwo anders aufbewahrt, weiter hinten im Stollen oder hinter einem Felsen oder …

Oder unter sich.

Es war nicht schwer, Eli zu bewegen – der Mann war leichter als ein Bündel Stöcke –, und er rollte ihn herum, und *da war es*. Hastig rettete er die Lampe …

Und was?

Eine neue Erkenntnis traf ihn kalt wie beim Sprung in einen zugefrorenen See.

Ich weiß nicht, wie man sie anzündet.

Er fand keinen Schalter, keinen Mechanismus zum Entzünden. Er fand einen Schlüssel. Einen, wie man ihn zum Aufziehen eines alten Spielzeugs benutzte, und er drehte den Schlüssel nach links und rechts, aber er bewirkte nicht das kleinste bisschen.

Irgendwie hatte Eli dieses Ding zum Leuchten gebracht, Oder? Es brauchte Feuer. Aber hatte er Eli jemals ein Streichholz anzünden sehen? Oder hatte er ihn einen … einen Feuerstein benutzen sehen oder irgendwie sonst Funken schlagen? Das hätte er doch gesehen, oder? Trotzdem durchsuchte er die Taschen des Mannes und fand nichts außer Fusseln und Münzen. *Münzen.* Das könnte funktionieren. Oliver passte im Unterricht nicht besonders gut auf, aber er wusste, dass Metall auf Stein Funken erzeugen konnte, und so nahm er eine der Münzen in die Hand – ein Fünf-Cent-Stück, wie es sich anfühlte – und zog es über den Boden, *krrrschsch*, aber es bewirkte nichts, daher ging er stattdessen zur *Wand* und versuchte es noch einmal, zog die Münze hin und her, schneller und schneller. Und das Ergebnis? Immer noch keine Funken.

Oliver schrie auf vor Zorn und Verzweiflung.

Er hatte es verbockt. Er hatte es ruiniert. Er hatte seine Chance ergriffen und es vermasselt. Sein Vater beschimpfte ihn immer als Versager, und tatsächlich, das alte Monster hatte recht. Er hatte es vermasselt. *In großem Stil.*

Du hattest recht, Dad.

Du hattest recht.

Oliver fiel auf die Knie. Er konnte nicht einmal weinen. Er kniete nur da, fertig in der Dunkelheit, die Stirn auf den Boden gedrückt, während er auf nichts wartete.

Es wurde zu viel. Der Geruch von Tod. Der Gestank von Fäkalien. Die Dunkelheit. Die Einsamkeit. Oliver hätte es beinahe vorgezogen, sich von Eli quälen zu lassen.

Ich muss dem hier ein Ende machen. Oliver rang darum, die Spitzhacke aus Elis Schädel zu ziehen, und wackelte damit hin und her. Irgendwann gab der Schädel nach. Dann trug er sie zurück zur Wand und tastete sich an dem Gestein entlang, bis er einen Spalt im Fels fand. Mithilfe der letzten Unze seiner Kraft klemmte er die Spitzhacke in diesen Schlitz. Er wackelte daran, und sie hielt. Wieder kniete er sich hin.

Und hielt den Kopf an das spitze Ende der Hacke, das zu ihm zeigte. Der weichste Teil von ihm war, dachte er, sein Auge.

Also schloss er sein linkes Auge und drückte es behutsam gegen das eine Ende der Spitzhacke, das Ende, das herausragte.

Dann zog er langsam den Kopf zurück.

Er wusste, dass die Hacke in sein Auge stoßen würde, wenn er den Kopf ruckartig nach vorn bewegte. Die Spitzhacke würde in sein Gehirn eindringen. Und er würde sterben.

Und vielleicht, nur vielleicht, würde darin ein Segen liegen – nämlich wenn Eli in seiner Gequältheit, in seinem Wahnsinn eine essenzielle Wahrheit offengelegt hatte, dass der Tod tatsächlich der Weg in die Freiheit war. Wenn das stimmte, würde Oliver an einem anderen Ort wieder aufwachen. An einem neuen Ort.

An einem *besseren* Ort.

»Das Rad bricht«, sagte Oliver wie ein Gebet. »Und es wird neu geschaffen.«

»*Oliiiiiver*«, stöhnte Eli gedehnt, dessen Stimme wie ein Echo klang. Oliver keuchte auf.

Hinter ihm erklang ein raschelndes Schlurfen. Dann folgte das sanfte Klappern – klickklack – eines Panzers auf Stein.

Oliver wirbelte herum, presste seinen Rücken an die Wand und hielt sich an der Spitzhacke fest. Dort in der Dunkelheit *sah* er einen Schatten: eine menschenähnliche Gestalt, aber zu lang, zu hager, zu groß. Sie erhob sich von der Stelle, wo Eli gewesen war. Sie erstrahlte nicht in ihrem eigenen Licht, sondern wie silberner Mondschein auf einer Ölpfütze. Bänder aus weißem Licht blitzten in allen Spektralfarben auf.

»Wer ... was ...«

»Oliver«, sagte die Stimme noch einmal. Es war Elis Stimme, aber auch wieder nicht. Es war nur *auf der Oberfläche* Elis Stimme, aber darunter waren Hunderte von anderen Stimmen, überlagert, eine über der anderen.

»Sie sind *gestorben*.«

»Und doch stehe ich.«

»Es tut mir leid, *es tut mir leid*, es tut mir so leid, dass ich Sie getötet habe.«

Ein feuchtes Kichern. »Das muss es nicht. Es ist an der Zeit, Oliver.«

»Zeit …? Wofür?«

»Zeit, deine Aufgabe zu sehen. Magie zu erlernen. Die Welt zu zerbrechen.«

Fünfter Teil

NUMMER
NEUNUNDNEUNZIG

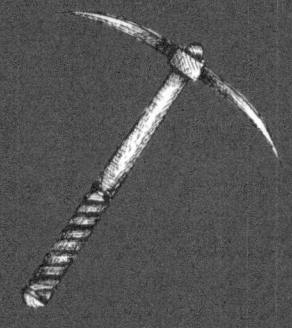

Die vier Könige:
Lucifer. Leviathan. Satan. Belial.

Ihre acht Herzoge:
Ashtaroth. Morquin. Asmodai. Baalzebub.
Uthuthma. Mathokor. Abigor. Baal-Berith.

Und zwölf Ritter:
Moloch, Malus, Pelsinade
Lith-Lyru, Hyor-Ka, Dantalion
Vissra, Orcobas, Vollrath
Nycon, Mymon, Candlefly

Und unter ihnen sind vierundsiebzig Seher, die über die Ordnung des Universums wachen. Beschwöre ihre Zahlen, und ihre Zauberkraft soll dir gehören. Jegliche bis auf die des Erzsehers. Nur einer steht über und unter allem, der, der aus der Zeit gefallen ist, der, der der Hölle entkommen ist und die Säulen des Himmels schleifen wird und der der Erzseher ist, der, dessen Magie du nicht anrufen kannst. Diese Magie ruft dich.

eine Seite aus dem Compendium Singularis,
aus dem Lateinischen übersetzt, niedergeschrieben 1776,
aber ursprünglich erschaffen von seinem Schöpfer 1047

Kapitel 48
Abgekaute Fingernägel

Am dritten Tag nach Nates Verschwinden kam Maddie der Gedanke, dass sie durchgeknallt war. Sie hatte sich lange gerühmt, ein Mensch zu sein, der angesichts des Chaos alles auf die Reihe bekam. Ihre Gedanken sprangen hin und her, das wusste sie: Besorgniserregend und, wenn auch nicht diagnostiziert, an eine Aufmerksamkeitsdefizitstörung grenzend. Vielleicht sogar eine kleine Zwangsneurose. Aber sie verstand sich darauf, sich selbst zu disziplinieren. Mit Listen. Mit Büchern. Mit ihrer Kunst. Und vor allem – und das war ein Teil, der ihr bisher nicht ganz bewusst gewesen war – mit ihrer Familie. Jetzt war ihre Familie zerbrochen. Ein wichtiges Drittel von ihnen, abgehackt und fort.

Wobei ihr manchmal Gedanken kamen, die sie vor einem anderen Gefühl warnten, das unter der Oberfläche lauerte: *Fühlst du dich nicht auch ein klein wenig gut? Jetzt, da er fort ist? Nichts mehr von seinem Schmerz. Nichts mehr von seinen seltsamen Launen. Jetzt kannst du du sein. Du brauchst nicht selbstlos zu sein. Jetzt darfst du selbstsüchtig sein.*

Sie glaubte das nicht. Stimmte der Theorie nicht zu. Aber die Gedanken ließen sich nicht vertreiben. Sie hieß sie nicht willkommen. Doch sie schlichen sich trotzdem ein, ob sie nun wahr waren oder falsch.

Jetzt, nach acht Tagen, wanderte sie durch den Wald. Sie blieb manchmal stehen und stand einfach nur da und starrte. Wie der Geist eines Baums, der gefällt worden war und der einfach den Stumpf betrachtete, auf dem sein alter Körper geruht hatte, sie verweilte, dachte nach. Wenn sie das tat, schweiften ihre Gedanken umher – nicht freiwillig, sondern beinahe so, als versuche ihr Geist, etwas zu finden. Irgendeine Vorstellung, irgendeine Erinnerung, irgendetwas, auf das sie nicht kam. Ein Traum, der sich ihr entzog.

Im Wald um ihr Haus herum war es still und kalt. Die Bäume sahen tot aus, dank des bevorstehenden Winters. Die einst bunten Blätter hatten sich in einen graubraunen Teppich verwandelt.

Zu dieser Zeit hatte Maddie keine Ahnung, wonach sie suchte. Sie dachte, dass sie vielleicht einen Hinweis finden würde, wie ein vom Glück begünstigter Detektiv: einen Fußabdruck, einen Tropfen getrockneten Blutes, ein Haar, einen im Schlamm stecken gebliebenen Schuh. Sie wollte sehen, was Nate gesehen hatte – den ausgezehrten Mann mit dem Bart, den Geist eines toten Mädchens, einen Massenmörder, der durch die Bäume stolzierte, sogar seinen Vater. Und dann traf er sie erneut, wie das in den vergangenen Tagen viele Male passiert war: ein irrsinniger Drang, *etwas zu machen*. Materialien in die Hand zu nehmen, verdammte primitive Materialien wie Stein, Zweige, Schlamm und Metall. Und daraus etwas Lebendiges zu erschaffen, etwas, das ihr helfen würde.

Aber als sie das neulich getan hatte – sich das letzte Mal der Arbeit überlassen –, hatte sie einen Massenmörder heraufbeschworen. Und dann hatte derselbe Killer ihren Ehemann angegriffen. Genau wie sie die Eule in die Welt gesetzt hatte, hatte sie vielleicht, nur vielleicht, Edmund Walker Reese ebenfalls in die Welt gesetzt.

Das machte ihr Angst.

Kunst als Gefäß. Kunst als Pforte. Beherrsche ich sie?
Oder beherrscht sie mich?

Sie seufzte und kämpfte den Drang nieder. Dieser verrückte Funke, *etwas zu machen*, verglühte schnell. Maddie schaute auf ihre Armbanduhr. Es war Zeit, sich im Haus mit Fig zu treffen.

»Ich halte ihn für zwielichtig«, stellte Fig hinter dem Dampf aus seiner Kaffeetasse fest. »Ich bin gestern noch einmal zu ihm gegangen, um mit ihm zu reden. Nur um herumzustochern. Ich bin kein Detektiv oder so, aber – Nate ist mein Freund. Und Maddie, der Bursche hat sich höllisch heimlichtuerisch benommen. Sein Haus war das reinste Chaos. *Er* war total chaotisch. Er hatte getrunken, und ich weiß nicht, ob er aus einer harten Sauftour aufgetaucht war oder ob er sich bereit machte, eine solche zu absolvieren, aber das war nicht der selbstbeherrschte Mann von der Party. Er war mir gegenüber sehr kurz angebunden. Und hat meinen Arsch schnell zur Tür hinausbefördert.«

Maddie ging in der Küche auf und ab.

»Er scheint mir einfach nicht der Typ dazu zu sein«, sagte Maddie.

Die Geschichte, die Jed der Polizei erzählt hatte, war simpel gewesen: Nate hatte eigentlich zu ihm kommen und etwas mit ihm trinken wollen. Das war alles. Nichts über den Park, über Massenmörder, über verrückte Stürme oder die Deutung von irgendetwas davon.

Außerdem hatte er der Polizei erzählt, Nate sei nie aufgetaucht.

Das Gleiche hatte er auch Fig und Maddie gesagt. Jed behauptete, Nate sei gar nicht auf seiner Türschwelle erschienen. Was bedeutete, dass Nate irgendwo zwischen ihren beiden Häusern verschwunden sein musste.

»Ich habe mit Jed geredet«, berichtete Maddie. »Er schien sich darüber ... aufzuregen. War deswegen wirklich fix und fertig. Als würde er sich verantwortlich fühlen, als hätte er Nate auf irgendeinen närrischen Kreuzzug geführt.«

»Warum hat er dich dann an diesem Abend nicht angerufen? Um dir mitzuteilen, dass Nate nicht aufgetaucht ist. Oder warum hat er Nate nicht angerufen?«

»Er hat behauptet, er habe angenommen, Nate hätte ihre Verabredung vergessen. Oder dass ihm etwas dazwischengekommen sei. Jed ist sehr freundlich, sehr rücksichtsvoll – mit seinen Worten ausgedrückt, er ›wollte keine Nervensäge sein‹.« Sie zuckte die Achseln. »Ich weiß nicht. Ich vertraue ihm.«

»Aber du kennst ihn nicht wirklich.«

»Nein. Das wohl nicht. Es ist nur – er ist Schriftsteller. Ein Verfasser von Büchern! Ich dachte, er kriegt alles auf die Reihe.«

»Ich vermute, das bildende Künstler und Schriftsteller sich ähneln. Würdest du sagen, dass die meisten Künstler ziemlich gut darin sind, ihr Zeug auf die Reihe zu kriegen?«

Sie blinzelte. »Okay, das ist ein Argument.« Sie seufzte. »Er macht einen netten Eindruck, das ist alles. Nate mag ihn, und Nate war schon immer ein ziemlich guter Menschenkenner. Und realistisch gesehen fällt es mir schwer zu glauben, dass Jed Nate überwältigen könnte. Nate ist ein zäher Kerl – und er hatte seine Pistole bei sich.«

»In einem ehrlichen Kampf, da gebe ich dir recht, aber wer weiß, wie das gelaufen ist. Es gibt alle möglichen Methoden, um jemanden kampfunfähig zu machen, bevor der Kampf überhaupt anfängt.«

»Und was dann? Hat er ihn getötet?«

Fig zuckte die Achseln. »Scheiße. Keine Ahnung. Vor ungefähr drei Jahren ist ein junges Mädchen verschwunden, und die Mutter war todunglücklich, hat den Verstand verloren. Das war ein Stück weiter die Straße hinunter, keine zehn Minuten von hier, okay? Das junge Mädchen hatte einige Probleme, Alkohol und verschreibungspflichtige Medikamente und was auch immer. Der Freund – der Freund der Mutter, nicht der Freund des Mädchens – war ebenfalls ein wenig seltsam. Er hatte ein Vorstrafenregister. Nichts Großes, einen Autodiebstahl, einen Kreditbetrug. Alle mochten die Mutter. Alle sagten, es sei wahrscheinlich ihr Freund gewesen. Es ist immer der Mann, stimmt's? Immer der Ehemann oder der Vater. Doch die Mom hatte ein Alibi für ihn, hat angegeben, er sei in der Nacht des Verschwindens der Tochter bei ihr gewesen, und sie haben behauptet, das Mädchen sei gern in die Stadt gefahren und vielleicht einfach davongelaufen. Und die Wahrheit war, was? Der Freund hat es getan. Er hat es. Er ist es gewesen. Aber er war nicht *allein*. Die Mom war ebenfalls beteiligt. Diese Frau, die Mutter, hatte einen guten Job als Geschäftskundenberaterin bei der Bank of America. Sie hat ihre Steuern bezahlt, war bei ihren Nachbarn beliebt. Es war alles eine Täuschung. Sie war die Drahtzieherin, und sie hat ihren Freund dazu gebracht, ihr zu helfen, ihre Tochter in einem Rübenkeller in dem Wald außerhalb ihres Grundstücks festzuhalten. Sie haben das Mädchen wochenlang sexuell missbraucht. Es gefilmt. Sie haben dieses arme Mädchen zerstört, und als sie mit ihr fertig waren, haben sie den Leichnam zerstückelt und ihn in dem Keller zurückgelassen, und dann hat der Freund – der auf dem Bau gearbeitet hat – den Rübenkeller mit Zement befüllt. Sie sind *nur* geschnappt worden, weil die Mutter anfing, auf ihm rumzuhacken und drohte, auch ihn zu töten. Da ist er aufgebrochen wie eine fragile Eierschale und hat der Polizei alles erzählt, denn er war zu dem Schluss

336

gekommen, dass er lieber im Gefängnis sterben wollte, als dieser Frau ausgeliefert zu sein.«

Maddie blinzelte. »Gott, Fig.«

»Ja.«

»Tolle Art, dafür zu sorgen, dass ich optimistisch bleibe.«

Er zuckte sichtlich zusammen. »Entschuldigung. Ich meine nicht, dass Nate etwas Derartiges zugestoßen ist. Ich meine nur – man kann sich nicht immer sicher sein, dass das, was man über einen Menschen denkt, nicht genau das ist, was man über ihn denken *soll*. Ein Mann wie Jed könnte eine Fassade errichtet haben, eine Maske. Und vielleicht ist er so gut darin, dass er Nate getäuscht hat.« Fig zögerte. »Du weißt von seiner Frau und seinem Kind, oder?«

»Ja. Nate hat erzählt, die beiden hätten ihn verlassen.«

Fig verzog das Gesicht.

»Das stimmt nicht?«, hakte sie nach.

»Oh, sie haben ihn verlassen, allerdings. Sie haben das Land der Lebenden verlassen. Sie sind bei einem Unfall umgekommen, bei dem er alkoholisiert Auto gefahren ist. Jed hat den Wagen gesteuert und zu Schrott gefahren. Er hat überlebt. Die Ehefrau ist noch am Unfallort gestorben. Die Tochter fiel ins Koma und erlag einige Wochen später im Krankenhaus ihren Verletzungen. Das ist erst wenige Jahre her. Dann ist er hierhergezogen.«

»Das ist nicht das, was er Nate erzählt hat.«

»Verstehst du, was ich meine?«

Sie hatte sich an die Tatsache gewöhnt, dass Jed nichts damit zu tun haben konnte, aber jetzt … tiefe Zweifel beschlichen sie.

»Na schön. Weißt du, ich würde auch nicht wollen, dass die Menschen von dieser Geschichte erfahren. Das ist dunkel.« Sie warf die Hände hoch. »Bei all dieser superseltsamen Scheiße, die hier vor sich geht – das Mädchen, der Blitz, *Reese* –, habe ich kein gutes Gefühl dabei, mit dem Finger auf jemanden zu zeigen, dem wir angeblich vertrauen. Geht es dir nicht auch so?«

»Hm, keine Ahnung.« Er seufzte und rieb sich die Schläfen. »Wir werden Nate finden«, sagte Fig, weil er offensichtlich den niedergeschmetterten Ausdruck auf ihrem Gesicht bemerkt hatte. »Die

Staatspolizei ist inzwischen hinzugezogen worden. Contrino ist dran an der Sache – er ist ein Mistkerl, und ich hasse ihn wie die Pest, aber er ist schlau. Er ist gut in dem, was er tut. Es ist nur eine Frage der Zeit.« Er wiederholte es, als müsse er sich selbst davon überzeugen: »Wir werden Nate finden.«

Aber werden wir ihn lebend finden?, fragte sie sich.

Sie ließ sich den Gedanken wieder und wieder durch den Kopf gehen. Wenn Nate in jener Nacht auf dem Weg zu Jed gewesen und verschwunden war, bevor er überhaupt dort ankam … dann hätte er doch eine Spur hinterlassen. Aber sie hatten keine gefunden. Obwohl das schwer war, nicht wahr? Ihr Waldboden bestand größtenteils aus Blättern. Kein Fleckchen entblößter Erde war zu finden. Aber jetzt schaute sie über diese Annahme hinaus. Schaute über ihren bisherigen Horizont hinaus. Was, wenn er *doch* bei Jed gelandet war? Vielleicht waren sie irgendwo hingegangen.

»Es war warm an diesem Tag«, sagte sie.

»Ja.«

»Dann ist es am Abend kalt geworden. Die Temperatur ist gefallen.«

Fig schien darüber nachzudenken. »Ja. Du hast recht. Am nächsten Tag hatten wir einen harten Frost. Und seither ist es nicht wieder warm geworden.«

»Wenn es Fußabdrücke gibt, würden sie gefroren sein.«

»Wir haben uns im Wald umgesehen.«

»Haben die Cops Jeds Grundstück überprüft? Und den Park?«

»Sein Grundstück vielleicht. Ich war nicht dabei, aber die anderen haben es wahrscheinlich erledigt. Was den Park betrifft – er hat gesagt, sie hätten sich den Tunnel ansehen wollen. Der ist von dort aus, wo er hineingegangen wäre, asphaltiert. Auf Asphalt gibt es keine Fußabdrücke.«

Eine Falte trat zwischen ihre Brauen. »Aber der Park war zu der Zeit geschlossen. Ramble Rocks macht nach Einbruch der Dunkelheit zu, oder? Und die beiden haben keine Schlüssel.«

»Laut Parkordnung ist er abends zu. Ich nehme an, dass er über das Tor geklettert ist, wenn sie dort hingegangen sind. Es ist leicht zu übersteigen oder zu umgehen, was auch immer.«

»Wenn er darum herumgegangen ist, würde das bedeuten, dass er auf Erde treten musste.«

»Okay, stimmt.«

»*Und*«, fuhr sie fort und dachte weiter, »ich kenne Nate. Sie hatten ihre Gründe, in diesen Park zu gehen ...« *Die ein wenig verrückt waren.* »Sie wollten vermutlich nicht gesehen werden, und ich weiß, dass Reese in dem Felsenmeer Mädchen getötet hat.« *Die Felsen von Ramble Rocks. Genau.* »Vielleicht sind sie in diese Richtung gegangen.«

»Hm.« Fig schien darüber nachzudenken. »Eine Menge Vielleichts.«

»Vielleichts sind besser als nichts.«

»Es ist ziemlich weit hergeholt, aber ich werde es gern überprüfen. Ich habe nicht viel zu tun, da die Jagdsaison noch nicht richtig angelaufen ist. Erst mal nur mit Vorderladern, aber die benutzt hier niemand mehr. Ich werde mich da mal umsehen.«

»Lass uns den Weg von Jeds Haus zu den Felsen aufzeichnen und dann weiter zu dem Tunnel *in* den Park.«

Fig stand auf und leerte seine Tasse. »Hör zu, Maddie, du hast schon genug durchgemacht. Ich will dich nicht durch die Dornensträucher zerren ...«

»Ich will es so.« Sie begriff, dass sie hartnäckig und fordernd klang, daher mäßigte sie ihren Ton und verlegte sich auf ein sanftes Flehen. »Ich *muss* irgendetwas tun, sonst kaue ich mir die Fingernägel bis aufs Fleisch ab. Ich bekomme jede Nacht höchstens ein, zwei Stunden Schlaf. Wenn ich zu essen versuche, wird mir so übel, dass ich die Mahlzeit nur halb schaffe und den Rest dann wegwerfe. Ich muss etwas tun. Ich will helfen. Es geht um Nate, verstehst du?«

Er nickte. »Ja, ich verstehe. Und unbedingt. Lass uns morgen hingehen. Schön früh, du und ich. Klingt das nach einem Plan?«

»Nach dem besten. Danke, Fig.«

Kapitel 49
Der Oliver-Prozess

Jake war früher einmal Oliver gewesen. Jedenfalls *ein* Oliver.

Das wusste er, tief im Innern. Aber er nannte sich jetzt schon so lange Jake – Jake seit sechs Jahren, Jake quer durch verzweigte Zeitlinien und Universen, Jake für jeden Oliver, dem er begegnet war. So viel Jake, dass er mehr getan hatte, als nur den Namen zu akzeptieren; er hatte eine vollkommen neue Identität angenommen. In jeder Welt, in die er ging, veränderte er sich leicht, um dem Oliver dieses Ortes zu gefallen: Er meißelte sich selbst zu einem Schlüssel, der in das Loch des Herzens eines jeden Olivers passte.

In vielerlei Hinsicht war er nicht mehr Oliver.

Oliver war jemand anderes.

Oliver war der Junge mit Striemen von einem Gürtel auf dem Rücken.

Oliver war der Junge mit dem gebrochenen Knöchel, den Prellungen von Büchern, die er geliebt hatte, der Mutter, deren Kiefer gebrochen, mit Draht geflickt und nie wieder richtig zusammengeheilt war.

Oliver starb in dem Kohlebergwerk.

Jake wurde darin geboren.

Derselbe Jake stand jetzt da und beobachtete, wie der alte Mistkerl hinter dem zerschlissenen, durchgesessenen Sofa auf und ab ging.

»Jake. Jake! Er ist wiedergekommen, weißt du«, hatte Jed gesagt. »Zu meinem Haus.«

»Mhm«, hatte Jake entgegnet und die Oberlippe zu einem geringschätzigen Hohngrinsen verzogen. »Wow, komm rein, Jed, mach es dir gemütlich.«

Das alte Arschgesicht war vor wenigen Minuten aufgetaucht, hatte an die Tür gehämmert, *wumm, wumm, wumm,* und verlangt, eingelassen zu werden. Er hatte vermutlich geweint, denn seine Augen waren rot und geschwollen. Oder vielleicht war er einfach verkatert; jedenfalls umwaberte ihn der säuerliche Sumpfgestank von ausgeschwitztem Wodka wie ein Miasma. Er sah aus wie mehrere Tage alte, zertrampelte Scheiße. Die Haut bleich und dünn. Haare überall, als hätte er vergessen, dass es so etwas wie Kämme gab. Fingernägel bis aufs Blut abgekaut. Während er beobachtete, wie der Mann auf und ab ging, sagte er scharf: »Ernsthaft, *setz dich verdammt noch mal hin.*«

»Oh. Ah.« Jed sah sich um, als begreife er erst jetzt, wo er war. »Natürlich, natürlich.«

Er hockte sich auf die Armlehne des Sofas.

»Also, wer genau ist zu deinem Haus gekommen?«, fragte Jake.

»Der Cop. Ähm. Nein. Kein Cop. Nates Freund, der von der Jagd- und Naturschutzverwaltung. Dingsda Figueroa? Alex? Nein. Axel.«

»Und?«

»Und. Er – er schnüffelt immer noch rum, Jake. Er denkt immer noch, ich hätte etwas mit Nates Verschwinden zu tun!«

Jake zuckte die Achseln. »Du *hattest* etwas damit zu tun.«

»Aber das sollte er nicht wissen.«

»Ehrlich, wen interessiert das? Wenn er es herausfindet, findet er es heraus. Er bringt dich ins Gefängnis oder auch nicht. Vielleicht nimmst du diese Pistole, die ich dir gegeben habe, und erschießt ihn. Vielleicht erschießt er dich.« Jake feixte. »Vielleicht erschießt du dich selbst.«

»Das ist düsteres Gerede, Junge. Düsteres Gerede.«

»Düsteres Gerede? Es wird alles bald vorbei sein. Alles. All *das*.«

»Das bedeutet nicht – das bedeutet nicht, dass ich ein Monstrum bin.«

Der alte Mann war wackelig. Er stand auf der Kippe. Ein heikler Ort. Er konnte die Sache immer noch gefährden. Hier lief alles gut – der Dämon war zwar nicht erfreut, nein – er hätte gewollt, dass die Dinge *jetzt* schon erledigt würden, er wollte, dass sie *schneller* erledigt wurden –, aber Jake drängte die Bestie, Geduld zu haben. Doch unterm Strich lief es so gut, wie man erwarten durfte, wenn man bedachte, wie anders die Umstände in dieser Runde waren. Also wäre es eine echte, gottverdammte Tragödie, wenn all das schiefging, weil dieses nervöse Pferd es mit der Angst bekam.

Jake, begierig und ungeduldig, dachte: *Nun, scheiß drauf,* und er erwog es flüchtig, einfach die Hand zu schwenken und eine Klinge oder eine Pistole aus dem Zwischenort herbeizuholen und dem alten Scheißkerl die Kehle aufzuschlitzen oder ihm sein Gehirn aus dem Hinterkopf zu knallen. Aber auch das war riskant. All das Blut und die Säuberungsarbeiten. Nein, Danke schön. Das würde seine eigenen Probleme mit sich bringen.

Nein, nach sechs Jahren, in denen er das getan hatte, war Jake ziemlich gut darin, Leute zu managen. Einige Universen erlaubten ihm, die Situation ganz allein anzugehen, aber beträchtlich mehr ließen ihn ein Team von Leuten aufbauen. Schwache Leute, die durch ihre Verletzungen verwundbar waren. Und sofern sie ausgenutzt wurde, machte sie diese Verwundbarkeit unglaublich loyal, sobald man sie unter Druck setzte.

Zeit, auf diese Knöpfe zu drücken.

Bei Jed war es einfach.

»Du bist kein Monstrum«, beteuerte Jake. Er legte dem alten Mann beruhigend eine Hand auf die Schulter. Er setzte eine andere Jake-Maske auf: sanftere Stimme, freundlicheres Gesicht, das Gesicht, das er zur Schau gestellt hatte, als er Jed beim ersten Mal dazu überredet hatte, ihm zu helfen. Als er ihm gezeigt hatte, was möglich war, wenn man die Magie des Grubenbuchs anzapfte. »Doch du *warst* ein Monstrum – nicht wahr? Brüllend und tobend. Der Alkohol hat es hervorgeholt. Du hast den Verstand verloren. Deine Fähigkeit zu denken. Er hat dich dazu gebracht, in dieses Auto zu steigen und den Motor anzulassen, obwohl deine Familie bei dir war. Sie sind in jener Nacht gestorben, aber das ist nicht endgültig. Mitzi und Zelda sind immer noch dort draußen, Jed. Wenn wir das hier richtig machen, wenn du ruhig bleibst und in meiner Nähe, wird sich alles wieder fügen. Du wirst deine Familie wiedersehen, *und* du wirst es beim nächsten Mal richtig machen. Weil du ein besserer Mann sein wirst als zuvor. Nicht wahr?«

Jed antwortete nicht.

Das Messer. Die Pistole. Töte ihn.

»Nicht wahr?«, fragte Jake noch einmal, diesmal beharrlicher. »Was müssen wir tun, um etwas zu reparieren? Jed? Wenn wir etwas reparieren, müssen wir …«

Er wartete darauf, dass der alte Mann die Lücke füllte.

»Es zuerst zerlegen«, sagte Jed schließlich. »Klar. Ich bin einfach … wir sind jetzt nah dran, oder?« Bevor Jake antworten konnte, sprach der alte Mann weiter: »Da Nate aus dem Weg ist, kannst du das hier schneller erledigen, du kannst einfach den Jungen nehmen und ihn in den Park bringen und …«

»*Nein.*«

Dieses Wort, gesprochen wie ein Wort Gottes von hoch oben. Ein Wort mit Betonstahl verwoben. Das Grubenbuch lag auf dem Couchtisch, und es regte sich, als er dieses Wort sagte. *Nein.* Die Ungeduld des Buches summte mit ihm in seinen Knochen. Argwöhnisch beobachtete Jed das Buch.

»Wie gesagt«, fuhr Jake fort, »wir machen das nach meinem Zeitplan. Diese Kerze hat einen langen Docht, und sie brennt, wie sie brennt. Der Deal ist der Deal. Ich muss Oliver eine Chance geben. Eine Chance, das Richtige zu tun. Das hast du von Anfang an gewusst. Dieser Oliver … ich habe ein wirklich gutes Gefühl bei ihm.«

Nachdem Nate fort war, hoffte er, dass Oliver zum Äußersten getrieben wurde. Der Junge war verletzbar. *Entblößt.* Jake hatte das Versprechen auf Magie vor ihm baumeln lassen, und jetzt musste Oliver nur die Hand ausstrecken und danach greifen.

Aber Jake musste zugeben: *Dieser* Oliver war nicht wie alle anderen. Er hatte keine Ahnung, ob der Junge reagieren würde, wie er es sich erhoffte. Nichts davon war so wie in irgendeiner der anderen Zeitlinine. Die Nates waren *immer* Scheißkerle. Jeder Einzelne von ihnen war in irgendeiner Weise ein Versager: ein Alkoholiker, ein Süchtiger, ein Gewalttäter, ein Loser. Hölle, meistens waren sie bereits tot oder hatten sich irgendwohin verpisst und die Olivers ihrem Schicksal überlassen. Aber dieser Nate schien nicht so zu sein. Jake sagte sich, dass es einfach eine sorgfältig erschaffene Illusion sei: *Dieser* Nate, den er in den Mahlstrom gesandt hatte, war fast sicher genauso ein Monstrum wie alle anderen. Er hielt es nur besser unter Verschluss. Vielleicht ein

Serienvergewaltiger oder ein Serienmörder, oder er begrapschte kleine Kinder, bevor er sie in einen Brunnen warf oder so. Unmöglich konnte dieser Nate den Trend gebrochen haben. Jake *weigerte sich* zu glauben, dass ein Mann, der durchgemacht hatte, was Nate durchgemacht hatte – die Gewalt, die ihm sein eigener Vater angetan hatte –, unbeschadet daraus hervorgehen würde. Gewalt erzeugte Gewalt. Hass schuf Hass, Schmerz gebar Schmerz. Das war die Natur der Dinge. Das war es, was Eligos Vassago ihm gesagt hatte. Was er ihm dort unten in dem Bergwerk *gezeigt* hatte.

Die Maddies – diese war ebenfalls anders. Sie wirkte irgendwie stärker. Die anderen Maddies waren größtenteils Pillenschluckerinnen oder Weintrinkerinnen gewesen. Selbstsüchtige Miststücke, die so weit in ihre eigenen Ärsche gekrochen waren, dass sie praktisch dort starben. Einige waren so voller Depressionen, dass sie den größten Teil ihres Tages im Nebel oder unter einer Decke verbrachten und ihre Familie im Stich ließen, so selbstverständlich, als wären sie in ein Flugzeug gestiegen und nie mehr zurückgekommen. Andere waren »verloren an die Kunst«, und sie ließen ihre Familie im Stich, während sie die Welt bereisten und nach Inspiration suchten, nie zu Hause, nie fürsorglich, nie wussten sie, was in ihrem eigenen gottverdammten Haus los war. Keine von ihnen kriegte ihren Scheiß auf die Reihe.

Mit Ausnahme dieser Maddie.

Und was die Olivers betraf …

Oh, ho, ho.

Sie waren alle etwas Besonderes.

Sie hatten alle ihre Art, anders zu sein. Jeder eine Schneeflocke.

Und jeder genauso leicht zu schmelzen. Ein wenig Hitze, ein wenig Druck.

Der Oliver Nummer dreiunddreißig konnte im Geiste mit Tieren reden. Er wurde wahnsinnig, verlor die Fähigkeit, mit Menschen zu sprechen, wurde schließlich ein wildes Geschöpf.

Der Oliver Nummer zweiundvierzig war ein eitler Künstler wie seine Mutter, jemand, der behauptete, ständig verloren in »tiefschürfenden Gedanken« zu sein, und natürlich riss er Schmetterlingen gern die Flügel aus und Eichhörnchen die Köpfe ab, und, unausweichlich, sich wehrenden Mädchen die Kleider herunter und unter Drogen gesetzten Jungen die Hosen.

Der Oliver Nummer einundsiebzig wurde niedergedrückt von Depressionen, die aus dem Missbrauch durch seinen eigenen Vater herrührten. Jake verstand ihn so gut. Zu gut. Es war einfach. Wenn er in einer wirklich düsteren Stimmung war – und nur dann –, konnte dieser Oliver mit seinem Geist Gegenstände bewegen. Jake hatte herausgefunden, dass er sich das zunutze machen konnte. Er hatte die schwarze Stimmung des Jungen benutzt, um dem Vater mit einem Kühlschrank den Kopf zu zertrümmern. Von da an war es leicht gewesen, ihm den Weg nach vorn zu weisen. Den Weg, alles zu zerstören. Den Weg, alles zu *reparieren*.

Der Oliver Nummer achtundneunzig, der letzte Oliver, den er kennengelernt hatte, war halsstarrig gewesen. Dieser brauchte lange, *zu* lange, und es machte Jake jetzt umso ungeduldiger – *dieser* Oliver war ein verdammter Rohling gewesen. Der Nate von achtundneunzig hatte diesen Oliver nie geschlagen, nicht mit Fäusten oder Gegenständen, nein, aber mit einem Sperrfeuer verbalen Missbrauchs in Schach gehalten. Er hatte ihn bei jeder Gelegenheit gedemütigt und herabgewürdigt. Aber das hatte den Jungen nicht zerquetscht wie ein Insekt; vielmehr hatte es ihn aufgeblasen, und er hatte für sich eine Mauer aus Muskeln und Gewalt errichtet, die ein hohles, rachsüchtiges Zentrum umgab – und eines Tages hatte dieser Oliver beschlossen, seinen Vater mit bloßen Händen zu Tode zu prügeln. Er war körperlich fit und stärker als jeder seiner Mitschüler und ach so trotzig. Selbst Jake gegenüber. Es kostete Jake eine Menge, ihn zu dem Felsenmeer zu bringen.

Aber es gelang.

Und jetzt hatte er diesen Oliver. Den neunundneunzigsten Oliver. Den *letzten.*

All die Dominosteine waren gefallen, alle bis auf diesen letzten, und sie lehnten alle an diesem letzten Dominostein – und das setzte das Universum unter solchen Druck. Ein Teil des Mahlstroms kam hindurch, blutete durch die dünner werdende Grenze und verursachte Chaos. Es setzte auch ihn unter Druck, die Sache über die Bühne zu bringen, es verdammt noch mal einfach endlich zu *beenden.* Aber er hatte es bei den letzten achtundneunzig richtig hinbekommen; er würde jetzt keine Abkürzung nehmen. Er hatte seinen Kodex. Er hatte seine Art.

»Ist Nate tot?«, fragte Jed.

»Nein. Ich weiß nicht.«

»Ich bin froh darüber«, sagte der ältere Mann mit entrückter Stimme. »Aber warum? Warum hast du ihn am Leben gelassen?«

»Weil ich mich nicht mit einer Leiche belasten wollte.« *Und weil der Dämon Nate etwas zeigen wollte.* Was das war, wusste Jake nicht. Es interessierte ihn auch nicht. Er brauchte nicht das ganze Ausmaß des Plans der Kreatur zu kennen. Er brauchte nur seinen Teil zu erledigen, und er musste das auf seine Weise tun.

»Aber …«, hob Jed zu sprechen an.

Jake brachte ihn mit einer Drehung seines Handgelenks zum Schweigen. Eine Flasche Whisky wirbelte in seiner Hand herum. Jack Kenny American Whisky, Blue Lable. Die braune Spirituose schwappte in der Flasche umher, als er sie Jed reichte.

»Hier, das hast du dir verdient. Eine Belohnung.«

»Ich … oh, ich kenne diese Marke gar nicht.« Er zeichnete mit dem Daumen das erhaben gearbeitete Etikett, das einen Mann mit Filzhut zeigte, wie er in einem halben Whiskyfass über einen Wasserfall flog. Ein goldener Text in einer gekünstelten Handschrift.

»Er kommt nicht von hier«, sagte Jake.

»Nicht von hier. Du meinst …«

»Genau. Eine Flasche Whisky aus einer anderen Realität, von Jenseits. Das ist die einzige Flasche, die noch übrig ist. Du hältst ein seltenes Artefakt in deinen Händen – das preislich seinesgleichen sucht, was seinen Wert betrifft. Du könntest die ganze Flasche trinken. Der Geschmack würde dir gehören und nur dir. Oder du könntest sie mit jemandem teilen. Mir ist das scheißegal. Nimm sie einfach, genieße die Beute, und lass mich tun, was ich tun muss.«

Jed starrte die Flasche so an, wie ein Verhungernder einen Hühnerflügel anstarrt. Jake war sich nicht einmal sicher, ob der alte Mann ihn überhaupt hörte. Er nickte jedoch, tat das aber auf eine flüchtige, geistesabwesende Art und Weise.

Ein Klopfen an der Tür riss ihn aus seinem Tagtraum.

Jake ging zum Fenster und spähte durch die Jalousie …

Es war Oliver. *Ja. Ja!*

Dann schaute er zu Jed hinüber. *Nein. Nein!*

»Scheiße«, zischte er. Dann zeigte er auf Jed und fügte hinzu. »Sag mir, dass du nicht vorne geparkt hast.«

»Nein. Nein! Ich – ich habe diesmal auf der gegenüberliegenden Seite des Parks geparkt, wie du gesagt hast.«

»Gut. Dann mach, dass du wegkommst. Geh hinten raus.« Der Wohnwagen hatte eine Tür an der Seite und eine weitere am gegenüberliegenden Ende, hinter dem Schlafzimmer. »Ich kann nicht zulassen, dass er dich hier sieht. Nicht jetzt.« Wenn Oliver zu zweifeln begann …

Jed nickte und drückte sich die Flasche an die Brust, als sei sie kostbarer für ihn als seine verschwundene Tochter. Was wahrscheinlich der Fall war.

Jämmerlich.

Sobald er fort war, öffnete Jake die Tür und hieß Oliver mit offenen Armen willkommen. Er lud ihn in den Wohnwagen ein. Wieder dachte er an das Messer und die Pistole, aber er schob diese Ideen beiseite. *Dazu bleibt immer noch Zeit*, dachte er. *Lass die Sache ihren Lauf nehmen.*

Kapitel 50
Licht in der Dunkelheit

Jake und Oliver verließen in der Kälte den Wohnwagenpark und gingen zu Olivers Haus. Sie durchquerten den Park – über die gepflasterten Pfade und dann über einige Wanderwege zurück auf den Hauptweg.

Jake rauchte im Gehen eine Zigarette. Er beobachtete Oliver argwöhnisch. Begierde sang in seinem Ohr. Jake spürte, dass sie nah dran waren. *So nah.* Oliver stand auf seinen Zehenspitzen am Rand einer Klippe. Das Ziel bestand nicht darin, ihn herunterzustoßen, sondern ihn entscheiden zu lassen zu springen.

»Mir ist totübel, weil ich glaube, dass er fort ist«, sagte Oliver und sprach von seinem Vater.

»Das verstehe ich«, erwiderte Jake. »Ich meine, nicht wirklich. Mein eigener Vater …« – *Mein eigener Nate,* dachte er beinahe belustigt – »war ein Arschloch. Ich wäre glücklich gewesen, wenn er gestorben wäre.« *Ich war glücklich, als er starb. Ich war glücklich, als ich ihn getötet habe.*

»Ich habe nachgedacht.«

»Ach ja?«

Oliver blieb stehen und drehte sich zu Jake um. Jake warf die Zigarette in eine Pfütze, wo sie zischend erlosch. Er spürte das Kriechen von Termiten in der Brust. Begierde und Furcht breiteten sich dort aus.

»Ich habe überall nach Dad gesucht, weißt du? Die letzten drei Tage war ich die ganze Zeit unterwegs, ich war mit Caleb zusammen, und er und Hina haben mir beim Suchen geholfen, die eine Straße hinauf, die nächste hinunter, hinein in den Wald, in den Park, und ich habe nach ihm gerufen und …« Olivers Stimme brach wie Weihnachtsschmuck, der vom Baum fiel. Tränen glänzten in seinen Augen. »Nichts. Er ist einfach weg.«

»Das tut mir leid, Mann.« *So. Nah. Dran.*

»Aber das ist es ja gerade. Er ist fort. *Fort* fort. Als sei er einfach … verschwunden. Keine Spur, kein Beweis, kein gar Nichts. Als sei er durch die falsche Tür gegangen, durch eine Drehtür mit Sperre.«

»Und?«

»Das Zauberbuch«, sagte Oliver schließlich. »Dein Zauberbuch.«

»Das Grubenbuch. Was soll damit sein?«

Oliver leckte sich die Lippen. »Vielleicht war es kein Unfall, dass mein Dad verschwunden ist.«

Scheiße. Das war nicht gerade die Offenbarung, die er von diesem letzten, wichtigsten Oliver hören wollte. *Komm schon, komm schon, komm schon. Das ist die falsche Richtung, Junge.*

»Was meinst du damit?«

»Ich meine … es ist wie einer dieser Unfälle im Kohlebergwerk. Einige davon waren vorsätzlich, viele waren es nicht, aber sie alle beruhten auf einem Zusammenkommen von Missständen. Schwachstellen. Wie du gesagt hat, Entropie.«

Na bitte. Das war schon viel besser. Damit konnte Jake arbeiten. Er wollte einfach damit herausplatzen, wollte Oliver Worte in den Mund legen, aber es war besser, ihn von allein die richtigen Schlüsse ziehen zu lassen – bla, bla, bla, führ ein Pferd zum Wasser, man kann es nicht dazu zwingen zu trinken.

Oliver sprach weiter: »Du hast gesagt, es habe Schwachstellen gegeben. *Dünne* Stellen zwischen den Welten. Vielleicht ist Dad durch so eine Stelle hindurchgefallen. Vielleicht hat er sich verirrt. Wie gesagt, vielleicht ist er durch eine Tür gegangen. Eine Tür, die nicht hätte dort sein sollen. Und jetzt kann er nicht zurückkommen.«

Jake tat so, als dachte er nach, als würde er es in Erwägung ziehen. »Wow. Das könnte sein, Oliver. Keine Ahnung, Mann.«

»Mom hat gesagt, mein Dad habe sich für den Park interessiert. Sich wirklich dafür interessiert. Und du hast erzählt, dass es in deiner Welt überhaupt kein Park war. Du hast gesagt, es seien in jeder Welt Felsen, die sich bewegten.«

»Das stimmt.«

»Es ist wie ein Nagel, der durch die Seiten eines Buches getrieben wird. Präsent in jeder Welt. Eine … eine Konstante.« *Eine Konstante,* dachte Jake. *Genau wie du, Olly.*

»Du hattest recht.«

Wow, nicht zu fassen. Er verdrehte beinahe die Augen.

»Bist du auf diese Weise hierhergekommen?«, hakte Oliver nach.

»Ja. Durch den Tunnel – den Eisenbahntunnel, da bin ich durchgekommen.«

»Denkst du …«

Jetzt kommt es. Das Flehen.

»Meinst du, wir könnten das Grubenbuch benutzen, um ihn zu finden? Vielleicht … vielleicht gibt es da einen Zauber. Oder eine andere Vision? Du beherrschst Magie. Du hast versucht, mir zu erklären, dass wir Dinge in Ordnung bringen können – vielleicht ist das eins der Dinge, die wir in Ordnung bringen können. Eins der Dinge, mit denen wir anfangen können.«

Jake wäre um ein Haar in Gelächter ausgebrochen. Nicht etwa, weil es einfach war – das war es nicht! –, sondern wegen der Erleichterung, die er verspürte, dass sie fast am Ziel waren. Er zeigte dem Pferd das Wasser, und jetzt leckte sich das dumme Tier die Nüstern und sah ausgesprochen durstig aus.

Jake nickte. »Ja. Okay. *Ja.* Du könntest recht haben, Junge. Ich wette, das Buch hat Antworten. Es ist im Wohnwagen. Wir könnten reingucken. Herausfinden, was es uns erzählen kann. Aber du musst wissen, dass ich glaube, dass es sich um ziemlich große Magie handelt. Ich glaube nicht, dass ich es allein bewerkstelligen kann.«

»Du brauchst es nicht allein zu tun. Ich bin da. Ich werde tun, was immer nötig ist.«

»Was immer nötig ist?«

Oliver nickte.

Jake hielt ihm die Hand hin, damit er sie schüttelte, aber Oliver umarmte ihn stattdessen. Es war ein seltsames Gefühl – eine Umarmung von seinem eigenen Ich. Auf eigenartige Weise behaglich, während es gleichzeitig unheimlich war. Warm und übelkeiterregend in gleichem Maße.

Scheiß drauf. Jake erwiderte die Umarmung. Und er meinte es ehrlich. Denn dieser Junge hatte ihm vielleicht gerade eine Menge Mühe erspart. Hatte ihm vielleicht alles erspart – Jake, Oliver, diesen Nate, alle Nates, alle Welten.

Schon bald würde alles vorüber sein. Das Rad würde gebrochen sein.

Der Schmerz würde enden.

»Lass uns herausfinden, wie wir deinen Dad zurückholen können.«

Kapitel 51

Wenn die Schöpferin
auf das Erschaffene trifft

Speere aus Licht durchstachen die Bäume an dem kalten Novembermorgen. Maddie traf sich bei Sonnenaufgang mit Fig, und er hatte eine mögliche Route ausgeheckt, die sie von Jeds Haus nach Ramble Rocks führen würde, vorbei an jedweden offiziellen Wegen, die in den Park führten. Die beiden gingen ungefähr fünfzehn Meter voneinander entfernt. Fig hatte vorgeschlagen, ein leichtes Zickzack-Muster zu verfolgen und dadurch so viel Boden wie möglich abzudecken, während sie trotzdem grob in Richtung des alten Eisenbahntunnels im Herzen von Ramble Rocks gingen.

Also tat sie genau das – stapfte vorsichtig durch den Wald und achtete darauf, wo jeder Schritt landete. Ihr Blick war zu Boden gerichtet, nicht auf den Horizont, denn sie suchten nach Fußabdrücken, irgendetwas, um zu beweisen, dass Nate *und* Jed zusammen hier gewesen waren.

Nach zehn Minuten stand fest, was für ein fruchtloses Unterfangen dies hier war. Der Waldboden war von zertretenem Laub und Stöcken bedeckt – unmöglich, einen Fußabdruck zu sehen, geschweige denn, einen zu erzeugen. Maddie schaute zu Fig hinüber, der ebenfalls langsam und gründlich nach Fußabdrücken Ausschau hielt, während er im Slalom lief, nach links, nach rechts, wieder nach links.

Ein absurder, störender Gedanke traf sie wie ein Stein:

Thanksgiving steht vor der Tür.

Es waren nur noch einige Wochen bis zu einem großen Feiertag, den sie alle drei liebten, denn Thanksgiving hatte nichts von dem Trara der anderen Feiertage, nichts als zwei Punkte: Essen und Familie. Keine Geschenke, keine Weihnachtslieder, kein Schnee, kein Baum, der dekoriert werden musste, oder Menschenansammlungen, die man ertragen musste. Nur ein einziger felsenfester Tag, um sich vollzustopfen (sie bevorzugte es, zartes Fleisch zuzubereiten statt Truthahn, denn Truthahn war ein verdammt fetter Vogel), und danach sahen sie sich Filme an. Sie hatten keine weiteren Verwandten, daher waren sie immer nur zu dritt.

Jetzt zu zweit.

Sie musste stehen bleiben. Sie streckte eine Hand aus und stützte sich an einem Baum ab. Ihre Knie fühlten sich schwach an, doch sie blieb stehen.

Nate ...

»Ist alles in Ordnung?«, rief Fig ihr zu. Er war ihr bereits weit voraus; das hatte sie gar nicht mitbekommen. Sie zwang sich, einen Daumen hochzurecken.

»Ich hätte frühstücken sollen, das ist alles«, antwortete sie.

»Willst du eine Pause machen? Etwas zu essen kaufen?«

»Nein. Lass uns weitergehen.«

Das Felsenmeer war so unwirklich und so seltsam, dass es ihr fast den Atem raubte. Dieser Teil von Bucks County war, das hatte sie gewusst, steinig – viele Einfahrten von Häusern waren mit großen Steinbrocken gepflastert, oder alte, vergessene Steinmauern markierten die Grundstücksgrenzen –, aber trotzdem, all diese Steine zu sehen, Brocken für Brocken, Findling für Findling. Ihr Anblick fühlte sich an, als hätte sie etwas Seltenes gefunden – einen kostbaren, unvergleichlichen Ort. Und da war noch mehr, ein Gefühl, das sie nicht abschütteln konnte. Als würde das Feld Energie verströmen, dunkel und pulsierend. Hatte Jed nicht gesagt, es gebe hier so etwas wie Frequenzen, oder hatte sie das falsch in Erinnerung?

Maddie erhaschte einen Blick auf Fig – er war nach links abgebogen. Ihr eigener Pfad führte nach rechts.

Sie riskierte einen letzten Blick über die Steine ...

Und sah etwas ein Stück weiter. Etwas auf einem seltsamen, flachen, an einen Altar erinnernden Fels.

Einen Vogel.

Sie blinzelte einige Male.

Nein. Das war nicht nur ein Vogel.

Es war eine *Eule*.

Die Eule bewegte sich, wie um ihren Halt auszubalancieren. Vielleicht war das Tier auch einfach ungeduldig.

Maddie hielt den Atem an. Da war es wieder, dieses Schwindelgefühl, aber statt zu fallen, stieg sie empor.

Das kann nicht meine Eule sein.

Die, die ich erschaffen habe.

Die, die verschwunden war. Kann sie es sein?

Maddie schluckte und ging schnurstracks hinein in das Felsenmeer. Es war fast unmöglich, ebenen, leicht begehbaren Boden zu finden, daher stieg sie stattdessen über Geröll hinweg, trat vorsichtig von einem Stein auf den anderen und bewegte sich auf die Eule zu – eine Eule, von der sie *wusste*, dass sie nicht real sein konnte. Aber während sie ihr näher und näher kam und schnell über die Felsen tänzelte, konnte sie die Eule als das erkennen, was sie war. Die Farben der Federn auf der Brust des Vogels waren scheckig, aber es war kein Muster im Gefieder, sondern vielmehr die Maserung von Holz. Die Augen waren behutsam geschnitzte Erhebungen; die aufgestellten Ohren waren dunkle, trockene Spitzen.

Als sie näher kam, verlangsamten sich ihre Schritte.

Erschreck sie nicht. Ein verrückter Gedanke. Denn sie hatte diese Eule *erschaffen.*

Sie streckte beide Hände aus, halb als versuche sie, ein verschrecktes Pferd zu beruhigen, und halb als initiiere sie einen Erstkontakt mit einer außerirdischen Spezies.

Die Eule beobachtete sie. Sie drehte den Kopf mit einem knarrenden, ruckelnden Laut – dem Laut eines alten Baums, der im Winterwind schwankte.

»Ich …«, hob Maddie zu sprechen an, aber nach diesem ersten Wort fielen ihr keine weiteren ein. Was gab es zu sagen? *Bist du real? Ich habe dich erschaffen. Kannst du fliegen?*

Träume ich?

Bin ich tot?

Der Vogel spreizte die Flügel und plusterte sich ein wenig auf, so wie ein Hund sein Fell schüttelt. Dann ließ die Eule sich wieder nieder und legte die Flügel an. Die »Federn«, Schichten über Schichten auf den Flügeln, waren verlockend zart. Die feine Beschaffenheit dieser Federn sah wie geschnitzt aus – vielleicht mit einem Präzisionsmesser. Eine mühsame, anspruchsvolle Aufgabe. Der Anblick ließ Stolz in ihr anschwellen. *Ich habe das getan. Ich habe dich erschaffen. Und du bist wunderschön.*

Die Eule senkte den Kopf. Dann tat sie es noch einmal, als begriffe Maddie es nicht – und jetzt wurde ihr klar, dass das Tier auf den übernächsten Felsen wies, auf dem Maddie einen kleinen Steinhaufen entdeckte: ein baseballgroßer Stein und daneben zwei flachere. Hüpfer hätte ihr Vater sie genannt, wie geschaffen dafür, sie über einen spiegelglatten See glitschen zu lassen.

Während Maddie diese Steine betrachtete, hüpfte die Eule zu dem anderen Felsen hinüber und streckte einen ihrer mit Krallen versehenen Füße aus …

Und warf diese Hüpfer mit einem Klappern zu Boden.

Dann senkte der Vogel abermals den Kopf. Beinahe ungeduldig. Als wolle er sagen: *Achte darauf, was ich versuche, dir zu zeigen.*

»Du … willst, dass ich diese Steine aufhebe?«

Der Vogel starrte sie mit seinen hölzernen Augen an. Unerbittlich. Als wolle er sagen: *Ach nee.* Er rief ihr zu: *Oho!* Neben seiner Stimme war das Geräusch von knackenden Zweigen zu hören und das Rascheln eines Astes in dem starken Wind.

»Okay, beruhig dich«, ermahnte sie ihre Schöpfung. »Lass mich sehen, was du siehst.«

Sie riskierte einen schnellen Blick in Figs Richtung. Er schaute nicht zu. Das war gut. Aber sie wollte auch, dass jemand, irgendjemand es sah. Um ihr zu sagen, dass es real war.

Mit einem tiefen Atemzug und einer höllischen Hoffnung, dass die Eule nicht ihre scharfen hölzernen Krallen in ihren Nacken bohrte, wenn sie sich nach den Steinen bückte, trat sie näher und beugte sich vor. Sie sammelte die Steine ein, und sie klapperten, als sie sie herumschwenkte wie zwei Würfel. Sie fühlten sich gut an in ihren Händen.

Sie fühlten sich *richtig* an. Als hätten sie einen Zweck, den sie noch nicht ermittelt hatte.

Dann sah sie etwas unter ihnen.

Die Lücke zwischen den Felsen war breiter als die meisten, und dort erspähte sie einen Fußabdruck. Nein, den Abdruck eines *Stiefels,* eines Stiefels, wie ihr Mann ihn getragen hatte.

»Nate«, sagte sie, und ihre Stimme brach.

Er war durch das Felsenmeer gegangen.

Tatsächlich.

Schnell sah sie sich in der Umgebung um und hielt Ausschau nach weiteren Lücken wie dieser, und hier schienen die Steine gerade ein ganz klein wenig weiter voneinander entfernt zu sein, als das anderswo der Fall gewesen war. Sie bückte sich, beugte sich über Steine, balancierte auf einem davon, während sie sich umdrehte, um den Boden zu untersuchen ...

»Oh, mein Gott«, murmelte sie.

Noch ein Fußabdruck.

Dieser wies nur wenig Profil auf. Wie von einem Sneaker.

In der Mitte des Abdrucks war halb das geschwungene Nike-Zeichen zu sehen.

Jed.

Sie waren hier gewesen. Nate war nicht allein hier gewesen. Jed war bei ihm gewesen. Ihr Nachbar hatte gelogen. »Dieser Hurensohn«, sagte sie laut und stand auf ...

Ein Rauschen von Flügeln und das Knacken von Zweigen ...

Die Eule, *ihre* Eule, war plötzlich verschwunden.

Sie schaute in den Morgenhimmel und sah keine Spur von dem Tier.

Das war ein Problem, über das sich Maddie später Sorgen machen musste. Jetzt rief sie nach Fig, berichtete ihm, dass sie die Abdrücke gefunden hatte. Dann steckte sie die Steine in die Tasche, denn sie schienen wirklich gute Glücksbringer zu sein.

Fig sah sich um und machte ein zerknittertes, frustriertes Gesicht. »Ich kann nicht glauben, dass du mitten durch das Felsenmeer gewandert bist.«

»Jed hat ihn hierhergeführt. Aus … irgendeinem Grund.«

»Wie hast du diese Stelle überhaupt gefunden?«, fragte Fig.

Ein kleines Vögelchen hat es mir verraten.

»Ich bin einfach auf die Idee gekommen, hier nachzusehen«, antwortete sie stattdessen. »Irgendetwas an dieser Stelle ist anders. Ich dachte, Nate könnte auf die Idee gekommen sein, hier nachzuschauen.«

»Nun, gut gemacht, Maddie. Das ist … hm, sagen wir einfach, du hast die Cop-Instinkte deines Mannes. Ich werde hier warten; wir müssen die Staatspolizei herbeiholen, dass sie Abdrücke von den Spuren machen, und dann werden wir die nähere Umgebung nach weiteren Beweisen absuchen.«

»Und Jed?«

»Danach werden wir ein Gespräch mit ihm führen.«

»Ein Gespräch.«

Er musste den Argwohn in ihrer Stimme gehört haben. »Sie werden ihn aufs Revier bringen, Maddie, mach dir keine Sorgen. Er wird sich in einem Raum mit einigen Detectives wiederfinden.«

»Was kann ich in der Zwischenzeit tun?«

»Du hast getan, was getan werden musste. Das ist alles. Du hast es geschafft. Also würde ich sagen – geh nach Hause und iss etwas von diesem Frühstück, das du ausgelassen hast. Entspann dich ein wenig, mach vielleicht ein Nickerchen – ich weiß, es ist unhöflich, einer Frau zu sagen, sie sehe müde aus, aber …«

»Ich sehe aus wie ein Haufen Schmutzwäsche, und du kannst es ruhig aussprechen.«

Er lachte leise. »Geh nach Hause. Und danke.«

»Nein, ich danke. Dass du mir glaubst. Falls wir Nate finden …«

»*Wenn.* Wenn wir ihn finden, Maddie.«

»Ja. Er wird es zu schätzen wissen.«

»Er würde das Gleiche für mich tun.«

Die Entdeckung der Fußabdrücke führte dazu, dass Maddies Gefühle noch komplizierter wurden statt einfacher. Hoffnung leuchtete auf und erlosch wie ein blinkender Stern. Einerseits war es eine Spur. Was bedeuten konnte, dass sie Nate finden und die Wahrheit über sein Verschwinden herausbekommen würden. Andererseits war es ein Zeichen, dass etwas Schreckliches geschehen war, dass Jed log – und das bedeutete, dass er Nate *etwas angetan hatte,* entweder versehentlich oder mit Absicht und aus Bosheit. Und das führte sie zu etwas anderem:

Wildem, rohem Zorn.

Jed hatte sie beide belogen.

Sie hatte ihm vertraut. *Nate* hatte ihm vertraut.

Auf dem Heimweg ging sie zurück durch die Bäume zur Straße. Und dort sah sie Jeds Haus – sein Chalet, seinen Schriftstellerpalast.

Sie wusste, dass die Cops bald auftauchen würden, um ihn zu befragen.

Aber sie stand da, wie angewurzelt auf dem Asphalt. Wind umpeitschte sie, und Blätter raschelten an ihren Füßen vorbei wie huschende Krabben. Maddie konnte ihre Füße nicht recht dazu zwingen, sie nach Hause zu tragen.

Ihre Hände ballten sich so heftig zu Fäusten, dass sich ihre Fingernägel in die Handflächen bohrten, die von der Arbeit schwielig waren. Dort bildeten sich kleine, helle Schmerzpunkte, die durch die Taubheit drangen. Der Zorn wollte nicht weichen. Er stieg in ihr auf. Er *ergriff* sie.

Sie marschierte auf Jeds Haus zu und klopfte an die Tür.

Kapitel 52

Haus der Entropie

Sein Wagen war nicht da, und die Tür zu seinem Haus stand einen Spaltbreit offen. Wieder hielt Maddie inne und fragte sich: Sollte sie das wirklich tun? Sie kannte die Antwort auf die gleiche Weise, wie jemand wusste, dass er etwas Ungesundes und Problematisches tat; auf die gleiche Weise, wie man wusste, dass man bei einer Mahlzeit zu viel aß oder zu viel trank; oder dass man zu schnell fuhr. Und doch hatte sie eine Entschuldigung, um dieser Antwort etwas auf die gleiche Weise entgegenzusetzen: *Ich muss es tun,* und *ich will es tun. Ich werde es trotzdem tun, weil es sich so anfühlt, als müsste ich es tun.*

Die Tür ließ sich mit nur einem einzigen sanften Stoß weit öffnen.

Im Haus sah es aus, als hätten in dem einst ordentlichen Heim Messies gelebt. Oder vielleicht einfach Waschbären. Schmeißfliegen summten um offene Pizzakartons herum und Behälter von einem chinesischen Restaurant – von denen einige noch Essensreste enthielten und die Luft mit einem widerlichen Gestank von verdorbenen Speisen erfüllten. Überall auf dem Boden lagen Bücher verstreut, als hätte jemand sie im Zorn aus ihren Regalen gerissen. Das Einzige, das unberührt geblieben war, waren, wie es schien, gerahmte Fotos – Fotos von einer hübschen Frau neben einem jungen Mädchen, einem Mädchen, dessen Augen hell, schelmisch und intelligent wie die Jed Homackies glänzten.

Es war ein Mädchen, von dem Maddie jetzt wusste, dass es tot war. Wie ihr eigener Ehemann.

Eine leise Stimme erinnerte sie: *Du weißt nicht, ob Jed die Schuld daran trägt. Du weißt nicht, ob Nate tot ist.*

Und eine andere Stimme konterte: *Es ist verdammt gut möglich, dass er tot ist, Maddie. Und wir wissen, dass Jed uns verdammt noch mal belogen hat, nicht wahr, meine Teure?*

»Jed?«, rief sie mit frisch erneuertem Ärger.

Keine Antwort.

Dass er nicht hier war, versagte ihr die Befriedigung. Sie *wollte*, dass er hier war. Damit sie ihn zur Rede stellen konnte. Ihn sogar anbrüllen konnte. *Gib ihm mit irgendetwas einen Schlag auf den Kopf und töte ihn*, drängte sie eine dunklere Stimme.

»Scheiße«, sagte sie.

Ermutigt und sauer beschloss sie, sich im Haus umzusehen.

Die Wahrheit eines Hauses war diese: Es wurde zu einem Heim, wenn jemand dort lebte, noch mehr, wenn viele Menschen dort gelebt hatten und mit ihrem Leben eine Art Textur darübergelegt hatten, manchmal unsichtbar, Schicht für Schicht. Das zeigte sich in der Weise, wie ein Haus roch: nach dem Essen von als Familie eingenommenen Mahlzeiten, dem Gestank von Zigaretten im Putz, dem stechenden Aroma von Körpergeruch im Zimmer eines halbwüchsigen Jungen. Ein Heim manifestierte sich in kleinen Dellen und Kratzern, in dem Abdruck einer Faust, die jemand in eine Trockenwand gerammt hatte, in den geliebten Dellen, die man in einem Kinderspielzimmer fand, in den Kratzspuren von Haustieren, die über Holzböden gelaufen waren. Ein Haus war nur ein Ort, ein Heim hatte eine Seele. Es lebte viele Leben, hatte viele Geister. Manchmal waren es glückliche Geister. Mitunter waren sie traurig. Einmal war es ein Heim voller Lachen – ein andermal eins, das feucht war von Blut und Tränen.

Dieses Haus war kein Heim.

Es war eine leere Hülle. Es enthielt *Dinge*. Aber das Gebäude war ziemlich neu; es fühlte sich nicht wirklich *bewohnt* an. Es war wie unbebautes Land, gepachtet und weitergereicht statt besiedelt, und als Maddie hindurchging, bemerkte sie, dass viele der Räume gänzlich unbenutzt zu sein schienen. Von den vier Schlafzimmern im oberen Stockwerk waren zwei vollkommen leer bis auf Staub und die duftigen Spinnweben in den Ecken. In einem Schlafzimmer stand einfach nur *Zeug*: Kisten über Kisten davon, Kleider in Hüllen, die an Ständern hingen, ein Hochzeitskleid, eine Musikanlage, eine Mülltüte, die weit offen war und einen Blick auf Plüschtiere freigab, die aus der Öffnung herausquollen. Ihr kam ein Gedanke: *Diese Sachen gehören seiner Frau und seiner Tochter.*

Oder vielmehr *hatten* sie ihnen gehört.

Ein Moment der Empathie: ein Kind verlieren? Noch dazu aus eigenem Verschulden? Sie konnte es sich nicht vorstellen. Es hätte sie zerquetscht, ihr Herz in einen Krater verwandelt. Und es hatte offensichtlich etwas mit Jed gemacht.

Aber sie wusste auch, dass sie niemals zulassen würde, dass Oliver etwas Derartiges widerfuhr. Sie konnte sich beherrschen. Sie hatte ihr Leben *unter Kontrolle.* Die Irrtümer ihrer Jugend und die Angst, die sie antrieb, hatte sie besiegt.

(Ein weiterer giftiger Gedanke: *zumindest hoffst du das, Maddie.*)

Von den beiden Badezimmern im oberen Stock war eins ebenfalls vollkommen leer, aber wiederum voller Staub und Spinnweben, und ein Tausendfüßler stolzierte durch die Dusche. Das andere Bad zweigte vom Hauptschlafzimmer ab, und diese beiden Räume waren katastrophal – verdreckt, unordentlich, pures Chaos. Zeichen von Wahnsinn und Zorn gab es in Überfülle: Laken und Bettdecke verknäult auf dem Boden; ein zersplitterter Spiegel; ein Schreibtisch in der Ecke, auf dem sich Notizen und zusammengeknüllte Seiten türmten, und eine kleine Stelle im Staub, wo vielleicht einst ein Laptop gestanden hatte. Die Schubladen der Kommode waren alle aufgezogen und ausgeleert worden. In einem begehbaren Kleiderschrank brannte noch Licht, und alles mögliche Zeug war von Kleiderbügeln gerissen worden, die Kleiderbügel verstreut auf dem Boden und der Matratze.

Unter dem Bett war ein kleiner, mit Fingerabdruck gesicherter, feuerfester Safe hervorgezogen worden.

Auch er war geöffnet und leer.

Er ist weg.

Er hatte ihr die Chance gestohlen, ihn zur Rede zu stellen. Er war nicht hier. Jed hatte seine Sachen gepackt – hastig und achtlos – und dieses Haus verlassen.

»Scheiße!«, sagte sie zu den Spinnen, den Tausendfüßlern.

Wie lange war er schon fort? Hatte sie ihn nur knapp verpasst?

Scheiße, Scheiße, Scheiße.

Als sie wieder unten war, sah sie, dass ein Pizzakarton geschlossen war. Und darauf lagen zwei Dinge, ein Stift und das Mobilteil eines schnurlosen Telefons.

Normalerweise würde sie erwarten, dass heutzutage jemand sein Handy benutzte, um zu telefonieren. Sie und Nate hatten sich nicht einmal die Mühe gemacht, sich einen Festnetzanschluss legen zu lassen. Aber Jed war älter. Ältere Leute neigten dazu, sich auf ihre Festnetztelefone zu verlassen. Was bedeutete, dass er das Telefon vielleicht benutzt hatte, bevor er fortgegangen war.

Um wen anzurufen?

Sie wandte sich dem Telefon zu und versuchte *69 zu wählen, unsicher, ob diese Möglichkeit, die letzte Nummer noch einmal zu wählen, überhaupt noch *funktionierte* …

Das tat sie nicht. Nicht weil es diesen Service nicht mehr gab, sondern weil das Telefon tot war. Batterie leer.

Sie warf das Telefon auf die Theke. Keine Zeit, es aufzuladen. Sie musste davon ausgehen, dass die Polizei bald hier sein würde. Und wenn sie sie im Haus erwischte …

Du solltest gehen, Maddie.

Der Stift. Ein Kugelschreiber.

Sie zeichnete mit dem Daumen die Textur der Pizzaschachtel nach. Und hier fand sie es, wie Riefen: Die Abdrücke von irgendetwas. Handschrift.

Eine Zahl.

Maddies Blick flog durch den Raum, bis sie eine an der Pizzaschachtel angetackerte Quittung fand. Sie riss sie ab und presste sie auf den Abdruck.

Nach einer schnellen Schraffur mit dem Stift wurde eine Telefonnummer sichtbar.

Sie steckte sie ein, schlüpfte zur Tür hinaus und eilte zurück nach Hause.

Kapitel 53

Die Schwerkraft von Schuld und Rache

Maddie war auf dem Highway, bevor sie es überhaupt begriff. Als würde sie in diese Reise hineinfallen, ohne eine Möglichkeit, sich zu bremsen.

Die Fahrt dauerte eine Stunde. Sie fuhr die 476 hinauf um die 80 zu erreichen, die Autobahn, die Pennsylvania in zwei Hälften schnitt wie ein Riss in einer Kellerwand. Bevor sie nach Westen fuhr, machte Maddie auf einem McDonalds-Parkplatz halt, um ihrem Sohn eine WhatsApp zu schicken:

Olly, ich mache einen Ausflug.

Sie wartete. Sie starrte auf ihr Handy. Nichts.

Dann: drei Punkte.

Eine Antwort von ihm ploppte auf dem Bildschirm auf:

In Ordnung

Das sah ihm nicht ähnlich. Die Nachricht war knapp. *Zu* knapp. Sie wusste, dass er seit Nates Verschwinden litt, und erst jetzt begriff sie, dass sie ihn und seinen Schmerz ignoriert hatte. Sie fühlte sich genauso verloren wie er, aber sie hatte ihren eigenen Schmerz nicht mit ihm geteilt, hatte ihn nicht wissen lassen, dass er nicht allein war, hatte ihm nicht angeboten, ihm zu helfen, seinen Vater zu finden. *Scheiße!*

Sie antwortete ihm:

Alles okay bei dir?

Er: Ja, nur viel zu tun

Sie: Hör zu, Olly, es tut mir leid, dass ich nicht für dich da war. Ich war so damit beschäftigt, deinen Dad zu finden. Und werde es besser machen, wenn ich wieder da bin.

Zeit verging. Dreißig Sekunden, eine Minute, fünf Minuten.

Fühlten sich Kinder so, wenn ihre Freunde oder ihre Freundinnen oder was auch immer ihnen nicht sofort zurückschrieben? Dieses Aufwallen von Sorge und Ungeduld? Sie hatte ein sehr Mama-mäßiges Gefühl von: *Gott, diese Geräte sind Gift*, aber dann erinnerte sie sich daran, wie sie in der Highschool gewesen war und auf das schnurlose Telefon auf ihrem Nachttisch gestarrt hatte, während sie darauf wartete, dass irgendein Junge oder irgendeine Freundin anrief. Vielleicht war das die Natur menschlicher Kommunikation.

Wir brauchen einander mehr, als uns bewusst ist.

Knurrend wollte sie ihm gerade eine Nachricht schicken, dass er ihr antworten solle, aber dann sah sie wieder diese drei Punkte ...

Er: Alles okay, wie gesagt, ich bin beschäftigt
Er: Wir sehen uns, wenn du zurück bist

Sie antwortete mit einem Herzchen-Emoji.

Er antwortete überhaupt nicht.

Scheiße, Scheiße, Scheiße.

Sie wollte mehr sagen. Dass sie es wiedergutmachen würde, dass sie Nate vermisste, dass sie sich Sorgen machte – *solche* Sorgen, dass es sich anfühlte, als würde die Sorge sie zu Brei zerkauen. Und jetzt hatte sie Angst, auch noch Oliver zu verlieren. Die ganze Angelegenheit trieb sie in den Wahnsinn.

Es war, was es war. Sie legte das Handy weg und stieg aus dem Wagen. Es gab nur noch eine Sache, die sie überprüfen musste – die gewalttätige, rachsüchtige Version einer Versicherung, dass sie den Herd nicht angelassen hatte. Sie öffnete den Reißverschluss der Reisetasche auf dem Rücksitz und überzeugte sich davon, dass sie die Pistole nicht vergessen hatte, die sie aus Nates Sammlung mitgenommen hatte.

Kapitel 54

Sterne zu Steinen

»Schalt dieses Handy aus!«, zischte Jake Olly zu.

»Tut mir leid. Meine Mom macht irgendeinen … Ausflug. Aus heiterem Himmel. Keine Ahnung.«

Er erlebte einen Moment seltsamen, animalischen, reflexartigen Zorns auf Maddie. Seinen eigenen Schmerz konnte er nicht so sehen, wie er den Schmerz anderer sehen konnte, aber er konnte ihn sich verdammt noch mal *vorstellen*. Im Moment war er ein sich windendes, brodelndes Ding. Seine Mutter verdiente seinen Groll vielleicht nicht, aber er fühlte, was er fühlte. Außerdem hatte sie recht: Sie *war* nicht für ihn da gewesen nicht wirklich. Aber dann rang er mit sich selbst, denn war *er* für *sie* da gewesen? Plötzlich durchzuckte ihn der dümmste Gedanke: *Ein Mensch zu sein, ist dumm, denn ein Mensch zu sein ist wirklich, wirklich hart.* Er kehrte in den Moment zurück, als Jake vor seinem Gesicht mit den Fingern schnippte.

»Wir versuchen, deinen Dad zurückzuholen, erinnerst du dich?«

»Tut mir leid.«

»Verdammt, du musst dich konzentrieren. Okay?«

Oliver nickte.

Sie saßen auf dem Boden von Jakes Wohnwagen.

Das Grubenbuch lag aufgeschlagen zwischen ihnen. Der Eintrag am oberen Rand der Seite lautete:

O'Grady am Ende von Sole fünf aufgefunden, Stollen, beim Muldoon-Spalt. Jemand hat ihm die Kehle aufgeschlitzt

Aber dann begannen diese Worte zu zittern.

»Konzentrier dich«, befahl Jake ihm.

»Ja.«

Oliver tat wie geheißen. Er konzentrierte sich auf die Sätze …

McCallun verrückt geworden
Redet mit dem Gebirge
Stollen acht eingestürzt
Posna sagt, er habe etwas hier unten gesehen,
ein Tier wie eine »riesige Krabbe«
Blutverschmiertes Messer in Posnas Ausrüstung gefunden,
in Stoff eingewickelt
Posna hat O'Grady getötet
Schließen Ramble Rocks bis auf Weiteres

Und dann begannen diese Sätze alle zu vibrieren, wie Bienenflügel vor der Honigwabe. Es erzeugte sogar dieses Geräusch in seinen Ohren, tief in den Gehörgängen, ganz unten an seinem Hals: *Vvvvvvvmmmmmmm.* Das Buch rückte schärfer in den Fokus, während der Rest des Raums zu einem öligen Nebel verschwamm. Es schien aufzusteigen, während der Raum zu fallen schien.

Jake flüsterte: »Es geschieht.«

Das tat es. Oliver konnte es spüren. Das Gefühl, wieder zu fallen.

Die Leere erhob sich um ihn herum. Zerbrochene Sterne warfen zersplittertes Licht in dieses unendliche Hämatom. Und er war auch nicht allein. Jake war mit ihm hier drin, irgendwo. Aber da war auch noch etwas anderes, etwas, das sich an den Rändern entlangbewegte, wie ein Hai, der gerade eben außer Sichtweite schwamm, hinter einem Riff.

Dann bewegten die Sterne sich plötzlich.

Oder bin ich es, der sich bewegt?

Oliver wusste es nicht mit Bestimmtheit, nur dass die Sterne sich näherten – alle Sterne, was bedeutete, dass sie auf ihn zukamen, nicht er auf sie, denn wenn er derjenige gewesen wäre, der sich bewegte, würden dann nicht einige Sterne näher sein und andere weiter entfernt? Funktionierte hier irgendetwas auf normale Weise?

Die Leere begann sich zu verlagern und zu schimmern. Die Sterne wurden immer heller und heller, und als sie näher kamen, konnte er die Brüche in ihnen leichter erkennen: Das Licht fiel durch sie hindurch in kleinen und unwahrscheinlichen Winkeln, als würde es durch ein Prisma fallen. Es schmerzte ihm in den Augen, bereitete ihm Übelkeit. Er stellte fest, dass seine Kehle voll von etwas Feuchtem war, etwas, das wie Blut schmeckte ...

Die Sterne wurden zu Steinen. Felsen, Steinbrocken, wie die in Ramble Rocks. Nein, nicht *wie* diese Felsbrocken, sondern genau diese – eine Gruppe von Steinen nebeneinander, aber diese unterschieden sich insofern von den anderen, als sie genau wie die Sterne zersplittert waren. Entzweigeschnitten. Dunkelheit leuchtete in durchscheinenden Bändern. Sie bewegten sich und zitterten wie die Worte auf der Seite und ...

Ein Wispern glitt durch die Leere. Nicht von Jake. Sondern von irgendwo – von irgend*etwas* – irgendetwas anderem.

(Von dem Buch?)

Es wisperte von Schmerz und Krebs. Es zischte von Trauma und Narbengewebe. *Um den Krebs zu töten, schneide den Krebs heraus,* stand dort. *Um den Schmerz aufzuhalten, beende den Schmerz.*

Zerbrich das Rad, mach das Rad neu.

In der Mitte von alldem erhob sich ein neuer Stein – dieser unterschied sich von den anderen. Ein flacher, tischähnlicher Stein. Beinahe ambossförmig. Er sah Jake auf der anderen Seite davon. Die Hände ausgestreckt, beinahe berührte er ihn. Oliver berührte ihn tatsächlich und spürte die kühlen Rillen im Stein, abgenutzt, als seien sie nicht von menschlichen Werkzeugen gemacht, sondern von der langsamen Erosion von Wasser(Blut) und Zeit.

Er zeichnete mit den Fingern diese Rillen bis zur Mitte des Tisches nach, der ein Loch durch die ganze Platte hindurch aufwies.

Und als er den Tisch berührte, zog sich seine Welt in einem grellen Blitz zusammen. Er sah dort etwas in dem pulsierenden Weiß: Ein Bild von seinem Vater, ausgebreitet auf diesem Altartisch, ein riesiges, klaffendes Loch in der Mitte seiner Brust. Sein Herz pumpte Blut, wie ein Milkshake in einem offenen Mixbecher, sodass die Flüssigkeit oben rausschwappte. Die Lippen seines Dads waren lila. Seine Augen so blutunterlaufen, dass das Weiß ganz rot geworden war. Er versuchte, ein Wort zu sagen – »Oliver« –, aber der Name wurde abgeschnitten von einem blutigen Rülpsen, und dann, als das Blut unter ihm hinwegkroch, diese glatten Rillen hinab, acht Rillen, ihre Kanäle ausgebreitet wie Spinnenbeine, erlosch das Licht in den Augen seines Vaters und ...

Oliver schrie.

Er prallte zurück. Es zog seinen ganzen Körper zusammen, zuerst metaphorisch, aber dann buchstäblich, als er sich fühlte wie eine implodierende Galaxis, eine umgekehrte Supernova. Sein Schrei hallte wider und brüllte zurück, und er peitschte die Leere wie ein Flatterband, er verwandelte die Steine in Staub, und er hörte Jake seinen Namen rufen, immer weiter und weiter entfernt ...

Kapitel 55

Raus aus der Tür oder sterben

Es fühlte sich an, als würde er von einem bockenden Pferd abgeworfen. Oliver taumelte rückwärts und nutzte den Schwung, um in seitlicher Richtung wie eine Krabbe davonzuhuschen, während er sich mit Armen und Beinen mühte, nicht ganz umzufallen.

Er schmeckte Blut. Schloss kurz die Augen und wünschte sich inbrünstig, er hätte es nicht getan – denn als er es tat, sah er hinter seinen Lidern seinen Vater dort auf diesem Altartisch, sah ihn darauf sterben, seine Brust aufgeplatzt, *all dieses Blut …*

Jake, der bereits stand, taumelte zu Oliver hinüber. Er hielt ihm eine Hand hin.

»Nein«, sagte Olly und winkte ab. »Noch … noch nicht. Ich muss nur – ich muss mich nur hinsetzen.«

Nickend nahm Jake wieder Platz.

»Das war eine ziemliche Scheiße«, bemerkte Jake.

»Ja. Ja, das war es.« Olivers Kehle fühlte sich an, als versuche er, einen Haufen toter, trockener Tannennadeln herunterzuschlucken. »Mein Vater …«

»Er ist tot, Olly. Es tut mir leid, das zu sagen. Aber er lebt nicht mehr.«

»Das weißt du nicht – es könnte ein anderer Nate gewesen sein oder nur eine Vision.«

»Das Buch zeigt Wahrheit, Olly. Du kannst das spüren, nicht wahr? Dein Pop ist tot.«

»Ich kann nicht – ich kann das nicht«, sagte Oliver abrupt und stand auf. Einen Moment lang hätte er, als er den Älteren anschaute, *schwören* können, dort etwas zu sehen – etwas, das sich in seinem linken Auge *bewegte.* Ein Schatten, wie ein Aal, der über das wogende

Meer glitt. Er schüttelte das Bild ab. Es ergab keinen Sinn, nicht wahr? Er taumelte in die Ecke des Raums und würgte – es gab nicht viel zu erbrechen, da er im Laufe der letzten Tage nur sehr wenig gegessen hatte. Ein Gallefaden hing ihm von den Lippen herab.

»Oliver, wir müssen dort hingehen«, beharrte Jake. »Wir müssen nach Ramble Rocks gehen. An den Ort, an dem wir deinen Pop haben sterben sehen, Mann. Nur um nachzuschauen.«

»Nein«, jammerte Oliver. Er wischte sich übers Kinn und taumelte zur Haustür. »Ich muss nach Hause. Ich kann das jetzt nicht.«

»Jetzt ist der Moment, den wir haben.« Dies wurde zwischen zusammengebissenen Zähnen hervorgestoßen. Oliver hörte das Drängen in Jakes Stimme. Es war ein Flehen, aber darunter floss ein tiefer Fluss von etwas anderem: Zorn. Nicht dass er es sehen könnte – Jakes Zorn und Angst waren nach wie vor verborgen. Aber er war sich sicher, dass er es am Klang der Worte hörte. Warum sollte Jake zornig auf ihn sein? Warum die Ungeduld?

Oliver konnte sich das nicht erklären. Also konnte er nichts anderes tun, als sich zur Tür hinauszukämpfen und zu gehen. Jake rief ihm nach, wieder und wieder, aber Oliver ging weiter, erschöpft und schwindelig, ihm war elend und sterbensübel. Und die ganze Zeit über dachte er an seinen Vater, tot auf diesem Stein.

Kapitel 56

Endzeit

So nah.

So verdammt nah.

Jake brüllte. Er trat gegen den Couchtisch, sodass er umfiel. Er krallte die Hand mitten in die Luft, zog das Messer heraus, das im Dazwischen lauerte, und stach damit wieder und wieder und wieder in das Sofa, bis Schaumbrocken herausbluteten.

Das Grubenbuch auf dem Boden murmelte und regte sich mit einem Puls aus Groll und Enttäuschung.

Es hatte ihm gesagt, was er tun musste.

Es hatte die ganze Zeit über recht gehabt.

Es hatte immer recht.

Er wirbelte das Messer herum und marschierte hinaus in die Dunkelheit. Oliver hatte einen Vorsprung von mehreren Minuten. Aber er würde ihn einholen. Und wenn er das tat …

Er würde diese Welt in ihr Ende führen.

Kapitel 57
Die Verfolgung

Spätnachts, fast Mitternacht. Sein Fahrrad war immer noch verbogen, also ging Oliver stattdessen zu Fuß nach Hause.

Er war müde. Er wollte sich einfach nur hinlegen und lange schlafen. Das Bild seines sterbenden Vaters auf diesem Felsaltar verfolgte ihn. Er befürchtete, dass Schlaf es nur in einem Albtraum zurückbringen würde, aber es war bereits hier, hinter seinen wachen Augen – also konnte er bestenfalls auf eine schwarze, traumlose Ruhephase hoffen. Eine Atempause. Sein Dad, sterbend auf diesem Stein … war das real? War es wahr? Konnte die Magie des Buches ihn getäuscht haben? Einen Moment lang dachte er daran, die Straße zu verlassen und durch den Park zu gehen – um das Feld von Steinen und Felsen zu finden, um nach dem Altar Ausschau zu halten. Aber er widerstand dem Drang.

Gib ihm nicht nach.

Eine andere Stimme flehte ihn jedoch an, es zu tun.

Ich kann das nicht. Ich verkrafte es nicht.

Geh einfach nach Hause.

Sieh zu, dass du ein wenig Schlaf bekommst.

Wie viel Schlaf hatte er gehabt? Wie viel hatte er gegessen? Zu wenig.

Während er nach Hause ging, war Oliver so tief versunken in seine eigenen Gedanken, dass er nicht sah, wer ihm dort in der tiefen, endlosen Dunkelheit folgte.

Kapitel 58
Die Lodge

Es war nach Mitternacht, als Maddie die Barn Fox Lodge erreichte. Auch wenn sie unterwegs an den typischen Einrichtungen ländlichen Lebens in Pennsyltucky vorbeigekommen war (Läden für Anglerbedarf, Antiquitätengeschäfte, Caravan-Campingplätze, Wohnwagenparks), war die Lodge kein Paradebeispiel für diese Welt. Sie bestand aus einer weit auseinandergezogenen Reihe von Hütten auf einem gewaltigen Grundstück – selbst im Dunkeln konnte sie erkennen, wie weit es sich in all seiner ländlichen, modernen Pracht erstreckte. Schilder entlang des Parkplatzes dienten als Wegweiser zum Spa, zum Pickleball-Platz, den Ställen, dem Café. Die Lodge war nicht kitschig wie einige der Resorts oben in den Poconos, wo man mit seinem frisch angetrauten geliebten Menschen (oder Begleiter) ein nach Rosen duftendes Schaumbad nehmen konnte, in einem Whirlpool, der aussah wie ein riesiges Champagnerglas.

Nein, diese Anlage war hochklassig. Und sie war hochpreisig.

Sie ging an die Rezeption, wo sie auf einen jungen Mann mit einem gezwirbelten Schnurrbart traf. Er trug ein Flanellhemd und, das Schlimmste von dem ganzen Hipster-Schwachsinn, eine Fliege. Dort füllte sie mit ihren Kreditkartendaten ihren Anmeldebogen aus und bekam die Schlüssel für eine der Hütten.

»Oh, ich habe einen Freund, der hier wohnt«, sagte sie und tat so, als sei es eine beiläufige Bemerkung. »Er ist Schriftsteller, und sein Name ist Jed. Wobei er sich möglicherweise als John Edward angemeldet hat. Nachname Homackie. Wissen Sie, in welcher Hütte er wohnt? Ich will morgen früh vielleicht auf einen Sprung vorbeischauen.«

Aber der junge Mann glaubte ihr nichts von alldem. »Tut mir leid. Wir geben generell keine Informationen über Gäste heraus. Aber wenn eine solche Person hier wohnen sollte, wär' ich gern bereit, etwas zu notieren und es für die Person zu hinterlegen.«

»Es sollte eine Überraschung sein.«

»Sie könnten ihm mit einer Textnachricht mitteilen, dass Sie hier sind.«

Sie zwang sich zu einem Lächeln. »Wie gesagt, eine Überraschung.«

»Natürlich. Entschuldigung.«

Maddie nickte. »Schon gut. Danke für Ihre Hilfe.«

»Sie wohnen in Hütte vierunddreißig«, sagte er.

»In Ordnung. Ich wünsche Ihnen noch einen schönen Abend.«

Er erwiderte ihren Wunsch nicht einmal. Der kleine Schnurrbart tragende Mistkerl.

Das alles bedeutete nur, dass sie auf sich allein gestellt war. Sie holte die Reisetasche aus dem Subaru und stellte sie zuerst in ihrer Hütte ab – wo sie sich nur einen kurzen Moment Zeit nahm, sich an dem Strahlen eines Palastes ultimativen Komforts zu ergötzen. Großes Himmelbett. Helles Bärenfell. Ein eigener Kamin. Badezimmer mit einer riesigen Dusche mit zwei Duschköpfen hinter Milchglas und eine Badewanne komplett mit den schicksten Kosmetikprodukten. Kunstwerke an den Wänden. Ein kleiner Springbrunnen neben einem riesigen, nach hinten hinausgehenden Fenster. Ein *zweites* Galerie-Schlafzimmer, das über eine hölzerne Wendeltreppe erreichbar war. In einer besseren Welt hätte sie sich auf das Bett plumpsen lassen, die Arme ausgestreckt in einer behaglichen Christuspose, und dann hätte sie einen barbarischen Schrei purer Entspannung ausgestoßen.

Aber das hier war nicht diese Welt, nicht dieser Tag. Die Nacht war lang, ihr Mann wurde vermisst, und der Mann, der wusste, was passiert war, war *hier*.

Auf sie wartete Arbeit, also machte sie sich ans Werk.

Jed fuhr einen schwarzen Lexus NX SUV, und es dauerte nicht lange, ihn am gegenüberliegenden Ende des zur Anlage gehörigen Parkplatzes zu finden, in der Nähe einer Reihe größerer und noch luxuriöserer Hütten. Das Problem war, dass diese Hütten sich immer in Fünfergruppen zusammenschmiegten, ausgebreitet wie die Blütenblätter einer Blume rund um einen zentralen Innenhof – dessen Springbrunnen jetzt im Herbst stillgelegt, aber geschmückt war mit funkelnden weißen Lichterketten.

Es juckte ihr in den Fingerspitzen vor Ungeduld, aber Maddie wusste, dass sie nicht an Türen hämmern und durch Fenster starren konnte. Wenn sie geschnappt würde, würde *sie* die Konsequenzen dafür tragen.

Nein, sie musste es richtig anstellen.

So gern sie sich in den Schoß des Luxus zurückziehen wollte, der ihre Hütte war, sie musste stattdessen hier draußen bleiben. Im Auto. In der Kälte. Wo sie an einem kalten Kaffee nippte, den sie bei einer Tankstelle mitgenommen hatte.

Es ist wie eine Observation, sagte sie sich.

Irgendwann würde Jed herauskommen. Und wenn er das tat, würde sie ihn haben.

Wumm, wumm, wumm.

Maddie schreckte hinterm Lenkrad des Wagens aus dem Schlaf hoch. Sie blinzelte. Ihre Augen waren trüb geworden und passten sich langsam an die Lichtverhältnisse auf dem Parkplatz an, während sie herausfand, was das Geräusch verursachte.

Scheiße, ich bin eingeschlafen!

Wumm, wumm, wumm.

Ein Schatten fiel auf sie. Jemand stand am Fenster auf der Fahrerseite, und sie drehte sich um, um festzustellen, wer dort war ...

Er war es.

Es war Jed.

Er spähte durch die Scheibe, eine Braue zu einem neugierigen, ja sogar finsteren Bogen hochgezogen. Dann hielt er etwas hoch. Eine Waffe. Nein, nicht irgendeine Waffe – den Revolver, den sie mitgebracht hatte, den aus ihrer Handtasche. Er zeigte ihr das leuchtende Weiß seiner Zähne *(überkront),* dann presste er den Lauf gegen die Fensterscheibe, während sie halb kriechend, halb springend über die Mittelkonsole zur Beifahrertür hechtete ...

Die Waffe ging los, und sie spürte, wie die Kugel in ihren Hinterkopf eindrang …

Peng.

Sie hörte den Pistolenschuss, so laut wie irgendetwas in ihrem Ohr, und sie erwachte taumelnd am Lenkrad des Subaru. Tageslicht strömte herein, verwaschen in winterlichem Grau (obwohl es erst November war). Ihre Augen fühlten sich klebrig an. Ihr Mund fühlte sich trocken an. Und ihr Hinterkopf pochte von der Erinnerung an einen Pistolenschuss.

Die *Traum*-Erinnerung an einen Pistolenschuss, sagte sie sich.

Trotzdem, sie war eingeschlafen und …

Das Geräusch, der Pistolenschuss, wurde ihr plötzlich klar, das war etwas. Etwas Reales, das in ihren schlafenden Geist gekrochen war.

Eine zuschlagende Autotür.

Denn direkt vor ihr erwachte der schwarze SUV zum Leben, seine Hecklichter rot wie Dämonenaugen, als er langsam rückwärts aus der Parklücke setzte. Die Lichtspiegelung auf dem Fenster hinderte sie daran zu sehen, wer fuhr, aber sie wusste, wer es sein musste. Als der SUV den Parkplatz verließ, startete sie ihren eigenen Wagen und lenkte ihn auf die Straße, um Jed Homackie zu folgen.

Ich habe dich, dachte sie.

Kapitel 59
Ein anderer Weg

Irgendwo hinter sich hörte Oliver das Geräusch von etwas, das unter einem Reifen knackte – eine Hickorynuss vielleicht. Die mit einem Knirschen aufplatzte. Aber kein Scheinwerferlicht überflutete ihn. Alles blieb dunkel.

Sein Puls beschleunigte sich – seine Wahrnehmung war nicht genau bestimmbar, es war eher ein *Gefühl*. Irgendetwas stimmte nicht. War jemand dort draußen? Und folgte ihm?

Er drehte sich um, um hinter sich zu schauen.

Nichts zuerst, aber dann …

Tatsächlich, ein ganzes Stück hinter sich konnte er etwas sehen – einen quecksilbrigen Mondstrahl. Licht auf Metall. Ein Auto.

Seine Scheinwerfer ausgeschaltet.

»Scheiße«, sagte er, und das Wort kam in einer Wolke sichtbaren Atems heraus.

Scheinwerfer gingen an, strahlend und schrecklich wie ein Gottesurteil.

Es folgten einige Herzschläge, *tick, tack, tick, tack*, als würden Oliver und das Auto einander mustern …

Dann drehten die Reifen durch und kreischten, als der Wagen einen Satz vorwärtstat, die hellen Lichter wie zwei Feuerbälle, die das schmale Band der Straße hinabdonnerten.

Oliver schrie auf und versuchte wegzulaufen, aber er rutschte auf etwas losem Kies aus, und ehe er wusste, wie ihm geschah, stürzte er nach vorn. Er fing sich mit den Händen ab, und die Handflächen brannten. Er rappelte sich hoch und preschte erneut los …

Ein Auto schoss an ihm vorbei und schob sich hart vor ihn. Oliver schrie auf und stützte sich erneut mit seinen blutenden, brennenden Händen ab, diesmal an dem silbernen Lack eines neuen Mercedes.

Die Tür des Autos wurde aufgerissen, und Graham Lyons stieg heraus.

»Graham …«, sagte Oliver.

Genau in dem Moment, in dem Lyons ihm eine Faust in den Magen rammte.

Oliver stieß ein Keuchen aus und krümmte sich.

»Ich habe dich hier draußen spazieren gehen sehen. Und ich dachte, warum statte ich meinem guten Freund *Oliver* Graves nicht einen Besuch ab? Außerdem wäre da noch eine unerledigte Angelegenheit zwischen uns.«

Und jetzt stieg in Oliver von Neuem die Erinnerung daran auf, wie Axel Amati ihn mit dem Gesicht nach unten in eine Pfütze im Straßengraben gedrückt hatte, und bei dem Gedanken daran gaben seine Knie beinahe unter ihm nach. Aber noch etwas stieg an die Oberfläche: Olivers Zorn.

»Siehst du das?«, sagte Graham und hielt Oliver seine kaputte rechte Hand vors Gesicht. Sie war nach zwei Monaten immer noch geschient. »Ich bin gestern operiert worden, und weißt du, was passiert ist? Sie haben gesagt, es seien zwei Sehnen beschädigt, nicht eine. Beugesehne und Strecksehne, was immer zum Teufel das ist. Und das bedeutet, dass ich draußen bin. Draußen aus dem Baseball. Ich werde erst nach Thanksgiving meine zweite Operation bekommen. Dann werden drei Monate Genesung folgen. Plus Physiotherapie. Dezember, Januar, Februar. Vielleicht kann ich im März wieder beim Training mitmachen, aber sie haben gesagt, dass ich vielleicht ein *Jahr* lang nicht über meine volle Beweglichkeit verfügen würde. Ein Jahr!«

Er stieß Oliver die Faust erneut in den Leib.

Oliver nahm ein wenig Kraft zusammen – zumindest so viel, um von dem Hieb in den Magen nicht kotzen zu müssen. Er sog einen Speichelfaden ein, der an seiner Lippe gebaumelt hatte. »Pech«, sagte er schwach. »Ich schätze, du wirst tatsächlich ausnahmsweise einmal ein paar Sachen *lernen* müssen, um auf dem College angenommen zu werden.«

Graham brüllte los, wirbelte Oliver geschickt herum und ließ ihn gegen die Seite des silbernen Mercedes krachen. Er legte Oliver seine kaputte Hand unters Kinn und packte es so hart, dass Oliver den Druck an den Zähnen spüren konnte. Aber er spürte noch etwas anderes – die Fingerschiene. Sie bohrte sich in Olivers Haut.

Der Schmerz in Graham schäumte über: eine schwarze Gestalt, die sich zusammenzog und wieder ausstreckte, als fände sie keine bequeme Position. Sie erfüllte ihn jetzt zum größten Teil, als würde sie sich von sich selbst nähren, eine wahnsinnige, emotionale Infektion auf der Petrischale, die Graham Lyons war. Die wuchs und anschwoll, bis er nichts anderes mehr war als pure Qual und Zorn.

»Du rotznäsiger kleiner Mistkerl«, zischte Graham.

»Was willst du von mir, Lyons?«, stieß Oliver keuchend hervor. »Du hast dir das selbst angetan. Die Sache ist die, ich denke, du weißt es. Und das macht dich fertig.«

Daraufhin *zuckte* der Schmerz in Graham Lyons.

»Weißt du, was ich von dir will?« Graham packte Olivers Hand, dann bog er den kleinen Finger und den Ringfinger zurück und sandte einen frischen Stich der Qual seine Hand hinauf, in sein Handgelenk, seinen Arm. »Ich will, dass du die gleichen Schmerzen hast wie ich. Ich will, dass du diese Qual kennenlernst. Vielleicht werden deine Sehnen reißen. Vielleicht *breche*« – und hier riss er die Finger zurück und erreichte, dass Oliver aufschrie – »ich dir diese Finger wie eine Handvoll verdammter Bleistifte. Es sei denn, du hast etwas anderes, das ich dir wegnehmen kann. Was bedeutet dir am meisten, Oliver Graves? Dein Daddy? Er ist bereits tot, nicht wahr …«

Mit einem Brüllen rammte Oliver Graham ein Knie in den Schritt. Lyons kreischte, und Oliver entriss ihm seine Hand. Während Graham sich zusammenkrümmte, hob Oliver erneut das Knie und rammte es Lyons hart ins Gesicht – zermatschte die Nase des anderen Jungen wie eine weiche Kartoffel. Dann versetzte er ihm noch einen Stoß.

Graham fiel zu Boden, neben den Reifen seines Autos.

Er wimmerte und keuchte.

Seine Skijacke war offen, sein Sweatshirt hochgezogen, sodass seine Rippen sichtbar waren.

Das Licht aus dem Innenraum des Mercedes beleuchtete schwach die dunklen Prellungen dort und das frische Narbengewebe. Als Graham sah, dass Oliver ihn anstarrte, zog er sein Sweatshirt schnell wieder über die Verletzungen. Was Oliver nur zu bestätigen schien, was er da vor sich sah. Grahams Schmerz zuckte zurück, als verstecke er sich vor dem Licht – oder vielleicht versteckte er sich auch vor der Offenbarung dessen, was Oliver gesehen hatte.

Er ist lebendig, dachte Oliver. Der Schmerz selbst war lebendig.

Er war in Graham.

Ein Teil von ihm.

Ihm *gegeben,* wie ein Parasit. Eine invasive Spezies.

Ich kann …

Ein flüchtiger, unvollständiger Gedanke. Kann was? Die Idee nahm in Olivers Kopf ihren Anfang, verharrte. Sie hing einfach da wie ein Haken an einer Wand, an dem nichts herunterbaumelte. Er fühlte sich gezwungen, einen Schritt vorzutreten. Woraufhin Graham von ihm wegrutschte und sagte: »Geh weg.«

Er hat Angst vor mir.

Oliver tat noch einen Schritt.

»Es tut mir leid«, sagte Oliver.

Er hielt dem anderen Jungen eine Hand hin.

Graham betrachtete seine Hand, als sei sie ein Stück Hundescheiße. Aber Oliver zog sie nicht zurück. Stattdessen schüttelte er sie ein wenig ungeduldig, als wolle er sagen: *Halt die Klappe und nimm einfach die Hand.*

Der andere Junge verdrehte die Augen und sagte: »*Na schön«,* bevor er sich an Oliver festhielt. Und als Oliver Graham hochzog …

Wieder zuckte der Schmerz in Graham Lyons zurück. Als sei der Schmerz selbst ein lebendes Geschöpf, das verletzt worden war – und Mann, das war doppellagig wie Lasagne. Schmerz zufügen? Ging das überhaupt? Wie? Es war verrückt.

Der andere Junge stand auf, aber Oliver ließ ihn nicht los.

»Das mit deinem Finger tut mir leid«, sagte Oliver. Der Schmerz blitzte auf, von dunkel zu hell, wie ein Elektroschock. »Es tut mir leid, dass du dir seinetwegen Sorgen darum machst, wer du bist und was du wert bist.«

»Du hast keine Ahnung, was für einen Scheiß du da redest …« Wieder erbebte der Schmerz, wand sich.

»Es tut mir leid, dass du Schmerzen hast und dass jemand dir wehgetan hat, aber das braucht dich nicht zu definieren, Graham.«

»Fick dich, Oliver.« Doch Graham zog sich nicht zurück. Sein Griff wurde sanfter. Er sackte ein wenig in sich zusammen. Fast so, als würden seine Beine unter ihm nachgeben. Der zähflüssige Schleim von Elend in seiner Leibesmitte zog sich zusammen und pulsierte. »Du weißt *gar nichts*.«

»Oh, doch«, sagte Oliver, und es war keine Lüge. Woher er es wusste, keine Ahnung. Vielleicht lag es daran, dass er so müde war, so ausgelaugt. Vielleicht lag es an dieser Vision von seinem Vater auf dem Felsaltar. Vielleicht hatte das Buch etwas in ihm geweckt, sei es zum Guten oder zum Schlechten.

Aber er verstand plötzlich Dinge auf eine Weise wie noch nie zuvor.

Oliver ließ Graham los.

Und dann griff er in ihn hinein.

Oder jedenfalls fühlte es sich so an – er spürte, wie seine Hand etwas zu fassen bekam, etwas, das in seinem Griff zappelte. Es war der Schmerz in Graham, das Elend, die Angst, und dieser Schmerz kreischte wie ein Karnickel unter den Krallen einer Katze.

Oliver spürte, wie sich seine Augäpfel nach hinten verdrehten, und in den Raum zwischen ihnen, über seiner Nase, die plötzlich unter einem *intensiven* Druck litt, als läge er im Bett auf dem Rücken und jemand hätte gerade ein Tischbein daraufgedrückt, auf dem das Gewicht eines ganzen Tisches stand – es fühlte sich wie Beton in seinen Nasennebenhöhlen an, wie eine *Faust*, die sich in sein Gehirn presste, und eine Flut schrecklicher Gefühle rauschte herein. Er spürte, dass sein Gürtel ihm in die Seite peitschte. Er erinnerte sich, so hart von einem Baseball getroffen worden zu sein, dass er einen Knochensplitter aus seiner Hüfte geschlagen hatte. Er erinnerte sich, in ein Kissen geweint zu haben, das nicht seins war, in einem Schlafzimmer, das nicht seins war, in einem Haus, das nicht seins war. Er hörte die Namen und Anklagen in seinem Ohr widerhallen: *Nancy, du Schwuchtel, Platzverschwendung, halt den Blick auf den Ball gerichtet, du bist*

dumm, du bist langsam, du bist echt zurückgeblieben, du bist eine Ent-
täuschung, Graham, das ist alles, was du bist, eine einzige große Enttäu-
schung, du hast auf mein Vermächtnis geschissen.

Du bist kein Sieger.

Du bist ein Loser.

Loser!

LOSER.

Olivers Hand brannte, als stünde sie in Flammen, und er schrie auf
und schloss die Faust um das Ding, das zappelte wie ein Aal.

Er drückte zu …

Es begann, herauszuquellen und sich auszudehnen …

Graham brüllte …

Das tintenschwarze Ding *knackte,* feucht und schleimig …

Und dann war es verschwunden. Alles. Nichts davon blieb zurück –
zumindest nicht physisch. Graham taumelte abermals zurück, zurück
auf den Boden. Oliver fiel selbst fast hin und bremste seinen Sturz an
dem Wagen und dem Spiegel auf der Beifahrerseite. Er keuchte, während ihm Schweiß aus den Poren lief und ihn durchnässte. Dann drehte er sich um und kotzte. Diesmal kam etwas heraus – eine Flut von
dunkler Materie und öliger Flüssigkeit.

Eine Weile war es still. Nur das Rascheln des Windes in den winter-
toten Ästen – ein papiernes, knisterndes Wispern. Oliver wischte sich
über den Mund. Der Kotzegeschmack klebte auf seiner Zunge. Aber
er schmeckte auch Blut. Und Krankheit.

»Graham«, stöhnte er und stand auf.

Graham lag auf dem Rücken. Seine Augen leer. Der Mund weit offen. Er sah fiebrig aus. In ihm war noch Schmerz zurückgeblieben –
aber er war klein. Erträglich. Wie der Schmerz der meisten Menschen
war er nur ein kleines Ding (wie ein Baseball) in seinem Zentrum.

Oliver starrte ihn an. Er wollte etwas sagen, konnte aber nicht. Der
Gedanke lief Runden in seinem Kopf: *Ich habe ihn getötet. Ich habe ihn*
getötet. Ich habe ihn getötet.

Und dann schnappte Graham laut nach Luft und erhob sich taumelnd – das Aufkeuchen war ein heulender, saugender Atemzug, ein
Wimmern, bei dem sich Olivers Magen zusammenkrampfte.

Dann schaute sich Graham um, und schließlich fiel sein Blick auf Oliver.

»Hey«, sagte Graham mit leiser Stimme und benommenem Gesichtsausdruck.

»Hey.«

Stille füllte den Raum zwischen ihnen.

»Irgendetwas ist da gerade passiert«, sagte Graham.

»Ja.« Oliver hustete ein wenig. »Bist du … bist du okay?«

»Ich fühle mich … irgendwie großartig.«

»Ach ja?«

»Ja. Wirklich. Ich fühle mich …« Graham schien nach Worten zu suchen. »Irgendwie leichter. Klar.« Eine weitere Pause. »*Ruhig.*«

»Oh. Das ist gut.«

Graham ächzte, als er aufstand. Abermals half Oliver ihm hoch. Graham bedankte sich bei ihm und fragte: »Soll ich dich irgendwo hinfahren?«

»Irgendwo hinfahren?«

»Ja, hm, zu dir nach Hause.«

»G… gern.«

Immer noch halb benommen sagte Graham: »Steig ein.«

»Das mit deinem Dad tut mir leid«, bemerkte Graham, als er in Olivers Einfahrt einbog. Die Fahrt war eine kurze – nur fünf Minuten –, und in diesen fünf Minuten hatte keiner von ihnen besonders viel gesprochen. Graham hatte vor allem die Straße fixiert, und Oliver größtenteils, nun ja, *Graham.* Aber jetzt? Das hier.

»Es ist okay.«

»Ist es nicht. Es ist nicht cool. Ich wusste, dass er vermisst wird, und ich konnte nicht über meinen eigenen Mist hinausblicken, um dir gegenüber auch nur fünf Minuten nett zu sein. Und ich habe etwas Schreckliches zu dir gesagt. Als sei ich glücklich darüber, dir wehzutun. Gott, das ist total verkorkst. Was stimmt nicht mit mir?«

Er ließ den Wagen neben dem Haus ausrollen und schaltete in den Leerlauf.

»Wir alle haben irgendeinen Mist, mit dem wir fertigwerden müssen«, entgegnete Oliver.

»Ja, aber das war etwas anderes.«

Schmerz wie ein Parasit. Schmerz, der ihm gegeben wurde.

Oliver beschloss, ein Risiko einzugehen, und antwortete: »Das mit deinem Dad tut mir ebenfalls leid. Ich glaube nicht, dass er sehr gut zu dir ist, Graham.«

»Ja. Ja.« Graham klopfte mit Zeigefinger und Daumen auf das Lenkrad, ein kleiner, geistesabwesender Trommelwirbel. »Mein Vater ist kein guter Mensch. Und ich denke, das habe ich immer gewusst, aber ich denke auch, dass ich mir etwas anderes eingeredet habe. Dass er eine Art Held sei. Die Wahrheit ist, ich denke, dass er selbst ein Versager ist, dass er seinen eigenen Maßstäben nicht gerecht geworden ist – oder vielleicht den Maßstäben meines Großvaters –, daher übt er jetzt solchen Druck auf mich aus. Weil es einfacher für ihn ist, ihn auf mich abzuwälzen. Ergibt das Sinn? Gott, es hört sich so an, als würde es Sinn ergeben. Ich rede viel. Ich habe das Gefühl, als sei ich high.«

»Ich glaube nicht, dass du high bist.« Oliver zuckte die Achseln. »Ich denke, du hast vielleicht einfach … einen Moment der Klarheit.«

»Es ist definitiv Klarheit, aber es ist mehr als ein Moment.«

»Vielleicht ist das gut.«

Endlich drehte sich Graham zu ihm um. »Du hast das mit mir gemacht.«

»Entschuldige.«

»Schon okay. Mir geht's gut.«

»Wirklich?«

Graham lächelte. »Ja. *Ja.* Ich, ähm. Mir geht's mehr als gut. Ich fühle mich super. Wie du gesagt hast, *klar.* Was immer du getan hast, es war etwas Besonderes, Mann. Ich habe das Gefühl, als hätte man mir gerade einen Splitter herausgezogen. Du bist ein seltsamer Junge, Oliver. Es tut mir leid, dass ich dir das Leben so zur Hölle gemacht habe.«

»Schon gut. Es hat sich alles … gefügt. Das mit deiner Hand tut mir wirklich leid, und ich hoffe, es beeinträchtigt deine Zukunft nicht.«

»Vielleicht hattest du recht. Ich kann nicht ewig Ball spielen. Ich denke, ich war einfach sauer wegen der Dinge in meinem Leben, die ich nicht unter Kontrolle hatte, und dass ich nicht Baseball spielen kann, hat bedeutet, dass ich nicht einmal mehr wusste, wer ich war, und mein Vater hat mir im Nacken gesessen und mich einen Dummkopf genannt und mich runtergemacht. Ich wollte einfach *irgendetwas* in der Hand haben, daher habe ich mich wohl dafür entschieden, dich zu bestrafen, statt zu meinen eigenen Problemen zu stehen, ein Zeichen meiner Macht zu einer Zeit, zu der ich das Gefühl hatte, keine zu haben, *uuund* ich denke, ich spreche all meine Gedanken laut aus. Noch mal, bin ich high? Ist das eine Therapie? Das fühlt sich an wie eine Therapie.« Er lachte und legte den Kopf in den Nacken. »Oh, Scheiße, Oliver, das ist unheimlich.«

Ja, für mich ist es auch unheimlich, dachte Oliver.

»Danke«, sagte Oliver.

»Ich hoffe, sie finden deinen Dad.«

»Ich auch. Ich vermisse ihn.«

»Darauf möchte ich wetten.« Ein trauriger Ausdruck trat in Grahams Züge. »Ich vermisse meinen auch. Er war okay, früher einmal. Oder ich hatte da einfach noch nicht erkannt, wer er wirklich war.«

»Wie geht es jetzt weiter?«

»Mit ihm und mir? Keine Ahnung. Ich werde ihm nicht erlauben, so weiterzumachen. Was schwer werden wird. Aber ich muss das akzeptieren und etwas ändern. Was dich und mich betrifft ...«

»Ja.«

»Wir werden uns einfach in der Schule sehen.«

»Okay.«

»Du bist anders als alle anderen, weißt du das?«

»Ich glaube nicht, dass ich das vor heute Abend wirklich gewusst habe.«

»Bis bald, Olly.«

»Bis bald, Graham.«

Oliver stieg aus dem Wagen und beobachtete, wie er davonfuhr. Und die ganze Zeit über war er komplett im Unklaren darüber, was gerade passiert war oder ob es überhaupt passiert war. Er wusste nicht, ob er lachen oder weinen sollte, ob er Angst haben oder aufgeregt sein sollte oder ob er einfach alldem nachgeben und den Verstand verlieren sollte.

Doch eines wusste er mit Bestimmtheit: Er hatte verdammten *Hunger.*

Er aß wie eine Bestie. Tiefkühlpizza. Eine Tüte Chips. Machte sich einen Milkshake mit etwas altem Vanilleeis aus dem Tiefkühlschrank, und er hatte nicht viel Milch, daher benutzte er fetthaltige Sahne, und der Milkshake war *dick* und *unmöglich zu trinken* und total umwerfend. Er hatte *immer noch* Hunger, daher stöberte er eine Tüte Möhren auf und aß sie wie ein verhungerndes Kaninchen.

Er war *immer noch* nicht satt, aber er hielt sich zurück, davon überzeugt, dass ihm übel werden würde, wenn er so weitermachte.

Genau wie vorhin, dachte er. Er erinnerte sich daran, am Straßenrand gekotzt zu haben, nachdem er ... etwas aus Graham Lyons herausgenommen hatte.

Nein. Nicht etwas.

Schmerz. Er hatte seinen Schmerz genommen. Nicht im Ganzen – aber er hatte etwas aus ihm herausgezogen. Wie ein Krebsgeschwür, das herausgeschnitten wurde. Es hinterließ einen Teil von sich – einen gesunden Teil oder vielleicht gesunden Schmerz. Schmerz, der aussah wie der aller anderen. Aber der wuchernde, verzehrende Schmerz, der in ihm gewesen war? Er hatte wie ein Gift oder eine Krankheit gewirkt. Und Oliver hatte ihn herausgeholt. Ein Aderlass, um das faulige, kranke Blut abfließen zu lassen.

Das Grubenbuch – was hatte es ihm gesagt? *Um den Krebs zu töten, schneide den Krebs heraus. Um den Schmerz aufzuhalten, beende den Schmerz.*

Zerbrich das Rad, mach das Rad neu.

Er hatte genau das getan. Und jetzt war Graham ... verändert. Besser.

Geheilt, dachte er. Er hatte den Parasiten aus ihm herausgeholt, den ihm auferlegten Schmerz, und er hatte ihn herausgerissen. Dann dachte er, wenn er seinen Vater zurückbekommen könnte, ob er mit ihm das Gleiche machen könnte? Könnte er nach all diesem Schmerz greifen, all dieser Angst, dieser Wut und diesem Entsetzen und das alles herausreißen?

Kapitel 60
Der Splitter

Am nächsten Morgen wartete Oliver draußen in der Novemberkälte. Er stand in der Einfahrt, und Calebs schrottige Limousine hielt neben ihm.

»Olly. Steig ein.«

Oliver fühlte sich noch immer berauscht vom vergangenen Abend. Er wusste zwar, dass sein Vater vermisst wurde und vielleicht tot war. Aber was, wenn er ihn zurückbekommen konnte? Mit Jakes Hilfe – vielleicht konnte er es schaffen. Und dann konnte er seinem Vater so helfen, wie er Graham geholfen hatte. Wem sonst konnte er noch helfen? Er fühlte sich wie ein verdammter *Superheld*.

Er fühlte sich fast buchstäblich so, als würde er fliegen. Schwebend, ankerlos. Saß da auf dem Beifahrerseite und *plapperte* einfach irgendwie.

»Ich weiß nicht, Graham Lyons und ich … wir sind uns gestern Abend irgendwie nähergekommen – ich meine, ich denke, wir haben einander zum ersten Mal verstanden. Wir haben einer den Schmerz des anderen gesehen und haben uns darum gekümmert.« Er erwähnte nicht, dass er außerdem anscheinend einen Teil des Schmerzes des anderen Jungen aus ihm herausgezogen zu haben schien – so etwas wie einen bösartigen Aal? »Ich versuche nicht zu entschuldigen, wie er ist, ich meine nur, etwas von seinem Benehmen liegt an dem, was ihm gegeben oder in ihn hineingepflanzt wurde oder was auch immer. Und es hat mich glücklich gemacht, mich mit ihm darüber auszutauschen. Was verkorkst ist, nicht wahr? Denn mein eigener Dad ist verschwunden. Und ich bin traurig deswegen. Wirklich traurig. Aber ich bin auch gleichzeitig glücklich darüber, mit Graham geredet zu haben. Ist das seltsam? Dass ich beides empfinde? Glück und Traurigkeit?«

»Nein, Olly, Alter, hör zu. Das Leben ist merkwürdig. So ist es einfach. Es hat Höhen und Tiefen, und ich finde, es wäre schlimm, die guten Dinge nicht zu würdigen, denn was ist dann der Sinn? Es ist so, wie die Ureinwohner zu sagen pflegten, stimmt's? *Man muss alles vom Büffel verwenden.* Das Leben ist ein ganzes verdammtes Tier, und du darfst keinen Teil davon verschwenden.«

»Danke, Caleb. Das ist eigentlich … wirklich klug.«

»So bin ich, Mann, ein ausgewachsenes Genie.« Er lachte. »Willst du noch mehr Scheiße auf Genie-Level? Ich weiß nicht, ob du Graham Lyons so weit trauen solltest, wie du ihn werfen kannst – oder, haha, ich schätze, so weit wie er jetzt einen Baseball werfen kann. *Ja, wirklich, wie gesagt.* Der mit seiner versauten Pfote. Vertrau Graham nicht. Vertrau Jake nicht.«

»Ich weiß es auch nicht. Jake und ich haben eine … komplizierte Beziehung.«

»Ja, hm. Sei einfach vorsichtig. Verschenk dein Vertrauen nicht zu leicht.«

Oliver nickte, als sie auf den Schulparkplatz einbogen. »Im Moment fühle ich mich ziemlich gut. Ich fühle mich … als seien Menschen eher vertrauenswürdig als nicht vertrauenswürdig. Als seien sie eher *gut* als *schlecht*.« Und manchmal, wenn Leute schlecht waren, wollten sie es gar nicht sein.

Caleb schloss die Tür und verriegelte sie von Hand, dann sagte er: »Ich mein ja nur, Olly, sei nicht überrascht, wenn du in diese Schule trittst und Graham Lyons dich in den Waschraum zerrt und deinen Kopf in ein Urinal taucht.«

»Ich glaube wirklich, dass Graham und ich uns da nähergekommen sind …«

Jemand ging auf den Parkplatz an ihnen vorbei. Es war Alice Handelsmann, eine der Jazzband-Streberinnen. Große Augen. Rote Locken. Sie sagte: »Redet ihr über Graham?«

»Ja«, bestätigte Caleb und hob grüßend das Kinn.

»Das ist verdammt *verrückt*, nicht wahr?«, fügte sie kopfschüttelnd hinzu. Dann wirbelte sie an ihnen vorbei. Oliver und Caleb blieben etwa zwanzig Schritte vom Schuleingang entfernt stehen. Kinder strömten hinein, aber langsam, wirklich langsam. Einige kamen wieder heraus. Irgendetwas war im Busch.

»He, warte mal. Empfängst du eine seltsame Schwingung von allen?«

Oliver sah sich um, und zuerst verstand er es nicht – aber dann sah er es. Menschen kamen zusammen und redeten, und Menschen zeigten Gesichtsausdrücke der Verwirrung, des Schocks, der Traurigkeit. Ein Mädchen, Shveta Shastri, *flennte* hemmungslos. Schmerz erblühte in ihnen. Weitergegeben von Person zu Person, wie ein Geschenk – oder ein Fluch.

Caleb hielt jemanden am Ellbogen fest – Dave Turner, den Fotografen für die Schulzeitung und das Jahrbuch. »Dave, hey. Was ist hier los?«

»Hast du es noch nicht gehört?«, fragte Dave ihn mit leiser Stimme.

»Was gehört?«

»Graham Lyons hat sich gestern Nacht das Leben genommen. Aber vorher hat er seinen Vater ins Jenseits befördert.«

Der Unterricht an diesem Tag wurde abgesagt. Mittags fand eine kurze Versammlung statt, bei der Direktor Myers, ohne ins Detail zu gehen, zu ihnen sprach, und eine kurze Präsentation von Graham Lyons zeigte – eine Bildershow mit einigen Video- und Audioclips. Bei Tanzveranstaltungen oder mit Freunden lachend im Flur oder, und das waren die meisten, bei einem Baseballspiel mit einem Schläger in der Hand oder wie er auf die Home-Plate hechtete. Coach Griffin, der Baseballtrainer, sprach ebenfalls. Genau wie Norcross, der Sportlehrer. Einer der Englischlehrer las A. E. Housmans Gedicht vor: *An einen jung gestorbenen Sportler.*

Anschließend stellten sie den Schülern alle Schultherapeuten zur Verfügung, außerdem einen Trauertherapeuten aus dem Ort und einen Pfarrer einer der örtlichen Gemeinden. Sie sprachen mit jedem, der über seine Trauer reden wollte. Der Rest des Tages war größtenteils ein träges, träumerisches Chaos. Niemand wusste, ob er Graham ehren oder ihn verabscheuen sollte: Er hatte sich sein eigenes Leben genommen, was traurig war. Aber vorher hatte er seinen Vater getötet, was Mord war. Geschichten tauchten auf, wie sein Dad ihn verprügelt hatte oder dass vielleicht sexueller Missbrauch im Spiel war, und dann wurden diese Geschichten noch schlimmer – bloße Vermutungen und Lügen, die scheinbar immer wahrer wurden. *Oh, ich habe gehört, sein Dad habe ihn an all die Richy Riches hier in der Gegend verschachert* oder *ich habe gehört, Graham sei einst Chorknabe in St. Agnes gewesen, und man weiß ja, was das heißt* oder *vielleicht ist es wie diese Geschichten über Politiker, die sich an Kindern vergreifen, und Minderjährige an Pizza-Läden verkaufen.*

Alles, was Oliver wusste, war:

Das hier war seine Schuld.

Irgendwie war es seine verdammte Schuld.

Was er Graham weggenommen hatte, hatte etwas bewirkt. Es hatte ihn ausgeleert, aber vielleicht hatte es ihn nicht wieder aufgefüllt. Er wusste es nicht, verstand es nicht. Er hatte das Rad zerbrochen, wie es in dem Buch stand – aber irgendwie hatte Graham damit den Verstand verloren. Es hatte ihn zu einem Killer gemacht.

Ich habe ihm das angetan, dachte Oliver. Und jetzt war Graham tot.

Kapitel 61
Die Dinge, die wir mitschleppen

Maddie folgte Jed zu drei verschiedenen Orten:

Der erste war ein Geschäft für gebrauchte Bücher direkt außerhalb der Eine-Ampel-Stadt Falls Creek. Es war ein quadratischer Backsteinbau mit einem Schild davor: *Falls Creek Books.* Im Fenster hing ein leuchtend pinkfarbenes Anschlagbrett, und jemand hatte mit Textmarker darauf geschrieben: *Geprüfte gebrauchte Literatur.* Im Schaufenster schlief zusammengerollt eine rundliche Tigerkatze.

Der Parkplatz der Buchhandlung war klein und von Schotter umgeben, und sie hatte Angst, dort entdeckt zu werden. Also parkte Maddie ein Stück weiter den Highway hinunter, aber nah genug, um den Laden im Blick zu behalten.

Nach ungefähr einer halben Stunde kam Jed heraus, die Arme voller dicker Bücher, vielleicht alter Lehrbücher, vielleicht Lexika.

Der zweite Ort, zu dem er fuhr, war ein Hamburger-Restaurant namens *Jack's.* Es sah alt aus, als sei es früher einmal ein Imbiss gewesen, das jemand zu einem Restaurant umgebaut hatte. Es verfügte noch immer über eine Terrasse und die Tische im Freien, aber Jed ging hinein und blieb dort. Sie parkte im hinteren Bereich des Parkplatzes und konnte ihn allein in einer Nische sitzen sehen. Er aß einen Hamburger, eine Portion Pommes frites und trank dann einen großen, dickflüssigen Milkshake. Es schien ihm zu schmecken. Den Kopf zurückgelehnt. Die Augen geschlossen. Lange Pausen zwischen zwei Bissen, gefüllt durch eine behutsame Säuberung mit einer Serviette, mit der er sich über den Mund, die Wangen, das Kinn und die Finger wischte. Das war der Moment, in dem ihr bewusst wurde, dass er sich gesäubert hatte. Jed sah ordentlich aus. Ein neuer Mensch.

Du Hurensohn.

Dann weiter zum dritten und letzten Ort:

Dem Baumarkt.

Ein Heimwerker-Baumarkt an der einzigen Ampelkreuzung der Stadt. Er ging hinein und kam ziemlich schnell wieder heraus, eine Plastiktüte mit einem oder mehreren Gegenständen in der Hand. Sie konnte nicht erkennen, was das alles war, aber eine Sache zumindest ragte über den Rand hinaus.

Ein zusammengerolltes Seil. Ein Nylonseil in der Art einer Klettersicherung.

Ihr Herz sprang ihr fast aus der Brust.

Sie dachte: *Ich muss die Polizei anrufen.* Es war an der Zeit, das hier auf sich beruhen zu lassen und den Beamten mitzuteilen, wo Jed sich aufhielt. Das war das Vernünftigste. Aber gleichzeitig rief sie sich ins Gedächtnis – es ging hier erheblich mehr vor sich, als sie der Polizei beiläufig hätte erklären können. Sie hatte nicht einmal Fig all das erzählt. Wie auch? Geister und zum Leben erwachte Skulpturen und Monsterstürme ...

Nein, sie musste zuerst mit Jed sprechen. Persönlich. Ohne irgendjemand anderen in der Nähe.

Aber die gute Neuigkeit war: Wenn er ein Seil hatte? Dann brauchte er es, um jemanden zu fesseln. Was bedeutete, dass er vielleicht, nur vielleicht, Nate hatte.

Lebend.

Kapitel 62
Der Fuchs und die Trauben

Erwischt.

Maddie beobachtete, wie Jed seinen Wagen parkte. Sie schaute zu, wie er ausstieg und den Stapel Bücher herausholte, auf dem ein wenig prekär die Tüte aus dem Baumarkt balancierte. Sie sah, welche Hütte seine war, weil er schnurstracks darauf zumarschierte. Dabei dachte sie: *Jetzt ist der richtige Zeitpunkt.* Maddie schob die Pistole in ihren Taillenbund und stieg aus dem Wagen, und sie hielt genug Abstand zu ihm, dass er nicht auf die Idee kam, einen flüchtigen Blick in ihre Richtung zu werfen. Sie pirschte sich an ihn heran, eine Löwin in der Steppe, die ihre Beute jagte. Er ging in die Hütte und schloss die Tür schnell mit einem Tritt. Sie schlug zu, noch während Maddie danach griff. Ihr Puls beschleunigte sich, während Zorn und Ungeduld rücksichtslos wüteten.

Diese Frustration weckte in ihr den Wunsch, stark zu bleiben, den Türknauf aufzuschießen, die Angeln mit Kugeln zu füllen – *Zwei Angeln und ein Knauf,* erinnerte sie sich gesagt zu haben, an dem ersten Tag in ihrem neuen alten Haus. *Das ist alles, was man braucht, um eine Tür zu bauen.*

Aber das würde Aufmerksamkeit erregen.

Sie konnte anklopfen. Sobald er öffnete, würde sie die Waffe in den Türspalt stoßen und sich einen Weg hinein erzwingen. Dann kam der Moment, in dem sie überlegte: Würde sie ihn wirklich töten, wenn es so weit war? Die Antwort kam zu leicht, so leicht, dass sie es nicht wagte, weiter darüber nachzudenken. (Einige dunkle Ecken brauchen kein Licht.) Besser, sie konzentrierte sich stattdessen auf ihre Strategie: Diese Hütte lag zusammen mit vier weiteren an einem Innenhof. Es konnte jederzeit jemand durch den Innenhof gehen, wenn sie die Waffe durch die offene Tür stieß.

Um diese aus fünf Hütten bestehende Enklave herum befand sich eine hohe Hecke, die ihrerseits von noch höheren Kiefern überragt wurde. Und die Hecke – eine Art immergrüner Buchsbaum – ließ eine hinreichend breite Lücke zwischen ihr und der Hütte, um Maddie Manövrierraum zu geben. Schnell ging sie an der Wand der Hütte entlang und entschied, dass der beste Weg hinein ein Fenster wäre – vielleicht, nur vielleicht, waren die Fenster unverschlossen. Wie sorgfältig war das Personal der Lodge? In einer so luxuriösen Anlage wie dieser waren die Angestellten vermutlich gut – zu gut, als dass sie viel Hoffnung gehabt hätte, aber trotzdem, es war das Beste nachzusehen.

Und siehe da, wer hätte das gedacht?

Ein einzelnes Fenster, das angelehnt war.

Hitze strömte aus dem Inneren der Hütte nach draußen, wärmte ihr die Hände.

Sie spähte durchs Fenster und sah ins Schlafzimmer – eins, das dem Schlafzimmer in Maddies eigener Hütte ähnelte. Im Raum befand sich niemand. Hatte Jed das Fenster geöffnet, um nachts etwas kalte, frische Luft zu haben? Oder war es anders?

Mit den Daumen drückte Maddie das Fenster behutsam auf. Sie stemmte sich auf das Sims, hievte sich hinauf und darüber, landete auf einem weichen Korkboden. Dabei verursachte sie einen dumpfen Aufprall, und sie spannte sofort die Muskeln an und zog die Waffe.

Die Tür zum Schlafzimmer stand einen Spaltbreit offen.

Auf dem Bett lag sein Koffer.

Von außerhalb des Raums – aus dem Wohnzimmer, vermutete sie – hörte sie es mehrmals leise rumsen, als würde etwas aufgestapelt werden. *Die Bücher?* Aber warum? Ein weiteres Geräusch folgte: ein Schlurfen wie das Geräusch eines Kindes, das in Schneehosen umherging, und dann das Knirschen von Knoten, die gebunden wurden. Er ächzte und atmete manchmal laut.

Er war beschäftigt.

Jetzt ist der richtige Zeitpunkt, dachte sie.

Mit dieser Überlegung im Kopf erhob sich Maddie und gab sich besondere Mühe, nichts umzuwerfen. Vorsichtig schlich sie auf die Schlafzimmertür zu. Der Türknauf fühlte sich kalt an …

Und in diesem Moment schweiften ihre Gedanken noch einmal an einen anderen Ort. Eine Erinnerung schlüpfte schnell aus dem Schatten. Eine weitere Tür, diese in ihrem Geist, zufallend, bevor sie sie öffnen konnte.

Maddie stieß den Atem aus. *Jetzt ist nicht der richtige Zeitpunkt, um verrückt zu sein, Maddie. Öffne einfach die verdammte Tür. Die da. Die reale Tür vor dir* – die Türen in ihrem Geist konnten warten.

Sie drückte die Tür auf.

John Edward Homackie stand auf dem Stapel von Büchern, die er gerade gekauft hatte – mit einer Schlinge aus einer neonlimonengrünen Schnur um den Hals, das andere Ende über einen bloß liegenden Holzbalken geworfen und an dem knochenweißen Geweih einer hölzernen Elchkopfskulptur verknotet, die über einem gewaltigen, steinernen Kamin hing.

Das Seil war fast stramm.

Jed und Maddie sahen sich in die Augen.

Dann bewegte er seinen rechten Fuß, um den Stapel Bücher umzuwerfen. Der Turm brach zusammen, und Jed fiel so tief, dass sich das Seil straff- und die Schlinge um seinen Hals zuzog. Sofort versteiften sich seine Arme und seine Beine zuckten. Er baumelte hin und her. Die Augen des Mannes traten aus ihren Höhlen, und Maddie erstarrte vor Panik – ihr Magen krampfte sich zusammen, während sie dachte: *Gut, fick dich, häng, du Mistkerl,* und sie musste sich durch diese Gedanken hindurchkämpfen, um zu begreifen, dass sie ihren Mann nicht gefunden oder überhaupt irgendwelche Informationen über ihn herausbekommen hatte. Jed durfte nicht sterben. Jed musste *leben.*

Maddie schnappte nach Luft, die Waffe noch immer in der Hand, und beeilte sich, seine Beine zu packen und ihn hochzuheben. Er war kein großer Mann, aber er fühlte sich schwerer an als erwartet – aber sie war stark, stark genug, um Baumstämme anzuheben und eine Kettensäge zu schwingen. Also war sie in der Lage, ihn hochzuheben und den Druck von der sich um seine Kehle schließenden Schlinge zu nehmen. Stöhnend hob sie ihre Hand – die ohne die Waffe – und reckte sich, um das Seil zu lockern. Aber Jed schlug auf sie ein, stieß sie weg. Worte schwurbelten aus seinem Mund, ein panischer Schwall von Unsinn.

»Hören Sie auf damit«, zischte sie. »*Hören Sie auf, sich zu wehren* ...«

»*Nnngh*«, grunzte er.

Er packte mit beiden Händen ihre Schultern und *stieß* dagegen.

Ihr Absatz verfing sich auf einem der Bücher ...

Maddie musste ihn loslassen, und bevor sie wusste, wie ihr geschah, saß sie auf dem Boden, die Luft war wie durch einen Huftritt aus ihrer Brust entwichen, und wieder baumelte Jed an dem Seil, sein Körper zuckte in den Krämpfen seines Dahinscheidens.

Die Zeit schien zu verrinnen, ihr zu entgleiten. Ihr Körper fühlte sich an, als versuche er, aus Schlamm aufzuspringen. Sie sog einen harten Atemzug in ihre Lunge und hielt sich an seinem Knöchel fest, um sich hochzuziehen – nur um einen Moment später zu begreifen, dass sie den Mann, wenn sie ihn *herunterzog*, nur *schneller tötete*. Es war ein purer Reflex gewesen und so unmittelbar, dass sie ihn nicht hatte unterdrücken können, daher rappelte sie sich auf und sprang erneut zu ihm, um ihn hochzuhieven. Seine Beine strampelten in ihren Armen. Wieder stieß er gegen sie. Zähneknirschend holte sie die Waffe hervor und schlug ihm damit hart in die Seite, in seine Nieren. Er verkrampfte sich und hielt in seiner Gegenwehr lange genug inne, dass sie das Seil ergreifen konnte, um die Schlinge genügend zu weiten, sodass sein Kopf hindurchglitt.

Gemeinsam stürzten die beiden zu Boden.

Er keuchte.

Sie sprang wieder auf die Füße und stellte sich vor ihn. Ihre Brust hob und senkte sich hektisch, die Pistole an ihrer Seite.

»Sie hätten mich einfach sterben lassen sollen«, plapperte Jed, dessen Unterlippe mit Speichelfäden mit seiner Oberlippe verbunden war. Er schluchzte ohne Tränen.

»Dafür wird noch genug Zeit bleiben«, sagte sie. »Stehen Sie auf. Ich muss wissen, was Sie mit Nate gemacht haben. *Wo ist mein Ehemann, du verdammtes Monster?*«

Oliver ging vor Jake auf und ab und redete dabei wie ein Maschinengewehr.

Er ging alles durch: Er erzählte, dass Graham Lyons ihm, nachdem er in der vergangenen Nacht aufgebrochen war, gefolgt war. Sie hatten sich gestritten. Und dann …

»Es war nicht nur so, dass ich all das *sehen* konnte … all diese abscheuliche Scheiße in ihm; es war eher … unwillkürlich? Plötzlich konnte ich es *berühren*. Es fühlte sich an wie, keine Ahnung, als würde man begreifen, dass man die Welt nicht nur sehen konnte, sondern dass man jetzt mit ihr interagieren konnte, man konnte die Hand ausstrecken und *etwas bewegen*«, berichtete er, und die Worte sprudelten immer schneller und schneller aus ihm heraus. »Ich konnte es beeinflussen. Es anfassen. Es verändern. Und das habe ich getan. Ich habe hineingegriffen. Ich habe diese Schrecklichkeit im Innern von Graham ergriffen. Es war furchtbar, Jake. Es war das Allerschlimmste, als würde man … als würde man einen verstopften Abfluss mit dem Mund aussaugen und alles dann wieder auswürgen, aber ansonsten? Da war noch etwas Schlimmeres. Etwas Tieferes. Als hätte ich *fühlen* können, was sein Vater ihm angetan hat. Und ich konnte fühlen, wie sehr er das gehasst hat, und es ist alles aus ihm herausgekommen und in mich herein, und dann war es … weg. Einfach *weg*. Und ich dachte, es wäre okay. Graham schien es gut zu gehen. Mir ging es auch gut.« Tränen drohten durchzubrechen. »Aber dann …«

»Ich habe die Nachrichten gesehen«, warf Jake ein. »Das ist verkorkst.«

Jake setzte sich auf sein Sofa, eine halb geleerte Flasche Mountain Dew zwischen die Beine geklemmt. Oliver stand jetzt vor ihm, todunglücklich und fast flehend.

»Was ist passiert?«, fragte Oliver. »Warum hat er das getan? Ich habe gemacht, was das Buch gesagt hat. Ich habe das Rad zerbrochen. Ich habe den Schmerz gestoppt.«

Oliver brauchte auf jeden Fall Antworten.

Auf etwas. Auf *irgendetwas*.

Jake seufzte und zuckte die Achseln. »Ich weiß nicht, Oliver, ich bin kein Experte …«

»Du bist der Einzige, der weiß, dass ich tun kann, was ich tun kann. Du – du wirkst Magie! Du besitzt das *Buch*. Bitte.«

»Vielleicht … vielleicht sind wir nicht weit genug gegangen.«

Ein ekelhaftes, hässliches Lachen kam aus Oliver heraus – bitter und wahnsinnig. »Was? Was meinst du damit?«

»Du hast das Rad zerbrochen. Aber du hast es nicht neu geschaffen. Du hast ihn nur ausgelöffelt wie einen Kürbis – und dann ist dieser Kürbis verfault. Hör zu, Mann, Lyons war geprägt von dem, was sein Vater ihm angetan hat, ob gut oder schlecht. Er war total schlecht verdrahtet. Du kannst diese Scheiße nicht einfach herausreißen und erwarten, dass es an dem Ort nicht dunkel wird. Oder schlimmer noch, dass etwas Feuer fängt und bis auf die Grundfesten niederbrennt.«

Panik würgte Oliver in der Kehle. Er spürte, wie seine Brust sich zusammenkrampfte. »Ich wollte nicht – es war nicht meine *Absicht* ...«

Jake stand auf, dann blockierte er Olivers hektisches Auf und Ab durch den Raum. »Hör zu. Du hast das Beste für ihn getan. Graham war verkorkst. Und er ist von einem noch verkorksteren Vater verdorben worden – einem Mann, der ihn geschlagen und beschimpft hat, der ihn nach unmöglichen Maßstäben gemessen hat. Aus einem solchen Mann wäre nie etwas anderes geworden als ein Tyrann, ein Serienraubtier. Ein Vergewaltiger, einer, der seine Ehefrau verprügelt.« Jake zuckte heftig und gleichgültig die Achseln. »Jetzt sind sie beide weg.«

»Nein. *Nein.* Ich glaube an zweite Chancen.«

»Dies *ist* ihre zweite Chance.«

»Das ergibt keinen Sinn.«

»Es ergibt sehr wohl einen Sinn. Graham hat es verstanden. Er muss es verstanden haben. Scheiße, nicht reparieren. Der Vater war immer noch der Vater. Daddy Lyons hätte keinen *Komm-zu-Jesus-Moment* erfahren. Er hätte Graham nur noch schlimmer verletzt. Oder ... stattdessen hätte Graham ihn verletzt. Es ist wie Krebs. Das Beste, was man tun kann ist ...«

»Ihn herauszuschneiden«, sagte Oliver zweifelnd. Das hatte ihm das Buch gesagt. Hatte es ihnen beiden gesagt. Vielleicht hatte Jake nicht unrecht. *Scheiße, Scheiße, Scheiße.*

Jake legte Oliver beide Hände auf die Schultern und sah ihm fest in die Augen. »Graham ist tot jetzt besser dran, als er es je zu Lebzeiten war. Er ist zu gleichen Teilen Heimatstadtheld und mahnende Botschaft. Und sein Vater … nun, die Menschen werden diesen Mann als das erkennen, was er war. All das wird herauskommen. Graham hat die Kontrolle über die Geschichte übernommen. Das ist die wahre Macht.«

Konnte das sein?

Ergab das für Oliver einen Sinn?

Er wusste es nicht. Er war so verwirrt. Ihm war schwindelig, und er fühlte sich verloren.

Oliver zog sich von Jake zurück. »Das ist alles einfach zu schräg. Ich kann nicht glauben, dass ich das sage, aber … ich wünschte, ich könnte Graham noch einmal sehen. Wünschte, ich könnte noch weiter mit ihm reden. Mit ihm darüber reden. Ich wünschte, ich könnte ihn aufhalten.«

Jake schwieg eine Weile, bis er schließlich antwortete: »Es gibt einen Weg, Oliver. Es gibt einen Weg, ihn zurückzuholen. Und auch deinen Vater zurückzuholen. Es gibt einen Weg, um all den Schaden ungeschehen zu machen, all den Schmerz, nicht nur das Rad einfach zu zerbrechen, sondern es neu zu erschaffen.« Er drückte Olivers Kinn hoch, und Oliver sah ihm in die Augen. »Komm mit mir. Nach Ramble Rocks. Zu den Steinen. Ich werde es dir zeigen.«

Die Welt fühlte sich an, als wirbele sie aus ihrer Achse heraus – als würde ein zwanzigseitiger Würfel auf einer seiner Ecken stehen bleiben, ohne jemals auf einer Zahl zu landen.

»Vertraust du mir, Oliver?«

Oliver nickte langsam.

»Gut. Denn ich vertraue dir ebenfalls.«

Das Handtuch traf Jed im Gesicht.

»Machen Sie sich sauber«, verlangte Maddie und ließ die Waffe sinken, nachdem sie ihm das Handtuch zugeworfen hatte. »Trocknen Sie sich ab. Putzen Sie sich die Nase. Räuspern Sie sich, verdammt noch mal. Und dann erzählen Sie mir alles.«

Er schluckte, nickte, putzte sich lautstark die Nase und hustete dann in das Tuch hinein. Anschließend wischte Jed sich das Gesicht ab – eine schmutzige, unbeholfene Reihenfolge des Vorgehens, aber Maddie war es scheißegal. Er benutzte das nasse Tuch, um sich auch seinen von dem Seil aufgeschürften Hals abzutupfen, was offensichtlich schmerzhaft war, denn er zuckte zusammen.

»Sie müssen wissen, dass es mir leidtut«, blökte er.

»Scheiß auf Ihre Entschuldigung.«

Er nickte. »Das habe ich verdient.«

»Sie verdienen es zu hängen, wie Sie es sich gewünscht haben, aber ich kann Ihnen das noch nicht erlauben, Jed.«

Ein eisiger Ausdruck blitzte auf seinem Gesicht auf – ein dunkler Schimmer in seinen Augen. »Zugegeben, dies ist ein seltsames Stück, Maddie Graves. Sie richten eine Waffe auf mich, um mich daran zu hindern, mich selbst zu töten, was vielleicht nicht Ihr klügstes Manöver ist.«

»Oh, das verstehe ich, *Jed*. Sie wollen mein Spiel verstehen? Mein Plan ist, dass ich Ihnen zuerst Schmerz zufügen werde. Ihre Finger zerschmettern, mit dem Knauf der Pistole auf ihren Nasenrücken einschlagen. Ein Kissen auf Ihre Kniescheibe drücken und eine Kugel hineinschießen. Sie wollen sterben, und ich werde dafür sorgen, dass Sie verdammt noch mal *wirklich* sterben wollen, John Edward. Und ich werde Sie davon abhalten. Verlockend außer Reichweite, wie der Fuchs und die beschissenen Trauben. Bis ich alles habe, was ich will.«

Sie hörte die Worte, die aus ihrem Mund kamen, und fragte sich:

Maddie, bist das wirklich du?

»Wo ist mein Mann, Jed?«

Er befeuchtete sich die Lippen mit einer graurosafarbenen Zunge. »Was ich Ihnen erzählen werde, Maddie – es wird irrsinnig klingen. Das weiß ich. Ich verstehe …«

»Es ist mir egal, wie es klingt, sagen Sie es einfach.«

»Er ist fort. Ich bin mit ihm in den Park gegangen, zu-zu-zu dem Tunnel. Es war eine Falle – das müssen Sie begreifen. Ich wusste, wohin das führte. Aber es hatte einen Zweck, einen großen Plan, es diente nicht dazu, *grausam* oder *bösartig* zu sein, denn ich mag Nate, ich wollte nicht, dass er verletzt wird …«

Sie schlug ihm mit der Seite der Pistole auf den Kopf. Der Zylinder grub sich in seinen Schädel – das Blut einer Platzwunde rann durch seine Runzeln wie Wasser durch ein ausgetrocknetes Flussbett.

»Drücken Sie sich deutlich aus. Ist er tot?«

»Ja? Nein. Ich weiß es nicht.«

Sie hob erneut die Waffe, um zu schlagen, und er hielt die Hände hoch.

»Warten Sie, warten Sie«, rief er. »Ich meine, ich kann es nicht sagen – er … ist verschwunden, verstehen Sie? Er ist zwischen zwei Welten gefallen, verloren von dieser und an einen Ort gelangt, von dem man mir beteuert hat, er sei nicht sicher, Maddie, ganz und gar nicht sicher. Vorbei an der Zwischenwelt, verstehen Sie, vorbei an dem, wovon ich glaube, dass es als die Zwischenwelt bekannt ist, und in den Kollaps aller Welten …«

Sie stieß ein Knurren aus. »Nichts von alldem ergibt *irgendeinen Sinn*, Jed.«

»Es war der Junge.«

»Junge? Welcher Junge?«

»*Jake.* Ich habe Nate in diesen Tunnel geführt, wo … Jake ihn weggeschickt hat.«

»Jake – Olivers *Freund*, Jake?«

»Oh, Maddie. Das Ganze geht erheblich tiefer und ist noch viel seltsamer. Aber ja. Ebender.«

Sie spannte die Muskeln an. »Mein Sohn. Ist er in Gefahr?«

»Von der schlimmsten Art, meine Liebe. Von der schlimmsten Art.«

Dunkelheit breitete sich aus und hielt Einzug im Ramble Rocks Park, und die Bäume und die Erde sogen die Nacht auf wie ein Schwamm Blut. Oliver und Jake gingen an der Nordseite des Parks entlang auf das schwarze Maul des Eisenbahntunnels zu. Als sie sich dem Tunnel näherten, fragte Oliver: »Wir müssen da doch nicht reingehen, oder?«

Und Jake schüttelte den Kopf. »Nein.«

Gut, dachte Oliver. Denn dieser Ort verströmte plötzlich eine besondere Art von Dunkelheit – eine Dunkelheit, die dicker war als Schatten, trostlos und widerwärtig und zähflüssig wie ein geschmolzener Reifen.

»Wir dürfen nachts nicht hier draußen sein, glaube ich.«

Jake stieß ein schnaubendes Lachen aus. »Olly, Alter, nur du kannst so ein Cop sein, dass du dir Sorgen darum machst, erwischt zu werden. Wir reden davon, Magie zu wirken. Welten verbiegende Magie. Also machst du dir vielleicht etwas weniger Sorgen wegen der Gesetze Sterblicher, ja?«

»Ja. Es ist nur …«

»Du vertraust mir doch, oder?«

»Ich – ja.«

Sie gingen durch die Bäume, und plötzlich standen sie am Waldrand, und der Mond schien hell an einem klaren Himmel – das Himmelszelt ausgebreitet über einem gewaltigen Feld aus zerklüfteten, ungleichmäßigen Felsen.

»Wir sind fast da«, verkündete Jake. »Nur noch ein kleines Stück.«

Oliver sog einen tiefen Atemzug ein. Als er sprach, sah er seinen Atem, und es fühlte sich an, als würde er zuschauen, wie kleine Teile von ihm selbst verschwanden – Tröpfchen seiner Seele, ein Sprühnebel dessen, der er war. Seine Stimme zitterte von plötzlicher Angst, als er sagte: »Ich will meiner Mutter mitteilen, wohin ich gehe.« Daraufhin holte er sein Handy hervor, um sie anzurufen. Er sah, dass er eine Nachricht von ihr hatte, aber bevor er sie lesen konnte, riss Jake ihm das Telefon aus der Hand.

»Hey!«, protestierte Oliver.

»Kein Handy«, zischte Jake. »Dieser Ort ist ein Zusammenfluss von Signalen, Junge. Heiligen, magischen Signalen. Wenn du dieses Telefon hierhin mitnimmst, läufst du Gefahr, dass wir das alles ganz umsonst tun. Wir und dein Dad und Graham? Wir werden alle tot sein, *für nichts und wieder nichts.*«

»Ich brauche das Handy«, beharrte Oliver. »Ich habe eine Textnachricht gesehen …«

»Du bekommst es zurück. *Wenn wir fertig sind.* Deine Mutter hat nur geschrieben, es sei alles in Ordnung und sie werde bald zu Hause sein.«

»Ich will mit ihr reden. Ich will ihr sagen …«

»Nein. Wenn du das tust, wie geht es dann weiter? Sie wird die Polizei verständigen. Oder den Kumpel deines Daddys schicken, diesen Typen von der Jagd- und Naturschutzverwaltung. Nein. Auf keinen Fall, Olly.«

Jake wirbelte das Telefon in seiner Hand ...

Und es verschwand. Landete, wie Oliver vermutete, in der Zwischenwelt.

Doch da war *etwas*. Etwas Seltsames, das Oliver zuvor noch nicht gesehen hatte: Als Jake das Telefon hatte verschwinden lassen, war da eine winzige Erscheinung gewesen, eine Art *dunkler Schimmer* um seinen Kopf herum. Wie ein Spritzer flüssigen Schattens. Dieser Schatten erschien um seine Hand herum, ein schwarzer, feuchter Heiligenschein, und dann zog er sich zusammen und verschwand zusammen mit dem Telefon.

Was zur Hölle war *das*, und was bedeutete es?

Die Nachricht an Oliver auf dem Bildschirm lautete:

Oliver, irgendetwas stimmt hier nicht. Ich habe Jed gefunden. Er hat gesagt, Jake sei gefährlich. Halt dich von ihm fern, Oliver.

Dann eine zweite Nachricht:

HALT DICH VON JAKE FERN

Jake las das, nachdem er Oliver den Quatsch über »heilige Signale« und was auch immer erzählt hatte. Dann zauberte er das Handy in die Zwischenwelt. Drehung, puff, weg. Denn er konnte nicht zulassen, dass sich dieses Miststück Maddie hier einmischte.

Sie waren jetzt *so nah dran*. Er hatte gedacht, er hätte den Draht zu Oliver verloren, dass er sich zu weit entfernt hätte – er war ihm in der vergangenen Nacht gefolgt, um ihn zu packen, um ihn wenn nötig an den Haaren in den Park zu zerren. Aber dann hatte er es gesehen. Oliver, wie er mit diesem Muskelprotz kämpfte. Graham Lyons. Dann hatte er beobachtet, wie Oliver noch etwas anderes tat – er griff tief in Graham Lyons hinein, in die *verdammte Seele* des anderen Jungen, und zog etwas heraus. Eine Art Aal, eine Schlange, einen öligen schwarzen Wurm aus der Hölle. Eine verrückte Scheiße.

Und das war der Moment, in dem er sich einen neuen Plan ausgedacht hatte. Er hatte sich auf Grahams Rücksitz geschlichen und war mit ihm nach Hause gefahren. Dann hatte er ihn und seinen Vater getötet. In der Hoffnung, dass es Oliver den Rest geben würde. Nur rückblickend war ihm jetzt klar, dass er die Sache vielleicht auf sich hätte beruhen lassen können. Wenn Oliver den Schmerz des anderen Jungen gebrochen hatte, hätte er auch das benutzen können. Wie sich herausstellte, war es gar nicht nötig gewesen, Graham zu töten, und vielleicht hatte er damit alles übermäßig verkompliziert.

Aber, oh, nun ja. Es hatte ihm trotzdem Spaß gemacht. Und er benutzte auch das.

Also konnte er es wirklich, *wirklich* nicht gebrauchen, dass Maddie – und Jed, dieser feige alte Schwanzlutscher – ruinierten, was ohnehin bereits eine heikle Situation war.

So, so nah dran.

Dies war die Nacht.

Die Nachricht besagte, dass sie sowohl empfangen als auch gelesen worden war.

Maddie starrte auf ihr Handy.

Starrte *durch es hindurch.*

Wartete, wartete. Sie betrachtete das Handy, dann auf den auf dem Boden liegenden Jed, dann wieder das Handy. Oliver antwortete nicht.

Oliver, Olly, Mensch, bitte, antworte mir.

Nichts.

Sie schob das Handy mit ihrer freien Hand zurück in ihre Tasche. Wieder hob sie die Waffe und richtete sie auf Jed. Nichts von alledem ergab irgendeinen Sinn, ihre Gedanken kreisten wirr. »Reden Sie weiter. Was bedeutet das alles? Warum stellt Jake eine Gefahr für meinen Sohn dar? Was will er?«

»Er will alldem ein Ende machen, meine Liebe. Das Eschaton immanetisieren, um Eric Voegelin zu zitieren. Utopische Zustände auf der Welt herbeiführen. Und er ist nicht Jake. Nicht wirklich.«

Diese Sache wird langsam irre.

»Wer ist er dann?«

»Er ist Oliver. Ein Oliver aus einer anderen Zeit, von einem anderen Ort. Älter. Erheblich kaputter. Aber er hat einen Plan, Maddie. Oh, und ob er einen Plan hat.« Dann erzählte Jed ihr, was genau das war.

Jake tanzte auf den Steinen, sprang über Streifen aus Mondlicht und Schatten. Oliver folgte ihm etwas langsamer. Jake bewegte sich – als sei er glücklich. Eifrig und aufgeregt.

Aber warum?

Oliver war übel, und er war verwirrt. Sein Kopf war das reinste Durcheinander. Als könne er nicht einmal mehr klar denken. Aber irgendetwas an dieser Sache senkte sich wie ein Stein in seinen Magen.

Er wünschte, sein Vater wäre da gewesen, um ihm zu sagen, was er tun sollte.

Aber das war gleichzeitig das Problem und der Sinn, nicht wahr? Und es war der Grund, warum sie hier waren.

»Dort!«, sagte Jake und streckte die Hand aus.

Oliver folgte der Linie seines vorgereckten Fingers, und vor sich konnte er einen Felsen über den anderen aufragen sehen – einen Felsen, der im Profil eher aussah wie ein Amboss aus schwarzem Stein, nicht wie irgendeiner der anderen Steine.

Noch bevor sie sich ihm näherten, wusste Oliver, dass es *der* Fels war – der, auf dem er seinen Vater hatte sterben sehen. Aus der Nähe wirkte er größer, dunkler, schwerer. Realer als in der Vision. Die Oberfläche ähnelte weniger einem Amboss, nicht ganz so schmal oder so schräg – stattdessen ähnelte sie eher einem Tisch. Er ließ den Strahl seiner Taschenlampe darüber hinweggleiten und sah eine Reihe von acht Rillen, die von der Mitte ausgingen – flache Furchen, die Oliver zu berühren sich abermals gezwungen fühlte, die ihm aber gleichzeitig Angst machten. Er bewegte die Hand darauf zu …

Aber dann schien der Fels zu flackern und die Dunkelheit tiefer zu sein als die Nacht. Oliver zog den Finger weg, bevor er die Steinoberfläche berührte. Außerdem wurde ihm klar, dass die Kanäle nicht von der Mitte ausgingen, sondern eine leichte Neigung hatten – sie zogen sich nach innen, auf die Mitte des Tisches zu, nicht von ihr weg. Im Zentrum des Steins befand sich ein Loch. Eigentlich ein Schlitz, schmal wie die Pupille eines Schlangenauges. Wie die Lücke, in die eine Schwertklinge hineinpassen würde, wenn dies eine der Artus-Legenden gewesen wäre.

Jake breitete die Arme weit aus, als wolle er etwas umfassen, das offensichtlich sein sollte. Aber Oliver verstand nicht.

Oliver spähte durch die Dunkelheit. »Ich sehe keinen Hinweis darauf, dass mein Vater hier war. Ich sehe kein Blut ...«

»Wer hat gesagt, dass es hier passiert ist?«

»Aber die Vision ...«

»Dieser Fels ist wie der Park, Oliver. Es ist eine der – wie hast du es noch gleich genannt? Eine der Konstanten. Wie bei einem Nagel, der durch die Seiten eines Buches getrieben wird.«

Einmal mehr schien der Felstisch eine innere Dunkelheit zu besitzen, die wuchs, ein Kranz aus Schatten, der anschwoll, bevor er wieder zusammenschrumpfte. Abermals streckte Oliver die Hand aus. Er wollte diese Rillen berühren, Rillen, die glatt zu sein schienen, nicht rau, fast wie poliert ...

Seine Finger bewegten sich an einer entlang und ...

Oliver kniete auf dem Felsen, eine Pistole im Mund, peng, rote Spritzer aus der Oberfläche seines Kopfes.

Oliver schrie auf, seine Arme und Beine kämpften fruchtlos, gefesselt an den Felsen, Haut von Seilen rücksichtslos aufgeschürft, der Glanz einer geschärften Spitzhacke.

Oliver, wie er schläfrig auf den Felstisch kriecht, Erbrochenes verkrustet auf seinem schwarzen T-Shirt, die Lider halb gesenkt, während er sich in der Fötusposition zusammenrollt.

Oliver mit verkrampften Händen und weinend.

Sein Schädel aufgeschlagen wie ein Tontopf.

Ein Pistolenschuss.

Eine Schlinge.

Oliver mit schulterlangem Haar.

Oliver mit fast kahl rasiertem Schädel.

Oliver mit Igelschnitt und einem nach innen gedrehten Fuß.

Oliver mit einer aufgeplatzten Oberlippe und grünen Augen.

Oliver mit Zahnspange, Oliver mit sauberen, geraden Zähnen, Oliver mit blauen Augen, braunen Augen, Sommersprossen, einem Muttermal

über dem Mund, einem Muttermal auf der Wange, mal so, mal so, Dut-
zende von Variationen, eine nach der anderen, eine Simulationsfigur,
die jedes Mal ein klein wenig mehr optimiert war, Zirkusspiegelversio-
nen, und jede ist tot und stirbt, immer auf diesem Felsen und niemals,
nie, niemals allein.

Nie.

Niemals.

Allein.

Oliver schnappte nach Luft. Er wich vor dem steinernen Tisch zurück und prallte mit der Ferse um ein Haar gegen den Felsen hinter
ihm. Sein Atem ging in kurzen, rauen Stößen. »Ich ... nein, nein, nein.
Was habe ich gerade gesehen?« Er presste sich die Fäuste an die Schläfen. »*Was war das?*«

Jake beugte sich vor. »Ist alles in Ordnung mit dir, Olly?«

»Du.«

»Ich. Ich was?«

»Du warst immer da. Und du ...« Olivers Stimme verfing sich um
ein Haar in seiner eigenen Kehle, aber er zwang die Worte heraus. »Du
bist nicht du.«

Jakes Gesicht verzog sich zu einem verschlagenen Grinsen. »Oh?«

»Du bist *ich*.«

Dieses eine Auge, umrahmt von Narbengewebe, glänzte.

»Wer hat's verraten?«

Olivers Gedanken überschlugen sich. »Du hast das schon früher
getan. Wieder und wieder. Du hast mich – andere Versionen von mir,
andere Versionen von *dir* – zu diesem Stein geführt. Du hast sie dazu
überredet, sich hier das Leben zu nehmen. Oder du hast sie einfach
selbst getötet. Aber sie sind alle gestorben. Sie sind gestorben, hier auf
diesem ...«

»Sprich weiter«, forderte Jake ihn auf. Das Lächeln auf seinem Gesicht erstarb, verdrängt von einem gierigen Hohngrinsen. »Sag es.«

»Es ist nicht einfach ein Fels. Kein Tisch.«

»Was du nicht sagst.«

»Es ist ein *Altar*.«

Kapitel 63
Die Natur von Menschenopfern

Der Raum wirbelte um Maddie herum. Ein Tinnitus hallte in ihren Ohren wider wie ein Klingelton. Jed redete, während sie vor ihm stand und alle Kraft darauf verwandte, nicht zu hyperventilieren oder in Ohnmacht zu fallen oder abzudrücken und eine Kugel in die schwarze Mitte der Zielscheibe zu schießen, die sie sich auf seiner Stirn vorstellte. »Menschenopfer haben Macht«, erklärte er. »Die Welt hat es schon lange verstanden, aber sie tut jetzt so, als wisse sie es besser – ohh, wir waren alle so zugeknöpft und haben so getan, als würden wir diese Dinge nicht mehr *machen*. Obwohl wir die Obdachlosen in unseren kalten Straßen opfern oder Migrantenkinder an der Grenze oder nahezu immer und überall die Armen.«

»Hören Sie auf zu reden«, sagte sie kleinlaut.

Aber er gehorchte nicht.

Er war darin verstrickt, verloren in den Fängen dessen, was er sagte. »In Japan war es *hitobashira*, Frauen oder Kinder, die in den Grundmauern von Gebäuden begraben wurden, um den Häusern einen, äh, *mystischen Schutz* zu verleihen. Bedienstete wurden neben ihren sterbenden Pharaonen geopfert, neben mittelamerikanischen Häuptlingen und mongolischen Kriegsherren. Viele sind freiwillig in den Tod gegangen – wie der Lindow-Mann, gefesselt und kampflos in einem Sumpf ertrunken; alle sind gestorben, um einen uralten Pakt mit den Göttern zu schließen. Die Macht lag im Blut, verstehen Sie, *das Blut,* wie beim Kult der Kybele, wo man unter einem Bullen stand, während er geopfert wurde, damit das Blut Glück auf einen herabregnen ließ. Und es war auch nicht immer ein Bulle, wenn man den schmutzigen Geschichten Glauben schenken darf – dem Geist von Elizabeth Báthory dort. Und natürlich ist da die Fesselung des Isaak, damit wir nicht glauben, dass unser eigener Gott …«

»*Seien Sie still*«, zischte sie und schlug ihn mit dem Handrücken. Er schrie auf. Blut rann von seiner aufgeplatzten Lippe. Maddie fühlte sich zerrissen. Ihr Sohn war in Gefahr. Sie musste zu ihm eilen. Aber dieser Mann, hier vor ihr, er wusste, wo ihr Ehemann hingegangen war. Und sie hatte ihm noch keine ausreichende Antwort abgepresst. Sie drückte ihm die Waffe an die Schläfe. Dann schaute sie wieder auf ihr Handy. Nichts von Olly. *Scheiße, Scheiße, Scheiße.* »Sie werden mir sagen, wohin mein Mann gegangen ist. Sofort.«

»Ich weiß es nicht, Maddie. Er ist durch den Tunnel gewandert, und jetzt ist er weg. Er ist hingegangen, wo immer Jake hergekommen ist. Und ich habe dabei geholfen. O Gott, ich habe dabei geholfen, ihn hinzuschicken. Alles, um meine Frau und meine Tochter wiederzusehen. Aber vielleicht können Sie auch Ihren Nate wiedersehen, wenn all das neu ersteht, wenn das alles auseinanderbricht und wieder von vorn anfängt …«

Klatsch. Ein weiterer Schlag mit dem Handrücken. Dann drückte sie ihm den Pistolenlauf stattdessen ans Knie. »Das ist Wahnsinn. *Sie* sind wahnsinnig. Ich will ihn nicht auf diese Weise zurückbekommen. Ich will Nate jetzt zurück. Vor meinen Augen. Ich will, dass er von dem Ort, an den Sie ihn geschickt haben, zurückgeholt wird.« Es war nicht nur so, dass sie ihn brauchte. Es war so, dass *er sie* brauchte.

»Es … es tut mir so leid …«

Sie benutzte den Lauf der Pistole, als versuche sie, einen Nagel in seine Kniescheibe einzuhämmern – er schrie in einem zerrissenen Stöhnen auf und wiegte sich hin und her. »*Sie* haben dabei geholfen, und jetzt werden Sie mir sagen, wie ich ihn zurückbekommen kann. Sie sagen, es tue Ihnen leid? Dann können Sie es in Ordnung bringen. Sie können mir helfen. Wie bekomme ich ihn zurück, John Edward? Sie sind *schlau.* Sie sind *Akademiker.* Ich weiß, dass Sie Fantasie besitzen« – sie drehte den Lauf auf der Stelle, wo sie hingehämmert hatte, als bohre sie eine Schraube in hartes Holz – »in Ihrem *großen Gehirn.*«

Wieder schrie er auf. »Bitte. *Nein.* Bitte, ich kann Ihnen helfen.«

»War es das, was sie von Ihnen gewollt hätten? Ihre Frau, Ihre Tochter? Sie haben sie beide getötet und wollen sich davor verstecken. Sie wollen der Uhr den Rücken zukehren und die Zeit zurückspulen, zu einem Tag, an dem sie nicht wissen, was Sie getan haben? Was für ein schwacher, kleiner Mann Sie doch sind«, fügte sie hinzu und verdammte ihn damit. »Sie sind bereit, dabei zu helfen, alles zu zerstören, nur um zu verbergen, was für ein jämmerliches Stück Scheiße Sie in Wirklichkeit sind. Was ihnen zugestoßen ist, war ein Unfall. Aber all das hier? Das hier ist kein Unfall. Das ist Mord.«

Es war, als würde eine kleine Glocke läuten – er hielt inne. Seine Augen verloren ihren Fokus, und er zog sich nach innen zurück. Plötzlich verstand sie, dass es *nicht* förderlich war, ihm physischen Schmerz zuzufügen. Ihn auf diese Weise zu verletzen. Ein metaphorisches Messer in sein Herz zu stoßen, seinen Geist, seine Eingeweide? Das war des Rätsels Lösung.

Schuld.

Und Scham.

Was für mächtige Motivatoren sie waren.

»Ich ... ich habe diesen Unfall nicht absichtlich herbeigeführt.«

»Nein«, sagte Maddie und mäßigte ihren Ton. »Aber Sie haben es getan. Und Sie bringen das nicht in Ordnung, indem Sie das Band zurückspulen. Sie bringen es in Ordnung, indem Sie nach vorn blicken und lernen, besser zu sein als der Mann, der Sie waren. Doch das hier, was Sie tun. Es ist schlimmer. Und die Schuld, die Sie seit jenem Tag im Auto tragen, ist möglicherweise eine Kleinigkeit gegenüber der Schuld, die sie sich aufgeladen haben in ihrem Tun, die beiden zurückzubekommen.«

Von Schuld und Scham ging sie dazu über, auf andere Knöpfe bei ihm zu drücken. »Außerdem«, fuhr sie fort, »was ist, wenn das alles Lügen sind? Was, wenn Sie nur ein Gehilfe sind? Eine Schachfigur im Spiel dieses Monsters. Was, wenn Sie aufwachen, und es hat nicht funktioniert? Was, wenn Sie alles niederbrennen, nur um herauszufinden, dass Ihre Frau und Ihre Tochter noch immer in ihren Gräbern liegen und dass Sie allein sind in einer Welt, die zu zerstören Sie mitgeholfen haben? Was dann?«

Er holte bebend Atem – die keuchenden Zuckungen eines Kindes nach einem langen Weinkrampf. »Sie haben recht. O Gott, Sie haben recht. Ich bin ein Narr, Maddie. Ein alter Narr, ein Trinker, ein hilfloses, verkorkstes Wrack.« Er wischte sich mit dem Handrücken über die Nase und hinterließ eine lange Schneckenspur von Schnodder. »Ich wünschte, ich wüsste, was ich Ihnen sagen soll, Maddie. Ich wünschte, ich wüsste, wie ich Ihnen sagen kann, wie man dorthin zurückgelangt. Und wie man Jake stoppen kann. Und Nate zurückholen. Ich wünschte, ich wüsste etwas, irgendetwas, um Ihnen zu helfen, Ihren Sohn und die Welt zu retten.«

»Ein Opferaltar«, sagte Oliver.

Diese Worte liefen über eine weiße Wolke kalten Atems. Jake umfasste die Seite des Steins und spannte die Muskeln an, als würde er entweder seinen Zorn – oder seine Erregung – bedachtsam entschärfen.

»Das stimmt, Olly. Und du hast recht. Ich bin du. Wir sind eine Konstante. Eine der Säulen, die den Kosmos aufrechthalten. Da bist immer du – oder ich. *Wir.* Es gibt immer einen Nate und eine Maddie. Es gibt immer ein Ramble Rocks, obwohl es, wie bereits bemerkt, nicht immer ein Park ist. Und darin gibt es auf ewig *den Altar.*«

»Das ist verrückt. Ich verschwinde.«

»Immer langsam«, sagte Jake und streckte die Hände aus. »Wir müssen das ausdiskutieren. Du und ich, wir haben die Macht, die Geschichte neu zu schreiben. *Buchstäblich.* Du und ich, wir sind die Letzten. Dies ist die letzte Welt. Wenn wir das tun, ist alles zu Ende. Und es kann alles von Neuem beginnen. Besser, als es zuvor war.«

»Das kann nicht dein Ernst sein.«

»Doch. Dein Dad ist fort. Graham ist fort. Verdammt, diese Welt ist im Arsch, Mann. Du kannst es spüren, nicht wahr? Der große Plan ist total *verdorben.*«

»Mich interessiert … mich interessiert dein großer Plan nicht!«, schrie Oliver voller Entrüstung und Entsetzen. »Mich interessieren nur Menschen. Das alles ist mir egal. Ich kümmere mich nur um Menschen und ihren Schmerz. Ich will ihnen einfach nur helfen …«

»Das hier hilft ihnen. Wir können es beenden. Und es beendet ihren Schmerz. Das würdest du für einen kranken Hund tun. Oder ein … ein gebrechliches Elternteil. Stimmt's? Die Welt liegt in den letzten Zügen. Das hier ist …« Jakes Stimme wechselte in eine fiebrige

Höhe. »Das hier ist *Barmherzigkeit,* Oliver, warum kannst du das verdammt noch mal nicht sehen?«

»Nein. Nein. Ich kann nicht …«

»*Scht, scht,* hör zu, hör *zu*«, sagte Jake flehend. Er wirbelte die Hand herum, und ein Kästchen mit Tabletten erschien mit einem Fingerschnippen. »Ich kann es dir leicht machen. So leicht. Betrachte mich als deinen *Selbstmord-Sommelier,* okay? Wir können es ganz friedlich angehen lassen. Das hier ist eine Mischung. Ein kunstvoller Mix glücklicher Lebensbeender. Ambien, Xanax, Oxy. Nimm ein paar von jedem, dann gehst du aufs Meer hinaus, ein friedlicher Schlaf, während die Welt endet und alles neu beginnt.«

»Selbstmord? Ich … ich will hier weg«, sagte Oliver kleinlaut. »Ich will einfach weg, Jake. Ich gehe jetzt.« Er versuchte zurückzutreten, stellte aber fest, dass er von einer Menge Felsen umringt war. Eine plötzliche Sorge stieg in ihm auf: *Wenn ich wirklich weglaufen wollte, könnte ich es schaffen?* Er konnte es nicht. Es war fast unmöglich, sich halbwegs schnell von diesem Ort zu entfernen. Aber er musste es versuchen. »Es tut mir leid, Jake. Es tut mir wirklich leid.«

»Ach ja?« Jake sog scharf die Luft ein, ein Laut der Enttäuschung. »Olly, Kumpel, ich bin enttäuscht von dir. Nicht so enttäuscht wie dein Dad …«

»Fick dich.«

Oliver drehte sich um, um sich einen Weg zurück durch die Steine zu bahnen.

»Willst du nicht zumindest dein Telefon wiederhaben?«

Er wandte sich um und sah Jake sein Handgelenk drehen – und wieder erschien das denkbar schwächste Aufblitzen von Dunkelheit um seine Fingerspitzen herum, als das Telefon auftauchte.

»Ich weiß nicht. Es ist mir egal.«

»Gott, nimm es einfach. Ruf deine Mommy an, lass sie herkommen, um dich abzuholen.«

Jake warf es auf die Mitte der Felsplatte.

Oliver griff danach.

Und als er sich vorbeugte, um das Telefon in die Hand zu nehmen, bewegte sich Jake. Er bewegte sich schnell. Er legte beide Hände zusammen, und ein kleiner Donnerschlag grollte, als etwas in seinen Fingern erschien: Da war ein Glanz von Mondlicht auf Metall und ein Rascheln von etwas, das die Luft durchschnitt.

Oliver schrie auf und versuchte zurückzuweichen …

Aber es war zu spät.

Die Spitze der Hacke krachte auf seinen linken Handrücken, durch das Telefon hindurch und hinein in den Stein des Altars.

»Mein Sohn ist in Gefahr«, sagte sie.

»Ja. Das glaube ich auch.«

»Dieser Junge, Jake, er will ihm wehtun.«

»Er will ihn *töten*. Ihn dort im Felsenmeer opfern.«

»Und was passiert, wenn das geschieht?«

»Diese Welt endet. Und wenn Sie Jake glauben, sind wir die letzte Welt, die noch übrig ist. Hüpfend im Chaos wie Treibholz. Alles klammert sich an uns. Wenn wir fallen, fällt all das. Sinkt zurück in die urtümliche Dunkelheit, die wahre Dunkelheit.« Er sah sie ohne einen Wimpernschlag an. »Das ist der Grund, warum die Grenze dünn und die Dinge seltsam geworden sind. Wie Ihre im Kreis laufenden Ameisen. Oder der Mann, den Nate gesehen hat. Ich denke, sie sind die Effekte aller Welten.« An dieser Stelle klatschte er sanft in die Hände. »Sie stürzen ineinander.«

Maddie schaute abermals auf ihr Handy. Schickte eine weitere alarmierte Nachricht ab. Bei diesem Versuch erschien nicht einmal das zweite Häkchen. Die Nachricht hing einfach im Äther.

Sie wartete, wartete.

»Der Park. Die beiden gehen in den Park? Dort geschieht das alles?«

Jed nickte. Sie packte ihn am Genick und stieß ihn in Richtung Tür. »Lassen Sie uns gehen. Mein Auto. Wir fahren.«

»Maddie, bitte, zwingen Sie mich nicht …«

»Halten Sie Ihren verdammten Mund.« Als sie ihn zur Tür stieß, schnappte sie sich ihr Handy und rief Fig an. Er war der Einzige, dem sie vertraute.

Das dumpfe Knirschen pochte in Olivers Hand, hallte bis hinauf zu seinem Ellbogen wider, dann in seine Schulter – ein Peitschenhieb aus Blitz. Er geriet in Panik, stützte die Knie auf dem Altar ab und versuchte, seine Hand zu befreien, aber es klappte nicht – und jede Bewegung sandte neue Funken des Schmerzes durch ihn hindurch. Mit der anderen Hand griff er nach der metallenen Spitze der Hacke. Der größte Teil des Werkzeugs war rostverkrustet, aber die Spitze war blank, und, was noch seltsamer war, so geschärft, dass das schwere, grobe, steinezerbrechende Ende jetzt eher ein langes, schlankes Ende war, wie ein Eispickel.

»Kampf, Kampf«, murmelte Jake, der auf und ab ging und beobachtete, wie Oliver um sich schlug und weinte und plärrte, während er erfolglos versuchte, sich zu befreien. »Das ist Leben, nicht wahr? Kampf. Ein einziger langer, verdammter Kampf, Alter. *Alles Leben ist Leiden.* Buddha, stimmt's? Wer auch immer. Nur zu, bearbeite weiter diese Falle, Maus. Lass uns sehen, wie es läuft. Es ist okay. Wir haben Zeit, du und ich.«

Ich brauche nur einen Hebel. So, wie er sich positioniert hatte, hatte er keinen. Oliver stieß ein Ächzen aus und versuchte, sich auf den Altar zu schwingen, um die Schulter dagegenzudrücken, aber sein Knie rutschte weg …

Und sein Gewicht zerrte heftig an der im Stein steckenden Spitzhacke.

Der Schmerz war weiß glühend und alles verzehrend. Er hörte ein schreckliches Geräusch, wie Wind, der durch ein zerbrochenes Fenster heulte, und schon bald wurde Oliver klar, dass er die Quelle dieses jämmerlichen Lautes war.

Keuchend sackte er gegen den Altar. Versuchte stehen zu bleiben, während er sich nach vorn beugte. Sabber machte sein Kinn glitschig. Tränen trübten seine Sicht.

»Du Stück Scheiße«, zischte er durch seinen eigenen Speichel hindurch, seine Stimme atemlos.

»Du enttäuschst mich, Junge. Ich dachte wirklich, du wärst klug genug zu verstehen, was ich hier zu tun versuche.« Geringschätzig deutete er mit einer Hand auf Oliver. »Sieh dich doch an. Du hast bereits allen Mut verloren. Es ist wie bei einem Fisch an einer Angelschnur – du musst sie nur ermüden lassen, dann ist alles vorbei.« Er zuckte die Achseln. »Das ist es, was Menschen tun. Sie kämpfen. Selbst wenn sie sich in einer Todesspirale befinden, drehen sie sich einfach immer weiter und denken, sie würden sich in einer geraden Linie bewegen und nicht den verdammten Abfluss hinab.«

Olivers Gedanken wanderten zu dem Bild dieser Ameisen in seinem Schlafzimmer, an einem Abend, der ein ganzes Leben zurückzuliegen schien. Wie sie herumwirbelten, ein Karussell aus Hunger und Tod.

»Ich hasse dich. Ich *hasse* dich.«

»Ich weiß. Und es tut mir leid. Und ich sage das auch nicht nur so, Oliver. Ich meine es ernst. Das hier macht mir keinen Spaß. Eigentlich weißt du das. Du *fühlst,* wie recht ich habe – die Dinge sind schiefgegangen. Die Grausamkeit auf der Welt, sie ist zu groß. Das Böse ist alltäglich, eine von der Leine gelassene Bestie. Und wir können das ändern, Oliver. Alle Religionen und spirituellen Lehren zeigen uns den Weg – einen Pfad der Reinigung, eine verdammte *Sintflut,* um die Sünde wegzuwaschen und die Welt neu zu erschaffen, das Rad, das sich dreht, ein Zeitalter, das dem nächsten weicht. Aber dieses Rad braucht einen Stoß, Olly. *Und ich habe gelernt, es zu stoßen.«*

»Lass mich einfach gehen.« Aber was herauskam war: Laschmieinfageh.

»Und wenn ich ihm einen Stoß versetze, fängt alles an, sich zu drehen, schneller und schneller, und verdammt, immer schneller, bis es von seiner Achse rutscht und – *krach, bumm, peng.«* Jake warf die Hände hoch. »Ich gebe zu, dass ich das alles selbst nicht verstehe. Ich habe es aus dem Grubenbuch. Das mir ein … ein *Freund* namens Eli geschenkt hat. Es geht alles um die … wie hast du sie genannt? Die Konstanten. Zerbrich die Konstanten, zerbrich die Welt, und jede Welt, die du zerbrichst, addiert sich und addiert und addiert sich, bis alles Chaos ist und alles von vorn anfängt. Die Konstanten, tja …« Wieder beugte er sich über den Altar, diesmal auf die Ellbogen gestützt, als sei er bei einer Pyjamaparty und würde eine heimliche Schwärmerei eingestehen. »Sie existieren auf jedem Level, durch jede

Zeitlinie hindurch. Wie du gesagt hast, ein Nagel durch ein Buch, das Loch in jeder Seite. Oder wie diese Spitzhacke ...« Er reckte sich und berührte mit der Fingerspitze den oberen Rand der Spitzhacke und wackelte daran. Oliver schrie mit zusammengebissenen Zähnen. »Die Hacke durchbohrt deine Hand, durchbohrt die Haut und die Muskeln und die Knochen, durchbohrt das Telefon, nagelt alles an den Stein.

»Ich werde mich für dich nicht selbst töten.«

Jakes Kopf ruckte zurück, und er presste sich die Fäuste in die Augen, als sei er frustriert. »Es ist meine Schuld, wirklich. Ich dachte, ich würde dich verstehen. Aber es kümmert dich nicht, dass die Welt im Arsch ist. Du interessierst dich nur für Menschen. Und damit kann ich nichts anfangen. Du musst den Wald sehen, und alles, was du siehst, sind die *verdammten Bäume*. Also werde ich es wohl auf die altmodische Weise tun müssen.«

Sein Handgelenk drehte sich, seine Finger schnippten – und in einem kleinen Puls flüssiger Dunkelheit tauchte ein Revolver auf. Jake wirbelte die Kammer herum und schnappte sich sechs Patronen aus der Luft, eine nach der anderen.

Oliver ächzte und setzte sich zur Wehr. Sagte sich, dass er sich beruhigen müsse. Atmen. Aber es war unmöglich. Panik würgte ihn.

Jake sprach weiter: »Weißt du, die Azteken haben es verstanden. All das. Sie haben Geschichten über die Fünf Sonnen erzählt. Jede Sonne war ein Zeitalter, eine Ära. Die Erste Sonne starb, als Quetzalcoatl sie mit einem Knüppel vom Himmel schlug und Jaguare das ganze Volk fraßen. Quetzalcoatl wurde zur Zweiten Sonne, musste aber beiseitetreten, um seine Magie zu entfalten, um die Menschen daran zu hindern, Affen zu sein. Die Dritte Sonne war Tlaloc, der traurig und wütend und eifersüchtig war, weil seine Frau von einem anderen Gott verführt wurde, und zuerst sandte er eine große Dürre auf die Erde, und dann, als das Volk um Regen bettelte, gab er ihn den Menschen – als einen Regen aus Feuer. Und die Götter schufen aus der Asche eine neue Welt.« Er drückte mit dem Daumen den Revolver auf und schob eine Patrone nach der anderen in die Trommel. *Klick, klick, klick.* »Vierte Sonne? Tlaloc war grausam zu seiner *neuen* Ehefrau, sagte ihr, sie sei keinen Scheißdreck wert, daher weinte sie Blut. So viel Blut,

dass sie die Welt damit ertränkte. Und schließlich die Fünfte Sonne –
unsere jetzige Sonne. Sobald die Menschenopfer aufhören, so heißt es,
werden die Sterne die Sonne fressen, den Himmel und alle Menschen,
und ein großes Erdbeben wird das Universum auseinanderreißen.«

»Du bist wahnsinnig. Diese Mythen sind nicht deine. Sie sind nicht
einmal echt.« Noch immer kämpfte Oliver mit der Hacke. Es tat so
unglaublich weh, dass er sich zwingen musste, nicht ohnmächtig zu
werden. *Zieh. Zieh. Zieh.*

Jake war inzwischen fertig damit, den Revolver zu laden. Er riss den
Arm nach rechts und ließ die Trommel zuschnappen.

»Jede Mythologie hat ihre Geschichte von einer Apokalypse – Gott,
allein dieses Wort, Oliver. Apokalypse. Es bedeutet *Offenbarung*. Es ist
eine Epiphanie. Ein Erwachen, kein Ende. Das würdest du erkennen,
wenn du es so gelernt hättest, wie ich es gelernt habe. Unten in der
Dunkelheit. Von einem hervorragenden Lehrer.« Jake schniefte. »Übrigens, du kannst aufhören, dich zu wehren. Diese Hacke wird sich
nicht bewegen. Dafür habe ich gesorgt. Magie.«

Die Hacke wird sich nicht bewegen.

Inzwischen war das Loch größer geworden. Er konnte das Licht
des Mondes in dem nassen roten Fleisch seines Handrückens glänzen
sehen.

Wenn sich die Hacke nicht bewegen ließ …

»wir sehen uns auf der anderen Seite«, sagte Jake und hob den Revolver.

Oliver riss so fest er konnte …

Nicht an der Hacke.

Sondern an seiner *Hand*.

Er stieß die Schulter zurück, und die Spitze der Hacke zerriss die
Haut seiner Hand, brach zwischen seinem Mittelfinger und seinem
Ringfinger durch Muskeln und Knochen – Blut spritzte, als er rück-
wärts taumelte.

Jake feuerte.

Peng.

Oliver fiel zwischen zwei Steine und rappelte sich schnell auf. Er
flitzte zwischen den Steinbrocken hindurch, in geduckter Haltung,

als zwei weitere Schüsse erschollen und die oberen Ränder der Steine neben ihm vom Jaulen abprallender Pistolenkugeln sangen. Ein Hagel von Steinsplittern bestäubte die Luft vor ihm. Seine Hand schmerzte.

Jake brüllte, und Oliver dachte flüchtig: *Vielleicht kann die Schwierigkeit, dem Steinfeld zu entkommen, ein Vorteil sein.*

Er duckte sich noch tiefer, ließ sich auf alle viere sinken ...

Ein Schatten fiel vor ihn.

Erst da realisierte er, wie er überhaupt hierhergekommen war, und er beobachtete, wie Jake wie ein Tänzer über die Steine hüpfte.

Ein harter Stiefel traf Olivers Gesicht und stieß ihn zur Seite. Seine Nase fühlte sich wie Beton an. Sein Schädel hämmerte. Aus seiner Hand spritzte Blut.

Der Ältere stand vor ihm, herablassend und herrisch.

Der Lauf der Waffe zielte auf Oliver und starrte ihn genauso gnadenlos und boshaft an wie Jakes eigenes unmögliches Auge.

»Du kapierst es nicht«, sagte Jake, seine Stimme belegt und klebrig. Die Waffe in seiner Hand zitterte nicht, obwohl er ansonsten unsicher zu sein schien. »Du weißt die Gnade dieser Tat nicht zu schätzen. Hier geht es nicht nur um mich, der dich tötet. Es geht auch darum, *mich* zu töten. Ich beende dein Leben, und alles verschwindet. Es ist nicht nur dein Opfer. Es ist auch meins.«

Oliver bettete resigniert den Kopf an dem Felsen hinter ihm. »Ein einziger großer, kosmischer Mord-Selbstmord«, sagte er verbittert und traurig.

»Schönheit in der Verheerung, Macht in der Zerstörung. Jetzt steig auf den verdammten Altar, Oliver.«

Erschöpft und schwach erhob Oliver sich. Er trat durch die Mondlichtstrahlen auf den Altar zu. Doch dort sah er, dass die Spitzhacke nicht mehr im Stein steckte. Sie war heruntergefallen. *Als ich ihr entkommen bin, habe ich diesen Zauber gebrochen*, dachte Oliver. Magische Logik. *Verrückte* Logik. Aber trotzdem wahr.

Er beugte sich über die Felsplatte.

Er hörte, wie der Hahn des Revolvers zurückgezogen wurde. *Kaklick.*

Und dann tat er das Einzige, was er tun konnte. Seine Hand schloss sich um den hölzernen Griff der Spitzhacke, und er wirbelte blind herum …

Peng. Der Revolver ging los, dann rutschte er klappernd weg. In Olivers Ohren schrie der Knall des Schusses. Jake taumelte rückwärts durch das Mondlicht, und die Spitzhacke steckte unelegant neben seinem Schlüsselbein. Jake stieß einen Strom wortloser Beschimpfungen aus, vulgär, in einem kehligen, profanen Brüllen.

Oliver dachte: *Töte ihn.*

Töte ihn jetzt.

Beende dies, oder es endet nie.

Aber seine Leibesmitte krampfte sich zusammen. Konnte er? Würde er?

Stattdessen drehte er sich in die andere Richtung, und rannte los.

Es war am Rand des Parks, in der Nähe der Straße, als er die blinkenden Lichter sah. Nicht rot und blau, sondern das gelbe Blitzen eines Trucks der Jagd- und Naturschutzverwaltung. Er sah Fig Ausrüstung aus dem Truck holen, und Oliver versuchte, ihm etwas zuzurufen, stellte aber fest, dass ihm die Worte in der Kehle stecken blieben und dass alles, was aus seinem Mund kam, ein verzerrtes Flüstern war. Also taumelte er aus dem Gebüsch, wohl wissend, dass Jake irgendwie mit der Hacke und der Waffe direkt hinter ihm sein würde, und er wusste, dass Fig, sobald er ihn erreichte, sterben würde, in die Brust geschossen, aber nichts von alldem geschah. Alles, was geschah, war, dass Axel Figueroa ihn kommen sah und ihn auffing, kurz bevor er fiel. Dann wurde alles dunkel.

Zwischenspiel
Jake und der Dämon

Der Oliver, der eines Tages Jake sein würde, saß im Wohnzimmer, rührte in einer Schale Apfelmus und sah sich seine Lieblingszeichentrickserie *Jayce and the Wheeled Warriors* an, wo der junge Held, Audric – mithilfe seiner Freunde, Stormbringer, Ulysses, Shadow Cat und Marisol – gegen das böse Pilzreich von Sawblade, dem Spore Boss, kämpfte. Jede Seite trat mit diversen Fahrzeugen als Waffen an: Audrics Autos waren coole Angeberautos und Militärlaster, und Sawblade hatte einen Haufen organischer, postapokalyptischer Wagen (die für Olivers Augen ein wenig so aussahen wie geäderte Kackehaufen). Sawblades Panzer feuerte mit, tja, Sägeblättern, die ihm wahrscheinlich den Namen gegeben hatten.

Oliver hatte einige der Spielzeuge vor sich: Audrics Feuerspeier, Shadow Cats hochgebocktes Fahrzeug und Sawblades und Spore Boss' Panzer.

Er war neun Jahre alt.

Er mochte die Sendung, weil sie einen klaren Kampf zwischen Gut und Böse zeigte. Audric war hemmungslos gut und heldenhaft. Sawblade war grotesk und böse. Einfach.

Aber die Sendung war auch schwierig für Oliver, weil sie um halb vier am Nachmittag ausgestrahlt wurde. Während er zuschaute, tickte die Uhr an der Wohnzimmerwand der vier entgegen, und der Magen des Jungen krampfte sich immer weiter zusammen, seine Übelkeit wuchs, und sein Kopf fühlte sich an wie ein umgestoßener Bienenstock der Sorge und Furcht. Das alles weckte in ihm den Wunsch, aufzustehen und wegzurennen, aber er mochte diese Sendung auch sehr und wollte keine Sekunde davon versäumen.

Manchmal, wenn die Uhr vier schlug, eilte er aus dem Raum und versteckte sich in seinem Schlafzimmer. Manchmal unter der Decke.

Manchmal unterm Bett. Doch er sollte das eigentlich nicht tun, und er wusste, dass es ihn nur umso mehr in die Klemme bringen würde.

Nein, er sollte bereit sein und auf seinen Vater warten. Sein Dad kam jeden Tag um Punkt vier nach Hause, und wenn er da war, hatte er manchmal Aufgaben für Oliver. Diese Aufgaben waren häufig beliebig. Sein Dad befahl ihm, einen Graben im Garten auszuheben. Oder eine Stunde lang Nägel in ein Brett zu hämmern; wenn er das Brett gefüllt hatte, musste er die Nägel wieder herausziehen und sie erneut hineinhämmern.

Manchmal tat sein Dad tatsächlich etwas, reparierte zum Beispiel einen Zaun oder brachte ein verstopftes Abwasserrohr im Garten in Ordnung, und dann verlangte er, dass Oliver ihn begleitete, und trank ein Bier, während er Oliver auftrug, ein bestimmtes Werkzeug zu holen – einen Sechzehner-Schraubenschlüssel, einen Akkuschrauber, oder eine Zange. Wenn Oliver einen Fehler machte und mit dem Falschen zurückkam, schlug sein Vater ihn. Manchmal eine Ohrfeige, manchmal ein Hieb in den Magen.

Also gewöhnte Oliver sich dann an, alle Werkzeuge mitzunehmen – wenn sein Dad einen Schraubenschlüssel wollte, brachte er einen ganzen Haufen davon, nur um auf der sicheren Seite zu sein. Aber das machte seinen Dad noch wütender, denn es war »eine Verschwendung«, und das trug Oliver eine weitere Ohrfeige ein, einen Hieb, manchmal sogar einen Tritt gegen die Knie oder in die Hüften. Sein Dad sagte dann, die Größe des Werkzeugs würde auf dem Werkzeug selbst geschrieben stehen, aber Oliver stellte oft fest, dass das nicht stimmte – die Werkzeuge waren alt und verrostet, und es war schwer zu erkennen, ob ein Schraubenschlüssel ein Sechzehner oder ein Vierzehner war. Manchmal fand er die Zahlen auf dem Metall und versuchte, sie zu lesen, als seien sie in Brei geschrieben, aber das hatte keinen Sinn. Sein neuester Trick bestand darin, einfach zu versuchen, auswendig zu lernen, was was war, aber selbst das war zermürbend – denn er war immer so aufgeregt und so verwirrt, dass er häufig trotzdem das falsche Werkzeug brachte. Manchmal ging er in die Scheune und betrachtete die Werkzeuge in dem Werkzeugkasten, und wenn er das tat, wurde ihm so übel, dass er sich in der Ecke erbrach und weinte. Dad hatte seine Kotze in der Ecke noch nicht entdeckt.

Oliver hatte Angst davor, was passieren würde, wenn das geschah.

Jetzt war es fünf vor vier am Nachmittag.

Er hörte das verräterische Knirschen von Kies unter Autoreifen.

Die Sendung war fast vorbei. Aber der Zeichentrickfilm verschwamm. Einige Bilder auf dem Schirm erstarrten verpixelt, während es dann den Eindruck machte, als würden sie schmelzen, Stücke belebten Mülls, und das Ganze wurde von Sekunde zu Sekunde unverständlicher. Streifen aus weißem Rauschen flimmerten über den Bildschirm. Zorn und Enttäuschung erfüllten Oliver. Das einzig Gute, das er hatte, und jetzt war es kaputt!

Der Fernseher wurde dunkel.

Sekunden verstrichen.

Doch bald erschien ein neues Bild:

Der Fernseher zeigte seinen Vater draußen. Als würde er von einer Kamera hoch oben in den Bäumen gefilmt. Er holte seine Essenstüte aus dem Wagen, außerdem einen Werkzeugkasten.

O Gott, er ist zu Hause, o nein, nein, nein, nein.

Dann blieb der Mann stehen und erstarrte. Oder jedenfalls beinahe – es war, als würde er sich einen Zentimeter vorwärtsbewegen und dann wieder einen Zentimeter rückwärts. Einen Zentimeter vorwärts, einen Zentimeter rückwärts. Dort gefangen, gelähmt in einem Augenblick der Zeit.

Oliver verstand nicht, was geschah. Er schaute auf die Uhr an der Wand und sah, dass der Sekundenzeiger das Gleiche tat – ein sanftes Zucken, vor und zurück und niemals weiter als für eine Sekunde.

Ein Gesicht erschien auf dem Bildschirm. Ein Zeichentrickgesicht, und für einen Moment dachte Oliver: *Oh, gut, die Sendung geht weiter,* aber er erkannte diese Person nicht. Dunkle Krissellöckchen fettigen schwarzen Haares hingen um ein bleiches Gesicht herum. Die Nase war lang und auf komische Weise gebogen. Eine kleine goldene Brille hockte auf der Spitze dieser Nase. Darunter befand sich ein wie von einem Textmarker hingekritzelter Schnurrbart.

»Hallo, Oliver«, sagte der Zeichentrickmann mit einem breiten Grinsen.

Und das war der Moment, in dem Oliver ihn erkannte.

Sein Name war Eli. Aber er wusste nicht, woher er das wusste.

»Erinnerst du dich an heute, Oliver?«

Oliver blinzelte. Sollte er dem Fernsehmann antworten?

Eli, auch bekannt als Eligos und Vassago, sagte: »Es ist in Ordnung, du kannst antworten, Oliver.«

»Ich … ich erinnere mich nicht an heute.« Er gestattete sich einen weiteren Blick auf die Uhr an der Wand. Der zweite Zeiger zuckte immer noch, als mühe er sich, sich wieder vorwärtszubewegen. »Wie kann ich mich an einen Tag erinnern, der noch nicht vergangen ist?«

Eli lächelte. Und verschwand dann.

Auf dem Fernseher erschien eine neue Szene, wieder im gleichen Zeichentrickstil wie *Jayce and the Wheeled Warriors*. Aber was sie zeigte, war nicht der Feuerspeier, der auf Spore Boss' Panzer zufuhr, sondern vielmehr genau das Wohnzimmer, in dem Oliver saß. Und durch die Tür kam sein Vater – in dem Zeichentrickfilm war er muskulöser, dunkler, sein Bart eine Reihe gezackter Linien wie verkehrt herum gemalte Berggipfel.

Im Fernsehen sagte sein Vater: »Wo ist deine Mutter?«

»Oben«, antwortete der Zeichentrick-Oliver. Und es war eine richtige Antwort, denn seine Mom war tatsächlich oben. Wie so oft zu dieser Tageszeit. Im oberen Stockwerk. Im Bett. Sie schlief oder lag im Halbschlaf da, vielleicht weinte sie auch einfach leise.

»Ich habe heute von einem Freund gehört, dass sie einige Anrufe gemacht hat.«

»Okay«, sagte der Zeichentrick-Oliver, der sich offensichtlich nicht sicher war, was das bedeutete.

Aber der Zeichentrick-Dad erklärte: »Sie hat einen Scheidungsanwalt angerufen.«

»Oh.«

»Was bedeutet, dass sie mich verlassen will. *Uns* verlassen will«, sagte sein Dad. Und jetzt dachte der reale Oliver, der, der die Ereignisse im Fernsehen beobachtete: *Ist das wahr? Passiert das wirklich?* Ein seltsamer Impuls der Hoffnung blitzte in Oliver auf, denn vielleicht verließ sie nicht sie beide, sondern verließ nur *ihn*. Vielleicht würde sie Oliver mitnehmen.

»Du würdest mich doch nicht verlassen, oder?«

»Nein, Dad«, log der Zeichentrick-Oliver, und der reale Oliver wusste, dass es eine Lüge war.

Der Bildschirm-Dad tätschelte die Wange seines Sohnes. »Braver Junge. Jetzt muss ich ein *Gespräch* mit deiner *Mutter* führen.« Sowohl dieser Oliver als auch der im Fernsehen wusste, was das bedeutete. Es würde kein Gespräch sein. Es würde gebrüllt werden. Und es würde so enden, wie es immer endete: damit, dass sie weinte. Fast mit Sicherheit überzogen von neuen blauen Flecken. Wahrscheinlich blutend.

Und jetzt war der Zeichentrick-Oliver einen Moment lang wie Audric: Seine Hand schnellte vor und umfing den Unterarm seines Vaters, als der Mann Anstalten machte, nach oben zu gehen. Es war eine trotzige Geste. Der Junge reckte das Kinn vor und verzog das Gesicht mit Zeichentrick-Mut.

Der Dad im Fernsehen schaute auf den Jungen hinab, der ihn packte, ein tintendunkles Gekritzel von Zorn formte sich über seinem Kopf. Dampf stieg über seinen geröteten Wangen auf.

»Nein«, sagte der Zeichentrick-Oliver. »Du lässt sie in Ruhe.«

Das war's.

Der Vater im Fernsehen packte seinen Sohn und schleuderte ihn gegen den Apparat. Der Fernseher fiel um, und ein Spinnennetz von Rissen zog sich über den Bildschirm. Der Vater nahm ein zerknittertes Zigarettenpäckchen aus seiner Gesäßtasche, schüttelte eine hinaus, schob sie sich zwischen die Lippen und befingerte seine vorderen Taschen auf der Suche nach einem Feuerzeug. Der Junge versuchte wegzuhuschen, aber der Zeichentrick-Dad stellte einen Fuß auf sein Steißbein und drückte ihn zu Boden. Der Junge ächzte und zappelte, weinte.

Der Zeichentrick-Dad zündete eine Zigarette an. Kleine Wolken erhoben sich über der Spitze.

»Ich weiß, wir sind keine Kirchgänger«, sagte der Zeichentrick-Nate, »aber ich erinnere mich an eine Passage aus dem Guten Buch. Es

geht darum, dass man, wenn eine Hand mich beleidigt, diese Hand abschneiden muss oder irgend so einen Blödsinn.« Mit von den Lippen
baumelnder Zigarette drückte er den Jungen mit seinem ganzen Körpergewicht auf den Boden. Gezeichnete Nikotinwolken hingen immer
noch über seinem Kopf.

Dann packte er die Hand des Zeichentrick-Olivers.

Zog sie zu sich hin.

Nahm diese Zigarette aus dem Mund.

Und ...

Tssss.

Presste sie in den Handrücken des Zeichentrick-Olivers. Der Junge schlug um sich. Und schrie. Kleine rote Teufel erhoben sich über
dem Jungen. Sammelten sich über den Schultern des Vaters, bevor sie
schließlich verblassten wie Geister.

Und jetzt verspürte Oliver, der *reale* Oliver, ein plötzliches Aufbranden von Schmerz in seiner eigenen Hand – und als er sie umdrehte,
sah er, wie sich eine kleine Narbe bildete. Alt, eher rosa als rot, aber
trotzdem da.

Der Zeichentrickfilm wurde schwarz.

Sekunden später tauchte Eli wieder auf.

»Das ist heute«, sagte Eli. »Erinnerst du dich jetzt?«

Oliver schluckte. »Ein wenig.«

»Das wird gleich passieren.«

»Ich weiß.«

»Es ist schon früher passiert.«

Eine neue Szene im Fernseher ersetzte Eli: ein kleiner Junge, nicht
Oliver, kein Zeichentrick, auf dem Boden. Das Gesicht nach oben gewandt diesmal. Dort festgehalten von einem Mann mit Doppelkinn
und Bartstoppeln im Gesicht in einem ärmellosen, einst weißen und
jetzt von Schweiß gelbem Hemd. Die Handgelenke des Jungen wurden von den Knien des Mannes auf den Boden gedrückt. Er hatte eine
Zigarette – nein, einen kleinen Zigarillo mit Plastikmundstück – zwischen den Zähnen, und er spuckte den Zigarillo aus und drückte ihn
in das Schlüsselbein des Jungen.

Jetzt war der Zeichentrick-Dad, *sein* eigener Vater, wieder auf dem

Bildschirm. Er zog den Kragen seines Flanellhemdes zurück und zeigte dort auf seinem Schlüsselbein eine kleine Narbe.

»Sieh dir das an, Sohn«, sagte sein Dad mit einer Stimme, die seine war, aber gleichzeitig auch die von Eli. »Ist mir passiert. Ist dir passiert. Räder drehen sich. Zyklen um Zyklen. Was früher geschehen ist, wird wiederkommen.«

Er grinste mit schwarzen, glänzenden Zähnen, dann war er wieder weg.

An der Wand zuckte der zweite Zeiger weiterhin, zuck, zuck, zuck.

Im Fernsehen erschien ein Riesenrad. Drehorgelmusik erklang, *doo-dah-dah, doo-dah-dah*. Dann war es Nacht, und das Riesenrad stand in Flammen. Die Menschen darin standen in Flammen. Und schrieen. Einige von ihnen sprangen hinaus und zogen Flammen hinter sich her, als sie in den Tod stürzten.

Eine Reihe von Bildern blitzte auf, eines nach dem anderen.

Ein Schulbus, der an einem Zebrastreifen in eine Reihe von Schulkindern krachte. Der Busfahrer versuchte nicht einmal stehen zu bleiben. Er schlief. Kinder wurden unter Reifen begraben.

Eine Frau auf einem runden Holzbrett wirbelte im Kreis umher, umringt von Beilen, die im Holz steckten – ein weiteres Beil wurde geworfen, und es traf, obwohl das nicht hätte geschehen sollen, spaltete ihren Kopf wie eine Melone. *Sssthunk.*

Ein ausgeweidetes Mädchen auf einem Felsbrocken neben einem lächelnden, gut aussehenden Killer – er hatte etwas Jungenhaftes, wie ein Vertreter, und er sah in die Kamera, als wüsste er, dass er beobachtet wurde. Und es gefiel ihm. Ihre Eingeweide quollen heraus, aufgeplatzt wie Zecken, nachdem sie sich mit Blut vollgesaugt hatten. Auf ihrer Wange sah Oliver etwas Seltsames: eine in die Haut geritzte Zahl. Die Zahl drei.

Die Bilder kamen immer schneller und schneller. Tiere auf einem Feld, tot und verwesend. Fliegen auf dem Gesicht eines toten Mädchens. Dünne, kranke Gefangene in zerlumpten Schlafanzügen, die sich in einem Konzentrationslager gegen den Drahtzaun pressten. Männer in Gräben, niedergetrampelt von Männern zu Pferd. Ein Soldat in einem Schützengraben mühte sich, sich eine Gasmaske überzustülpen, während seine Haut Blasen warf und seine Augen wie Eigelb über sein Gesicht liefen. Hungernde Kinder mit aufgeblähten Bäuchen. Frauen, die mit Decken über dem Kopf in einen Lieferwagen geladen wurden. Maschinengewehrfeuer bei einem Konzert, kaum hörbar im Lärm der Musik, Menschen in der Menge, die einer nach dem anderen zu Boden gingen, und jeder Treffer in den Kopf ließ kleine Blutbögen aufspritzen, *peng, peng, peng, peng*. Ein Flur in einer Highschool voller toter, erschossener Kinder. Ein krankes kleines Mädchen, gestorben in verheddertem Stacheldraht an der Grenze. Krieg. Krankheit. Hunger. Folter. Tod. Oliver beobachtete das alles, weil er den Blick nicht abwenden konnte, und er wusste nicht, wie lange es ging, vielleicht einige Minuten, vielleicht Wochen, vielleicht Jahre. Er hatte das Gefühl, davon ausgefüllt zu sein, als sei es eine lebendige Kreatur, eine Abfolge von Bildern, geformt zu einer Schlange, die sich um seinen Hals wand, bevor sie in seinen Mund eindrang und ihn erstickte. Er schrie auf, aber es kam kein Laut heraus. Und die Tränen trugen wenig dazu bei, zu verbergen, was er sah, trugen nichts dazu bei, die Bilder verschwimmen zu lassen, als würden sie ihm irgendwie auf eine Weise vermittelt, die nicht wirklich mit Sehen zu tun hatte, sondern als seien es in die Wand seines Geistes mit verbogenen, verrosteten Nägeln eingehämmerte Fotos.

Wieder tauchte Elis Gesicht auf. Diesmal nicht animiert. Kein Comic für ihn, o nein. Er war nur allzu real. Sein Gesicht bleich und teigig. Die Augen blutunterlaufen. Lippen vom Blau eines Ertrinkenden. Als er sprach, war seine Stimme so laut, dass Oliver sie in seinem Kopf hören konnte, und seine Zähne klapperten wie Münzen im Becherhalter eines Autos. »Siehst du das, Oliver? Siehst du, wozu die Welt geworden ist?«

»Ja.«

»Ist die Welt ein guter Ort, Oliver?«

»Ich … ich glaube nicht.«

»Du glaubst es nicht?«

»Ich *weiß*, dass sie kein guter Ort ist.«

»Ja. Du weißt es. Zyklen drehen sich. Reifen und Zahnräder. Und die Maschine spuckt immer wieder das gleiche Leid aus, die gleichen vorgefertigten Ziegelsteine des Elends. Dein Urgroßvater kommt aus dem Krieg zurück, lässt es an deinem Großvater aus, der diesen Zorn und dieses Trauma vor sich her trägt wie Scheiße in einem Eimer, der ein wenig davon trinkt, um seinen Durst zu stillen, und es dann an deinen Vater weiterreicht, und jetzt reicht dein Vater es an dich weiter. Wie eine Krankheit, wie ein Krebsgeschwür, gleichzeitig ansteckend und ererbt. Willst du es an dein Kind weitergeben?«

»Nein.«

»Nein, natürlich nicht, Oliver. *Natürlich* nicht. Also, was tun wir?«

Sie sagten es gleichzeitig:

»Das Rad zerbrechen.«

Vor ihm lag jetzt ein Hammer.

Die Uhr an der Wand lief weiter, *tick-tack, tick-tack.* Die Tür wurde geöffnet, und herein kam sein Vater. Er sagte, wie er es zuvor im Fernseher getan hatte: »Wo ist deine Mutter?«, aber dann fiel sein Blick auf den Hammer auf dem Boden. »Ist das mein Hammer? Hast du wieder Unsinn mit meinem Werkzeug getrieben, Oliver?«

Oliver streckte die Hand aus und ergriff den Hammer.

Er gab seine Antwort ohne Worte.

Der Schlag war unbeholfen. Er sprang auf und schwang den Hammer nach dem Gesicht des alten Mannes. Der Hammer traf ihn an der Schläfe, und er taumelte rückwärts. Doch er blieb stehen und griff mit zwei Fingern nach oben, um den glitschigen kleinen Blutfleck dort zu berühren. Als er die Finger wegnahm, waren sie klebrig und feucht.

»Wahrhaftig, du kleines Stück …«

Oliver schmetterte den Hammer auf seinen Mund. Seine Zähne zersplitterten wie der Rand eines Porzellanwaschbeckens. Bröckchen in seinem Mund. Der Kiefer verwandelt in Salat gezackter Beifußblätter. Er gurgelte und würgte an diesen Bröckchen und diesem Blut, und Oliver kletterte auf ihn wie auf einen Baum und drosch wieder und wieder mit dem Hammer auf seinen Kopf und seinen Hals ein. Der Hammer fiel, bis der Kopf des Mannes zermatscht war und seine Form verlor; wie ein Basketball, aus dem die Luft heraus war, oder ein verrotteter Baumstamm, der eingetreten wurde. Der Junge schlug zu, wieder und wieder, bis er durch die Blutspritzer und das Haar, das ihm verfilzt in die Augen fiel, nichts mehr sehen konnte. Bis der Mann zu Boden ging und Oliver mit ihm fiel.

Er setzte sich rittlings auf den Leichnam. Der Hammer tropfte.

Die Wände begannen zu bluten. Nicht Blut, obwohl er das zuerst dachte. Nur Wasser. Nasses Wasser, das die Holzwände des Hauses glitschig machte und die Dielenbretter feucht und so dunkel werden ließ, dass sie wie Steine wurden. Und dann verwandelten sie sich wirklich in Steine, und die Dunkelheit dessen, was in dem alten Kohlebergwerk war, erfüllte den Raum, bis er nicht mehr jenes Zimmer war.

Die Erinnerung an all das stürmte wieder auf ihn ein – wie er aus dem Haus zu dem alten Bergwerk Ramble Rocks gerannt war, wie er dann im Morast versunken und schließlich hier gelandet war. In diesem Bergwerk. Wenn es das überhaupt war.

Das Letzte, was vom Haus übrig blieb, war der Fernseher, und eine schwarze, auf ewig glänzende Gestalt schlüpfte wie eine Schlange durch ein offenes Fenster aus dem Bildschirm. Dann war auch der Fernseher verschwunden. Aber der Dämon blieb zurück. Er stand hochaufgerichtet da, höher denn je, und er beugte sich tief herab, sodass seine weichen Schultern das Gewölbe des Bergwerks ausfüllten. »Du bist so weit«, sagte der Dämon, seine Stimme tief und feucht. Er griff mit einem langen, trägen Arm nach ihm – einem Arm, der in fünf Krallen mündete, von dem glitzernde Flüssigkeit tropfte, weiß in der Dunkelheit wie Ströme verdorbener Milch. Der Arm bewegte sich schnell und schlitzte den Jungen über dem Auge auf …

Er taumelte rückwärts und spürte, wie sein Gesicht um diese Augenhöhle herum anschwoll. Er umklammerte es, fühlte die Knochen, wie sie sich verlagerten und ausdehnten. Zerbrachen und sich dann neu formten. Er konnte spüren, dass *etwas* dort drin umherschlingerte, wie ein Aal in einem Schuh. Und dann sah er alles vor sich – einen Kreis von Jungen, die aussahen wie er, die aber nicht er waren, einer nach dem anderen. In ihrer Mitte ein Tisch – nein, ein *Altar* – von dem aus sich langsam Risse ausdehnten, und einer nach dem anderen holten die Risse jeden Jungen und zogen ihn in das aufgewühlte Meer des Chaos hinab. Oliver sah den Weg.

Und als er die Augen öffnete …

Er konnte nur mit einem richtig sehen. Mit dem anderen Auge sah er viele Farben in ewiger Bewegung. Er sah endlose Möglichkeiten. Er sah Blut und Feuer. Er sah hundert Türen und tausend Pfade zu einer jeden Tür. Er sah auch die Türen in die Herzen von Menschen – schwache Orte, weiche Orte, ihre Sünden brannten ein Loch in sie hinein.

Und mit diesem irrsinnigen Auge sah er sowohl das Innere als auch das Äußere des Bergwerks – seine vielen gewundenen Stollen und seinen hungrigen Eingang und den Kohleschlick jenseits davon. Dann sah er sich selbst jenseits davon stehen, allein. In einer Hand hielt er die Spitzhacke. In der anderen ein zerfleddertes Buch – das Grubenbuch. Er spürte etwas an seinem Handgelenk, ein Kitzeln, ein Kribbeln, und als er das Kontorbuch fester umklammerte, knisterte sein Handgelenk von einem Sog, und das Buch war *anderswohin* verschwunden. (Und doch konnte er es noch immer dort draußen fühlen, irgendwo.)

Eine Stimme in seinem Kopf sagte:

Du hast meine Gaben.

Du hast mein Mal.

Auf dich wartet Arbeit.

Und das war der Moment, in dem der Vogel vor ihm herflog, verfolgt von einem Jäger mit erhobener Waffe.

Sechster Teil

MACHER, BRECHER UND REISENDE

War Edmund Walker Reese ein Massenmörder, geboren aus dem Missbrauch, den er als Kind erlebt hatte, wie das für so viele Monster galt? War er schizophren? Oder sind diese Ausreden zu einfach – oder faul –, um die Grundlage für die Herkunftsgeschichte dieses Schurken zu liefern? Vielleicht ist etwas Seltsameres die Wahrheit: Reese war durch das, was ihm widerfahren war, verletzbar geworden, aber nur, weil er dem Übernatürlichen ausgesetzt war, hatte er ein Ventil für seinen Zorn gefunden. Er war so fasziniert von den überlieferten Legenden der Gegend – insbesondere von Ramble Rocks –, dass er entweder die Kreatur, die als Dämon bekannt ist, erfand, oder tatsächlich einem diabolischen Wesen begegnete, das durch die »dünnen Stellen« gekommen war, die in Ramble Rocks bekanntermaßen vorhanden sind. Und während einer Phase satanischer Panik war dieser Dämon, sei er real oder eingebildet, imstande, Reese davon zu überzeugen, dass der Zorn, den er verspürte, und der Schmerz, den er erlitten hatte, reichlich Nährstoff für einen Kreuzzug waren, auf dem junge Mädchen getötet werden mussten. Und indem er diese Mädchen tötete, würde er in der Lage sein, seinem Zorn Luft zu machen und seinen Schmerz zu verringern, ja, ihn sogar auszulöschen. Jedenfalls waren schon andere vor ihm das Opfer von Missbrauch und Elend gewesen, und viele davon konnten trotzdem ein gesundes Leben leben. Aber nur wenige waren wie Reese. Und wenige andere waren auf eine solche Weise verwandelt worden, durch die wahnsinnige Erfindung eines Dämons – oder eine wahre Begegnung mit einem solchen in der Dunkelheit. Was immer die Wahrheit ist, wir müssen alle dankbar für eine Sache sein: dass er außerstande war, seinen satanischen Kreuzzug zu vollenden. Mögen wir alle mit unseren Dämonen kämpfen und siegen.

aus dem letzten Kapitel des Buches
Opfer in Ramble Rocks:
Die satanischen Morde des Edmund Walker Reese
von John Edward Homackie

Kapitel 64

Orpheus hat zurückgeblickt

Oliver lag in seinem Bett, nur halb bei Bewusstsein, und hörte seine
Mutter und Fig leise miteinander reden.

Fig: *Da war keine Leiche, Maddie, das sage ich dir. Blut, ja. Olivers Han-*
dy. Keine Leiche. Keine Spitzhacke, keine Pistole, nichts.
Maddie: *Dann ist er immer noch dort draußen.*
Fig: *Sie sind an der Sache dran. Ich habe mit Contrino geredet. Er hat*
gesagt, sie würden diesen Jungen finden, diesen Jake.
Maddie: *Sie werden ihn nicht finden. Hier geschieht mehr, als du weißt,*
Fig.
Fig: *Du kannst es mir erzählen. Und wenn du mir auch erzählst, wo Jed*
war – du hast gesagt, du hättest ihn gefunden. Wir haben sein Auto
vor dieser eleganten Lodge entdeckt.
Maddie: *Ich weiß nicht, wohin er von dort aus gegangen ist.*
Fig: *Wir werden sie beide einfangen, Maddie. Ich verspreche es. Für Nate.*
Maddie: *Nate ist fort, Fig. Tu das nicht für ihn. Tu es für uns.*

Kapitel 65

Danke fürs Vorbeikommen!

Der Fall war nicht tief, aber der Aufprall war hart. Er landete krachend auf dem Rücken, und es trieb ihm alle Luft aus den Lungen. Er schmeckte Blut.

Nate erhob sich taumelnd. Schmerz schoss durch seinen Arm, und die Erinnerung an Jake, wie er den Schläger schwang, trat wieder an die Oberfläche. Zumindest konnte er den Arm bewegen. Er war nicht gebrochen.

Wo zur Hölle bin ich?

Der Tunnel. Er war immer noch im Tunnel.

In der Ferne sah er den Eingang, einen Halbmond aus grauem Licht. Es schien Tag zu sein. Vielleicht früher Morgen. Schlief er? Am liebsten würde er glauben, dass das, was passiert war, nur ein Albtraum war, so wie sich das Ganze zu der Zeit angefühlt hatte, aber ... all das hier kam ihm verdammt real vor.

Nate holte sein Handy aus der Tasche. Er versuchte, zu Hause anzurufen, hatte aber kein Signal. *Muss daran liegen, dass ich mich im Eisenbahntunnel befinde.* Nate benutzte die Taschenlampe des Handys.

Als er den Bereich vor sich ableuchtete, sah er Gleise.

Was völlig irre war, denn in dem alten Tunnel waren die Bahngleise längst entfernt worden, oder?

Scheiße, ich muss hier weg. Muss nach Hause. Muss ins Krankenhaus.

Er schaltete die Taschenlampe aus, um den Akku zu schonen, dann taumelte er vorwärts. Der Ausgang war ungefähr hundert Meter entfernt, daher gab er ein wenig Pepp in seine Schritte. Als er den Tunnel verließ, überflutete ihn Morgenlicht und blendete ihn einen Moment ...

Und dann löste sich sein Sehvermögen auf.

Zuerst fühlte es sich so an, als sei er umringt von gewaltigen Bestien – Skeletten und Fossilen. Aber er blinzelte und sah, dass es keine Bestien waren, sondern vielmehr die Architektur des Amüsements. Eine Achterbahn. Rechts von ihm ein Riesenrad. Unmittelbar vor ihm Getränkestände und ein halb zerstörtes Karussell, auf dem drei Pferde von ihrer Halterung abgebrochen waren.

»Was zur …«

Nate drehte sich um und schaute zum Tunnel.

Ein großes Schild hing über dem Torbogen: *DER TUNNEL DES TERRORS*.

Jeder Buchstabe ein alter Leuchtkasten mit kaputten Glühbirnen.

Nate schaute in den Tunnel, aus dem er gekommen war …

Und jetzt sah er, dass es sich bei den Gleisen um die Gleise aus dem Tunnel des Terrors handelte. Ein Gesicht löste sich aus der Wand, so zerstört, dass es kaum mehr war als ein verrotteter Schädel. Weiter unten hingen an Drähten zerlumpte weiße Geister. Und dahinter befanden sich andere Gestalten und Schatten, nicht identifizierbar.

Nate wirbelte wieder herum.

Was *war* das?

War sein Albtraum wirklich und wahrhaftig wahr geworden? Oder lag er im Sterben, und das hier war das letzte Aufkeuchen seines Gehirns?

Es fühlte sich jedenfalls real *an*. Realer als jeder Traum. Die Luft war jedoch von der gleichen falschen Konsistenz wie im Tunnel. Aber jetzt fühlte sie sich weniger dünn an als schwer und ölig. Als könne er einen Brocken davon packen und ihn zwischen den Fingern zerquetschen.

Hinter dem Gestänge der Achterbahn war die Sonne nur ein Klecks aus Licht. Schleimige Wolken sammelten sich an dem schiefergrauen Himmel.

In der Ferne durchschnitt ein Heulen die Luft.

Aber es war nicht das Heulen eines Tieres.

Es war, und da war er sich sicher, das Heulen eines Mannes. Ein roher, kehliger Laut. Verzweifelt und wahnsinnig.

Langsam tastete er nach seinem Holster …

Aber es hing leer an seiner Hüfte. Die Waffe war ihm aus der Hand gefallen, bevor er in dem Kohleschlick versunken war, nicht wahr?

Ich muss weg von hier, dachte er. *Wo auch immer »hier« ist.*

Er eilte weiter und verspürte ein schreckliches Jucken am unteren Rand seines Halses. Nate kam an einer Reihe von Getränkeständen vorbei, auf denen sich mit Sprühfarbe aufgetragene Nachrichten befanden:

DER ZAHLENMENSCH WIRD DICH KRIEGEN

SEI AUF DER HUT VOR DER WEISSEN MASKE

DER EINDRINGLING KOMMT

VERSCHWUNDEN UND ERNEUT AUFGETAUCHT IN DER STADT DES CORONAVIRUS

Und dann, am beunruhigendsten von allen Botschaften:

WILLKOMMEN AM ENDE DER WELTEN

Bei dieser letzten Nachricht hatte jemand anderer das *EN* aufgemalt – die ursprüngliche Aufschrift war mit weißer Farbe gemalt worden. Die beiden letzten Buchstaben in *WELTEN* waren rot.

Nate rannte los, vorbei an den Getränkeständen, durch den skeletthaften Schatten der Achterbahn und über die abgebrochenen Karussellpferde hinweg, bis er den Ausgang fand – oder vielmehr den Eingang. Über dem ein Schild hing:

VERGNÜGUNGSPARK RAMBLE ROCKS

Danke fürs Vorbeikommen!

Darunter war ein Cowboy-Clown aufgemalt.

Irgendjemand hatte ihm sein linkes Auge ausgekratzt und es mit weißer Sprühfarbe eingesprüht.

Nate näherte sich dem Tor in dem Wissen, dass er in ein Krankenhaus gehen oder den Weg nach Hause finden musste – als er den fernen Pfiff von etwas hörte, das die Luft durchschnitt, und dann …

Pok!

Etwas traf ihn am Hinterkopf. Er heulte auf und griff hinter sich, fand aber kein Blut, wofür er Gott dankbar war. Vor seinen Füßen lag ein Stein.

Klein. Aber scharf.

Er ließ den Blick über den Park wandern.

Es dauerte nicht lange, bis er sah, wer den Stein geworfen hatte. Die Person hockte hinter einem völlig verrosteten Autoscooter. Er erhaschte einen Blick auf Schultern, zerzaustes Haar und irgendeine Art von Maske. Vielleicht wie eine Halloween-Maske. Als der Steinewerfer hervorspähte, sah es so aus, als könne es sich bei der Maske um ein Tiergesicht handeln, ein engelhaftes Osterhäschen ohne die Ohren ...

Und dann duckte sich die Person, wer immer sie war, tiefer hinter den Scooter.

Aus der anderen Richtung hörte er das Scharren eines Schuhs, und als er sich umwandte, sah er ein zweites Individuum. Großer Bursche. Dicker Bauch, aber mit spillrigen Beinen und Armen, beinahe vogelähnlich. Dieser Mann trug keine Maske, sondern vielmehr eine Kapuze. Gefertigt aus einer Tragetasche, in die jemand Augenlöcher geschnitten hatte.

Nate erspähte auf der Maske eine Zahl. Eine durchgestrichene rote Null, gezeichnet mit etwas, das aussah wie tropfende Farbe.

Der Mann hatte eine Waffe: einen Baseballschläger aus Aluminium.

Nate griff nach seiner eigenen Waffe, fasste jedoch ins Leere.

Jetzt trat Häschen-Maske hinter dem Autoscooter hervor. Die zeichentrickartige Maske hatte runde Wangen, eine rosafarbene, dreieckige Nase und Schnurrhaare – die Ohren waren mit groben Schlitzen herausgeschnitten.

Diese Person war klein und hager. Zu hager, als litte sie Hunger. Eine Waffe baumelte in der Hand der Person – wie eine selbst gemachte Machete. Ein Stück Metall wie aus einer Autotür oder von einem Metalldach, verbogen und mit primitiven Mitteln geschärft. Der Griff bestand nur aus herumgewickeltem Isolierband.

Auch auf die Maske dieser Person hatte jemand eine Zahl gemalt. Eine Null mit einem Strich durch die Mitte.

Zur Hölle mit alldem, dachte Nate. Er drehte sich auf dem Absatz um und rannte los, auf den Ausgang zu. Aber jetzt versperrten ihm zwei weitere Gestalten den Weg hinaus.

Eine davon war eine Frau. Groß. Dünn. Eine ihrer Hände endete in einer arthritischen Klaue. Sie trug eine billige barocke Schmetterlingsaugenmaske aus Plastik, wie von einem Kostümball. Ihr rosafarbenes Sommerkleid war zerlumpt und voller rostfarbener Flecken. Neben ihr ein Junge. Jünger als Oliver, vielleicht zwölf oder dreizehn Jahre alt. Blondes Haar, das so ausgeblichen war, dass es fast die Farbe der Sonne auf einem weißen Sandstrand hatte. Der Junge trug keine Maske. Seine Wangen waren gerötet, und der Rest seines Gesichtes war übersät von roten Punkten wie von einem Nesselausschlag oder Masern. Er trug schmutzige Cordhosen, ein mottenzerfressenes Sweatshirt und schwarze Lederhandschuhe.

Die Frau hielt eine rote Schneeschaufel in der Hand. Der Junge war mit einem Stein bewaffnet.

Auf beiden Gesichtern die gleiche Null. Buchstäblich in ihre Wangen geritzt, in ihre Haut. *Zahlen,* wie bei Reese' Opfern. Aber diese Menschen waren lebendig. Und wie konnte jemand Opfer null sein?

Nate ließ die Knöchel knacken. Er würde sich seinen Weg hier hindurchkämpfen müssen. Als Erstes drehte er sich um, um nach Häschen-Maske und Tütenkopf zu schauen – sie schlichen sich jetzt an ihn heran.

Der Junge und die Frau waren sein einfachster Weg hinaus. Eine Schneeschaufel war sperrig, und der Junge war noch ein Kind, aber er konnte sich durch sie hindurchstürzen …

Whud.

Ein Blitz hinter seinen Augen, als ihn noch etwas am Kopf traf. Er taumelte zur Seite und schaute auf den Stein hinab, der jetzt zu seinen Füßen lag. Wieder griff er sich an den Hinterkopf, und seine Hand war feucht und rot. Der Junge auf der einen Seite hatte keinen Stein mehr in den Händen.

Absurd, dachte Nate, *ein höllischer Wurf, Kleiner.*

Häschen-Maske rannte los, stürmte auf ihn zu, die Klinge in der Hand hoch erhoben, sie fuhr durch die Luft, *swooosch.* Benommen, wie er war, hatte Nate kaum eine Chance auszuweichen. Er hielt sich einen Arm vors Gesicht, gerade als die Klinge ein Stück Fleisch aus seinem Arm schnitt. Er heulte auf und fiel auf den Hintern. Schmerz kroch an seiner Wirbelsäule empor, und er sah alles doppelt. Der dicke Mann war jetzt bei ihm, sein primitiver Stiefel bohrte sich Nate in die Rippen, und er spürte, wie sie *nachgaben.* Er tat alles, was er tun konnte: krümmte sich, legte sich auf die Seite, rollte sich zusammen, als die Tritte kamen.

Die Tritte hörten auf.

»Ich kenne dich«, erklang eine vertraute Stimme, die immer näher und näher kam. Eine knarzende Stimme, wie eine alte Tür.

»Nein«, widersprach Nate, seine Stimmbänder wie rohes Fleisch.

»Ich *kenne* dich!«, sagte Edmund Walker Reese mit unverhohlenem Entzücken. Er leckte sich seine dünnen Lippen und schob sich eine Brille auf einer gekrümmten Nase hoch. »Du hast versucht, mir Nummer siebenunddreißig wegzunehmen. Sie wäre mir fast entkommen, die Kleine. Aber ich habe den Blitz geritten und sie wiedergefunden, nicht wahr? Jawohl, das habe ich. Habe sie in der neunundneunzig gefunden. Ich habe sie in *deiner Obhut* gefunden, du kleine Schmeißfliege.«

Er hielt ein Jagdmesser in der Hand. Es glänzte: eine gut gepflegte Klinge.

Reese drückte einen schmutzigen Turnschuh auf Nates Kinn. »Ich habe dir eine Narbe geschenkt. Ich könnte dir noch eine schenken. Du würdest entzückend aussehen mit einer Null, die in die Haut deines Gesichtes geritzt ist, habe ich nicht recht?« Die Masken-Ghule um ihn herum nickten; der Junge, Minus-Maske, kicherte und johlte. »Das sind meine Freunde. Meine *Nullen*. Ich habe viele Freunde. Jene, die zwischen die Welten gefallen sind, oder deren Welten gefallen sind, kommen zu mir. Sie schließen sich mir an, oder sie sterben. Was sagst du? Willst du mit mir kommen? Du hast mein Königreich erreicht, Reisender. Meinen Tunnel, meinen Park. Im Prinzip bist du bereits mein Besitz …«

Nate packte den Fuß des Mannes mit seiner einen gesunden Hand und versuchte, ihn zu Boden zu reißen – aber Reese zog sich zurück, und irgendjemandes Stiefel traf Nate im Gesicht. Er stieß ein dumpfes Grunzen aus, und es fühlte sich an, als hätten sich einige seiner Zähne gelockert. Blut tropfte. Er stöhnte und versuchte, sich umzudrehen und wegzukommen. Hände fanden ihn, begannen ihn wegzuzerren. Splitter bohrten sich durch seine Kleidung in seine Haut.

Tschuum.

Das Brüllen einer Waffe erfüllte die Luft. Einer der Angreifer, vielleicht Häschen-Maske, wirbelte nach hinten herum, und Blut sprudelte aus seinem gebeugten Hals. Nate sah Häschen-Maske neben sich zu Boden fallen, und die toten Augen des Osterhasen starrten ihn an, und durch diese kleinen Nadelstichlöcher sah er *reale* Augen, menschliche Augen – ein dreifaches Blinzeln, dann nichts mehr. *Tschuum.* Jemand schrie auf und gurgelte. Nate versuchte, sich aufzurappeln, musste aber feststellen, dass seine Beine zu Gummi geworden waren. Seine eingedrückten Rippen fühlten sich an, als würden sie von Neuem brechen. *Tschuum.* Eine Frau schrie.

Nate warf sich auf den Rücken. Sein Atem ging in flachen, verzweifelten Stößen. Dunkelheit stahl das Licht. Jemand bewegte sich über ihn hinweg und an ihm vorbei, eine lange, klobige Waffe in der Hand, wie eine 45er Armeepistole. Die Person trug eine Gasmaske, dreckverkrustete Jeans und ein T-Shirt von der Farbe schlecht gewordener Leber.

Nate schloss die Augen. Er spürte, wie Hände seine Fersen packten und ihn wegzerrten. Und das war der Moment, in dem der Strom der Bewusstlosigkeit ihn fortriss.

Kapitel 66
Ein weiterer Schuss aufs Ziel

Oliver, der gerade aus dem Krankenhaus entlassen wurde, konnte den Zorn sehen, der sich in seiner Mutter bewegte wie ein Schläger, der Streit suchte. Sie packte ihrer beider Koffer mit Zorn in jeder Fingerspitze und schleuderte Kleider hinein, fast als sei es eine Strafe. Oliver half ihr nicht, denn sie hatte ihm mitgeteilt, dass der Arzt gesagt habe, er müsse seine Hand schonen. Also beobachtete er sie stattdessen und studierte ihren Schmerz. Einen Moment lang überlegte er, was passieren würde, wenn er sie berührte, wie er es mit Graham gemacht hatte, wenn er ihr diesen Schmerz nehmen würde? Konnte er das? War das etwas, das er wiederholen konnte? Würde es sie retten? Oder ihren Untergang besiegeln? Brauchten wir Schmerz? Gab es guten und schlechten Schmerz? Ein Teil davon gehört uns, und ein Teil dringt in uns ein? Er wusste es nicht. Und so hatte er Angst davor, überhaupt etwas zu tun.

Als Maddie sich von dem Koffer abwandte und zu ihm umdrehte, sah er sie an und sagte: »Es tut mir so leid.«

Ihr Schmerz und ihr Ärger wichen zurück. »Was tut dir leid, Lämmchen?«

»Es tut mir leid, dass ich mich mit ihm eingelassen habe. Es tut mir leid, dass ich darauf hereingefallen bin.« Er spürte das Brennen von Tränen in seinen Augenwinkeln. »Es tut mir leid, dass ich nicht den Mumm hatte, ihn umzubringen. Jetzt ist Dad fort und …«

Dann riss sie ihn in ihre Arme. Tanzte beinahe mit ihm, hin und her taumelnd. »Nein. Nein, *nein, nein*. Tu dir das nicht an. Du bist nicht so. Du bist ein guter Junge, Olly. Du hast ein verdammt *schönes Herz*, und lass dir von niemandem einreden, dass das etwas Schlechtes ist.« Sie umfasste seine Wangen und drehte sein Gesicht zu ihrem. »Hör mir zu. Dieser Junge – Jake, dieses Arschloch, ich weiß, dass du denkst, er sei du, aber das stimmt nicht. Und genauso wenig gilt das für irgendwelche dieser anderen Olivers, die auf diesem Altar gestorben sind. Du bist einfach du selbst. Das hier ist dein Leben, und du wirst dich ihm stellen, so wie es sein muss – und wegrennen, wenn du wegrennen musst.«

Er nickte.

»Ist das der Grund, warum wir wegrennen?«, fragte er.

»Wir rennen weg, bis wir herausfinden, wie wir aufhören können wegzurennen.«

»Ich hab dich lieb, Mom.«

»Ich dich auch, Baby.«

Sie saßen in ihrem Forester, Fig auf dem Beifahrersitz, und Oliver rollte sich auf der Rückbank zusammen, unter seiner Jacke als Decke.

Maddie erzählte Fig alles. *Alles.* Es war an der Zeit. Sie brauchte seinen Segen, wenn sie von ihm bekommen wollte, was sie brauchte.

»Maddie«, sagte er. »Das ist alles … Wahnsinn. Ich wünschte, ihr zwei würdet nicht gehen. Ich wünschte, ihr würdet bleiben. Wir können euch beschützen.«

»Jake ist Oliver aus einem anderen Universum. Oder einer anderen Zeitlinie oder welcher anderen Scheiße auch immer. Und er will sämtliche Universen auslöschen, und um das zu tun, muss er meinen Sohn töten. Ich nehme an, dass er Nate aus dem Weg geräumt hat, um an Oliver heranzukommen, aber ich weiß es nicht mit Bestimmtheit. Und ich bin mir nicht einmal sicher, ob es überhaupt eine Rolle spielt. Nate ist fort. Wahrscheinlich tot. Aber wer *nicht* tot ist, ist dieser junge Mann – Jake. Und ich brauche einen Ort, an dem wir uns verstecken können. Also. Wie sieht es damit aus?«

»Maddie, wir müssen jemanden anrufen. Euch Polizeischutz verschaffen, vielleicht sogar von der Bundessicherheitspolizei.«

»Ich habe gefragt, wie sieht es mit einem sicheren Ort aus, Fig.«

Fig seufzte. Er griff in seine Tasche und reichte ihr die Schlüssel. »Die Hütte ist nichts Großartiges, okay? Sie ist, hm, so etwas wie eine kleine Angelhütte. Etwa zehn Meilen nördlich vom Lake Wallenpaupack. Kein Internetanschluss. Kaum Handyempfang. Die Hütte verfügt über eine Festnetzleitung, aber die ist launisch. Es gibt auch einen

Fernseher mit Antenne. Einen Holzofen zum Heizen und Kochen. Im Moment ist die Vorratskammer nicht gefüllt, aber zwei Meilen südlich an der Straße gibt es einen kleinen Gemischtwarenladen. Sie haben alles, was ihr braucht, selbst im Winter, weil nicht allzu weit entfernt Skigebiete liegen. Aber sie gehört ganz euch, mit Zoes und meinem Segen. Wir werden ohnehin alle Hände voll zu tun haben, jetzt, da das Kleine bald kommen wird. Keine Zeit für die Hütte.«

»Danke, Fig.«

Fig schwieg eine Weile. Dann zog er seine Pistole aus dem Holster und versuchte, sie ihr zu geben. »Nur zu, nimm sie.«

»Ich brauche sie nicht.« Sie öffnete die Konsole zwischen ihren beiden Sitzen und nahm eine Glock heraus. »Ich kann auf mich selbst aufpassen. Nate hat mich darum gebeten, sie bei mir zu tragen.«

Er lachte leise.

»Na schön. Ich würde mich freuen, von dir zu hören. Vielleicht …«

»Ehrlich, Fig, du solltest Zoe holen und ebenfalls von hier verschwinden. Sucht euch ein Plätzchen irgendwo und haltet euch für eine Weile bedeckt.«

»Ich …« Ein Ausdruck von Zerrissenheit und Verwirrung verzog seine Züge. »Ich weiß nicht, ob ich das machen kann.«

»Du bist kein Cop. Nicht wirklich. Du bist das hier niemandem schuldig.«

»Autsch.«

»Du weißt, dass ich es nicht so meine.«

»Na schön. Ja. Aber vielleicht kann ich helfen. Auf meine Weise.«

»Wenn du es sagst.«

»Pass auf dich auf, Maddie. Wenn du jemanden brauchst, melde dich bitte. Ich werde warten. Und ich werde dir helfen, wie ich nur kann.« Er beugte sich zwischen die beiden Sitze. »Das Gleiche gilt für dich, Oliver. Deine Mutter ist eine zähe Füchsin. Sie wird dich beschützen. Aber du musst sie auch beschützen, okay?« Daraufhin nickte Oliver nur.

»Danke, Fig«, sagte Maddie.

Er drückte die Tür auf und war verschwunden. Maddie ließ den Wagen an. Sie sah Fig im Rückspiegel, wie er ihnen nachschaute.

Kapitel 67

Zeigen Sie mir, Herr Doktor, wohin gehen wir diesmal

Ein Brechreiz weckte Nate. Er rollte sich herum und würgte. Schmerz durchzuckte seine Leibesmitte, als zerschnitte ihn jemand mit einer Schere.

Er schaute auf und blinzelte. *Mein Zimmer,* dachte er.

Buchstäblich. Sein altes Zimmer. Aus seiner Kindheit. Eine wasserfleckige, durchhängende Zimmerdecke. Spinnweben in den Ecken. Ein Lamborghini-Poster an der Wand, das sich abschälte und das den größten Teil seiner Farbe eingebüßt hatte. Doch da waren auch noch andere, auffälligere Veränderungen: ein Haufen Gewehre und andere Schusswaffen in der Ecke. Ein Karton mit Munition neben ihnen. Bretter quer über die Fenster genagelt. Und neben ihm, auf dem Beistelltisch, sah er eine Flasche irgendeiner seltsamen Marke mit Bleichmittel (Hygeen), umgeben von einem unordentlichen Haufen aus Papiertüchern und Mullknäueln.

Ächzend setzte er sich auf, und die Anstrengung ließ ihn innehalten und nach Luft schnappen. Der Schmerz, der über seine Rippen sägte, verblasste etwas.

Dort, auf einem klapprigen Esszimmerstuhl, saß sein Vater. In seiner linken Hand eine Müslischale mit einem Löffel darin. Und in der Nähe eine .45 ACP. *Der Geist,* dachte Nate. *Der, den ich gesehen habe.*

Und doch war das hier kein Geist. Wer immer der Mann war, er saß dort, so real wie nur möglich. Unübersehbar.

Es war sein Vater, aber es war auch nicht sein Vater. Die Linkshändigkeit entlarvte ihn als einen anderen, ja, aber er sah auch noch tougher aus. Wie ein Streifen aus wettergegerbtem Leder. Das hier war kein Mann, der an Krebs starb. Der Mann trug Vitalität wie einen Umhang um sich herum. Jetzt sah er Nate mit klaren blauen Augen an.

»Nathan«, begrüßte der alte Mann ihn.

»Das kann nicht sein.« Nates Stimme war so rau, dass es sich anhörte wie ein Stein, der über den Gehsteig kratzte.

Sein Vater oder sein Doppelgänger schniefte. »Das ist es aber. Und es ist es auch wieder nicht.« Der alte Mann bückte sich und hob etwas auf: einen schäbigen Kaffeebecher, der am Rand angeschlagen war. Darauf prangte eine orangefarbene Cartoon-Katze, von der Nate wusste, dass es Heathcliff war, der in einer Wortblase griesgrämig erklärte: *ICH HASSE MONTAGE.* War das nicht Garfields Slogan? »Hier.«

Nate zuckte zusammen, als er sich vorbeugte und den Becher entgegennahm.

In dem Becher war Wasser. Er nippte daran. Es schmeckte … schal. Ein scharfes, mineralisches Aroma überzog seine Zunge. Aber das Wasser war trotzdem erfrischend. Er verdrängte den Geschmack und kippte es in einem einzigen Zug herunter – was er sofort bereute. Sein Magen verkrampfte sich, und seine Speiseröhre zuckte.

»Du hättest nur daran nippen sollen«, bemerkte Carl.

»Ja. Das weiß ich jetzt auch, danke.«

»Du hast wahrscheinlich Hunger.«

»Nein.«

»Das liegt daran, dass du so weit über das Stadium des Hungers hinaus bist, dass dir von etwas zu essen wahrscheinlich nur wieder schlecht werden würde. Du brauchst nur ein Wort zu sagen, dann hole ich dir eine Dose mit irgendetwas. Es wird nicht warm sein, aber essbar. Hoffentlich wirst du es diesmal bei dir behalten.«

Nate legte die Stirn in Falten. »Diesmal?«

»Die letzten paar Male hast du dich umgedreht und es auf den Boden gekotzt.«

Die letzten paar Male.

»Wie lange war ich bewusstlos?«

Der alte Mann zuckte die Achseln. »Immer wieder mal.«

»Ich erinnere mich nicht daran, das Bewusstsein verloren zu haben. Wie lange?«

»Ein paar Wochen.«

Er erstarrte. *Oliver. Maddie.* Sie waren in Gefahr. Die Gefahr drohte ihnen von Jed, von Jake. »Ich … kann nicht wochenlang bewusstlos gewesen sein, das ist unmöglich, ich muss zurück …«

»Ob du es mir glaubst oder nicht, Nathan, es ist mir egal.«

»Nicht Nathan. Nate. *Nate.*«

Sein Nicht-Vater nickte. »Nate. Okay. Ich habe deine Wunden gesäubert«, sagte er und deutete auf das Bleichmittel.

»Mit Bleichmittel?«

»Das beste Desinfektionsmittel hier.«

Nate erinnerte sich daran, dass sein eigener Vater manchmal Hautausschlag von Giftsumach gehabt hatte, und in diesen Fällen hatte er ein Taschenmesser genommen, die Blasen aufgeritzt und dann Bleichmittel daraufgespritzt.

War dieser Mann sein Vater? Oder eine seltsame Version von ihm?

»Wer bist du?«

»Carl Graves.«

»Du bist nicht mein Vater.«

Carl rümpfte die Nase. »Nein, ich nehme an, das bin ich nicht. Genauso wie du nicht mein Junge bist.«

»Dein Sohn. Er hat Nathan geheißen, nicht Nate?«

»Genau.«

Nate schwang die Beine vom Bett und stellte die Füße auf den Boden. Die Bretter stöhnten selbst unter dem sanftesten Gewicht. Und sein Körper beklagte sich ebenfalls – frische Schmerzen und Wehwehchen. Das Gefühl, von einem Laster überfahren worden zu sein, durchlief seine Knochen.

»Du warst deinem Nathan gegenüber ein gewalttätiges Stück Scheiße, Carl?«

Der alte Mann zögerte. Dann beugte er sich vor und nahm Nate den Becher abrupt weg. »Ich bin unten. Wenn du runterkommen willst, komm runter. Ich werde etwas zu essen für dich suchen. Du kannst auch hier oben im Bett bleiben und verrotten, deine Entscheidung.«

Nate brauchte ein Weilchen, um aufzustehen und nach unten zu gehen. Es lag nicht nur an den Schmerzen oder den Wehwehchen oder an seinen Magenkrämpfen. Es lag an der Wirklichkeit oder vielmehr an der Unwirklichkeit seiner Situation. Seine Welt war schon vor alldem nach und nach in die Brüche gegangen, und dann war dieser Tag im Tunnel gekommen. Mit Jed und Jake. War Jake in Wirklichkeit sein Sohn, Oliver? Ja und nein. Genau wie der Mann unten sein eigener Vater und nicht sein eigener Vater war, so war Jake Oliver – nur nicht *sein* Oliver. Er war *ein* Oliver, ein Oliver aus einer anderen Zeit, von einem anderen Ort. Sein Sohn war nett und freundlich; dieser junge Mann war ein rachsüchtiger, gehässiger Mistkerl.

Und jetzt war Nate hier, wegen dieses Mistkerls.

In seinem Haus, das nicht sein Haus war.

Mit seinem Vater, der nicht sein Vater war.

Eine Welt oder viele Welten von seinem Sohn und seiner Frau entfernt.

Nate stand auf und kämpfte sich durch den Schmerz hindurch. Dann ging er die Treppe hinunter.

Die beiden Männer aßen schweigend. Vor jedem von ihnen stand eine Konservendose. Nate hatte etwas namens Golden's Spaghetees, was im Wesentlich so war wie SpaghettiOs, nur mit kurzen, kleinen Spaghetti. Davon abgesehen war die Soße ungefähr die gleiche. Carl aß etwas mit Namen Tremblaytown Turkey Stew. Sah ein bisschen aus wie Hundefutter, aber es schien tatsächlich für Menschen zu sein. Es sah aus, als würde es … saure Gurken enthalten?

Nate sagte nicht viel. Er aß nur und ließ die Blicke schweifen. Es war das gleiche Haus, in dem er aufgewachsen war, aber es sah heruntergekommen aus: fleckige Wände, einige sich durchbiegende Bodendielen und, wenn man bedachte, dass es keinen Strom gab, waren die Schatten länger, dunkler, tiefer. Draußen war es hell, und die Vorhänge waren aufgezogen worden, aber die Fenster waren trotzdem mit Brettern zugenagelt. Das Licht, das durch ihre Ritzen fiel, leuchtete wie Messerschnitte an den gegenüberliegenden Wänden.

»Es überrascht mich nicht, dass du dir diese Dose ausgesucht hast«, bemerkte Carl schließlich.

»Warum überrascht dich das nicht?«

»Das hast du als Kind immer gern gegessen.«

»Nicht ich. Er. Nathan.«

Carl blinzelte. Als sei das in diesem Augenblick etwas Neues für ihn. Dann nickte er und vertuschte es mit einem verwegenen Lachen. »Ja. Sicher. Klar.«

»Aber ich habe gern SpaghettiOs gegessen.« Nate hielt inne. »Ist sich ziemlich ähnlich. Wir … haben diese Marke nicht, wo ich herkomme. Oder in der Zeit, aus der ich stamme. Was auch immer.«

»Wie ist deine Welt gefallen?«

Bei diesen Worten versteifte Nate sich. Die Frage war so seltsam, dass es sich anfühlte, als hätte ihm jemand ein Glas Eiswasser über den Rücken geschüttet.

»Ich weiß nicht, was das bedeuten soll.«

»Du bist ein Reisender, nicht wahr?«, hakte der alte Mann nach, als kläre diese Frage irgendwie die vorangegangene, statt das Wasser noch weiter zu trüben.

»Ein Reisender.«

»Du kommst nicht von hier, wie du gesagt hast. Du kommst von irgendwo anders. Irgend*wann* anders. Ich habe auch andere Reisende getroffen.«

»Der andere Mann hat mich so genannt. Reese.«

»Edmund Reese.« Carl nickte. »Ja. *Der.* Er gehört nicht hierher. Er ist eines Nachts während eines schlimmen Unwetters hier aufgetaucht. Und ist seitdem eine Plage.« Carl leckte sich die Lippen. »Ich bin ihm einmal begegnet, dort draußen, auf der Jagd. Er war allein. Hat gesagt, ich könne mich ihm anschließen. Als ich ihm gesagt habe, wann und wie und wie viele Male er sich selbst ficken könne, hat er gelacht und geantwortet, ich sei derselbe alte Carl, den er kenne, obwohl ich das nicht war. Er hat gesagt, weil wir ›einander gekannt hätten‹, würde er mich in Ruhe lassen. Ich sei ohnehin schon schlimm genug dran, hat er gesagt.«

»Er hat Freunde.«

»Hirntote Speichellecker. Ja. Leute, die für ihn jagen. Du hast Glück, dass ich draußen war und Altmaterial gesammelt habe.«

»Vielen Dank dafür.«

»Kein Problem.«

»Wie sind sie zurückgekommen? Ich meine die Reisenden, wie sind sie nach Hause gegangen? Dorthin, wo sie hergekommen sind.«

Carl wirkte bestürzt, als hätte gerade jemand ein wenig Pisse in seine Dose mit Truthahneintopf getröpfelt. »Zurückgekehrt? Das Zuhause ist *weg*. Die Welten sind alle zusammengekracht, als sie gefallen sind, Nathan. *Nate*. Es gibt kein Zuhause mehr. Es gibt nur ...« Mit dem Löffel in der Hand gestikulierte er wild. »All das hier. Diese Schmelztiegel-Apokalypse, diesen ... nun, *Eintopf*.« Er tippte mit dem Löffel gegen die Dose.

»Meine Welt ist nicht gefallen. Sie ist immer noch – sie ist immer noch da. Was bedeutet all das hier?« Nate spürte, wie Panik in ihm aufstieg, wie Quecksilber in einem heißen Thermometer, aber er konnte nichts tun, um sie abzuwehren. »Du redest wirres Zeug – Welten, die zusammenkrachen, Reisende, Apokalypsen ...«

Carl stand plötzlich auf, und der Stuhl rutschte hinter ihm über den Boden. Er leckte seinen Löffel sauber. »Komm mit. Ich werd's dir zeigen.«

Der Marsch die Treppe hinauf zum Dachboden war qualvoll. Nates Kopf und seine Rippen pochten bei jedem Schritt, und er brauchte auf der zweiten Treppe einen Moment Pause.

Carl gewährte sie ihm und sagte dann: »Du hast vermutlich eine gebrochene Rippe. Was eine Gehirnerschütterung betrifft, bin ich mir nicht sicher. Die gute Nachricht ist, keine deiner Wunden hat sich entzündet. Zu Infektionen kann es jetzt wirklich schnell kommen, und Antibiotika funktionieren nicht mehr so gut.«

»Ein weiterer Teil der Apokalypse?«, fragte Nate.

»Darauf kannst du wetten.« Carl knibbelte sich ein sehniges Bröckchen Eintopffleisch aus den Zähnen. »Na schön. Genug ausgeruht. Auf, auf, Tiger.«

Das war etwas, das sein eigener Vater oft zu ihm gesagt hatte.

Für gewöhnlich voller Sarkasmus, um ihn zu bezichtigen, faul zu sein. *Ich sehe dich auf diesem Bett, wo du so tust, als würdest du schlafen. Komm schon. Zeit zu arbeiten. Auf, auf, Tiger.*

Also war Nate, als Carl es sagte, verdammt nah dran, dem alten Mann einen Schlag auf den Hinterkopf zu verpassen, aber er ließ seine Faust unten und ging weiter die Treppe hinauf.

»Was zur Hölle sehe ich mir hier an, Carl?«

Die Wand war, um es milde auszudrücken, eine Wand der verrückten Verschwörungen. Er stellte sich einen Reklamespot vor: *Kommen Sie mit nach unten zu Carls Wand der verrückten Verschwörungen! Sie sehen Firmenlogos! Sie entdecken unheimliche Clownsmasken! Dazu mysteriöse medizinische Unterlagen! Und es gibt alle möglichen Schnüre, die sie verbinden. Wer braucht eine Pinwand? Unsere neuen patentierten Reißzwecken mit Stahlspitzen bleiben da in der Wandvertäfelung stecken, tickeditack, wo sie sie hereindrücken.*

»Einige der Arten, wie die Welt ihr Ende genommen hat«, erklärte Carl schlicht.

»Als ich das letzte Mal nachgesehen habe, hat es nur eine Welt gegeben.«

»Als du das letzte Mal nachgesehen hast, hattest du einen einzigen Vater, Carl Graves, und der war nicht ich. Als du das letzte Mal nachgesehen hast, hast du in einem Land gelebt, das nicht dieses war.«

»Na schön, das gebe ich zu.« Nate schluckte. »Erklär es mir, wenn du kannst.«

»Natürlich. Wohlgemerkt, so gut ich es kann; einiges davon ist nur geraten. Aber es ist folgendermaßen: Es gibt andere Welten als deine. Ich weiß nicht, wie viele. Dutzende. Vielleicht Hunderte. Vielleicht ist es eine endliche Zahl, vielleicht nicht. Ich vermute, dass sie, wie nennt man so was noch gleich, alternierende Dimensionen sind. Zeitlinien oder was auch immer. Dinge sind ähnlich, aber anders. In jeder Welt gibt es einen jungen Mann namens Jake, und in jeder dieser Welten, die er zerstört hat ...« Und hier brach Carls Stimme ein wenig. »Er hat meinen Enkel genommen, Oliver, hat ihn nach Ramble Rocks geschleppt und den Jungen entweder dazu gebracht, sich selbst zu töten, oder ... oder er hat ihn einfach ermordet. Und diese Tat, diese schreckliche Tat, sie hat etwas ausgelöst. Sie hat in jeder Welt etwas *geöffnet*, hat das Ende dort entfesselt. Und in jeder Welt kam das Ende auf eine andere Weise, nicht vier apokalyptische Reiter, sondern vierzehn Reiter oder vierzig oder vielleicht eine unendliche Zahl von Reitern, und jeder hat seine eigene Art von Armageddon mit sich gebracht. Das Ende kam auf Weisen, wie man vielleicht erwarten würde, dass die Welt endet: Krankheit oder globale Erwärmung oder irgendein Supervulkan, der sich öffnet und die Luft mit Ruß erstickt. In anderen Fällen war es … schlimmer. *Unheimlicher.* Intelligente Computer, die Atomraketen zünden, oder … oder Monster, die aus Löchern im Boden kommen, augenlose Kreaturen, Kreaturen mit Flügeln. In einem Fall habe ich gehört, ein Komet sei über die Erde geflogen, und das sei das Ende vom Tod gewesen – jene, die starben, kamen sofort wieder zurück, gierig wie ausgehungerte Hunde nach jeder Art von Fleisch, Blut und Hirn, die sie finden konnten.«

Nate ließ den Blick über die verrückte Wand von Bildern, Gegenständen und Dokumenten gleiten. »Woher weißt du das alles?«

Wie Carl Nate ansah, kam es ihm vor, als sehe er durch ihn *hindurch.* Von einem fernen, unendlichen Punkt aus. »Ich habe mir das im Laufe der letzten Jahre zusammengereimt. Wie gesagt, ich bin einigen anderen Reisenden wie dir begegnet – Flüchtlingen, wenn du so willst, von ihren eigenen gefallenen Welten. Sie erzählen ihre Geschichten. Und manchmal tauchen die Gräuel oder Abscheulichkeiten von jenen anderen Orten hier auf. Denn hier ist dort jetzt. Wie gesagt, die Welten sind gefallen, und sie sind gemeinsam gefallen. Wie die Stockwerke eines einstürzenden Gebäudes hat jedes obere das darunterliegende mit in die Tiefe gerissen. Also fällt alles gemeinsam, mein Sohn.«

»Ich bin nicht dein Sohn.«

»Das hast du bereits gesagt.«

»Die anderen Teile. Wieso weißt du über Jake und Oliver Bescheid?«

»Ich habe mit eigenen Augen gesehen, wie es hier passiert ist. Wie es meinem Enkelsohn passiert ist. Aber andere haben ebenfalls ihre eigenen Versionen geschehen sehen. Du bist nicht der einzige Reisende.« Wieder brach seine Stimme. »Wie gesagt.«

Plötzlich verstand Nate. »Einige dieser anderen Reisenden, das waren nicht einfach x-beliebige Leute. Oder? Sie waren Versionen deiner Familie.«

»Genau, Nate. Genauso ist es.«

Als sie wieder unten waren, erzählte Carl ihm mehr darüber, wie die Dinge jetzt in dieser Welt aussahen. Er sagte, alles sei kaputt oder kurz davor kaputtzugehen. Die Insekten waren fast verschwunden, nur einige Arten waren übrig geblieben: Zecken, Fliegen, Kakerlaken, Mücken. An manchen Orten übernahmen die Pilze: Pflanzen hörten auf zu wachsen – man konnte keine Nahrungsmittel anbauen –, aber Pilze gediehen aufs Beste. An wieder anderen Orten hatte selbst *das* aufgehört: Totes Zeug verweste nicht mehr. Ein gefallener Baum oder ein Leichnam lagen einfach dort herum und verfielen in einem Hundertstel des normalen Tempos, wenn überhaupt. Er sagte, es sei immer warm, manchmal heiß. Jetzt war Februar, nicht dass es eine Rolle spielte. Er sagte, manchmal zögen Unwetter auf, und wenn das geschehe, hinterließen sie Chaos in ihrem Kielwasser. Sie wüteten und fällten Bäume, und er sagte, die Bäume würden schreien, buchstäblich schreien, wie eine Frau oder ein Kind, die ermordet wurden. Manchmal verwandelten sie Wasserpfützen in Benzin – er war dankbar, dass es seinen Brunnen noch nicht vergiftet hatte. Manchmal krempelte der Sturm alle Tiere von innen nach außen, und ihre Eingeweide dampften, wenn der Regen weitergezogen war. (»Deshalb sorgt man, wenn ein Sturm aufzieht«, sagte Carl, »dafür, dass man *drinnen* ist, nicht draußen. Es sei denn, man hätte gern, dass sein Inneres nach außen gestülpt wird.«)

Carl fuhr fort: »Du kannst gern hierbleiben, Nate. Ich werde dich nicht hinauswerfen. Ich werde dir zu essen und zu trinken geben und dich sauber halten, so gut ich kann, und obwohl du nicht mein Sohn bist, habe ich das Gefühl, dass dir eine gewisse Wiedergutmachung zusteht. Aber wenn du bleibst, bitte ich dich, mir zu helfen. Wir müssen plündern, und das bedeutet, dass wir uns weiter wegbewegen müssen. Wir können immer in die Stadt gehen und mit der Handvoll Leute in dem Fort im Zentrum Tauschgeschäfte machen. Ich brauche Hilfe, um sicherzustellen, dass im Brunnen nichts verwest, das Wasser muss von Hand gepumpt werden und so weiter. Und dann muss für die allgemeine Verteidigung des Hauses gesorgt werden. Ich habe ein paar Waffen, etwas Munition. Was Dinge wie das Badezimmer betrifft, kannst du einfach draußen pinkeln, aber für die andere Sache haben wir eine Außentoilette, die ich gebaut habe ...«

»Ich kann nicht hierbleiben«, unterbrach Nate ihn. »Ich muss zurück.«

»Zurück? Zurück *wozu?*«

»Zurück zu ... dem Ort und der Zeit, aus der ich komme, Carl. Ich habe eine Familie.«

»Könnte sein, dass ihre Welt in unsere hineinkrachen wird, dann wirst du deine Maddie wiedersehen.« Er kniff die Augen zusammen. »Es ist die Maddie in deiner Welt, nicht? Oder gibt es doch eine Abweichung davon? Ich bin bereits einigen Maddies begegnet.«

»Es ist Maddie. Aber du verstehst mich nicht. Meine Welt ist *nicht* gefallen, Carl. Oliver lebt. Jake ist dort, und mein Junge ist in Gefahr. Ich muss dorthin zurückkehren. Ich bin schon ...« Sein Kiefer verspannte sich. »Ich bin schon zu lange fort.«

»Was denkst du, wie du zurückkehren wirst?«

»Ich ... weiß es nicht.«

Er wusste es wirklich nicht.

Und bei diesen Worten begann er zu weinen.

Kapitel 68
Versteckt über dem Rand baumeln

In der Hütte verstrich die Zeit. Tage verschmolzen zu einer Woche, und diese Woche gebar eine zweite. Oliver und Maddie, am Rand der Welt.

Sie kauften ein. In dem kleinen Laden am Ende der Schotterstraße gab es nicht viel, daher unternahmen sie Ausflüge zu einem Walmart außerhalb von Honesdale. Sie mussten sparsam sein; Mom sagte, ihnen würde irgendwann das Geld ausgehen.

Die Hütte, eine dreistündige Autofahrt nach Norden entfernt, war äußerlich nichts Besonderes – rustikal, aber nicht so bäuerlich, dass sie sich anfühlte, als sei sie nur ein Karton im Wald. Es gab einen Wasseranschluss, daher war keine Außentoilette notwendig. Die Küche war eine winzig kleine Kitchenette, und der alte Herd hatte die Farbe von Pistazien, wie etwas aus den 1950ern. Der Kühlschrank dagegen hatte die Farbe von altem Avocado-Fleisch – wie aus den 1960ern oder 70ern. (Und es roch darin nach nassem Hund.) Im Schlafzimmer stand ein Doppelbett, außerdem gab es noch eine Ausziehcouch, und dort schlief Oliver, Nacht für Nacht. Oder versuchte jedenfalls zu schlafen.

Wenn es ihm gelang, träumte er von seinem Vater. Es waren manchmal gute Träume, die schlimmer waren als böse Träume, denn Oliver wachte auf und dachte, sein Dad würde bei ihnen sein, dass er noch lebte und nicht tot war. Andere, viel schlimmere Träume drehten sich um Jake – Jake, von dem Oliver wusste, dass er er selbst war oder jedenfalls eine anderweltliche Version seiner selbst, ein Doppelgänger aus einer Alternativwirklichkeit, der ihn Nacht für Nacht durch Albtraumwälder und durch trügerische Walmart-Gänge in gewundene Bergwerkstollen jagte; diese Träume endeten immer am selben Ort, in Ramble Rocks, im Felsenmeer, auf dem Altarstein.

Seine Mom half ihm, Holz für den Herd zu hacken, um die Hütte zu heizen. Es war eine harte Plackerei – Oliver war nicht gerade geschaffen für körperliche Arbeit. Dazu kam, dass seine linke Hand halb zerstört war. Die Stiche spannten und schmerzten; seine Mom sagte ihm, er solle nicht einmal versuchen, das Holz zu hacken, aber er war sauer auf die Welt, sauer auf sich selbst und beschloss, dass er den Schmerz mochte. Oder ihn zumindest verdiente.

Die ersten paar Male schaffte er es nur, dass die Axt im Holz festklemmte, dann musste seine Mom sie hochheben und herunterkrachen lassen, um das Holzscheit zu spalten.

»Du machst das gut«, bemerkte er. »Besonders für ein Stadtmädchen.« Die Worte kamen giftiger heraus als beabsichtigt.

Sie verdrehte die Augen. »Ich bin zwar ein Stadtmädchen, aber lass uns auch nicht vergessen, dass ich eine verdammte *Kanone* bin.« Wieder fiel die Axt und spaltete ein halbes Holzscheit in Viertel. *Wumm.* »Dein Vater ist auf dem Land aufgewachsen, und ich verstehe mich auf manches, das dein Vater nie konnte. Ich kann schweißen. Kann er schweißen? Löten? Bäume zu Kunst schnitzen?«

»Das ist nicht Dads Schuld«, verteidigte Oliver seinen Vater.

»Nein, ich weiß – ich meinte nicht …« Sie seufzte. »Scheiße.«

»Ist schon gut.« Er saugte an seiner Unterlippe. »Ich vermisse ihn einfach.«

Dann sah er plötzlich Schmerz in ihr erblühen. Wie Blut in klarem Wasser, *wusch*. Sie stellte die Axt auf den Boden und stützte sich darauf – nicht lässig, sondern so, als brauche sie den Halt. Eine Krücke, damit sie nicht umkippte.

»Ich vermisse ihn ebenfalls.«

»Ich hatte eine Vision von ihm. Er starb. War tot.«

Seine Mom starrte ins Leere. »Wir wissen nicht, ob das der Realität entspricht.«

»Vermutlich nicht. Aber es hat sich real angefühlt.« Er trat nach einigen toten Blättern. »Meinst du, er lebt noch?«

Sie reichte Oliver die Axt und machte sich daran, die Holzscheite einzusammeln, um sie in die Hütte zu bringen. »Komm, Alterchen. Lass uns reingehen. Es wird kalt.«

Kapitel 69
Auf, auf, Tiger!

Nate schreckte irgendwann in der Nacht plötzlich aus dem Schlaf hoch, davon überzeugt, etwas gehört zu haben, aber er wachte zu langsam auf, um zu begreifen, was es war. Die Dunkelheit um ihn herum war undurchdringlich, genau wie die Stille: Ihm kam der Gedanke, dass es in seinem alten Leben in seiner alten Welt das allgegenwärtige *Rauschen* des modernen Lebens gegeben hatte. Das ferne Summen von Stromleitungen und Verkehr, das sanfte Brummen eines Flugzeugs irgendwo in weiter Ferne, das Surren einer Klimaanlage oder einer Heizung oder eines Deckenventilators. Aber all das war verschwunden. In *dieser* Welt war es still und dunkel und leise, und es führte dazu, dass er sich umso einsamer fühlte. Verloren in der Leere.

Dann: das Geräusch. Irgendwo draußen, ein menschliches Geräusch. Etwas zwischen einem Lachen und einem Schrei.

Es hielt ein Weilchen an, dann brach es ab.

Während sein Herz raste, wanderte sein Geist zu dem dünnen, bärtigen Mann im Wald. Dem, den er so viele Male gesehen hatte. Dem, dem er zu Jed *hinterhergejagt* war. Er fragte sich, wer dieser Mensch war. Ein Reisender wie er? Jemand, der durch einen Riss einer zerbrechenden oder zerbrochenen Welt gefallen war?

Er stieg aus dem Bett, und seine Knochen knackten, doch er ignorierte den Schmerz in seiner Seite. Nate kannte dieses Haus wie seine Westentasche, daher wusste er, während er vorsichtig die Treppe hinunterging, dass er sich am Rand jeder Stufe halten musste, damit sie nicht allzu laut knarrten und klagten.

Am Fuß der Treppe fand er den alten Mann vor, wie er durch das Glas in der Tür spähte.

Ein Gewehr fest in der Hand.

Er erschrak nicht, als Nate sich ihm näherte. Stattdessen wandte er sein in sanftes Mondlicht gebadetes Gesicht zu Nate um. »Du hast es auch gehört.«

»Ja. Will ich wissen, was das war?«

»Wenn ich es wüsste, würde ich es dir sagen. Irgendeine Freakshow dort draußen wahrscheinlich. Oder vielleicht einfach ein Tier.«

»Das hat sich nicht nach einem Tier angehört, das ich kenne.«

»Natürlich, das liegt daran, dass es kein Tier sein würde, das du kennst. Die meisten der Kreaturen sind verschwunden. Ich sehe ab und zu mal ein Opossum. Vielleicht einen Waschbären. Aber dann ... tauchen Tiere auf, die nicht richtig sind. Einmal habe ich einen Weißschwanzhirsch mit sechs Beinen gesehen. Einmal ein Wildschwein, dem Hörner vom Gesicht herabhingen wie schwarze Spaghetti.«

»Denkst du, das hier könnte irgendein Tier sein?«

»Nein. Wahrscheinlich nicht.«

»Vielleicht die maskierten Mistkerle, die es auf mich abgesehen hatten. Reese' Nullen.«

»Wär möglich. Ich denke, sie kommen vielleicht aus diesem Tunnel in Ramble Rocks heraus.«

Der Tunnel. Ramble Rocks.

»Ich bin aus dem Tunnel gekommen. Dem Tunnel des Terrors. Obwohl er dort, wo ich herstamme, ein Eisenbahntunnel war. Teil eines Parks.«

»Ja. In dieser Welt war er eine überdachte Brücke.«

»Verändert sich Ramble Rocks einfach? Wird zu etwas anderem?«

Carl zuckte die Achseln. »Scheint so. In letzter Zeit ist es der Freizeitpark gewesen. Davor war es ein altes Einkaufszentrum. Einige der Reisenden, die mir begegnet sind, sagen, es sei ein Kohlebergwerk oder einfach ein Park oder sogar ein Gefängnis. Aber es gibt immer einen Tunnel. Und es gibt immer ein Felsenmeer. Und es heißt immer, immer Ramble Rocks.«

»Und in diesem Felsenmeer, schätze ich, gibt es immer diesen Stein. Den, der wie ein Tisch aussieht.«

»Es ist ein Altar. Das ist der Ort, an dem Oliver gestorben ist. Oder stirbt. Wieder und wieder.«

Nates Blut verwandelte sich in kalten Matsch. »Genauso komme ich zurück.«

»Wie meinst du das? Meinst du den Stein?«

»Den Tunnel. Ich bin durch den Tunnel hergekommen. Ich kann durch den Tunnel zurückkehren. Ein Freund von mir ...«, begann Nate, dann korrigierte er sich. »Jemand, den ich kannte, hat gesagt, dass die Grenze zwischen den Welten dort dünn sei. Dünn wie alte Haut, überhaupt nicht wie eine Wand.«

»Nein. Dieser Tunnel ist nicht sicher.«

»Ich glaube nicht, dass ich eine andere Wahl habe.«

»Bleib hier. Bei mir.«

»Nein.« *Ich bin schon einmal fortgegangen. Ich muss wieder fortgehen.* Carl schniefte und versteifte sich. »Nun, von mir hast du keine Hilfe zu erwarten. Dort draußen bist du auf dich allein gestellt, Nate.«

»Ja. Keine Hilfe von dir. Das ist der Vater, an den ich mich erinnere.«

Der alte Mann drehte sich entrüstet um. »Oh, geh zur Hölle. Ich habe dir das Leben gerettet, wenn du dich erinnern möchtest. Dir zu essen gegeben, dir Wasser eingeflößt, deine Scheiße und deine Kotze weggewischt. Und wie du festgestellt hast, du bist nicht einmal mein Sohn. Du bist einfach ein ... Reisender. Ein *Fremder* für mich. Ich habe dir eine Freundlichkeit erwiesen, und diese Freundlichkeit ist jetzt zu Ende. Du willst in die Dunkelheit verschwinden? Auf, auf, Tiger!«

»Fick dich.«

»Mhm. Ja. Klar, fick dich.«

Nate trollte sich nach oben zurück und wartete darauf, dass der Morgen kam. Er hörte das verrückte, schreiende Gelächter aus dem Wald nicht mehr. Und irgendwie war das noch schlimmer.

Am nächsten Tag ragte vor ihm der Freizeitpark Ramble Rocks auf. Jedenfalls, wie Nate vor ihm stand, fühlte er sich winzig. Wie ein kleiner Junge in einem Museum, der zu dem T-Rex-Skelett aufschaut. Speere aus dämmrigem Licht stachen durch die Streben und Gleise der Achterbahn, als würden sie sie an Ort und Stelle festhalten.

Moos und Ranken hingen von dem Gerüst herab. Alles verfallen, chaotisch.

Aber er sah niemanden. Hörte kein Heulen, kein irrsinniges Gelächter.

Er hatte eine einzige Waffe: eine langstielige Axt. Er hatte gehofft, eine Waffe mitnehmen zu können, aber er hatte damit gerechnet, dass Carl ihm keine geben würde. Zuerst hatte er richtiggelegen. Der alte Mann war nicht da gewesen, als Nate zur Tür hinausgegangen war. Er war oben in seinem Zimmer, seine Tür verschlossen. Aber Nate kam nur etwa fünfzehn Meter weit, dann folgte ihm Carl und rief ihn. Er reichte ihm die Axt und sagte: »Ich habe zwei davon. Nimm sie. Du wirst sie brauchen.«

Und das war alles, was er an Lebewohl bekam.

Carl ging zurück ins Haus, und Nate machte sich auf den Weg.

Und jetzt war Nate hier.

Er hatte keinen großartigen Plan. Es war schwer, Pläne für ein beschissenes Universum wie dieses zu machen: Nichts ergab Sinn, warum also einen Plan schmieden? Die beste Entscheidung, die er treffen konnte, war die, in den Tunnel zu gehen und sich umzuschauen. Einfach festzustellen, was er vorfand. Tief hineingehen. Sich umsehen.

Nate lief durch den Freizeitpark, und wieder wurde sein Blick von den aufgesprühten Nachrichten angezogen. Eine dieser Nachrichten war über eine der Streben der Achterbahn gekritzelt:

ESST NICHT DIE SCHWARZEN ÄPFEL.

Er wusste nicht, was das bedeutete, und sah auch keine Äpfel, die er hätte essen können.

Müßig irrte sein Blick nach oben, hinauf, hinauf, hinauf, und er brauchte einen Moment, um zu begreifen, dass das deplatzierte Ding, das sein Blick gefunden hatte, ein Leichnam war. Der Leichnam baumelte an einem Seil – eine Schlinge um den Hals. Er befand sich hoch oben, fast am höchsten Punkt der Schienen. Der Leichnam hing vollkommen reglos da. Sein Gesicht war eine Ruine aus weißen, verkrusteten Röhrchen. Einzelne Züge konnte man nicht erkennen.

Er eilte weiter.

Der Tunnel des Terrors klaffte vor ihm auf. Nate stand am Rand des

Lichts, und es fühlte sich beinahe so an, als stünde er auf dem Felsvorsprung einer Bergklippe. Teile davon bröckelten weg und drohten, ihn in den Tod stürzen zu lassen. Seine Ohren klingelten. Sein Puls beschleunigte sich. Alles in ihm schrie ihm zu, er solle umkehren, wegrennen, vergessen. Aber er sagte sich: Das ist es, was es will. Es will, dass du wegrennst. Also, lauf weiter. Er wusste nicht, woher er das wusste. Oder ob er es überhaupt wusste – es war absurd zu denken, dieser Ort sei irgendwie lebendig.

Und doch fühlte es sich plötzlich genauso an.

Der Ort war lebendig. Oder so nah dran, wie ein Ort das eben sein konnte.

Gleich hinter dem Tunneleingang lag ein Leichnam. Er war stark verwest, sein Gesicht wie ein bis Februar aufbewahrter Oktober-Kürbis. Der Leichnam machte den Eindruck eines Bauern: Overall, Arbeitsstiefel, schlammige Knie. War der Leichnam echt? Nate befürchtete, dass es so war. In der gekrümmten Affenpfotenhand sah er etwas glänzen …

Ein Feuerzeug.

Nate trat in die Dunkelheit. Schnell huschte er hinein und stahl dem Leichnam das Feuerzeug, halb davon überzeugt, dass dieser plötzlich aufstehen und auf ihn zugetaumelt kommen würde.

Der Leichnam blieb, wo er war.

Das Feuerzeug fühlte sich kalt an in seiner Hand. Er betätigte es und beschwor eine Flamme herauf.

Der Tunnel sollte, wie er wusste, kreisrund sein. Wie eine Geisterbahn in einem Vergnügungspark. Man stieg ein. Man fuhr rundherum, und dann stieg man an derselben verdammten Stelle aus, an der man eingestiegen war. Aber der Tunnel des Terrors war anders. Tatsächlich ergab er keinen Sinn, denn Nate schien es, als sei er eine einzelne, gerade Linie in die Dunkelheit. Er zog sich endlos in die Länge. Wohin? Nate wusste es nicht. Aber während er an den Gleisen entlangging, bemerkte er, dass sich der Boden sanft nach unten neigte. Zuerst vielleicht um zehn Prozent.

Dann ein wenig steiler.

Das Licht des gestohlenen Feuerzeugs tanzte über die Wände. Es beleuchtete mechanische Zombies auf Sprungfedern, dazu bestimmt, Geisterbahnfahrer anzuspringen. Er sah Lautsprecher, die einst wahrscheinlich unheimliche Musik wiedergegeben hatten oder Aufzeichnungen von Schreien, und verzerrte, gewellte Spiegel, die Besucher in Angst und Schrecken versetzt hatten, während sie verstümmelte und verrenkte Versionen ihrer selbst sahen. Unechte Gummigliedmaßen baumelten noch immer an Ketten und Seilen von der Decke herab. Ein Fuß, eine Hand, ein Kopf …

Er erstarrte. Der Kopf.

Der Kopf war nicht auf komische Weise blutig wie der Fuß und die Hand, aus denen die Knochen hervorragten und in denen das Rot der entblößten Muskeln pfirsichfarben geworden war. Der Kopf war kleiner. Runzelig. Die Haut war eng um den Schädel herum angetrocknet, knusprig wie Dörrfleisch.

Es ist ein echter Kopf, begriff er.

Die Kette, die ihn festhielt, mündete in einen Angelhaken, und dieser Haken steckte in der Schläfe des abgetrennten Kopfes.

In der trockenen Haut der Stirn befand sich in der Mitte von sprödem, an totes Stroh erinnerndem Haar eine Zahl:

19.

Er schob sich daran vorbei und hielt sich weiter auf den Gleisen, damit er nicht in das stehende Wasser fiel, das parallel dazu verlief.

Die Flamme des Feuerzeugs beleuchtete einen scheinbar endlosen Tunnel. Vor ihm pressten sich Gestalten an die Wand – Clownspuppen, die erstarrt waren und vor der Biegung des Tunnels posierten. Horrorclowns, einer mit einer Machete, ein weiterer, dem das Auge aus dem Kopf hing.

Hinter ihnen lief der Tunnel weiter und weiter und weiter.

Nate drehte sich um und sah, dass der Eingang jetzt ein gutes Stück entfernt war. Vielleicht bereits eine Viertelmeile.

Ein Schatten glitt vor den Eingang. Wie ein Geier, der vor die Sonne flog. Und dann grummelte der Tunnel – die Decke, die Wände, bis hinunter zu den Gleisen unter Nates Füßen. *Donner,* durchzuckte es Nate.

Ein Gewitter.

Noch nicht hier angekommen. Aber ... vielleicht bald.

Carl hatte gesagt, dass Gewitter manchmal durchkamen, und wenn das geschah, brachten sie die Hölle mit sich. *Chaos* war das Wort, das er benutzt hatte.

Ein weiteres fernes Grollen ließ seine Zähne klappern.

Und jetzt eine Entscheidung. Nate konnte gehen. Er konnte versuchen, vor dem Gewitter herzulaufen und zu Carl zurückzugehen – vorausgesetzt, der alte Mann würde ihn wieder willkommen heißen. Oder er konnte hierbleiben und Zuflucht suchen, bis das Unwetter vorbeigezogen war. *Oder* er konnte sich wieder umdrehen und noch tiefer hineingehen. Herausfinden, wohin dieses Ding führte. Wenn dieser Ort wirklich irgendwie ... ein Durchgang war, wenn er ihn an einen anderen Ort führen konnte, vielleicht zurück nach Hause, sollte er dann nicht weitereilen?

Wie lautete das Sprichwort noch gleich?

Der einzige Weg nach draußen führt mitten hindurch.

Das gab den Ausschlag. Er würde tiefer hineingehen.

Aber bevor er sich umdrehen und in die Dunkelheit treten konnte ...

»*Vor langer, langer Zeit*«, sang eine Stimme unten in der Tiefe, »fand sich ein junger Mann namens Eddie Reese in einem Eisenbahntunnel wieder, zornig darüber, dass ein weiteres Mädchen, ein weiterer Junge ihn abgewiesen hatte: *Nein, Eddie, sagten sie, ich werde nicht mit dir ausgehen, ich werde dir nicht meine Hand reichen, ich werde dich nicht zur Kenntnis nehmen!*«

Nate fuhr herum, um sich der Dunkelheit zu stellen. Er sah dort nichts, aber der Schatten fühlte sich bedrückend an. Er beäugte die Horrorclowns an der Wand und rechnete halb damit, dass sie zum Leben erwachten – und sich auf ihn stürzten.

»Bleib, wo du bist«, ermahnte er die Dunkelheit.

Aber die Stimme fuhr fort:

»Aber an jenem Tag fand unser Junge, unerschrockener Eddie – er war ein Zahlenfan, jawohl – sich in einem Tunnel wieder und zählte zuerst die Male, da er abgewiesen worden war, wobei die Zahl, nur damit das klar war, einundzwanzig lautete, und dann zählte er die grob behauenen, unebenen Ziegelsteine im Tunnel. Sieben, nur damit das klar war. Aber Eddie stellte plötzlich fest, dass er nicht allein war, so wie du jetzt nicht allein bist. Das war der Moment, in dem Eddie dem Dämon begegnet ist.«

»Verpiss dich!«, zischte Nate.

»Der *Dämon*, Eligos Vassago, die Erzbestie. Oben und unten, das war er. Loyal weder gegenüber den Legionen der Hölle noch gegenüber dem Abschaum des Himmels. Und er sagte Eddie, dass dieser, wenn er bereit sei, eine Mission zu übernehmen, eine große Mission, die Welten zerbrechen und zu einem Gott werden könne, und dann würde niemand hier ihn jemals abweisen.«

Jetzt konnte Nate den Schatten von Edmund Walker Reese durch die Dunkelheit treten sehen. Eine Klinge glänzte auf, obwohl es so dunkel war.

»Neunundneunzig Mädchen«, erklangen ein Wispern und ein Kichern aus den Wänden. Waren die Worte von einem der Clowns gekommen?

»Neunundneunzig für die neunundneunzig!«, erklang ein anderes Wispern von der gegenüberliegenden Seite.

»Ja«, fuhr Reese fort, dessen Stimme nicht zwangsläufig laut war, aber irgendwie *überall*. Wie Schlangen, die in alle Richtungen an der Wand emporglitten. Ihr Echo war langsam und bedächtig, kriechend. »Eligos hat gesagt, ich solle neunundneunzig Mädchen töten, *reine* Mädchen, Mädchen, die jung und keusch waren, noch nicht besudelt, und wenn ich sie opferte, dann würde auf dem Höhepunkt *alles fallen*.«

»Aber du hast *versagt*«, rief Nate. »Stimmt's? Das fünfte Mädchen, Sissy Kalbacher. Sie ist entkommen. Dank meiner Frau.«

»Deine *Frau*.« Diese beiden Worte, gezischt mit großer Bosheit und Zorn. »Wenn das nicht passt. Ja. Ich habe versagt. Vielleicht war es ein Narrenstück, es überhaupt zu versuchen. Aber ich habe es versucht, und ich bin für meine Bemühungen belohnt worden. Ich wurde vom Blitz vor dem elektrischen Stuhl gerettet – und der Dämon hat mich hierhergebracht. Hat mich vielleicht auf die Weide gebracht. Aber *oh,* was für eine hübsche Weide, Nate. So viele Opfer in Reichweite. Und ab und zu verirrt sich eine junge Frau in mein Netz. Wobei, im Moment – bist nur du da, nicht wahr?«

Nate spürte, wie die Spannung wuchs. Die Luft summte von dieser Spannung. Er musste weg von hier. Musste fort. Aber er wünschte sich so *inbrünstig*, Edmund Walker Reese zu töten. Wenn er nicht nach Hause gelangen würde, konnte er zumindest diesen Mörder mitnehmen …

Nein, ermahnte er sich selbst. *Du bist nicht bereit. Du bist verletzt, Nate. Noch nicht wieder bei Kräften.*

»Jetzt ist alles gut«, sang Reese weiter. »Mein Werk wurde von einem tüchtigeren Kandidaten fortgesetzt. Von dem Jungen: Oliver. Oliver tötet Olivers tötet Olivers, Dominosteine, die einer nach dem anderen umkippen, bis die Welt stirbt. Und wenn sie das tut, kommen sie alle hierher.« Diese letzten Worte knurrte er, ein unmenschliches Geräusch: »*Zu mir.*«

Er lachte, ein irrsinniges, gestottertes Johlen.

Edmund Reese preschte vor, und sein Jagdmesser zerschlitzte die Luft und sandte ein Funkeln über die Wände. Er brüllte, und er schien nicht zwei Arme zu haben, sondern vier, dann sechs – und sein Schatten wurde immer größer und seltsamer, und als er rannte, war es nicht nur das Geräusch von Schritten in der Dunkelheit, sondern das Glucksen von etwas Schlitterndem, wie ein Klumpen aus unendlichen Würmern, der sich durch den Tunnel schob. Und daraufhin begannen die Clowns an der Wand zu lachen, im gleichen Rhythmus wie Reese …

Donner krachte, aber Nate hatte keine Wahl – er kehrte um und lief durch den Tunnel so schnell er konnte, zurück zum Eingang. Es war verrückt, dem Sturm zu trotzen. Aber Chaos war besser als *das hier*. Er konnte Reese nicht überwältigen. Nicht hier. Nicht jetzt. Er musste *wegrennen*.

Nate wagte es nicht, hinter sich zu schauen, und er hielt den Blick stark geradeaus gerichtet. Der Halbkreis aus Licht, der den Ausgang des Tunnels des Terrors markierte, wurde schwächer. Was blauer Himmel war, hatte sich in ein unheimliches gelbliches Grün verwandelt. Ein kranker Himmel, aufgewühlt von dem nahenden Sturm. Und genauso …

Die Schritte hinter ihm waren verschwunden.

Schau nicht hin. Schau nicht hin. Schau nicht hin.

Er schaute hin.

Reese stand weit hinter ihm. Flankiert jetzt von den Gestalten der Clowns, die sich von den Wänden losgerissen hatten und hin und her taumelten. Etwas Feuchtes glänzte hinter ihnen und um sie herum – Würmer, die sich durch das Innere des Tunnels schlängelten. Die Clowns waren ungefähr hundert Meter hinter ihm stehen geblieben. Er konnte ihre Silhouetten dort sehen. Wie sie ihn beobachteten. Reese war nicht mehr bei ihnen. Er war in die Dunkelheit zurückgekehrt. In den Tunnel.

Nicht einmal *sie* wagten es, in den Sturm hinauszugehen.

Gut.

Also lief er in den Sturm hinein.

Hagel trommelte um ihn herum, während der Himmel grauer und grüner wurde. Dieser Himmel fiel mit der Kakofonie von Glasperlen, die sich von oben ergossen, in den zerstörten Vergnügungspark – und diese Perlen trafen Nate trotzdem, bombardierten ihn, und es brannte, als ob Steinchen auf seinen Kopf geschleudert würden, in seinen Nacken, auf seine Schultern und seinen Rücken. Nate vergrub den Kopf unter der spärlichen Zuflucht seiner Arme, während er durch den Park rannte, vorbei an den Getränkeständen und dem ausgebrannten Riesenrad …

Licht erstickte den Himmel. Weiß und grell. Füllte alles aus. Und als es wieder erloschen war und Nate sich die Sternenstreifen aus den Augen blinzelte, sah er, dass er umzingelt war.

Von seinem Sohn.

So vielen Versionen seines Sohnes.

»Oliver«, sagte er, und seine Stimme brach.

Oliver, mit einem Pistolenschuss zwischen den Augen, dem langes, nasses Haar an den Wangen klebte. Oliver, die Kehle aufgeschlitzt wie ein unter Dampf geöffneter Briefumschlag. Ein weiterer Oliver, die Handgelenke aufgeschnitten, aus denen rostwasserfarbenes Blut sickerte. Dieser Oliver, aufgebläht wie eine Wasserleiche, jener Oliver, halb aufgelöste Tabletten klebten auf der Innenseite seiner Unterlippe wie Zuckerstreusel auf einem Cupcake. Ein weiterer Schuss in die Brust. Ein Oliver, aus dessen Bauch Gedärme quollen. Einige verwest bis zum Punkt fast völliger Unkenntlichkeit. Einige mit rosiger Haut und frisch verstorben, andere grau, wochenlang tot, aber noch nicht verwest. Sie alle öffneten gleichzeitig den Mund. Summten und gurgelten. Blut quoll heraus. Flusswasser strömte heraus. Eine Kaskade spritzender Galle.

Ihr schreckliches gesummtes Lied löste sich in einem Wort auf …

»Dddaaaaadddd.«

Etwas krachte in ihn hinein. Nate wirbelte zu diesem Etwas herum, die Axt erhoben …

Es war Carl. Augen, so groß wie Monde, als er all die Olivers um sie herum betrachtete. »Jesus Christus«, sagte Carl und übertönte mit lauter Stimme den trommelnden Hagel. Er gestikulierte mit der .45 in seiner Hand. »Wir müssen *gehen*, Nate, komm mit. *Komm mit!*«

Er zog an Nate, und Nate rannte mit dem alten Mann los – er schloss die Augen, als sie sich durch das Gedränge der Leichen seines Sohnes bewegten, denn er wusste, dass er nicht hinschauen konnte, nicht noch einmal. Als er die Augen wieder öffnete, waren die Olivers verschwunden oder befanden sich hinter ihm, und er wusste, dass er nicht zurückschauen durfte.

Sie eilten zu zweit auf den Ausgang des Parks zu, der jetzt in Sichtweite war.

»Fast da«, überschrie Carl die Kakofonie von herabströmendem Hagel.

Blitze füllten erneut den Himmel. Und diesmal traf einer den Boden vor Nate wie ein Hammer – der Blitz schleuderte Nate flach auf den Rücken, und vor sich sah er Carl oder dessen Umrisse, gefangen im brüllenden Kanal der Elektrizität. Nate konnte seine Haut sehen, seine Knochen, und alles färbte sich schwarz und kräuselte sich wie im Feuer brennendes Pergament.

Der Blitz war verschwunden.

Und mit ihm auch Carl Graves.

Kapitel 70
Schwingen zum Fliegen

Was für ein prachtvolles Essen.

Maddie betrachtete das Festmahl – sorry, »Festmahl« – vor ihnen beiden.

Cranberrysoße aus der Dose: ein Klassiker.

Süßkartoffeln aus der Dose: In den meisten Jahren zog sie es vor, sie selbst zuzubereiten, aber okay, das hier würde vollauf genügen.

Billige Pitabrote von Martins: Ein jämmerlicher Ersatz für Brötchen, aber Maddie tat, was sie konnte, und toastete sie über dem Holzofen. Jetzt hatte jeder von ihnen ein kohlschwarz verbranntes, wie die Kruste des Herzens des Teufels.

Zum Lunch Truthahnfleisch in breiiger Bratensauce, um sich daran abzuarbeiten.

Oliver stocherte mit einer Gabel darin herum und hob jeden einzelnen mageren Bissen des Mahls verdrossen und mit einem frischen Schmollmund an die Lippen. Ein kleiner Stachel des Grolls durchzuckte sie, und sie wollte mit ihm schimpfen: *Weißt du, viele Kinder in diesem Land bekommen erheblich schlechtere Mahlzeiten vorgesetzt, und du könntest wenigstens die Mühe würdigen, die ich darauf verwandt habe, uns mitten in diesem Scheiß-Tornado irgendeine Art von Thanksgiving zu bescheren.* Aber sie biss sich auf die Zunge, denn sie wusste, dass es unfair war. Es war nicht so, dass Oliver das Essen nicht schmeckte (obwohl, warum sollte es ihm schmecken, hm). Es ging vielmehr darum, dass sein Dad vermisst wurde. Es ging darum, dass ihr Leben auf den Kopf gestellt worden war. Sie waren auf der Flucht, allein, mitten im Nirgendwo. Er wäre um ein Haar getötet worden, und nicht von einem x-beliebigen Fremden, sondern anscheinend von ihm, *ihm selbst.* Außerdem nahm er immer noch Antibiotika wegen der verletzten Hand – und das beeinträchtigte seine Verdauung.

Der Junge war durch die Mangel gedreht worden.

Genau wie du, sagte sie sich.

Und das war der Moment, in dem Oliver bemerkte: »Also, wann hört das auf?«

Die Frage traf sie wie ein Lastwagen in voller Fahrt.

»Was?«

»Wann hört das alles auf? Jake ist immer noch dort draußen. Sie werden ihn nicht finden. Er verfügt über Magie. Er wird davonkommen oder sie überlisten oder sie vielleicht töten. Und dann wird er hierherkommen und sich uns vornehmen.« Er sah sie nicht einfach an, sondern *durch sie hindurch*, als hätte er sie mit seinem Blick aufgespießt. »Was ist dein Ziel? Was ist der Plan, Mom? Du hast immer Pläne.«

Sie fühlte sich, als würde sie fallen, als hätte jemand einen Hebel umgelegt und eine Falltür unter ihrem Stuhl geöffnet. Ihr war kalt. Dann wurde ihr heiß. Sie bekam kaum Luft, und sie dachte: *Ist das die Menopause, ist das ein Herzinfarkt, ist das ein verdammtes Aneurysma?*, aber sie wusste natürlich, dass es Panik war. Schiere, blutrünstige Panik, die ihr das Herz zusammenkrampfte.

Ich bin jemand mit Listen und Zielen und Plänen, jemand, der immer weiß, was zu tun ist, aber hier saß sie und hatte nichts. Keine Antworten. Keine Anweisungen. Sie hatten sich gerade aus der Welt zurückgezogen, als seien sie gestorben und an diesen Zwischenort gelangt, in diesen *Schwebezustand*, diese Hütte am Ende der Welt.

Was war das Ende?

Gab es ein Ende?

»Geht es dir gut?«, fragte Oliver, der ihr nicht mehr in die Augen sah, sondern eher auf ihren Leib schaute. In Richtung ihres Herzens. *Was sieht er?*

»Ja«, log sie. Dann kämpfte sich die Wahrheit mit Gewalt aus ihrem Mund: »Nein! Gott. Scheiße, nein.« Sie stieß ein plötzliches Schluchzen aus und weinte zehn Sekunden lang heftig – zehn beinahe ewige Sekunden. Dann wischte sie sich über die Augen, räusperte sich und fügte hinzu: »Dieses Abendessen ist Drachenfutter. Es ist Dreck. Und ich habe genug davon.«

»Oh – ich meinte nicht …«

Sie stand abrupt auf und fügte hinzu: »Komm mit. Lass uns etwas tun.«

Verwirrt fragte er: »Was? Warum?«

»Weil, mein Junge, wenn die Zeit kommt, wenn dein Kopf einfach voll ist von …« Sie gestikulierte wild, und bewegte die Finger wie wahnsinnig neben ihrem Kopf. »*Unsinn,* dann besteht die beste Methode, dieses Gewusel loszuwerden und das Rauschen zu ersticken, darin, etwas zu machen. Also werden wir genau das jetzt tun. Wir werden gehen und etwas machen. Für uns. Für die Welt. Wir machen.«

Zum ersten Mal seit Wochen sah sie ihren Sohn lächeln.

Sein Lächeln schenkte ihr Kraft.

Sie saßen in der aufkommenden Kälte auf der schmalen Veranda der Hütte, unter einer Lampe, die nur eine Glühbirne in einem großen Einmachglas war. Jenseits des spärlichen Lichtes lag der schlammige, gefurchte Parkplatz der Hütte, außerdem eine lange Einfahrt, die durch einen Zaun dunkler Tannen führte, die wie Wächter dastanden. Darüber war klare, sternenübersäte Nacht. Der Mond war nur ein dünner Span aus weißem Knochen.

Olivers Freude über die Idee, etwas zu erschaffen, wurde gedämpft von seinen Schwierigkeiten, es wirklich zu *tun* – er mühte sich, mit seiner verletzten Hand Holz festzuhalten und mit der anderen zu schnitzen. Seine Mom musste seine Frustration bemerkt haben und übernahm stattdessen den größten Teil der Schnitzarbeiten – sie ließ ihn einfach entscheiden, wie sie vorgehen sollte.

Sie hatten ein primitives Messer in der Küchenschublade gefunden, das seine Mom benutzte, um Stücke aus softballgroßen Holzscheiten zu Eulen zu schnitzen. Sie knirschte mit den Zähnen und schnitzte das Paar Ohren, verlieh ihnen zuletzt ihre Spitzen, bevor sie das Tier Oliver überreichte. Die Eule, die er in der Hand hielt, fühlte sich substanziell an – nicht leicht und luftig, sondern schwer auf eine Weise, die fast unmöglich schien. Er stellte sie neben die beiden anderen, die sie geschnitzt hatte, auf dem hölzernen Geländer der Veranda auf. Jede Eule unterschied sich ein wenig von der vorangegangenen. Es fühlte sich fast so an, als beobachteten sie ihn. Er vermutete, dass dies das Coole am Künstlerdasein war: Man hatte das Gefühl, dass die eigene Arbeit mehr war, als es tatsächlich der Fall war. Als hätte man ihr Leben eingehaucht. Ein wenig Geist.

»Gib mir den nächsten Klotz«, bat sie, und er griff in den Haufen Feuerholz hinab, das sie gehackt hatten. Oliver tat wie geheißen, und sie fragte:»Eine Kreischeule diesmal? Eine Schleiereule? Was für eine?«

Er zuckte lachend die Achseln. »Ich weiß nicht. Vielleicht, ähm, einen von diesen Eulenschwalmen?«

»Der braune Eulenschwalm ist keine Eule«, korrigierte sie ihn und gestikulierte mit dem Messer.

»Woher weißt du das?«

»Kumpel, Kinder sind nicht die Einzigen, die sich YouTube ansehen können.«

»Okay, okay. Wir haben gerade einen Virginia-Uhu gemacht, also ja, da wäre eine Kreischeule gut, nicht wahr?«

»Kluge Wahl, Kleiner. Ruf auf dem Handy eine für mich auf, damit wir ein Referenzfoto bekommen.«

Er nickte und machte sich an die Arbeit.

»Warum Eulen?«, fragte er.

Sie lächelte. »Weißt du, als ich noch klein war … Ich hatte eine Eule. Ähm … keine *echte* Eule, aber auch kein Spielzeug. Es war so ein kleiner Schnickschnack, den mein Dad mir irgendwann mal von einer Reise mitgebracht hatte. Etwas für ein Regal, Deko. Es war eine Eule, und sie war aus Kohle. Daraus geschnitzt. Ich weiß nicht, ob ich je viel darüber nachgedacht habe, aber … sie stand Nacht für Nacht auf meiner Ankleidekommode. Und hat über mich gewacht.«

»Vielleicht können diese Eulen über uns wachen.«

»Mag sein, Junge. Mag. Sein.«

Während sie redete und arbeitete, bemerkte Oliver, dass der Schmerz und Zorn in seiner Mutter verebbt waren. Er hatte während des Abendessens beobachtet, wie diese Gefühle ihren Höhepunkt erreicht hatten – während sie sich unterhalten hatten, hatte ein Mahlstrom der Frustration in ihr getobt wie ein Wirbelwind in der Wüste.

Er hatte sie ganz mit flutender Dunkelheit ausgefüllt. Aber jetzt war er kleiner. Er war zu einem kleinen, pulsierenden Ding zusammengeschrumpft. War das gut? Es fühlte sich gut an. Aber erneut kämpfte Oliver mit Fragen zur Natur des Schmerzes. War es besser für den Schmerz, kleingemacht zu werden, aber bleiben zu dürfen? Oder war er wie eine Infektion, die geheilt werden musste? Ein schlechter Zahn, der verlangte, gezogen zu werden?

Ich könnte einfach hineingreifen und ihn von ihr nehmen …

»Was deine Frage von vorhin betrifft«, bemerkte sie plötzlich, »das weiß ich nicht.«

»Welche Frage?«, hakte er nach, obwohl er es wusste.

»Was der Plan ist. Wie lange das hier dauert. Das alles.« Müßig drehte sie das Messer in ihrer Hand herum. »Ich weiß es nicht. Ich habe keine Antworten.«

»Was ist, wenn er uns holen kommt?« Er brauchte nicht zu sagen, von wem er sprach.

»Keine Ahnung, Junge. Wir haben die Pistole deines Vaters, und er hat mir vor langer Zeit beigebracht, wie man damit umgeht. Wir sind weit weg, mitten im Nichts. Vorn gibt es ein Tor, und wir haben den Schlüssel. Die Hütte lässt sich ziemlich gut verteidigen, und wenn es zum Schlimmsten kommt, könnten wir in den Wald fliehen. Der Highway ist von hier aus nur einige Meilen in nördlicher Richtung.«

»Wäre es nicht besser, in der Nähe von … hm, in der Nähe von Menschen zu sein?«

»*Nein.*« Er beobachtete, wie der Schmerz in ihr bei dieser Frage wie schwarzer Rauch erblühte. »Wir dürfen anderen nicht trauen, Olly. Du hast Jake vertraut – sieh dir an, was daraus geworden ist. Dad hat Jed vertraut. Es ist das Beste, wenn wir unter uns bleiben.«

»Du weißt, wo Jed ist, nicht wahr?«

Seine Mom kniff argwöhnisch die Augen zusammen. »Warum fragst du?«

»Du hast gesagt, du hättest ihn gefunden. Und dann hast du ihn wieder gehen lassen.«

»Mhm.«

Oliver hatte das Gefühl, dass ihr Blick ihn zu Brei zerquetschte. »Was ist?«

»Tu nicht so ungläubig. Du hast dir mein Telefon angesehen.« *Schluck.*

»Also … na ja.« Er hasste es zu lügen. *Hasste es.* »Okay! Ja, ja, ich habe nach Spielen gesucht, irgendetwas, meinetwegen sogar Candy Crush oder irgendeine andere alte App, weil ich mich gelangweilt habe, und … dann habe ich die Textnachricht gelesen und …«

Es war eine Nachricht, die ganz in Großbuchstaben geschrieben war, weil das anscheinend die Art und Weise war, wie alte Leute Textnachrichten verfassten:

HOFFE, SIE UND DER JUNGE SIND WOHLAUF. WENN SIE IRGENDETWAS BRAUCHEN, SCHICKEN SIE EINE NACHRICHT AN DIESE NUMMER. ICH BIN MIR SICHER, DASS SIE MIR NICHT ÜBER DEN WEG TRAUEN, DAS VERSTEHE ICH, ABER WENN DIE NOT JEMALS GROSS SEIN SOLLTE, BIN ICH FÜR SIE DA.

Wenn die Not jemals groß sein sollte …

Seine Mom zuckte die Achseln. »Wir haben nicht viel geredet. Er weiß nicht, wo wir sind.«

»Weißt du, wo er ist?«

»Nein.«

»Also, warum textet ihr euch dann?«

Sie seufzte. »Es waren nur ein paar Nachrichten. Er hat sich lediglich kurz melden wollen.«

»Vielleicht weil er immer noch für Jake arbeitet.«

»Könnte sein. Aber ich glaube es nicht.«

»Warum nicht?«

»Keine Ahnung.« Ärger hatte sich in ihre Stimme gestohlen. Wieder regte sich der schwarze Rauch in ihr. »Ich denke, ich bin zu ihm durchgedrungen. Ich glaube, ich habe Zugang zu ihm gefunden und ihn da durch begleitet. Ergibt das einen Sinn? Scheiße, wahrscheinlich nicht.« Sie schaute auf den Holzklotz hinab, im Vor-Eulen-Stadium. »Er ist ein Mann mit großen Schmerzen, und dieser Schmerz hat die Oberhand über ihn gewonnen. Ich verzeihe ihm nicht, ganz und gar nicht. Auch dein Vater war ein schmerzgepeinigter Mann, aber er hat sich nie davon leiten lassen, oder zumindest hat sein Schmerz ihn nicht beherrscht.« Ächzend stieß sie das Holz gegen das Verandageländer, *katschunk.* »Ich wünschte, dein Vater wäre hier. Ich war einverstanden damit, ziemlich viele Dinge zu regeln, Olly, aber das hier? All dieses Chaos und diese ganze verrückte Scheiße? Dein Vater war immer ein Fels in der Brandung – unberührt von Krisen und imstande, die kühlste Gelassenheit und Seelenstärke zu verkörpern. Und Scheiße, ich vermisse ihn.«

»Ich auch. Ich wünschte, er wäre hier.«

»Dito, Kleiner. Dito.«

Sie saßen eine Weile so da. Die Novemberkälte kroch in Olivers Knochen, und ein Schauder überlief ihn. »Ich glaube, ich würde gern wieder reingehen.«

»Geh ruhig schon. Ich bleibe noch ein Weilchen hier draußen. Vielleicht schnitze ich noch ein wenig.«

»Nacht, Mom.«

»Nacht, Junge.«

Maddie hatte drei Bier intus und war bereits bei der dreizehnten Eule.

Bei dem Bier handelte es sich um ein besonders starkes russisches dunkles Bier, das nach dem alten Rasputin benannt war. Sie hatte es von einem Händler neben dem Walmart in Honesdale bekommen. Sie konnte ihre Lippen zwar nicht spüren, aber ihre Zähne. Beides ein Zeichen dafür, dass sie noch nicht ganz betrunken war, aber sie war auf dem bestem Wege dahin.

Was die Eulen betraf, nun, bei der fünften hörte sie auf, sich darum zu scheren, um was für eine Eulenart es sich handelte, und ab der zehnten sahen sie ein wenig dämlich aus, aber sie gefielen ihr trotzdem. *Meine seltsame kleine Eulenfamilie,* dachte sie. Jäger und Wächter.

Sie stocherte mit dem Messer in einer der Eulen herum, und sie wackelte auf dem Geländer.

»Komm schon«, drängte sie die Eule. »Blinzele. Flattere mit den Flügeln. Schrei mich an.«

Stocher, stocher, stocher.

»Kreische! Fliege! Kratz mir die Augen aus! Mach dich verdammt noch mal an die Arbeit!«

Immer noch nichts. Keine der Eulen war mehr als ein totes Stück Holz.

»Ah, dann verpisst euch«, blaffte sie und fegte sie alle vom Geländer. Und wieder war sie sich sicher, dass sie etwas übersah. Irgendein Stück von alledem. Ein Stück von *sich selbst*.

Was machte sie hier? Was hoffte sie zu erreichen?

Sie hatte recht gehabt. Sie vermisste Nate. Ja, sie war diejenige, die Pläne innerhalb von Plänen innerhalb von Plänen hatte. Aber in dieser einzigartig beschissenen Situation hätte *er* gewusst, was zu tun war.

Und ich vermisse ihn, verdammt noch mal.

Ich auch, hörte sie die Stimme ihres Sohnes in ihrem Kopf sagen.

Ich wünschte, er wäre hier.

Sie kaute auf der Innenseite ihrer Wange. Schaute auf das Messer hinab. Schaute auf die Eulen hinab. Ihre Gedanken schweiften zu der Erinnerung, wie sie Edmund Walker Reese erschaffen hatte, ohne es zu beabsichtigen, eine böse, hässliche Apparatur, die zum Leben erwacht war und dann versucht hatte, sie zu ermorden.

Sie wünschte, Nate hätte hier sein können.

Aber dann kamen ihr Zweifel.

Was, wenn er hier wäre?

Was, wenn sie Nate hierherbringen könnte?

Maddie begann zu planen.

Kapitel 71

Reisende

Nate erhob sich taumelnd in eine sitzende Position und versuchte, die Welle von Weiß in seinem Gesichtsfeld wegzublinzeln. Langsam zerfiel die Wand aus Licht in wabernde Kleckse wie die in Lava-Lampen. Er stand auf und wurde von Hagelkörnern getroffen, während er den verkohlten Boden betrachtete, auf dem noch Sekunden zuvor Carl gewesen war, bis der Blitz ... ihn geholt hatte? Ihn verbrannt hatte? War dieser Kohlerest Carl?

»Carl!«, rief Nate. Er schluckte hörbar und fragte sich, was er als Nächstes tun sollte. Sollte er zum Haus zurückgehen? In den Park zurückrennen? Er fühlte sich benommen.

Dann stellten sich all seine Nackenhaare auf. Die Haare auf den Armen ebenfalls. Alles kribbelte – die Luft fühlte sich lebendig an, wie brennende Ameisen.

Und dann war es wie ein lautloser Donnerschlag: ein Schnaufen von Luft, ein Rauschen von Wind. Carl erschien vor ihm. Er stand vollkommen reglos da und starrte ins Leere. Dann verschwand er wieder, nur um eine halbe Sekunde später erneut zu erscheinen. Als sei er ein gestörtes, aufflackerndes Bild. Bei diesem zweiten Mal stotterte er:

»Verschlungen ... worden ... vom Blitz.«

Nate eilte auf ihn zu, griff nach seiner Hand und zog ihn weg. Eine statische Entladung zwischen ihnen produzierte einen lauten Knall: Es war, als würde man sich die Haut an einem Reißnagel verletzen. Aber dann schien der sichtlich erschütterte Carl dazubleiben.

Und es war an Nate zu sagen: »Wir müssen gehen, Carl. Komm schon. *Wir müssen sofort von hier verschwinden.*«

Als sie ins Haus zurückkehrten, erschöpft und mit wilden Blicken, war der Sturm bereits weitergezogen. Der Tag war jetzt wieder genauso wie zuvor: trüb und warm, die Luft dichter jetzt und erfüllt von Wolken von Mücken und Moskitos.

Im Haus ließen sie sich beide auf die Stühle am Wohnzimmertisch fallen.

Eine Weile sah keiner den anderen an. Keiner von ihnen tat überhaupt wirklich etwas. Sie saßen nur benommen da. Standen unter Schock.

Schließlich bemerkte Nate: »Danke, dass du gekommen bist, um mich zu holen.«

Carls Blick flatterte zu Nate.

»Natürlich. Du bist nicht mein Sohn, aber ...« Seine Worte erstarben in seinem Mund.

»Der Blitz«, murmelte Nate. »Ich habe ihn schon einmal gesehen. Er hat dich fortgeholt. Hat dich irgendwo anders hingebracht. Nicht wahr?«

»Ich habe mich selbst sterben sehen.«

Nate hielt inne. »Okay.«

»Einen Moment lang habe ich gedacht, ich würde tatsächlich sterben. Dass ich eine Art ... wie nennt man das noch gleich, ein *außerkörperliches* Erlebnis hatte. Ich habe in der Ecke eines Schlafzimmers gestanden und eine andere Version meiner selbst auf dem Bett beobachtet. Diese Version von mir sah höllisch aus. Papierdünne Haut. Gelb wie Eiter. Ich lag im Sterben. Vielleicht war ich sogar schon tot. Und du oder irgendeine Version von Nate warst da ...«

Während der ganzen Zeit, in der Carl sprach, machte sich in Nate eine Erkenntnis breit.

»Du bist hinübergegangen«, erklärte Nate.

»Was? Wie in diesem alten Film *Angel of the Night*?«

»Den kenne ich nicht. Ich meine nur – du warst ein Reisender, Carl. Du bist in *meine* Welt gegangen. Du hast ... du hast mich gesehen. Und meinen Vater, meine Version von dir.« Es fiel ihm schwer, die Worte auszusprechen, aber es gelang ihm weiterzureden. »Carl, mein Vater ist an Krebs gestorben. Ich war dabei, als es passiert ist. Ich habe ihn gehasst. Ich war nicht da, um ... ihm Trost zu schenken oder freundliche Worte. Ich habe mich nicht um einen Abschluss bemüht.

Ich wollte ihn einfach nur sterben sehen. Und das habe ich getan. Aber dann habe ich ... ich habe *dich* dort gesehen. Du hast in der Ecke gestanden. Eine Waffe in deiner linken Hand. Zu der Zeit dachte ich, du wärst sein Geist, aber ...« Er rieb sich mit den Handballen die Augen.

»Du warst *du*. Kein Geist. Du warst real, schätze ich.«

»Ähm. Es fällt mir schwer, das alles in den Kopf zu kriegen.«

»Da sind wir schon zu zweit, Carl.«

Carl tätschelte ihm den Arm. »Geh dich waschen, Sohn. Ich werde den Whisky holen. Denn ich brauche den einen oder anderen Drink, und ich schätze, das Gleiche gilt für dich.«

Der Whisky war nichts Dolles. Royal Crown Canadian – Nate wies darauf hin, dass er in seiner Welt Crown Royal hieß, nicht Royal Crown, aber davon abgesehen waren die Verpackung und die Marke dieselbe. Außerdem hatte sein eigener Vater das Zeug ebenfalls getrunken.

Eine Stunde später waren sie beide ziemlich angeschickert. Es war keine Trunkenheit, bei der man auf den Boden fiel und sich selbst vollkotzte, aber Nate tat nichts mehr weh, alles fühlte sich an wie ein warmes Bad mit Badesalz. Carl erzählte gerade eine Geschichte über einen »Burschen«, mit dem er in der Plastikfabrik zusammengearbeitet hatte, wo er den größten Teil seines Lebens beschäftigt gewesen war. Es war ein Mann namens Keith gewesen. Keith, sagte er, habe ständig Lotto gespielt. Jeden Tag, jede Woche, jedes Rubbellos, auch die Powerball-Lotterie. Keith hatte gern gesagt: *Gott hilft jenen, die sich selbst helfen, das stammt aus der Bibel. Man muss Gott auf halbem Weg entgegenkommen, dann wird er die andere Hälfte des Weges übernehmen. Du kannst nicht gewinnen, wenn du nicht spielst, Carl, nein, Sir, nein, kannst du nicht.*

»Und dann hat dieser blöde Arsch eines Tages«, fuhr Carl fort, einen Kaffeebecher voller Whisky in der Hand, »seinen dämlichen Lottoschein auf dem Schreibtisch liegen lassen. Und zwar den von Powerball, dem großen Geld – es ist seither noch mehr geworden, aber damals war es der größte verdammte Jackpot, den sie hatten, irgendwas mit fünfhundert Millionen oder so. Und Keith hat jeden Tag wie ein Uhrwerk funktioniert und ist auf die Toilette gegangen, um seinen Morgenschiss zu erledigen, und es hat überall gestunken, also bin ich heimlich zu seinem Schreibtisch und habe schnell …« – an dieser Stelle ahmte Carl mit Gesten nach, was er damals getan hatte – »die Zahlen abgeschrieben, die er ausgesucht hatte. Und ich bin zu meinem Schreibtisch zurückgegangen, habe mich mit der Zeitung hingesetzt und eine Melodie von Willie Nelson vor mich hin gepfiffen.

Also, wie gesagt, Keith war wie ein Uhrwerk. Die Ziehung der Lotterie fand jeden Abend um elf Uhr statt, aber Keith konnte nicht so lange aufbleiben – wir mussten um fünf Uhr an jedem verdammten Morgen bei der Arbeit sein, ja? Tja. Also ist er am nächsten Tag reingekommen, hat sein Mittagessen in den Kühlschrank gestellt, hat seinen morgendlichen Gesundheitsspaziergang gemacht, dann ist er zurückgekehrt, hat nach der Zeitung gegriffen und sich die Zahlen angesehen. *Wie jeden Tag.*

Aber an *diesem* Tag hatte ich die Zeitung als Erster, und als er aus der Toilette kam und nach dem Lufterfrischer roch, den er benutzt hat wie ein, ähm, Rasierwasser – und wie gesagt, diese Badezimmerlufterfrischer bringen gar nichts.«

Nate lachte. »Sie bringen nur, dass es im Bad nach Scheiße *und* Vanille riecht, statt einfach nur nach Scheiße.«

»Genau! Genau, so ist es. Also, er kommt heraus und riecht wie – nun, ich weiß nicht, ob es Scheiße und Vanille waren, aber vielleicht Scheiße und Ringelblumen oder so was, und er sucht nach der Zeitung – aber dann sieht er, dass ich sie habe. Und er bittet mich darum, und ich sage, komm, ich lese dir die Zahlen vor, und die ganze Zeit über hatte ich ihn verspottet: Du wirst niemals gewinnen. Du wirst niemals gewinnen! Hör auf zu spielen, um Himmels willen, und er hat gesagt: *Gott hilft jenen, komm Gott auf halbem Weg entgegen, du kannst nicht gewinnen, wenn du nicht spielst* und all diesen glücklichen Pferdemist.

Aber verstehst du, ich kenne seine Zahlen. Also lese ich sie ihm vor, ganz langsam, ich lese *seine tatsächlichen Zahlen* von dem kleinen Post-it-Zettel vor, auf dem ich sie notiert hatte, verstehst du? Also, ich lese ihm die Zahlen eine nach der anderen vor, und während ich lese, werden seine Augen immer größer und größer. Und am Ende denkt er, er hätte gewonnen. Er denkt, er hätte *fünfhundert Millionen Dollar* gewonnen.«

»Was hat er getan?«, fragte Nate lachend.

»Oh, was er getan hat? Nate, ich werde es dir erzählen. Er hat dieses Geld von den ersten dreißig Sekunden an ausgegeben. Hat sich einen Whirlpool gekauft. Hat sich einen Ford F-350 gekauft. Hat sich ein Haus in den Florida Keys gekauft und Jimmy Buffett höchstpersönlich dazu gebracht, zu kommen und einen Song für ihn zu schreiben über, was weiß ich, Papageien und Piraten oder Schwachsinn über Cheeseburger oder was immer dir so einfällt. Und er hat nicht vor, es mit uns zu teilen, o nein. Nicht mit uns, nicht mit einer wohltätigen Einrichtung, nichts. Aber was ist mit Gott, habe ich ihn gefragt? Würde Gott nicht wollen, dass du hilfst, die hungernden Kinder zu ernähren? Und er hat gesagt, ich schwöre, dass er das gesagt hat: *Gott hilft jenen, die sich selbst helfen, Carl.* Und ehe wir wussten, wie uns geschah, hatte er bereits angefangen, seine Kündigungsrede zu üben – er wollte sie an diesem Tag halten! Wollte schnurstracks in das Büro des Chefs spazieren und ihm sagen, er könne sich verpissen: *Ich bin jetzt reich, auf Nimmerwiedersehen, du Mistkerl.* Also ist er zum Büro des Chefs marschiert, und wir haben ihn bis zur Tür gehen lassen, bevor wir ihn aufgehalten und ihm die Wahrheit gesagt haben. Oh, Mann. War der sauer, meine Herren! Stinksauer. Sein Gesicht ist rot geworden wie eine Rübe und ...« Carl begann so heftig zu lachen, dass er schnaubte. »Oh, das war was. Dieser gottverdammte Narr.«

Sie lachten beide, bis sie heiser wurden, dann füllte Carl ihre Gläser erneut mit Whisky auf.

Carl, aus dessen Stimme alle Erheiterung verschwunden war, fragte: »Hast du so etwas jemals, äh, so etwas jemals mit deinem Vater gemacht? Dagesessen und getrunken und den lieben Gott einen guten Mann sein lassen, meine ich.«

»Nein.« Nates Muskeln spannten sich an. »Definitiv nicht.«

»Dein Vater war ein echtes Stück Scheiße, hm?«

»Ein echtes Arschloch, Carl. Ein echtes Arschloch.«

»Was dagegen, wenn ich frage ...«

»Du willst wissen, wie schlimm er war.«

Carl antwortete nicht, aber der Ausdruck auf seinem Gesicht sagte alles.

»Okay«, begann Nate. »Ich rede nicht oft darüber, aber Dad, *mein* Dad, *mein* Carl Graves hat mich windelweich geprügelt. Er hat auch meine Mutter geschlagen. Ich weiß nicht … Es klingt … hohl, wenn ich es so erzähle. Als sei es ganz banal. Aber ich kann dir nicht sagen, wie es sich angefühlt hat, in einem solchen Haus aufzuwachsen. Es war nicht mal so, dass er mich regelmäßig verprügelt hat – an manchen Tagen schien er zu versuchen, es wiedergutzumachen, als versuchte er, sich zu bessern, aber irgendwie war das noch schlimmer. Denn es war wie, na ja, es war wie heute. Ein sonniger Tag, der ein heraufziehendes Überraschungsgewitter verbirgt. Von der Ruhe zum Chaos. Das hat dazu geführt, dass ich ihm keinen einzigen Moment vertrauen konnte. In der einen Minute hat er über irgendeine Fernsehsendung mit mir gelacht oder sich einen Western angesehen, und in der nächsten ist er über mich hergefallen oder über meine Mutter, manchmal wegen irgendeiner Blödheit oder Kleinigkeit, manchmal auch völlig grundlos. Vielleicht wegen etwas, das er sich eingebildet hat. Er hat getrunken. Er hat geraucht. Er hat uns verprügelt.«

Carl schwieg ein Weilchen. »All das zu hören tut mir leid.«

»Ja. Hm. Es war, wie es war.« Jetzt richtete Nate einen durchdringenden Blick auf den alten Mann. Seine Stimme war eisig, als er hinzufügte: »Was ist mit dir, Carl? Hast du deinen Sohn geschlagen? Nathan geschlagen?«

»Nein.«

»Echt nicht?«

Carl stieß einen Atemzug aus und nickte träge. »Echt nicht. Aber verdammt, das macht mich nicht zum Vater des Jahres. Ich war nicht da, Nate. Ich war nicht zu Hause. Ich war bei der Arbeit, und nach der Arbeit war ich dann in der Kneipe, und danach habe ich es wahrscheinlich mit irgendeiner Kellnerin oder was immer getrieben.«

»Und Nathan? Was hast du ihm angetan?«

»Die Kette hat einige Glieder mehr als diese, Nate. Dass ich nicht da war, war schlecht für meine Frau, Susan. Susan war … Alkoholikerin.«

Bei diesen Worten starrte Carl in seinen eigenen Whisky, als sei er ein Orakel-Teich. »Sie war ein ziemliches Wrack, und statt ihr zu helfen, bin ich einfach davongelaufen, und in meiner Abwesenheit haben ihr Schmerz und ihr Elend zugenommen, genau wie ihre Trinkerei. *Sie hat unseren Sohn geschlagen.* Und ich denke, es ist noch schlimmer, wenn eine Mutter ihren Sohn schlägt, denn Väter sind als Männer nur zornig, einfach Tornados aus Schmerz, aber Frauen sind nährend, sie sollten es jedenfalls sein. Sie sind diejenigen, die unsere Schmerzen mit ihren Umarmungen vertreiben ...«

»Tu das nicht. Dreh es nicht so, als sei es in Ordnung, dass Männer Monster sind. Wenn wir es sind, müssen wir dazu stehen. Es ist nicht besser oder schlechter, wenn eines deiner Elternteile gewalttätig ist und das andere nicht, Carl. Es ist schrecklich, so oder so.«

Er versuchte, sich vorzustellen, seine eigene Mutter wäre das Monster in dieser Familie gewesen. Tatsache war, dass Nate ihr einen Teil der Verantwortung dafür zuschob, was ihm angetan worden war. Sie hatte ihn nicht beschützt. Auch sich selbst nicht. Sein Leben lang und selbst jetzt schwankte er zwischen dem Gefühl, traurig um ihretwillen zu sein und gleichzeitig auch sauer *auf* sie. Er wusste, dass sie ein Opfer war, genau wie er, aber er war ein kleines Kind, und sie war eine Erwachsene gewesen. Sie hätte ihn fortbringen können, oder?

»Du hast recht«, stimmte Carl ihm zu. »Der Punkt ist, ich habe die Familie im Stich gelassen, und Susan hatte niemanden, der ihr half, ihren Kurs zu korrigieren, und das hat sie an Nathan ausgelassen. Und Nathan ist groß geworden ... du weißt schon, er war nicht besonders robust, dieser Junge. Steckte immer in Schwierigkeiten. Geriet in Raufereien. Geriet in der Highschool in die Drogenszene und hat es irgendwie trotz allem geschafft, seinen Abschluss zu machen. Er war ein Wrack. Manchmal brachte er sich auf Kurs, aber der nächste Windstoß trieb ihn erneut ab, und dann kam Maddie ... und Oliver – ein Missgeschick, dieses Kind. Inzwischen war meine Frau an einer Leberkrankheit gestorben und ich war häuslicher geworden, also hat Oliver die Hälfte der Zeit bei mir gelebt. Dann, äh ...«

Dann hielt er für einen Moment inne. Wieder starrte er in die trüben Tiefen des mittelmäßigen Whiskys. Er schnupperte, als beschwöre er eine gewisse Entschlossenheit herauf, dann kippte er das Glas herunter.

»Eines Nachts hat Nathan eine Überdosis genommen. Es gab einen Brief. Tja. Maddie und Oliver wurden zu einem größeren Teil meines Lebens, und ich habe versucht, ihnen gerecht zu werden, aber ... der Geist meines Sohnes lebte in Oliver weiter. Und dann ist dieser Junge aufgetaucht, Jake, und ... das war's. Einfach ein Zug, der über ein rostiges, schadhaftes Gleis tuckerte. Der Zusammenstoß war wohl unvermeidlich. So ein gottverdammtes Trümmerfeld entlang des Weges.«

Trümmerfeld. Das Wort fiel Nate auf. *So ein gottverdammtes Trümmerfeld.*

»Es tut mir leid«, sagte Nate. »Was immer das wert ist.«

»Es ist etwas wert. Nicht alles, aber etwas.« Carl blinzelte sich ein Schimmern aus den Augen. »Lass mich dir eine Frage stellen: Wie machst du das?«

»Wie mache ich was?«

»Alles zusammenhalten. Mein Nathan war durch das, was meine Frau und ich ihm angetan hatten, total verkorkst. Und wir waren ... tja, wir waren wohl verdorben von dem, was uns angetan worden war. Mein eigener Vater hat mich regelmäßig windelweich geprügelt. Ihre Mutter war Alkoholikerin. Der Apfel fällt nicht weit vom Stamm, wie es so schön heißt. Aber du ... es sei denn, du erzählst mir Märchen ... Du hast alles zusammengehalten. Wie?«

Nate lachte leise. »Ich hab's einfach getan. Ich habe es zusammengehalten. Nicht einmal zusammen – ich habe es hinter dem festgehalten, was ich meinen Deich genannt habe. So wie ein sturmgepeitschter Ozean von einer sehr, sehr starken emotionalen Mauer in Schach gehalten wird.«

»Machst du dir jemals Sorgen, dass etwas Derartiges, etwas so Schlimmes, nicht jenseits des Deiches bleibt? Ein Hurrikan könnte es hochspülen und darüber hinweg.«

»Das macht mir durchaus Sorgen. Oder jedenfalls habe ich mir welche gemacht. Ich habe mir Sorgen gemacht, dass der Deich brechen könnte. Oder dass der Meeresspiegel zu hoch steigt, zu schnell. Und ich hatte Angst, dass ich eines Tages zerbrechen würde. Dass ich zu viel trinken würde. Oder meinen Sohn würgen oder meine Frau schlagen würde. Tief im Innern wusste ich, dass ich es nicht tun würde, aber manchmal geht einem ein Gedanke durch den Kopf, und man kann ihn nicht abschütteln, ganz gleich, wie sehr man sich darum bemüht.« Er seufzte. »Was meinen Oliver betrifft, wir sind mit ihm zur Therapie gegangen. Ich hätte derjenige sein sollen, der eine Therapie macht. Ich war fast neidisch auf ihn, habe das aber zu der Zeit nicht wirklich gewusst. Einfach jemanden zum Reden zu haben, jemanden, der … einem hilft, keine Ahnung, alles an die Oberfläche zu zerren.«

»Hast du je das Sprichwort gehört, dass Sauerstoff das beste Desinfektionsmittel ist?«

»Dir zufolge dachte ich, das sei Bleichmittel.« Nate wartete und lächelte dann träge.

Wieder lachte Carl, ein lautes, plötzliches Johlen. Dann tranken sie weiter. Sie tranken, bis die Flasche leer und die Nacht gekommen war.

Der Schlaf in dieser Nacht war ein rastloser Schatten, der sich zwischen den Gräsern regte. Zuerst half Nate der Whisky einzuschlafen, aber irgendwann wachte er wieder auf, rastlos in der Dunkelheit. Mit dem Gefühl, als könne er Reese dort draußen hören, wie er über Dämonen und Zahlen flüsterte.

Gott, wie verdammt irrsinnig das alles war.

Irrsinnig *und* irreal.

Vielleicht war es nicht real. Damit tröstete er sich. Vielleicht war das alles einfach eine geistesgestörte *Vision* – er war ins Koma gefallen, oder er lag im Sterben, und das hier ging ihm in den letzten Sekunden seines Lebens durch den Kopf. *Oder* das alles war eine Art … Simulation auf *Matrix*-Level, die schlimm danebengegangen oder ausgeufert war, und das Ende der Welt war nur der Zerfall von Daten, ein Zusammenbruch von Systemen, eine Kaskade unglücklicher Unfälle.

Genau wie Carl aus seiner Existenz geworfen worden war.

Bzzt, und dann verschwand er an einen anderen Ort. Und auch in eine andere *Zeit.* Durch Blitze. Genau wie Reese kam und ging.

Heilige Scheiße.

Nate richtete sich in der Dunkelheit auf.

Carl ging in Nates Welt. Er verließ Nate – und trotzdem landete er bei Nate. Und nicht synchron mit der Zeit – er war aufgetaucht, bevor Nate auch nur das Haus gekauft hatte. Diese gefallene Welt, die all die zerstörten Zeitlinien umfasste, passte nicht zu der, die übrig blieb – der Welt, aus der Nate kam. In all dieser Zeit hatte er das Gefühl gehabt, gegen die Uhr zu rennen, als könne er Oliver nicht retten, wenn er nicht zurückeilte. Als mache er mit Jake ein Wettrennen um das Leben seines Sohnes – und um das Ende seiner Welt abzuwehren.

Aber wenn die Zeitlinien nicht im Gleichschritt zusammen marschierten …

Dann konnte er zurückkehren. Er konnte es in Ordnung bringen.

Carl war zurückgegangen.

Wenn auch nur für einen Moment.

Vielleicht war das der Weg. Das Gewitter. Der Blitz. *Vielleicht war das der Weg.*

Kapitel 72
Die Sichtung

»Wir müssen los«, sagte Maddie am nächsten Morgen zu Oliver. Auf dem Herd brodelte bereits ein kleiner Topf mit Mokka, den sie schnell in eine Thermoskanne goss, um sie mitzunehmen. (Und, uff, sie brauchte ihn; der alte Rasputin vom vergangenen Abend war von den Toten auferstanden und machte in der Gestalt eines beharrlichen, wenn auch milden Katers Jagd auf ihr Gehirn.) »Steh auf. Jacke anziehen. Schuhe. Wir holen uns unterwegs etwas zum Frühstücken – Sandwiches von Wawa oder so etwas.«

»Wir befinden uns im Sheetz-Land. Hier gibt es keine Wawas, wie du dich sicher erinnerst.«

»Oh. Scheiße. *Sheetz*. Na schön. Lass uns aufbrechen.«

»Wohin gehen wir?«

»Keine Ahnung. Zum Walmart wahrscheinlich, aber wir … werden mit dem Auto fahren. Ich brauche ein paar Sachen.«

»Was für Sachen?«

»Du weißt schon. *Sachen*.«

Anscheinend schöpfte er jetzt Verdacht. »Du benimmst dich seltsam.«

»Ich habe ein Projekt, an dem ich arbeiten will.« Sie überlegte, ihn einzuweihen, aber Oliver hatte es im Moment schon schwer genug, auch ohne dass seine eigene Mutter ihm das hier vor den Latz ballerte. *Hey, Alter, habe ich dir nicht erzählt, dass die Dinge, die ich mache, manchmal lebendig werden? Ich besitze magische Kräfte, genau wie dein Freund Jake! Cool, stimmt's?* Es fühlte sich wie ein Verrat an, es ihm nicht zu erzählen, aber wäre es nicht besser, es ihm zu *zeigen*?

»Ich … will nicht mit.« Er blinzelte sie an, trübselig und erschöpft. Die Haare in einer einzigen verhedderten, halb erstarrten Gezeitenwelle. »Kannst du nicht einfach fahren?«

»Wie meinst du das? Wir bleiben zusammen.«

»Ich will nur, keine Ahnung, ich bin gerade erst aufgewacht. Ich bin müde. Und im Laufe der letzten Woche haben wir einander irgendwie, nun ja, *oft* gesehen und …«

»Du willst Zeit für dich allein.«

Er antwortete nicht, aber sie konnte es ihm ansehen. Und natürlich wollte er allein sein. Er war ein fünfzehnjähriger Junge, eingepfercht mit seiner Mutter in einer Holzhütte.

»Olly, ich weiß nicht.«

»Mir wird schon nichts passieren.«

»Wenn Jake kommt …«

»Er könnte auch auftauchen, während du hier bist.«

»Aber wenn ich weg bin …« Sie verkniff es sich zu sagen: *Ich kann dich nicht beschützen.* »Ich will dich in Sicherheit wissen.«

»Wir haben ein Telefon.«

»Fig hat gesagt, dass der Empfang unzuverlässig sei. Und es zieht ein Unwetter auf …«

»Dann lass mir *dein* Telefon da.« Oliver hatte kein Handy mehr, seit Jake eine Spitzhacke hineingestoßen hatte. »Wenn etwas passiert, ruf ich Fig an.«

»Fig wird nicht herkommen können. Die Fahrt hierher dauert Stunden.«

»Na schön, dann wähle ich den Notruf.«

Maddie ging auf und ab. *Der Junge brauchte ein wenig Raum. Er hatte eine Menge durchgemacht.*

»Also gut«, entschied sie schließlich.

Er warf sich zurück aufs Bett. »Danke.«

»Du kommst zurecht?«, fragte sie ihn.

»Ja, Mom.«

»Versprochen?«

»Versprochen.«

Maddie fuhr mit dem Subaru davon.

Das war der Moment, in dem die ersten Schneeflocken fielen.

Es ist nur leichter Schnee, sagte Oliver sich. Er aß kaltes Truthahnfleisch vom vergangenen Abend und schaute aus dem verschmierten Fenster der Hütte. Seine Mom hatte gesagt, ein »Unwetter« würde aufziehen, wobei es erst heute Abend hier eintreffen sollte. Es war Winter – nun, fast Winter –, daher waren ein paar Schneeflocken hier und da zu erwarten. Es war normal. Kein Grund zur Sorge.

Er ging eine Weile spazieren, schlenderte einfach durch den Wald. Schiefergrauer Himmel über ihm, Schneeflockenreigen. Oliver versuchte, Holz zu hacken, aber seine linke Hand tat zu weh – die Kälte drang dort ein wie ein zersplitterter Eiszapfen, daher dachte er, zur Hölle damit, er würde in die Hütte zurückkehren und vielleicht weiter in dem Buch von Robin Hobb lesen, das er mitgenommen hatte.

Aber als er sich der Hütte näherte, sah er etwas im Fenster. Ein Flackern von Licht und Schatten.

Eine Bewegung, dachte er, und plötzlich verfluchte er sich selbst: Das Handy war dort drin.

O nein. Nein, nein, nein.

Der beschissene Walmart.

Maddie war ein Snob. Sie wusste es. Sie spürte es bis in die Knochen, bis ganz hinab ins Mark. Sie wäre lieber überall sonst gewesen als in einem Walmart – er fühlte sich zu gleichen Teilen dystopisch und apokalyptisch an, als sei dies der letzte große Supermarkt, der in den Endzeiten noch offen war. Jene, die in den Gängen und zwischen den Regalen spukten, waren eine bunt zusammengewürfelte Truppe: Prepper, deren Arschfalten sichtbar waren und die für den Tag des Jüngsten Gerichts einkauften; alte weiße Männer, die Cowboy-Hüte trugen, weil das hier anscheinend immer noch in war; dralle junge Mädchen mit zu engen, glitzerbesetzten Elastan-Kleidern und in Spandex gepackte hungrige, hungrige Pobacken, ihr Haar höher toupiert als der Turm zu Babel; schlurfende Hausfrauen, gehetzt von den Geistern des Nachtrauerns; pickelige Teenager in ihren Walmart-Westen, die mit einem Mopp mysteriöse Pfützen wegwischten. Leuchtstoffröhren summten und knackten über ihr. Irgendwo weinte ein Baby.

Aber so war es nun mal, und es war der einzige verdammte Ort, an dem es etwas gab, das dem, was sie brauchte, auch nur nahekam.

Maddie war eine verzweifelte Frau, und obwohl sie es vorgezogen hätte, die *Erschaffung eines Ehemannes* mit Werkzeugen und Einzelteilen und verschiedenen Reagenzien in Angriff zu nehmen, hatte sie keinen Zugang zu diesen.

Aber sie hatten Maschendraht.

Sie kaufte diesen Draht, außerdem eine Drahtschere, ein paar Schutzhandschuhe, um sich nicht zu verletzen, und zwei Rollen Klebeband. Denn Klebeband war *echte* verdammte Magie.

Da sie schon einmal dort war, füllte sie auch einige ihrer Vorräte wieder auf: Nahrungsmittel, Wasserflaschen, ein paar Kleider, Putzutensilien.

Maddie bezahlte und ging nach draußen …

Und musste feststellen, dass es angefangen hatte, heftig zu schneien. *Vielleicht nur eine Böe,* dachte sie – in der einen Minute wehte der Wind in diese Richtung, und in der nächsten stürmte er in die andere. Das hier hatte der Wetterbericht nicht vorhergesagt. Ihre Leibesmitte schnürte sich erneut zusammen, und sie dachte an das irrsinnige Gewitter, das ihr Zuhause erst im vergangenen Monat belagert hatte. *Seltsames Wetter.*

Wie auch immer, sie ging davon aus, dass der Subaru damit fertigwerden würde. Der Forester hatte einen Allradantrieb und war für jedes Wetter ausgerüstet. Sie stieg ein und fuhr auf die Route 6, um zur Hütte zurückzukehren. *Es ist alles in Ordnung,* sagte sie sich, selbst als der Schnee vom Himmel fiel wie die Strafe eines rachsüchtigen Gottes.

Leise und behutsam drückte Oliver die Tür der Hütte auf.

Am anderen Ende des Raums, neben der ausziehbaren Couch, war der Fernseher eingeschaltet. Schwarz-weißer Schnee flimmerte über den Bildschirm.

Es spiegelte sich im Fensterglas wider.

Mehr steckt nicht dahinter, dachte er und stieß einen Seufzer der Erleichterung aus. Nur das statische Flimmern. Keine andere Bewegung als das Zusammenspiel von Licht und Dunkel.

Aber dann drängte sich ihm eine folgerichtige Frage auf: Warum lief der Fernseher? Er hatte ihn nicht eingeschaltet. Sie bekamen hier kaum Sender rein. Und er wollte auf keinen Fall irgendeinen Katastrophensender schauen.

Oliver trat in den Raum, schleuderte etwas Schneematsch von seinen Schuhen und schloss die Tür hinter sich.

Dann: *kkksssschhh,* die Lautstärke des statischen Zischens schwoll zu einem Brüllen an. Er presste sich seine behandschuhten Hände auf die Ohren ...

Genau in dem Moment, in dem der Bildschirm schwarz wurde.

Und in der Schwärze ein Gesicht auftauchte.

Rote Dämonenaugen starrten durch den weißen Vorhang. So sahen sie aus, all die Bremslichter in Reih und Glied vor ihr. Maddie trat das Bremspedal durch. Der Subaru schlitterte – *Nein, nein, nein!* – und kam mit knapper Not zum Stehen, kurz bevor er die Heckstoßstange eines total zerbeulten Chevy Pick-ups rammen konnte. Kein Aufprall, *puh,* aber vor sich sah sie eine Silhouette im Sturmwind: Ein Sattelschlepper hatte sich ohne viel Federlesens quer über jede einzelne verdammte Fahrspur geschoben. Schnell drehte sie den Kopf und legte den Rückwärtsgang ein – und schon jetzt nahmen ihre Ohren das Zischen von bremsenden Reifen wahr, die über Schnee und Matsch schlitterten, während Autos zusammenstießen.

Sie wappnete sich gegen den Aufprall und ...

Immer noch nichts. Allen Göttern im Himmel sei gedankt, aber es waren bereits andere Autos hinter ihr, und Autos hinter diesen, und der Stau wurde zunehmend undurchdringlich. Sie hatte keinen Bewegungsspielraum, konnte rückwärts nirgendwo hinfahren. Und schon gar nicht vorwärts. Maddie streckte die Hand nach ihrem Handy aus ...

Das sie natürlich nicht bei sich hatte.

Olly hatte es.

Olly hatte das verdammte Handy.

Sie mühte sich, ruhig zu atmen. Es war alles in Ordnung. Das hier würde nicht ewig dauern. Dieser Laster würde aus dem Weg geräumt werden, und sie wäre innerhalb einer Stunde wieder in der Hütte. Davon war Maddie überzeugt.

Auf dem Fernsehbildschirm löste sich die Dunkelheit zu einem Gesicht auf, das Oliver flüchtig als sein eigenes erkannte – das hieß, bis die Pixel sich zu dem grobkörnigen, höhnischen Gesicht von Jake schärften.

»Oh«, sagte Jake fast spielerisch. »Ich hätte dich dort drüben fast übersehen.«

Oliver stand vollkommen reglos da. *Ich bin eingeschlafen, und das hier ist ein Albtraum,* aber nein, das hier war real.

»Ich *hasse* dich«, wütete Oliver, der hinter dem Sofa stand.

»Hasst du dich da nicht in Wirklichkeit selbst?«

»Wir sind nicht dieselbe Person.«

»Ich weiß«, pflichtete Jake ihm bei, und der Unterton bitterer Enttäuschung erklang wie eine falsche Note. »Das ist der Punkt, in dem ich mich geirrt habe. Ich dachte, wir verstehen einander. Tief im Innern dachte ich, es sei genug von mir in dir – und von dir in mir –, dass ich zu dir durchdringen würde. Aber manchmal braucht ein Nagel einen Hammer.«

Oliver schnappte nach Luft und verbarg sich hinter dem Sofa.

»Du kannst dich verstehehecken«, zwitscherte Jake in einem Singsang. »Das ist okay. Ich kann trotzdem reden. Und du wirst trotzdem zuhören, denn du bist ein vernünftiger Junge, Olly.«

Das ist es, was er will. Hör nicht zu.

Er dachte daran, zur Tür zu rennen – sie aufzureißen und in die Kälte hinauszufliehen, hinein in den Schnee. Und doch blieb er, wo er war. Er zwang seine Beine, sich zu strecken, zwang seine Füße, ihn zur Tür zu tragen …

Und doch blieb er, wo er war.

»Wie sich herausstellt, habe ich meine Überzeugungsansprache total in den Sand gesetzt«, begann Jake. »Da dachte ich, bei deiner *grenzenlosen Empathie* und der Tatsache, dass du eine Antenne für den Schmerz der Welt bist, dass du alles in Ordnung bringen wollen würdest. Du würdest all die Schießereien in Schulen beenden wollen, den

Klimawandel umkehren, einfach die ganze Karussellfahrt stoppen, damit wir die Dinge neu erschaffen könnten. Eine bessere Version der Zukunft. Und dann, nachdem dein Daddy beiseitegeräumt worden war – der verdammte *Nate* –, dachte ich, ich hätte es geschafft. Nach der Ermordung von Graham Lyons und seinem verfickten Arschloch von einem Vater war ich davon überzeugt, *das* wäre todsicher geregelt. Das war es! Game over, ich hatte gesiegt. Ich hätte dich fast gehabt, nicht wahr? Gönne mir die Streicheleinheiten für mein Ego, Olly. Sag mir, dass ich zumindest *nah dran* war.«

»Du warst niemals nah dran«, log Oliver.

»Was immer dir hilft, gut zu schlafen, Junge.«

»Vielleicht solltest du einfach *aufgeben*. Vielleicht ist diese Welt die eine, die es wert ist, gerettet zu werden, keine, die du zerstörst, du Stück Scheiße.«

Daraufhin stieß Jake ein leises Summen aus. Als er sprach, kroch das statische Rauschen in seine Stimme, ein Zischen hinter jeder Silbe. »Dafür ist es jetzt zu spät, Oliver. Die übrigen gefallenen Welten stürzen sich alle *mit Macht* auf diese hier. Zerquetschen sie. Zerfressen sie. Dinge aus diesen Welten werden in deine kommen. Sind bereits dort. Die Maschinerie hier fängt an zusammenzubrechen. Wir befinden uns jetzt in der Todesspirale. Und es wird Zeit, dass ich es beende. Ich habe herausgefunden, was dich dazu bringen wird, hierherzukommen.«

Oliver schlüpfte aus seinem Schuh, nahm ihn in die Hand, stand auf und war bereit, ihn zu werfen. Er würde diesen Bildschirm zersplittern lassen und Jakes Bild zurück in die Dunkelheit senden.

Aber seine Hand erstarrte.

Dort auf dem Bildschirm war Caleb.

Caleb an einen Stuhl gefesselt. Den Mund verschlossen hinter einem unbeholfen angebrachten Klebeband, das Band glitschig von dunklem Blut. Blut rann aus seiner Nase und auch über seine Stirn. Selbst von seinem Platz aus konnte Oliver seinen Schmerz spüren – realen Schmerz, *physischen* Schmerz, der aufwallte wie kochendes Wasser.

Mit einem Fingerschnippen tauchte Jakes Gesicht wieder auf.

»Ich habe deine Aufmerksamkeit, nicht wahr?«, fragte Jake.

»Bitte …«, sagte Oliver, dessen Kehle sich zuschnürte.

»Dir liegt etwas an den Menschen. An den kleinen Menschen. An *jeder* Person. *Humanität* schert dich nicht …« Dieses erste Wort betonte Jake auf eine theatralische Weise, groß und donnernd, eine Oper in neun Buchstaben. »Menschen bedeuten dir etwas. Und ich dachte mir, meine Güte, ich habe hier einen Menschen, von dem ich weiß, dass dir an ihm liegt. Also, der Deal, den ich dir anbiete, ist einfach: Du legst dich heute um Mitternacht auf den Felsaltar, sonst schneide ich Körperteile von ihm ab. Ich werde ihn bluten lassen. Ihn in Stücke metzeln. Und dann wird er irgendwann sterben, Oliver, denn wie du sicher weißt, können Menschen nur eine begrenzte Menge an Traumata ertragen. Aber die gute Neuigkeit ist, dass du es verhindern kannst.«

Oliver schluckte einen Kloß aus Furcht und Zorn herunter. Irgendwie setzte sich die Vernunft durch, und er reckte trotzig das Kinn vor. »Aber du sagst, es müsse ohnehin alles enden. Ich komme dorthin, ich sterbe auf dem Stein, und was dann? Caleb stirbt trotzdem.«

»Aber wenn du nicht kommst, weißt du, dass ich ihm wehtun werde. Ich werde ihn nicht einmal töten, denn Tod wäre eine Gnade. Der Schmerz, den ich deinem Freund zufügen werde, wird von ihm abstrahlen und dich in dieser kleinen Hütte erreichen, in der du dich versteckst.« Als Jake Olivers Schock und Schweigen wahrnahm, schnalzte er mit der Zunge. »Natürlich weiß ich, wo du bist. Soll ich hinkommen und dich holen? Schön. Aber auf diese Weise ist es weniger Arbeit für mich.«

»Tu Caleb nicht mehr weh, als du es bereits getan hast.«

Jake lächelte. »Liebst du ihn? Ich meine, stehst du auf ihn? Mir scheint, du magst sowohl Jungen als auch Mädchen. Ein wenig Caleb, ein wenig Hina. Vielleicht werde ich sie nach Caleb ebenfalls suchen. Ihr auch wehtun. Wehtun ist so gut.«

»Du verdammtes Arschloch …«

»Und nachdem ich die beiden getötet habe, lasse ich ihre Leichen in einem blutigen Kielwasser hinter mir zurück, und wenn du dann immer noch nicht kommst, werden wir zu dir kommen. Wir werden deine Mutter wie einen Hund durch den Wald jagen. Ihr werde ich für das wehtun, was sie mir angetan hat, Oliver. Ich werde ihr die Finger, die

Zehen und die Titten abschneiden; ich werde ausgehungerte Würmer in all ihre Öffnungen und geheimen Stellen drücken. Ich werde sie mit unendlich viel Schmerz ausstopfen, Oliver, bevor sie endlich das Zeitliche segnet. Was dich betrifft, nun, du kriegst die Elektroschockpistole oder Drogen, und wir werden dich zwingen *zuzusehen*. Du wirst *alles* mitansehen. Und irgendwo, dort in der Dunkelheit deiner eigenen geschlossenen Augen, wird alles an seinen Platz rücken. Du wirst erkennen, dass alles böse ist und alles kaputt, und nicht nur du wirst diesem einzigartigen Schmerz entfliehen wollen. Du wirst derjenige sein, der eine Flucht für alle will, vor *allem* Schmerz, und du wirst die ganze Welt mit dir nehmen. Für deine Mutter und deine toten Freunde und deinen aus dieser Welt geschiedenen Vater – du wirst allen Welten helfen wollen, allen Zeitlinien, Frieden zu finden.«

Oliver schluckte. »Ist es das, was du willst? Du wolltest einfach eine Flucht vor all dem Schmerz? Kannst du es nicht mehr ertragen?«

»Ich kann eine Menge mehr ertragen als du, dessen kannst du gewiss sein.«

»Ich *hasse* dich.«

»Das beruht auf Gegenseitigkeit, Junge.«

Und dann wurde der Fernseher dunkel.

Eine Stunde jetzt, eine *Stunde,* in der sie hier in dem Subaru saß. Maddie ließ den Motor eine Weile laufen, um den Wagen zu wärmen, dann stellte sie ihn wieder ab, um Benzin zu sparen. Ab und zu sah sie Menschen draußen umhergehen, als der Schneefall schwächer wurde. Die Sturmböen kamen und gingen – manchmal nur mit einigen duftigen Flocken, weiße Punkte vor grauem Hintergrund; manchmal war es ein dichtes Schneegewirbel, das die Welt verschluckte.

Schließlich stieg sie aus, als sie einige Leute umhergehen sah. Sie näherte sich einem rundlichen Mann mit Doppelkinn, der eine Marty-McFly-Weste und einen John-Deere-Hut trug – er stand vor einem Chevy Blazer aus den späten Neunzigern. Aufkleber von den Marines auf der Rückseite neben einer Gadsden-Flagge mit der Aufschrift *DON'T TREAD ON ME.*

»Hey, Entschuldigung«, sagte sie zu ihm.

»Hallo«, antwortete er. »Höllische Sache«, fügte er hinzu und umfasste mit einer weit ausholenden Bewegung beider Arme seine Umgebung, um auf das Wetter zu deuten.

»Ja. Es ist ziemlich seltsam hier draußen.«

»Hier draußen, da draußen, überall draußen.«

»Wissen Sie, was vor uns passiert ist?«

»Ein Trucker hat die Kontrolle verloren – der Boden war so glatt, dass sich der Laster quergestellt hat. Dann sind einige Autos von der Gegenseite hineingerutscht, und er hat einen Teil seiner Fracht verloren, schätze ich – nichts Aufregendes traurigerweise, nur Baumaterialien. Moniereisen, glaube ich. Ich sag Ihnen was, ich habe einmal gesehen, wie ein Truck auf der I-80 seine Fracht verloren hat. Der ganze Anhänger ist umgekippt, und wissen Sie, was herausgekommen ist? Orangen. Einfach eine Riesenladung Orangen, die alle herausgerollt sind. Leckere Orangen, wie ich mit Freude berichten darf.«

»Das ist, ähm, das ist witzig. Kann ich Sie um einen Gefallen bitten?«

Er zuckte die Achseln und lächelte. »Kann nie schaden zu fragen, aber wenn Sie irgendwo pinkeln müssen, mir sind alle leeren Flaschen ausgegangen.«

Darüber konnte sie wirklich lachen.

»Ich denke nicht, dass ich in eine Flasche pinkeln werde, es sei denn, dazu gehört ein Trichter von ordentlicher Größe. Nein, ich würde mir gern ein Handy ausborgen – meins ist außer Betrieb, und ich muss meinen Sohn anrufen und ihn wissen lassen, warum ich zu spät komme.«

Er warf ihr einen prüfenden Blick zu. »Klar. Außerdem, wo sollen Sie schon damit hinlaufen?« Er wühlte ein Klapphandy aus seiner Jeans, denn anscheinend wurden die immer noch hergestellt, und reichte es ihr.

Sie bedankte sich bei ihm und entfernte sich einige Schritte – nicht weit, damit er sich keine Sorgen machte – und rief Oliver an. Es klingelte und klingelte und klingelte.

Komm schon, Kleiner. Wo bist du?

Endlich nahm jemand den Anruf entgegen.

»Hey, Mom«, sagte er. Seine Stimme klang ein wenig gebrochen.

»Olly, Mensch, es schneit hier draußen ziemlich kräftig. Ich schätze, dass das Unwetter, das heute Abend kommen sollte, bereits da ist. Ich stecke auf der Straße fest – ein quer stehender Truck –, und ich weiß nicht, wann ich zurückkommen werde.«

»Okay.« Sie hörte Sorge in seiner Stimme.

»Es wird schon gut gehen Du bist in Sicherheit. Du hast mein Handy, die Pistole und Holz für den Ofen, außerdem etwas zu essen im Kühlschrank, auch wenn der Kühlschrank stinkt wie ein feuchter Geisterfurz …« Sie erwartete ein Lachen, aber es kam keins. »Das wird schon.«

»Ich weiß.«

»Ich hab dich lieb.«

»Ich dich auch. Es tut mir leid, Mom.«

»Was tut dir leid? Es ist nicht deine Schuld, dass ich hier draußen bin.«

»Ich weiß. Es ist nur … es tut mir leid.«

»Ich bin bald bei dir, Alterchen.«

Sie gab dem John Deere mit dem Doppelkinn sein Handy zurück. »Danke«, sagte sie.

»Alles okay bei Ihrem Sohn?«

»Es … geht ihm gut. Er hat eine harte Zeit hinter sich.« *Und das,* dachte sie, *war die Untertreibung des Jahres.*

»Lassen Sie mich raten, Teenager?«

»Ja.«

»Von denen habe ich auch eine. Sie ist neunzehn. Für Kinder ist es übel in der Welt. Wir haben alles Gute vergeudet, was wir hatten, und ihnen nur den leeren Beutel dagelassen. Aber Ihr Junge wird sich bestimmt gut machen – es ist klar, dass er Ihnen viel bedeutet. Sie sind bereit zu tun, was immer nötig ist. So verhalten sich Eltern, gute Eltern. Ansonsten muss man ihnen vertrauen. Sie vertrauen Ihrem Sohn genug, um ihn allein zu lassen, aber Sie tun auch, was immer nötig ist, um zu ihm zurückzukehren. Hab ich recht?«

»So ziemlich, ja«, bestätigte sie.

»Mehr brauchen Sie nicht. Vertrauen und harte Arbeit.«

Sie gaben sich die Hand, und sie bedankte sich noch einmal bei ihm.

»Fred«, stellte er sich vor.

»Maddie«, antwortete sie.

Und dann, wie Magie: Der Schneesturm flaute ab. Es waren nur noch einzelne Flocken, und sie sah die roten und blauen Rundumleuchten eines Polizeistreifenwagens vor sich. Durch die Luft ertönte das Kreischen von Hydraulik, als der Sattelzug aufgerichtet wurde.

Es dauerte seine Zeit.

Viel Auf und Abgehen, viel Nachdenken.

Oliver nahm sich vor, dass er nicht tun würde, was er nicht tun sollte. Er sagte sich, dass er Jake nicht nachgeben durfte. Aber er überlegte auch, welche Wahl er hatte. Jake würde tun, was er sagte. Er hatte sich entschieden. Er würde Caleb wehtun, würde ihm schrecklich wehtun, und dann würde er ihn töten. Er würde auch Hina aufspüren. Und sich wahrscheinlich seine Mom vornehmen und all die schrecklichen Dinge tun, die er angekündigt hatte. Unterm Strich, welche Wahl blieb Oliver denn?

Er griff nach dem Handy seiner Mutter, rief ihre Kontaktliste auf und tätigte den Anruf. Oliver wusste nicht, wie lange sie noch fort sein würde, aber er musste das hier erledigen, bevor sie zurückkam ... und bevor das Wetter noch schlimmer wurde.

Er schrieb eine hastige Notiz.

Er steckte das Handy ein.

Er nahm die Waffe.

Dann ging Oliver zur Tür hinaus, vorbei an der Gruppe von dreizehn Eulen auf dem Boden (eine jede jetzt bedeckt mit einem kleinen Hügel aus weißem Flaum). Der Junge kämpfte sich durch den Schnee, die Einfahrt hinunter, auf das Ende zu.

Kapitel 73

Der Blitz schlägt niemals zweimal an derselben Stelle ein

Nate erzählte es am nächsten Tag Carl. Carl wiederum dachte, er sei total durchgeknallt, und sagte das auch. Aber er versicherte ihm auch, ihm zu helfen. Also machten sie sich daran, einen Blitzableiter zu konstruieren. Carl kannte das Prinzip, sagte, sie hätten einen in der Plastikfabrik gehabt, in der er gearbeitet hatte. Ein Blitzableiter war einfach nur ein langer Metallstab, idealerweise aus Kupfer, angebracht auf dem Dach eines Gebäudes, mit einem Draht, der von dem Metall zum Boden führte – damit der Blitz in den Blitzableiter einschlug und dann in den Boden weitergeleitet wurde, sodass das Gebäude unversehrt blieb.

Doch in diesem Fall würde der Draht nicht zwangsläufig mit dem Boden verbunden werden müssen …

Er konnte mit *Nate* verbunden werden.

»Was natürlich deinen Allerwertesten töten wird«, bemerkte Carl.

»Ja, in jedem anderen Universum. Aber du …«

»Was mir widerfahren ist, war verrückt, Nate. Diese Stürme sind nicht berechenbar. Also, ich würde wetten, dass ihre Resultate es ebenso wenig sind. Ich vermute, dass wir sie nicht hervorrufen können, aber was weiß ich schon.«

Nate zuckte die Achseln. »Etwas anderes fällt mir nicht ein. Dir vielleicht?«

»Nein.«

»Dann bleiben wir bei dieser Idee.«

Carl hatte Kupferrohre in den Wänden. Die Rohrleitungen des Hauses waren mit einer Brunnenpumpe verbunden – die ihrerseits Elektrizität erforderte –, daher halfen die Rohre niemandem weiter. Er und Nate rissen einige heraus und formten daraus eine lange Stange.

Sie nahmen die Leiter, um aufs Dach zu gelangen. Nate sagte, er würde hinaufklettern, und Carl sagte, er könne das verdammt noch mal selbst, bei Gott, und stattdessen befahl er Nate, mit dem Stangenende auf dem Boden zu bleiben. Nur für den Fall des Falles.

Als der alte Mann hinaufkletterte, zerbrachen einige der Schieferschindeln – sie rutschten bröckchenweise herunter und zersplitterten, als sie auf dem Boden aufprallten. Nate wich einigen Trümmern aus.

»Kommst du zurecht da oben?«, fragte er.

»Mir geht es gut, und hör auf zu fragen. Ich bin alt, aber ich bin nicht senil«, blaffte Carl.

Nate konnte nicht viel sehen. Er hörte nur jede Menge Geknalle und Gerassel, und Schieferstücke glitten herab. Plötzlich brüllte Carl: »Verdammte Hölle!«

Nate schlang sich das Gewehr über die Schulter und eilte die Leiter hinauf ...

Er spähte über die verbogene und verrostete Regenrinne. Jetzt konnte er Carl rittlings auf dem Dachgiebel sitzen sehen, wo er das Haus ritt wie ein Pferd. Blut strömte an seiner Hand hinab, als er sie schüttelte.

»Hölle, Carl, alles okay?«

»Bestens, *bestens,* nur – ich hab mich an dem Abdeckblech hier oben geschnitten. Scheiß scharf, das Blech.« Er zog sein Hemd aus und wickelte es um die blutende Hand. Das Blut durchtränkte den Stoff ziemlich schnell. Nate sagte, er würde hinaufkommen und die Sache zu Ende bringen, aber Carl erwiderte: »Nein, Hölle, ich bin schon fertig. Ich habe nur das Abdeckblech um den Schornstein festgemacht. Ich bin fertig, ich bin fertig, ich kletter einfach die Leiter wieder runter. Mach mir Platz.«

Nate, der sich an die Sturheit seines eigenen Vaters erinnert fühlte, war klug genug, nicht mit dieser alten Eiche zu ringen. Also stieg er die Leiter wieder hinunter und machte Platz. Carl schlitterte hinüber zum Dachrand ...

Und sein Hinterteil rutschte vom Dach und traf die Regenrinne – die abbrach. Carl flog durch die Luft ...

Nate stieß einen Schrei aus ...

Und dann war da ein Rauschen von Luft, der Geruch von Ozon … Mitten, in der Luft war Carl einfach *verschwunden*.

»Oh Scheiße«, murmelte Nate.

Er wusste, wie schnell der alte Mann beim letzten Mal zurückgekommen war, daher eilte er genau an die Stelle, wo Carl vom Dach gestürzt war, und versuchte, seine Flugbahn zu erahnen. Er stellte ein Bein zurück, um sich zu stabilisieren, und breitete die Arme aus …

Genau als ein zweites Rauschen durch die Luft ging. Carl tauchte wieder auf, und diesmal fing Nate ihn. Oder Carl »erwischte« Nate eher – denn er wurde rückwärtsgerissen und krachte mit dem Steißbein auf die Erde, und plötzlich lagen sie beide lang ausgestreckt auf dem ungepflegten Rasen. Beide Männer stöhnten und wälzten sich vor Schmerzen auf dem Boden, aber sie hatten keine echten Verletzungen davongetragen. Schließlich richtete Carl sich auf und hielt sich seine aufgeschnittene Hand unter die Achselhöhle. »Das war ja mal was«, sagte er zu guter Letzt.

»Was ist passiert?«

»Was passiert ist? Du hast gesehen, was passiert ist. Ich bin wieder weggegangen.«

»Wohin? Und in welche Zeit?«

»Ich … hm, ich weiß nicht, wann, Nate, ich weiß nur, dass ich plötzlich aufrecht dastand. Habe aus dem Dachbodenfenster dieses Hauses geschaut. Und ich habe etwas beobachtet … dich, denke ich. Dich und deinen Sohn. Auf der Einfahrt. So wie es ausgesehen hat, hatte der Junge ein kaputtes Fahrrad.«

Nate nickte. »Daran erinnere ich mich. Ich erinnere mich daran, dich dort oben gesehen zu haben.«

»Gott. Ist das nicht ein Ding?«

»Das ist es, Carl. Das ist es.«

Carl erhob sich zittrig, wobei seine Knie knackten. »Aber eins sag ich dir, Nate. Ich weiß, dass er nicht mein Enkel war, nicht richtig. Aber es war gut, Oliver wiederzusehen. Wirklich gut.«

Das kann ich mir vorstellen, dachte Nate. Und das war alles, was er tun konnte. Sich Dinge vorstellen.

Das erste Anzeichen dafür, dass etwas mit Carl nicht stimmte, kam einige Nächte später. Als Nate aufwachte, stand Carl da. Helles Mondlicht fiel durch die Ritzen der vernagelten Fenster des Raums und zeichnete Zebrastreifen aus Licht und Schatten auf seinen Körper.

Die Waffe war in seiner Hand. Er zielte damit auf Nate.

»Weisen Sie sich aus!«, zischte Carl. »Wachen Sie auf, Sie Stück *Scheiße*. Sie können nicht einfach in dieses Haus kommen und es besetzen. Wer sind Sie? Woher kommen Sie?«

»Carl«, antwortete Nate, so ruhig wie ein durch nichts gestörter See. »Carl, ich bin es. Nate.«

»Das hier war das Zimmer meines *Sohnes*. Er wird zurückkommen. Sie können nicht hier schlafen.«

»Natürlich kommt er zurück, Carl. Ich kann unten schlafen, wenn dir das lieber wäre.«

Das schien den alten Mann restlos zu verwirren. »Okay«, stimmte er schließlich zu.

Dann taumelte er aus dem Raum. Irgendwo weiter den Flur hinunter schlug eine Tür zu. Und das war's. Nate vermutete, dass der alte Mann einfach schlafgewandelt war oder unter den Launen des Alters litt. Doch nur für den Fall des Falles ging er nach unten und schlief auf dem Sofa.

Er hoffte, dass dies das Ende der Angelegenheit war, aber tatsächlich war es erst der Anfang.

Tage vergingen, und Carl erwähnte den Zwischenfall nicht. Genauso wenig wie Nate. Die einzige echte Veränderung bei dem alten Mann war die, dass er ein wenig erlahmt schien, ein wenig unfokussiert. Sagte, er hätte vielleicht eine Erkältung. »Heute habe ich ein wenig Schmerzen«, stellte er fest. »Aber eigentlich geht es mir gut«, fügte er hinzu, und das Leben schien weiterzugehen. Sie jagten, sie plünderten, sie warteten auf ein ordentliches Unwetter, aber es kam keins. Eine Woche später – sieben Kratzer im Holz – brach die Hölle los.

Nate saß draußen, das Gewehr quer über dem Schoß. Er hatte sich angewöhnt, einige verdorbene Essensreste für die Eichhörnchen im Garten liegen zu lassen, denn Eichhörnchen waren dumm wie Brot und würden ein verfaultes Maiskorn genauso eifrig verzehren wie ein frisches. Ein einziger wohlplatzierter Schuss in den Kopf, und fertig. Außerdem war es einfach, Eichhörnchen zu häuten – Carl hatte ihm gezeigt, dass man nur den Schwanz anzuheben brauchte, und dann musste man einen Schlitz »direkt über dem Scheißloch« machen (seine Worte) und dann quer über die Beine. Als Nächstes musste man auf den Schwanz treten, die Pfoten packen und *ziehen*. Dann schälte die Haut sich mühelos ab. Vielleicht musste man das Messer benutzen, um einige weitere Fetzen abzuschneiden, aber im Prinzip war das alles.

Danach war es von größter Wichtigkeit, das Eichhörnchen ziemlich schnell in den Kochtopf und über ein Feuer zu bekommen. Carl sagte, damals, in der »guten alten Zeit«, habe man mindestens ein paar Stunden gehabt und konnte die Zeit mit Kühlung verlängern. Jetzt verdarben die Tiere schnell. Wurden in weniger als einer Stunde faulig. (»Die ganze Welt ist verrottet«, hatte Carl sich angewöhnt zu sagen, und Nate zuckte zusammen, wann immer er es hörte.)

Nate saß da und wartete. Wartete auf ein Kaninchen ebenso, wie er auf einen Sturm wartete. Wartete auf *irgendetwas*. Äußerlich war er ruhig und gelassen. Aber in ihm tobte ein Mahlstrom von Sorgen und Ungeduld. *Ich will einfach nur nach Hause*, dachte er, bevor aus dem Gebüsch ein Rascheln erklang und die Gräser sich bewegten. Der Garten des Hauses war deutlich verwildert und hatte sich in eine räudige hohe Wiese verwandelt – aber dort, wo er das faulige Korn hingelegt hatte, hatte er das Gras und das Unkraut in seiner Schusslinie niedergetrampelt.

Ein Eichhörnchen kam in Sicht getänzelt. Es war mager, aber das galt für sie alle. Doch es sah gesund aus. Es würde nicht viel Fleisch hergeben, aber man konnte damit mühelos einem Eintopf Aroma verleihen. Nate drückte sich das Gewehr an die Schulter und kniff ein Auge zusammen, schaute durch den Sucher. Er bekam das Eichhörnchen direkt vor die Pinne …

Eine Tür schlug zu. Das Eichhörnchen ergriff die Flucht.

»Scheiße«, sagte er, und als er sich umdrehte, sah er Carl aus dem Haus kommen. Der alte Mann torkelte, als hätte er tief in die Flasche geschaut. In seinem Mund steckte eine Zigarette, die nicht brannte.

»Ist verrottet«, verkündete Carl. Die Zigarette fiel von seinen Lippen.

»Carl, was zur Hölle, ich wollte gerade schießen …«

Dann sah er es: Carl hatte die Pistole. Die .45er. Sie war glitschig, vom Lauf tropfte Waffenöl. Jeder Tropfen traf mit einem kleinen Platschen auf dem Boden auf.

»Carl«, sagte er, behutsamer diesmal. »Leg die Pistole weg.«

Langsam drehte Carl den Kopf in Nates Richtung.

»Nathan, bist du das?«, fragte der alte Mann.

Nate wusste nicht, wie er darauf antworten sollte. Er hatte Geschichten von Freunden gehört, deren Eltern an Demenz oder Alzheimer litten, und sie schienen immer die Wahrheit zu sagen, um den Vater oder die Mutter in die Realität zurückzuholen – aber in diesen Geschichten hatten die Eltern niemals eine Pistole in der Hand. »Klar bin ich es.«

Ein Schatten der Unsicherheit glitt über die Züge des Mannes. »Nein. Oder doch? Es ist alles verrottet, Sohn. Die Welt ist ruiniert. Alles ist in Gefahr. Es ist Oliver. Verstehst du? Wo ist Oliver?«

Dann richtete er die Waffe auf Nate.

»Carl – uhh, Dad …«

»Was hast du gemacht mit Oli…«

Er verschwand.

In der einen Minute war Carl da. In der nächsten nicht mehr. Begleitet wurde das von einem kleinen Schnaufen *Wusch* der Luft und einem Gestank wie von Chlor und regennassen Straßen.

Nate wusste, wohin der alte Mann gegangen war.

Er erinnerte sich an die Nacht: Carl war in der Nacht des Unwetters hinter ihm beim Haus aufgetaucht. Hatte ihn mit der Waffe geschlagen. Ihn *Nathan* genannt. Ihm gesagt, die Welt sei ruiniert und verrottet, dass Gefahr käme …

Und dann tauchte Carl einfach so wieder auf.

Verschwitzt und als sei ihm schwindelig taumelte der alte Mann. Nate streckte eine Hand aus, um ihn festzuhalten – und um ihm die Waffe aus den Fingern zu reißen. Der alte Mann gab ohne Weiteres nach. Er stolperte benommen zu demselben Stuhl, auf dem Nate gesessen hatte, während er auf ein Eichhörnchen gewartet hatte. Carl ließ sich darauffallen, die Beine von sich gestreckt. Einen Moment lang wirkte er verloren und starrte ins Gras.

»Ich bin wieder irgendwohin gegangen.«

»Ich weiß, Carl. Ich weiß, wo du hingegangen bist.«

Der Alte leckte sich die Lippen. »Ich glaube, ich … ich habe dich geschlagen. Damit.« Er deutete mit dem Kopf auf die Waffe in Nates Hand.

»Du brauchst dich deswegen nicht allzu schlecht zu fühlen, die Wunde ist gut verheilt.«

»Ich war nicht einfach nur fort … physisch. Ich war auch hier oben dort.«

Carl tippte sich an die Stirn.

»Auch das weiß ich.«

»Es tut mir leid, Nathan.« Dann zischte er, als sei er wütend auf sich selbst. »*Nate.*«

»Ist schon gut. Es ist in Ordnung, mach dich deshalb nicht fertig.«

»Dürfte ich dich wohl um einen Schluck Whisky bitten? Ich habe einen Geschmack im Mund wie … wie eine blutige Nase, hattest du das jemals?«

Nate war sich nicht sicher, ob Whisky die beste Medizin war, aber da sie *keinerlei* Medizin hatten, was konnte es schaden? Er nickte und ging ins Haus, um eine der Flaschen zu holen, die der alte Mann unter dem Waschbecken aufbewahrte. Das einzige Problem war, dass sie keine mehr zu haben schienen. Er fand allerdings eine Flasche, auf der *Oberon's Gin* stand – auf der Flasche klebte ein Etikett mit einem räudig aussehenden irischen Wolfshund darauf –, und er vermutete, dass der Gin genügen würde. Sein eigener Vater pflegte von Gin zu sagen: *Schmeckt nach Weihnachten.* (Und bei diesem Gedanken verkrampfte sich Nates Magen. War es hier nicht tatsächlich fast Weihnachten? Oder dort? Oder irgendwo? Er hatte bereits Thanksgiving verpasst, nicht wahr? Wenn er dorthin zurückkonnte … Stopp. Das war etwas, worüber er sich später Sorgen machen musste. Und jetzt? Carl.)

Er schnappte sich die Flasche Oberon's und drehte den Verschluss ab. Dann holte er auf dem Weg zurück nach draußen zwei Kaffeepötte aus dem Schrank, je einen Finger durch ihre Keramikgriffe gelegt. Die Pötte klirrten gegeneinander, als er nach draußen ging …

Und Carl hinaus ins Gras wanken sah. Er hatte das Gesicht von Nate abgewandt und den Kopf gesenkt. Seine Arme hingen schlaff herab.

»Carl! Hey. Whisky ist keiner mehr da, aber ich habe Gin gefunden …«

Der alte Mann fiel mit dem Gesicht voraus ins Gras.

Scheiße!

Nate stellte die Flasche und die Pötte ab und rannte auf ihn zu. Er legte dem alten Mann einen Arm um die Taille und zog ihn behutsam hoch.

Carls Gesicht sah fürchterlich aus. Schwarze, nasse Ranken hingen wie verrottete Reben an seinem Gesicht herab. Rot-schwarze Würmer kämpften sich aus seinen Nasenlöchern und baumelten von seinen Lippen; ein Wurm kam sogar aus dem Winkel seines linken Auges. Er gab einen röchelnden Laut von sich, dann würgte er. Nate prallte zurück, als Carl sich übergab und einen Strom schwarzer Fäden erbrach, ein gallegelber Schaum. Das Ganze spritzte auf den Boden. Immer noch lebendig, türmten die Würmer sich zu einem Haufen übereinander.

Carl verschränkte die Arme hinterm Kopf und würgte abermals, und diesmal flogen weniger Würmer heraus – jetzt nur noch eine Handvoll. Nate beugte sich vor und half ihm, einige von seinem Gesicht wegzuziehen, wobei er darauf Acht gab, sie nicht zu zerreißen. Er zog sein eigenes Hemd aus und benutzte es, um dem alten Mann Gesicht und Mund abzuwischen, dann half er ihm, schnell aufzustehen und sich von der sich windenden Masse im Unkraut zurückzuziehen.

»Gott«, sagte Carl, gefolgt von einem verzweifelten Stöhnen. »Bei allen …«

»Alles ist gut. Alles ist gut. Komm. Ich hab etwas, das dir hilft … ähm, deinen Mund auszuspülen. Und ihn zu desinfizieren.«

Er ging vor Carl her, holte den Gin und reichte ihn ihm.

»Hier. Nur zu.«

Carl umfasste die Flasche gierig mit beiden Händen wie ein Klein-kind, das seinen Saftbecher umklammerte. Er hielt sie sich an die Lippen und trank. Mit dem ersten Schluck spülte er sich den Mund und spuckte aus. Dann setzte er sie wieder an und trank einfach nur. Drei gluckernde Schlucke.

»Na bitte«, sagte Nate. »Alles wieder okay.«

Aber Carl schüttelte den Kopf. »Nichts ist okay.«

»Das weißt du nicht.«

»Ich weiß es. Ich weiß es, so wie ich weiß, wenn es regnet. Das – was gerade passiert ist, das war nicht gut. Die … die Würmer sind in mir. Ich habe das schon früher gesehen, Nate. Eier, Zysten, die Würmer, keine Ahnung, aber ich bin mir ziemlich sicher, dass ich sie da drin *fühlen* kann, mein Sohn.«

Nate wollte ihn gerade noch einmal beruhigen, aber etwas bewegte sich durch Carls Auge. Ein schwarzer Wurm. Klein, wie ein Wurmbaby. Sein Ende wedelte wie eine Peitsche hin und her, und er schwamm über die Oberfläche des Auges, aus seinem Winkel zum nächsten, bevor die Kreatur wieder verschwand.

»Was ist los?«, fragte Carl.

»Ich …«

»Da ist nichts mehr okay.«

Nate schüttelte den Kopf und spürte, wie ihm alles Blut aus dem Gesicht wich.

»Ich fürchte, du hast recht, Carl. Es tut mir leid.«

Der alte Mann machte seine Wünsche klar. Er sagte, er wolle nicht hier sterben, er wolle lieber dort sterben, wo Oliver starb. Er wolle seinem Schöpfer auf dem Altarstein begegnen. Denn er sei in gewisser Weise ebenfalls ein Opfer. Nate antwortete ihm, dass er das nicht tun könne, nicht tun würde, aber Carl erhob Einwände: »Du musst es tun, Nate. Genauso sieht Barmherzigkeit aus. Ich will nicht meinen ganzen Verstand an diese Kreaturen verlieren – mein *Gehirn*. Mach jetzt ein Ende mit mir. Bevor ich nicht mehr ich bin.«

Die grimmige Ironie all dessen war an Nate nicht verschwendet. Früher hatte er sich nichts anderes gewünscht, als seinen Vater sterben zu sehen. In den tiefsten, dunkelsten Kammern seines Herzens hatte er derjenige sein wollen, der ihn tötete. Ihn an Krebs sterben zu sehen, war das Zweitbeste gewesen, eine Silbermedaille, kein Gold. Und obwohl dieser Mann nicht sein Vater war, war er es auch wieder doch. Oder war es zumindest geworden.

Carl, *dieser* Carl, hatte Nate gerettet. Half ihm. Brachte ihm Dinge bei. Wie ein Vater es tat. Und jetzt wollte Nate alles andere, als ihn sterben sehen.

Schlimmer noch, alles andere, als ihm dabei zu *helfen* zu sterben.

Die eine Version von Carl Graves wollte er töten und konnte es nicht.

Diesen Carl Graves wollte er retten und konnte es nicht.

Es war, wie es war.

Er griff nach der Pistole, und gemeinsam gingen sie zum Felsenmeer.

Als es getan war, als Nate gesagt hatte, wie dankbar er dem alten Mann sei, dass er ihm geholfen hätte, als Nate ihm gesagt hatte, er sei froh, ihn kennengelernt zu haben – jedenfalls eine bessere Version von ihm –, und als Nate und Carl zusammen geweint hatten, bevor er mit dieser Waffe gezielt und abgedrückt hatte, setzte Nate sich auf einen zerbrochenen Felsbrocken, vom Felsaltar abgewandt, auf dem Carls Leichnam drapiert lag. Er schaute zu dem hinüber, was einst der Freizeitpark Ramble Rocks gewesen war, wovon aber jetzt nur Bäume übrig waren. Wozu Ramble Rocks geworden war, wusste er nicht. Ein Park, ein Bergwerk, ein Steinbruch. Von hier aus waren es nur Bäume. Er schaute auf die Pistole in seiner Hand hinab. Sie stank nach verfaulten Eiern – der Geruch von verbranntem Schießpulver, nach der Kugel, die das Ende für den Mann bedeutet hatte, der nicht sein Vater gewesen war, der es aber dann doch wieder war. Er legte die Waffe neben sich.

Genau in dem Moment, in dem in der Ferne der Himmel grollte.

Ein Unwetter zog auf.

Kapitel 74
Genießen Sie Ihr winterliches Grab

Maddie saß rittlings auf der verrückten Linie zwischen Erschöpfung und Erregung, entkräftet und energiegeladen. Sie war scheißmüde von dem, was dieser Morgen gebracht hatte, von dem sie sich einen kurzen Ausflug erhofft hatte. Dieser Sattelzug hatte eine weitere halbe Stunde gebraucht, um seinen Arsch zurück auf den Highway zu schwingen – und dann hatten der Schnee und der ganze Verkehr aus ihrer zehnminütigen Fahrt zurück nach Hause eine Stunde gemacht. Aber jetzt war sie hier, und ein köstlicher Kitzel drängte die Erschöpfung in den Hintergrund: Sie hatte einen Plan. Einen irrsinnigen, durchgeknallten, Feuerwerkskörperfabrikplan, *aber einen Plan.*

Sie trat durch die Tür, schüttelte den Schnee von ihren Schuhen und warf den Maschendraht auf den Boden. Auf dem Heimweg hatte sie noch etwas anderes beschlossen, das ein Teil ihres Plans sein musste: Ihrem Sohn gegenüber reinen Tisch zu machen. Sie musste Oliver sagen, wer sie war und was sie manchmal bewirken konnte. Es war ungerecht von ihr, ihm die Wahrheit zu verweigern, ihm nicht die ganze Geschichte zu erzählen. Sie hatten jeder ihre Rolle zu spielen, und wenn sie das hier tun wollte, wollte sie, dass er da war, um es zu sehen.

»Olly?«, rief sie.

Aber schon jetzt konnte sie sein Fehlen spüren. Die Leere der Hütte hatte ihr eigenes Gewicht, ihre eigene Präsenz. Der Fernseher lief. Er zeigte statisches Flimmern.

»Junge? Alterchen?«

Nichts.

Puh.

Sie drehte sich um und ging wieder nach draußen. Der Schnee begann jetzt richtig zu wirbeln und fiel herab wie das Flimmern auf diesem Fernseher. Sie rief auch draußen nach ihm. »Oliver! *Oliver.*«

Maddie suchte den Boden nach Fußspuren ab.

Nichts Frisches …

Aber sie fand Andeutungen flacher Abdrücke. Jeder einzelne eine kleine Schale im Schnee, wo sein Fuß den Boden berührt hatte. Eine nach der anderen. Er hatte die Hütte verlassen und war die Einfahrt hinuntergegangen – oder umgekehrt, war er wieder heraufgekommen?

Eine lähmende Erkenntnis fixierte sie wie einen Nagel in einem Brett. Sollte sie hinter ihm her nach draußen gehen oder noch einmal drinnen nachschauen? Bestand irgendeine Chance, dass er vielleicht einfach nur … schlief?

Maddie betrachtete die dunklen Kiefern hinter den Wellen aus Weiß und sah nichts und niemanden. Sie flitzte wieder hinein und rief immer noch nach ihm, wobei sie sich nicht einmal die Mühe machte, sich die Schuhe auszuziehen – sie schleppte überall, wo sie nach ihm suchte, Schnee herein. Nicht dass die Hütte riesig gewesen wäre, nicht dass er sich irgendwo hätte *verstecken* können. Gab es hier einen Keller? Einen Dachboden? Irgendeine irrsinnige Erinnerung erreichte sie, kitzelte im hintersten Winkel ihres Hirns, die Erinnerung an ein fremdes Haus und einen Keller …

Dort. Auf dem Kissen ihres Bettes ein Brief.

Nein, bitte, Olly …

Sie schnappte sich den Zettel. Die Botschaft war einfach:

Mom, es tut mir leid. Ich weiß nicht, was ich sonst tun soll. Jake hat Caleb. Er wird ihn töten und Hina und schließlich auch dich.
Also werde ich ihn zuerst töten. Ich habe dein Handy und die Pistole.
Bitte folg mir nicht, ich will nicht, dass dir etwas zustößt.
Ich habe dich so lieb. Noch einmal, es tut mir leid.
Olly

Bevor sie auch nur Zeit hatte, den Brief zu verarbeiten, verfiel sie in Krisenmodus. *Er musste irgendwie eine Mitfahrgelegenheit bekommen haben.* Denn er ging nicht zu Fuß, oder? Wie lange konnte es zurückliegen? Eine Stunde, vielleicht anderthalb. Dort draußen im Sturm …

Sie eilte wieder zur Tür hinaus, die Schlüssel bereits in der Hand.

Auto. Schlüssel. Zündung. Reifen drehten auf Schnee durch, und sie tadelte sich: *Verdammt, beruhig dich, Maddie. Du musst einen kühlen Kopf bewahren, lass das Pedal einfach langsam kommen.* Schließlich tat sie genau das. Es kostete sie alles, was sie hatte, sanft mit dem Pedal umzugehen – aber ein langsamer Druck und der Subaru drängte vorwärts in den Schnee. Und im nächsten Moment fuhr sie die Einfahrt hinunter.

Draußen vor der Windschutzscheibe schneite es wieder heftiger. Oliver dachte, es sehe so aus, als würden sie durch den Hyperraum reisen – der fallende Schnee formte weiße Sternenlinien. Sie fuhren in westlicher Richtung über den Highway, dann umfuhren sie Carbondale südlich. Es ging nur langsam voran, aber Jeds Lexus SUV schien gut mit den Straßenverhältnissen fertigzuwerden. Jed sagte, er hätte Schneeketten auf den Reifen, und sie würden schon zurechtkommen.

»Gut, dass deine Mutter meine Nummer hatte«, bemerkte Jed.

»Ja«, stimmte Oliver ihm zu. Aber er hatte mit schweren Schuldgefühlen zu kämpfen. *Mom ...* Er hatte sie im Stich gelassen. Er hatte ihre Waffe mitgenommen. Ihr Handy. Er war auf sich allein gestellt. Aber das bedeutete, dass *sie* ebenfalls auf sich gestellt war. Und hier saß er in einem Auto mit dem Mann, der seinen Vater weggeschickt hatte. Der ihn aus diesem Universum hinaus und in ein anderes hineingestoßen hatte.

Jed musste die Schatten des Zweifels gesehen haben, die das Gesicht des Jungen umwölkten.

»Vertraust du mir?«

»Ich weiß nicht. Ich denke nicht, nein.«

Jed nickte. »Ich mache dir keinen Vorwurf daraus. Ich würde mir auch nicht vertrauen. Ich möchte dich nur wissen lassen, dass ich in seinen Bann gezogen worden bin. In Jakes. Ich werde ihn nicht Oliver nennen, denn obwohl er du aus einer anderen Welt sein mag, ist er ganz anders als du, nicht wahr?«

Ich hoffe nicht, dachte Oliver.

Jed fuhr fort: »Ich habe meine Frau und meine Tochter verloren, weil ich einen Fehler begangen habe, und statt zu versuchen, mit diesem

Fehler zu leben und Frieden zu finden, hat er mir einen Weg angeboten, ungeschehen zu machen, was ich getan hatte.« Seine Stimme brach ein wenig, als er sprach, und Oliver fühlte sich gezwungen, diesen Mann und den Brunnen von Schmerz anzusehen, den er in sich trug: einen dunklen Ozean mit hohen Flutwellen, die gegen seine Ufer krachten. Während er sprach, stiegen die Wellen höher und höher. »Aber das ist falsch, nicht wahr? Wir können es nicht einfach übertapezieren. Wir können die Uhr nicht zurückdrehen. Wir müssen mit dem leben, was wir getan haben, müssen unsere Last tragen. Wie in diesem Buch *Was sie trugen*. Du hast es wahrscheinlich nicht gelesen, aber – nun ja. Sagen wir einfach, es handelt von Männern im Krieg, die mehr tragen als nur das, was in ihren Händen und auf ihren Rücken ist. Darüber, was in ihren Köpfen und ihren Herzen ist, das Gute und das Böse.«

Die dunklen Wellen in ihm schwollen an und fielen. Schattenfluten, die brüllten. Wieder dachte Oliver: *Was ist, wenn ich es aus ihm herausziehe?* Der Mann war ein Boot, das zu viel Wasser aufnahm. Was, wenn Oliver sich dafür entschied, ihm aus der Patsche zu helfen?

»Wenn du dir nicht sicher bist, was das hier betrifft«, sagte Jed, »könnte ich dich zurückbringen.«

»Nein. Wir müssen weiterfahren. Ich weiß nicht, was ich sonst tun soll.«

Jed nickte und umklammerte das Lenkrad. »Wenn du ganz unten bist, kannst du dich entweder weiter hinuntergraben oder dir deinen Weg zurück ans Licht erkämpfen.«

»Ich weiß nicht, in welche Richtung ich unterwegs bin. Nach unten oder nach oben.« *Dunkelheit oder Licht.*

»Ich kann auch nicht behaupten, dass ich es weiß. Aber ich denke, du tust das Richtige.«

»Danke, dass Sie mich abgeholt haben.«

»Keine Ursache, mein Junge. Ich stehe in Nates Schuld für das, was ich ihm angetan habe. Aber dein Vater ist fort. Also stehe ich jetzt in deiner Schuld.«

Blinkende Lichter vor ihr. Gelbe Lichter, keine roten und blauen. Maddie stieß ihre Tür auf und stürmte auf den Cop zu, dessen SUV auf der anderen Seite der Auffahrt zum Highway parkte. Der Mann bückte sich, sein dunkles Jackett bereits bedeckt von dem kalten weißen Himmelsflaum, während er Absperrkegel neben der Leitplanke aufstellte.

»Was zur Hölle soll das?«, fragte Maddie.

»Das Verkehrsamt von Pennsylvania schließt die Highways. Schnellstraßen ebenfalls.«

»Warum?«

Im Schein der Lichter sah sie ihn das Gesicht verziehen, als wolle er sagen: *Hallo?* »Ich weiß nicht, ob es Ihnen aufgefallen ist, Lady, aber der Himmel kotzt Schnee.«

»Stimmt, aber ich muss auf diesen Highway ...«

Er hob einen Stiefel, als wolle er etwas demonstrieren. Der Schnee türmte sich bereits über der Kappe, und er schüttelte ihn ab. »Das ist nur der Schnee, der gefallen ist, seit ich hier angekommen bin. Wir kriegen jede Stunde drei bis fünf Zentimeter mehr. Diese Front ist so schnell aufgezogen, und es gibt bereits Unfälle *überall*. Also wurde eine Entscheidung getroffen, und nun bin ich hier.«

»Mein Sohn. Er ist dort unterwegs. Er ist noch ein Kind – er ist fünfzehn Jahre alt ...«

»Und er fährt ohne Führerschein in diesem Wetter durch die Gegend?«

»Was? Nein. *Nein.* Er ist ... ich weiß nicht, mit wem er zusammen ist ...«

»Woher wissen Sie dann, dass er unterwegs ist? Sie sollten wahrscheinlich wissen, mit wem Ihr Sohn zusammen ist, Ma'am.«

»Erzählen Sie mir nicht, wie man ein Kind großzieht.«

Der Cop grunzte und griff nach dem letzten Kegel. »Lady, es tut mir leid, wirklich. Aber ich kann Ihnen nicht helfen. Wenn Ihr Sohn tatsächlich vermisst wird, müssen Sie den Notruf wählen oder auf ein Polizeirevier gehen, um einen Bericht auszufüllen.«

»Was ist, wenn ich einfach fahre? Was ist, wenn ich einfach an Ihnen vorbeipresche, über diese Kegel brettere und auf den Highway einbiege?«

Er stieß ein bellendes Lachen aus. »Nur zu. Entlang dieser Strecke gibt es Unfälle. Spätestens wenn Sie versuchen, auf die 476 zu gelangen, werden Sie aufgehalten. Dieser Highway ist *total* abgesperrt, weil die Mautstellen geschlossen sind.«

»Es gibt noch einen anderen Weg. Da ist die 191 – ich könnte diesen Highway nach Süden nehmen …«

»Die gute Nachricht ist, die 191 ist nicht gesperrt, aber die schlechte Nachricht ist, dass es kaum ein Highway ist. Es sind nur zwei Fahrspuren, und kein Schneepflug wird jetzt oder später dort entlangfahren. Sie werden festsitzen, Sie sind im Arsch. *Und* dort gibt es ebenfalls Unfälle.«

»Scheiße.«

»Ja, Scheiße. Lady, fahren Sie nach Hause.«

»Ich kann nicht. Mein Sohn.«

»*Fahren Sie nach Hause.* Wählen Sie den Notruf. Sie helfen ihm nicht, wenn Sie in einer Schneewehe festsitzen und erfrieren.«

»Ich muss es trotzdem versuchen.«

»Genießen Sie Ihr winterliches Grab!«, brüllte der Cop ihr nach, aber sie saß bereits in ihrem Subaru und wendete.

Auf dem Highway 191 kam sie nur langsam voran. Aber er war nicht vereist, war nicht glatt, und ihr Forester war ein verdammtes Arbeitstier. *Lauf, Auto, lauf!* Sie fuhr weiter durch die weißen Wellen und die Wand aus Flocken. *Bitte, Olly, sei unversehrt, sei unversehrt.* Sie hatte bereits so viel Zeit mit ihrem Umweg verloren und sie wünschte inbrünstig, sie hätte ihr Handy noch dabei. Trotzdem verspürte sie Hoffnung: Sie war jetzt unterwegs, und vielleicht saß Oliver im Verkehr fest oder hinter einem Unfall – Hölle, sie wäre sogar damit einverstanden gewesen, dass er in einen Unfall *verwickelt* war, Hauptsache, er überlebte ihn. Ein gebrochener Arm war ein kleiner Preis dafür, dass er nicht irgendeine irregeleitete Konfrontation mit Jake suchte, diesem kleinen Monster.

Dann dachte sie, wie verkorkst ist das denn? Hier saß sie und wünschte sich, dass er in einen Unfall verwickelt worden war? Ihr Gehirn fühlte sich an, als sei es durch einen Fleischwolf gedreht worden.

Und eine kleine Stimme sprach mit den Worten des Mannes, den sie an diesem Vormittag kennengelernt hatte:

Sie sind bereit zu tun, was immer nötig ist. So verhalten Eltern sich, gute Eltern. Ansonsten muss man ihnen vertrauen.

Vertrauen. Oliver war noch nicht einmal sechzehn. Sie vertraute ihm durchaus, aber nicht in dieser Sache. Es war falsch von ihm gewesen abzuhauen. Er würde seine Auseinandersetzung mit Jake nicht überleben – dieser andere Junge war eine Schlange, ein Skorpion, ein verwilderter kleiner, verlogener Scheißkerl. Er hatte ihren Ehemann getötet. Wollte ihren Sohn opfern.

Nein, dachte sie. *Fahr weiter, fahr weiter, du wirst es schaffen, du wirst deinen Sohn retten ...*

Aber noch während eine Welle der Hoffnung in ihr aufbrandete, sah sie etwas vor sich, das ihr Herz wie in einem Schraubstock zerquetschte. Es konnte nicht sein ...

Sie trat mit aller Macht auf die Bremse und brachte den Wagen zum Stehen, gerade als ihre Tränen erneut überzuquellen drohten.

Die Scheinwerfer des Subarus spießten eine Tanne auf, die quer über die Straße gestürzt war. Selbst in der hereinbrechenden Dunkelheit konnte sie die gewaltigen Wurzeln des Baums sehen, die aus der Erde gerissen worden waren und einen schneegefüllten Krater hinterlassen hatten. Maddie stieg aus und stapfte durch den Schnee, der ihr bereits halb die Waden hinaufreichte. Sie trat zu dem Baum und versuchte, sich vorzustellen, darüber hinwegzufahren, aber er war zu hoch. Sie dachte absurderweise darüber nach, unter ihn zu kriechen und ihn hochzuheben, als hätte sie eine Art magischer Mom-Power – aber der Baum war *riesig,* eine ausgewachsene östliche Hemlocktanne, mehr als dreißig Meter hoch. Es war auch kein Platz da, um darum herumzufahren, und mit dieser Erkenntnis spürte Maddie, wie die Hoffnung in ihr verwelkte, eine sterbende Kreatur. Sie ließ sich auf die Knie fallen. Sie begrub den Kopf in ihren Handschuhen und schrie.

Sie waren so weit nach Süden gefahren, dass der Schnee nur noch aus dicken Flocken bestand, die an nichts anderem hafteten als Gras – die Parkplätze und Straßen waren nass und frei. Oliver und Jed standen auf dem Parkplatz vor einem Wawa-Supermarkt. Ein schneller Ausflug zur Toilette war notwendig.

»Du sagst, du kannst ihn sehen?«, fragte Jed.

Oliver biss sich auf die Unterlippe und nickte. »Ja.«

»Wie sieht er aus?«

Der Junge versuchte, es zu beschreiben. »Na ja, der Schmerz ist bei allen anders und doch der gleiche. Deiner sieht aus wie ein Ozean. Ein aufgewühltes Meer.«

»Wie in einem Sturm.«

»Vielleicht. Aber es ist auch kein Wasser. Es ist Gift.«

Sie hatten zuvor miteinander geredet und Oliver erzählte Jed, was er sehen konnte, und was er, wie ihm jetzt klar war, tun konnte – dass er den Schmerz in Menschen nicht nur sehen, sondern ihn aus ihnen herausziehen konnte. Er brauchte es Jed nicht anzubieten: Jed wollte es von sich aus. Er erklärte Oliver: *In das, wohin wir unterwegs sind, will ich nichts mitnehmen, kein Gepäck, kein gar nichts, keinen Schmerz, den er packen und ausbeuten könnte. Vielleicht weiß er es nicht, Oliver, aber Jake ist wirklich gut darin, den Schmerz zu finden, genau wie du – nur dass er ihn nicht herauszieht. Er schlingt ihn zu Knoten. Er benutzt ihn wie Marionettenschnüre.* Oliver hatte gesagt, dass er das wisse. Dass Jake ihn auf diese Weise schon einmal fast dazu gebracht hätte, auf dem Felsaltar zu sterben.

Als Jed also fragte, ob er ihm seinen Schmerz nehmen könne …

Sagte Oliver, er sei damit einverstanden.

Und jetzt waren sie hier. Auf dem Parkplatz. Bereit, es zu tun.

»Also, ich habe einen Ozean aus Gift in mir.«

»So scheint es.«

»Und du wirst ihn trockenlegen?«

Oliver zuckte die Achseln. »Ich denke, ja. Ich habe es schon einmal gemacht, bei Graham Lyons. Ich dachte, es hätte ihn dazu veranlasst, sich selbst und seinen Vater zu töten, aber dann habe ich herausgefunden, dass Jake das war. Also habe ich ihm vielleicht wirklich geholfen. Und vielleicht kann ich auch Ihnen wirklich helfen.«

Und dann, falls ich das hier überlebe, kann ich vielleicht auch Mom helfen.

Wenn er nur seinem Vater hätte helfen können.

Aber würde er überleben?

Er wusste es nicht.

Mit einem Händeklatschen und einem kecken zweimaligen Aufstampfen nickte Jed. »Dann lass es uns tun, Sohn. Ich habe in diesem Leben schon so manch wirklich seltsame Scheiße gesehen, daher kann mich nichts mehr erschüttern. Und«, fügte er ein wenig verzweifelter hinzu, »ich brenne darauf, diesen Schmerz loszuwerden.« Seine Augen wurden glasig, und mit zögerlicher Stimme, die wie ein Mäusequieken klang, fragte er: »Es wird sie doch nicht fortholen, oder? Meine Zelda? Meine Mitzi?«

»Nein. Zumindest glaube ich das nicht.«

»Nun. Dann mal los, mein Junge. Lass uns mit Licht und mit Liebe voranschreiten und mit der Hoffnung, dass wir all diesen Schmerz hinter uns lassen können.«

Eine Stunde später fand sich Maddie in der Hütte wieder. Ihre Kehle war wund vom Schreien, ihre Augen rot und aufgedunsen vom Weinen. Ohne jedes Zögern stürmte sie zum Telefon und sprach ein kleines Gebet an alle Götter, die vielleicht zuhörten, dass sie *dringend eine Verbindung brauchte.*

Sie griff nach dem Hörer und rechnete vollauf damit, dass der Sturm ihr eine weitere Option genommen hatte ...

Das Freizeichen summte in ihrem Ohr.

Schnell tippte sie Figs Nummer ein. Seine Frau meldete sich. Zoe.

»Zoe, ich bin's, Maddie.«

»Maddie, oh, mein Gott. Sind Sie ...«

»Alles okay bei mir, alles okay, aber ich weiß nicht, ob es Oliver ebenfalls gut geht Ich brauche Figs Hilfe. Kannst du ...«

»Ich reiche dich weiter.«

»Danke, Zoe.«

Ein Rascheln am anderen Ende der Leitung. Gemurmel. Dann seine Stimme: »Maddie.«

»Fig.«

»Wo sind Sie? In der Hütte?«

»Ja. Sie müssen mich abholen kommen.«

»Maddie, stecken Sie da oben nicht mitten in einem Schneesturm?«

»Ja. Haben Sie da unten keinen?«

»Der Sturm ist größtenteils an uns vorbeigezogen. Wir haben einen kleinen Wintermix, etwas Regen, Hagel, Schnee. Nichts bleibt wirklich liegen. Aber darum geht es nicht – Maddie, was ist passiert? Warum muss ich Sie holen kommen?«

Sie erzählte es ihm. Erzählte ihm alles, was sie erzählen konnte: Oliver hatte sie verlassen, hatte eine Waffe mitgenommen, und jetzt saß sie in diesem Sturm fest. »Ich denke, dass er nach Hause fährt. Er wird sich … mit Jake auseinandersetzen.«

Fig holte tief Luft und hielt inne. Schließlich sagte er: »Maddie, Sie müssen so weit wie möglich von dieser Sache fernbleiben. Wir werden uns darum kümmern.«

»Wir? Wer wir?«

»Die Polizei.«

»Sie sind nicht bei der Polizei.«

»Ja, ich weiß, aber Sie können darauf vertrauen, dass die Polizei das regelt.«

»Ich vertraue denen gar nichts an, Fig. Ich vertraue auf mich. Ich vertraue auf Sie. Also steigen Sie in Ihr Auto und *kommen mich holen.*«

»Maddie. Hören Sie mir zu. Sie sind eine Fahrt von etlichen Stunden in nördlicher Richtung entfernt, mitten in einem Schneesturm. Ich werde es nicht rechtzeitig schaffen, wenn überhaupt. Machen Sie sich keine Sorgen, wir werden Oliver finden. Wir können ihn abfangen, bevor er in Schwierigkeiten gerät. Sie denken, dass er … wohin genau unterwegs ist?«

»Ich weiß es nicht! Ich weiß es nicht. Er will zu Jake. Zu unserem Haus. Zu Jeds Haus. Ich weiß es nicht. Aber ich weiß, wo sie landen werden. Sie werden oben in Ramble Rocks landen. Im Felsenmeer. Wo Reese diese Mädchen getötet hat.«

»Bleiben Sie, wo Sie sind, Maddie. Lassen Sie mich gehen und meinen Job erledigen.«

»Fig. *Fig …*«

»Maddie, vertrauen Sie mir?«

»Fig, ja, natürlich, ich habe doch gerade gesagt, dass ich Ihnen vertraue, verdammt. Hier geht es nicht um Vertrauen. Hier geht es um …«

Sie knurrte. »Hier geht es um Mutterschaft. Hier geht es darum, dass ich weiß, dass mein Sohn in Gefahr ist. In physischer Gefahr. Emotionaler, moralischer, verdammter *kosmischer* Gefahr. Und auf keinen Fall werde ich diese Verantwortung ... einfach Ihnen überlassen.« Sie hielt inne, und ihr Atem ging jetzt in rauen, unregelmäßigen Stößen. »Ich kann nicht. Nicht nach allem. Ich darf ihn nicht auch noch verlieren, Fig. Nicht Oliver.«

»Wenn Oliver eine Operation brauchen würde, würden Sie auch nicht selbst zum Skalpell greifen, oder?«

»Sie wissen verdammt genau, dass ich das würde.«

»Maddie.«

»Scheiße!« Maddie nahm das Telefon vom Ohr und drückte es sich auf die Stirn. Als sei es ein Gegenstand des Gebetes. Die Reliquie eines Heiligen. Ein tiefer, zentrierender Atemzug schenkte ihr Klarheit. Er hatte recht. Wenn Fig *hierher*kam, bedeutete das, dass Fig nicht *dort* war. Und bis dahin würde es vielleicht viel zu spät sein.

Sie hielt sich das Telefon wieder ans Ohr. »Okay. Meinetwegen.«

»Ich werde ihn beschützen. Wir werden so bald wie möglich jemanden zu Ihnen schicken.«

»Finden Sie ihn und verlieren Sie ihn nicht, Fig. Wagen Sie es nicht.«

»Ich verspreche es, Maddie. Ich verspreche es. Nur planen Sie nichts, bleiben Sie, wo Sie sind, bleiben Sie in der Nähe dieses Telefons, ich melde mich.«

Maddie legte auf.

Sie saß auf der Bettkante und weinte, bis die Tränen versiegten.

Und dann, als sie versiegt waren, blieb ihr nichts anderes als eine Art kalte, wahnsinnige Klarheit. Was war es, was Fig gerade gesagt hatte? Nur planen Sie nichts, bleiben Sie, wo Sie sind.

Plan.

Sie hatte heute Morgen einen Plan gehabt, aber es war alles verdammt schiefgegangen. Sie richtete den Blick auf die Rolle Maschendraht auf dem Boden und auf die Tasche daneben – Schere, Zange und so weiter. Maddie hatte nichts anderes als diese eine Sache, daher trat sie hinzu, zwängte ihre Hände in die Handschuhe und machte sich daran, den Draht auszurollen und ihn mit harten Stößen und Ziehen zu formen, und sie nahm ihren eigenen Kopf als Modell für den von Nate, und als sie die Schere benutzte, um den Draht zu schneiden, und die Zange, um Gesichtszüge zu formen, dachte sie die ganze Zeit: *Es wird jetzt jeden Moment passieren – ich werde austicken, werde wie von selbst arbeiten und das Bewusstsein verlieren, wenn der Akt der Schöpfung die Kontrolle über mich übernimmt, und wenn ich zu mir komme, wird er hier sein – Nate wird hier bei mir sein, und es wird alles besser werden.* Aber es passierte trotzdem nicht, und sie knirschte enttäuscht mit den Zähnen und machte einen Arm und dann einen Teil einer Hand, und sie trieb sich härter und härter an und dachte: *Gleich, gleich wird es kommen,* aber verdammt, es kam nicht, es passierte überhaupt nichts. Es fühlte sich an, als würde man an Schlafen denken, wenn man versuchte einzuschlafen, als würde man ans *Atmen* denken, wenn man versuchte zu atmen, und am Ende hatte man nur das Gefühl, in seinen eigenen Lungen zu ertrinken, in einer Umgebung zu sein, in der die Luft zu dünn war, um die Lungen damit zu füllen. Jetzt schlug ihr Herz, und sie hörte ihr Blut in den Ohren rauschen. *Komm schon, komm schon, komm schon, du verdammtes Miststück!* Sie machte sich Sorgen, das Telefon könnte klingeln, während sie sich ausgeklinkt hatte, und *das hier funktionierte nicht, genau wie bei den Eulen dort draußen im Schnee. Bitte, Nate, komm zu mir* und *bitte, Oliver, sei unversehrt!* Und wieder wusste sie, dass sie *irgendetwas* übersah, irgendeine Erinnerung, irgendeinen Teil von ihr. *Denk nach, du dummes Miststück!. Versuch, dein Gehirn zu benutzen.* Aber es kam nichts, NICHTS, und wieder stieß sie einen Schrei aus, der ihre Kehle verbrannte wie Magensäure. Dann boxte sie mit der Faust in das Gesicht der Drahtkreation und schmetterte sie gegen die Wand, während draußen Donner krachte und Blitze aufzuckten.

Es geschah nicht.

Es funktionierte nicht.

Sie hatte verloren. Sie hatte versagt. Sie zog mit den Zähnen die Handschuhe aus und stellte fest, dass einer der Drähte hindurchgestoßen war und ihre Handfläche blutig gekratzt hatte. Nicht einmal das Vergießen von Blut hatte gewirkt. Es war vorbei.

Maddie stand auf, und das war der Moment, in dem sie das Gesicht des Mannes am Fenster sah.

Kapitel 75

Dann nimm mich mit,
es ist mir egal

Es war höllisch, vom Blitz getroffen zu werden. Selbst der *Versuch*, getroffen zu werden, war eine Übung in Wahnsinn. Nate spielte mit dem Gedanken, zum Haus zurückzukehren und sich den Draht um die Hand zu wickeln. Aber diese Stürme waren launisch. Der letzte war gar nicht bis zum Haus vorgedrungen. Der Sturm blieb hier. Über diesem Ort.

Also ging Nate weiter, weiter zum Bergwerk.

Es hatte sich verändert. Es war kein Vergnügungspark mehr, sondern ein überwuchertes Feld voller gefallener Bäume. Es bestand aus Unkraut und Dornengestrüpp und würzig duftenden Sträuchern, daher roch die Luft, als er sich hindurchzwängte, nach etwas, das sich nicht allzu sehr vom Geruch von Stechwinden unterschied. Der Sturm rauschte schnell heran und bemalte den Himmel mit einem Staublungenschleim. Der Regen, der kurz darauf einsetzte, prasselte auf den Boden, und es kostete Anstrengung, sich hindurchzubewegen, als würde der Regen gegen Nate kämpfen, als würde er versuchen, Nate zurückzudrängen.

Aber er ließ sich nicht beirren. Er fand den Tunnel, gerahmt von weißen Holzbohlen, die in die Erde gerammt waren, jede fest umwickelt mit Efeu und das auf eine Art und Weise, wie man vielleicht Stacheldraht um einen Zaunpfahl schlingen würde. Darüber befand sich ein Schild: *RAMBLE ROCKS NUMMER ACHT*. War es eine Kohlemine? Es sah so aus.

Selbst von seinem Platz aus glaubte er, dort etwas in der Schwärze stehen zu sehen. Feucht und glitzernd. Geformt wie ein Mann.

Edmund Walker Reese.

Der auf ihn wartete.

Er hielt die Pistole in der Hand und richtete sie auf die Gestalt. Er wusste, dass er hinübergehen konnte. Sogar hinübergehen *sollte*. Und er konnte diesem Mann ein und für alle Mal den Garaus machen.

Aber das, rief er sich ins Gedächtnis, war nicht seine Aufgabe hier. Reese hatte eine Gnadenfrist. Das hier war seine Welt, und sein Tod würde ihr helfen. Aber Nate musste eine andere Welt retten. Seine eigene.

Ich sehe dich, Reese, dachte er.

Dann drehte Nate sich um und schaute empor, als Blitze über den Himmel zuckten. Es regnete heftiger. Er fühlte sich wie ein Truthahn, als er in den Sturm hinaufschaute. Hieß es nicht, dass Truthähne genau das taten? Sie starrten mit offenen Schnäbeln in den Regen empor, und ertranken? Wahrscheinlich eine moderne urbane Legende, aber genauso fühlte er sich. Wie ein dämlicher Truthahn, der sich im Regen selbst ertränkte.

Und dann frischte der Wind so richtig auf und versetzte ihm einen harten Stoß. Er taumelte, verlor beinahe den Halt und …

Alles leuchtete weiß auf.

Die Welt um ihn herum verwandelte sich in Asche.

Er wusste nicht, wo er war. Es war dunkel. Er konnte nichts sehen. Er machte einen Schritt nach vorn und wäre beinahe über etwas gestolpert. Dornen zerkratzten ihm das Gesicht. Sein Hemd war nass und kalt; er griff danach, streifte es sich über den Kopf und warf es auf den Boden. Nate sah Lichter. Licht aus den Fenstern des Hauses – fahl, aber vorhanden, als sei das Haus ein klein wenig lebendig, ein klein wenig wach, und so ging er darauf zu, davon überzeugt, dass das, was Carl widerfahren war, nur ein Traum war. Ein Albtraum. Er wusste jetzt, dass Carl dort drin sein und auf ihn warten würde. Gesund und munter.

Glühwürmchen schwirrten um ihn herum. Er streckte die Arme aus, und sie kamen zu ihm. Kreisten und flogen in der Luft vor ihm auf und ab. Als er weiterging, schwirrten sie vor ihm her. Einige landeten auf seinen Schultern, seinem Gesicht und in seinem Bart. Sie schienen heller zu leuchten, wenn sie das taten.

Nate näherte sich der Tür und spähte hinein, und er sah, dass Carl zu ihm herüberschaute.

Aber es war nicht Carl.

Es war er selbst.

Ein glatt rasierter Nate aus einer noch nicht gefallenen Welt, aus der Zeit, bevor alles zum Teufel gegangen war. Bevor sie alle Jake kennengelernt hatten.

Es hat funktioniert. Ich bin hier. Der Blitz hat mich fortgebracht.

Und dann ein weiterer Gedanke …

Und ich bin der bärtige Freak in meinem verdammten Garten.

Und ehe er wusste, wie ihm geschah, sah er sich selbst auf sich zukommen.

Nate – der erste Nate, der ursprüngliche Nate – stürmte auf ihn zu, und das wollte er nicht. Er wollte seinem früheren Ich nicht begegnen. Was würde das bedeuten? Was würde es *bewirken*? Kurz überlegte er, ob er sich selbst vor dem warnen konnte, was kommen würde, aber was war, wenn er damit alles kaputtmachte? Was, wenn er damit die Dinge noch verschlimmerte, statt sie zu verbessern? Er erinnerte sich daran, wie sich das Ganze abgespielt hatte, und war plötzlich selbst derjenige, der dafür sorgte, dass es sich so entwickelte – er ergriff die Flucht und rannte durch den Wald, und es entwickelte sich genauso, wie er es in Erinnerung hatte. Es endete auf Jeds Wiese. Nate kam. Waffe hocherhoben. Dicke Fliegen umschwärmten ihn – wodurch herbeigerufen, wusste er nicht. Vielleicht herbeigerufen auf die gleiche Weise wie die Glühwürmchen. Vielleicht hatten die Fliegen auch einfach den Geruch seines Schweißes und der Striemen auf seinen Armen und seiner Brust aufgefangen, die er sich beim Lauf durch den Wald zugezogen hatte. Sie saßen auf ihm, auf seinem Gesicht, wie eine Maske …

Dann wurde die Welt weiß und zog ihn erneut fort.

Es folgte das Gefühl zu gleiten, zu reisen, als sei er ein kribbelnder Funke, der durch eine lange Schlaufe einer Zündschnur lief. Er wusste intuitiv, wo das hinführte – das Dynamit würde detonieren, und er würde einmal mehr in den Sturm der gefallenen Welten hineingestoßen werden. Aber das war keine Option. Er *wollte* nicht dorthin zurück. Hier wartete Arbeit auf ihn, daher richtete er seinen Fokus nach innen, konzentrierte jede Unze von Zorn auf Jake *und* die Liebe, die er für seine Familie empfand, zu einem weiß glühenden Ball in sich, und er benutzte diese Energie, um wegzuspringen wie eins von Olivers alten Matchbox-Autos, wenn sie zu schnell gefahren waren und aus der Rennbahn katapultiert wurden.

Und dann ...

Er beobachtete sich selbst. In seinem Garten. Wie er in den Sturm hinaustaumelte, durch den Carl plötzlich mit der .45 auftauchte und ihm auf den Kopf schlug. Und dann, tatsächlich, kam Jed. Sein Nachbar, *dieser Verräter*, trat durch die Haustür, und als Erstes verfolgte er den Kampf zwischen Nate und dem alten Mann – aber dann wanderte sein Blick zu dem *anderen* Nate, dem, der all das aus dem Wald heraus beobachtete, dem Nate mit den gehetzten Augen und dem zotteligen Bart – er beobachtete Nate, den Reisenden.

Nate sah das Glitzern von Wiedererkennen in Jeds Augen.

Jed *wusste*, wer er war.

Wusste, dass er Nate war, obwohl er den anderen Nate jetzt auf dem Boden sah.

Hurens...

Wieder weißes Licht. Wieder weggezogen werden. Wieder kämpfte er dagegen an. Schlug um sich, wand sich, kämpfte wie der Teufel, um nicht zurückzukehren. *Meine Frau*, dachte er. *Ich muss Maddie sehen. Oder Oliver. Ich muss sie warnen vor dem, was kommen wird ...*

Wusch. Das Rauschen von Luft. Ein winziger Donnerschlag.

Nein, nein, nein ...

Er wollte ihn zurückhaben ...

Zurück auf den Felsaltar ...

Zurück in die gefallenen Welten ...

Er konnte sie jetzt sehen, die abgebrochenen Steine auf dem Felsenmeer, den strömenden Regen, den Eingang zur Kohlemine, das Haus, das Meer, den schwarzen Diamanten, der sanft am Himmel rotierte, und Carls auf dem Felsaltar drapierten Leichnam, wie eine Stoffpuppe, die jemand unbeholfen über den Nachttisch eines Kindes geworfen hatte ...

Nein!

Ein Raum mit rosa Wänden. Eine Ankleidekommode mit einem My Little Pony darauf. Und noch etwas, etwas aus Keramik – wie ein Becher, aber gemacht von einem Kind; der Becher war schief, als ob er betrunken dastand. Und vor alldem befand sich eine aus Kohle geformte Eule, die ihren argwöhnischen Blick auf das säuberlich gemachte Bett des Mädchens richtete, dem das Zimmer gehörte, wachsam wie eh und je.

Nacht wartete an den Fensterscheiben.

Das kleine Mädchen saß mit einer Schere auf dem Boden, und neben ihr lag ein schwarzer Textmarker. Er beobachtete, wie sie einen großen Pappkarton zerschnitt. Die Schere machte mit kleinen, wenig präzisen Schnitten kurzen Prozess damit.

Sie schrak plötzlich auf, als sie ihn sah.

»Oh«, sagte sie, und ihre glasigen Augen waren plötzlich hellwach und musterten ihn von Kopf bis Fuß. Sie öffnete den Mund, als wolle sie schreien ...

Nate legte sich einen Finger auf die Lippen, um sie zum Schweigen zu bringen. »Maddie. Ich bin es.«

»Ich kenne dich nicht«, sagte sie. »Du bist ein Fremder.«

»Nur ein Reisender«, widersprach er. Er setzte sich aufs Bett. »Und ich kenne dich. Du machst einen Kartonmann, nicht wahr?«

»Ich denke, ja. Ich weiß es nicht.«

»Du tust es, um diesem kleinen Mädchen zu helfen. Dem Mädchen, das vermisst wird.«

Sie zögerte. »Ja.« Mit einer Stimme, die er deutlich als die Maddies erkannte – einer Stimme, die schriller wurde, wenn sie frustriert war, vor allem wenn es um ein kreatives Projekt ging –, fuhr sie fort: »Aber ich weiß nicht, wie ich den Kartonmann dort hinbringen kann, damit er ihr hilft. Er ist ein Held, aber er ist hier. Nicht dort, nicht bei ihr.«

»Du kannst Dinge erschaffen, Maddie. Du bist eine Schöpferin, nicht wahr?«

Sie zuckte die Achseln.

»Ich denke, das bist du. Ich wette, du kannst auch Türen machen.«

Die kleine Maddie warf ihm einen fragenden Blick zu. »Aber wie?«

»Keine Ahnung. Ich weiß nur eins: zwei Angeln und ein Knauf. Das macht eine Tür aus. Das ist alles, was du brauchst. Du hast es mir erzählt, als wir in unser Haus eingezogen sind. Oder ... na ja, du wirst es mir eines Tages erzählen.«

Wie sie da auf dem Boden saß, wandte sie den Blick ab, als denke sie sehr gründlich darüber nach. Sie schaute zum Fenster, dann zur Wand, dann auf die Platte ihrer Kommode. Sie hob an zu sprechen, doch Nate konnte sie nicht hören ...

Und dann begann die Welt um ihn herum zu vibrieren. Seine Nackenhaare stellten sich auf, seine Fingerspitzen brannten und ...

Bzzt.

Ein schmutziges Fenster. Übersät mit den Netzen von Kellerspinnen. Er spähte hinein. Schaute durch eine verschmutzte Küche mit Essensresten auf dem Boden und Fliegen auf der Arbeitsplatte, und Töpfe türmten sich übereinander. Dahinter sah er zwei kleine Mädchen.

Maddie und Sissy Kalbacher.

Hinter ihnen in der Wand befand sich eine Tür, die genau ihre Körpergröße hatte – schief und seltsam, als sei sie unbeholfen mit Kreide gemalt worden. Der Türknauf war ein My-Little-Pony-Kuscheltier. Die Angeln waren Streifen aus Klebeband. Die beiden Mädchen sahen ihn an.

Sie winkten.

Er erwiderte die Geste.

Sie gingen durch die Tür, gerade als ein Blitz ihn erneut fortstahl.

Er verschloss die Augen vor dem sengenden weißen Licht und sah Maddie im Geiste, Maddie, Maddie – er sandte dem Blitz den Befehl, ihn zu ihr zu bringen, ihn dort sein zu lassen, ihn bleiben zu lassen.

Kapitel 76

Ein Gesicht im Fenster,
eine Botschaft im Schnee

»Nate«, sagte Maddie, ihre Stimme kaum mehr als ein Wispern.

Das Gesicht im Fenster war das ihres Mannes – davon war sie überzeugt. Ausgezehrt und zerschunden, sein Gesicht unnatürlich schmal. Ein gehetzter Ausdruck in den Augen. Seine Lippen bewegten sich, als versuche er zu sprechen – *ich muss ihm helfen* –, daher sprang sie vom Boden auf und brach sich fast das Genick, als sie die Tür aufriss und in den Schnee hinausstürmte, Schnee, der ihr jetzt bis zu den Knien reichte. Sie kämpfte sich hindurch, mit butterweichen Knien, außerstande, richtig zu rennen. Maddie rief nach ihm, rief wieder und wieder seinen Namen, mit einer Stimme, die nachzugeben drohte. Bis zur Ecke der Hütte war es nicht weit, und als sie sie endlich umrundete, sah sie ihn dort knien. Der Schnee reichte ihm bis zur Taille, und er hatte eine Hand nach außen gekehrt und den Finger gehoben, als wolle er auf etwas zeigen …

Nate!, dachte sie, und ihre Welt erwachte zum Leben …

Dann roch sie etwas wie verkokelte Stromleitungen. Ihre Nackenhaare stellten sich auf wie rastlose Tote und …

Blitze erfüllten die Luft. Weiß und glühend, und unmittelbar darauf folgte ein Donnerschlag. Sie schrie auf und eilte weiter, obwohl alles in ihrem Gesichtsfeld weggewaschen worden war. Langsam kehrte die reale Welt zurück, drang durch sternenhelle Schlieren in ihr Blickfeld. Aber selbst als das geschah, fluteten neue Erinnerungen zurück, als hätte der Blitz mehr bewirkt, als an dieser Stelle in der Erde einzuschlagen; es war, als sei er in etwas tief in ihr eingeschlagen, ein Elektroschock und ein vulkanischer Auswurf, der all die Schlösser schmelzen ließ, die ihre Erinnerungen fest versiegelt hielten.

Sie erinnerte sich daran, in ihrem Zimmer gewesen zu sein, zu Hause, als kleines Mädchen.

Wie sie von den vermissten Mädchen gehört hatte.

Wie sie den Wunsch verspürt hatte, sie zu finden.

Rosa Wände. My Little Pony. Die Eule aus Kohle. Böse Träume. Dann eine Explosion von Licht, und *er* war da. Ein Fremder damals. Ihr Ehemann jetzt. Er hatte ihr den Weg gezeigt, und das war der Punkt, an dem sie sich daran erinnerte, in Edmund Walker Reese' Haus gewesen zu sein und Sissy Kalbacher eine Hand gereicht zu haben, und dann erinnerte sie sich daran, *wie* sie es gemacht hatte, *wie* sie dort hingelangt war, *wie* sie dann dieses arme kleine verlorene Mädchen gerettet hatte, das entführte Mädchen, das Mädchen, das durch eine Nummer auf ihrer Wange buchstäblich für den Tod markiert war.

Und als sie zurückkehrte, in das *Jetzt* vor der Hütte, sah sie, dass Nate erneut verschwunden war. Aber er war hier gewesen. Der Schnee war aufgewühlt, wo er gestanden und wo er gekniet hatte. Und dort im Schnee war noch etwas anderes: eine Botschaft, geschrieben mit seinem Finger.

ZWEI ANGELN
EIN KNAUF
MACHEN EINE TÜR

Du kannst Dinge erschaffen, Maddie.
Du bist eine Schöpferin, nicht wahr?
Ich denke, das bist du.
Ich wette, du kannst auch Türen machen.

»Ich bin eine Schöpferin«, sagte sie laut zu der Nacht. »Ich erschaffe Dinge. Und ich kann eine Tür machen.« Das war der Moment, in dem sie aufschaute und noch etwas anderes sah: dreizehn Eulen, Holzeulen, grob geschnitzt, und sie alle hockten aufgereiht auf den schneebeladenen Ästen der Hemlocktannen überall um sie herum. Sie blinzelten sie an, bewegten sich rastlos auf der Stelle und brannten darauf, sich ans Werk zu machen.

Siebter Teil

OPFER

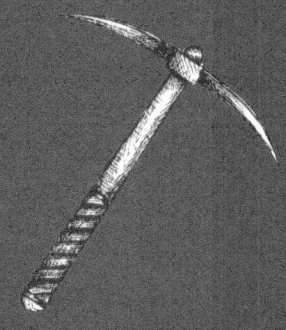

Echte Magie kann nie heraufbeschworen werden, indem man die Leber eines anderen anbietet. Man muss sich seine eigene herausreißen und darf nicht damit rechnen, sie zurückzubekommen.

Peter S. Beagle,
Das letzte Einhorn

Kapitel 77
Das Versprechen

»Das kannst du nicht machen«, sagte Zoe ihm.

Aber Fig antwortete ihr, dass er es tun müsse. »Zoe, ich kann diese Menschen nicht im Stich lassen. Sie sind durch die Hölle gegangen. Sie durchleben etwas, das ich nur ansatzweise verstehe.«

Sie griff nach seiner Hand, dann seinem Handgelenk und drückte es fest – eine Geste, von der Zoe sagte, sie habe sie von ihrer Großmutter gelernt, einer Frau, die, wenn sie ihren Willen durchsetzen musste, eine Art hexenfingrigen Todesgriff auf die weiche Stelle zwischen den beiden Knochen am Handgelenk ausübte. Zoe sagte immer: *Mit diesem Kniff ins Handgelenk konnte Me-Maw einen dazu bringen, seine Lebensersparnisse an jemanden zu überschreiben, einen Welpen zu treten und sich in die Hose zu pinkeln – ich meine, sie in aller Öffentlichkeit total zu durchnässen. Alles gleich nacheinander.*

»Fig«, begann sie mit energischer Stimme und drückte fester. Seine Knie gaben beinahe unter ihm nach. »Ich bin schwanger. Im fünften Monat jetzt. Ich brauche dich *hier*. Um ihretwillen.«

Er schluckte und nickte. »Das verstehe ich, Zoe. Aber ich muss ihr auch in die Augen schauen und meinem kleinen Mädchen sagen können: *Ich habe mein Bestes für die Menschen gegeben, die mich brauchten, und ich habe ihnen nicht den Rücken zugewandt.* Denn so bin ich. Wenn ich nicht so jemand bin, wer bin ich dann für unsere Tochter?«

Zwei Tränen flossen gleichzeitig an Zoes Wangen hinunter.

Sie ließ sein Handgelenk los.

»Okay«, sagte sie.

Er küsste sie. »Ich liebe dich.«

»Ich liebe dich auch.«

»Übrigens, dieser Schraubstockgriff hätte deine Me-Maw stolz gemacht.«

Zoe grinste. »Damit hast du verdammt recht.«

Später Abend. Kurz vor zehn. Das Wetter war nach wie vor absolut beschissen – es war feucht und kalt und spie eine unelegante Mischung aus Regen, Eis und Schnee auf sie herab. Die Polizei von Quaker Bridge hatte ein temporäres Hauptquartier aus einigen Zelten auf dem leerstehenden Gelände dem Lake Holicong gegenüber errichtet, einem Gelände, das früher einen Bauingenieur für Mennonitenhäuser beherbergt hatte, der in der Rezession von 2008 sein Geschäft aufgeben musste. Chief Roger Garstock kümmerte sich um das Briefing und erklärte, dass sie vor allem im Park suchen würden, außerdem würden sie Einheiten an einer Reihe anderer Orte stationieren: Jakes früherem Mobilheim, das seither verlassen war; Jeds Haus, ebenfalls verlassen; und auch Alex Amatis Haus, wobei dieser Junge nirgends zu finden war. Darüber hinaus hatten sie Bundessicherheitspolizisten beauftragt, nach dem Sohn der Graves zu suchen, Oliver, idealerweise, um ihn abzufangen, bevor er eintreffen würde. Fig wusste allerdings, dass das heikel werden würde – sie wussten nicht einmal, auf welche Weise er hierhergelangen würde, aus welcher Richtung oder auch nur *wann*.

Am Ende des Briefings kämpfte sich Fig durch die Menge sich zerstreuender Cops, um ein Wort mit Garstock zu reden. »Chief. Chief!«

Aber jemand versperrte ihm den Weg: Deputy Chief John Contrino, Jr.

Er streckte eine Hand aus und erwischte Fig an der Brust. »Brr, brr, brr, Figueroa, was zum Teufel denken Sie, das Sie da tun?«

»Ich will mit dem Chief reden. Mit Ihrem Boss.«

»Geht nicht. Er hat zu tun.« Contrino senkte die Stimme. »Außerdem, meinen Sie nicht, Sie hätten schon genug getan? Haben Sie nicht Ihren Kumpel Nate auf Abwege geführt, hm? Vielleicht haben Sie dazu beigetragen, dass er getötet worden ist.«

»Hey, fick dich, Contrino. Und Nate ist noch nicht tot. Wir haben keinen Leichnam, wie Sie sich sicher erinnern werden.«

»Ich bin *Deputy Chief* Contrino, nur zur Erinnerung. Wie war noch gleich Ihr Titel? Oh, stimmt ja, Sie gehören zur Jagd- und Naturschutzverwaltung, Sie sind kein Typ in Blau wie ich.« Contrino feixte, dann lachte er leise, eine Art mieses *heh-heh-heh.* »Ich verarsche Sie nur, Figueroa. Der Chief will Sie miteinbeziehen, nur nicht *bis ins Letzte,* wenn Sie ihm das nachfühlen können. Er stationiert Sie im Haus der Graves.«

»Ich will in Ramble Rocks sein.«

»Und die Sünder in der Hölle wollen ein Eis am Stiel.«

»Wie Sie gesagt haben: Ich gehöre zur Jagd- und Naturschutzverwaltung. Ich kann eine Menge beitragen. Lassen Sie mich helfen, richtig helfen.«

Contrino stieß einen Pfiff aus. »Sehen Sie sich doch an. Großer Mann mit einer Waffe. Hey, ich habe Ihnen den Auftrag nicht gegeben – wenn es nach mir ginge, würde ich Sie nicht mal in die Nähe dieser Angelegenheit lassen. Aber der Chief hat gesagt, Figueroa kennt die Familie, er kennt das Haus. Also gehen Sie dorthin. Sie warten für den Fall, dass der Junge auftaucht. Er vertraut Ihnen, oder?«

»Ja. Definitiv.«

»Na, also.«

Fig wusste, dass sie nicht unrecht hatten.

Er war kein Cop.

Und er kannte Oliver *und* das Haus.

»Scheiße.« Er nickte. »Na schön.«

»Sehen Sie, ich wusste doch, dass Sie vernünftig sein können, Figueroa.« Contrino schlug ihm fest auf den Rücken – zu fest – und nickte. »Jetzt setzen Sie Ihren Arsch in Bewegung.«

Alles blieb still. Es war ein Klischee, aber für Fig fühlte es sich *zu* still an. Er wanderte durch dieses Haus – das Haus der Familie seines Freundes –, und alles fühlte sich auf unheimliche Weise reglos an. Nate und seine Familie waren nicht da, aber doch irgendwie gegenwärtig, trotz ihrer Abwesenheit, als würden die Stille und die Reglosigkeit selbst ein unbehagliches Gewicht darstellen. Eine Schwere der Luft, ein summendes Flügelschwingen in den Tiefen seines Ohres.

Er versuchte, sich zu beschäftigen. Er hörte den Polizeifunk ab, um festzustellen, ob überhaupt irgendjemand irgendetwas gesehen hatte. Es wurden stündlich Meldungen herausgegeben; niemand sah irgendetwas. (Sie baten ihn ihrerseits nicht darum, sich bei ihnen zu melden. Aber er tat es trotzdem. *Verdammt, dann spiele ich das Spiel eben mit.*)

Und das war es, was ihm am meisten zusetzte. Er war kein Cop, nicht wirklich. Er hatte seine Instinkte nicht für solche Geschehnisse geschärft, daher wusste er, dass er sich wie ein paranoider Idiot benahm. Aber dass so gar nichts passierte, fühlte sich allzu sehr wie ein Hinweis darauf an, dass sehr wohl etwas geschah. Maddie hatte so besorgt geklungen. Oliver war verschwunden. Es bedeutete, dass sie alle etwas übersehen hatten – was immer *es* war, das sie einfach nicht wahrnahmen. Vielleicht war Jake überhaupt nicht hier. Vielleicht würde Oliver nicht kommen. Möglich, dass sie irgendwo anders hingegangen waren. Er hatte Angst, dass sein Auge auf den falschen Ball gerichtet war, dass sie Oliver hundert Meilen entfernt tot auffinden würden, an einem Ort, der ihnen gar nicht in den Sinn gekommen war, in einer Situation, die sie nicht verstanden.

Er rief Zoe an. Sagte ihr, dass es ihm gut gehe. Er machte es sich zur Gewohnheit, dass er, wann immer die stündlichen Polizeimeldungen kamen, er seinen eigenen Bericht abgab. Sie antwortete, es gehe ihr ebenfalls gut. Sie habe so schlimmes Sodbrennen, dass es sich anfühlte, als hätte sie ein Streichholzheftchen verschluckt. Außerdem verspürte sie ein heftiges Verlangen nach einem Milkshake mit Keks-Sahne-Geschmack.

Er versuchte auch, Maddie anzurufen, um sie auf den neuesten Stand zu bringen …

Aber unter der Nummer, die er hatte, klingelte es nur, klingelte und klingelte. Das weckte in ihm die Sorge, dass sie irgendwo in den Bergen im Schnee steckte und versuchte hierherzugelangen. Aber er konnte nichts für sie tun. Er konnte nur diese Situation überblicken. Das durfte er nicht vergessen. Es war so wie damals, als er Nate seine Sorge in Bezug auf die Welt anvertraut hatte – und Nate ihm ins Gedächtnis gerufen hatte, dass er auf sein eigenes Kind aufpassen müsse, nicht auf die ganze verdammte Welt. *Immer eins nach dem andern, Fig.*

Eine Stunde nach der anderen.

Eine Stunde, dann drei, dann fünf.

Es wurde Mitternacht, dann eins, dann zwei, dann näherte sich der Zeiger drei Uhr morgens.

Unten hörte er etwas.

Nein – nicht im Haus. *Draußen*, davor.

Er zog seine Waffe und informierte über Funk die anderen. »Hier ist Figueroa. Hier beim Haus der Graves passiert etwas. Ein Geräusch draußen. Ist wahrscheinlich nichts, gehe der Sache aber auf den Grund. Over.«

Als er die Treppe hinunterschlich, wartete er noch auf eine Antwort.

Aber es kam keine.

Ein Frösteln überlief ihn wie hundert Spinnenbeine.

Draußen kam das Geräusch näher – wie schwere Schritte.

Er ging auf die Eingangstür des Hauses zu, und wieder sprach er ins Funkgerät, diesmal mit leisem Drängen: »Wiederhole: Hier spricht Figueroa. Ich höre draußen etwas. Schritte. Verstanden? Over.«

Niemand meldete sich. Alles, was durch das Funkgerät kam, war ein sanftes Zischen.

Etwas prallte gegen die Tür.

Fig zog die Pistole. Sein Puls schoss in die Höhe.

Ein weiteres *Wumm* gegen die Tür. Sie klapperte in ihrem Rahmen.

Dann drang eine Stimme durch die Tür: »Fig! *Fig.*«

Sie klang vertraut, diese Stimme. Er hatte sie gerade erst gehört …

»Figueroa, sind Sie da drin? Ich brauche Hilfe. *Hilfe.*«

Es war Deputy Chief Contrino.

»Okay, Scheiße, einen Moment«, rief Fig, steckte die Waffe in ihr Holster und eilte zur Tür. Sobald er sie geöffnet hatte, taumelte Contrino praktisch hindurch, als habe er sich fest dagegengelehnt. Fig fing ihn auf und gab ihm Halt.

Und sah, dass der Mann über und über mit Blut bedeckt war. Von Kopf bis Fuß.

»Gott«, stieß er hervor und ächzte, während er dafür sorgte, dass Contrino nicht zu Boden stürzte. »John. Gott verdammt noch mal. Ist alles in Ordnung mit Ihnen? Was ist passiert? Sind Sie verletzt?«

Contrino legte den Kopf an Figs Brust. »Die anderen. Ihnen geht es nicht gut. Fig, ich …«

»Ist schon gut. Es ist alles in Ordnung, Contrino. Das Blut – sind Sie verletzt?«

Der andere Mann schaute zu ihm auf. Das Blut zog sich in Streifen über seine Wangen. Er blinzelte hindurch. »Das Blut? Es ist nicht meins.«

»Was?«

Contrino grinste.

Dann stieß er Fig ein Messer in den Bauch.

Was Fig von diesem Messerstich am deutlichsten im Gedächtnis bleiben sollte, war dies: Die Klinge fühlte sich länger und kälter an, als sie es nach menschlichem Ermessen hätte sein können. Es war kein Schmerz, den er als Erstes verspürte, sondern ein salziger, eisiger Stoß, als sei er von einem Eiszapfen erstochen worden. Er rechnete halb damit, dass sich die Klinge ganz durch ihn hindurchbohren und ihn öffnen würde wie einen Sack Mais. Aber als er rückwärtstaumelte, rutschte das Messer wieder aus ihm heraus. Er war überrascht darüber, wie klein das Loch war. Contrino stand einfach da, und es tropfte von seinem Jagdmesser.

Fig griff nach seiner Waffe.

Aber er war langsam. Er hatte das Gefühl, sich durch einen bösen Traum zu bewegen – so einen, in dem man manchmal davonlief, aber man rannte über nassen Beton. Die Waffe lag in seiner Hand, doch als er sie anhob, fühlte es sich an, als sei es ein Vorschlaghammer – und als er die Waffe auf der richtigen Höhe hatte, stürzte sich Contrino erneut auf ihn, schlug ihm mit dem Handrücken ins Gesicht und riss ihm mit derselben Bewegung die Waffe weg.

Fig stürzte rückwärts. Er umklammerte seine Leibesmitte. Das Blut sickerte heraus.

»Keine Sorge, Sie haben noch Zeit«, sagte Contrino. »Ein Messerstich in den Bauch wird Sie nicht umbringen, nicht sofort. Und der Junge, er will Sie lebend.«

»Der Junge … Jake …«

»Genau der.«

»W-Warum?«

Contrino leckte sich die Lippen – eine schreckliche Geste, wenn man bedachte, dass er blutüberströmt war. »Er hat gesehen, wer ich bin. Hat *mich ganz gesehen,* Figueroa. Er hat einen Plan, und ich bin sein Mann.«

Kapitel 78
Der Altarstein

Dies, das wusste Oliver, war das Ende. Was genau das bedeutete, war nicht ganz klar, noch nicht. Aber als er und Jed in dem zischenden, kalten Regen das Felsenmeer erreichten, wusste er, dass dies der Höhepunkt der Geschichte war. Da war außerdem die Erinnerung daran, dass dies der Höhepunkt *aller* Geschichten war, dass eine große, kosmische Last schwer auf seinen Schultern ruhte, denn wenn alles, was Jake gesagt hatte, der Wahrheit entsprach, konnte dies hier das Ende der Welt sein. Und das Ende dieser Welt bedeutete das Ende aller Welten. Das Stück Treibholz, an das sich die anderen Welten klammerten, würde zerbrechen und versinken, und jedwede Realität – die Realität aller Realitäten – würde im Chaos verschwinden. In die Leere. Ins Nichts.

Und dann würde Jake zufolge alles zurückkommen.

Ein großer Reboot. Eine kosmische, verrückt-paranormale Reset-Taste.

Falls er recht hatte.

Und Oliver glaubte nicht, dass er recht hatte.

Außerdem scherte es ihn nicht. Denn er hatte nicht die Absicht, diese Welt gehen zu lassen. Sie enthielt zu vieles, das er liebte. So kaputt diese Maschine sein mochte, es war seine Maschine, und in ihr befanden sich seine Mutter und seine Freunde, sowie deren Mütter und Väter und all die guten und kaputten Menschen, die Hilfe brauchten. Und die bösen Menschen, denen man helfen konnte, besser zu werden.

Oliver scherte sich nicht um die kosmische Schlacht.

Ihn interessierten nur die Menschen, die dagegen ankämpfen mussten.

Oliver und Jed standen gemeinsam am Rand des Felsenmeers. Der Mond und die Sterne waren verschwunden, verborgen hinter einem zerschlissenen Wolkenvorhang. Der Regen hatte nachgelassen und war in ein kaltes Nieseln übergegangen. Einem Impuls folgend bewegte Oliver seine linke Hand, und unter ihrem Mullverband, unter ihrer Naht pochte sie mit frischem Schmerz. Als erinnere sie sich daran, was geschehen war, als Oliver das letzte Mal zu dem Altarstein gekommen war. Der Schmerz war eine Warnung.

Sie konnten von hier aus den Felsaltar sehen, trotz der Dunkelheit. Denn darauf stand eine kleine, elektrische Laterne, deren gelbes Licht im Nebel diffus wirkte. Und es war auch nicht die einzige Laterne – ein Ring von Lampen war im Kreis darum herum aufgestellt worden. An den Rändern des Kreises sah Oliver Menschen stehen. Von seinem Standpunkt aus nur Schatten. Mindestens drei.

Eine Stimme erscholl über die Felsen.

»Oliver!«

Jakes Stimme.

Einer der Schatten begrüßte ihn mit einem beinahe freundlichen Winken.

»Schön, dich zu sehen«, rief Jake. »Hast du jemanden bei dir? Ist schon gut. Je mehr wir sind, desto besser! Komm her. Komm jetzt näher.«

Jed sagte mit leiser Stimme: »Bist du darauf vorbereitet?«

»Nein.«

»Schon okay.«

»Sind Sie es?«, erwiderte Oliver.

»Ja. Jetzt bin ich es. Ich fühle mich klar. Ich fühle mich …« Jed atmete tief durch die Nase ein und drückte sich beide Hände aufs Herz. »… unbelastet.«

»Das freut mich.« Jed seinen Schmerz zu nehmen war noch härter gewesen, als es bei Graham gewesen war. Es war, als packe man einen Ozean mit bloßen Händen. Einen Ozean, dessen saures Wasser einem die Haut verbrannte. Aber dann war er in der Lage gewesen, den Abfluss zu finden, durch den das gesamte dunkle Wasser aus eigenem Antrieb wegfloss. Es wirkte fast so, als wolle es fort. Als wolle Jed frei sein.

Mit noch leiserer Stimme fügte Jed hinzu: »Du hast doch immer noch die Waffe, oder?«

Oliver zögerte. »Ähm.«

»*Oliver*«, wiederholte Jed. Fast wie eine Warnung von einem Vater oder einer Mutter – eine Erinnerung daran, dass Jed selbst einmal Vater gewesen war. Bis seine Tochter bei einem durch Alkohol verursachten Unfall gestorben war, einem Unfall, den Jed gebaut hatte. Aber wie es schien, war etwas von seiner Väterlichkeit übrig geblieben.

»Ich … ich habe sie nicht. Ich habe sie weggeworfen, als wir den Park erreicht haben. Aus einem Impuls heraus. Sie haben gesagt, wir müssten mit Licht und mit Liebe weitermachen. Und eine Pistole hätte nichts davon bewirkt.« Er hatte während der ganzen Autofahrt darüber nachgedacht. Die Pistole. Die Gewalt. Das Gift im Menschen. Jetzt wie damals dachte er an die Worte seines Vaters über Tyrannen. Und über Macht. Wer sie hatte und wer nicht. Wer sie zum Guten verwendete und wer sie zum Bösen benutzte. Dass einige Menschen Löcher in sich hätten. Eine Waffe bedeutete Macht, aber Macht von der falschen Sorte. Eine Waffe produzierte Schmerz. Sie produzierte Löcher – Einschusslöcher, ja, aber auch emotionale Löcher.

Und Tyrannen erzeugen Tyrannen …

Jed kicherte. »Okay. Du steckst wirklich voller Überraschungen. Was keine Überraschung ist, nehme ich an. Du bist deines Vaters Sohn.«

»Ich hoffe es. Sie sind nicht sauer?«

»Ich vertraue dir, das ist alles.«

Oliver nickte.

Wieder rief Jake von der anderen Seite des Felsenmeers: »Du kriegst doch keine kalten Füße, oder, Olly? Komm endlich her. Junge, wir verschwenden Zeit.«

»Du hast aber schon einen Plan?«, fragte Jed.

»Vielleicht. Einen Teil eines Plans.« Es war keine Lüge. Nicht direkt.

Ein weiteres Kichern. »Ich schätze, das ist besser als ein ›Nein‹. Wollen wir, Sohn?«

»Ja. Okay.«

Gemeinsam durchquerten sie das Felsenmeer.

Als sie den Kreis aus Laternenlicht betraten, sah Oliver, wer am Altarstein auf ihn wartete. Jake stand hoch aufgerichtet hinter dem Altar, die Brust vorgereckt, ein Fuchsgrinsen auf seinem langen Gesicht. Sein eines Auge schien im Nebel sein eigenes unheimliches Licht zu verströmen, ein Licht, das waberte und sich verlagerte, wie durch brackiges Teichwasser und Algenblüten schimmerte. Links von ihm stand Alex Amati. Er sah bleich und teigig aus – fast so, als sei er krank, als hätte ihn eine Grippe befallen und ihn in einen Ghul verwandelt. Seine Armmuskeln wölbten sich vor. Eine Waffe zitterte in seiner Hand. Das Licht der Laterne beleuchtete ihn von unten, verzerrte seine Züge und machte den finsteren Ausdruck auf seinem Gesicht zu etwas, das man manchmal bei Halloween-Masken sah. Vielleicht war es auch Zorn, der ihn von innen nach außen verdrehte. Oliver war gleichzeitig schockiert und nicht verwundert darüber, ihn zu sehen. Jake musste ihn erreicht haben – ihm versprochen haben, dass er durch all das hier seine Rache an Oliver üben *und* Graham zurückholen konnte.

(Liebte Alex Graham, überlegte er. War das etwas, das er verdrängte und unterdrückte? War es etwas, das er unterdrücken musste?)

Auf der rechten Seite stand jemand, den Oliver nicht kannte: ein Mann in einer Polizeiuniform, die bedeckt war von …

Blut, begriff Oliver.

Jemand lag auf dem Boden, in sich zusammengesackt an einem Felsbrocken.

»Fig«, sagte Oliver und ging sofort zwischen den Steinen hindurch auf ihn zu. Aber der Cop hob ein Jagdmesser, packte Fig dann am Kragen und hievte ihn zu der Klinge hoch.

»Oh, oh«, sagte der Cop. »Bleib, wo du bist, Junge. Sonst stoße ich ihm das hier in den Hals.«

»Bitte«, flehte Oliver. »Tun Sie das nicht.«

Jake hob beide Hände. »Olly. Mach dir keine Sorgen. Fig wird schon wieder. Er ist nur zur Sicherheit da. Genau wie dein Freund hier.«

Mit diesen Worten trat Jake beiseite.

Dort saß Caleb. Den Kopf tief herabgebeugt, das Kinn auf die Brust gedrückt. Das Laternenlicht spiegelte sich auf einem Strom blutigen Sabbers, der von seinen Lippen hing. Jake schlug ihm auf die

Wange, und der andere Junge stieß ein Schnauben aus und schreckte aus dem Dämmer hoch.

»Sag ihm, dass es dir gut geht«, befahl Jake. »Los, Caleb.«

»Olly, Mann«, sagte Caleb mit großen Augen, seine Worte halb Brei. »Lauf weg. Du musst *weglaufen*, sieh zu, dass du von hier weg…«

Aber Jake wickelte bereits ein Stück Klebeband ab, *vbbbbbt,* dann verschloss er unbeholfen Calebs Mund damit. »Psst, kleines Baby. Wir haben genug von dir gehört.« Jetzt sagte er mit weit ausgebreiteten Armen zu Olly: »Spiel deine Rolle, dann kann das hier heute enden.«

Oliver schluckte. »Und wenn es heute endet, spielt deine Theatralik dann überhaupt noch eine Rolle?«

»Wärst du gekommen, wenn ich es nicht so eingerichtet hätte?«

»Nein.«

»Dann hast du deine Antwort, Olly. Der Hammer und der Nagel.«

Jetzt war es an Jed zu sprechen. »Wie ich sehe, hast du neue Freunde.«

»Alex will nur seinen Freund zurückhaben, ist das nicht süß? Du könntest dir eine Scheibe von ihm abschneiden, Olly. Und Officer Contrino – Entschuldigung, *Deputy Chief Contrino* – er ist jemand, den ich schon seit einer ganzen Weile am Haken baumeln habe für den Fall, dass ich ihn mal brauche. Habe ich nicht recht?«

Der Cop, Contrino, zuckte die Achseln. »Ich habe das Licht gesehen. Was soll ich sagen?«

»Was er gesehen hat, war eine Welt, die im Wandel begriffen war, und das hat ihm nicht gefallen. Ich habe ihm eine Möglichkeit gegeben, die Welt zurückzuverwandeln.« Jake drehte sich zu Jed um. »*Dir* habe ich ebenfalls eine Möglichkeit gegeben, John Edward, du alter Säufer. Aber du hast dich gegen mich gewandt, nicht wahr? Allerdings nicht, bevor du Nate weggeschickt hattest.« Er wandte sich an Oliver. »Ist das in Ordnung für dich, Junge? Dich mit dem Mann zusammenzutun, der deinem Dad so übel mitgespielt hat?«

»Er hat sich verändert«, entgegnete Oliver.

»*Und* ich trinke nicht mehr«, meldete Jed sich zu Wort.

»Oh, das ist schön. Das ist wirklich schön. Ich bin mir sicher, deine Frau und deine Tochter wünschen sich, du hättest diese Veränderung vollzogen, solange sie noch lebten, statt bei einem Autounfall zu sterben, den du verursacht hast, du alter Ziegenbock. Aber hey, späte Einsicht ist besser als gar keine. Was auch immer, danke, dass du mir den Jungen hergebracht hast.«

»Nicht ich habe ihn hergebracht. Er hat mich hergebracht.«

»Wie auch immer. Ziehen wir es durch, Olly?«

Oliver nickte. »Unter einer Bedingung.«

»Lass hören.«

»Fig, Jed und Caleb dürfen lebendig von hier fortgehen. Und du lässt meine Freunde und meine Mutter in Ruhe. Es kommen alle frei.«

Jake johlte vor Lachen. »Junge, Olly, es ist so, als hättest du Scheiße in den Ohren. Oder schlimmer noch, du hast kein Vertrauen in mich. Denn wenn du auf diesem Altar stirbst, werden wir *alle* frei sein.« Er breitete die Arme weit aus und grinste.

»Angenommen, du irrst dich. Dann sind sie trotzdem frei und dürfen gehen.«

Jakes Grinsen verblasste nicht, aber es verkrampfte sich – die eingefrorene Grimasse eines Totenschädels statt eines Ausdrucks echter Erheiterung. Mit zusammengebissenen Zähnen stieß er hervor: »Ich irre mich nicht.« Er ballte die Hände zu mickrigen Fäusten. »Aber gut. Gut! *Gut.* Wenn das hier aus irgendeinem Grund nicht funktionieren sollte, wenn die Magie versagt, wenn die Maschine weitertuckert … dann sind sie frei. Du hast mein Wort.«

Oliver schluckte.

»Okay.«

So soll es sein.

Er trat auf den Felsaltar zu, während Jake sich auf die Kante des Steins lehnte und feixte. Oliver sah jetzt, dass ein Seil um die Sockel zweier benachbarter Steine geschlungen und fest unter Felsvorsprünge geknotet worden war. Als Oliver näher kam, ergriff Jake das Ende eins der Seile und hob es zu der Altarkante.

»Seile«, sagte Jake. »Nur für den Fall, dass du dich dafür entscheidest zu *zappeln.* Etwas, um deine Arme und Beine festzuhalten.«

»Ich werde mich nicht bewegen. Du hast keine Zeit, mich zu fesseln.«

»Eh. Aber ich *will* es so. Außerdem verleiht das alldem hier wirklich diese Aura eines altmodischen Opfers, stimmt's? So ein uralter Flehen-zu-Gott-Scheiß. Ein satanischer Handel.«

Tu es nicht. Furcht durchströmte Oliver. Nein, nicht nur Furcht. Panik. Existenzielle Panik. Wie in dem Moment auf dem höchsten Punkt einer Achterbahn, bevor sie an diesem ersten großen Hügel hinunterfährt, nur tausendmal so schlimm. Eine Million Mal so schlimm. Eine Million plus unendlich. Jedes Molekül in ihm wollte die Flucht ergreifen. Und doch blieb er auf Kurs. Er kontrollierte seinen Atem. Er dachte wieder an seine Eltern.

Ich vermisse dich, Dad.

Es tut mir leid, Mom.

Oliver stieg auf den Altar.

Jake zurrte das zweite Seil um Olivers Handgelenk fest – sein linkes, den Arm mit der verletzten Hand. »Zu stramm?«

»Es tut weh«, antwortete Oliver. Das war nicht gelogen. Es fühlte sich an, als würde das Seil seine Haut aufschürfen. Die kalte Luft brannte an seinen Handgelenken, während er flach auf dem Rücken auf dem Felsaltar lag. Sein Herz direkt über dem Spalt im Fels, wo Jake einst die Spitzhacke hineingestoßen hatte.

»Tut mir leid.«

Oliver lachte – ein leises, freudloses Lachen. »Hm.«

»Hm, was?«

»Du hast es ehrlich gemeint.«

»Was ehrlich gemeint?«

»Du hast gesagt, es tue dir leid. Und ich denke, du hast es ehrlich gemeint.«

Jake hielt inne, um zu überlegen. »Ich denke, das stimmt.«

»Warum? Du hasst mich. Du willst mich verletzen. Es sollte dir nicht leidtun.«

Von der anderen Seite brüllte Alex Amati: »Hör nicht auf ihn, Jake. Er verarscht dich nur. Töte ihn. *Töte ihn.*«

Aber Jake brachte ihn mit einem schauerlichen Zischen zum Schweigen. Dann wandte er sich wieder Oliver zu: »Ich hasse dich nicht. Ich habe das gesagt, aber es stimmt nicht. Es ist nur ... das ist nur ein *Teil* von mir, der da redet. Aber ich hasse dich nicht, Olly. Du und ich, wir sind gleich, auch wenn wir verschieden sind. Ich bin wie eine ... weiterentwickelte Version von dir. Älter. Klüger. Vielleicht ist ein Teil von mir zornig auf den, der du bist, weil ich das früher selbst war. Verstehst du? Jemand, der nichts von den Einsätzen wusste. Und vielleicht hasse ich dich ein ganz klein wenig, weil du ein *so* viel besseres Leben hattest als ich.«

»Du bist voller Schmerz, nicht wahr?«

Jake zögerte. Im Licht der Laterne – der Laterne, die jetzt zwischen Olivers Knien stand – war es leicht zu erkennen, dass der größere Junge mit diesen Worten rang. Sein Kiefer mahlte, als versuche er, ein Getreidekorn zwischen seinen Zähnen zu lockern.

»Ja, das bin ich«, bestätigte er mit brechender Stimme.

»Und du willst einfach nur, dass das alles endet. Genau darum geht es. Du eliminierst alles und jeden, um diesen Schmerz in dir zu töten.«

Jake stieß ein schnaubendes Lachen aus. »Und wenn es so ist? Was weißt du überhaupt über Schmerz, Olly? Wie gesagt: Dein Leben ist nichts im Vergleich zu dem, was ich erlitten habe. Aber ich habe in der Dunkelheit der alten Kohlemine gelernt, damit umzugehen. Man hat mir den Weg nach vorn gewiesen. Man hat mir einen Pfad gezeigt. Mein Schmerz hat mir Klarheit geschenkt.«

»Ich habe ebenfalls Schmerz in mir. Schmerz, den du mir gegeben hast.«

»Hat der Schmerz dir auch Klarheit gegeben?«

Oliver schluckte. »Ich glaube schon.«

»Gut. Dann lass uns unserem Schmerz gemeinsam ein Ende bereiten.«

Und mit diesen Worten schnippte Jake mit den Fingern und drehte sein Handgelenk ...

Seit der Begegnung mit seinem älteren Doppelgänger war Oliver zu der Überzeugung gekommen, dass er Jakes Schmerz nicht sehen konnte, weil Jake und dieser Schmerz ein und dasselbe waren. Oliver wusste nicht, wie sein eigener Zorn und seine Furcht aussahen, warum also sollte er in der Lage sein, das bei Jake zu sehen? Aber andererseits, wann immer Jake etwas aus dieser Zwischenwelt zog, sah Oliver *etwas*.

Nur einen Anflug davon. Ein Anflug von Dunkelheit sickerte heraus.

Ein Blitz der Furcht, ein Schimmer von etwas Schlimmerem.

Schmerz.

Schmerz, der nicht gezähmt werden konnte.

Jake hielt seinen Schmerz verborgen, nicht wie Olivers Vater, nein. Dieser Schmerz wurde an demselben Ort aufbewahrt, an dem Jake *all* seine versteckten Dinge aufbewahrte …

In dieser Zwischenwelt, diesem Dazwischen.

Entweder wollte er seinen Schmerz so unbedingt behalten, oder er hatte solche Angst davor, dass er ihn an einen gänzlich anderen Ort verbannte.

Und so sah Oliver dieses Aufblitzen von Schmerz, als Jake mit den Fingern schnippte und sein Handgelenk drehte, um das Werkzeug des Opferns heraufzubeschwören – wieder einmal die Spitzhacke. Dann tat Oliver, was er bei Graham Lyons getan hatte und was er nur vor wenigen Stunden bei Jed Homackie getan hatte.

Er streckte nicht die Hände aus, sondern seinen Geist.

Er packte diesen Schmerz.

Und, verdammt, er *zog*.

Die Spitzhacke erschien in Jakes Hand, aber mit ihr kam noch etwas anderes. Wann immer er etwas aus der Zwischenwelt zog, verspürte er einen seltsamen kleinen Rausch, gleichermaßen angenehm und schrecklich, und dieser Rausch kam auch jetzt – aber diesmal blieb das Gefühl. Haftete an ihm wie Öl und Schweiß. Und es vertiefte sich, verdickte sich, dehnte sich aus, erfüllte ihn, durchtränkte ihn. Mit ihm kamen Erinnerung und Verlust und Schmerz. *So viel Schmerz.* Erinnerungen an seine weinende Mutter. An seinen Vater, der ihn schlug. Seinen Vater, der ihn anschließend umarmte. Das Stapfen der Füße des alten Mannes. Wie seine Mutter die Treppe hinaufhuschte, während der alte Mann mit einer metallenen Schöpfkelle hinter ihr herjagte. In diesen Erinnerungen war Jake nicht Jake. Er war Oliver. Dieser Oliver. *Sein* Oliver.

Nein, nein, nein, nein …

Er wollte nichts von alldem.

Gib alles zurück.

Nimm es weg.

Diese Gedanken waren ein Flehen, das er in den Äther sandte, zu Eli, dem Dämon Eligos Vassago, dem schwarzen, glänzenden Ding aus der Mine. An diesem Tag hatte der Dämon ihm die Narben in seinem Gesicht beschert, hatte ihm sein Auge genommen und ihn ausgefüllt, und dann war er verschwunden.

Aber nicht wirklich verschwunden, das wusste er. Er sprach durch das Buch zu ihm, nicht wahr? Das Grubenbuch: ein Gefäß, ein Gesangbuch in der eigenen Sprache des Dämons.

Und jetzt konnte er die Seiten dieses Buches *schmecken* – papierartig und krank, das bittere Aroma von Füllertinte und den kupfrigen Gestank von Blut.

Warum passiert das?, schrie er in seinem eigenen Kopf – der Griff der Spitzhacke fühlte sich rau an auf seiner Handfläche, rau und auch kalt. Er versuchte, die Hacke in Olivers Herz hinuntersausen zu lassen, aber sein Arm fühlte sich nudelschwach an. Er wollte sich nicht bewegen. Die Axt hätte sich machtvoll und kräftig anfühlen sollen, aber stattdessen fühlte sie sich kalt und schwer an, eine groteske Last. Seine Finger wollten sich entspannen. Wollten die Axt *loslassen.* Er stellte sich vor, wie die Axt aus seiner Hand fiel, klappernd auf den Steinen landete und …

Er konzentrierte sich auf Olivers Gesicht. Oliver, der seine Augen geschlossen hatte. Das Kinn vorgereckt. Ein Ausdruck des Kampfes lag auf dem Gesicht des Jungen, als täte er etwas – und obwohl er an diesen Fels gefesselt war, *tat* er etwas.

Aber was?

Plötzlich verstand Jake.

Der kleine Mistkerl zog all diese Sachen aus ihm *heraus.* Genau wie er es mit Graham Lyons gemacht hatte, in dieser Nacht auf der Straße.

Zuckend, *brüllend,* Jake – *ich bin Jake, ich bin nicht Oliver, nicht dieser kleine Schwächling, ich bin Jake* – holte er mit der Spitzhacke aus, noch während er versuchte, die Gefühle unten in der Dunkelheit zu halten, wo sie hingehörten …

Er schwang die Spitzhacke.

Hinunter in Olivers Brust.

Durch sein Herz.

Nur, dass …

Nur, dass …

Die Spitzhacke bohrte sich in den Spalt des Altars. Sie fand weder Haut noch Knochen noch Fleisch. Die Spitze fand nur harten Stein.

Klirr.

Oliver war verschwunden.

Jed wusste nicht, was gerade passiert war. Er stand da und beobachtete gequält, wie Oliver sich an einen Ort größter Verletzbarkeit begab – gefesselt auf einen Altar, vor einer älteren Version seiner selbst. Präsentierte sich willig als Opfer. Und doch hatte Jed, selbst während Oliver das tat, das starke Gefühl, dass das alles Teil des Plans war. Dass alles gut werden würde.

Und dann – *puff* – verschwand Oliver.

Als sei er niemals dort gewesen. Die Seile fielen herunter, glitten über den Rand des Altars.

Jake wirkte bestürzt und atemlos, fast als hätte ihm jemand ins Gesicht geschlagen. Das Monster blieb zurück und gaffte voller Entsetzen auf den Altar.

Genau wie alle Übrigen.

Der andere Junge mit der Waffe.

Der Polizeibeamte mit dem Messer.

Caleb, gefesselt an den Stuhl inmitten der gezackten Felsen.

Aller Augen auf den Altar gerichtet.

Jetzt ist meine Chance gekommen, dachte Jed.

Der Junge mit der Waffe war der gefährlichste …

Also war das die Richtung, in die er lief.

Jed eilte zu dem Jungen namens Alex Amati hinüber und warf ihn auf die Steine. Der große, schwerfällige Idiot krachte kopfüber in die Felsbrocken. Die Pistole in seiner Hand schlitterte weg.

Jed lachte.

Hab dich, du großer Gorilla, dachte er im Wahn. *»Alles Teil des Plans.«*

Das hier ist nicht Teil des Plans, dachte Oliver.

Er befand sich nicht mehr auf dem Altar.

Er befand sich nicht in dem Felsenmeer oder in dem Park oder in Pennsylvania, vielleicht nicht einmal auf dem Planeten.

Es war fragwürdig, ob er sich überhaupt noch in der *Realität* befand.

Er *kannte* diesen Ort. Es war die Leere: das Land des Aufpralls, violett angelaufen und endlos, schwarz geprellt und mit zerstörten Sternen, Felsen und Zähnen.

Überall um ihn herum füllte diese große Leere eine scheinbar endlose Fläche. Sterne – verschmiert und fremd, als würden sie durch ein mit Vaseline eingeriebenes Fenster betrachtet – hingen an den Rändern. Auch Farben tanzten dort, tanzten um diese Sterne herum und zwischen ihnen hindurch. Farben und Schatten. Schatten wie die Schatten, die er in Menschen sah: flüssig und elastisch flossen sie hierhin und dorthin. Schatten wie Schmerz.

Etwas trieb an ihm vorbei: eine Flasche. Darin schwappte braune Flüssigkeit. Auf dem Etikett stand: JACK KENNY WHISKY. Die Flasche wirbelte sanft durch die Luft – oder »Luft« – an ihm vorbei. Dann ein weiterer Gegenstand: ein Buch, wie ein zerfleddertes altes Notizbuch. Oliver schnappte es sich mit einer schnellen Bewegung, und er wusste sofort, was er da hatte. Es war dasselbe Buch, das Jake früher gehabt hatte. Das Kontorbuch. Der ketzerische Band.

Außerdem sein Zauberbuch.

Das Grubenbuch.

Oliver nahm sich nicht die Zeit, es zu lesen. Stattdessen machte er sich daran, seine Seiten herauszureißen, eine nach der anderen, mit jedem Zerren an dem Papier zorniger – die Seiten schwebten sachte von ihm weg, wie in Zeitlupe, wie unter Wasser.

Die Leere um ihn herum kräuselte sich.

Irgendetwas tief unten regte sich. Ein gewaltiger Schatten schob sich vor ein Häufchen Sterne und blendete sie aus, als er vorüberzog.

Ich bin nicht allein an diesem Ort, begriff Oliver voller Entsetzen.

»Hurensohn«, zischte Contrino. Er wirbelte grimmig das Jagdmesser und starrte den alten Mann an, der den anderen Jungen niedergerungen hatte. »Sie bleiben hier«, befahl er Fig und klopfte ihm mit der flachen Seite seines Messers auf den Kopf.

Fig fühlte den Tod hinter sich. Wie ein großer grauer Schatten, der wartete. Flüchtig überlegte er, ob es sich so anfühlte, im Weg eines nahenden Tsunamis zu stehen – eine wilde, weindunkle Welle erhob sich und verharrte dann, bevor sie auf einen herabstürzte, einen an den Strand nagelte und alle Knochen im Leib zu zerbrochenen Tonscherben wurden, bevor der Tsunami einen auf seinem Weg zurück hinaus in das hungrige Meer schleppte. Aber die Welle, der Schatten, war noch nicht auf ihn herabgefallen.

Er hatte immer noch etwas im Tank.

Als sich Contrino also davonzuschleichen begann …

Er tat das Einfachste und Dümmste, das ihm einfiel.

Er sorgte dafür, dass der Mistkerl stolperte. Streckte einfach die Hand aus, packte seinen Fuß und zog ihn so kräftig rückwärts, wie er konnte. Contrino schrie auf, als er mit dem Gesicht hart auf den Felsen vor ihm krachte. Er stöhnte vor Schmerz. Das trug wenig dazu bei, Fig zu besänftigen, stattdessen erfüllte es ihn mit plötzlicher, tiefgehender Zielstrebigkeit.

Fig knurrte und kletterte dann auf Contrinos Rücken, um ihn windelweich zu prügeln, auch wenn aus seiner Bauchverletzung frisches Blut herausschoss. Contrino wand sich unter ihm, stieß ihn mit der Schulter nach hinten, und die beiden Männer kugelten zwischen eine Gruppe von Steinen. Das Messer stach einmal in Figs Bizeps, ein zweites Mal und dann durch seinen Unterarm, der vierte Stich landete zwischen seinen Rippen. Er spürte, wie ihm die Luft entwich. Aber als seine letzte Tat …

… hob er die Hand, packte den Mistkerl am Ohr …

Und schmetterte ihn mit dem Kopf auf einen Stein.

Contrino zuckte kurz, dann bewegte er sich nicht mehr.

Fig hörte ein gurgelndes Pfeifen aus seiner eigenen Seite, als er versuchte, Luft zu holen. Aber seine Atemzüge waren nur halbe Atemzüge, eher ein leeres Schlucken. Er legte den Kopf wieder auf den kalten, feuchten Boden. Diese große graue Welle erhob sich, blendete den Himmel aus, nahm den Regen mit sich und stahl Figs Atem, bevor sie endlich hart über ihm zusammenschlug.

Um seine herausgerissenen Seiten gebracht, bestand das Grubenbuch nur noch aus den Fäden der Bindung und Fetzen. Und damit donnerte die Leere und wurde schwarz. Die Dunkelheit breitete sich aus wie Tinte in Pergament.

Der Schatten erhob sich vor ihm, ein Formationsflug von Amseln, dann eine Flutwelle von Schlangen, dann Würmer, jetzt Spinnenbeine. Der Schatten war geradezu körperlich, dunkler als alles, aber auch heller – Licht spielte entlang seiner Oberflächen wie eine lebendige Kreatur. Er schwang vor Oliver hin und seine Stimme schwang neben ihm her, schlitterte in Olivers Kopf wie die Pfahlwurzel eines aggressiven Unkrauts.

Du gehörst nicht hierher, Junge, sagte der Schatten.

»Du auch nicht«, entgegnete Oliver. Er hatte Angst. Und das Ding brüllte ihn an – all seine Ranken und Gliedmaßen verdickten sich und schwollen an, zeigten auf ihn, umringten ihn. Die Luft füllte sich mit dem puren Lärm ungezügelten *Zorns.* Oliver überschrie das alles: »Du kannst mir nicht wehtun. Du kannst mir keine Angst machen. Du brauchst mich. Du brauchst mich, damit ich dort draußen sterbe, nicht wahr? Auf diesem Stein!«

Das Ding prallte zurück. Zog sich zusammen in seine glitschige, sich windende Masse.

Du verstehst nicht. Das Rad muss zerbrochen werden. Die Achse zerstört. Gott hat diesen kaputten Ort erschaffen. Ich werde ihn dir zeigen. Und dann füllte Olivers Kopf sich mit Boshaftigkeit: Gräueltaten und Morde und Selbstmorde und Massengräber, aber Oliver widerstand und biss sich in die Innenseiten seiner Wangen, bis er Blut schmeckte, und er wehrte sich mit seinen eigenen Bildern: seine Mutter und sein Vater, seine Freunde, spielende Kinder, all die Sterne rund um einen kühnen Vollmond herum; und er erinnerte sich weiter an all die guten Dinge, die er Menschen füreinander hatte tun sehen: Jemand half einem Obdachlosen aufzustehen und eine Mahlzeit und ein Dach über dem Kopf zu bekommen; eine Parade am Christopher Street Day im Fernsehen; Blumen für Menschen in Pflegeheimen, wie seine Mutter sie dort hinzubringen pflegte.

Ich werde die Welt neu erschaffen!, heulte das Ding. *Ich werde reparieren, was Gott zerbrochen hat. Du wirst mich nicht aufhalten, du närrische, nichtige Mikrobe.*

Das Ding schlug von Neuem um sich und fing Oliver in Fangarmen aus sich zusammenziehenden Schatten.

Und dann folgte ein absurder Moment, als etwas zwischen ihnen hindurchschwebte. Eine bizarre, beinahe komische Störung, als ein menschlicher Augapfel – sein Sehnerv und das daran befindliche Fleisch hinter ihm herflatternd – langsam von links nach rechts hüpfte.

Das war der Augenblick, in dem Oliver verstand.

Diese eine, dumme, absurde Sache, und er verstand alles.

»Das ist hier keine Zwischenwelt«, sagte er laut zu dem Dämon. »Ich bin in ihm, nicht wahr? Das hier ist keine Leere. *Das hier* ist der Ort, an dem er all seinen Schmerz aufbewahrt. Den ganzen Schmerz, dich eingeschlossen.«

Du BETTWANZE. Du STAUBKORN. Du verstehst NICHTS.

»Jetzt kapiere ich es. Du bist ein Parasit. Eine Infektion«, sagte Oliver benommen. »Du und der Schmerz, ihr seid ein und dasselbe.«

Erneut füllte die große Bestie die Leere aus.

Sie stürzte sich auf Oliver, all ihre Gliedmaßen in Klingen verwandelt, und es scherte die Kreatur nicht mehr, *wo* er starb, denn sie war eifrig und ungeduldig, ihn *hier* sterben zu sehen.

Eine Faust krachte in Jeds Nieren, als würde der Mond vom Himmel gezerrt und auf ihn herabgeschmettert. Alex Amati ragte vor Jed auf, als er fiel.

»Ich brauche keine Pistole«, knurrte Alex. Er packte Jed, hob ihn hoch und schmetterte ihn hart gegen einen Felsbrocken. Jeds Rippen gaben nach. Seine Brust fühlte sich an wie zerbrochenes Glas, seine Atemzüge wie Messer. Er tastete über den Boden, auf der Suche nach etwas, woran er sich festhalten konnte …

Alex packte ihn abermals und hob ihn ein weiteres Mal hoch, höher als beim letzten Mal. Er wirbelte ihn herum und zeigte Jed ein wahnsinniges, verzerrtes Antlitz: Seine Halssehnen waren straff wie Baumwurzeln. Sein Kinn war so verkrampft, dass es aussah, als würden seine Zähne brechen wie Mais.

Was Jed betraf, nun …

Jed begann zu lachen.

Alex' Augen wurden noch größer. »Was ist so witzig?«

»Du hast deine Pistole verloren«, antwortete Jed immer noch lachend, und mit jedem Lachen kamen hundert Stiche purer, gottverdammter Qual.

»Na und?«

»Ich habe sie gefunden!«

Dann drückte er ab. Er drückte nicht nur einmal ab, sondern so viele Male, wie er konnte, und mit jeder Kugel erbebte Alex, als sei jede Kugel eine Faust, die ihn in die Brust traf.

Und dann fiel der Riese und nahm Jed mit sich. Ein umkippender Baum: *wumm.* Jed lag dort, immer noch ein wenig lachend und auch ein wenig weinend. Doch sein Triumph war kurzlebig.

Er spürte etwas hinter sich. Der Junge. Sein ehemaliger … Meister. Als er seine Beziehung zu Jake auf literarische Weise begutachtete, wurde ihm klar, dass sie wie Renfield und Dracula gewesen waren. Nicht wahr? Er der Käfer essende Freak, jämmerlicher und bemitleidenswerter als das Monster, denn das Monster tat wenigstens einfach das, was das Monster tun musste. Jed hatte Renfield immer so viel schlimmer gefunden als Dracula. Und genau so war er geworden. Jake hatte etwas in ihm gesehen, hatte seine Schwäche gesehen. Kannte sie von der Schnauze bis zum Schwanz. Und er benutzte sie, um Jed in etwas Unkenntliches zu verwandeln.

Schluss damit. Sein Schmerz war verschwunden. Er fühlte sich frei.

Jed erhob sich müde und ächzend und drehte sich zu Jake um.

Der Junge mit den seltsamen Augen zitterte. Als fröre er. Krank und zitternd, als wehre er ein Fieber ab oder einen Krampfanfall. Die Spitzhacke drehte sich wieder und wieder in seinem Griff.

»Jake«, sagte Jed. »Oder sollte ich dich Oliver nennen?«

»Ich bin *Jake*.« Als er das sagte, klapperten seine Zähne hörbar. Dann sah Jed, dass das vielfarbige Auge sich für eine Farbe entschieden hatte: rot. Blutfarbenes Licht platzte aus dem Auge heraus. »Jake!«

»Nun, wer immer du bist, du hast mich nicht mehr in deiner Gewalt. Oliver hat mich gerettet. Ganz gleich, was du jetzt mit mir machst, es spielt keine Rolle. Er hat mich gerettet.«

»Einen Scheiß hat er gerettet. Du bist schwache Pisse, alter Mann. Ein trauriger, verdammter, verschrumpelter Mörder. Ein *Versager*.«

»Mir scheint, dass du derjenige bist, der versagt hat, mein Junge. Du magst nicht denken, dass du Oliver bist, aber du bist es. Er ist in dir, irgendwo. Nicht wahr?«

Jake hob die Spitzhacke.

Jed schloss die Augen.

Und dann – nichts.

Jake sagte: »Du hast recht. Bei Gott, alter Mann, du hast recht.«

Er grinste. Und da wusste Jed, dass etwas nicht stimmte.

Die Messer kamen. Oliver wusste, dass sie ihn in Stücke schneiden würden. Dieser Dämon, dieser *Parasit*, der in Jakes Geist lebte, hatte den Verstand verloren. Er war es, der Jake gelehrt hatte, der Welt ein Ende zu machen, das wusste Oliver, aber der Zorn hatte die Kreatur übermannt, und jetzt würde sie ihn töten. Natürlich wollte er nicht sterben. Aber zumindest wusste er, dass die Machenschaften von Jake und dieser Kreatur enden würden, wenn er hier starb. Sein Tod verhinderte die Apokalypse. Denn Oliver würde *hier* sterben, und nicht auf dem Altarstein.

Und dann, als sich die Bestie auf ihn stürzte, mit tausend auf ihn gerichteten Messern durch die Leere donnerte …

… erschien aus dem Nichts eine Hand.

Die Hand packte Oliver um den Hals und …

Sie zog.

Die rasende Rückkehr in die Welt raubte ihm die Orientierung. Nachdem er die Leere verlassen hatte, taumelte Oliver, seine Sicht trübte sich, und sein Magen krampfte sich zusammen und entspannte sich abwechselnd. Jake hielt ihn fest, eine Hand um seinen Hals gelegt. Olivers Luftröhre spannte sich an, während er um Atem rang. Er strampelte mit den Beinen, als Jake ihn hochhob …

Und ihn auf den Altar schmetterte. Sterne explodierten hinter seinen Augen. Jake hielt ihn dort fest, eine Hand auf seiner Kehle, in der anderen die Spitzhacke.

Oliver hörte Jed aufschreien, sah einen verschwommenen Streifen, als der Mann auf Jake zueilte – aber mit dem wenigen an Luft, das Oliver aufbringen konnte, rief er:

»*Jed, nein.*«

Jetzt bin ich gefordert, dachte er.

Ich weiß, was ich tun muss.

Wieder hob sich die Spitzhacke. Die scharfe Spitze schimmerte im Laternenlicht.

Olivers Hand schnellte vor, und seine Finger formten eine Klaue.

Er zielte auf Jakes Auge.

Nur dass es überhaupt nicht Jakes Auge war, nicht wahr?

Das, begriff Oliver jetzt, war der Trick. Jeder Zauberer hatte seine Tricks, und jeder Trick ist im Kern eine Irreführung. Als seine Finger in das aufgedunsene Narbengewebe versanken, das diesen Chamäleonaugapfel umgab, wusste er, dass das, was er zu fassen bekam, nicht Jakes Auge war. Denn Jakes Auge? *Es war in der Leere.* Es war dort in dieser Zwischenwelt in ihm. Wenn das Auge dort drin war, was war dann in seinem Gesicht hier? Was war dieses Chimärenauge in seiner Augenhöhle?

Es war ein Korken in einer Flasche. Dort eingepflanzt von diesem *Ding* in ihm – der Kreatur, dem Dämon, was immer zur Hölle es war. Ein Parasit. Jake war seine Kapsel, sein Tumor, sein *Zuhause.* Und der Augapfel war das Schloss an dieser Tür, das alles drinnen festhielt. Mit einem einzigen harten Ruck und einem glitschigen, reißenden Geräusch löste es sich aus Jakes Gesicht.

Jed beobachtete, wie es geschah. Oliver, der aus dem Nichts auftauchte. Jake, der den anderen Jungen um den Hals gepackt hielt. Ihn auf den Altar stieß, die Spitzhacke hob. Jed eilte hinüber, denn er wusste, dass er das Folgende verhindern musste, Jake töten musste, bevor er Oliver auf diesem buchstäblich von Gott verlassenen Stein opferte …

Dann nahm Oliver dem anderen Jungen sein Auge. Eine klauenähnliche Bewegung – nach oben und hinein und *heraus*. Dieses ruinierte Auge platzte auf wie eine faulige Weintraube.

Oliver schüttelte sich etwas Nasses von den Fingern, während er rückwärts von dem Altarstein kletterte.

Einen Moment lang stand der andere Junge nur da, wie unter Schock. Sein Mund öffnete und schloss sich, und nur ein winziges Zischen kam heraus. Das Loch in seinem Gesicht war ein dunkles schwarzes Ding. Laternenlicht spielte entlang seines feuchten Randes.

»Jake«, sagte Jed leise. Er trat einen Schritt auf ihn zu, für den Fall … nun, für welchen Fall, das wusste er nicht. Für den Fall, dass er ihn festhalten musste. Jake war schließlich nach wie vor ein Monster. Oder nicht? Immer noch zu allem fähig, das wusste er.

Jake krampfte, klapperte mit den Zähnen. Es schüttelte ihn.

Sein Hals versteifte sich. Gefolgt von seinem Rücken.

Dann ruckte sein Kopf nach hinten, Augen himmelwärts gerichtet …

Und aus dieser offenen Augenhöhle kam ein Schwall schwarzer Flüssigkeit. Wie Öl. Wie Blut. Jake heulte. Lichter, grelle Lichter kamen mit dem ausgespienen Springbrunnen von Dunkelheit heraus (und später sollte Jed begreifen, dass es achtundneunzig solcher Lichter gab, die losgingen wie Feuerwerk, das mit Geistern beladen war). *Wusch. Wusch. Wusch.* Eine Flasche schoss hinauf und hinaus und zerschellte an den Felsen, *ksch.* Seiten irgendeines Buches wurden vom Wind erfasst, von ihnen tropfte etwas glitschiges Rotes. Ein Baseballschläger klapperte. Eine Pistole wirbelte davon. Alte Fotos. Ein Klumpen schwarzer Kohle. Ein Ehering. Und mit jedem Gegenstand wurden die Schreie des Jungen lauter und lauter, schriller und schriller, bis …

Bis etwas *anderes* herauskam.

Etwas sehr Großes und sehr Zorniges.

Der Parasit.

Der Dämon.

Er ist hier, dachte Oliver. Beine und Fangarme schossen aus dem Schwall heraus und verankerten sich an Jakes Wangen und seiner Stirn. Das Gesicht des Jungen schwoll unmöglich groß an, als das Ding aus ihm herauskam. Und es *kam einfach immer weiter.* Ein riesiger, wurmähnlicher Leib. Der anschwoll, als er auftauchte. Flügel entfalteten sich. Knochen schäumten von seiner Oberfläche auf. Tausend Ameisen erhoben sich aus dem Dreck seines Fleisches, ergossen sich in verstreuten Rinnsalen.

Jake fiel erschlafft zu Boden. Die Bestie war frei.

Die Kreatur wandte sich Oliver zu. Hundert Mundteile formten sich, und all ihre glänzenden Kieferklauen klapperten, als die Kreatur in einem kehligen Säuseln sprach:

»*Du hättest beinahe gewonnen. So nah dran, kleiner Fleck.*«

Oliver drehte sich um und versuchte, auf Händen und Knien davonzukriechen.

Aber etwas glitt um seine Leibesmitte und schmetterte ihn zurück auf den Altar. Ein einzelner Fangarm wurde ausgestreckt und packte die Spitzhacke, die zu Boden gefallen war. Die Kreatur vollführte einen lässigen kleinen Wirbel mit der Axt, um sie in die richtige Position zu bringen.

»Du kannst die Welt nicht enden lassen, indem du mich tötest«, sagte Oliver trotzig. »Er muss es tun, oder ich muss die Tat vollführen. Du wirst nicht bekommen, was du willst.«

»*Nein*«, zischte der Dämon. »*Aber ich kann immer noch Freude an deinem Tod empfinden.*«

Irgendwo hinter ihm erklang ein Geräusch – und es wurde von einer Explosion von Licht begleitet.

Und dann, Augenblicke später, Gestalten. Gestalten mit Flügeln. Der Himmel bewegte sich. *Eulen* dachte Oliver, und danach wusste er Bescheid: *Mom.*

Kapitel 79
Eulen zur Guten Nacht

Später sollte Oliver es seiner Mutter wie folgt beschreiben: Er sollte sagen, dass es ihn an einen Tag in seiner Kindheit erinnerte, als er vielleicht sieben oder acht gewesen war und einen Stein nach einem alten Wespennest geworfen hatte, das er im Fairmount Park hatte hängen sehen. Nur dass es weniger ein *altes* Nest gewesen war, sondern eher ein *stilles* Nest und eins, das immer noch, um es mit den Worten seiner Mutter auszudrücken, »tonnenweise Wespen« enthalten hatte. Sie umschwärmten ihn, und sie attackierten ihn eine nach der anderen, jede Wespe stürzte sich herab und suchte nach ihrem eigenen Fleckchen Haut, in das sie stechen konnte. (Und vielen gelang es; er fing sich an jenem Tag dreiundzwanzig Stiche ein, von denen einige kleine Pockennarben auf seinem Körper hinterließen.)

Die Eulen überfielen den Dämon ganz ähnlich, wie die Wespen Oliver an jenem Tag überfallen hatten, eine nach der anderen, aber sie stachen nicht, nein. Vielmehr waren ihre Krallen nach vorn gereckt, und sie rissen Brocken aus dem Ding heraus – Klumpen von Eingeweiden, Bröckchen von Schatten. Sie entfernten sich mit diesen Stücken, wobei Oliver nicht wusste, wohin. Doch sie kehrten ein ums andere Mal zurück, unheimlich leise, und nahmen den Dämon auseinander. Oliver konnte zusehen, wie diese Eulen – die nicht aus Federn und Krallen gemacht waren, sondern viel mehr aus Holz geschnitzt, von der Hand seiner Mutter und zum Teil von seiner eigenen – das Monster zerlegten, Stück für Stück, bis der größte Teil davon verschwunden war. Aber es waren nicht die Eulen, die der Kreatur den Garaus machten.

Unter all diesem Dreck und all diesem Schatten wartete ein Gesicht: ein menschliches Gesicht, Haut so weiß wie Knochen und Porzellan, eine gekrümmte Hakennase, eine kleine Brille. Dieses Antlitz bewegte sich ebenfalls, wandelte sich, von Graham Lyons Gesicht zu dem von

Nate Graves, zu anderen, die Oliver nicht erkannte – obwohl er von einigen befürchtete, dass sie vielleicht sein eigenes waren. Die Kreatur taumelte auf ihn zu und griff nach der Spitzhacke, die sie fallen gelassen hatte. Aber sie war verschwunden. Der Dämon drehte sich um, weil er offenbar ein Geräusch hörte, und stand von Angesicht zu Angesicht vor einem Feind, der diese dreizehn Vögel auf ihn gehetzt hatte, Eulen, schwarz an Schnabel und Kralle. Maddie Graves stand da, vor einer Tür, gemacht aus Stroh und Zweigen, mit zwei Angeln, gemacht aus Hüpfsteinen und einem Knauf, erschaffen aus einem baseballgroßen Felsbrocken. In ihrer Hand war die Spitzhacke. Der Dämon zischte sie an, und sie ließ die Axt herumwirbeln …

Und dann begrub sie die Waffe im Schädel des Dämons.

Er verwandelte sich in Fliegen und huschende Dinge.

Oliver verlor das Bewusstsein.

Kapitel 80
Der Sündenfresser

Es war vorüber, abgesehen davon, dass es natürlich nicht vorüber war. Dinge wie das hier tendierten dazu fortzuleben, weitergereicht und herumgereicht von einer Person an die nächste. Liebe und Schmerz, Trauma und Hoffnung, Licht und Dunkel. Sie gehen im Kreis herum, einige als Geschenke dargeboten, andere als Flüche. Die ganze Maschinerie wirbelt auf ihrer eigenen Achse herum. Ein Zyklus von etwas Geschaffenem, etwas Zerbrochenem und hoffentlich etwas neu Erschaffenem.

In diesem Juni kam ein Tag, ein heißer Tag, ein windiger Tag, die Luft so durstig wie ein Wüstenhund, als Oliver seine Mutter draußen vor dem Haus vorfand, wo sie Ringelblumen pflanzte. (»Eine verzweifelte Tat an einem Tag wie diesem«, hatte sie gesagt, bevor sie nach draußen gegangen war, »aber einer muss ein wenig *verdammten* Optimismus haben.«)

Oliver fragte, ob er helfen könne. Sie sagte, natürlich könne er helfen, und wies ihn an, seine Handschuhe aus dem Arbeitsschuppen zu holen, was er tat. Bei seiner Rückkehr würde es vermutlich seine Aufgabe sein, die kleinen Dungkörnchen zu verstreuen – »Blumenvitamine«, nannte sie sie –, hinein in die Löcher, bevor sie eine Pflanze daraufplumpsen ließ.

»Ich habe nachgedacht«, begann Oliver.

»Ohh, nein«, witzelte sie. »Das bedeutet nie etwas Gutes.«

»Sei still, es ist in Ordnung. Das hier ist in Ordnung.«

In überlautem Flüsterton sagte sie: »Spoilerwarnung: Es ist nicht in Ordnung.«

»Würdest du mich bitte aussprechen lassen?«

Sie wippte auf den Fersen nach hinten und sagte: »Schieß los.«

»Es geht um drei Dinge.«

»Oh Jesus, gib mir Kraft. *Drei* Dinge? Kann es nicht einfach nur eins sein?«

»Nein. Dinge kommen immer in Trios. Das ist wie ein, weiß nicht, kosmisches Gesetz.«

Sie zwinkerte sich ein wenig Dreck aus den Augen, dann fiel er auf ihre Wange hinab, und sie wischte ihn mit dem Daumen weg. »Nur zu, Alterchen.«

»Sache Nummer eins: Ich will Jake besuchen gehen.«

Maddie spürte, wie ihr Hitze in die Wangen trat. »Olly, wir haben darüber geredet ...«

»Es ist ungefährlich.«

»Er ist im Gefängnis.« Wo er hingehörte, das wusste sie. Dieser halbwüchsige Mistkerl hatte einen Kult angeführt. Hatte einen entsetzlichen, mörderischen Feldzug gegen ihren Sohn angeführt. Hatte ihren Ehemann verschwinden lassen. Hatte die Welt enden lassen. Bis auf den heutigen Tag fiel es ihr schwer zu begreifen, wie viel von dem, was sie gesehen hatte – real war. Tief im Herzen wusste sie, dass *alles* real gewesen war. Und doch war es so seltsam, so unmöglich. Es fühlte sich an wie etwas aus einem Traum, als würde der bloße Akt der Kenntnisnahme es weiter in die Ferne schlüpfen lassen. »Und er sollte dort verrotten«, fügte sie hinzu.

»Er *wird* dort verrotten. Ich denke nur ... ich sollte mit ihm reden. Er ist ich. Oder war? Keine Ahnung. Vielleicht kann ich ihm helfen. Viel von dem, was in ihm war, ist ... jetzt fort. Denke ich. Hoffe ich.« In jener Nacht im Felsenmeer war der Jake, der zurückgeblieben war, lebendig gewesen – und ein zitterndes, faselndes Wrack. Er war, um es mit Ollys Worten auszudrücken, »ausgehöhlt«. Oliver erklärte es seiner Mutter, indem er sagte, Jake habe sich so lange auf den Dämon in ihm verlassen – selbst als dieser sich allzu sehr auf Jake verlassen hatte –, dass er ohne diesen Dämon verloren war. Der Schmerz hatte ihn ausgefüllt. Hatte ihm Gestalt, Leben, Aufgabe gegeben. Ohne ihn war er eine Marionette ohne eine führende Hand, jedenfalls erschien es Oliver so.

»Es muss immer noch eine Person dort drin übrig sein, Mom. Sie werden einen Besuch erlauben, und ich war bereits bei Jed ...«

Sie seufzte. »In Ordnung. Ein einziger Besuch. Aber *ich* fahre dich hin, nicht Caleb.«

»Einverstanden.«

»Gut.«

»Die zweite Sache ist, wie sich herausstellt, irgendwie mit der ersten verbunden ...«

»Herr, gib mir Kraft.«

»Ich will Auto fahren lernen.«

Bellendes Gelächter stieg in ihr auf, ungeheißen. »Oh, Olly. Süßes Sommerkind. Ich weiß nicht, ob ich schon bereit bin für *diesen* Stress. Ich denke, ich würde lieber gegen eine weitere drohende Apokalypse antreten.«

»Komm schon. Ich werde nächsten Monat sechzehn. Und ich kann mir jetzt schon eine Fahrerlaubnis beschaffen und ...«

»Mein Kind. Fährt Auto. Ooh, fuck.«

»*Und* ich bin sehr verantwortungsbewusst, und ehrlich, ich würde dir nicht mehr zur Last fallen, außerdem müsste ich mich dann nicht mehr auf andere Kids verlassen – diese unartigen, hinterhältigen, unzuverlässigen Teenager ...«

»Caleb kutschiert dich im Moment, und wir mögen Caleb, erinnerst du dich?«

»Ich kann nicht ewig von Caleb abhängig sein.«

»Puh. Gott. Bin ich alt? Oh, Scheiße, ich werde alt. Olly, du musstest mir das ausgerechnet heute antun, ja? Ein sechzehn Jahre alter Sohn. Fährt Auto. Auto!«

»Du bist nicht alt. Ich werde einfach nur ... älter.«

Sie stieß die Pflanzschaufel, die sie benutzt hatte, in die Erde, *kiff.* »Die Zeit schreitet für uns alle voran, Alterchen. Gott, in Ordnung. Das sind zwei von dreien. Das ist eine gute Quote. Ehrlich – wie wär's, wenn wir jetzt aufhören würden? Wir werden die dritte Sache aufschieben; du kannst sie in ein oder drei Jahren noch einmal mir gegenüber erwähnen.«

»Ich weiß genau, wo du mir das Autofahren beibringen kannst.«

Und genau in dem Moment kam wie aufs Stichwort ein Truck in die Einfahrt geholpert.

Figs Truck.

»Merk dir diesen Gedanken«, sagte sie und stand auf. Sie scheuchte Oliver vor sich her, und die beiden gingen Fig entgegen. Er stellte den Wagen ab, dann sprang er aus seinem Truck und zuckte ein wenig zusammen – die Verletzungen aus jener Nacht im Park hatten ihn fast umgebracht. Fig hatte an jenem Tag wirklich gedacht, er *sei* bereits tot – er erzählte sogar eine Geschichte, wie er aufschaute und sah, was er als eine Schlacht zwischen dem Teufel und Gottes eigenen Engeln beschrieb, eine Schlacht, die sich überall um ihn herum vollzogen hatte. Riesige, herabschießende, fliegende Dinge, die an einer schwarzen, sich windenden Masse zerrten.

Maddie umarmte ihn. Und er hielt inne, um Oliver die Hand zu schütteln.

»Hab Mittagspause. Ich dachte, ich komm mal vorbei und überbringe euch die Neuigkeiten.«

Ein Grinsen breitete sich wie ein Waldbrand auf Maddies Gesicht aus. »Ich schwöre, Fig, das sollten besser *Baby*-Neuigkeiten sein, sonst raste ich aus.«

Er lachte. »Das Baby ist ein wenig spät dran, daher haben wir morgen einen Termin für einen Kaiserschnitt. Das sind die Neuigkeiten. Aber das ist nicht alles. Wir haben irgendwie gehofft, Zoe und ich, dass … Maddie, würdest du die Patentante unserer Tochter werden?«

Zuerst sagte sie nichts. Sie stand einfach nur da und zitterte leicht. Und dann gab Maddie einen Laut von sich, als ob – nun, als ob Glück selbst eine lebendige Kreatur sei und als sei das hier der Paarungsruf der Kreatur, um ein anderes Glück heraufzubeschwören in der Hoffnung, *noch mehr Glück* heranzuzüchten. Sie war sich nicht sicher, ob sie sich je zuvor hatte *quietschen* hören, aber in diesem Moment und angesichts von allem hieß sie so viel Freude willkommen, wie ihr möglich war.

Im Kielwasser des Grauens war Hoffnung ein üppiger, überreicher Garten.

»Ich schätze, das ist ein Ja«, warf Oliver grinsend ein.

»Ich bin einverstanden damit, die spirituelle Ratgeberin deines Kindes zu werden«, verkündete Maddie mit einem irrsinnigen Glanz in den Augen.

»Uns interessiert der *spirituelle* Teil nicht allzu sehr, nur der Teil, wo du für sie da bist, wenn sie dich braucht. Außerdem darfst du ihr keine Schimpfwörter beibringen.«

»Keine verdammten Versprechen«, antwortete Maddie.

»Und du«, richtete Fig das Wort an Oliver. »Willst du für das Kind so eine Art ... Ehrenadoptivonkel sein?«

Jetzt war Oliver an der Reihe. Er stieß keinen Quieklaut aus, aber er strahlte. Hell glühend wie die Morgensonne. »Sie können sich auf mich verlassen. Ich werde ein guter Onkel sein. Ein *großartiger* Onkel. Ich meine, kein *Groß*-Onkel, denn das würde bedeuten, dass ich der Onkel des Onkels bin, aber Sie wissen, was ich meine, ich werde ein wirklich exzellenter Onkel sein ...«

»Danke, Leute.« Eine weitere Runde Umarmungen folgte. »Zoe wäre mitgekommen, um euch deswegen zu fragen, aber sie ist total aus dem Häuschen wegen des Kaiserschnitts morgen. Wollt ihr vielleicht vorbeikommen? Wir machen es gleich morgen in aller Frühe, daher könntet ihr am Nachmittag vielleicht im Krankenhaus erscheinen – aber vielleicht ruft ihr vorher an, nur für den Fall des Falles. Mittagsschläfchen und so.«

»Ich habe eine Ausstellung in einer Galerie, die ich vorbereiten muss, aber das mache ich am Vormittag. Also werde ich nur die weichsten und entzückendsten Plüschtiere mitbringen und einen ansehnlichen Vorrat an Stoffwindeln«, antwortete Maddie. »Verlass dich drauf.«

Fig nickte. »Danke. Für alles.«

»Ganz meinerseits«, sagte sie. Sie umarmten sich lange. Es fühlte sich gut an. Er erkundigte sich, ob es ihnen beiden gut ginge, und sie bejahten es. Endlich ging es ihnen so gut, wie es nur möglich war. Was niemals gut genug sein würde, das wusste Maddie, nicht ohne Nate.

Schon bald war Fig wieder verschwunden, und sein Truck rollte die Einfahrt hinunter.

Seite an Seite standen sie und ihr Sohn da, vor dem Haus, und schauten ihm nach. »Okay«, sagte sie. »Die dritte Sache. Spuck's aus, Alter.«

»Ich möchte eine Reise mit dir machen. Mit dem Auto.«

Sie schnaubte. »Eine Reise mit dem Auto. Okay.«

»Ich …« Dieser Punkt fiel ihm schwer, das sah sie. Sie beobachtete, wie er seine ganze Kraft zusammennahm. »Mom, ich bin nicht wie die anderen Kids. Oder wie die Erwachsenen. Oder … ähm, Leute.«

»Ich weiß.«

»Du weißt, dass ich den … Schmerz anderer Menschen sehen kann? Und das Problem irgendwie lösen kann?«

Sie zog eine Braue hoch. »Wie du es mir erklärt hast, ja.« Nicht lange nach den Ereignissen dieser Nacht hatte er ihr von seiner Fähigkeit erzählt. Sie hatte immer gewusst, dass ihr Sohn etwas Besonderes war, und als er ihr das erzählt hatte, war sie nicht völlig überrascht gewesen. Dr. Nahid, mit der er sich immer noch jeden Monat traf, häufig über Skype, sagte, sein Mitgefühl sprenge jeden Rahmen, und das würde sich niemals ändern. Aber die gute Ärztin wusste nicht wirklich, *wie sehr* es aus dem Rahmen fiel.

Der Tag kam, etwa einen Monat nach dem Kampf in Ramble Rocks, an dem Oliver sagte, er habe einmal darüber nachgedacht zu versuchen, Maddie bei ihrem Schmerz zu helfen. Aber er sagte, nach jener Nacht habe sich ihr Schmerz verändert. Er sei geringer geworden, doch was noch wichtiger war, er wirkte verändert. Nicht mehr so zornig. *Weniger wie ein Bulle in einem Spiegelsaal,* waren seine genauen Worte gewesen.

»Ich will in die Welt hinaus. Und vielleicht versuchen, Menschen zu helfen. Feststellen, ob ich … etwas von den schlimmen Dingen aus ihnen herausholen kann.«

»Ihren Schmerz herausschneiden.«

»J… ja.«

»Alterchen, du weißt, dass manche Menschen ihren Schmerz wollen, oder? Vielleicht brauchen sie ihn sogar. Schmerz ist ein Teil der Person, die wir sind. Du kannst ihn nicht zerstören, und du kannst dich nicht vor ihm verstecken.« *Wie wir alle nur allzu gründlich gelernt haben,* dachte sie. »Es ist wie bei Jake. Du hast ihm etwas weggenommen, und ob es zum Besseren oder zum Schlechteren war, er hat es gebraucht.«

Er nickte. »Ich weiß. Aber manchmal läuft es schlecht. Schmerz kann sein wie ein Krebsgeschwür, bei dem sich gute Zellen gegeneinander wenden. So wie es bei Jake war. Und manchmal ist es ein Schmerz, den einem ein anderer überträgt. Als hätte jemand dich, keine Ahnung, vergiftet. Das ist die falsche Art von Schmerz. Er ist wie eine aggressive Spezies. Er tut dir weh. Und er kann auch anderen wehtun.«

»So wie in Jakes Fall«, sagte sie noch einmal.

»Ja.«

Gott, mein Sohn ist schlau. Zu schlau. Sie wünschte, er wäre nicht so schlau gewesen. Es machte ihn verletzbar. All diese großen Gedanken. Und dieses große Herz. *Scheiße.*

Ihn in die Welt hinausgehen zu lassen, war … gefährlich … oder könnte es sein, befürchtete sie. Es verknüpfte ihn mit anderen Menschen, und schlimmer noch, es verband ihn mit ihrem Gefühlsleben. Und das war schwieriges, verbotenes Terrain. Er war noch jung – so jung. Sie war kaum bereit dazu, ihn schon selbst Auto fahren zu lassen, geschweige denn, ihn mit dem Unglück anderer Menschen zu konfrontieren.

»Ich weiß nicht, Alterchen …«

»Wir können einfach fahren und abwarten. Du kannst mir Auto fahren beibringen, und ich werde Menschen kennenlernen und einfach, wer weiß, sehen, was ich sehen kann.«

»Olly …«

»Ich kann Menschen *helfen.* Wie du gesagt hast. Du bist eine Schöpferin – du erschaffst Dinge. Ich will jetzt das tun, worin *ich* gut bin.«

Er sprach mit solchem Nachdruck, solcher Gewissheit, dass es sie schockierte. Er war nicht zornig. Es kam nicht von Wut oder Ego. Aber es lag eine Zuversicht darin, die sich ungewöhnlich bei ihm anfühlte. Was sollte sie schon sagen?

»Okay.«

»Okay?«

»Zwing mich nicht, es noch einmal zu sagen, es war schon schwer genug, es einmal herauszubringen.« Sie zuckte die Achseln. »Ich habe etwas Geld gespart und hatte ein paar gute Verkäufe in der Galerie. Wir können uns eine kleine Reise leisten, als Belohnung, also lass es uns tun. *Nach* meiner nächsten Ausstellung, die in wenigen Wochen stattfindet. In Ordnung?«

Er umarmte sie. Sie stieß ein *Uff* aus, so heftig war die Umarmung. Sie erwiderte sie. Eine Weile blieben sie so stehen.

»Dein Vater wäre stolz auf dich«, sagte sie. »Er war es schon damals und würde es auch jetzt sein. Du wirst ein besserer Mann werden, als er es war, und er war der beste Mann, den ich kannte, Junge.«

»Danke, Mom.« Er löste sich aus der Umarmung. Dann hielt er inne und schaute auf den Platz zwischen ihren Füßen hinab. »Denkst du, dass er immer noch irgendwo da draußen ist?«

»Dein Dad?« Ihre Antwort kam ohne jedes Zögern. »Das tue ich. Ich bin mir dessen sicher. Ich weiß nicht, wo. Ich weiß nicht einmal, *wann*. Aber wie ich ihn kenne, ist er irgendwo und setzt Himmel und Hölle in Bewegung, um nach Hause zu kommen.« Und sie hatte ebenfalls Himmel und Hölle in Bewegung gesetzt, um ihn zurückzuholen. Jeden Tag seit dem Tag, an dem sie die Eulen gemacht hatte, machte sie eine neue Tür. Sie versuchte es an verschiedenen Stellen, in verschiedenen Räumen, im Wald, auf der Straße. Auch mit unterschiedlichen Materialien: Holz von umgefallenen Bäumen, Steinen von Ramble Rocks, Teilen seiner Kleidung, einem Hirschgeweih, das sie im Wald gefunden hatte. Sie benutzte sogar Teile des Hauses: Späne von den Zierleisten, Heizungsregler und Wasserhähne. Einige bemalte sie. Einige befestigte sie an den Wänden ihres eigenen Hauses. Andere baute sie in ihren Garten und ließ sie einfach aus dem Nichts aufragen.

Nicht ein einziges Mal hatte sich irgendeine von ihnen geöffnet.

Nicht auf eine Weise, die einen irgendwo anders hinbrachte als auf die andere Seite. Wand oder Baumborke oder offene Luft. Keine anderen Welten.

Und kein Nate.

Aber sie wusste, dass sie eine hübsche Sammlung abgaben. Die Türen bildeten den Fokus ihrer nächsten Ausstellung. Und sie hoffte bei sich, dass sie, wenn die Ausstellung fertig war, wenn sie der Welt ihre Türen schenkte, in ihrer Mitte stehen würde, und dann würden sie sich alle gleichzeitig öffnen.

Und in einer von ihnen würde sie ihren Ehemann wiedersehen. Und Oliver würde seinen Vater zurückbekommen. Und ihr zerbrochenes Zuhause würde wieder unversehrt sein.

Epilog
Der Zahlenmann

An jedem Tag in seinem Job in der Farbfabrik ging der Hausmeister die Zahlen durch. Er zählte die Minuten. Er zählte die Borstenbündel des Besens in seiner Hand. Er tat sein Bestes, die Borsten dieses Besens zu zählen. Er zählte die Worte, die man zu ihm sprach, die Risse im Betonboden, die Metallspäne auf dem Boden, die unausweichlich von Maschinen wie dem Farbrührgerät kamen und der Farbeinsprühvorrichtung.

(Die Zahl der Menschen, die an einem Tag mit ihm sprachen, war unausweichlich die geringste Zahl von allen. Die anderen Angestellten mochten ihn nicht. Er wusste es. Er konnte es spüren. Und ehrlich, er mochte auch keinen von *ihnen*, obwohl er sich sehr große Mühe gab, nett und freundlich zu ihnen zu sein, damit es sie nicht aufregte. Man durfte die Normalen niemals aufregen. Aber er fragte sich flüchtig, wie es sich anfühlen würde, sie alle hinaus in das Felsenmeer zu bringen, sie einen nach dem anderen auf den Altar zu legen und jeden von ihnen aufzuschlitzen. Vor allem diese blonde Sekretärin mit dem toupierten Haar. Sie hätte er gern aufgeschlitzt, von der Möse bis zu den Titten. (Vom Heck bis zum Vordersteven.)

Wenn jeder Tag des Zählens vorüber war, stempelte er aus.

Manchmal ging er auf dem Heimweg an Ramble Rocks vorbei. An diesem Ort, in dieser Welt war es ein Freiluftamphitheater. Dort wurden Konzerte veranstaltet. Größtenteils Konzerte lokaler Musiker, nichts wirklich Bedeutendes. Der Tunnel war Teil eines unterirdischen Bereichs, wo Equipment und dergleichen gelagert wurde – er war immer verschlossen. Einmal hatte er sich dort hineingeschlichen, in der Hoffnung, dass es ihn nach Hause rufen würde – dass er dort in der Dunkelheit des Tunnels den Dämon finden würde, der mit offenen Armen und einem aasigen Atem auf ihn wartete. Aber es sollte nicht sein. Das Personal des Parks hatte ihn einfach im Licht der Leuchtstoffröhren hinausgescheucht.

Die Felsen von Ramble Rocks waren ebenfalls dort, weit hinter dem rückwärtigen Teil des Amphitheaters, hineingeschmiegt zwischen rauschende Tannen. Von Zeit zu Zeit wanderte er zwischen den Felsen hindurch, wie ein Wurm, der zwischen abgebrochenen Zähnen umherkroch. Eines fehlte: der Felsaltar. Er war verschwunden. Nichts existierte an seiner Stelle, es war nur ein leerer, toter Raum. Keine Steine. Kein Leben. Kaum ein Insekt oder ein Unkraut. Nur ein Fleckchen toter, aufgerissener Erde.

Sein Zuhause war einfach eine Wohnung über irgendjemandes Garage.

Er lebte ziemlich sparsam. Konservendosen und ein einziger Topf. Eine Pritsche. Eine Toilette. Viel mehr brauchte er nicht. Sein Vermieter war eine alte Mumie, ein Mann, der ihn nicht im Mindesten belästigte, es sei denn, es war Zeit, die Nebenkosten zu bezahlen. Und dann belästigte er ihn auch nur mit Zetteln, die unter der Tür hindurchgeschoben wurden. Sein Vermieter würde Geld zurückverlangen, weil er die Wände hier drin ruiniert hatte. So viele geschriebene Worte, so viele Reißzwecken, so viele rote Fäden.

All die Fotos und die Berechnungen und die aus Bibliotheksbüchern über Dämonologie herausgerissenen Seiten. Der Dämon war, das wusste er, fort. Er sprach nicht mehr zu ihm noch sprach er zu der Kreatur. In den gefallenen Welten hatte er ein Leben in krassem, groteskem Luxus geführt, hatte gewildert, was immer ihm in die Quere gekommen war, hatte sich gierig den Bauch vollgestopft und träge gejagt. Er hatte Gefolgsmänner gehabt und er hatte Opfer gehabt. Es war eine gute Welt gewesen. Und dann hatte sich alles aufgelöst. Oder vielmehr war es wieder so geworden, wie es gewesen war, hatte sich selbst zurückgewürgt in ein normales Universum. Aber das war nicht das, aus dem er kam. Es war anders. Die Marken waren seltsam: Der Wagen, den er fuhr, war ein gebrauchter Yorisaga Chevalier aus dem Jahr 1998. Koreanische Marke, aber hergestellt in Kentucky. Es gab hier nicht einmal zwei Koreas, keine Nord-Süd-Spaltung. Nur ein einziges geeintes Korea.

Das war nicht der Ort, wo er herkam.

Das war nicht zu Hause.

Und so war der Plan wieder der Plan.

Er hatte eine Reihe junger Mädchen ausgewählt. Noch hatte er ihnen nichts angetan, hatte sich nicht einmal eine Einzige vorgenommen – aber er hatte sie genau beobachtet, hatte von Ferne Fotos geschossen und sich ausführliche Notizen gemacht. Diesmal musste er schneller sein, musste alles auf einmal erledigen. Es war zu langsam gewesen, sie nach und nach auszusuchen, und das hatte ihn beim letzten Mal in Schwierigkeiten gebracht. Der Mann hatte bereits einige seiner Opfer ausgewählt. Bisher hatte er zweiundzwanzig – sie waren Teil der Gleichung. *Neunundneunzig, und die Welt würde untergehen.*

Alle Welten würden untergehen, hoffte er.

Damit er diesen Ort verlassen und zurückkehren konnte, nicht in die Welt seiner Geburt, sondern in die Welt, in die er hineingefallen war – die Welt, in die der Blitz ihn geholt hatte. Sein Jagdrevier. Sein wahres Zuhause.

Und jetzt saß er da und bewunderte die Fotos. Berührte sie. Stellte sich den feuchten Spritzer Blut vor. Das hungrige Klatschen von Eingeweiden auf den Stein.

Er überlegte, ob er zuerst einen neuen Altarstein machen musste. Eine weitere Sache, über die es nachzudenken galt. Es bescherte ihm Kopfschmerzen hinter den Augen.

Dann: ein Klopfen an der Tür.

»Gehen Sie weg«, sagte er.

Aber das Klopfen erklang abermals. Beharrlicher diesmal.

Er verfluchte sich dafür, dass er *gehen Sie weg* gesagt hatte, denn jetzt wusste die Person auf der anderen Seite, dass er hier war. Er musste eine normale Fassade wahren. Wenn irgendetwas Seltsames an ihm war, würde das die Herde vielleicht erschrecken. Es war der Schlüssel, *normal* zu erscheinen. Ein normaler Mann. Job als Hausmeister. Wohnung. Ein Leben. Nichts zu befürchten, nein, Sir, nichts zu befürchten. Alles über jeden Zweifel erhaben hier, jawohl, Sir! Wir sind hier alle normal! Haha!

Leise vor sich hin brummend ging er zur Tür und öffnete sie.

»Es tut mir leid, ich bin im Moment beschäftigt«, hob er an zu sprechen, aber dann brach er ab. Ein Mann stand dort. Ein fremder Mann, dachte er zuerst. Aber dann, nein. Ganz und gar nicht fremd. Vertraut, sobald man über die Veränderungen hinaussah. »*Du* bist es.«

»Edmund Walker Reese«, sagte der Mann und trat durch die Tür. Er sah anders aus als Edmund. Gepflegter. Der Bart von oben bis unten gestutzt. Auch die Haare ordentlich geschnitten. Die Narbe quer über seinem Kopf würde jedoch niemals weggehen, nicht wahr? Das entlockte Edmund zumindest ein kleines Lächeln. Das Lächeln war jedoch nicht von Dauer, als er die Waffe sah: einen kleinen, stupsnasigen Revolver, dessen blauschwarzer Lauf glänzte.

»Wie hast du mich gefunden, du Schmeißfliege?«

»Das Schicksal hat uns in dieselbe Welt gesetzt«, antwortete Nate. Mit dem Daumen zog er die Sicherung zurück. »Ist das nicht toll? Sogar in dieselbe Stadt. Eines Tages habe ich dich gesehen. Habe gesehen, wie du in Rosie's Eisdiele in der Innenstadt Mädchen beobachtet hast. Weißt du, es ist witzig, wo wir hergekommen sind, war dieses Café …«

»Rosa*lita's* Eisdiele«, beendete Edmund mit einem kleinen Lächeln den Satz des anderen Mannes.

»Das Rosalita's war besser.«

»Das war es. Ich habe gern ihr Eis mit Rumrosinen gegessen.«

Nate schoss ihm in die Brust. Edmund fiel rückwärts zu Boden – kein harter Sturz, sondern ein sanftes, langsames Niedersinken. Blut durchtränkte sein Hemd, und er konnte es unterhalb seiner Hüfte spüren, wie es an seinen Lenden hinabsickerte. Der andere Mann, der Mörder des Mörders, wandte sich zum Gehen. Edmund Walker Reese' letzter Gedanke war, dass sich die Haustür verändert hatte. Ein anderer Knauf, und die Tür war blau, nicht rot. Die Angeln sahen ebenfalls seltsam aus. Als seien sie von Hand gemacht worden, nicht von einer Maschine. Als hätte jemand Dosen für Pfefferminzbonbons genommen und sie in die richtige Form gehämmert. Und der Knauf: War es das Gesicht einer Eule, aus Holz geschnitzt? Nate schien das ebenfalls zu überraschen, und er trat hindurch. Dunkelheit legte sich über Reese, als der Tod ihn fand, endlich, über Raum und Zeit hinweg.

Edmund Walker Reese verließ diese Welt.

Vielleicht tat der andere Mann das Gleiche.

Nachwort und Dank

Drei Anläufe habe ich gebraucht, um dieses Buch zu schreiben.

Das erste Mal gehörte es zu meinen fünf sogenannten Kistenromanen – damit waren Romane gemeint, die es nicht besser verdienten, als in einer mit Blei ausgekleideten Kiste zu landen, die dann in einem Tiefseegraben zu versenken war, damit die Existenz dieser Machwerke oberirdisch nicht zu einer Vergiftung der Atmosphäre führen konnte. Es war also ein anderes Buch, ganz anders, aber es wies schon ein paar der bleibenden Charakteristika auf: eine gruselige Kohlengrube, Monster in der Dunkelheit, Despoten, die andere schikanierten, und Täter, die ihre Opfer missbrauchten. Ich scheiterte damals vermutlich aus vielen Gründen daran – ich war zu jung, zu unsicher, wollte zu viel auf einmal und bemühte mich zu sehr, andere Autoren nachzuahmen.

Das zweite Mal versuchte ich es … vor schätzungsweise acht Jahren. Ich bin aber nicht bis zum Ende gekommen; nach etwa 77 000 Wörtern war plötzlich Schluss. Dieses Buch war etwas näher an dem, was Sie gerade gelesen haben: eine Familie, die unter Druck steht, ein bärtiger Spinner im Wald (zum Teil nach einem seltsamen Traum, den ich mal hatte), eine Kohlengrube. Außerdem gab es wohl noch ein paar andere Dinge, wie beispielsweise eine verfluchte Nazi-Pistole. Aber das kann ich nicht mehr mit Sicherheit sagen. Es ist seltsam – ich habe den Entwurf der Geschichte gefunden und versucht, ihn zu lesen, und ich kann mich buchstäblich nicht daran erinnern, irgendetwas davon geschrieben zu haben. Ich schiebe es auf die Tatsache, dass ich so verdammt viel schreibe, aber vielleicht wollte das Buch auch einfach nur vergessen werden. Vielleicht musste es vergessen werden, damit dieses Buch geschrieben werden konnte. Vielleicht musste es auch erst durch alle anderen Universen gehen, damit es alle anderen Versionen seiner selbst vernichten konnte. Wer kann das schon sagen?

Aber zum Glück war es nicht völlig vergessen – ein Teil davon lebte in dem toten Vogelnest weiter, das ich mein Herz nenne. Und irgendwann vor Kurzem begann es wieder zu zucken, sich wieder mit Leben zu füllen. Das bedeutete, dass es an der Zeit war, eine dritte und glücklicherweise letzte Version der Geschichte in Angriff zu nehmen, nämlich das Buch, das Sie gerade in den Händen halten. (Physisch, digital oder in Ihren Ohren.) Diese Version wollte leben, aus dem Tunnel der Ramble Rocks herauskriechen und die Geschichte sein, die sie ist – eine über … nun ja, ich weiß nicht. Zyklen des Missbrauchs und andere Versionen von uns selbst und emotionale Mauern. Über Spiralen und Familien und Fehler und Liebe und Mitgefühl und, und, und …

Nun, ich schätze, Serienmörder und Geister, die keine sind, und diese kaum wahrnehmbaren Lücken im Gewebe der Welten.

Jetzt, wo Sie es gelesen haben, kann ich also den Vorbehalt anbringen, dass dieses Buch vieles falsch macht, und zwar größtenteils mit Absicht, denn Sie lesen ein Buch, das nur eine Realität darstellt, eine, in der die Dinge vielleicht ein wenig anders sind als in unserer. (Und wenn dies dazu beiträgt, mürrische E-Mails darüber abzuwehren, dass es in Pennsylvania keine Behörde für Fisch und Wild gibt, sondern zwei Kommissionen, die Game Commission und die Fish & Boat Commission, dann war dieses Nachwort es wert.) Ich bin mir sicher, dass ich auch einiges durcheinandergebracht habe, ohne es zu beabsichtigen, aber wenn Sie wohlwollend zu sein belieben, verbuchen Sie das als ALTERNATIVE REALITÄTEN, bitte und danke.

Auch dieser Entwurf selbst hat seine Zeit gebraucht, um dauerhaft zum Leben zu erwachen – es war ein Buch mit vielen großen Ideen, und es hat viele Monate gedauert, es in Form zu bringen. Es gibt hier also viele Entwürfe, die hinter den Mauern dieses Romans eingeschlossen sind, gefangen mit den Geistern der ersten beiden nicht so nützlichen Versionen der Geschichte. So ist das manchmal mit Büchern.

Manchmal kommt eine Geschichte schnell und unblutig heraus, wie eine Klinge, die man aus der Scheide zieht. Manchmal kommt eine Geschichte langsam und in einem Schwall von rotem Durcheinander heraus, als ob man ein Schrapnell mit einem Suppenlöffel entfernt.

Und manchmal ist man einfach noch nicht bereit, sie zu schreiben.

Manchmal ist die Geschichte noch nicht fertig. Oder die Geschichte ist fertig, aber Sie, der Schriftsteller, sind noch nicht der Schriftsteller, der Sie dafür sein müssen. Das ist in Ordnung. Es fühlt sich in dem Moment entmutigend an, aber es ist gut so. Das muss auch so sein. Jede Geschichte ist ein eigenes Tier, einzigartig und ohne Partner – ein wahrhaft seltener Vogel in der Wildnis, der Letzte seiner Art. Und man lockt es mit Futter, das nur dieses Tier frisst, und man zähmt es mit Tricks, die nur bei diesem einen Tier funktionieren. Es ist wie in einem Videospiel: Du bist einfach noch nicht bereit, diesen Teil der Karte in Angriff zu nehmen.

Oder besser gesagt, manchmal ist man nicht bereit, weil man nicht die richtigen Leute dabeihat. Das ist auch so eine Sache: Ein Buch wird von einer Person geschrieben, aber meistens von vielen gebaut. Und dafür gebührt ihnen ein gewisser Dank.

Zunächst einmal Tricia Narwani, der Herausgeberin des Buches, die mir höflich zugehört hat, als ich diese völlig willkürliche Geschichte in einem schlampigen, schlampigen Schwall von Geschichtengebrabbel vortrug. Irgendetwas muss ich aber rübergebracht haben, denn sie glaubte daran, kaufte das Ticket und nahm die Fahrt auf sich. Und ohne ihre ruhige redaktionelle Hand wäre *Das Grubenbuch* als halb fertiges, wackliges Ding in den Regalen gelandet. (Man denke nur an den heulenden Pferdefötus in Eraserhead.) Danke auch an Alex Larned, den Redaktionsassistenten, für seine klugen und einfühlsamen Vorschläge, wie man das Buch noch besser machen könnte. Und natürlich meiner Agentin Stacia Decker, die einen scharfen Sinn für Geschichten hat und weiß, wie man ein Messer in die weichen, ungeformten Stellen sticht. Ich danke auch Freunden und Autorenkollegen wie Kevin Hearne und Delilah Dawson dafür, dass sie mich über dieses Buch haben sprechen lassen, so dass ich versuchen konnte, ihm einen Sinn zu geben.

Und natürlich danke ich Ihnen, dass Sie dieses Buch und diesen albernen Teil am Ende gelesen haben.

Mögen Sie in dieser merkwürdigen Zeit Frieden finden und sicher bleiben, liebe Freunde.

DER GRÖSSTE
APOKALYPSE-
THRILLER
DES JAHRES

CHUCK WENDIG
New York Times-Bestseller-Autor

WANDERERS
—— Buch 1 ——
DIE SCHLAFWANDLER

Abgeschlossen in zwei Bänden

CHUCK WENDIG
WANDERERS Band 1 –
Die Schlafwandler
ISBN 978-3-8332-4102-4

„Ein Meisterwerk ... Es erinnert mich an
Stephen Kings „The Stand" – aber ich muss
sagen, diese Geschichte ist sogar noch besser."
– James Rollins

ZWEI NATIONEN IM KRIEG.
EIN UNERMESSLICHER SCHATZ.

RJ BARKER
Die Knochenschiffe
(Gezeitenkind-Trilogie 1)
ISBN 978-3-8332-4181-9

Die Gezeitenkind-Trilogie – eine der großartigsten Drachen-Sagas der letzten Jahre.

„Wirklich ausgezeichnet! Eine der interessantesten und originellsten Fantasy-Welten, die ich seit Jahren gesehen habe."

– Adrian Tschaikovsky

VON SEICHTEN
LÜGEN
UND DUNKLEN
GEHEIMNISSEN.

GINNY MYERS SAIN
Dark and Shallow Lies
ISBN 978-3-8332-4180-2

Eine dunkle, gruselige, mysteriöse und magische Geschichte
im schweißtreibend-sumpfigen Süden der USA

Harry Potter meets Riverdale meets Twin Peaks

www.paninibooks.de